UM CONTO para SER TEMPO

UM CONTO para SER TEMPO

RUTH OZEKI

Tradução
Heci Regina Candiani

MORROBRANCO
EDITORA

Copyright © 2013 by Ruth Ozeki Lounsbury
Publicado em comum acordo com a autora, The Friedrich Agency LLC e
Agência Literária Riff Ltda.

Título original: A TALE FOR THE TIME BEING

Direção editorial: VICTOR GOMES
Coordenação editorial: ALINE GRAÇA
Acompanhamento editorial: MARIANA NAVARRO
Tradução: HECI REGINA CANDIANI
Preparação: MARINA CONSTANTINO
Revisão: LETÍCIA NAKAMURA
Capa: DANI HASSE
Projeto gráfico e diagramação: EDUARDO KENJI IHA

ESTA É UMA OBRA DE FICÇÃO. NOMES, PERSONAGENS, LUGARES, ORGANIZAÇÕES E SITUAÇÕES SÃO PRODUTOS DA IMAGINAÇÃO DO AUTOR OU USADOS COMO FICÇÃO. QUALQUER SEMELHANÇA COM FATOS REAIS É MERA COINCIDÊNCIA.

TODOS OS DIREITOS RESERVADOS. PROIBIDA A REPRODUÇÃO, NO TODO OU EM PARTES, ATRAVÉS DE QUAISQUER MEIOS. OS DIREITOS MORAIS DO AUTOR FORAM CONTEMPLADOS.

DADOS INTERNACIONAIS DE CATALOGAÇÃO NA PUBLICAÇÃO (CIP)

O99c Ozeki, Ruth
Um conto para ser tempo / Ruth Ozeki ; Tradução: Heci Regina Candiani –
São Paulo : Morro Branco, 2022.
528 p. ; 14 x 21 cm.

ISBN: 978-65-86015-56-0

1. Literatura americana. 2. Realismo mágico – Romance.
I. Candiani, Heci Regina. II. Título.
CDD 813

TODOS OS DIREITOS DESTA EDIÇÃO RESERVADOS À:
EDITORA MORRO BRANCO
Alameda Santos, 1357, 8º andar
01419-908 – São Paulo, SP – Brasil
Telefone (11) 3373-8168
www.editoramorrobranco.com.br
Impresso no Brasil
2022

AVISO DE CONTEÚDO: DEPRESSÃO, SUICÍDIO E VIOLÊNCIA SEXUAL

Para Masako, pelo agora e para sempre

PARTE I

Um antigo buda disse certa vez:

Pelo ser-tempo, em pé no topo do monte mais alto;
Pelo ser-tempo, movendo-se no leito do mar mais profundo;
Pelo ser-tempo, um demônio de três cabeças e oito braços;
Pelo ser-tempo, o corpo dourado de um buda de cinco metros;
Pelo ser-tempo, um cajado de monge ou um moscadeiro[1] *de sacerdote;*
Pelo ser-tempo, uma pilastra ou uma lamparina;
Pelo ser-tempo, qualquer Chico ou Joana;[2]
Pelo ser-tempo, a terra inteira e o céu infinito.

— Dōgen Zenji, "O ser-tempo"[3]

---

1. Em japonês, *hossu*: um pequeno batedor feito com crina de cavalo, carregado por um monge Zen-Budista.
2. Em japonês, *chōsan rishi*: literalmente, o terceiro filho de Zhang e o quarto filho de Li; uma expressão idiomática que significa "qualquer pessoa comum". Traduzi como "qualquer Chico ou Joana", mas poderia ser também "qualquer Toninho, Chico ou Zeca".
3. Eihei Dōgen Zenji (1200-1253): mestre Zen e autor do *Shōbōgenzō* (*O tesouro do verdadeiro olho do dharma*). "O ser-tempo" (*Uji*) é o décimo primeiro capítulo.

NAO

1.

Oi!

    Meu nome é Nao e sou um ser-tempo. Você sabe o que é um ser-tempo? Bom, se me der um minuto, eu explico.

    Um ser-tempo é alguém que vive no tempo, e isso inclui você, eu e cada um de nós que existe, existiu ou existirá um dia. No meu caso, agora estou sentada em um café onde as atendentes se vestem como empregadas francesas, na Cidade Elétrica de Akiba; ouço uma *chanson* triste que toca em algum momento do seu passado, que é também o meu presente; escrevo isto e reflito sobre você, em algum lugar do meu futuro. E, se você está lendo isto, talvez, a esta altura, também reflita sobre mim.

    Você reflete sobre mim.

    Eu reflito sobre você.

    Quem é você e o que está fazendo?

    Está pendurado na alça de um vagão de metrô em Nova York ou imerso em sua banheira de hidromassagem em Sunnyvale?

    Está tomando sol nas areias da praia de Phuket ou fazendo as unhas dos pés em Abu Dhabi?

    Você é homem ou mulher ou está em algum lugar entre um e outro?

    Sua namorada está lhe preparando um jantar apetitoso ou você está comendo macarrão chinês frio de uma caixinha?

    Você está se encolhendo, indiferente, de costas para sua esposa, que ronca, ou aguardando, com ansiedade, que seu belo amante saia do banho para fazer amor com ele apaixonadamente?

Você tem uma gata e ela está sentada no seu colo? A testa dela tem o cheiro de cedros e a doçura do ar fresco?

Na verdade, tanto faz, pois no momento que ler isto, tudo será diferente, e você não estará em nenhum lugar específico, mas folheando ao acaso as páginas deste livro que vem a ser o diário dos meus últimos dias na terra, pensando se deve continuar lendo.

E se decidir não ler mais, ei, sem problemas, porque então não era por você que eu estava esperando, mesmo. Mas se decidir seguir com a leitura, então, adivinhe? Você é meu tipo de ser-tempo e, em conjunto, faremos mágica!

2.

Ai. Que ridículo. Preciso melhorar. Aposto que você está se perguntando que garota seria tão tola a ponto de escrever essas palavras.

Bem, eu seria.

Nao seria.

Nao sou eu, Naoko Yasutani, que é o meu nome completo, mas pode me chamar de Nao, porque todo mundo me chama assim. E é melhor que eu conte para você um pouco mais a meu respeito, se vamos continuar nos encontrando desse modo! ☺

Na verdade, não mudou muita coisa. Ainda estou sentada no café com atendentes vestidas de empregadas francesas na Cidade Elétrica de Akiba, Edith Pilaf está cantando outra *chanson* triste, Babette acabou de me trazer um café e tomei um gole. Babette é minha atendente e também minha nova amiga; meu café é do tipo Blue Mountain, que bebo puro, o que é incomum para uma adolescente, mas é assim que se deve beber um bom café, se você tiver algum respeito pelo grão amargo.

Ajeitei minha meia e cocei atrás do joelho.

Alisei a saia para que as pregas se alinhem perfeitamente sobre minhas coxas.

Coloquei os cabelos, que batem nos ombros, atrás da orelha, que tem cinco furos, mas agora os deixo cair um pouco sobre meu rosto porque o assalariado otaku[4] que está sentado na mesa ao meu lado está encarando, e isso me assusta, embora eu também ache divertido. Estou usando meu uniforme da escola secundária e posso dizer, pelo jeito que ele está olhando para o meu corpo, que ele tem um grande fetiche por estudantes adolescentes da escola secundária e, se é esse o caso, então por que ele está em um café francês? Quer dizer, que cretino!

Mas nunca se sabe. Tudo muda, e tudo é possível, então talvez eu mude de ideia sobre ele também. Talvez nos próximos minutos ele se curve, sem jeito, na minha direção e me diga algo surpreendentemente bonito, e serei tomada de ternura por ele, apesar de seus cabelos oleosos e sua pele feia, e vou acabar aquiescendo em conversar um pouco com ele, e talvez ele me convide para fazer compras, e se ele conseguir me convencer de que está loucamente apaixonado por mim, irei a uma loja de departamentos com ele e deixarei que compre para mim um suéter bonito, ou um keitai,[5] ou uma bolsa, embora seja evidente que ele não tem muito dinheiro. E, depois, talvez iremos a uma boate beber uns coquetéis, e escaparemos para um motel com um grande Jacuzzi, e depois de tomarmos banho, assim que eu começar a me sentir confortável com ele, a verdadeira natureza interior dele emergirá de repente, e ele vai me amarrar e colocar a sacola plástica do meu novo cardigã na minha cabeça e me estuprar; horas depois, a polícia vai encontrar meu corpo nu, sem vida, dobrado em ângulos estranhos no chão, ao lado da grande cama redonda coberta com estampa de zebra.

---

4. *Otaku* (お宅): fã obsessivo, fanático, gênio dos computadores, nerd.
5. *Keitai* (携帯): celular.

Ou talvez ele apenas me peça para o estrangular um pouco com a calcinha enquanto ele se diverte com seu belo aroma.

Ou talvez nada disso aconteça, exceto na minha mente e na sua, porque, como eu disse, juntos estamos fazendo mágica, ao menos por um tempo.

3.

Você ainda está aí? Acabei de reler o que escrevi sobre o assalariado otaku e queria pedir desculpas. Foi obsceno. Não foi um jeito muito legal de começar.

Não quero passar uma impressão errada. Não sou uma garota tola. Sei que o nome de Edith Pilaf na verdade não é Pilaf. E não sou uma garota obscena nem uma grande fã de hentai,[6] então, se você for, por favor, só deixe este livro de lado agora mesmo e não leia mais nada, certo? Você só vai se decepcionar e perder tempo, porque este livro não será o diário secreto de uma garota libidinosa, repleto de fantasias cor-de-rosa e fetiches obscenos. Não é o que você imagina, já que meu propósito ao escrevê-lo é contar a alguém, antes que eu morra, a fascinante história da vida da minha bisavó, de cento e quatro anos, que é uma monja Zen-Budista.

É provável que você não considere as monjas tão fascinantes assim, mas minha bisavó é, e não no sentido libidinoso, de jeito nenhum. Tenho certeza de que existem muitas monjas libidinosas por aí... Bom, não tantas monjas libidinosas, mas sacerdotes libidinosos, com certeza, sacerdotes libidinosos estão em toda parte... Mas meu diário não diz respeito a eles ou a seus comportamentos bizarros.

Este diário contará a verdadeira história da vida da minha bisavó Yasutani Jiko. Ela era monja, romancista e uma Nova

---
6. *Hentai* (変態): pervertido, um degenerado sexual.

Mulher[7] da era Taishō.[8] Também era uma anarquista e feminista com muitos amantes, tanto homens quanto mulheres, mas nunca foi libidinosa ou obscena. E, mesmo que eu possa acabar mencionando alguns de seus casos amorosos, tudo o que eu escrever será historicamente verdadeiro e emancipador para as mulheres, e não um monte de besteiras tolas sobre gueixas. Então, se coisas libidinosas e obscenas lhe dão prazer, por favor, feche este livro, dê-o à sua esposa ou colega de trabalho e poupe aborrecimentos.

4.

Acho importante ter objetivos bem definidos na vida, não é? Ainda mais se não lhe resta muito tempo de vida. Porque se você não tem objetivos claros, pode ficar sem tempo, e chegará o dia em que você se verá em pé no parapeito de um arranha-céu ou se sentará na cama com um frasco de comprimidos na mão, pensando: Merda! Estraguei tudo. Eu devia ter definido objetivos mais claros para mim!

Estou lhe dizendo isso porque, na verdade, não estarei aqui por muito tempo, melhor você saber disso de antemão, para não fazer suposições. Suposições são uma droga. São como expectativas. Suposições e expectativas estragam qualquer relacionamento, então, não vamos por aí, nem eu nem você, ok?

A verdade é que muito em breve obterei o diploma do tempo, ou talvez eu não devesse dizer isso, porque faz parecer que na realidade alcancei meus objetivos e mereço seguir em frente, quando o fato é que acabei de fazer dezesseis anos e não realizei coisa alguma. *Zilch*. Nada. Estou soando ridícula? Não

---

7. Nova Mulher: termo usado no Japão no início do século XX para descrever mulheres progressistas, que haviam estudado e que rejeitavam as limitações dos papéis de gênero tradicionais.
8. A Era Taishō (1912-1926) recebeu no nome do Imperador Taishō e é também chamada Democracia Taishō; um breve período de liberação social e política que terminou com a tomada do poder por militares de direita que conduziram o país à Segunda Guerra Mundial.

é minha intenção. Só quero ser precisa. Quem sabe, em vez de falar que vou obter o diploma do tempo, eu devesse dizer que vou abandoná-lo. Abandonar o tempo. Tempo esgotado. Sair da minha existência. Estou contando os momentos.

Um...
Dois...
Três...
Quatro...
Ei, já sei! Vamos contar os momentos ao mesmo tempo![9]

---

9. Para mais reflexões sobre os momentos Zen, veja o Apêndice A.

RUTH

1.

Uma cintilação minúscula chamou a atenção de Ruth, um pequeno lampejo da luz do sol refratada sob um volumoso emaranhado de algas secas, que o mar tinha atirado na areia durante a maré alta. Ela o confundiu com o brilho de uma água-viva agonizante e quase passou direto. As praias ficavam infestadas de águas-vivas nessa época, da espécie monstruosa, vermelha e cheia de filamentos, fazendo parecer haver feridas espalhadas pela costa.

Mas algo a deteve. Ela se abaixou e empurrou a pilha de algas com a ponta do tênis, depois a cutucou com um graveto. Desembaraçando as folhas que pareciam chicotes, afastou-as o suficiente para ver que o que reluzia ali embaixo não era uma medusa agonizante, mas alguma coisa de plástico, um saquinho. Nenhuma surpresa. O oceano estava cheio de plástico. Ela cavou um pouco mais, até que conseguiu erguer o saco pelo canto. Era mais pesado do que esperava, um saquinho plástico de congelador todo marcado, incrustado de cracas que se espalhavam pela superfície como brotoejas. *Deve ter ficado no oceano por muito tempo*, pensou. Dentro do saquinho, ela podia entrever algo vermelho, sem dúvida era o lixo que alguém atirou de um barco ao mar ou que abandonou depois de um piquenique ou uma *rave*. O mar estava sempre levando e lançando essas coisas de volta: linhas de pesca, boias, latas de cerveja, brinquedos de plástico, absorventes, tênis da Nike. Anos atrás, havia pés decepados. As pessoas os encontravam para cima e para baixo na ilha de Vancouver, encalhados na areia. Um deles havia sido encontrado nesta mesma praia. Ninguém conseguia explicar o que tinha acontecido com o restante dos corpos. Ruth não queria pensar no que poderia estar apodrecendo dentro do saco. Ela o arremessou para longe do mar. Continuaria sua caminhada e depois o pegaria na volta, levaria para casa e jogaria no lixo.

2.

— O que é isto? — perguntou o marido dela do terraço dos fundos.

Ruth estava preparando o jantar, picando cenouras, concentrada.

— Isto — repetiu Oliver, já que ela não respondeu.

Ela levantou o olhar. Ele estava parado na porta da cozinha, erguendo entre os dedos o grande saco feito para ir ao congelador cheio de marcas. Ela o deixara na varanda, com a intenção de depositá-lo no lixo, mas se distraiu.

— Ah, deixe aí — disse. — É lixo. Algo que achei na praia. Por favor, não traga isso para dentro de casa. — Por que ela precisava explicar?

— Mas tem alguma coisa dentro — avisou ele. — Você não quer saber o que é?

— Não — declarou ela. — O jantar está quase pronto.

Ele entrou em casa com o saco plástico mesmo assim e o colocou em cima da mesa da cozinha, espalhando areia. Não conseguia evitar. Era da natureza dele precisar saber, desmontar as coisas e, às vezes, montá-las de novo. O congelador deles estava cheio de mortalhas plásticas contendo as minúsculas carcaças de pássaros, musaranhos e outros animaizinhos que o gato havia trazido para casa na fila para serem dissecados e empalhados.

— Não é apenas um saco — notificou ele, abrindo, com cuidado, o fecho do primeiro e deixando-o de lado. — São sacos dentro de sacos.

O gato, atraído por toda a ação, pulou sobre a mesa para ajudar. Ele não tinha permissão para subir na mesa. O gato tinha nome,

Schrödinger, mas eles nunca o usavam. Oliver o chamava de Peste, apelido que às vezes se transformava em Pesto. E ele estava sempre aprontando alguma, estripando esquilos no meio da cozinha, deixando órgãos pequenos e brilhantes, rins e intestinos, bem na frente da porta do quarto do casal, onde Ruth pisaria neles com os pés descalços, durante a noite, a caminho do banheiro. Agiam em equipe, Oliver e o gato. Quando Oliver subia as escadas, o gato subia as escadas. Quando Oliver descia para comer, o gato descia para comer. Quando Oliver saía para fazer xixi, o gato saía para fazer xixi. Agora Ruth observava os dois examinarem o conteúdo dos sacos plásticos. Ela fez uma careta, antecipando a fedentina do piquenique podre de alguém, ou algo pior, que arruinaria o aroma de sua comida. Sopa de lentilha. O jantar seria sopa de lentilha e salada, e ela acabara de colocar alecrim.

— Acha que seria possível dissecar seu lixo na varanda?

— Foi você que pegou — disse ele. — E, além disso, não acho que seja lixo. Está muito bem embrulhado. — Ele prosseguiu na descamação forense.

Ruth fungou, mas todo o cheiro que conseguiu sentir foi de areia, sal e maresia.

De repente, ele começou a rir.

— Olha, Pesto! — disse. — É para você! Uma lancheira da Hello Kitty!

— Por favor! — protestou Ruth, agora sentindo-se desesperada.

— E tem alguma coisa dentro...

— Estou falando sério! Não quero que você abra isso aqui. Leve lá para fora...

Mas era tarde demais.

3.

Ele havia desamassado os sacos, colocado um em cima do outro em ordem decrescente de tamanho e depois distribuído o conteúdo em três conjuntos ordenados: uma pequena pilha de cartas escritas à mão; um livro grosso de capa vermelha desbotada; e um relógio de pulso antigo e resistente com mostrador preto fosco e numeração luminosa. Ao lado deles estava a lancheira da Hello Kitty que protegeu o conteúdo dos efeitos corrosivos do mar. O gato farejava a lancheira. Ruth o pegou e o pôs no chão e, em seguida, voltou a atenção para os itens sobre a mesa.

As cartas pareciam escritas em japonês. A capa do livro vermelho estava impressa em francês. A parte de trás do relógio tinha gravações difíceis de decifrar, então Oliver pegou seu iPhone e, usando um aplicativo de microscópio, examinou a inscrição.

— Acho que também é japonês — concluiu ele.

Ruth manuseou as cartas, tentando distinguir os caracteres escritos com tinta azul desbotada.

— A caligrafia é antiga e cursiva. Linda, mas não consigo ler uma palavra sequer. — Ela devolveu as cartas e pegou o relógio que estava com ele. — Sim — afirmou. — São números em japonês. Mas não é uma data. Yon, nana, san, hachi, nana. Quatro, sete, três, oito, sete. Quem sabe é um número de série, não?

Ela segurou o relógio junto à orelha e tentou ouvir o tique-taque, mas ele estava quebrado. Devolveu-o à mesa e pegou a lancheira de um vermelho brilhante. A cor vermelha, visível através do plástico cheio de marcas, foi o que a levou a confundir o saco hermético de congelador com uma água-viva filamentosa. Por quanto tempo ela deve ter boiado no oceano antes de aparecer na praia? A tampa da lancheira tinha uma vedação de borracha na borda. Ela pegou o livro que, para sua surpresa, estava seco; a capa de tecido era macia e estava gasta; os cantos, embotados devido ao manuseio rude. Levou a borda do livro ao nariz e inalou o odor bolorento das páginas mofadas e de poeira. Verificou o título.

— *À la recherche du temps perdu* — leu. — *Par* Marcel Proust.

4.

Eles gostavam de livros, de todos os livros, mas principalmente dos antigos, e a casa estava abarrotada deles. Havia livros por toda parte, enfiados em prateleiras e empilhados no chão, em cadeiras, nos degraus da escada, mas nem Ruth nem Oliver se importavam. Ruth era romancista, e romancistas, declarava Oliver, deviam ter gatos e livros. E, de fato, comprar livros era a consolação dela por se mudar para uma ilha remota no meio de Desolation Sound, onde a biblioteca pública era uma saleta úmida no andar de cima do centro comunitário, dominada por crianças. Além da extensa seção de livros de literatura juvenil cheios de orelhas e alguns títulos adultos famosos, o acervo da biblioteca parecia incluir, em grande parte, livros sobre jardinagem, conservas enlatadas, segurança alimentar, energia alternativa, cura alternativa e educação alternativa. Ruth sentia falta da abundância e da diversidade das bibliotecas urbanas, com sua amplitude tranquila, e quando ela e Oliver se mudaram para aquela pequena ilha, ambos concordaram que ela deveria poder encomendar qualquer livro que quisesse, o que ela fazia. Ruth chamava isso de pesquisa, embora, no final das contas, ele tivesse lido quase tudo e ela apenas alguns. Ela só gostava de tê-los por perto. Nos últimos tempos, no entanto, começou a notar que a maresia havia estufado as páginas, e traças passaram a morar nas lombadas. Quando os abria, os livros cheiravam a mofo. Isso a entristecia.

— *Em busca do tempo perdido* — disse ela, traduzindo o título dourado em relevo na lombada de tecido vermelho. — Nunca li.

— Eu também não — falou Oliver. — Mas acho que não vou tentar em francês.

— Ahã — concordou ela, mas depois, em todo caso, virou a capa, curiosa para ver se conseguia entender pelo menos as primeiras linhas. Esperava ver uma folha manchada pela idade, impressa em uma fonte antiquada, por isso estava totalmente despreparada para a caligrafia roxa de adolescente que se espalhava pela página. Parecia uma profanação, e aquilo a chocou tanto que ela quase derrubou o livro.

5.

A tipografia é previsível e impessoal, transmitindo informações por meio de uma transação mecânica com os olhos de quem lê.

A caligrafia, em contrapartida, resiste ao olho, revelando seu significado devagar, e é tão íntima quanto a pele.

Ruth olhou para a página. A maior parte das palavras roxas estavam em inglês, com alguns caracteres japoneses aqui e ali, mas seus olhos não captavam, de fato, o significado e sim a *sensação*, obscura e emocional, da presença de quem as escreveu. Os dedos que seguraram a caneta de tinta em gel roxa devem ter pertencido a uma garota, uma adolescente. A caligrafia, aquelas marcas roxas excêntricas estampadas na página, guardava os estados de espírito e as ansiedades dela e, no momento que Ruth colocou os olhos no papel, soube, sem sombra de dúvida, que as pontas dos dedos da garota estavam rosadas e úmidas, e que ela havia roído as unhas até ficar em carne viva.

Ruth olhou as letras com mais atenção. Eram redondas e um pouco desleixadas (como agora imaginava que a garota também deveria ser), mas se mantinham mais ou menos retas e avançavam bravamente pela página em um bom ritmo, sem pressa, mas também sem perda de tempo. Às vezes, no fim de uma linha, elas se aglomeravam um pouco, como pessoas se acotovelando para entrar em um elevador ou em um vagão de metrô enquanto as portas se fecham. A curiosidade de Ruth fora despertada. Era sem dúvidas uma espécie de diário. Ela examinou a capa mais uma vez. Deveria lê-lo? Deliberadamente, voltou à primeira página, sentindo-se um pouco lasciva, como algum abelhudo ou um *voyeur*. Romancistas passam muito tempo metendo o nariz na vida alheia. Ruth não estava desacostumada com esse sentimento.

Oi!, leu. *Meu nome é Nao e sou um ser-tempo. Você sabe o que é um ser-tempo?*

6.

— Destroços — comentou Oliver, examinando as cracas que haviam crescido na superfície externa do saco plástico. — Nem acredito.

Ruth ergueu os olhos da página.

— É claro que são destroços — disse. — Ou entulho trazido pelo mar. — O livro parecia aquecer as mãos dela, e ela queria continuar lendo, mas, em vez disso, viu-se perguntando: — Afinal, qual é a diferença?

— Os destroços são acidentais, material encontrado flutuando no mar. O entulho é descartado. É uma questão de intenção. Então, você está certa, talvez isso seja entulho. — Ele colocou o saco plástico de volta na mesa. — Acho que está começando.

— Começando o quê?

— A dispersão de refugos — disse. — Escapando da órbita do Giro do Pacífico Norte...

Os olhos dele brilhavam, e ela notou que ele estava empolgado. Ela recostou o livro no colo.

— O que é um giro?

— Existem onze grandes giros oceânicos no planeta — explicou ele. — Dois fluem diretamente para cá vindos do Japão e se bifurcam ao longo da costa da Colúmbia Britânica. O menor, o Giro das Aleutas, vai para o norte, em direção às ilhas Aleutas. O maior vai para o sul. Às vezes é chamado de Giro das Tartarugas, porque as tartarugas marinhas se aproveitam dele quando migram do Japão para a Baixa Califórnia.

Ele ergueu as mãos para gesticular um grande círculo. O gato, que tinha caído no sono em cima da mesa, deve ter sentido a empolgação, porque abriu um dos olhos verdes para observar.

— Imagine o Pacífico — continuou Oliver. — O Giro das Tartarugas vai no sentido horário e o Giro das Aleutas segue no sentido anti-horário. — As mãos dele moveram-se como os grandes arcos e espirais de fluxo do oceano.

— É a mesma coisa que Kuroshio?

Ele já havia contado sobre Kuroshio. Também era chamada de Corrente do Japão e trazia a água tropical quente da Ásia para a costa noroeste da América do Norte.

Mas então ele sacudiu a cabeça.

— Não exatamente — explicou. — Os giros são maiores. Como uma combinação de correntes. Imagine um anel de cobras, cada uma mordendo o rabo da que está à frente. Kuroshio é uma das quatro ou cinco correntes que compõem o Giro das Tartarugas.

Ela concordou com a cabeça. Fechou os olhos e imaginou as cobras.

— Cada giro tem um ritmo próprio de órbita — prosseguiu ele. — E o comprimento de uma órbita é chamado de tom. Não é bonito? Como a música dos círculos. O período orbital mais longo é de treze anos, o que define um tom. O Giro das Tartarugas tem meio tom, seis anos e meio. O Giro das Aleutas, um quarto de tom, três anos. Os destroços que flutuam nos giros são chamados de refugo. O refugo que permanece na órbita do giro é considerado parte da memória do giro. A taxa de escape do giro determina a meia-vida do refugo...

Ele pegou a lancheira da Hello Kitty e a girou nas mãos.

— Imagine todas aquelas coisas que o tsunami varreu das casas das pessoas no Japão para o mar. Eles as estão rastreando e prevendo que aparecerão em nosso litoral. Acho que está acontecendo antes do que se esperava.

NAO

1.

Há tanto a escrever. Por onde devo começar?

Mandei uma mensagem de texto com essa pergunta para minha velha Jiko e ela respondeu: 現在地で始まるべき.[10]

Certo, minha querida e velha Jiko. Vou começar aqui mesmo no Fifi's Lovely Apron. O Fifi's é um dos muitos cafés com atendentes vestidas como empregadas que pipocaram por toda a Cidade Elétrica de Akiba[11] há uns dois anos, mas o que torna um pouquinho mais especial é o tema de salão francês. O interior é decorado em tons de rosa e vermelho, com detalhes em dourado, ébano e marfim. As mesas são redondas e aconchegantes, com tampos que se assemelham a mármore e pés que parecem esculpidos em mogno; e o par de cadeiras tem estofamento rosa. Rosas de veludo vermelho-escuro se entrelaçam no papel de parede, e as janelas são acortinadas com cetim. O teto é dourado e dele pendem lustres de cristal, e bonequinhas Kewpie nuas flutuam como nuvens pelos cantos. Há uma recepção e uma chapelaria, uma fonte com um filete de água e a estátua de uma mulher nua iluminada por um foco de luz vermelha pulsante.

Não sei se essa decoração é autêntica ou não, pois nunca estive na França, mas arrisco dizer que é provável que não existam muitos cafés com empregadas francesas como este em Paris. Tanto faz. A atmosfera no Fifi's Lovely Apron é muito

---

[10]. *Genzaichi de hajimarubeki*: "Você deve começar de onde está". *Genzaichi* é usado em mapas: "Você está aqui".
[11]. Akihabara (秋葉原): bairro de Tóquio famoso pelos eletrônicos; epicentro cultural de fãs de mangás.

chique e intimista, é como estar em um grande e claustrofóbico cartão de dia dos namorados, e as empregadas, de seios empinados e uniformes cheios de babados, também lembram namoradinhas graciosas.

Infelizmente, está bem vazio agora, a não ser por alguns otaku[12] na mesa do canto e dois turistas americanos de olhos arregalados. Irritadas, as empregadas estão alinhadas e mexem nas rendas de suas anáguas, parecendo entediadas e desapontadas conosco, como se esperassem que uma clientela nova e melhor entrasse para animar as coisas. Houve um pingo de animação há pouco, quando um otaku pediu um omurice[13] com a cara da Hello Kitty feita de ketchup. Uma empregada que, segundo o seu crachá, chama-se Mimi, se ajoelhou diante dele para o alimentar, soprando antes de lhe oferecer cada colherada. Os americanos se divertiram muito com isso, o que foi hilário. Queria que você tivesse visto. Mas depois que ele acabou, Mimi levou embora o prato sujo e agora o tédio voltou a cair. Os americanos só estão bebendo café. O marido está tentando convencer a esposa a deixá-lo também pedir um omurice da Hello Kitty, mas ela está preocupada demais. Eu a ouvi sussurrando que o omurice é muito caro, e ela está certa. A comida aqui é um roubo, mas ganho café grátis porque Babette é minha amiga. Eu conto para você se a esposa relaxar e mudar de ideia.

Não era assim antes. Babette me contou que na época em que esses cafés eram ninki #1!¹⁴ os clientes faziam fila e esperavam horas por uma mesa, as empregadas eram as garotas mais bonitas de Tóquio e, mesmo com o barulho da Cidade

---

12. *Otaku* (お宅): é também uma maneira formal de dizer "você". 宅 significa "casa" e, acompanhado do honorífico お, significa, em sentido literal, "sua respeitável casa", dando a entender que *você* é menos uma pessoa e mais um lugar, fixo no espaço e contido sob um teto. Faz sentido que o estereótipo contemporâneo de *otaku* seja uma pessoa ensimesmada, muito solitária e socialmente isolada que quase nunca sai de casa.
13. *Omuraisu* (オム・ライス): omelete com arroz pilaf, temperado com ketchup e manteiga.
14. *Ninki nanba wan!*: algo muito apreciado, número um em popularidade.

Elétrica, era possível ouvi-las gritar Okaerinasaimase, dannasama!,[15] o que faz os homens se sentirem ricos e importantes. Mas agora a moda passou e as empregadas já não são mais *tendência*, e os únicos clientes são turistas estrangeiros e otaku[16] do interior, ou tipos hentai tristes com fetiches ultrapassados por empregadas. E as empregadas também já não são mais tão bonitas ou graciosas, já que você pode ganhar muito mais dinheiro sendo enfermeira em um café temático de centro médico ou um bichinho felpudo em Bedtown.[17] As empregadas francesas estão em baixa, com certeza, e todo mundo sabe disso, então ninguém se empenha muito. Pode-se dizer que é um ambiente deprimente, mas eu o acho relaxante justamente porque ninguém se empenha demais. Triste é quando todo mundo se empenha muito e mais triste ainda é quando as pessoas se empenham e acham que estão se dando bem. Tenho certeza de que era assim por aqui, com toda a barulheira dos sinos e risadas, as filas de clientes virando o quarteirão e as empregadas lindinhas puxando o saco dos donos do café, que circulavam desengonçados com seus óculos escuros de grife e seus jeans Levi's clássicos como príncipes sombrios ou magnatas do império dos jogos eletrônicos. Esses caras tinham que levar um tombo bem, bem grande.

Por isso, eu nem ligo. Meio que gosto porque sei que sempre posso conseguir uma mesa aqui no Fifi's Lovely Apron, e a música é boa, e agora as empregadas me conhecem e quase sempre me deixam em paz. Talvez este lugar devesse se chamar Fifi's Lonely Apron. Ei, genial! Gostei!

---

15. *Okaerinasaimase, dannasama!*: Bem-vindo ao seu lar, meu senhor!
16. Além dos sentidos anteriores, como a palavra *otaku* é um honorífico, quando usada como pronome de segunda pessoa, cria uma espécie de distância social entre quem fala e a pessoa com quem se fala. Essa distância é, por convenção, respeitosa, mas também pode ser empregada como ironia ou zombaria.
17. Não consigo encontrar referências a cafés de medicina ou a Bedtown. Será que ela está inventando?

2.

Minha velha Jiko gosta bastante quando conto para ela detalhes da vida moderna. Ela já não sai muito, porque mora em um templo nas montanhas no meio do nada e renunciou à vida mundana; além disso, tem o fato de que ela está com cento e quatro anos. Sempre falo que essa é a idade dela, mas na verdade estou chutando. Não sabemos com certeza quantos anos ela tem, e ela também declara que não se lembra. Quando perguntamos, Jiko diz:

— Zuibun nagaku ikasarete itadaite orimasu ne.[18]

O que não é uma resposta, então perguntamos de novo e ela diz:

— Soo desu ne.[19] Parei de contar faz tanto tempo...

Aí, quando perguntamos quando ela faz aniversário, ela diz:

— Hum, nem me lembro de ter nascido...

E se a importunamos mais ainda e perguntamos há quanto tempo ela está viva, ela diz:

— Até onde me lembro, sempre estive aqui.

Ah, vá, vovó!

Tudo o que sabemos com certeza é que não há ninguém mais velho do que ela que se lembre, e o cartório com o registro da família foi incendiado em um bombardeio da Segunda Guerra Mundial, então, basicamente, temos que acreditar na palavra dela. Há uns dois anos, ela meio que se aferrou ao cento e quatro e, desde então, é isso.

E, como eu estava dizendo, minha velha Jiko gosta muito de detalhes e gosta quando eu lhe conto sobre os barulhinhos, cheiros, cores, luzes, propagandas, pessoas, modas e manchetes

---

18. *Zuibun nagaku ikasarete itadaite orimasu ne*: "Estou viva há tempo demais, não é?". É uma frase intraduzível, mas implica algo como: Fui levada a viver graças às condições insondáveis do universo, ao qual sou humilde e profundamente grata. P. Arai chama esse tempo verbal de "tempo da gratidão" e afirma que a beleza da construção gramatical consiste no fato de que "nenhuma fonte é sinalizada". Ela também diz que "é impossível sentir raiva ao usar essa estrutura."
19. *Sō desu ne*: Hum, sim, acho que é isso...

que constituem o oceano ruidoso de Tóquio, por isso me habituei a observar e recordar. Conto tudo para ela sobre as tendências culturais e notícias que leio sobre as estudantes do ensino médio que são estupradas e sufocadas com sacolas plásticas em motéis. É possível contar à vovó todo esse tipo de coisa, ela não liga. Não estou dizendo que isso a deixa contente. Ela não é uma hentai. Mas entende que merdas acontecem e apenas fica lá sentada, escuta, abana a cabeça e confere as contas de seu juzu,[20] abençoando estudantes, pervertidos e todos os seres desafortunados que estão no mundo, sofrendo. Ela é uma monja, então esse é o seu trabalho. Juro, às vezes acho que o principal motivo de ela ainda estar viva é porque lhe dou um monte de coisas pelas quais rezar.

Uma vez, perguntei por que ela gostava de ouvir histórias assim e ela explicou que, quando foi ordenada, raspou a cabeça e fez votos para se tornar uma bosatsu.[21] Um dos votos era salvar a todos os seres, o que significa, de modo geral, que ela aceitou não se tornar iluminada até que todos os outros seres deste mundo se iluminassem primeiro. É como deixar todo mundo entrar no elevador na sua frente. Ao fazer as contas de todos os seres que há na terra em determinado momento, e depois contabilizando os que estão nascendo a cada segundo e os que já morreram... E não são só seres humanos, mas todos os animais e outras formas de vida, como amebas e vírus, e talvez até mesmo as plantas que já viveram ou viverão, assim como todas as espécies extintas... Enfim, é fácil perceber que a iluminação vai demorar muito tempo. E se o elevador lotar e as portas se fecharem na sua cara quando você ainda estiver esperando do lado de fora?

Quando perguntei isso à vovó, ela coçou a cabeça careca e brilhante e disse:

— Soo desu ne. É um elevador muito grande...
— Mas vovó, vai levar uma eternidade!

---

20. *Juzu* (数珠): um rosário budista.
21. *Bosatsu* (菩薩): *Bodhisattva*, o ser iluminado, pessoa santa no budismo.

— Bom, então nós precisamos nos esforçar mais ainda.
— *Nós*?!
— É claro, Nao, querida. Você precisa me ajudar.
— De jeito nenhum! — falei. — Pode esquecer! Não sou uma maldita bosatsu...

Mas ela simplesmente estalou os lábios, apertou as contas do juzu e, pelo jeito que olhou para mim por trás dos óculos grossos de armação preta, acho que talvez também estivesse me abençoando naquele instante. Não liguei. Aquilo fez com que me sentisse segura, como se soubesse que não importava o que acontecesse, vovó ia garantir que eu entrasse naquele elevador.

Sabe de uma coisa? Só agora, enquanto escrevia isso, percebi algo. Nunca perguntei para onde vai esse elevador. Vou mandar uma mensagem para ela agora e perguntar. Conto para você o que ela disser.

3.

Certo, então, agora, vou falar de verdade sobre a vida fascinante de Yasutani Jiko, a famosa anarquista-feminista-romancista--que-virou-monja-budista na era Taishō, mas antes preciso dar uma explicação sobre este livro que você está segurando.[22] Você provavelmente percebeu que não se parece com o inocente diário de uma aluna comum da escola secundária, com bichinhos fofos como marshmallow e capa rosa brilhante, com fecho em formato de coração e chave dourada. E, quando o segurou pela primeira vez, provavelmente não pensou *Ah, eis aqui o inocente diário escrito por uma estudante japonesa muito interessante. Puxa, acho que vou ler!*, pois, quando o pegou, achou que era uma obra-prima filosófica intitulada *À la recherche du*

---

22. Um volume robusto e compacto, talvez uma caderneta grande, medindo aproximadamente 13 × 19 cm.

temps perdu, do famoso autor francês Marcel Proust, e não o insignificante diário de uma maria-ninguém chamada Nao Yasutani. Ou seja, isso só mostra que a máxima é verdadeira: não se pode julgar o livro pela capa![23]

Espero que não tenha se decepcionado. O que aconteceu é que o livro de Marcel Proust foi customizado, só que não por mim. Já o comprei assim, pré-customizado, em uma butique de artesanato em Harajuku,[24] onde vendem artigos únicos de bricolagem, como cachecóis de crochê, bolsinhas de keitai, pulseiras de contas e outras coisas descoladas. O artesanato é uma grande moda no Japão, e todo mundo tricota, faz adornos de contas, crochê e pepakura,[25] mas sou bem desajeitada, então tenho que comprar meus artigos de bricolagem se quiser acompanhar a moda. A menina que faz esses diários é uma artesã superfamosa, que compra contêineres cheios de livros antigos do mundo todo o mundo e, depois, extirpa as páginas impressas do miolo e coloca folhas em branco. Ela faz tudo tão perfeito que é quase impossível perceber a alteração, e pode-se quase chegar a pensar que as letras apenas escorregaram das páginas e caíram no chão como um monte de formigas mortas.

Nos últimos tempos, algumas coisas detestáveis andam acontecendo comigo e, no dia em que comprei o diário, eu estava matando aula e me sentia bem triste, então, decidi fazer compras em Harajuku para me animar. Quando vi esses livros antigos na estante, pensei que eram parte da decoração da loja e não prestei atenção, mas, quando a vendedora me mostrou a customização, é claro que precisei comprar um na hora. Não eram nada baratos, mas adorei a sensação da capa gasta e soube que seria muito boa a sensação de escrever ali dentro, como um

---

23. A capa, de tecido avermelhado, está gasta. O título é estampado em relevo, com letras douradas escurecidas na frente e na lombada.
24. Harajuku (原宿): bairro de Tóquio famoso pela cultura jovem e pela moda de rua.
25. *Peipaakura* (ペーパー・クラ): artesanato em papel; do inglês *paper* (papel) + *craft* (artesanato).

livro publicado de verdade. Mas o melhor é que sabia que seria um excelente recurso de proteção.

Não sei se você já teve esse problema: pessoas que batem em você, que roubam suas coisas e as usam contra você, mas, se sim, você vai entender que este livro foi uma ideia de gênio, caso um dos meus colegas idiotas de classe decidisse, por acaso, pegar meu diário, lê-lo e postá-lo na internet ou algo assim. Mas quem pegaria um livro antigo chamado *À la recherche du temps perdu*, certo? Minha turma idiota ia pensar que era lição de casa de juku.[26] Ninguém ia nem saber o que significava.

Na verdade, nem eu sabia o que significava, já que minha habilidade de falar francês é inexistente. Havia um monte de livros diferentes à venda. Alguns em inglês, como *Great Expectations* e *Gulliver's Travels*, que eram bons, mas achei melhor comprar um cujo título eu não entendesse, já que saber o significado poderia interferir em minha própria expressão criativa. Havia outros em línguas diferentes também, como alemão, russo e até chinês, mas acabei escolhendo *À la recherche du temps perdu*, porque imaginei que era francês, e francês é legal, dá uma impressão sofisticada e, além disso, este livro cabe direitinho na minha bolsa.

4.

É claro que quis começar a escrever no livro no mesmo minuto em que o comprei, então fui a um kissa[27] próximo e pedi um Blue Mountain, aí peguei minha caneta de gel roxa favorita e abri o livro na primeira página de cor creme. Bebi um gole amargo e esperei as palavras virem. Esperei, esperei, bebi mais um pouco de café e esperei mais um pouco. Nada. Sou muito falante, como

---

26. *Juku* (塾): curso preparatório.
27. *Kissa* (喫茶): café.

dá para perceber e, na maioria das vezes, não tenho nenhum problema em pensar em coisas a dizer. Mas, desta vez, embora eu estivesse pensando em muitas coisas, as palavras não vinham. Foi estranho, mas percebi que estava me sentindo intimidada pelo livro antigo-novo e que uma hora isso passaria. Então, bebi o resto do meu café e li uns mangás; quando chegou a hora em que sairia da escola, fui para casa.

Mas no dia seguinte tentei de novo e aconteceu a mesma coisa. E, depois disso, toda vez que eu pegava o livro, ficava olhando para o título e começava a me questionar. Quer dizer, se até alguém como eu já ouviu falar de Marcel Proust, então ele deve ser muito importante, mesmo que antes eu não soubesse quem ele era e pensasse que fosse um chef ou estilista francês famoso. E se o fantasma dele ainda estivesse preso entre as capas do livro e ele estivesse puto da vida com a garota habilidosa que tinha feito a customização, extirpando as palavras e as páginas dele? E se agora o fantasma estivesse me impedindo de usar seu famoso livro para escrever sobre coisas típicas de uma estudante boba, como paixonites por garotos (não que eu tenha alguma), ou itens da moda que quero (meus desejos são infinitos), ou minhas coxas gordas (na verdade minhas coxas são ok, são meus joelhos que eu odeio). Na verdade, não se pode culpar o fantasma do velho Marcel por ficar, com todo o direito, puto da vida por pensar que eu poderia ser boba o suficiente para escrever esse tipo de porcaria estúpida dentro de sua obra tão importante.

E, mesmo que o fantasma não se importe, eu não gostaria de usar o livro dele para coisas tão triviais, mesmo que estes não fossem meus últimos dias na terra. Mas já que *são* meus últimos dias na terra, então também quero escrever algo importante. Bom, talvez não exatamente importante, porque não sei nada que seja importante, mas algo que valha a pena. Quero deixar algo real como legado.

Mas sobre o que posso escrever que seja real? Com certeza, posso escrever sobre todas as merdas que aconteceram comigo, e meus sentimentos por meu pai e minha mãe e meus supostos amigos, mas não é bem o que eu quero. Sempre que reflito sobre minha vida idiota e sem sentido, chego à conclusão de que estou apenas perdendo tempo, e não sou a única. Todo mundo que conheço é igual, menos a velha Jiko. Só perdendo tempo, matando tempo, sentindo-se uma porcaria.

E o que significa perder tempo, afinal? Perder tempo significa que ele está perdido para sempre?

E, se o tempo está perdido para sempre, o que isso quer dizer? Não que você vai acabar morrendo mais cedo, certo? Quer dizer, se você quer morrer logo, tem que resolver o assunto por conta própria.

5.

Enfim, esses pensamentos perturbadores sobre fantasmas e o tempo continuavam vagando por minha mente toda vez que eu tentava escrever no livro do velho Marcel, até que por fim decidi que precisava saber o significado do título. Perguntei a Babette, mas ela não conseguiu me ajudar, porque é claro que ela não é uma empregada francesa de verdade, só uma jovem do distrito de Chiba que abandonou o ensino médio, e tudo o que ela sabe de francês são só umas frases sedutoras que aprendeu de um professor de francês velho e pretensioso com quem saiu por uns tempos. Então, quando cheguei em casa naquela noite, pesquisei Marcel Proust no Google e descobri que *À la recherche du temps perdu* significa "Em busca do tempo perdido".

Estranho, né? Quer dizer, lá estava eu, pensando no tempo perdido em um café francês em Akiba, e o velho Marcel Proust estivera, cem anos atrás, escrevendo na França um livro inteiro sobre o mesmo assunto. Então, talvez o fantasma dele continuasse presente entre as capas do livro e invadindo minha mente, ou talvez tenha sido só uma coincidência doida, mas, de qualquer forma, isso não é muito legal? Acho que as coincidências são legais, mesmo que não signifiquem nada, e quem sabe? Talvez signifiquem! Não estou dizendo que tudo acontece por um motivo. Só que tive a sensação de que eu e o velho Marcel estávamos em sintonia.

No dia seguinte voltei ao Fifi's e pedi uma chaleira pequena de chá Lapsang Souchong, que às vezes tomo para dar um tempo do Blue Mountain, e enquanto estava ali, sentada, bebendo o chá fumegante e mordiscando um docinho francês, esperando Babette me arranjar um encontro, comecei a me perguntar.

Afinal, como se busca o tempo perdido? É uma pergunta interessante, então mandei uma mensagem para a velha Jiko, que é o que sempre faço quando tenho um dilema filosófico. E precisei esperar muito, muito tempo, mas meu keitai finalmente fez o barulhinho para me informar que ela respondeu. E o que ela escreveu foi isto:

あるときや
ことのはもちり
おちばかな[28]

que significa algo como:

No momento presente,
As palavras se dispersam...
Elas são folhas caídas?

---

28. *Aru toki ya / Koto no ha mo chiri / Ochiba ka na*
    Aru toki ya: aquela vez, certa vez, no momento presente (有る時や). Mesmos kanji usados para Uji (有時).
    Koto no ha: literalmente, "folhas da fala" (言の葉). Mesmos kanji usados para *kotoba* (言葉), que significa "palavra".
    Ochiba: folhas caídas, trocadilho com *ha* (葉), insinuando palavras dispersas.
    ka na: uma partícula interrogativa que indica surpresa.

Não sou muito boa em poesia, mas quando li o poema da velha Jiko, vi mentalmente a imagem da grande e velha árvore de ginkgo que fica no terreno do templo dela.[29] As folhas têm a forma de pequenos leques verdes e, no outono, ficam claras e amarelas, caem e cobrem o chão, pintando tudo de um dourado imaculado. E me ocorreu que a grande e velha árvore é um ser-tempo, e Jiko também é um ser-tempo, e consegui me imaginar buscando o tempo perdido debaixo da árvore, examinando as folhas caídas que são as palavras douradas e dispersas da vovó.

A ideia de ser-tempo vem de um livro chamado *Shōbōgenzō*, que um antigo mestre Zen chamado Dōgen Zenji escreveu cerca de oitocentos anos atrás, o que o torna ainda mais velho do que a velha Jiko ou mesmo do que Marcel Proust. Dōgen Zenji é um dos autores favoritos de Jiko, e ele tem sorte porque seus livros são importantes e ainda são comentados. Infelizmente, tudo que Jiko escreveu está esgotado, então nunca li as palavras dela, mas ela me contou muitas histórias, e comecei a pensar em como palavras e histórias também são seres-tempo, e foi aí que me veio à cabeça a ideia de usar o importante livro de Marcel Proust para relatar a vida de minha velha Jiko.

Não é apenas porque Jiko é a pessoa mais importante que conheço, embora, em parte, seja por isso. E não é só porque ela é incrivelmente idosa e já estava viva na época em que Marcel Proust escrevia seu livro sobre o tempo. Talvez ela já estivesse mesmo, mas esse também não é o motivo. A razão pela qual decidi escrever sobre ela em *À la recherche du temps perdu* é porque ela é a única pessoa que conheço que de fato compreende o tempo.

A velha Jiko é supercuidadosa com seu tempo. Ela faz tudo bem, bem devagar mesmo, até quando só está sentada na varanda, olhando para as libélulas que giram, preguiçosas, ao redor da lagoa do jardim. Ela diz que faz tudo bem, bem devagar mesmo a fim

---

29. As folhas de ginkgo biloba são usadas em um chá para estimular a memória. Árvores de ginkgo eram muitas vezes plantadas em terrenos de templos budistas para ajudar os monges a memorizar os sutras.

de espalhar o tempo, porque assim sobrará mais e ela viverá mais, e depois ela dá uma risada para indicar que está fazendo uma piada. Quer dizer, ela entende perfeitamente bem que o tempo não é algo que se possa espalhar como manteiga ou geleia, e que a morte não vai andar por aí esperando alguém terminar o que quer que esteja fazendo antes de atacar. Essa é a piada, e ela ri porque sabe disso.

Mas, na verdade, não vejo muita graça. Mesmo sem saber a idade exata de Jiko, sei que, com certeza, ela morrerá em breve, mesmo que não tenha terminado de varrer a cozinha do templo, de arrancar as ervas daninhas do canteiro de nabo-japonês ou de arrumar as flores frescas no altar; e, quando estiver morta, esse será o fim, em relação ao tempo. Isso não a incomoda, mas me incomoda muito. Estes são os últimos dias da velha Jiko na terra, e não há nada que eu possa fazer quanto a isso, e também não há nada que eu possa fazer para impedir que o tempo passe ou para fazê-lo passar mais devagar, e cada segundo do dia é outro segundo perdido. Ela provavelmente não concorda comigo, mas é assim que enxergo as coisas.

Não me importo em pensar no mundo sem mim porque não sou excepcional, mas odeio imaginar o mundo sem a velha Jiko. Ela é totalmente única e especial, como a última tartaruga de Galápagos ou algum outro animal antigo manquitolando pela terra arrasada que seja o único que restou de sua espécie. Mas, por favor, não me faça entrar no tópico da extinção de animais porque é muito deprimente e aí terei de cometer suicídio neste exato momento.

6.

Ok, Nao. Por que você está fazendo isso? Tipo, por que motivo?

Isto é um problema. O único motivo em que consigo pensar para escrever a história da vida de Jiko neste livro é por que eu a amo e quero me lembrar dela, mas não tenho planos de ficar por aqui muito mais tempo, e não vou poder me lembrar das histórias dela se eu estiver morta, certo?

E, além de mim, quem mais iria ligar para isso? Quer dizer, se eu achasse que o mundo gostaria de saber sobre a velha Jiko, eu postaria as histórias dela em um blog, mas, na verdade, parei de fazer isso tem um tempo. Fiquei triste quando me peguei fingindo que todo mundo lá no ciberespaço se importava com o que eu pensava, sendo que, na verdade, ninguém dá a mínima.[30] E quando multipliquei esse sentimento triste por todos os milhões de pessoas em seus quartinhos solitários, escrevendo freneticamente e postando em bloguezinhos solitários que ninguém tem tempo de ler porque está todo mundo escrevendo e postando,[31] isso meio que partiu meu coração.

O fato é que hoje em dia não tenho bem um círculo social, e as pessoas com quem saio não são do tipo que se importam com uma monja budista de cento e quatro anos, mesmo que ela seja uma bosatsu que sabe usar e-mail e escrever mensagens de texto. E isso só porque eu a fiz comprar um computador para que pudesse ficar em contato comigo quando estou em Tóquio e ela está no templo, tão velho que está caindo aos pedaços, em uma montanha no meio do nada. Ela não é louca por novas tecnologias, mas se vira muito bem para um ser-tempo com catarata e artrite em ambos os polegares. A velha Jiko e o velho Marcel Proust vêm de um mundo ainda não conectado, de um tempo totalmente perdido nos dias de hoje.

Então, estou aqui, no Fifi's Lonely Apron, olhando para estas páginas em branco e me perguntando por que me darei ao trabalho, quando, de repente, uma ideia incrível me assola. Já se preparou? Lá vai:

---

30. — Sempre acho que ninguém dá a mínima — comentou Oliver. — Isso é triste? Não acho que seja triste.
31. "Em um tempo, quando o escritor que há dentro de cada pessoa ganhar vida (e esse tempo não está longe), entraremos na era da surdez e da falta de compreensão universais."
— Milan Kundera, *O livro do riso e do esquecimento*, 1980.

Vou escrever tudo o que sei sobre a vida de Jiko no livro de Marcel e, quando terminar, vou deixá-lo em algum lugar em que você vai encontrá-lo!

Não é legal? Parece que estou avançando no tempo para tocar você e, agora que encontrou o livro, você está retrocedendo para me tocar!

Se quiser saber a minha opinião, isso é legal e belo de um jeito fantástico. É como uma mensagem em uma garrafa, lançada no oceano do tempo e do espaço. Totalmente pessoal, e também real, direto do mundo ainda não conectado da velha Jiko e do velho Marcel. É o oposto de um blog. É um antiblog, porque é destinado a apenas uma pessoa especial, e essa pessoa é *você*. E se você leu até aqui, é provável que entenda o que quero dizer. Entende? Você já se sente especial?

Vou esperar um pouco para ver se você responde...

7.

Brincadeirinha. Sei que você não pode responder, e agora me sinto uma boba porque... e se você não se sentir especial? Estou fazendo uma suposição, não é? E se você achar que sou uma idiota e me jogar no lixo, como acontece com todas aquelas garotas sobre as quais eu conto à velha Jiko, que são assassinadas por pervertidos, feitas em picadinhos e jogadas em caçambas só porque cometeram o erro de sair com o cara errado? Isso seria muito triste e assustador.

Ou então, eis outro pensamento assustador, e se você não estiver nem lendo? E se nunca encontrar este livro, porque alguém o jogou no lixo ou o mandou para a reciclagem antes que ele chegasse até você? Aí, as histórias da velha Jiko estarão mesmo perdidas para sempre, e estou sentada aqui só perdendo tempo conversando com o interior de uma caçamba de lixo.

Ei, me responda! Estou presa em uma lata de lixo ou não? Brincadeirinha. De novo. ☺

* * *

Ok, decidi o seguinte: não me importo com esse risco, porque o risco torna tudo mais interessante. E acho que a velha Jiko também não vai se importar porque, sendo budista, ela entende, de verdade, a impermanência e o fato de que tudo muda e nada dura para sempre. A velha Jiko não vai mesmo se importar se as histórias da vida dela forem escritas ou perdidas, e talvez eu tenha assimilado um pouco daquela atitude laissez-faire dela. Quando chegar a hora, posso só abrir mão de tudo.

Ou não. Não sei. Talvez depois que tiver escrito a última página, eu fique muito constrangida ou envergonhada para deixá-lo por aí, e vou me acovardar e destruir o livro.

Ei, se você não estiver lendo isto, vai saber que sou covarde! Ha-ha.

E quanto ao assunto do fantasma do velho Marcel estar puto, decidi não me preocupar. Quando pesquisei Marcel Proust no Google, acabei vendo a posição dele nas vendas da Amazon e mal pude acreditar, mas os livros dele ainda estão sendo impressos e, dependendo da edição de *À la recherche du temps perdu* sobre a qual estivermos falando, a classificação varia entre 13.695 e 79.324, o que não é nenhum campeão de vendas, mas não é tão ruim para um sujeito que está morto. Só para você saber. Não precisa ficar com pena do velho Marcel.

Não sei quanto tempo esse projeto vai me tomar. Provavelmente meses. Há muitas páginas em branco, Jiko tem muitas histórias, e escrevo bem devagar, mas vou trabalhar muito, e talvez, quando eu terminar de preencher a última página, a velha Jiko estará morta, e será a minha vez também.

E eu sei que não posso escrever sobre todos os detalhes da vida de Jiko, então, se quiser descobrir mais, terá que ler os livros dela, se conseguir encontrá-los. Como eu disse antes, as coisas dela estão esgotadas, e é possível que alguma garota habilidosa já tenha alterado as páginas e jogado todas as palavras valiosas dela no cesto de reciclagem junto às de Proust. Isso seria muito triste, porque não é como se a velha Jiko tivesse uma posição na Amazon. Eu sei porque conferi, e ela nem está listada. Hum. Vou ter que repensar esse conceito de alteração. Afinal, talvez não seja tão legal assim.

RUTH

1.

O gato havia subido na escrivaninha de Ruth e estava se preparando estrategicamente para ocupar o colo dela, que lia o diário quando ele se aproximou pela lateral, apoiando as patas dianteiras nos joelhos dela, empurrando por baixo a lombada do livro com o focinho e projetando-o para cima, tirando-o do caminho. Depois de lidar com isso, Pesto se acomodou no colo e começou a se massagear, cabeceando a palma da mão dela. Como ele era irritante. Sempre pedindo atenção.

Ruth fechou o diário e o colocou na escrivaninha enquanto acariciava a testa do gato, mas, mesmo depois de deixar o livro de lado, manteve-se consciente de uma sensação estranha e contínua de urgência... de quê? Ajudar a menina? Salvá-la? Ridículo.

Seu primeiro impulso ao começar o diário foi de lê-lo depressa até o fim, mas a caligrafia da menina muitas vezes era difícil de decifrar, e suas frases eram salpicadas de gírias e coloquialismos intrigantes. Ruth deixara de morar no Japão fazia anos e, embora ela ainda tivesse um domínio razoável da língua falada, seu vocabulário estava desatualizado. Na universidade, Ruth havia estudado os clássicos japoneses — *O conto de Genji*, o teatro Nō, *O livro do travesseiro* —, literatura que remonta a centenas e até milhares de anos, mas estava apenas vagamente familiarizada com a cultura pop japonesa. Às vezes a garota se esforçava para explicar, mas, em geral, não se dava ao trabalho, por isso, Ruth se viu acessando a internet para investigar e verificar as referências da garota e, em pouco tempo, já havia puxado seu velho dicionário de kanji, e estava traduzindo, anotando e rabiscando observações sobre Akiba, cafés temáticos de empregadas, otaku e hentai. E havia ainda a monja romancista Zen-Budista, feminista e anarquista.

Ela se inclinou para a frente e buscou por Jiko Yasutani na Amazon, mas, como Nao avisara, não encontrou nada. Pesquisou Nao Yasutani no Google e, de novo, nenhum retorno. O gato, irritado com a impaciência e desatenção de Ruth, abandonou seu colo. Ele não gostava quando ela ficava no computador e usava os dedos para digitar e rolar a tela em vez de coçar a cabeça dele. Era o desperdício de duas mãos perfeitas, em sua opinião, e por isso foi procurar Oliver.

Ela teve mais sorte com Dōgen, cuja obra-prima, *Shōbōgenzō*, ou *O tesouro do verdadeiro olho do dharma*, tinha classificação na Amazon, embora não estivesse nem perto da de Proust. Claro, ele viveu no início do século XIII, então era quase setecentos anos mais velho que Proust. Quando ela procurou por "ser-tempo", descobriu que a frase era usada no título em inglês do Capítulo 11 do *Shōbōgenzō* e conseguiu encontrar várias traduções on-line, acompanhadas de comentários. O antigo mestre Zen tinha uma noção de tempo complexa e cheia de nuances que ela achou poética, mas um tanto opaca. *O tempo em si é ser*, escreveu ele, *e todo ser é tempo... Em essência, todas as coisas em todo o universo estão intimamente ligadas umas às outras, como instantes no tempo, contínuos e separados.*

Ruth tirou os óculos e esfregou os olhos. Bebeu um gole de chá, com a cabeça tão cheia de perguntas que quase nem percebeu que o chá havia esfriado há muito tempo. Quem era essa Nao Yasutani, e onde ela estava agora? Embora a garota não tivesse assumido e dito com todas as letras que ia cometer suicídio, ela com certeza insinuou isso. Será que, em algum lugar, ela estava sentada na beira de um colchão, segurando entre os dedos um frasco de comprimidos e um grande copo de água? Ou aquele hentai tinha se aproximado dela antes? Ou talvez ela tivesse decidido *não* se matar, apenas para se tornar vítima do terremoto e do tsunami, embora isso não fizesse muito sentido. O tsunami foi em Tohoku, no norte do Japão. Nao estava escrevendo em um café temático de empregadas em Tóquio. O que ela estava fazendo naquele café, para início de conversa? Fifi's? Parecia o nome de um bordel.

Ela se recostou na cadeira e olhou pela janela para a minúscula faixa de horizonte que podia enxergar pela fresta entre as árvores altas. *Um pinheiro é tempo,* Dōgen havia escrito, *e bambu é tempo. As montanhas são tempo. Oceanos são tempo...* Nuvens escuras pendiam do céu, formando uma linha quase imperceptível no encontro com o brilho imóvel e opaco do oceano. Cinza-escuro. Do outro lado do Pacífico ficava a costa maltratada do Japão. Cidades inteiras tinham sido arrasadas e arrastadas para o mar. *Se o tempo é aniquilado, as montanhas e os oceanos são aniquilados.* Será que a garota estava lá, em algum lugar em toda aquela água, com o corpo decomposto a esta altura, disperso pelas ondas?

Ruth olhou para o livro vermelho e robusto com o título dourado desbotado na capa. Estava em cima de uma pilha alta e bagunçada de anotações e páginas manuscritas, cobertas por Post-its e maculadas por uma marginália espremida, que constituíam o original do livro de memórias em que ela vinha trabalhando há quase uma década. *À la recherche du temps perdu*, sem dúvida. Incapaz de concluir outro romance, ela decidira escrever sobre os anos que passou cuidando da mãe, que sofrera de Alzheimer. Naquele momento, olhando para a pilha de folhas, ela sentiu um rompante de pânico crescente ao pensar em todo o tempo que ela mesma perdera, a bagunça caótica que aquele rascunho havia se tornado e o trabalho que ainda precisava ser feito para organizar tudo. O que estava fazendo ao desperdiçar horas preciosas com a história de outra pessoa?

Pegou o diário e, usando a lateral do polegar, começou a percorrer as páginas. Não estava lendo; na verdade, estava tentando não ler. Ela só queria averiguar se a escrita continuava até o fim ou se terminava no meio do caminho. Quantos diários ela mesma havia começado e abandonado? Quantos romances interrompidos mofavam em pastas no HD? Mas, para sua surpresa, embora a cor da tinta às vezes empalidecesse do roxo para o rosa, do preto para o azul, e voltasse ao roxo, a escrita em si nunca falhava, diminuindo de tamanho e talvez até se adensando, direto, até a última página, bem apinhada. A garota havia ficado sem papel antes de ficar sem palavras.

E depois?

Ruth fechou o livro com um golpe seco e fechou os olhos como precaução para evitar trapacear a si mesma e ler a última frase, mas a pergunta permanecia, flutuando na escuridão de sua mente como uma queimadura de retina na escuridão de sua mente. *O que acontece no fim?*

2.

Muriel examinou o acúmulo de cracas no saco de congelador com os óculos de leitura que mantinha assentados no nariz.

— Se eu fosse você, chamaria Callie para dar uma olhada. Talvez ela consiga descobrir a idade dessas criaturas e, a partir daí, você pode calcular quanto tempo o saco ficou na água.

— Oliver acha que é a primeira onda de refugos do tsunami — Ruth disse.

Muriel franziu a testa.

— Acho que é possível. Mas parece muito rápido. Estão começando a ver as coisas mais leves chegando ao Alasca e a Tofino, e aqui estamos enfiados bem mais longe do mar. Onde você disse que o encontrou?

— Na ponta sul da praia, depois do Jap Ranch.

Ninguém mais na ilha o chamava por esse nome, mas Muriel era dos velhos tempos e conhecia a referência. A antiga propriedade rural, um dos lugares mais bonitos da ilha, pertencera a uma família japonesa, que foi forçada a vendê-la quando foi detida durante a guerra. A propriedade tinha mudado de mãos várias vezes desde então, e agora pertencia a alemães idosos.

Assim que Ruth ouviu aquele apelido, ela teimou em usá-lo. Por sua ascendência japonesa, dissera, ela tinha esse direito, e era importante não deixar que a nova era do politicamente correto apagasse a história da ilha.

— Você pode usar — disse Oliver. A família dele havia emigrado da Alemanha. — Eu já não posso. Não é muito justo.

— Exatamente — concordou Ruth. — Não foi justo. A família da minha mãe também foi detida. Talvez eu pudesse apresentar uma reivindicação de terras em nome do meu povo. Essa propriedade foi roubada deles. Eu poderia simplesmente ir até lá, me sentar na garagem e me recusar a sair. Retomar a terra e expulsar os alemães.

— O que você tem contra o meu povo? — perguntou Oliver.

O casamento deles era assim, uma aliança do Eixo: os antepassados dela, detidos; os dele, bombardeados em Stuttgart, uma pequena consequência acidental de uma guerra travada antes de qualquer um dos dois ter nascido.

— Somos subprodutos de meados do século xx — afirmou Oliver.

— Quem não é?

— Duvido que isso seja do tsunami — disse Muriel, colocando o saco de congelador na mesa outra vez e voltando a atenção para a lancheira da Hello Kitty. — Mais provável que seja de um navio de cruzeiro, subindo a Passagem Interior, ou talvez de turistas japoneses.

Pesto, que vinha circundando as pernas de Muriel, pulou no colo dela e deu uma patada na trança espessa e cinzenta que descia de seu ombro como uma cobra. A ponta da trança estava presa com um elástico de contas coloridas que Pesto achava irresistível. Ele também gostava dos pingentes dos brincos dela.

— Gosto da narrativa do tsunami — disse Ruth, franzindo a testa para o gato.

Muriel jogou a trança para as costas, fora do alcance do gato, e coçou a mancha branca entre as orelhas dele para distraí-lo. Encarou Ruth por cima dos óculos.

— Péssima ideia. Você não pode deixar suas preferências narrativas interferirem em um trabalho investigativo.

Muriel era uma antropóloga aposentada que havia estudado os sambaquis. Ela sabia muito sobre lixo. Era também uma ávida vasculhadora de detritos na praia e foi quem encontrou o pé decepado. Ela se orgulhava de seus achados: anzóis e iscas feitos de ossos, pontas de lanças e de flechas feitas de sílex, e uma variedade de ferramentas de pedra para martelar e cortar. A maioria era de artefatos dos povos originários, mas ela também tinha uma coleção de velhas boias de pesca japonesas que se desprenderam das redes espalhadas pelo Pacífico e foram parar na costa da ilha. As boias eram do tamanho de grandes bolas de praia, globos foscos, espessos, de vidro colorido soprado. Eram lindas, como mundos foragidos.

— Sou romancista — disse Ruth. — Não consigo evitar. Minhas preferências narrativas são tudo o que tenho.

— Faz sentido — concordou Muriel. — Mas fatos são fatos, e estabelecer a proveniência é importante. — Ela ergueu o gato e o fez descer para o chão, depois pousou os dedos nos fechos nas laterais da lancheira. Seus dedos eram decorados com pesados anéis de prata e turquesa, que pareciam incompatíveis perto da Hello Kitty. — Posso? — perguntou.

— Sinta-se à vontade.

Ao telefone, Muriel pedira para inspecionar o achado, então Ruth reembalara a lancheira da melhor maneira possível. Agora ela sentia uma espécie de tensão no ar, mas não sabia ao certo de onde vinha. Algo na formalidade do pedido de Muriel. A solenidade da atitude dela ao abrir a tampa. O jeito como ela fez uma pausa quase ritualística antes de tirar o relógio da lancheira, virando-o de costas e segurando-o junto ao ouvido.

— Está quebrado — disse Ruth.

Muriel pegou o diário. Inspecionou a lombada e depois a capa.

— É aqui que você vai encontrar suas pistas — declarou, abrindo-o mais ou menos ao meio. — Já começou a ler?

Observando Muriel manipular o livro, Ruth sentiu sua inquietação crescer.

— Bem, sim. Apenas as primeiras páginas. Não é tão interessante. — Ela pegou as cartas da caixa e as ofereceu. — Isto parece mais promissor. São mais antigas e podem ser historicamente mais importantes, você não acha? — Muriel largou o diário e pegou as cartas da mão de Ruth. — Pena que não consigo lê-las — acrescentou Ruth.

— A caligrafia é linda — disse Muriel, virando as folhas. — Você as mostrou para Ayako? — Ayako era a jovem esposa japonesa de um criador de ostras que vivia na ilha.

— Sim — disse Ruth, deslizando o diário para baixo da mesa, fora de vista. — Mas ela disse que a caligrafia é difícil até para ela e, além disso, o inglês dela não é tão bom. Mas ela decifrou as datas. Disse que foram escritas em 1944 e 1945, e que eu deveria tentar encontrar alguém mais velho, que estivesse vivo durante a guerra.

— Boa sorte — disse Muriel. — A língua mudou tanto assim mesmo?

— A língua, não. As pessoas. Ayako disse que os jovens já não conseguem ler caracteres complexos ou escrever à mão. Eles cresceram com computadores.

Debaixo da mesa, ela tocou as bordas gastas do diário. Um canto estava rasgado, e o papelão envolto em tecido se mexia como um dente mole. Será que Nao tinha revirado aquele canto entre os dedos também?

Muriel balançou a cabeça.

— Certo — disse. — É assim em todo lugar. As crianças têm uma caligrafia terrível hoje em dia. Eles já nem ensinam mais essas coisas nas escolas. — Ela colocou as cartas ao lado do relógio e dos sacos de congelador sobre a mesa e olhou para o conjunto. Se notou que faltava o diário, não mencionou. — Bem, obrigada por me mostrar.

Ela se levantou, removeu o pelo do gato do colo e depois mancou em direção ao terraço dos fundos. Tinha ganhado um pouco de peso desde a cirurgia de colocação da prótese no quadril e ainda tinha dificuldade para se levantar e abaixar. Ela estava vestindo um velho suéter de Cowichan e uma saia longa, feita de tecido rústico, que cobriu o topo de suas galochas quando ela as calçou de novo. Ela bateu os pés calçados e depois olhou para Ruth, que tinha vindo até a porta para vê-la partir.

— Ainda penso que este achado deveria ter sido meu — disse ela, puxando uma capa de chuva sobre o suéter. — Mas talvez seja melhor você ter encontrado, já que consegue, ao menos, ler um pouco de japonês. Boa sorte. Não fique distraída demais agora...

Ruth se preparou.

— Aliás, como está indo o livro novo? — perguntou Muriel.

3.

À noite, na cama, Ruth quase sempre lia para Oliver. Costumava ser assim quando seu dia de escrita tinha sido produtivo. Ela lia em voz alta o que acabara de escrever, pois descobrira que, se adormecia pensando na cena em que estava trabalhando, muitas vezes acordava com uma ideia de como prosseguir. Fazia muito tempo, no entanto, que ela não tinha um dia assim ou compartilhava algo novo.

Naquela noite, ela leu as primeiras passagens do diário de Nao. Quando chegou ao trecho sobre pervertidos, calcinhas e a cama coberta com pele de zebra, sentiu um súbito rubor de desconforto. Não foi constrangimento. Ela mesma nunca foi tímida com esse tipo de assunto. Pelo contrário, seu desconforto era mais pela garota. Ela sentia querer protegê-la. Mas não precisava se preocupar.

— A monja parece interessante — disse Oliver, enquanto remexia no relógio quebrado.

— Sim — concordou ela, aliviada. — A Democracia Taishō foi uma época interessante para as mulheres japonesas.

— Acha que ela ainda está viva?

— A monja? Duvido. Ela tinha cento e quatro...

— Eu quis dizer a garota.

— Não sei — disse Ruth. — É bizarro, mas estou meio preocupada com ela. Acho que vou ter de continuar lendo para descobrir.

4.

Você já se sente especial?

A pergunta da garota persistia.

— É um pensamento interessante — falou Oliver, ainda mexendo no relógio. — E você?

— Eu o quê?

— Ela diz que está escrevendo para você. Então, você se sente especial?

— Isso é ridículo — disse Ruth.

E se você achar que sou uma idiota e me jogar no lixo?

— Por falar em lixo — comentou Oliver. — Ultimamente, ando pensando na Grande Mancha de Lixo...

— Em quê?

— Nas Grandes Manchas de Lixo do Leste e do Oeste do Pacífico? Volumes imensos de lixo e detritos flutuando nos oceanos? Você já deve ter ouvido falar delas...

— Sim — respondeu ela. — Não. Quer dizer, mais ou menos. — Não importava, já que ele obviamente queria lhe explicar o que eram. Ruth largou o diário, deixando-o descansar nas cobertas brancas. Tirou os óculos e os colocou em cima do livro. Os óculos tinham estilo retrô, com armações pretas e grossas que se destacavam sobre a capa de tecido vermelho e gasto.

— Há pelo menos oito delas pelos oceanos do mundo — disse ele. — Segundo o livro que estou lendo, duas delas, a Grande Mancha do Leste e a Grande Mancha do Oeste do Pacífico estão no Giro das Tartarugas e convergem para a extremidade sul do Havaí. A Grande Mancha do Leste é do tamanho do Texas. A Grande Mancha do Oeste é ainda maior, metade do tamanho continental dos Estados Unidos.

— O que há nelas?

— Principalmente plástico. Como o seu saco de congelador. Garrafas de refrigerante, isopor, embalagens de comida para viagem, lâminas de barbear descartáveis, lixo industrial. Qualquer coisa que jogamos fora e que flutue.

— Que horrível. Por que está me contando isso?

Ele balançou o relógio e o segurou junto ao ouvido.

— Por nada. Só porque estão lá, e qualquer coisa que não afunde ou não escape do giro é sugada para o meio de uma mancha de lixo. Isso é o que teria acontecido com o seu saco de congelador se ele não tivesse escapado. Seria sugado e contido, girando calmamente por aí. O plástico seria decomposto em partículas para os peixes e o zooplâncton comerem. O diário e as cartas se desintegrando, sem serem lidos. Mas, em vez disso, ele veio parar na praia diante do Jap Ranch, onde você pôde encontrá-lo...

— Do que você está falando? — perguntou Ruth.

— De nada. Só que é uma maravilha, só isso.

— Como se o... universo... proporcionasse essa maravilha?

— Quem sabe. — Ele ergueu os olhos com uma expressão de espanto. — Ei, veja! — disse, entregando o relógio. — Está funcionando!

O ponteiro dos segundos estava avançando pelo círculo dos grandes números iluminados do mostrador. Ela o pegou e o colocou no pulso. Era um relógio masculino, mas servia nela.

— O que você fez?

— Não sei — respondeu ele, encolhendo os ombros. — Acho que dei corda nele.

5.

Ela prestou atenção ao tique-taque suave do relógio no escuro e ao som mecânico da respiração de Oliver. Estendeu a mão para a mesa de cabeceira e sentiu o diário. Passando a ponta dos dedos pela capa de tecido macio, ela sentiu a impressão sutil das letras apagadas. Ainda mantinham a forma de *À la recherche du temps perdu*, mas tinham se expandido... Não, essa palavra implicava um desenvolvimento gradual, e aquilo foi repentino, uma mutação ou uma fissura, páginas arrancadas da capa por alguma artesã de Tóquio que rearranjou Proust em algo completamente novo.

De olhos fechados, podia ver a tinta roxa escrevendo linhas sinuosas em blocos sólidos de parágrafos coloridos. Ela não pôde deixar de notar e admirar o fluxo desinibido da linguagem da garota, que raramente hesitava em mudar de ideia. Raramente ela duvidava de uma palavra ou fazia uma pausa para reconsiderá-la ou substituí-la por outra. Havia apenas algumas linhas e frases riscadas, e isso também enchia Ruth de algo semelhante a encanto. Fazia anos que ela não encarava a página com tamanha segurança.

Estou avançando no tempo para tocar você.

Mais uma vez, o diário parecia esquentar entre suas mãos, o que, ela sabia, tinha pouco a ver com qualquer característica misteriosa do livro e tudo a ver com alterações climáticas em seu próprio corpo. Ela estava se acostumando com as mudanças repentinas de temperatura. O volante do carro que ficava pegajoso e quente em suas mãos. O travesseiro que queimava e que ela muitas vezes acordava e encontrava no chão ao lado da cama, onde ela o havia atirado durante o sono, junto às cobertas, como se os punisse por deixarem-na com tanto calor.

O relógio, por outro lado, parecia frio em seu pulso.

Estou avançando no tempo para tocar você... você está retrocedendo para me tocar.

Ela aproximou o diário do nariz outra vez e o cheirou, identificando os aromas um por um: o mofo de um livro antigo fazendo cócegas em suas narinas, o cheiro acre de cola e papel, e, por fim, mais alguma coisa que, ela percebeu, devia ser Nao, amargo como grãos de café e docemente frutado como xampu. Ela inalou de novo, desta vez profundamente, e então colocou o livro — não, não é um belo diário inocente de uma aluna da escola secundária — de volta à mesa de cabeceira, ainda pensando na melhor forma de ler aquele texto improvável. Nao afirmava tê-lo escrito só para ela e, embora Ruth soubesse que aquilo era absurdo, decidiu que iria aceitar essa ideia extravagante. Como leitora da garota, era o mínimo que podia fazer.

O tique-taque constante do velho relógio parecia ficar mais alto. Como buscar pelo tempo perdido, afinal? Enquanto pensava nessa pergunta, ocorreu-lhe que talvez uma pista estivesse no ritmo. Nao tinha escrito seu diário em tempo real, vivendo seus dias, de instante em instante. Talvez se Ruth avançasse devagar, reduzindo o ritmo, sem ler mais depressa do que a garota havia escrito, ela conseguisse reproduzir mais fielmente a experiência de Nao. É claro, as passagens não estavam datadas, então não havia como saber, de fato, como deviam ter sido lentas ou rápidas, mas havia pistas: a mudança na coloração da tinta, assim como as mudanças na densidade ou ângulo da caligrafia, que parecia indicar saltos de tempo ou humor. Se ela analisasse tudo isso, poderia dividir o diário em intervalos hipotéticos e até mesmo lhes atribuir uma numeração, e depois avançar na leitura da maneira apropriada. Se sentisse que a garota estava inspirada, ela podia se permitir a ler mais e mais depressa, mas, se sentisse que o ritmo da escrita estava desacelerando, ela desaceleraria também ou pararia a leitura por completo. Assim, não acabaria se sentindo excessivamente pressionada ou apressada pela vida da garota e seus desdobramentos, nem correria o risco de desperdiçar muito tempo. Seria capaz de equilibrar a leitura do diário com todo o trabalho que ainda precisava ser feito em suas próprias memórias.

Parecia um plano bem razoável. Satisfeita, Ruth agarrou o livro na mesa de cabeceira e o enfiou debaixo do travesseiro. A garota estava certa, pensou conforme adormecia. Era algo real e totalmente pessoal.

6.

Naquela noite ela sonhou com uma monja.

O sonho se passava na encosta de uma montanha, em algum lugar do Japão, onde a sinfonia estridente de insetos quebrava o silêncio, e as brisas noturnas no alto dos ciprestes eram frescas e agitadas.

Entre as árvores, a curva graciosa das telhas que cobriam um templo cintilava palidamente ao luar, e, embora estivesse escuro, Ruth podia ver que o prédio estava caindo aos pedaços, quase em ruínas. A única iluminação de dentro do templo vinha de um só quarto contíguo ao jardim, onde a velha monja estava de joelhos no chão em frente a uma mesa baixa, inclinando-se na direção da tela brilhante de um computador que parecia flutuar na escuridão, projetando seu quadrado de luz prateada nos ângulos envelhecidos de seu rosto. O restante de seu corpo desaparecia na escuridão do quarto, mas, quando ela se inclinou em direção à tela, Ruth conseguiu ver que as costas se curvavam como um ponto de interrogação e que as vestes pretas estavam desbotadas e gastas. Um quadrado de retalhos de tecido estava pendurado em seu pescoço, como o babador que um bebê talvez use para ser protegido dos respingos. Do lado de fora, no jardim do templo, a lua brilhava através das portas corrediças que davam para a varanda. A curva da cabeça raspada da monja brilhava levemente ao luar e, quando ela virou o rosto, Ruth pôde ver a luz do monitor refletida nas lentes dos óculos que ela usava, de armação preta grossa e quadrada, não muito diferente dos óculos da própria Ruth. O rosto da monja parecia estranhamente jovem sob o brilho de pixels. Ela estava digitando alguma coisa, com cuidado, com indicadores artríticos.

"*Àsvezesparacima...*", ela digitou. Os pulsos da monja se dobravam como galhos quebrados, e os dedos se curvaram como varetas tortas, batendo em cada letra no teclado.

"*Àsvezesparabaixo...*"

Era a resposta à pergunta de Nao sobre o elevador. Ela apertou o ENTER e ficou sentada sobre os calcanhares, fechando os olhos como se cochilasse. Depois de alguns minutos, um pequeno ícone piscou na lateral da tela e um sino digitalizado soou um alerta. Ela se endireitou, ajustou os óculos e se inclinou para ler. Depois, começou a digitar a resposta.

Para cima, para baixo, é a mesma coisa. E diferente também.

Enviou o texto e endireitou-se de volta para esperar. Quando o sino tocou, leu a mensagem recebida e fez um movimento de concordância com a cabeça. Refletiu por um instante, passando a mão pela cabeça lisa e em seguida começou a digitar de novo.

Se o alto olha para cima, o alto está embaixo.
Se o baixo olha para baixo, o baixo está em cima.
Nem um, nem dois. Nem iguais. Nem diferentes.
Agora você entende?

Ela demorou um pouco para digitar tudo isso e, por fim, quando apertou o ENTER para enviar a mensagem, pareceu cansada. Tirou os óculos, colocando-os na ponta da mesa baixa e esfregou os olhos com os dedos tortos. Recolocando os óculos, desencurvou devagar o corpo e se levantou, no próprio tempo. Quando os pés estavam firmes no chão, ela se arrastou pelo quarto em direção às portas corrediças de papel e à varanda de madeira. Suas meias brancas brilhavam de modo intenso contra o resplendor escuro da madeira que muitos pés, muitas meias, tinham polido até que o luar se refletisse ali. Ela ficou na beirada e olhou para o jardim, onde velhas rochas lançavam longas sombras e o bambu murmurava. O cheiro de musgo molhado misturava-se ao cheiro do incenso queimado durante o dia. Ela inspirou fundo uma vez, depois outra, e ergueu os braços lateralmente, abrindo as mangas pretas e largas de suas vestes como um corvo esticando as asas e se preparando para voar. Ficou assim por um momento, perfeitamente imóvel, então juntou os braços na frente do corpo e começou a movê-los para a frente e para trás. As mangas se agitavam e se enchiam de ar, e exatamente quando parecia que ela poderia decolar, ela pareceu mudar de ideia e, esticando as mãos, colocou os dedos para trás, pressionando-os na parte inferior das costas e tentando arquear a coluna. Com o queixo voltado para cima, examinou a lua.

Para cima, para baixo.

A pele lisa de sua cabeça raspada refletia a luz. De longe, de onde Ruth estava, pareciam duas luas, conversando.

NAO

1.

O momento oportuno é tudo. Li em algum lugar que os homens nascidos entre abril e junho são mais propensos a cometer suicídio do que homens nascidos em outras épocas do ano. Meu pai nasceu em maio, então talvez isso explique tudo. Não que ele já tenha conseguido se matar. Ele não conseguiu. Mas continua tentando. É apenas questão de tempo.

Sei que disse que escreveria sobre a velha Jiko, mas meu pai e eu temos brigado e, por isso, estou meio preocupada. Na verdade, não é uma grande briga, mas não estamos nos falando, o que, na prática, significa que eu não estou falando com ele. Ele provavelmente nem percebeu porque está muito alheio aos sentimentos das outras pessoas nos últimos tempos, e não quero aborrecê-lo dizendo: "Ei, pai, caso você não tenha notado, estamos brigados, ok?". Ele tem muitas coisas em mente, e não quero deixá-lo ainda mais deprimido.

O verdadeiro motivo pelo qual não estamos brigando é porque não estou indo, de fato, à escola. O problema é que me ferrei no exame de admissão no ensino médio, então não consigo entrar em nenhum lugar bom, por isso, minha única opção é ir para um tipo de escola profissionalizante para onde vão os jovens burros, o que <u>não</u> é uma opção. Não ligo para os estudos. Prefiro ser monja e ir morar com a velha Jiko em seu templo na montanha, mas minha mãe e meu pai dizem que, primeiro, tenho que me formar no ensino médio.

Por isso, neste exato momento, sou uma ronin, que é uma palavra antiga para um samurai que não tem mestre. Nos tempos feudais, os guerreiros samurais tinham que ter senhores, ou mestres. O objetivo de ser um samurai era servir a um mestre e, quando o mestre morria, cometia seppuku,[32] perdia seus castelos em uma guerra ou algo do tipo, era o fim. *Tlec!* O motivo de sua existência se foi e era preciso se tornar um ronin e vagar por aí lutando como espadachins e arrumando encrencas. Esses ronins eram caras assustadores, do tipo que os caras sem-teto que vivem em barracas de lona no parque Ueno poderiam se transformar se alguém desse a eles espadas bem afiadas.

Obviamente não sou samurai, e hoje em dia a palavra ronin significa apenas uma pessoa idiota que vai mal nos exames de admissão e tem de fazer aulas de reforço no cursinho preparatório e estudar em casa enquanto tenta ganhar bastante entusiasmo e autoconfiança para refazer a prova. Normalmente, ronins se formaram no ensino médio e estão morando com os pais enquanto tentam entrar na faculdade. É bem incomum ser uma ronin saindo da escola secundária, como eu, mas estou velha para a minha série e, na verdade, agora que tenho dezesseis anos, não preciso ir para a escola, se não quiser. Pelo menos é o que a lei diz.

O modo como se escreve ronin é 浪人, com o caractere para onda e o caractere para pessoa, que é mais ou menos como me sinto, como uma pequena onda vagando no mar tempestuoso da vida.

2.

Na verdade, não foi por minha culpa que fui mal nos exames de admissão. Com a minha trajetória escolar, eu não poderia entrar em uma boa escola japonesa, por mais que estudasse. Meu pai

---

32. *Seppuku* (切腹): ritual suicida por meio da retirada das vísceras; literalmente, "barriga" + "corte". Os mesmos kanji são usados em *harakiri* (腹切り).

quer que eu entre no ensino médio de uma escola internacional. Quer que eu vá para o Canadá. Ele tem uma coisa com o Canadá. Diz que é como os Estados Unidos, mas com assistência médica e sem armas, e que lá é um lugar onde é possível levar uma vida à altura de seu potencial, sem precisar se preocupar com o que a sociedade pensa nem se vai ficar doente ou levar um tiro. Eu lhe disse para não esquentar a cabeça, porque já não dou a mínima para o que a sociedade pensa, e que não tenho potencial suficiente para perder tempo me preocupando com isso. Mas ele está certo sobre a parte de ficar doente ou levar um tiro. Sou bastante saudável e não me importo com a ideia de morrer, mas também não quero ser assassinada por algum estudante esquisito do ensino médio enfiado em um casaco de chuva e chapado de Zoloft que deu o Xbox em troca de uma semiautomática.

Meu pai era apaixonado pelos Estados Unidos. Sem brincadeira. Era como se os Estados Unidos fossem a amante dele, e ele a amava tanto que, juro, mamãe ficava com ciúmes. Nós morávamos lá, em uma cidade chamada Sunnyvale, que fica na Califórnia. Meu pai era um programador bem-sucedido e, quando eu tinha três anos, ele foi procurado por um recrutador e conseguiu um ótimo emprego no Vale do Silício, e nos mudamos todos para lá. Minha mãe não ficou muito empolgada, mas naquela época ela concordava com tudo o que papai dizia; de minha parte, não tenho nenhuma lembrança do Japão de quando eu era bebê. No que me diz respeito, toda a minha vida começou e terminou em Sunnyvale, o que me torna americana. Minha mãe conta que eu não falava nada de inglês no começo, mas eles me colocaram na creche de uma mulher simpática chamada sra. Delgado, e eu me senti como um peixe dentro d'água. As crianças são assim. Mas, para minha mãe, foi uma época mais difícil. Ela nunca pegou o jeito do inglês ou fez muitas amizades, mas não tinha problemas com isso, porque papai estava ganhando muito dinheiro e ela podia comprar roupas muito bonitas.

Então, estava tudo ótimo e vivíamos no piloto automático, exceto pelo fato de estarmos vivendo em uma completa terra de sonhos chamada bolha da internet; quando ela estourou, a empresa do papai faliu, ele foi demitido, e nós perdemos os vistos e tivemos de voltar para o Japão, o que foi uma merda porque não só meu pai estava desempregado como ele também recebia uma grande porcentagem de seu salário polpudo em participação acionária, por isso, de repente, também não tínhamos nenhuma economia, e Tóquio não é barata. Foi a falência completa. Papai andava aborrecido como um amante que levou um pé na bunda, e mamãe estava sombria, tensa e lacônica, mas pelo menos eles se identificavam como japoneses e ainda falavam o idioma com fluência. Eu, por outro lado, estava totalmente ferrada, porque me identificava como americana e, mesmo que sempre falássemos japonês em casa, minhas habilidades de conversação eram limitadas a coisas básicas do cotidiano, como cadê minha mesada, me passe a geleia, e oh, por favor, por favor, por favor, não me faça sair de Sunnyvale.

No Japão, existem escolas particulares especiais de reforço para crianças kikokushijo[33] como eu, que ficam atrasadas nos estudos depois de passar vários anos nas escolas idiotas dos Estados Unidos enquanto seus pais estão em missões empresariais e, por isso, precisam alcançar o nível de japonês da série em que estudam quando os pais são transferidos de volta. Só que meu pai não estava em uma missão da empresa, e ele não estava sendo transferido de volta. Ele foi demitido. E não é que eu estivesse atrasada para minha a série — eu só tinha frequentado escolas americanas, então <u>sempre</u> estive atrasada. E meus pais não podiam pagar uma escola particular de reforço, por isso acabaram me colocando em uma escola pública, e eu tive que repetir metade da oitava série porque comecei em setembro, que é o meio do ano letivo japonês.

---

33. *Kikokushijo* (帰国子女): crianças repatriadas.

Provavelmente já faz um tempo que você saiu da escola secundária, mas se consegue se lembrar da criança estrangeira perdedora que entrou na sua turma da oitava série no meio do ano, talvez você sinta um pouco de solidariedade por mim. Eu não tinha a menor ideia de como deveria agir em uma sala de aula japonesa e meu japonês era péssimo, e na época eu tinha quase quinze anos, era mais velha do que as outras crianças e também era grande demais para a minha idade, de tanto comer a comida dos Estados Unidos. Além disso, estávamos falidos, então eu não tinha mesada nem nada legal, e fui basicamente torturada. No Japão chamam isso de ijime,[34] mas essa palavra não chega nem perto de descrever o que as crianças costumavam fazer comigo. Eu com certeza já estaria morta se Jiko não tivesse me ensinado a desenvolver meu superpoder. Ijime é o motivo pelo qual, para mim, não é uma opção ir a uma escola de crianças estúpidas, porque, pela minha experiência, crianças estúpidas podem ser ainda mais cruéis do que crianças inteligentes: elas não têm muito a perder. A escola apenas não é segura.

Mas o Canadá é seguro. Meu pai diz que essa é a diferença entre o Canadá e os Estados Unidos. Os Estados Unidos são rápidos, sedutores, perigosos e emocionantes, e você pode se queimar muito fácil, mas o Canadá é seguro, e meu pai quer muito que eu esteja segura, o que o faz parecer um pai bem típico, e ele seria se tivesse um emprego e não ficasse tentando se matar o tempo todo. Às vezes, me pergunto se ele quer que eu esteja segura para que ele se sinta menos culpado quando finalmente conseguir.

3.

A primeira tentativa dele foi há mais ou menos um ano. Tínhamos voltado de Sunnyvale fazia uns seis meses e morávamos em

---
34. *Ijime* (いじめ): bullying.

um apartamento minúsculo de dois cômodos na região oeste de Tóquio, a única coisa pela qual podíamos pagar porque os aluguéis eram muito caros, e a única razão pela qual podíamos pagar por aquele lugar era porque o locador era, supostamente, um amigo do papai dos tempos da faculdade e nos deu um tempo para pagar a caução.

Era um apartamento nojento de verdade, e toda a vizinhança era de recepcionistas de bares que nunca separavam o lixo reciclável, comiam bentô[35] do 7-Eleven e voltavam para casa às cinco ou seis da manhã, totalmente bêbadas e acompanhadas. Nós nos acostumamos a tomar café da manhã ouvindo-as fazerem sexo. No começo, achamos que eram os gatos do beco e, às vezes, eram os gatos do beco, mas quase sempre eram as recepcionistas e nunca dava para ter certeza porque o barulho era muito parecido. Assustador.

Eu não sei como escrever, mas era algo como *uuu... uuu... uuuuh...* ou *au... au... auuuuh...* ou *não... não... nãooo...* como uma jovem sendo torturada por um sádico meio mecânico e um pouco entediado, mas que também não estava disposto a parar.

Minha mãe sempre fingia não ouvir. Mas pelo modo como a pele em volta dos lábios dela ficava pálida, tensa, e ela comia a torrada em mordidas cada vez menores até por fim largar a crosta pela metade sem tirar os olhos dela, dava para perceber que ela podia ouvir tudo. Claro que podia! Era preciso estar surda para não ouvir aquelas garotas estúpidas gemendo, ganindo e uivando como gatinhos escaldados, o som de seus traseiros nus batendo contra as paredes e sacudindo o teto. Às vezes, pequenos farelos de poeira e insetos mortos caíam da luminária fluorescente dentro do meu leite e, tipo, eu não deveria dizer nada? Meu pai também ignorava tudo, menos quando havia uma PANCADA especialmente forte! Aí ele abaixava o jornal e olhava para mim, meio que revirando os olhos, mas logo erguia de novo

---

35. *Bentô* (弁当): marmita.

o jornal, antes que mamãe percebesse e ficasse brava com ele por me fazer perder o controle e deixar escapar leite pelo nariz.

Naquela época, papai saía todos os dias para tentar encontrar um emprego, então ele e eu saíamos juntos do apartamento de manhã. Costumávamos sair mais cedo para fazer o caminho mais longo. Nunca tivemos que combinar ou planejar isso. Assim que terminávamos o café da manhã, jogávamos nossos pratos na pia, escovávamos os dentes, pegávamos nossas coisas e íamos para a porta. Acho que só queríamos ficar livres da minha mãe, que emanava uma vibração bem tóxica nessa fase de nossas vidas. Não que papai e eu falássemos sobre isso. Não, mas também não queríamos ficar por perto.

Havia sempre um momento, quando deixávamos a segurança do nosso prédio e saíamos para a rua, em que meio que nos entreolhávamos e logo desviávamos o olhar. Tenho certeza de que nós dois sentíamos as mesmas coisas: culpa por deixar mamãe sozinha em casa e impotência por sair para um mundo para o qual não estávamos preparados. Parecia totalmente irreal. Nós dois parecíamos ridículos e sabíamos disso. Na época de Sunnyvale, papai era descolado. Ele ia trabalhar de bicicleta, usando jeans e tênis Adidas, e carregava uma bolsa estilo carteiro; e agora vestia um terno azul feio de poliéster e mocassins, e carregava uma maleta barata que o fazia parecer conservador e velho. E eu tinha que usar aquele uniforme tosco da escola, que era muito pequeno e, por mais que eu tentasse, não conseguia descobrir como fazê-lo parecer bonitinho em mim. As outras meninas da minha turma do oitavo ano eram pequenas e conseguiam parecer superbonitinhas e sexy com seus uniformes, mas eu só parecia uma massa grande, velha e fedorenta, e me sentia tudo isso, também. Então, quando saíamos do apartamento, era desse maldito sentimento irreal que eu me lembrava, mais do que qualquer outra coisa, como se fôssemos péssimos atores em figurinos horríveis em uma peça destinada ao fracasso, mas tivéssemos que subir no palco mesmo assim.

O caminho mais longo nos conduzia por vizinhanças antigas e comércio de rua até passar por um pequeno templo no meio de um monte de prédios comerciais feios de concreto. O templo era um lugar especial. Havia cheiro de musgo e incenso, e sons também (podia-se ouvir insetos, pássaros e até alguns sapos), e quase dava para sentir as plantas e outras criaturas crescendo. Estávamos bem no meio de Tóquio, mas chegar perto do templo era como entrar em um bolsão de ar úmido e milenar que, de alguma forma, havia sido preservado como se estivesse em uma bolha no gelo, com todos os sons e cheiros ainda presos ali dentro. Li que no Ártico ou na Antártida, ou em algum lugar muito frio, cientistas podem perfurar um poço e extrair amostras de gelo da atmosfera antiga que têm centenas de milhares ou mesmo milhões de anos. E mesmo que isso seja muito legal, fico triste em pensar nessas rolhas de gelo derretendo e liberando suas bolhas antigas como pequenos suspiros em nosso ar poluído do século XXI. Estúpido, eu sei, mas era assim que eu me sentia em relação ao templo, como se ele fosse uma amostra de outra época; eu gostava dali, de verdade, e contei para o meu pai; isso aconteceu muito antes de conhecer Jiko ou ir passar o verão no templo dela na encosta da montanha, ou coisa do tipo. Eu nem sabia que ela existia.

— Você não se lembra de visitá-la quando era bebê?

— Não.

— Nós a visitamos no templo antes de irmos para os Estados Unidos.

— Eu não me lembro de nada antes de irmos para os Estados Unidos.

Entramos pelo portão de madeira. Um gato dormia ao sol perto de uma luminária de pedra. Subimos alguns degraus gastos até onde Shaka-sama, o Senhor Buda, estava sentado em um altar nas sombras. Ficamos lado a lado, olhando-o no alto. Ele parecia tranquilo, com os olhos semicerrados, como se tirasse uma soneca.

— Sua bisavó é monja. Você sabia?
— Pai, já falei. Nem sabia que tinha bisavó.

Bati palmas duas vezes, me curvei e fiz um desejo, como papai havia me ensinado. Eu sempre desejava as mesmas coisas: que ele encontrasse um emprego, que voltássemos a Sunnyvale e, se nenhum desses desejos se realizasse, que ao menos parassem de me torturar na escola. Na época eu não estava interessada em bisavós que eram monjas. Só estava tentando sobreviver dia após dia.

Depois do templo, papai me acompanhava até a escola e conversávamos sobre as coisas. Não lembro bem sobre o quê, e nada importante. O importante era que estávamos sendo educados e não mencionando todos os assuntos que nos deixavam infelizes, que era o único jeito que tínhamos de amar um ao outro.

Quando chegávamos perto dos portões da escola secundária, ele desacelerava um pouco, e eu diminuía a velocidade também, e ele olhava em volta para ter certeza de que ninguém estava olhando e então me dava um abraço rápido e um beijo no topo da cabeça. Era a coisa mais comum do mundo, mas era como se estivéssemos fazendo algo ilegal, como se fôssemos amantes ou algo assim, porque, no Japão, os pais geralmente não abraçam e beijam os filhos. Não me pergunte por quê. Só não fazem isso. Mas nós nos beijávamos e nos abraçávamos porque éramos dos Estados Unidos, pelo menos em nossos corações, e depois nos afastávamos depressa, caso alguém estivesse olhando.

— Você está muito bonita, Nao — dizia ele, olhando por cima da minha cabeça.

E eu encarava meus sapatos e dizia:
— É, você também está bonito, pai.

Mentíamos descaradamente, mas estava tudo bem, e seguíamos pelo restante do caminho sem dizer nada, porque, se abríssemos a boca depois de dizer tamanhas mentiras, a verdade poderia vir à tona, então tínhamos de ficar de boca fechada. Mas mesmo que não pudéssemos falar com franqueza um com o outro, eu ainda gostava que meu pai me levasse para a escola todas as manhãs, porque isso significava que a turma não podia me importunar antes que ele acenasse um adeus ao virar a esquina.

Mas ficavam esperando. Eu podia sentir seus olhos sobre nós enquanto estávamos no portão, e os pelos dos meus braços e da minha nuca começavam a se arrepiar, e meu coração começava a bater bem depressa, minhas axilas eram como rios transbordando. Eu queria me agarrar ao meu pai e implorar para ele não ir, mas sabia que não podia fazer isso.

— Ja, ne — dizia meu pai, animado. — Estude muito, ok?

E eu apenas fazia que sim com a cabeça, porque sabia que se eu tentasse falar algo, começaria a chorar.

4.

No instante em que ele virava as costas, a turma começava a se aproximar. Você já viu aqueles documentários sobre a natureza em que mostram um bando de hienas selvagens se aproximando para matar um gnu ou um filhote de gazela? Elas vêm de todos os lados e isolam o animal mais fraco do rebanho, cercando-o e chegando cada vez mais perto, ficando bem juntas, e se papai por acaso se virasse para acenar, teria parecido uma brincadeira, como se eu tivesse muitos amigos divertidos, reunidos ao meu redor, gritando cumprimentos num inglês péssimo: *Guddo moningu, dear transfered student Yasutani! Hello! Hello!* E papai ficaria tranquilo ao ver que eu era tão popular e que todo mundo se esforçava para ser legal comigo. E geralmente é uma hiena, nem sempre a maior, mas a que é pequena, rápida e malvada, que dá o bote primeiro, rasgando a carne e tirando sangue, um sinal para o restante do bando atacar; por isso, quando passávamos pelas portas da escola, eu geralmente estava coberta de novos cortes e hematomas, e meu uniforme estava todo desmazelado com furinhos feitos por tesourinhas de unha com pontas afiadas que as garotas guardavam nos estojos para aparar as pontas duplas dos cabelos. Hienas não matam suas presas. Elas as mutilam e as comem vivas.

Basicamente, era assim o dia todo. Passavam pela minha carteira e fingiam ter ânsia de vômito ou sentir um cheiro no ar, dizendo Iyada! Gaijin kusai![36] ou Bimbo kusai![37] Às vezes, praticavam seu inglês idiomático comigo, repetindo coisas que aprendiam com músicas de rap dos Estados Unidos: *Yo, big fat-ass ho, puleezu show me some juicy coochie, ain't you a slutto, you even take it in the butto, come lick on my nutto, oh hell yeah.* Etc. Você já tem uma ideia. Minha estratégia era só ignorar, me fingir de morta ou fazer de conta que eu não existia. Achava que, quem sabe, se eu fingisse o bastante, isso se tornaria realidade e eu morreria ou desapareceria. Ou, pelo menos, se tornaria realidade para meus colegas, que acreditariam e parariam de me importunar, mas não paravam. Não paravam e me perseguiam até o apartamento, eu subia as escadas correndo e trancava a porta atrás de mim, ofegando e sangrando em várias partes onde os cortes não apareciam, como debaixo dos braços ou entre as pernas.

Mamãe quase nunca estava em casa nessa hora. Ela estava na fase das águas-vivas e costumava passar o dia todo no tanque dos invertebrados do aquário da cidade, onde ficava sentada, segurando sua velha bolsa Gucci, observando kurage[38] através do vidro. Sei disso porque ela me levou até lá uma vez. Era a única coisa que a acalmava. Ela tinha lido em algum lugar que observar kurage era bom para a saúde porque reduzia os níveis de estresse; o problema era que muitas outras donas de casa tinham lido o mesmo artigo, então a frente do tanque ficava sempre lotada e o aquário teve que colocar cadeiras dobráveis, e era preciso chegar bem cedo para conseguir um bom lugar, e tudo era muito estressante. Agora que penso nisso, tenho

---

36. *Iyada! Gaijin kusai*: Eca! Ela fede como uma estrangeira!
37. *Bimbo kusai*: Ela fede como uma indigente!
38. *Kurage* (水母): água-viva; literalmente, "água" + "mãe".

certeza de que ela estava sofrendo um esgotamento nervoso na época, mas me lembro de como ela parecia pálida e linda com seu perfil delicado contra o tanque de água azul, e seus olhos vermelhos seguiam o vaivém de águas-vivas rosadas e amareladas conforme flutuavam como luas pulsantes de tons pastel, arrastando os longos tentáculos atrás de si.

5.

Esta era a nossa vida logo depois de Sunnyvale, e parecia durar para sempre, embora, na verdade, tenham sido apenas uns dois meses. E então, uma noite, papai chegou em casa e anunciou que havia sido contratado por uma nova startup que estava desenvolvendo uma linha de softwares de produtividade empática. Ele seria o programador-chefe e, mesmo que seu salário fosse uma pequena fração do que ele ganhava no Vale do Silício, pelo menos era um emprego. Era um milagre! Lembro que mamãe ficou tão feliz que começou a chorar, e papai ficou todo tímido e arisco, mas nos levou para comer enguia de água doce grelhada com arroz, que é o meu prato favorito do mundo todo.

Depois disso, papai ainda saía comigo de manhã e voltava para casa tarde da noite, e mesmo que eu ainda sofresse bullying na escola, e pelo visto ainda não tivéssemos dinheiro, estava tudo bem, porque estávamos todos otimistas quanto ao futuro da nossa família outra vez. Mamãe parou de ir ao aquário e começamos a arrumar nosso apartamento de dois cômodos. Ela limpou o tatame e organizou nossas estantes e até confrontou as recepcionistas, encurralando-as quando estavam no corredor a caminho dos clubes e dando um sermão sobre a reciclagem do lixo e o barulho que faziam.

— Tenho uma filha adolescente! — Eu a ouvi dizer, o que me fez sentir envergonhada (tipo, oi, eu já tinha quase quinze anos e sabia o que era sexo), mas também orgulhosa por ela me considerar uma filha pela qual valia a pena lutar.

Aquele ano foi o primeiro Natal e Ano-Novo que passei no Japão de que consigo me lembrar, e minha mãe e meu pai estavam tentando acreditar que tudo estava bem e todo o desastre em nossa vida era apenas uma grande aventura, e embarquei nessa com eles, porque eu era só uma garota, do que eu entendia? Trocamos presentes de Natal, mamãe fez osechi,[39] e ficamos sentados em frente à tevê comendo camarão caramelizado, peixinhos secos e salgados, ovas e raízes de lótus em conserva e doce de feijão enquanto papai bebia saquê e, nos intervalos comerciais, contava histórias sobre a linha de softwares de produtividade que estava desenvolvendo, sobre como os computadores teriam empatia e poderiam antecipar nossas necessidades e sentimentos melhor do que outros seres humanos, e que em breve os seres humanos não precisariam mais uns dos outros da mesma maneira. Diante do que estava acontecendo na escola, achei que tudo isso soava muito promissor.

Não consigo imaginar no que papai estava pensando. Não consigo acreditar que ele achava que ia se dar bem. Talvez não achasse. Talvez ele nem pensasse, ou talvez já estivesse tão doido que de fato acreditava em suas próprias histórias. Ou talvez só tivesse cansado de se sentir um fracassado, então inventou esse emprego para ficar em paz e nos fazer felizes, pelo menos por um tempo. E deu certo. Por pouco tempo. Mas logo ele e mamãe começaram a discutir à noite, no começo de leve, depois de forma cada vez mais intensa.

Era sempre por causa de dinheiro. Mamãe queria que ele lhe entregasse o salário da semana, para que ela pudesse administrá-lo. É assim que se faz no Japão. O marido dá à esposa todo o dinheiro, e ela dá uma mesada para ele gastar em cerveja

---

[39]. *Osechi ryōri* (おせち料理): prato especial de Ano-Novo preparado com antecedência e servido em uma marmita com várias divisões.

e pachinko ou no que ele quiser, enquanto ela guarda o restante em segurança. E mamãe tinha uma boa razão para querer fazer isso do jeito japonês. Quando eles foram para os Estados Unidos, papai insistiu em fazer tudo à maneira local: o Homem da Casa toma todas as Grandes Decisões Financeiras. Mas, como se viu com o negócio da participação acionária, o jeito masculino e americano foi um desastre. Mamãe não ia deixar algo assim se repetir, por isso insistia para que ele lhe entregasse o pagamento e ele insistia que tinha depositado tudo em uma conta de alto rendimento blá-blá-blá. De vez em quando, ele lhe entregava um maço de notas de dez mil ienes, mas só. E eles teriam continuado assim por muito mais tempo, só que papai se descuidou e, alguns dias antes do meu aniversário de quinze anos, mamãe encontrou canhotos de apostas em corrida de cavalos no bolso dele e o confrontou. E, em vez de confessar que estava mentindo, ele saiu e se sentou em um parque, se entupindo de saquê da máquina de bebidas, depois foi para a estação de trem, comprou um bilhete para uma das plataformas e pulou na frente do trem expresso de Chuo com destino a Shinjuku às 12h37.

Para a sorte dele, o trem já havia começado a desacelerar ao se aproximar da estação, e o condutor o viu cambaleando na beira da plataforma e conseguiu pisar no freio de emergência a tempo. Foi por pouco. O trem passou por cima daquela maleta estúpida dele. Os guardas da estação vieram, tiraram meu pai dos trilhos e o detiveram por causar transtornos e interferir na pontualidade das operações do sistema de tráfego, mas como não ficou claro se ele tinha pulado ou se apenas tropeçou porque estava bêbado, em vez de levá-lo para a cadeia, eles o soltaram sob custódia de mamãe.

Mamãe foi buscá-lo na delegacia, trouxe-o para casa de táxi e o colocou na banheira. Quando ele saiu, úmido e um pouco mais sóbrio, disse que estava pronto para confessar tudo. Mamãe me mandou ir para o quarto, mas papai disse que eu tinha idade suficiente para saber que tipo de homem eu tinha como pai. Ele se sentou diante de nós na mesa da cozinha, com os dedos brancos e entrelaçados, e admitiu que tinha inventado tudo. Em vez de ir trabalhar como programador-chefe, ele passava os dias em um banco no parque Ueno, estudando as tabelas de apostas e alimentando os corvos. Havia vendido seus antigos periféricos de computador para levantar algum dinheiro, que costumava apostar nos cavalos. De vez em quando ele ganhava, então guardava parte do dinheiro para apostar de novo e trazia o resto para casa, para dar à mamãe. Mas, nos últimos tempos, ele mais perdia do que ganhava, até que o dinheiro acabou. Não tinha conta de alto rendimento blá-blá-blá. Não tinha software de produtividade empática. Não tinha startup nenhuma. Tinha só os cinco milhões de ienes da multa que a companhia de tráfego cobra de quem tentou causar um "incidente humano", que é uma forma educada de dizer que alguém tentou usar um dos trens deles para se matar. Ele se curvou até quase encostar a testa na mesa da cozinha e disse que lamentava não ter dinheiro para me comprar um presente de aniversário. Tenho certeza de que estava chorando.

O Incidente da Linha Expressa de Chuo foi a primeira vez, e ele estava bêbado, por isso quase se podia acreditar que foi um acidente. No final, foi isso que mamãe decidiu fazer, e papai fez o mesmo, embora os olhos dele me dissessem que não era verdade.

6.

Minha velha Jiko diz que tudo acontece por causa do seu carma, que é um tipo de energia sutil que você causa pelas coisas que faz, diz ou simplesmente pensa, o que significa que você tem que observar a si mesmo e não ter muitos pensamentos perversos ou eles vão voltar e atingir você. E não apenas nesta vida, mas em todas as suas vidas também, do seu passado e do seu futuro.

Então, talvez seja apenas o carma do meu pai acabar em um banco de parque alimentando corvos nesta vida e por isso é impossível, de fato, colocar a culpa nele por causar um incidente humano e querer passar para a próxima vida bem depressa. De qualquer forma, Jiko diz que enquanto você continuar tentando ser uma boa pessoa e se esforçando para mudar, um dia, todas as coisas boas realizadas finalmente vão anular todas as coisas ruins feitas, e você pode se tornar iluminado, entrar no elevador e nunca mais voltar: a menos que, como disse, você seja igual a Jiko e faça votos de não entrar no elevador até que todas as outras pessoas já tenham entrado. Isso é o mais fantástico sobre minha bisavó. Você pode contar com ela, de verdade. Ela pode ter cento e quatro anos e falar algumas coisas bem esquisitas, mas minha velha Jiko é totalmente confiável.

RUTH

1.

— Interessante a parte dos corvos — comentou Oliver, hesitante.

Ruth fechou o diário e olhou para o marido. Ele estava deitado de costas na cama, a cabeça apoiada no travesseiro, olhando para os dedos dos pés. Ela investigou o perfil dele, harmonioso, de traços bem definidos, e ficou maravilhada. Depois de tudo que ela tinha acabado de ler, sobre a vida de Nao, o pai da garota, a situação na escola, a mente dele se concentrou nos corvos! Havia tantas outras questões mais prementes que ela teria preferido discutir, e estava prestes a dizer isso, quando a leve hesitação nas palavras a deteve; Oliver estava ciente de que, muitas vezes, as respostas dele eram anormais, e ela sabia que isso o preocupava. Oliver não fazia aquilo para irritá-la, muito pelo contrário. Ruth respirou fundo.

— Corvos — repetiu ela. — Sim. O que há com eles?

— Bem — respondeu, parecendo aliviado. — É engraçado que ela os mencione, porque tenho lido um pouco sobre os corvos do Japão. Lá, a espécie nativa é o *Corvus japonensis*, que é uma subespécie do *Corvus macrorhynchos*, o corvo-de-bico-grosso, ou corvo-da-selva. É bem diferente do corvo-americano.

— Aqui é o Canadá — disse ela, interrompendo-o mesmo conforme sua mente vagava para outro lugar. — Deveríamos ter corvos canadenses. — Estava imaginando o pai de Nao sentado no banco. Todas as manhãs, ele acordava, vestia-se com o terno azul barato, tomava o café da manhã, levava a filha para a escola. Talvez resgatasse uma cópia do jornal do dia de um cesto de reciclagem a caminho do parque, para ler no banco.

— Bom, é verdade — concordou Oliver. — Mas, como estava dizendo, o corvo nativo aqui na região é o *Corvus caurinus*, o corvo do noroeste. Quase idêntico ao corvo-americano, só que menor.

— Já imaginava — respondeu ela. Será que o homem tinha um banco especial do qual gostava mais do que outros? Ele se sentava e lia o jornal, estudava a tabela de corridas. Talvez alimentasse os corvos à tarde com migalhas de seu sanduíche ou grãos de seu bolinho de arroz antes de tirar uma soneca esticado no banco com o jornal cobrindo o rosto. Será que ele achava mesmo que conseguiria se dar bem?

Oliver ficou em silêncio.

— Eu nem sabia que tínhamos corvos — falou ela depressa, para demonstrar que ainda estava ouvindo. — Achei que só tínhamos gralhas.

— Nós temos — explicou ele. — Temos os dois, corvos e gralhas. Mesma família. Aves diferentes. Essa é a parte estranha.

Ele se sentou na cama e esperou até ter toda a atenção dela antes de continuar.

— Naquele dia, quando você trouxe o saco de congelador? Eu estava lá fora na horta e ouvi as gralhas grasnando. Elas estavam no alto de um abeto, fazendo uma barulheira, batendo asas, bem animadas. Olhei para cima e vi que estavam atacando uma ave menor. A ave menor continuava tentando se aproximar das gralhas, que não paravam de bicá-la, até que acabou por voar para a cerca perto de onde eu estava trabalhando. Parecia um corvo, só que era maior do que o *Corvus caurinus*, com um calombo na testa e um bico grande e grosso.

— Então, não era um corvo?

— Não, era sim. Acho que era um corvo-da-selva. Ficou lá um tempão me observando, aí dei uma boa olhada nele também. Eu poderia jurar que era um *Corvus japonensis*. Mas o que ele estava fazendo aqui?

Ele estava inclinado para a frente agora, com os olhos azul-claros atentamente fixos nas cobertas, como se tentasse localizar nos lençóis uma resposta para o mistério desse deslocamento geográfico.

— A única coisa em que consigo pensar é que ele veio pousado nos destroços. Que faz parte do refugo.

— Isso é possível?

Ele passou as mãos pelo cobertor, aplainando montes e vales.

— Tudo é possível. Pessoas chegaram aqui em troncos escavados. Por que os corvos não viriam? Eles podem pousar no refugo, além de terem a vantagem de poder voar. Impossível não é. É uma anomalia, só isso.

2.

Ele era uma anomalia, uma zombaria, um desvio absoluto. Alguém que "frita o peixe na frigideira errada" era o modo como as pessoas da ilha o definiam, às vezes. Mas Ruth sempre foi fascinada pelas divagações mentais dele e, embora ficasse muitas vezes impaciente na tentativa de acompanhar esse fluxo, no final, ficava contente por fazê-lo. As observações dele, como aquelas, relativas ao corvo, eram sempre as mais interessantes.

Eles tinham se conhecido no início dos anos 1990 em uma colônia de artistas nas Montanhas Rochosas do Canadá, onde ele conduzia uma residência temática chamada O fim do Estado-Nação. Ela havia sido convidada para realizar na colônia a pós-produção de um filme em que estava trabalhando na época, e ele era um entusiasta apaixonado pelo cinema japonês dos anos 1950, por isso logo ficaram amigos. Ele costumava visitá-la na sala de edição com um fardo de seis cervejas, e bebiam enquanto Oliver falava sobre montagem, finalização, corte e sequência conforme Ruth combinava cuidadosamente os fotogramas do filme. Ele era um artista ambiental e fazia instalações ao ar livre (intervenções botânicas em paisagens urbanas, como ele as chamava) à margem da arte institucionalizada, e ela foi atraída pela anarquia desenfreada e fértil dos pensamentos dele. Na penumbra tremulante da sala de edição, ela prestava atenção ao que ele dizia e, em pouco tempo, havia se mudado para o quarto dele no dormitório.

Terminada a residência, eles se separaram e seguiram em direções opostas: ela voltou para Nova York, e ele foi para uma fazenda na ilha da Colúmbia Britânica, onde ensinava permacultura. Se tivessem se conhecido um ano antes, o romance provavelmente teria terminado por aí, mas aqueles eram os primórdios da internet e os dois tinham e-mails e conexões discadas, o que permitiu que mantivessem viva a amizade instantânea. Ele compartilhava a linha com outras três famílias na ilha, mas esperava até bem tarde da noite, quando ninguém mais estava usando o telefone, para enviar mensagens diárias com o assunto *missivas das margens musgosas*. No verão, enquanto as mariposas pesadas batiam as asas empoeiradas contra a tela da janela, ele escrevia para ela sobre a ilha, descrevendo como os arbustos estavam carregados de frutas silvestres, onde se encontravam as ostras mais suculentas e como a bioluminescência iluminava as ondas que quebravam na praia enchendo o oceano com a cintilação de formas de vida planctônica que espelhavam as estrelas no céu. Ele traduzia o imenso e selvagem ecossistema da Orla do Pacífico em poesia e pixels, transmitindo-os de uma ponta a outra até o pequeno monitor dela em Manhattan, onde ela aguardava, inclinada diante da tela, lendo cada palavra com ansiedade e sentindo o coração pulsar na garganta, porque a esta altura já estava perdidamente apaixonada.

Naquele inverno, eles tentaram morar juntos em Nova York, mas, quando a primavera chegou, ela cedeu mais uma vez à força e à maré da mente dele, permitindo que as correntes a levassem para o outro lado do continente, arrastando-a para as praias remotas da ilha verdejante, cercada pelos fiordes e picos nevados de Desolation Sound; a força da mente dele e do sistema de saúde canadense, porque ele tinha sido acometido por uma misteriosa doença semelhante à gripe, e os dois estavam falidos e precisavam de uma assistência médica acessível.

E, para ser totalmente franca, ela precisaria reconhecer o papel que desempenhava no vaivém deles. Ruth queria o melhor para Oliver, queria que ele estivesse feliz e seguro, mas também estava procurando um refúgio para si mesma e para a mãe. Na época, a mãe dela sofria de Alzheimer. Ela havia sido diagnosticada apenas alguns meses antes do falecimento do pai de Ruth e, no leito de morte, Ruth lhe havia prometido que cuidaria da mãe depois que ele partisse, mas logo depois seu primeiro romance foi publicado, e ela embarcou em uma turnê de lançamento que a fez dar duas voltas pelo mundo. Cuidar de uma mãe com demência em Connecticut e de um marido com uma doença crônica no Canadá era obviamente impossível. A única opção era agrupar sua família e levar a mãe para a ilha.

Parecia um bom plano; por isso, quando chegou o dia da mudança, Ruth ficou contente em trocar o minúsculo apartamento de um quarto que tinha sido seu lar na Baixa Manhattan por oito hectares de floresta temperada e duas casas em Whaletown.

— Só estou trocando uma ilha por outra — disse ela aos amigos de Nova York. — Pode ser tão diferente assim?

3.

Podia, ela descobriu, ser muito diferente. Whaletown não era uma cidade propriamente dita, e sim uma "localidade", definida pela província da Colúmbia Britânica como "local ou área designada, com uma população quase sempre esparsa de 50 pessoas ou menos". Mesmo assim, era o segundo maior centro populacional da ilha.

No passado, fora uma estação baleeira, daí a origem do nome de cidade das baleias, embora as baleias agora raramente fossem vistas em águas próximas. A maioria delas tinha sido caçada em 1869, quando um escocês chamado James Dawson e seu parceiro estadunidense, Abel Douglass, fundaram a estação de Whaletown e começaram a matar baleias com uma arma nova e extremamente eficiente chamada *bomb lance*. O *bomb lance* era um pesado fuzil que se apoiava sobre o ombro e que disparava um arpão especial, equipado com bomba e detonador de efeito demorado, que explodia dentro da baleia apenas segundos depois de penetrar em sua pele. Em meados de setembro daquele ano, Dawson e Douglass haviam despachado mais de 450 barris de óleo, 75 mil litros, de navio para o sul, rumo aos Estados Unidos.

A principal fonte de óleo naquele tempo era a gordura de baleia, e a única maneira de obtê-la era extraindo de baleias vivas. Quando a tecnologia de extração de querosene e petróleo de fósseis pré-históricos se tornou comercialmente viável, na última metade do século, a ordem dos cetáceos ganhou uma nova chance de sobrevivência. Pode-se dizer que os combustíveis fósseis chegaram bem a tempo de salvar as baleias, mas não a tempo de salvar as baleias de Whaletown. Até junho de 1870, um ano após o estabelecimento da estação, as últimas baleias da região já tinham sido exterminadas ou fugido, e Dawson e Douglass fecharam o negócio e também seguiram em frente.

As baleias são seres-tempo. Em maio de 2007, uma baleia-da-groenlândia de cinquenta toneladas foi morta por caçadores esquimós na costa do Alasca, e descobriu-se que tinha um projétil em formato de flecha de nove centímetros cravado no tecido adiposo de seu pescoço. Ao datar o fragmento, pesquisadores conseguiram estimar a idade da baleia: entre 115 e 130 anos. Criaturas que sobrevivem e vivem tanto assim supostamente têm capacidade de se lembrar de coisas muito antigas. As águas ao redor de Whaletown haviam sido traiçoeiras para as baleias, mas as que conseguiram escapar aprenderam a permanecer longe dali. Dá até para imaginá-las cantando e murmurando umas para as outras com suas belas vozes subaquáticas.

Afastem-se! Afastem-se!

De vez em quando, avistam-se baleias da balsa que atende a ilha. O capitão desliga o motor e liga o sistema de alto-falantes para anunciar que um bando de orcas ou uma jubarte foi avistada a estibordo a nordeste, e todos os passageiros seguem rumo àquele lado da embarcação para percorrer as ondas com os olhos em busca do vislumbre de uma nadadeira, cauda ou costas escuras e lustrosas emergindo da água. Turistas empunham câmeras e celulares na esperança de capturar um salto ou um esguicho e até habitantes locais se animam. Mas, na maior parte do tempo, as baleias ainda se mantêm longe de Whaletown, deixando para trás apenas o nome.

4.

Um nome, pensou Ruth, podia ser um fantasma ou um presságio, dependendo de que lado do tempo se estava. O nome Whaletown tornou-se um mero espectro do passado, uma tremulação crepuscular do Pacífico, mas o nome Desolation Sound ainda pairava em um limiar que a lembrava tanto de um oráculo como de uma assombração.

Seu próprio nome, Ruth, muitas vezes funcionava como uma maldição, lançando uma sombra complexa em sua vida futura. A palavra *ruth* é derivada do Inglês Médio *rue*, que significa remorso ou arrependimento. A mãe de Ruth, que era japonesa, não estava pensando na etimologia inglesa ao escolher esse nome nem pretendia amaldiçoar a filha com isso, Ruth era apenas o nome de uma velha amiga da família. Mas, mesmo assim, Ruth muitas vezes se sentia oprimida pelo significado de seu nome, e não apenas em inglês. Em japonês, o nome era igualmente problemático. Japoneses não articulam o "r" ou o "th". Em japonês, Ruth é pronunciado como *rutsu*, que significa "raízes", ou *rusu*, que significa "não está em casa" ou "ausente".

* * *

A casa que compraram em Whaletown foi construída em uma clareira semelhante a uma campina que havia sido aberta no meio da densa floresta temperada. Um chalé menor ficava junto à entrada de carros, onde sua mãe moraria. Por todos os lados, estavam cercados por enormes abetos-de-douglas, cedros vermelhos e bordos de folha grande, minimizando tudo o que era humano. Quando Ruth viu pela primeira vez essas árvores gigantes, chorou. Elas se erguiam à sua volta, antigos seres-tempo de trinta a sessenta metros de altura. Com um metro e sessenta e sete, ela nunca se sentiu tão insignificante em toda a vida.

— Nós não somos nada — disse, enxugando os olhos. — Mal existimos.

— Sim — concordou Oliver. — Não é incrível? E elas vivem por uns mil anos.

Ela se recostou em Oliver, virando o pescoço para trás a fim de ver as copas das árvores penetrando no céu ao longo do caminho.

— É impossível que sejam tão altas — comentou.

— Não é impossível — respondeu Oliver, segurando-a para que não caísse. — É apenas uma questão de perspectiva. Se você fosse aquela árvore, eu não alcançaria nem seu tornozelo.

Oliver estava radiante. Era um apaixonado por árvores e não sabia o que fazer com hortas arrumadinhas ou jardins ou plantas anuais de raízes curtas, como alface. Assim que se mudaram, ele ainda estava bastante doente, propenso a tonturas e se cansando com facilidade, mas começou uma rotina diária de caminhadas, e logo corria pelas trilhas; para Ruth, parecia que a floresta o estava curando, como se ele absorvesse a inexorável força vital do lugar. Enquanto corria pela densa vegetação rasteira, ele era capaz de ler os sinais das intrigas, do drama e das lutas de poder arbóreas, quando as espécies disputavam o controle de um pouco de luz do sol, ou os abetos gigantes e os esporos de fungos optavam por trabalhar juntos, em benefício mútuo. Ele podia ver o tempo se desenrolando ali, e a história, incrustada nas formas espirais e fractais da natureza; aí, voltava para casa suando, ofegante e contava a ela o que tinha visto.

A casa deles era feita de cedro da floresta. Era uma estrutura extravagante de dois andares construída por hippies na década de 1970, com taubilhas, beirais largos e um extenso alpendre com vista para a campina e cercado por árvores altas. O corretor de imóveis havia descrito a casa como tendo vista para o oceano, mas o único vislumbre de água que a casa oferecia era de uma única janela, no escritório de Ruth, de onde ela podia ver uma estreita faixa de mar e céu através de uma abertura em forma de U entre as copas das árvores, que parecia um túnel invertido. O corretor observou que poderiam derrubar as árvores que bloqueavam a vista, mas eles nunca o fizeram. Pelo contrário, plantaram outras.

Em uma tentativa vã de domesticar a paisagem, Ruth plantou rosas trepadeiras em volta da casa. Oliver plantou bambus. As duas espécies logo cresceram e se tornaram um matagal denso e emaranhado, de modo que, em pouco tempo, era quase impossível encontrar a entrada da casa se você já não soubesse onde ela estava. A casa parecia prestes a desaparecer e, a essa altura, a campina também se encolhia, à medida que a floresta a invadia como uma vagarosa onda de coníferas que ameaçava engoli-los por completo.

Oliver não se preocupava. Ele tinha uma visão de longo prazo. Antecipando os efeitos do aquecimento global nas árvores nativas, trabalhava para criar uma floresta para a mudança climática em uma área restrita de quarenta hectares, propriedade de um amigo botânico. Ele plantou bosques de antigas árvores nativas: metassequoias, sequoias-gigantes, sequoias-costeiras, nogueiras, olmos e ginkgo, espécies nativas da área durante o Máximo Térmico do Eoceno, há cerca de 55 milhões de anos.

— Imagine — disse ele. — Palmeiras e jacarés florescendo de novo em direção ao norte, até o Alasca!

Aquela era a sua obra de arte mais recente, uma intervenção botânica que chamou de Neo-Eoceno. Ele a descreveu como uma colaboração com o tempo e o espaço, cujo resultado nem ele nem nenhum de seus contemporâneos viveria para testemunhar, mas não via problemas em não o saber. A paciência fazia parte de sua natureza, e ele aceitava sua sorte como um mamífero de vida curta, correndo entre as raízes de gigantes.

Já Ruth não era nem paciente nem tolerante, e gostava muito de saber. Depois de alguns poucos anos (quinze, para ser exata — poucos pelas contas dele, intermináveis pelas dela) cercada por toda essa exuberância vegetal, ela se sentia cada vez mais inquieta. Sentia falta das construções de Nova York. Era apenas na paisagem urbana, em meio a linhas retas e à arquitetura, que conseguia situar a si mesma no tempo e na história humanos. Como romancista, precisava disso. Sentia falta das pessoas. Sentia falta das intrigas, do drama e das lutas de poder humanas. Ela precisava de sua própria espécie, não para conversar, necessariamente, mas apenas para estar entre iguais, como uma transeunte no meio da multidão ou uma testemunha anônima.

Mas ali, na ilha esparsamente povoada, a cultura humana mal existia, era apenas uma finíssima camada de verniz. Engolida pelas rosas espinhosas e os aglomerados de bambu, ela olhava pela janela e se sentia imersa em um conto de fadas malévolas. Ela fora enfeitiçada. Espetara o dedo e caíra em um sono profundo, quase um coma. Os anos se passavam, e ela estava envelhecendo. Ela cumprira a promessa feita ao pai, cuidando da mãe. Agora que a mãe estava morta, Ruth sentia sua própria vida lhe escapar. Talvez fosse hora de deixar aquele lugar, sobre o qual pensava que seria para sempre seu lar. Talvez fosse hora de desfazer o feitiço.

5.

A renúncia ao lar é um eufemismo budista para a renúncia ao mundo secular e entrada no caminho monástico, o que era quase o oposto do que Ruth imaginava quando refletia sobre seu retorno à cidade. O Mestre Zen Dōgen usa a expressão em "Os méritos da renúncia ao lar", que é o título do Capítulo 86 de seu *Shōbōgenzō*. Nesse capítulo ele elogia seus jovens monges discípulos por seu compromisso com o caminho da iluminação e explica a natureza granular do tempo: os 6.400.099.980 momentos[40] que constituem um único dia. Seu argumento é que cada um desses momentos oferece uma oportunidade de restaurar nossa determinação. Mesmo um estalar de dedos, diz, oferece-nos sessenta e cinco oportunidades de despertar e escolher ações que produzirão carma benéfico e mudarão nossas vidas.

"Os méritos da renúncia ao lar" foi originalmente proferido como uma palestra para os monges em Eiheiji, o mosteiro fundado por Dōgen, nos recônditos das montanhas da província de Fukui, longe da decadência e corrupção da cidade. No *Shōbōgenzō*, o texto da palestra é seguido pela data em que foi proferida: *Um dia do retiro de verão no sétimo ano da era Kenchō*.

Perfeito. É possível imaginar o genuíno calor de verão envolvendo a montanha e o canto estridente das cigarras atravessando o ar pesado; os monges sentados em zazen por horas a fio, imóveis em suas almofadas úmidas, enquanto os mosquitos rondavam suas cabeças calvas reluzentes e filetes de suor escorriam como lágrimas de seus jovens rostos. Para eles, o tempo devia parecer interminável.

Perfeito, exceto pelo fato de que o sétimo ano da era Kenchō corresponde ao ano de 1255 do calendário gregoriano, e, durante o retiro de verão daquele ano, o Mestre Zen Dōgen, que supostamente estava palestrando sobre os méritos

---

40. Em japonês, *setsuna* (刹那), do sânscrito *kṣāna* (Apêndice A).

da renúncia ao lar, estava morto. Ele havia morrido em 1253, dois anos e muitos momentos antes.

Existem várias explicações para essa discrepância. O mais provável é que Dōgen escreveu um rascunho da palestra vários anos antes de sua morte, com a intenção de revisá-lo, havia deixado notas e comentários para isso, sendo que essas alterações foram posteriormente incorporadas em uma versão final e entregues aos monges por seu herdeiro do darma, o Mestre Koun Ejō.

Mas há outra possibilidade, que é a de que, naquele dia de verão do sétimo ano da era Kenchō, o Mestre Zen Dōgen não estava totalmente morto. Claro que ele também não estaria totalmente vivo. Como o gato de Schrödinger no exercício mental quântico, ele estaria vivo e morto.[41]

A grande questão da vida e da morte é o verdadeiro tema de "Os méritos da renúncia ao lar". Quando Dōgen exorta seus jovens monges da floresta a continuar evocando a própria determinação, um momento depois do outro, e a permanecerem fiéis a seu compromisso com a iluminação, o que quer dizer é apenas: *A vida é efêmera! Não desperdice um único momento de sua preciosa vida!*

Desperte agora!
E agora!
E agora!

6.

Ruth cochilava na cadeira do escritório no segundo andar. A torre volumosa de páginas que representavam os últimos dez anos de sua vida assentava-se perfeitamente sobre a escrivaninha diante de si. Letra por letra, página por página, ela construíra aquele edifício, mas agora, a cada vez que contemplava as memórias, sua mente se retraía e ela se sentia sonolenta,

---

41. Para algumas reflexões sobre Dōgen e a mecânica quântica, ver o Apêndice B.

sem razão aparente. Fazia meses, talvez até um ano, desde a última vez que acrescentara algo ali. Novas palavras apenas se recusavam a vir, e ela mal conseguia se lembrar das antigas, as que já havia escrito. E tinha medo de olhar. Sabia que precisava ler o rascunho mais uma vez, consolidar a estrutura e, em seguida, começar a editar e preencher as lacunas, mas era coisa demais para seu cérebro nebuloso processar. O mundo dentro das páginas era tão obscuro quanto um sonho.

Lá fora, Oliver cortava lenha e ela podia ouvir o som ritmado do baque do machado talhando a madeira. O exercício era bom para ele, que tinha ficado lá fora por horas.

Ruth evocou a própria determinação e ajeitou-se, decidida, na cadeira. O robusto diário vermelho estava em cima do livro de memórias, e ela o pegou para colocá-lo de lado. O livro parecia uma caixa em suas mãos. Virou-o. Quando criança, ela sempre ficava surpresa ao pegar um livro de manhã, abri-lo e encontrar as letras alinhadas e em seus devidos lugares. De alguma forma esperava que estariam embaralhadas, que tivessem caído no fim da página quando as capas estavam fechadas. Nao havia descrito algo semelhante quando viu as páginas em branco de Proust e imaginando que as letras tivessem caído como formigas mortas. Quando Ruth leu isso, sentiu o impacto da identificação.

Colocou o diário na extremidade mais distante da escrivaninha, fora do caminho, e então encarou o manuscrito. Talvez a mesma coisa tivesse acontecido com suas páginas. Talvez ela começasse a ler e acabasse descobrindo que suas palavras haviam desaparecido. Talvez isso fosse bom. Talvez fosse um alívio. As memórias maltratadas a encaravam de volta, cruéis. Enquanto sua mãe ainda estava viva, o projeto parecia uma boa ideia. Durante o longo período de declínio, Ruth registrara a erosão gradual da mente da mãe e também observara a si mesma, fazendo fartas anotações sobre seus próprios sentimentos e reações. O resultado era aquela pilha desajeitada sobre a escrivaninha à sua frente. Passou os olhos pela primeira página e a afastou de imediato. O tom da escrita incomodou: meloso, elegíaco. Aquilo a fez estremecer. Ela era uma romancista. Estava interessada na vida dos outros. O que deu nela para pensar que poderia escrever um livro de memórias?

Não havia como negar que o diário de Nao era uma distração e, mesmo que estivesse determinada a seguir seu próprio ritmo, ela ainda assim tinha desperdiçado a maior parte do dia on-line, vasculhando as listas de nomes das vítimas do terremoto e do tsunami. Encontrou um site de busca de pessoas e pesquisou por Yasutani. Havia várias pessoas, mas nenhuma Jiko nem Naoko. Ela não sabia os nomes dos pais, então vasculhou os arquivos que as pessoas haviam postado sobre os desaparecidos, à procura de possíveis compatibilidades. As informações eram escassas: dados básicos sobre idade, sexo e endereço, o local onde as vítimas trabalhavam, onde tinham sido vistas pela última vez, o que vestiam. Muitas vezes havia fotos, tiradas em tempos mais felizes. Um menino sorridente usando boné da escola. Uma jovem acenando para a câmera diante de um santuário. Um pai em um parque de diversões, segurando seu bebê. Sob essa camada de dados escassos revelava-se a amplitude da tragédia. Todas aquelas vidas, mas nenhuma era a vida que ela estava procurando. Por fim, desistiu. Precisava de mais informações sobre seus Yasutani, e a única maneira de obtê-las era avançar na leitura do diário.

Ruth fechou os olhos. Em sua mente, podia imaginar Nao, sentada só na cozinha escura, esperando a mãe buscar o pai na delegacia. Como ela se sentiu naqueles momentos demorados? Pelo diário, era difícil ter uma noção da textura da passagem do tempo. Nenhuma escritora, mesmo a mais exímia, conseguia representar em palavras o fluxo de uma vida vivida, e Nao estava longe de ser tão habilidosa. A cozinha encardida estava escura e silenciosa. As recepcionistas de bar gemiam e se chocavam contra a parede fina. O tilintar metálico da chave na fechadura deve tê-la assustado, mas ela permaneceu onde estava. Pés se arrastaram no vestíbulo. Os pais dela conversavam? Provavelmente não. Ela escutou o som de água corrente enquanto sua mãe enchia a banheira e o pai se despia no quarto. Ela não se moveu. Não olhou para cima. Manteve os olhos fixos nos dedos, que repousavam em seu colo, como se não tivessem vida. Ouviu o pai tomar banho e então, enquanto a mãe o observava, hostil, ela o escutou, hesitante em sua confissão. Será que ela olhou às escondidas para as bochechas rosadas dele e as interpretou como vergonha ou apenas como o calor do banho? Será que percebeu o suor na testa dele? Quantos momentos se passaram até o instante em que a mãe se levantou e saiu do cômodo? Será que o zumbido da lâmpada fluorescente soava especialmente alto no silêncio?

 E depois, no quarto que dividia com os pais, será que ela puxou as cobertas sobre a cabeça ou acendeu a luz e leu um livro, ou estudou para uma prova do dia seguinte com a certeza de que seria reprovada? Talvez tenha entrado na internet e pesquisado *suicídio, homens* enquanto os pais dormiam, ou fingiam dormir, lado a lado, em seus futons separados no chão atrás dela. Se foi isso que fez, descobriu, assim como Ruth, que o suicídio superava o câncer como a principal causa de morte em homens de meia-idade no Japão, então o pai dela fazia parte da população de risco. Aquilo era um consolo? Vestindo pijama, ela se sentou no escuro, em frente à tela brilhante, levemente consciente dos sons de inspiração e expiração fora de sincronia. A respiração do pai, mais alta, firme, apesar de seu desejo declarado de interrompê-la; a da mãe, mais suave, porém pontuada, de tempos em tempos, por uma aspiração nasal aguda e assustada ou por uma parada apneica.

 O que ela sentiu naquele momento?

Ruth abriu os olhos. Algo estava diferente. Ela tentou ouvir. Podia escutar os pássaros do lado de fora, um bando de patos saindo da água, os golpes de um pica-pau-de-cabeça-vermelha, o mergulho líquido e o grasnar das gralhas, mas o que atraiu sua atenção agora não era um som, e sim a ausência de som: o baque ritmado do machado de Oliver havia desaparecido. Ela sentiu uma palpitação do medo. Quando havia parado? Ela se levantou e caminhou até a janela que dava para a pilha de lenha. Ele havia se machucado? Ficou tonto e mutilou a perna? A vida rural era perigosa. Todo ano, alguém na ilha morria ou se afogava ou se feria gravemente. O vizinho morreu colhendo maçãs. Ele caiu da escada, de cabeça, e a esposa encontrou o corpo debaixo da árvore, cercado por frutas caídas. Os perigos eram muitos: escadas, árvores frutíferas, telhados escorregadios cobertos de musgo, calhas, machados, marretas, motosserras, espingardas, facas de esfolar, lobos, pumas, vendavais, queda de galhos, ondas traiçoeiras, fiação com defeito, traficantes de drogas, motoristas bêbados, motoristas idosos, suicídio e até assassinato.

Ela espiou pela janela. Lá embaixo, na garagem, avistou o marido. Parecia bem. Estava em pé, sobre as duas pernas, ao lado da pilha de lenha, com uma mão no bolso e a outra no cabo do machado, olhando uma árvore e ouvindo as gralhas.

7.

— Aquele corvo-da-selva voltou — disse ele durante o banho naquela noite. — Está deixando as gralhas malucas.

Ruth resmungou. Ela estava escovando os dentes com a escova elétrica e tinha a boca cheia de pasta de dente. Oliver estava estendido na banheira, folheando a última edição da revista *New Science*, com Pesto empoleirado na borda da banheira, perto da cabeça dele.

— Estava lendo sobre os corvos-da-selva — começou ele. — Ao que parece, tornaram-se um grande problema no Japão. São muito espertos. Memorizam os horários da coleta de lixo e depois esperam que as donas de casa coloquem os sacos para fora para poderem rasgá-los e roubar o que está dentro. Eles comem gatinhos e usam cabides de arame para fazer ninhos em postes, causando curtos-circuitos e queda de energia nas linhas. A Companhia de Energia Elétrica de Tóquio diz que os corvos são responsáveis por centenas de apagões por ano, incluindo alguns grandes, que afetaram até os trens-bala. Há patrulhas especiais para caçar os corvos e remover os ninhos, mas os corvos os enganam e constroem ninhos falsos. As crianças têm que levar guarda-chuvas para a escola em busca de evitar ataques e se proteger dos excrementos, e as mulheres pararam de usar fivelas brilhantes nos cabelos.

Ruth cuspiu.

— Você parece feliz com isso — disse ela, voltada para a cuba da pia.

— Estou. Gosto dos corvos. Gosto de todas as aves. Você se lembra daqueles incidentes com as corujas no parque Stanley há alguns anos? Dos corredores que iam parar toda hora no pronto-socorro com cortes na cabeça, reclamando de terem sido atacados por corujas? Os médicos por fim juntaram as peças. Era a época em que os filhotes saem dos ninhos, e as corujas eram filhotes aprendendo o ofício. E alguém percebeu que os corredores eram todos caras de meia-idade meio calvos, com rabos de cavalo. Imagine isso visto de cima, todas aquelas cacholas brilhantes e os rabos saltitantes como se fossem roedores. Deviam parecer iscas de pesca reluzentes. Irresistíveis para um filhote de coruja.

Ruth ficou ereta e enxugou a boca com a toalha.

— Você é um cara de meia-idade meio calvo — observou. — Deveria ter cuidado.

Ao se dirigir para a porta, deu um tapinha leve com os dedos no topo da cabeça dele. O gato deu uma patada na mão dela.

— É — concordou Oliver, voltando à sua edição da *New Science*. — Mas note que não uso rabo de cavalo.

NAO

1.

Jiko Yasutani é minha bisavó por parte de pai, e ela foi mãe três vezes: teve um filho chamado Haruki e duas filhas, chamadas Sugako e Ema. Esta é minha árvore genealógica:

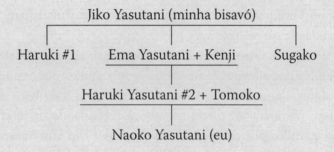

Ema era minha avó e, quando ela se casou, Jiko adotou o marido dela, Kenji, para ocupar o lugar de Haruki, que foi morto na Segunda Guerra Mundial. Não que alguém pudesse substituir Haruki, mas a família precisava de um filho para levar o sobrenome Yasutani adiante.

Haruki era o tio do meu pai, e Ema deu ao meu pai o nome dele. Haruki #1 foi um piloto kamikaze, o que na verdade é meio estranho quando você começa a pensar, porque, antes de se tornar um homem-bomba, ele era estudante de filosofia na Universidade de Tóquio, e meu pai, Haruki #2, gosta muito de filosofia e continua tentando se matar, então acho que você poderia dizer que o suicídio e a filosofia são de família, pelo menos entre os Haruki.

Quando falei isso para Jiko, ela me contou que Haruki #1, na verdade, não queria cometer suicídio. Ele era apenas um jovem que adorava livros e poesia francesa, e nem queria lutar na guerra, mas foi obrigado a fazê-lo. Faziam todo mundo lutar na guerra naquela época, querendo ou não. Jiko disse que Haruki sofria muito bullying no exército porque adorava poesia francesa, então isso também é de família: certo interesse pela cultura francesa e sofrer agressões.

Enfim, foi porque Haruki #1 foi morto na guerra que primeiro a irmã dele, Ema, e depois meu pai tiveram que levar o sobrenome da família Yasutani para a frente, e é por isso que hoje me chamo Nao Yasutani. E só quero dizer que fico meio assustada olhando para a árvore genealógica, porque dá para reparar que tudo depende de MIM. E, como não pretendo me casar ou ter filhos, meio que tudo acaba por aqui. *Kaput. Finito. Sayonara*, Yasutani.

Falando em sobrenomes, minha avó Ema recebeu o nome de Emma Goldman, que é uma das heroínas de Jiko. Emma Goldman foi uma anarquista famosa de muito tempo atrás, de quando Jiko ainda era moça, e Jiko acha que ela era sensacional. Emma Goldman escreveu uma autobiografia chamada *Vivendo minha vida*, que Jiko está sempre tentando me fazer ler, mas não consegui ainda porque estou muito ocupada vivendo minha vida ou tentando descobrir como não ter que fazer isso.

Jiko deu à filha mais nova o nome de Sugako em homenagem a Kanno Sugako, outra famosa anarquista e heroína de Jiko e a primeira mulher a ser enforcada por crime de traição no Japão. Hoje em dia as pessoas chamariam Kanno Sugako de terrorista, porque ela planejou assassinar o imperador com uma bomba, mas, ao ouvir Jiko falar sobre Kanno Sugako, dá para perceber que ela não acredita nisso. Jiko a adorava de verdade. Elas não foram amantes nem nada porque Jiko era apenas uma criança quando Sugako foi enforcada e provavelmente nunca chegou a conhecê-la, mas acho que minha bisavó era apaixonada por ela do jeito que as garotas se apaixonam por outras mulheres mais velhas, celebridades ou lutadoras profissionais.

Sugako escreveu um diário chamado *Reflexões a caminho da forca*, que também serei obrigada a ler. É um ótimo título, mas por que essas mulheres anarquistas tinham de escrever tanto?

Quando meu pai era pequeno, vovó Ema costumava levá--lo ao templo da velha Jiko, no norte, para onde ela se mudou depois que se tornou monja, então eles ficaram muito próximos. Papai contou que também fui com eles de trem visitar o templo algumas vezes quando eu era bebê, mas depois nos mudamos para Sunnyvale e não vi mais Jiko até depois que encontraram papai nos trilhos e descobri que tipo de homem ele era.

2.

O Incidente da Linha Expressa de Chuo foi um divisor de águas para todos nós, mesmo que fingíssemos que aquilo nunca tinha acontecido. Depois do incidente, papai começou a renunciar ao mundo e se transformar em um hikikomori,[42] e mamãe por fim compreendeu que, se alguém de nossa chamada família teria de arranjar um emprego, definitivamente não seria ele. Ela parou de ir ao aquário observar as águas-vivas, arrumou um terninho bonito e um corte de cabelo de mulher de negócios, ligou para colegas da época da universidade e conseguiu um emprego como assistente administrativa em uma editora que publicava revistas acadêmicas e livros didáticos. Isso o surpreenderia se soubesse alguma coisa sobre o funcionamento das empresas japonesas, porque, mesmo com um cargo de iniciante e um salário de merda, foi incrível que ela ao menos tenha conseguido um emprego, já que tinha trinta e nove anos e ninguém contrata OLs[43] de trinta e nove anos.

Então, agora que tínhamos papai escondido no apartamento e mamãe trazendo para casa o pão de cada dia, sobrava um

---

42. *Hikikomori* (引きこもり): pessoa reclusa, que se nega a sair de casa.
43. *Ō eru*: abreviação de "office ladies", funcionárias de escritório.

problema: eu. O novo ano letivo começou em março e, de um jeito ou de outro, consegui passar para a nona série, mas o ijime só piorava. Até então, eu tinha conseguido esconder todas as pequenas cicatrizes e hematomas de beliscões em meus braços e pernas, mas uma noite nossa banheira quebrou. Ela sempre vazara e estava toda embolorada, mas pelo menos conseguíamos usá-la, só que, quando o aquecedor quebrou e o proprietário não quis consertar, mesmo sendo, em teoria, um amigo do papai, tivemos que começar a ir aos sentō.[44]

Eu sabia que seria descoberta se mamãe me visse de perto e nua, por isso, na primeira vez que fomos, fiquei tipo: de jeito nenhum! Pode esquecer! Não vou tirar a roupa na frente de todas aquelas velhinhas! E também estava falando sério. No fim, mamãe se cansou e me deixou no vestiário, então acabei me despindo e indo atrás dela, cobrindo a virilha com aquela toalhinha e querendo morrer. Só me lembro de fixar o olhar em meus pés e sentir meu rosto ficar muito vermelho quando vi sem querer o mamilo de outra pessoa. Mas se há uma coisa que aprendi com a minha vida, deixando de ser a filha de um *yuppie* da tecnologia de classe média em Sunnyvale, na Califórnia, e passando a ser filha de um desempregado fracassado em Tóquio, no Japão, é que o ser humano pode se acostumar com qualquer coisa.

Depois daquela primeira vez, sempre tentei ir quando mamãe estava no trabalho. A parte boa de ir cedo para o sentō é que os tanques não estão tão cheios e sempre é possível encontrar um lugar em uma torneira onde dá para observar o que está acontecendo. No nosso bairro, naquela hora, na maioria das vezes havia apenas vovós muito idosas e as recepcionistas dos bares, que se preparavam para o trabalho, e ambas as categorias eram divertidas de espiar.

Era até meio surpreendente, na verdade. Em Sunnyvale, na Califórnia, não existem muitas oportunidades de ver mulheres

---

44. *Sentō* (銭湯): casas de banho.

nuas, exceto estrelas pornô em capas de revistas nas paradas de caminhões, e elas não são exatamente o que se poderia chamar de realistas. E nunca mostram fotos de senhoras muito velhas nuas porque deve ser ilegal ou algo assim, então, para mim, o interesse era científico. O que quero dizer é que as recepcionistas eram magras e tinham a pele firme, e mesmo que seus seios, cinturas e quadris fossem de tamanhos diferentes, todas eram jovens e pareciam idênticas. Mas as idosas... Oh, meu Deus! Elas eram de tamanhos e formas totalmente diferentes, algumas com peitos enormes e gordos e outras com apenas uma dobra de pele e mamilos que pareciam puxadores de gavetas, e barrigas como a camada que se forma sobre o leite fervido quando é empurrado para o lado da xícara. Eu costumava brincar desse jogo: formando pares de recepcionistas e velhinhas em minha mente, tentando imaginar qual corpo jovem se transformaria em qual envelhecido, e como aquele seio bonitinho poderia murchar virando aquela velha dobra triste, e como uma barriga incharia ou diminuiria. Era estranho, como observar a passagem do tempo, mas em um único instante budista, sabe?

Fiquei fascinada, principalmente, com as recepcionistas e todas as suas rotinas de beleza. Eu costumava acompanhá-las até a sauna e observar o modo como esfoliavam a camada de pele morta de seus corpos com escovas e bastões e depilavam o rosto com navalhas minúsculas de cabos de cores pastel. O que estavam barbeando? Não é como se tivessem barba ou algo assim. Quando entraram, dava para notar que tinham acabado de acordar, porque bocejavam muito e diziam bom-dia mesmo que já fosse fim de tarde, mas mais porque não falavam muito e tinham todas os olhos inchados e vermelhos por causa da ressaca. Depois de uma hora no banho, porém, estavam todas aquecidas, rosadas e hidratadas de novo e, quando se secavam e se sentavam no vestiário usando roupas íntimas de renda para se maquiar, riam e falavam sobre seus encontros da noite anterior. Depois que me conheceram, até brincavam comigo por causa dos meus seios, que tinham começado a crescer, e você pode pensar que eu ficava envergonhada, mas não ficava. Em segredo, ficava lisonjeada porque elas me notaram. Eu as admirava. Achava que eram bonitas e corajosas, comportavam-se como pessoas livres e faziam exatamente o que queriam; e é provavelmente por isso que mamãe decidiu que aquele não era um ambiente saudável para mim. Ela começou a me fazer esperar para ir à casa de banho depois do jantar, que é com certeza a pior hora, porque todas as mães chatas com crianças detestáveis e tias de meia-idade intrometidas com cabelos cor de metal ficam olhando e fazem comentários sobre coisas que não são da conta delas. E, como não podia deixar de ser, uma delas reparou em meus hematomas, embora eu me afastasse e tentasse me manter coberta, e disse numa voz muito alta:

— Oh! O que aconteceu com você, mocinha? Está com brotoeja?

Mamãe nem prestou atenção, mas aquela cadela velha a chamou e:

— Okusan, Okusan![45] O que aconteceu com a pele da sua filha? Ela está coberta de butsubutsu.[46] Espero que não tenha nenhuma doença!

Mamãe se aproximou e ficou ao meu lado enquanto eu me curvava sobre meu balde. Ela pegou meu pulso, levantou meu braço e o virou, olhando para o lado de dentro, onde havia mais manchas. Os dedos dela estavam cravados nos ossos do meu punho e doía mais do que quando as crianças na escola me beliscavam.

— Talvez ela não deva entrar na água — disse a cadela velha. — Se é brotoeja, pode ser algo contagioso...

Minha mãe deixou meu braço cair.

---

45. *Okusan* (奥さん): esposa. O caractere *oku* (奥) significa "interior", ou "dentro", em relação a uma casa. Com o honorífico *san*, é uma maneira formal de se dirigir a uma mulher casada.
46. *Butsubutsu* (ぶつぶつ): vergões, manchas de brotoejas.

— Tondemonai[47] — disse. — São apenas roxos da aula de educação física. Eles jogam com muita brutalidade. Não é, Naoko?

Só fiz que sim com a cabeça e me concentrei em me limpar sem vomitar nem me levantar de um pulo e sair correndo e gritando. Mamãe voltou para a pia e não se pronunciou enquanto terminávamos nossos banhos, mas depois, quando já estávamos de volta ao apartamento, ela me fez entrar no quarto e tirar todas as minhas roupas outra vez. Papai ainda estava na casa de banho. O sentō era o único lugar ao ar livre ao qual ele ainda ia, e ele gostava de fazer tudo com calma, às vezes tomar uma lata de cerveja gelada depois, então mamãe tinha o apartamento inteiro só para ela enquanto me repreendia. Ela virou uma luminária de mesa, de luz halógena, na minha direção e me examinou toda, e pela milionésima vez pensei que ia morrer. Ela encontrou todas as contusões e as pequenas cicatrizes e cascas de feridas feitas com a ponta de tesouras, e até encontrou a região da minha nuca onde o garoto que se sentava atrás de mim tinha arrancado todos os meus fios de cabelo, um por um. Tentei mentir e falei que era alergia, depois falei que era queda de cabelo por estresse, e depois falei que era mesmo da aula de educação física, e depois dei a entender que poderia ser hemofilia ou leucemia ou a doença de von Willebrand, mas mamãe não acreditou em nada disso, então acabei admitindo a verdade e lhe contei o que estava de fato acontecendo. Tentei não dar muita importância, porque não queria que ela fosse até a escola e reclamasse, armando um escândalo.

— Está tudo bem, mãe. Mesmo. Não é nada pessoal. Você sabe como são os adolescentes. Eu sou a aluna transferida. Eles fazem isso com todo mundo.

Ela balançou a cabeça.

— Talvez você não esteja se esforçando o suficiente para fazer novos amigos — sugeriu.

---

47. *Tondemonai*: Não é nada.

— Eu tenho muitos amigos, mãe. Muitos. Está tudo bem.

Ela queria acreditar em mim. Sei que quando voltamos a morar em Tóquio, ela ficou muito preocupada se eu ia me adaptar à escola nova, mas na época ela se distraiu com as águas-vivas e depois com o Incidente da Linha Expressa de Chuo, e por um tempo parecia que eu era a pessoa mais bem adaptada de nossa família. E, além disso, depois que mamãe entrou no mercado de trabalho e arranjou um emprego de verdade, ela não tinha muito tempo para se preocupar com minha situação escolar, muito menos de supervisionar minhas atividades fora da escola. Ela não queria que eu andasse com as recepcionistas, mas também não queria que eu ficasse em casa sozinha com papai, já que ele estava deprimido e tinha tendências suicidas. Acho que tinha medo de que ele pudesse fazer alguma loucura, como acontece nos Estados Unidos com aqueles pais que usam espingardas de caça para atirar nos filhos e nas esposas enquanto dormem e depois descem até o porão para estourar os miolos, mesmo que no Japão, com leis rígidas para o porte de armas, geralmente isso ocorra com canos, fitas de vedação e briquetes de carvão no carro da família. Sei disso porque criei o hábito de ler notícias de jornal sobre suicídios e mortes violentas e dolorosas. Eu queria aprender o máximo possível a fim de me preparar para a morte do meu pai, mas fiquei meio viciada nessas histórias, e fiquei ainda mais depois, quando comecei a lê-las para Jiko, para que ela pudesse fazer aquela coisa de abençoar com as contas de juzu.

Enfim, a questão é que, levando em conta o que meus colegas faziam comigo, eu sabia que preferiria me arriscar a ficar com papai depois da escola, principalmente porque não tínhamos carro, muito menos uma casa com porão. Mas mamãe tinha suas dúvidas.

— Por que não fazer atividades extracurriculares depois da escola? — propôs. — É um novo ano letivo. Você não deveria entrar para algum clube? Já conversou com o professor coordenador da sua turma? Talvez eu deva falar com ele...

Sabe aquelas cenas de desenhos animados, quando uma personagem fica surpresa e os olhos dela pulam para fora como se tivessem molas ou elásticos? Juro que foi o que aconteceu, e depois meu queixo caiu no chão como a pá de um trator. Eu estava em pé no meio do nosso quarto, só de calcinha branca de algodão e uma regata, sob o holofote da luminária halógena, e sentia um peso no estômago, como se um peixe grande e frio estivesse morrendo logo abaixo do meu coração. Fiquei apenas olhando para ela, pensando AI MEU DEUS, ela vai fazer com que me matem. Tinha acabado de me examinar e de ver o que meus colegas faziam comigo, e agora estava sugerindo que eu passasse ainda mais tempo com eles depois da escola?

Eu já achava que meu pai estava fora de si, porque isso foi numa época em que eu ainda acreditava que apenas pessoas que estão fora de si tentam se matar, mas, bem no fundo, acho que esperava que minha mãe tivesse voltado a estar normal e bem de novo, agora que ela havia parado de observar as águas-vivas e arranjado um emprego. Mas naquele momento percebi que ela era tão maluca e pouco confiável quanto meu pai, e a pergunta dela era a prova disso, o que significava que eu não tinha mais ninguém na vida com quem pudesse contar para me proteger. Acho que nunca me senti tão nua ou sozinha. Meus joelhos cederam e caí ali, me agachando e acalentando meu peixe. Ele se debateu pela última vez, subindo quase até a minha garganta, e então voltou para baixo e lá ficou, sufocando. Eu o segurei. Ele estava morrendo em meus braços. Juntei minhas roupas no tatame e me vesti, me afastando da minha mãe para não precisar encará-la enquanto ela não tirava os olhos do meu corpo.

— Vou ficar bem, mãe. Na verdade, não tenho interesse em nenhuma atividade extracurricular.

Mas ela não me ouvia.

— Não — disse. — Sabe, acho que vou ter uma conversa com o professor coordenador da sua classe...

O peixe estrebuchou no topo da minha caixa torácica.

— Acho que não é uma boa ideia, mamãe.
— Mas, Nao-chan, isso tem que parar.
— Vai parar. De verdade, mãe. É só deixar para lá.
Mas mamãe balançou a cabeça.
— Não — disse. — Não posso ficar parada e deixar isso acontecer com a minha filha. — Havia algo de diferente na voz dela, uma ponta de determinação que soava tipicamente americana. Combinava com sua nova atitude de Hillary Clinton confiante e com seu corte de cabelo, e aquilo realmente me assustou.
— Mãe, por favor...
— Shimpai shinakute ii no yo — falou, dando um abracinho em meus ombros.
Não me preocupar? Que estupidez!

3.

Nada aconteceu por um tempo, e, por alguns dias, pensei que talvez ela tivesse se esquecido ou mudado de ideia. Desde que se tornou um hikikomori, papai parou de me levar para a escola, então eu ia sozinha e me acostumei a chegar no último minuto, bem quando o último sino estava tocando. Também me acostumei a matar o tempo no pequeno templo no caminho, sentindo o cheiro de incenso e ouvindo os pássaros e insetos. Eu não rezava para Buda porque naquela época achava que ele era como Deus, e não acredito em Deus, o que não é surpreendente, já que as figuras de autoridade masculinas em minha vida eram lamentáveis. Mas o velho Shaka-sama não é assim. Ele nunca fingiu ser nada mais do que um sábio mestre, e não me incomoda mais rezar para ele, porque é como rezar para a velha Jiko.

No jardim nos fundos do templo há um montinho de musgo verde em cujo topo cresce uma árvore de bordo atrofiada, perto de um banco de pedra, e eu costumava me sentar ali para observar os brotos verde-claros do bordo desabrocharem em folhas pontudas. No outono, quando as mesmas folhas se tornavam cor de bronze e caíam, um monge varria o tapete de musgo verde com uma vassourinha de bambu e, na primavera, às vezes saía para tirar ervas daninhas. Aquele montinho verde era como a ilha particular dele, da qual o monge cuidava e o que eu mais queria era poder me encolher até ficar pequena o bastante para viver ali, sob a árvore de bordo. Ali era tão tranquilo. Eu costumava me sentar no banco fantasiando com isso até o último momento, quando tinha que deixar para trás os muros altos do templo, onde estava segura, e correr para a escola, onde não estava, e atravessava os portões assim que o som do último sino terminava.

Isso era o que eu costumava fazer, mas uma semana depois que mamãe encontrou minhas cicatrizes e hematomas, fui ao jardim e encontrei uma barricada bloqueando o caminho. Estavam fazendo obras no terreno do templo e, por isso, naquele dia, cheguei cedo na escola.

Eu soube de imediato que havia algo diferente. Ninguém olhou para cima ou pareceu me notar quando me aproximei. Fiquei enrolando do lado externo dos portões da escola por um tempo e depois me esgueirei lá para dentro, mas ninguém estava esperando por mim, ou me observando, ou me rodeando. Agucei os ouvidos, mas não escutei meu nome ser cantado baixinho por garotos com olhos radiantes. Todos simplesmente me ignoraram e continuaram conversando uns com os outros como se eu nem estivesse ali.

Primeiro fiquei nervosa, fervilhando com alguma coisa que parecia alívio ou mesmo animação, mas logo pensei: *Não, espere aí, talvez estejam planejando uma coisa cruel de verdade. Não seja burra, Nao! Cuidado. Preste atenção!* Então, fiquei de olhos bem abertos e esperei. As aulas matinais se sucederam, monótonas: história do Japão, matemática, educação moral... Mesmo assim, ninguém me incomodou. Ninguém me beliscou ou cuspiu em mim ou me cutucou com a ponta da caneta. Ninguém tapou o nariz ou ameaçou me estuprar ou fingiu vomitar ao passar pela minha carteira. O garoto que se sentava atrás de mim não puxou meu cabelo nenhuma vez e, à tarde, eu estava começando a acreditar que o pesadelo tinha por fim acabado. Na hora do almoço, fiquei completamente sozinha na mesa com minha lancheira, e ninguém a derrubou no chão ou pisou no meu bolinho de arroz. No intervalo, fiquei sozinha com as costas apoiadas na cerca do pátio e observei os outros rindo e conversando. Quando o sinal tocou e as aulas do dia terminaram, andei pelo corredor apinhado como se fosse invisível, um fantasma, ou o espírito de uma morta.

4.

Não sei se foi a visita da mamãe à escola que os fez parar de me torturar fisicamente. Duvido. O mais provável é que estavam ficando entediados e prestes a parar, mesmo, então a reclamação da mamãe só antecipou essa nova fase. Não sei com quem ela falou, mas provavelmente não foi com o novo professor coordenador da nona série, Ugawa Sensei, que era apenas um substituto da professora titular, que estava de licença-maternidade. Acho que mamãe deve ter ido a escalões mais altos, talvez até o vice-diretor ou mesmo até o próprio diretor, e a razão pela qual acho isso é que Ugawa Sensei acompanhava meus colegas, me ignorando e fingindo que não conseguia me ver nem me ouvir. No começo, não percebi. Ele sempre me ignorou, nunca ligou para mim, e como eu nunca levantava a mão na aula para responder às perguntas, pode-se dizer que o sentimento era mútuo. Mas aí ele começou com essa novidade durante a chamada da manhã. Ele lia meu nome:

— Yasutani!

E eu respondia:

— Hai! — Mas, em vez de anotar minha presença, ele gritava outra vez:

— Aluna transferida Yasutani! — Como se não tivesse me ouvido. Eu respondia de novo:

— HAI!!! — dizia na voz mais alta que conseguia, mas ele franzia a testa, balançava a cabeça e marcava falta. Isso continuou por dias, até que percebi alguns meninos rindo e comecei a entender. Aí, minha voz desapareceu. Por mais que eu tentasse, não conseguia forçar nenhum som a sair. Foi como se os músculos da minha garganta tivessem se transformado nas mãos de um assassino, estrangulando minha voz quando ela tentava sair. Às vezes, um dos alunos respondia em meu lugar, gritando, solícito:

— Yasutani-kun wa rusu desu yo.[48]

Depois de um tempo simplesmente passei a continuar sentada quando meu nome era chamado, olhando para a superfície gasta da minha carteira, apertando os lábios com força um contra o outro, porque sabia que estavam todos juntos nisso, rindo em silêncio.

Aquela paz era estranha. Eu não me importava tanto com o riso silencioso, pois pelo menos não me deixava com cicatrizes pelo corpo, e conseguia me sentir quase feliz em ver Ugawa Sensei marcando pontos e entrando no jogo da garotada popular da classe. Os professores substitutos estão em um nível ainda mais baixo do que os estudantes transferidos, e Ugawa Sensei era um completo fracassado, mais do que eu, então sentia pena dele. Ele tinha uma cabeça com formato e cor de enoki,[49] dentes ruins, cabelo ralo e costumava usar suéteres de poliéster com gola alta cheios de flocos de caspa, que pareciam esporos, nos ombros. Ele também cheirava mal, um cheiro de suor horrível mesmo.

Não estou contando tudo isso para ser malvada, mas para que você compreenda bem o esforço necessário para um fracassado como Ugawa Sensei se tornar popular com os alunos mais poderosos de sua turma, mas, graças a mim, ele estava conseguindo.

---

48. *Yasutani-kun wa rusu desu yo*: Yasutani faltou.
49. *Enoki* (えのき): pequeno cogumelo branco com um chapéu redondo e uma estipe longa e fina que cresce em cachos na escuridão e nunca vê a luz do dia.

Eu via a alegria em seu rosto quando ele gritava meu nome e fingia esperar. Conseguia ver a alegria de como ele olhava para mim e, depois, fingia não me enxergar, de um modo tão convincente que eu mesma quase acreditava não estar ali. Quando ele me dava falta, fazia um floreio triunfante com o lápis na mão, como se de fato tivesse feito algo grandioso.

Espero que você entenda que não o acho um homem mau. Acho apenas que era inseguro demais e conseguia se convencer de qualquer coisa, como é típico das pessoas inseguras. Como meu pai, por exemplo, que consegue se convencer de que o suicídio dele não vai prejudicar a mim ou a minha mãe, porque, na verdade, ficaríamos melhor sem ele e, em dado momento, em um futuro não muito distante, iríamos perceber isso e lhe agradecer por se matar. Era a mesma coisa com Ugawa Sensei, que provavelmente imaginava que eu também seria mais feliz se não estivesse ali e, na verdade, estava certo quanto a isso. De certa forma, ele só estava me ajudando a alcançar meu objetivo e, assim, eu conseguia me sentir quase agradecida.

Deslizei pelos dias de aula como uma nuvem, uma mancha flutuante de umidade, mal estava lá, e depois da escola voltava para o apartamento, na maioria das vezes mais ou menos sozinha, o que era muito melhor do que ser perseguida, levar rasteiras ou ser empurrada contra máquinas de venda automática ou suportes cheios de bicicletas. Eu sabia que ainda não estava completamente fora de perigo porque, às vezes, meus colegas me seguiam, mas sempre ficavam do outro lado da rua ou meio quarteirão atrás de mim, e mesmo que fizessem comentários em voz alta sobre meu bairro pobre, pelo menos nunca tentavam falar comigo ou encostar em mim.

Quando eu chegava em casa, meu pai geralmente preparava um lanche para mim, e eu fazia minha lição de casa ao seu lado ou só navegava na internet, matando tempo ou mandando mensagens para minha melhor amiga em Sunnyvale, Kayla, que ainda gostava de mim o suficiente para conversar comigo on-line.

Mas até isso era meio estressante, para dizer a verdade, porque ela ficava querendo saber como era minha escola, e eu não ia contar sobre o ijime, porque aí ela saberia em que fracassada completa eu me tornara, por isso só tentava descrever para ela coisas engraçadas e estranhas sobre o Japão. A cultura japonesa é muito conhecida entre os jovens dos Estados Unidos, por isso na maioria das vezes falávamos sobre mangá e J-pop, anime, tendências da moda e essas coisas.

"Você parece tão distante", escreveu Kayla. "É meio irreal."

Era verdade. Eu era irreal e minha vida era irreal, e Sunnyvale, que era real, estava a um zilhão de quilômetros de distância no tempo e no espaço, como a Terra, tão linda, vista do espaço sideral, e eu e papai éramos astronautas, vivendo em uma nave, orbitando a escuridão fria.

5.

Eu disse que meu pai havia se recolhido do mundo e se tornado um hikikomori, mas não quero que você tenha uma impressão errada. Meu pai me amava e queria que eu ficasse bem. Ele não ia ter um surto e enfiar nossas cabeças no forno nem nada. E embora a maioria dos caras hikikomori fiquem dentro de casa dia e noite lendo mangá pornô e acessando sites de fetiche hentai, ainda bem que meu pai não era tão patético. Ele era patético de um jeito diferente. Tinha praticamente desistido da internet e, em vez disso, passava o tempo lendo livros sobre filosofia ocidental e fazendo insetos de origami, que, como você deve se lembrar da época em que era criança, é a arte japonesa da dobradura em papel.

A coisa toda da filosofia começou porque a empresa onde mamãe trabalhava publicava uma série de livros chamada "As Grandes Mentes da Filosofia Ocidental". Como você deve imaginar, "As Grandes Mentes da Filosofia Ocidental" não era bem um sucesso de vendas, então ela trouxe uma sobra do estoque para casa, para o papai, pensando que isso poderia ajudá-lo a encontrar o sentido da vida e, além disso, tinha os conseguido de graça. Ele começou com Sócrates e lia mais ou menos um filósofo por semana. Não acho que aquilo o estava ajudando a encontrar o sentido da vida, mas pelo menos deu a ele um objetivo concreto, o que já é alguma coisa. Acredito que não importa o que seja, desde que você possa encontrar algo concreto para se manter ocupado enquanto está vivendo sua vida sem sentido.

E pode esquecer tudo o que acha que sabe sobre origami, porque as coisas que papai fazia não eram garças e barquinhos e chapéus de festa e caixinhas típicos. As coisas que ele fazia eram o origami elevado à máxima potência, totalmente doidas e lindas. Na verdade, ele gostava de dobrar as páginas de "As Grandes Mentes da Filosofia Ocidental" e, depois que terminava de ler o livro, as cortava com um estilete e uma régua de aço. Como você deve saber, há muitas grandes mentes na filosofia ocidental, e os livros eram impressos num papel superfino, para que pudessem enfiar mais mentes na série. Papai diz que o papel fino é mais fácil de dobrar, ainda mais se você estiver fazendo algo complicado como um *Trypoxylus dichotomus*, que é um besouro-rinoceronte japonês, ou um *Mantis religiosa*, que é um louva-a-deus. Ele só usava as mentes de que não gostava para as dobraduras, por isso tínhamos muitos insetos feitos de Nietzsche e Hobbes.

Papai costumava ficar sentado no chão do kotatsu[50] por horas, lendo e fazendo dobraduras, fazendo dobraduras e lendo, e eu ficava junto fazendo minha lição de casa, desde que ele prometesse não fumar muito. Ele tinha aqueles cigarros plásticos com sabor de menta para ajudar com a abstinência de nicotina e, às vezes, eu pedia um e ficávamos um diante do outro

---

50. *Kotatsu*: mesa baixa com unidade térmica na parte inferior e um cobertor para manter o calor.

debruçados sobre nossos livros, com os cotovelos apoiados na mesa, tragando e mordiscando nossos cigarros falsos juntos. Era meio fofo, porque depois de um tempo, ele começava a ficar animado, e quando ficava animado, começava a fazer movimentos afirmativos com a cabeça. Ele repetia os movimentos e quando entrava nessa de verdade, segurava a armação dos óculos com as duas mãos como se fossem binóculos e ele estivesse tentando se concentrar nas páginas para ver as palavras em mais detalhes e conseguir extrair delas mais sentido. Era difícil me concentrar com ele na minha frente, assentindo e balançando a cabeça, em especial quando começava a falar. Ele resmungava:

— So, so, soooo — ou explodia de repente: — Sore! Sore da yo![51] — Às vezes ele me interrompia e dizia: — Nao-chan, ouça isso! — E em seguida lia uma ou duas páginas de Heidegger em voz alta.

Como se eu fosse entender, né? Mas eu não ligava. Era muito mais interessante do que a droga da lição de casa que eu tinha que fazer para a escola. Estávamos aprendendo grandezas diretamente proporcionais em matemática, e toda vez que eu via uma pergunta como: Se um trem que percorre 3 quilômetros por minuto viaja y quilômetros em x minutos, então... etc., minha mente se entorpecia e tudo em que conseguia pensar era como um corpo ficaria no momento do impacto e a que distância uma cabeça poderia ser arremessada pelos trilhos, e até que distância o sangue respingaria. A filosofia do papai era muito mais árida e não tão grotesca quanto a minha matemática e, ainda que eu não entendesse tudo, talvez tenha aprendido um pouco. Eu até preferia que papai não passasse todo o seu tempo em algum trabalho idiota ou aprimorando o currículo para procurar algum trabalho idiota, ou sentado em um banco do parque Ueno fingindo que estava em algum trabalho idiota e,

---

51. *Sore! Sore da yo!*: Isso! É isso!

em vez disso, alimentando os corvos. Eu gostava que ele tivesse praticamente desistido da ideia de trabalhar e, assim, tivesse tempo livre para ficar comigo, mesmo que eu suspeitasse que ele preferia estar morto.

6.

Por falar em tempo livre, você sabe o que é furiitaa?[52] No Japão existe uma categoria de pessoas chamada furiitaa, que é alguém que trabalha meio período e tem muito tempo livre porque não tem exatamente uma carreira propriamente dita ou um cargo em tempo integral em uma empresa. A razão pela qual pensei nisso agora é porque estou outra vez no Fifi's Lonely Apron e ergui os olhos por acaso e percebi que estou cercada por vários desses caras otaku que provavelmente são todos furiitaa, e é por isso que têm tempo livre para ficar sentados entre empregos de meio período, antes de voltar para seus quartos na casa dos pais. E as empregadas francesas são definitivamente furiitaa, só trabalhando aqui até encontrarem empregos melhores ou *sugar daddies*. E os garçons e os caras da cozinha são todos furiitaa, a menos que sejam imigrantes ou trabalhadores estrangeiros. Você nunca chamaria imigrantes ou trabalhadores estrangeiros de furiitaa porque, desde o princípio, eles nunca tiveram qualquer esperança de conseguir empregos de verdade em empresas japonesas.

Mas você pode estar pensando: em todo caso, quem ia querer um emprego de verdade em uma empresa japonesa? Você já deve ter ouvido histórias de terror sobre a cultura corporativa do Japão e as longas jornadas de trabalho, os assalariados que nunca têm tempo de ficar com a família ou abraçar os filhos e acabam morrendo de tanto trabalhar, o que é um conceito

---

52. *Furiitaa: freelancer*, do inglês *free* + o alemão *arbeiter*.

totalmente diferente.[53] Comparado a isso, talvez ser furiitaa pareça muito melhor, mas não é. O Japão não é um lugar muito bom para ser livre em nada, porque ser livre significa apenas estar sozinho e desorientado.

Às vezes as pessoas escrevem "freeter" ao escrever em inglês, que parece muito com *fritter*, como na expressão *fritter your life away*, desperdiçar a vida, que é o que eu e papai estamos fazendo, se quiser saber minha opinião. Ainda sou jovem, então não é tão patético, mas me preocupo muito com meu pai.

Certo. Onde eu estava, mesmo?

---

53. Provavelmente *karōshi* (過労死): "morte por excesso de trabalho", um fenômeno dos anos 1980, no auge da bolha financeira do Japão.

RUTH

1.

Freeter, pensou Ruth. É o que somos. Desperdiçando nossas vidas.

Ela fechou o diário e o deixou sobre a barriga. Ao seu lado, Oliver dormia. Ela estava lendo em voz alta quando ele adormeceu e, em vez de acordá-lo, ela continuou lendo, em silêncio. Sabia que a história do hikikomori o deixou incomodado. Também a incomodara.

Mudarem-se para a ilha tinha sido uma renúncia. Passaram o primeiro Ano-Novo no sofá, bebendo espumante barato e vendo o mundo chegar aos anos 2000, com a mãe dela enfiada debaixo de um cobertor entre eles. A BBC cobria as celebrações da virada do milênio, acompanhando os fusos horários e seguindo lentamente para o oeste do planeta. Cada vez que uma nova explosão de fogos de artifício iluminava a tela da tevê, sua mãe se inclinava para a frente.

— Nossa, é tão lindo! O que estamos comemorando?

— É o Ano-Novo, mãe.

— Mesmo? Em que ano estamos?

— É o ano 2000. É o novo milênio.

— Não! — Sua mãe exclamava, batendo nos joelhos e se reclinado no sofá. — Meu Deus! Imagine só. — E então ela fechava os olhos e cochilava de novo até que a próxima explosão de fogos de artifício a acordava, e ela se endireitava e se inclinava para a frente.

— Nossa, é tão lindo! O que estamos comemorando?

Quando o novo milênio finalmente chegou ao fuso horário em que estavam, o restante do planeta tinha ido dormir e a cabeça de Ruth latejava de dor. Estamos comemorando o Fim dos Tempos, mãe. O colapso da rede elétrica e do sistema bancário mundial. O Arrebatamento e o Juízo Final...

Meu Deus. Imagine só.

Não eram todos os prognósticos tolos do bug do milênio que a preocupavam. As ansiedades que fomentaram a renúncia dela eram mais difusas e inomináveis; ao término daquele primeiro ano, enquanto permanecia sentada na frente da televisão e assistia às eleições presidenciais chegando ao fim, ela teve certeza de que algo horrível estava prestes a acontecer. Como em um barquinho à deriva no nevoeiro, ela vislumbrou, entre frestas, quando a névoa se dissipava, um mundo distante, no qual tudo estava em transformação.

Era tarde. Ela guardou o diário de lado e apagou a luz. Ao lado, podia ouvir a respiração de Oliver. Uma chuva leve batia no telhado. Quando fechou os olhos, viu a imagem de uma lancheira vermelha da Hello Kitty balançando em ondas de tom cinza opaco.

2.

Na manhã seguinte, munida de uma grande xícara de café, ela encarou seu livro de memórias com um senso de determinação renovado. Era preciso uma reconciliação. Um livro inacabado, abandonado, torna-se selvagem, e ela precisava de toda sua concentração, sua força de vontade e seu empenho implacável para domá-lo novamente. Expulsou o gato da cadeira, arrumou a mesa e colocou a pilha de páginas manuscritas bem no meio, à sua frente.

O gato, irritado, pulou de volta para a mesa, mas ela o arrastou com a mão e o devolveu ao chão, e depois o empurrou na direção do corredor.

— Vá visitar o Oliver, Peste. É a ele que você ama.

O gato virou as costas e saiu do escritório, com o rabo levantado, como se partir fosse sua intenção desde o início.

Às vezes, quando tinha dificuldade para se concentrar, algo que a ajudava era trabalhar por períodos de tempo definidos, estabelecendo metas alcançáveis de curto prazo para si mesma. Desde que Oliver fizera o relógio antigo funcionar, ela o usava todos os dias, e naquele instante ela o desafivelou e o deslizou de seu pulso. Era um pouco antes das nove. Trinta minutos de trabalho, seguidos de um intervalo de dez minutos. Ela viu que o ponteiro dos segundos se movia suavemente em sua órbita, mas segurou o relógio junto ao ouvido só para garantir. Ela achava o tique-taque reconfortante. Era um belo relógio, art déco tardio, com mostrador preto, números em fonte grossa, luminosos. A parte de trás, de aço, trazia as marcas do envelhecimento, mas ela conseguia distinguir os kanji dos números, um número de série ou outra coisa? Acima deles havia dois outros caracteres japoneses. Ela reconheceu o primeiro. Era o kanji 空, de *céu*. O segundo kanji, 兵, também parecia familiar, mas ela não conseguia reconhecê-lo no contexto. Abriu seu dicionário de caracteres e contou os traços. Sete. Examinou a longa lista de kanji de sete traços até encontrá-lo. Hei, ela leu, o que significa *soldado*.

Soldado do céu?

Ela iniciou o computador e pesquisou no Google *soldado do céu relógio japonês*. Centenas de respostas eram de sites nos quais ela podia assistir a um anime chamado *Soldado do céu*. Nada útil.

Tentou *relógio antigo*, e depois *relógio vintage*, e depois *relógio militar vintage*. Bingo. Havia todo um universo de colecionadores de relógios militares antigos.

Então, arriscando outro palpite, ela adicionou a *Segunda Guerra Mundial* e o *soldado do céu*, mas logo depois, por pressentimento, mudou a última expressão para *kamikaze* e apertou ENTER. O sistema de buscas se atualizou e, em poucos momentos, ela estava em um fórum da comunidade de entusiastas de relógios militares, lendo sobre a procedência do relógio que tinha em mãos, examinando fotos de relógios semelhantes, descobrindo que foram produzidos pela Seiko durante a Segunda Guerra Mundial e eram os preferidos por tropas kamikaze. Por motivos óbvios, embora fossem produzidos em grande quantidade, poucos restaram. Os relógios eram raros e procurados avidamente por colecionadores. Os números gravados na parte de trás eram, de fato, um número de série, não do relógio, mas do soldado que o usava.

Haruki #1?

3.

Ela pesquisou na internet por Haruki Yasutani, combinando o nome com cada termo de pesquisa que conseguia relembrar do diário de Nao: *céu*, *soldado*, *kamikaze*, *filosofia*, *poesia francesa*, *Universidade de Tóquio*. Sem sucesso. Então passou para o segundo Haruki, inserindo novas palavras-chave: *programador*, *origami*, *Sunnyvale*, mas, embora tenha encontrado alguns Yasutani, uns poucos Haruki e um monte de gente da indústria da tecnologia com um desses nomes, não encontrou ninguém com os dois nomes, e ninguém que parecia ter relação com o piloto kamikaze ou com o sobrinho dele, o pai de Nao.

Frustrante. Ela voltou ao site de busca de pessoas vítimas do tsunami e procurou por Haruki e Tomoko, mas nenhum deles estava listado entre os Yasutani desaparecidos ou mortos. Era um alívio. Ela continuou, procurando por templos Zen no norte do Japão, mas tinha poucos dados para continuar, já que não sabia em qual parte do norte o templo estava localizado ou mesmo a qual grupo Zen pertencia. Tentou adicionar o nome Jiko Yasutani à busca do templo, junto a termos como *anarquista*, *feminista*, *romancista* e *monja*, em diversas combinações. Nada. Buscou por templos ao norte que haviam sido destruídos pelo tsunami. Havia vários. Outros templos haviam sobrevivido e estavam conduzindo os esforços de ajuda humanitária.

Os ponteiros do relógio do soldado do céu deram uma volta completa, mas ela os ignorou e continuou lendo, vasculhando artigos postados em 2011, nos meses imediatamente posteriores a 11 de março. Líderes religiosos excêntricos colocavam a culpa do terremoto na ira dos deuses, que estariam punindo o povo japonês por tudo, desde o materialismo e o culto à tecnologia à dependência da energia nuclear e o massacre insensato de baleias. Em Fukushima, pais e mães furiosos exigiam saber por que o governo não vinha fazendo nada para proteger as crianças da radiação. O governo respondia manipulando números e elevando os níveis de exposição permitidos; enquanto isso, trabalhadores da usina nuclear, que lutavam contra o colapso em Fukushima, morriam. Um grupo autodenominado Esquadrão de Idosos Destinados à Morte Certa,[54] formado por engenheiros aposentados na casa dos setenta e oitenta anos, ofereciam-se para substituir os trabalhadores mais jovens. A taxa de suicídio entre as pessoas desabrigadas pelo tsunami estava em ascensão. Ela digitou *morte certa* e *suicídio* e depois se lembrou do trem. Adicionou *Linha Expressa de Chuo* e, por fim, *Harryki*, que, com a pressa, digitou errado, o dedo indicador da mão esquerda pressionando o *r* por muito tempo e o dedo direito ultrapassando o *u* e atingindo o *y*, mas, antes que pudesse corrigir os erros, seu dedinho apertou ENTER.

Ela grunhiu enquanto a roda do mecanismo de busca girava e suspirou quando viu os resultados.

4.

O site pertencia a um professor de psicologia da Universidade de Stanford, um certo dr. Rongstad Leistiko. Dr. Leistiko conduzia pesquisas sobre narrativas em primeira pessoa sobre suicídio

---

54. *Shinia Kesshitai* (シニア決死隊).

e autoextermínio. Ele tinha postado o trecho de uma carta, endereçada a ele por um de seus colaboradores, um homem chamado "Harry". O trecho dizia o seguinte:

> O suicídio é um tema muito profundo, mas já que você está interessado, vou tentar explicar-lhe meus pensamentos.
>
> Ao longo da história, nós, japoneses, sempre apreciamos o suicídio. Para nós é uma coisa bonita, que dá sentido, forma e honra às nossas vidas para sempre. É um método para tornar mais real o nosso sentimento de estarmos vivos. Há muitos milhares de anos esta é a nossa tradição.
>
> Porque, veja, esse sentimento de estar vivo não é tão fácil de experenciar. Mesmo que a vida seja algo que pareça ter algum tipo de peso e forma, isso é só ilusão. O sentimento de estarmos vivos não tem nenhum limite ou fronteira real. Por isso, nós, japoneses, dizemos que nossa vida às vezes parece irreal, como um sonho.
>
> A morte é certa. A vida está sempre mudando, como uma lufada de vento no ar, ou uma onda no mar, ou mesmo um pensamento na mente. Por isso, cometer suicídio é encontrar o limite da vida. É reter a vida no tempo para, então, podermos compreender sua forma e sentir que ela é real, ao menos por um momento. É tentar fazer algo de fato sólido com o fluxo de vida, que está sempre mudando.
>
> Hoje em dia, na cultura tecnológica moderna, às vezes ouvimos as pessoas se queixarem que nada mais parece real. Tudo no mundo moderno é plástico, digital ou virtual. Mas, afirmo, esta sempre foi a vida! Esta é a vida em si! Até Platão defende que as coisas desta vida são apenas sombras. Então, é a isso que me refiro ao descrever o sentimento mutável e irreal da vida.

Talvez você queira me perguntar como o suicídio dá a sensação de que a vida é real?

Bem, estilhaçando as ilusões. Estilhaçando-as em pixels e tirando sangue. Entrando na caverna da mente e caminhando sobre fogo. Fazendo as sombras sangrarem. Você pode sentir a vida por completo ao tirá-la.

O suicídio dá a sensação de Única Coisa Autêntica.
O suicídio dá a sensação do Sentido da Vida.
O suicídio dá a sensação de ter a Última Palavra.
O suicídio dá a sensação de reter o Tempo para Sempre.

Mas é claro que tudo isso também é apenas ilusão! O suicídio faz parte da vida, portanto, é parte da ilusão.

Atualmente, no Japão, por causa da recessão econômica e do encolhimento das empresas, o suicídio é muito comum, em especial entre pessoas de meia-idade, homens assalariados como eu. Eles são dispensados da empresa e não conseguem sustentar a família. Às vezes, têm muitas dívidas. Não conseguem contar para as esposas, por isso passam os dias sentados no banco de um parque como gomi. Você sabe o que é gomi? Significa lixo, do tipo que se joga fora e nem sequer recicla. Esses homens têm medo e se sentem envergonhados como gomi. É uma situação triste.

Quanto aos métodos, existem muitos. Enforcamento é um, e o lugar mais comum para o suicídio por enforcamento é perto do Monte Fuji, nos bosques de Aokigahara. O lugar é chamado de "Floresta do Suicídio" devido aos muitos assalariados que se enforcam nos galhos do mar de árvores.

Alguns outros métodos são:

1. Saltar da plataforma nos trilhos de trem (a Linha Expressa de Chuo é popular)
2. Pular do telhado
3. O método do briquete de carvão
4. O método de suicídio com detergente

Existem muitos filmes populares sobre suicídio e também livros que ensinam a executar esses métodos. Pessoalmente, tentei o método da plataforma de trem, mas fracassei. Jovens preferem o segundo método, pular do telhado, e às vezes eles gostam de fazer isso de mãos dadas uns com os outros. Infelizmente, o suicídio é popular entre jovens, em especial entre os estudantes no ensino fundamental, devido à pressão acadêmica e ao bullying. Eu me preocupo porque minha filha é jovem e não está feliz na escola japonesa que frequenta.

Nos últimos tempos, surgiu a mania dos clubes de suicídio, como você já deve ter ouvido. As pessoas podem se conhecer pela internet e conversar sobre como cometer suicídio. Podem discutir algum método e personalizá-lo como quiserem, por exemplo, que tipo de música serviria como trilha sonora de suas mortes? Então, se puderem encontrar alguns amigos com quem se sentem em harmonia, podem traçar um plano. Encontram-se em algum lugar, por exemplo, na estação de trem ou em frente a uma loja de departamentos ou em algum banco de parque. Quem sabe levem algo para se reconhecerem? Ou talvez vistam algo especial? Em seguida, enviam mensagens de texto umas para as outras até que seus olhos se encontrem, e é assim que muitas conseguem se reconhecer.

Muitos membros desses clubes preferem o terceiro método – briquete de carvão. Para executá-lo, precisam alugar um automóvel juntos e dirigir até o campo. Lá, podem colocar uma música no CD player e ouvi-la enquanto morrem pelo gás CO_2.

Na maioria das vezes, preferem ouvir músicas tristes de amor.

O aluguel de carros é caro no Japão, e muitos suicidas não têm muito dinheiro devido ao encolhimento e à falência das empresas etc. Por isso é mais econômico juntar mais membros. É por isso que, às vezes, a polícia pode encontrar cinco ou seis corpos em um carro.

Toda vez que leio sobre esse método, lembro-me do dia em que você me levou para fazer compras na loja The Home Depot. Você se lembra dessa vez? Você me mostrou a churrasqueira Weber e os briquetes de algaroba? Infelizmente, não consigo encontrar o briquete de algaroba em Tóquio, e a churrasqueira Weber também não é tão conhecida aqui.

Às vezes acho que pessoas dos Estados Unidos nunca conseguem compreender por que um japonês decidiria cometer suicídio. As pessoas dos Estados Unidos têm uma forte percepção de serem importantes. Acreditam no eu individual, e também têm seu Deus para lhes dizer que o suicídio é errado. É tão simples! Deve ser bom acreditar em algo tão simples. Recentemente tenho lido livros filosóficos escritos por grandes mentes ocidentais sobre o sentido da vida. São bem interessantes, e espero encontrar neles algumas boas respostas.

Eu não me importo comigo mesmo, mas temo que minha postura não seja saudável para minha filha. No começo, achei que deveria cometer suicídio para que ela não sentisse vergonha de meu fracasso em encontrar um bom emprego com salário alto, mas depois que tentei o primeiro método, pude perceber muita tristeza em seu rosto e mudei de ideia.

Agora acho que devo tentar me manter vivo, mas não tenho confiança de que conseguirei. Por favor, me ensine uma maneira americana simples de amar minha vida para que eu não tenha que pensar em suicídio nunca mais. Quero encontrar o sentido da minha vida pela minha filha.

Atenciosamente,

"Harry"

5.

Prezado Professor Leistiko,

Escrevo-lhe sobre um assunto de certa urgência. Sou romancista e, recentemente, ao pesquisar sobre o tema do suicídio no Japão para um projeto em que estou trabalhando, me deparei com seu site e sua pesquisa sobre narrativas em primeira pessoa sobre suicídio e autoextermínio. Li com grande interesse a carta muito comovente escrita pelo colaborador chamado "Harry", e escrevo para perguntar sobre a identidade dele. Por acaso, "Harry" é um engenheiro de computação japonês chamado Haruki Yasutani, que, no passado, morou em Sunnyvale, Califórnia, e trabalhou no Vale do Silício durante a ascensão da internet?

Sei que este pedido pode soar fora das normas e com certeza envolve questões de confidencialidade, mas estou tentando entrar em contato com o sr. Yasutani ou com sua filha, Naoko. Alguns itens, incluindo cartas e um diário, que acredito pertencerem à filha, chegaram às minhas mãos por meios um pouco misteriosos, e estou preocupada com o bem-estar dela. Gostaria de devolvê-los para ela o mais rápido possível.

Se houver qualquer outra informação que eu possa fornecer, ficarei feliz em fazê-lo. Fui escritora residente do Departamento de Literatura Comparada de Stanford no passado, e tenho certeza de que o professor P.L., ou qualquer outro membro daquele corpo docente, ficaria feliz em testemunhar a meu favor. Espero que o senhor entre em contato comigo o mais breve possível.

Muito atenciosamente,

Etc.

Ela enviou o e-mail, recostou-se na cadeira e olhou para o relógio do soldado do céu, que estava em cima de seu manuscrito intocado, onde ela o abandonara horas antes. Em seu coração, nenhuma esperança. Já passava de uma hora e a manhã toda havia se dissipado. E, como se isso não fosse ruim o bastante, ela escutou o som de pneus na entrada de carros.

6.

O tempo interage com a atenção de formas muito curiosas.

Em um extremo, quando Ruth era dominada pela mania compulsiva e pelo hiperfoco durante uma busca na internet, as horas pareciam se juntar e se avolumar como uma onda, engolindo grandes pedaços de seu dia.

No outro extremo, quando a atenção dela estava dispersa e fragmentada, ela vivenciava o tempo em sua forma mais granular, em que os momentos pairavam à sua volta como partículas difusas, suspensas em água parada.

Também havia um meio-termo, quando sua atenção tinha o foco ampliado e o tempo parecia um lago límpido, cercado por samambaias iluminadas pelo sol. Uma nascente subterrânea, muito profunda, alimentava o lago, criando um suave fluxo de palavras que borbulhavam enquanto as brisas tremulavam e brincavam na superfície da água.

Esse estado prazeroso era aquele que Ruth parecia se lembrar de usufruir, há muito tempo, quando escrevia bem. Agora, por mais que tentasse, aquele Éden lhe escapava. A nascente havia secado, o lago estava interditado e estagnado. Ela culpava a internet. Culpava seus hormônios. Culpava seu DNA. Ela estudava sites coletando informações sobre TDA, TDAH, transtorno bipolar, transtorno dissociativo de identidade, parasitas e até distúrbios do sono, mas seu maior medo era o Alzheimer. Testemunhara o declínio da mente da mãe e estava familiarizada com o efeito corrosivo que a formação de placas pode ter na função cerebral. Como sua mãe, Ruth muitas vezes se esquecia das coisas. Teimava. Perdia as palavras. Ela se repetia. Desorientava-se no tempo.

O carro pertencia a Muriel, e agora ela e Oliver estavam sentados na cozinha, tomando chá e falando sobre lixo. Ruth, que tinha descido por educação, sentou-se entre os dois, levemente entediada, ouvindo a conversa e manuseando a pilha de cartas da lancheira da Hello Kitty. Sobre a mesa, ao lado da lancheira, um tubo surrado de pasta de dente da marca japonesa Lion, a desculpa para a visita surpresa de Muriel. Ela o encontrara na praia, depois do Jap Ranch, e o trouxe imediatamente.

Ruth não gostava de visitas surpresa. Ao se mudar para a ilha, ficou impressionada pelo modo como as pessoas simplesmente apareciam para uma visita, sem ligar ou mandar um e-mail antes. Oliver achou o costume ainda mais perturbador do que ela e, uma vez, até se escondeu em uma caixa velha de geladeira no porão quando ouviu o som dos pneus no caminho de cascalho, mas a tática não funcionou. As visitas acabaram entrando na casa e se sentando à mesa da cozinha para esperar, e quando Ruth voltou de seus afazeres, as encontrou lá. Ela lhes ofereceu chá e se perguntou, em voz alta, onde estaria Oliver.

— Ah, ele não está — disseram.

Conversaram e beberam chá enquanto Ruth tentava descobrir o propósito da visita. Um pouco depois, ela ouviu um som furtivo no porão, e logo depois Oliver apareceu à porta.

— Onde você estava? — perguntou ela, desconfiada e irritada por ele ter ficado longe por tanto tempo, deixando que ela lidasse com a situação.

— Ah, lá fora. Na floresta — disse ele, tirando teias de aranha do cabelo.

Por fim, as visitas foram embora e ela o pressionou até que, por fim, confessou.

— Quer dizer que você ficou simplesmente ali sentado? — questionou ela.

Ele assentiu, parecendo um pouco sem graça.

— Dentro da caixa? O tempo todo?

— Não foi tanto tempo.

— Foram horas! O que você estava fazendo?

— Nada.

— Ficou escutando nossa conversa?

— Um pouco. Não conseguia ouvir bem.

— Então, o que você ficou fazendo?

Ele balançou a cabeça, conseguindo parecer confuso e, ao mesmo tempo, um pouco presunçoso.

— Nada — repetiu. — Só fiquei lá, sentado. Foi bom. E legal. Tirei uma soneca.

Ela queria muito ficar brava, mas não conseguia. Era apenas a natureza dele, por isso ela riu. Aliviado, ele riu também.

Era a natureza dele, assim como as visitas surpresa faziam parte da natureza da ilha. Por mais incomum e enervante que o costume fosse, quando as visitas apareciam, era preciso lhes oferecer uma xícara de chá.

A descoberta de um tubo de pasta de dente da marca Lion era interessante, e foi gentil da parte de Muriel compartilhar a descoberta, mas a conversa tinha descambado para a meia-vida do plástico em um giro, o que Ruth achou tedioso, então ela voltou sua atenção para as cartas. Espalhou as folhas sobre a mesa, desdobrando cada uma e espiando os kanji incompreensíveis. No mínimo, deveria ser capaz de decifrar um endereço. Até mesmo o nome de uma província ajudaria. Oliver e Muriel continuaram conversando, embora não fosse bem uma conversa que travavam, Ruth percebeu. Em vez disso, a interlocução entre eles parecia mais uma conferência acadêmica: dois professores se revezando no púlpito apresentando informações que ambos conheciam e sobre as quais estavam mais ou menos de acordo.

— O plástico é assim mesmo — Oliver dizia. — Nunca se sujeita à biodegradação. Fica se debatendo no giro e se dissolve em partículas. Os oceanógrafos chamam de confete. Em um estado granular, dura para sempre.

— O mar está cheio de confetes de plástico — afirmou Muriel. — Eles flutuam e são comidos pelos peixes ou lançados à praia. Agora integra nossa cadeia alimentar. Não invejo os antropólogos que vão tentar compreender nossa cultura material a partir de todos os fragmentos brilhantes e duros desenterrados dos amontoados de lixo no futuro.

A última carta era mais grossa que as outras. Estava envolta em um envelope feito de várias camadas de papel encerado e oleoso. Com cuidado, Ruth a descascou, colocando o papel grudento de lado. Embalado no centro e dobrado em quatro estava um caderno de redação fino, do tipo que estudantes universitários poderiam ter usado antigamente para escrever a redação de uma prova. Ela desdobrou e espiou, à espera de ver mais caligrafia japonesa, mas, para sua surpresa, o alfabeto era romano e a língua era o francês.

Era a vez de Oliver.

— Os antropólogos do futuro... — estava falando, quando Ruth o interrompeu.

— Perdão — disse. — Detesto mudar o assunto, mas alguém lê francês?

7.

Ela lhes mostrou o caderno de redação e eles se revezaram na tentativa de leitura, mas não foram muito longe.

— De nada adiantou a educação bilíngue — afirmou Muriel. Ela olhou para o relógio, guardou os óculos de leitura e começou a recolher suas coisas. — Tente ligar para o Benoit.

Ruth não conhecia Benoit.

— Benoit LeBec — explicou Muriel. — É o cara do depósito, veio do Quebec, vai ao A, dirige a empilhadeira...

— A?

— AA — explicou Muriel. — Mas não tem nada anônimo nesta ilha, então eles chamam só de A. A esposa dele trabalha na escola, e sei que ele é um grande leitor. Os pais dele eram professores de literatura.

Ela estendeu o braço e pegou o tubo surrado de pasta de dente Lion, que estava ao lado do saco de congelador coberto de cracas.

— Já ligou para Callie a fim de falar sobre isso? — perguntou Muriel, apontando para o saco, que começara a expelir gás à medida que as cracas morriam lentamente.

— Não — respondeu Ruth, arrependida. Ela queria ligar, mas achava cada vez mais difícil pegar o telefone agora. Não gostava mais de falar com as pessoas em tempo real.

— Bom, soube que ela acabou de voltar de um cruzeiro e ficará na ilha por um tempo. Talvez seja melhor ligar para ela antes que essas camaradas fiquem todas mortas.

Ruth sentiu uma pontada de remorso.

— Devíamos ter tentado mantê-las vivas? Nunca imaginei...

Muriel deu de ombros e se levantou.

— É provável que não faça nenhuma diferença, mas ligue para ela mesmo assim. Talvez ela consiga descobrir alguma coisa. — Mudando de ideia, deixou a pasta de dente na mesa e agora abanava a mão de um jeito um tanto autoritário na direção do tubo. — Vou deixar isso com você, então — disse. — Falando em termos de curadoria, sinto que é uma coleção e todos os itens devem ficar juntos.

Eles a acompanharam até o carro. Hoje Muriel usava um suéter masculino surrado com a saia longa e as galochas, e enquanto Ruth observava a dificuldade de Muriel para mover o próprio corpo, descendo os degraus da varanda, ela pensou na descrição de Nao das senhoras idosas na casa de banho, em como tinham tantas formas e tamanhos. Ruth também estava sentindo a idade, nos joelhos, nos quadris. Em Nova York, costumava andar por toda parte e nunca tivera dificuldade de se exercitar o bastante. Ali na ilha, eles se deslocavam de carro, na maioria das vezes. Pensou no East Village, seu antigo bairro, nos cafés, nos restaurantes, nas livrarias, no parque. Sua vida em Nova York ainda parecia tão vívida e real. Assim como a vida de Nao em Sunnyvale.

... um zilhão de quilômetros de distância no tempo e no espaço, como a Terra, tão linda, vista do espaço sideral, e eu e papai éramos astronautas, vivendo em uma nave, orbitando a escuridão fria.

Ainda eram quatro horas, mas lá fora já escurecia. A chuva tinha parado, mas o ar ainda estava úmido e frio. Eles atravessaram a grama encharcada. Oliver segurava a porta do carro para Muriel, quando um movimento súbito lhe chamou a atenção. Ele olhou para cima e apontou.

— Vejam!

Entre os galhos do bordo de folha grande, nas sombras do crepúsculo, estava o corvo solitário. Era de um preto brilhante, com uma protuberância peculiar na testa e um bico longo, grosso e curvo.

— Que estranho — comentou Muriel. — Parece um corvo-da-selva.

— É uma subespécie, acho — disse Oliver. — *Corvus japonensis*...

— Também chamado de corvo-de-bico-grosso — completou Muriel. — Muito estranho. Você acha que...?

— Acho — concordou Oliver. — Ele apareceu outro dia. Suponho que veio pousado nos destroços.

— Uma visita surpresa — falou Muriel. Ela sabia da aversão deles a visitas surpresa. Achava aquilo engraçado.

O corvo abriu as asas e saltou por alguns metros entre os galhos.

— Como você sabe que é "ele"? — perguntou Ruth.

Oliver deu de ombros, como se a pergunta fosse irrelevante, mas Muriel assentiu.

— Boa observação — disse. — Poderia ser "ela". Vovó Corvo, ou T'Ets, em língua comox. Ela é uma das ancestrais mágicas que podem se transformar e assumir forma animal ou humana. Ela salvou a vida da neta quando a garota engravidou e o pai ordenou que a tribo a abandonasse. O pai disse à gralha P'a para apagar todas as fogueiras, mas T'Ets escondeu brasas de carvão para a neta em uma concha e salvou a vida da garota. A garota deu à luz sete filhotes, que depois removeram suas peles e se transformaram em humanos, dando origem ao povo comox, mas essa é outra história.

Ela apoiou o braço na lataria do carro e se abaixou devagar até o banco do motorista. Ruth ofereceu a mão, sustentando o cotovelo dela.

De seu galho, o corvo observou os procedimentos. Quando Muriel estava em segurança lá dentro, esticou o bico e emitiu uma única grasnada áspera.

— Adeus para você também — disse Muriel, ligando o motor e acenando para a ave.

O corvo virou a cabeça enquanto o carro descia lentamente o caminho longo e sinuoso, ficando cada vez menor até desaparecer em uma curva entre as árvores altas. Oliver foi à horta colher verduras para o jantar, mas Ruth ficou ali mais um pouco, ao lado da pilha de lenha, observando o corvo.

— Ei, corvo — disse.

O corvo virou a cabeça. *Qué*, respondeu. *Qué, qué.*

— O que você está fazendo aqui? — perguntou Ruth. — O que você quer?

Mas o corvo não respondeu dessa vez. Apenas a mirou de volta com seus olhos pretos e brilhantes. Esperando. Ruth tinha certeza de que o corvo estava esperando.

NAO

1.

É difícil escrever sobre coisas que aconteceram em um passado muito distante. Quando Jiko me conta histórias emocionantes da vida dela, como sobre quando sua heroína, a famosa terrorista anarquista e anti-imperialista Kanno Sugako, foi enforcada por traição, ou sobre quando meu tio-avô Haruki #1 morreu ao realizar um ataque suicida a um navio de guerra dos Estados Unidos, as histórias parecem muito reais quando está falando, mas depois, ao me sentar para escrevê-las, elas escapam de mim e se tornam irreais de novo. O passado é estranho. Quer dizer, ele existe mesmo? Sinto que existe, mas onde está? E se existiu mesmo, mas não existe mais, para onde foi?

Quando a velha Jiko fala do passado, seus olhos se voltam para seu interior, como se ela estivesse olhando para algo enterrado bem no fundo de seu corpo, na medula de seus ossos. Os olhos dela são leitosos e azuis por causa da catarata, e quando ela os volta para dentro, é como se estivesse se dirigindo para outro mundo, que está preso no gelo. Jiko chama a catarata de *kuuge*, que significa "flores do vazio".[55] Acho lindo.

---

[55]. *Kūge* (空華): literalmente, flores de "vazio", ou do "céu"; uma expressão idiomática para a catarata; também é o título do Capítulo 43 do *Shōbōgenzō*, do Mestre Zen Dōgen. O kanji *kū* (空) tem vários significados, incluindo "céu", "espaço" ou "vazio", como em 空兵 (soldado do céu). A expressão *flores do céu* refere-se à turvação da visão provocada pela catarata, mas no ensinamento budista tradicional, *flores no céu* refere-se à ilusão ocasionada pelas obstruções cármicas de uma pessoa. Dōgen parece tê-la reinterpretado, atribuindo um sentido de "florescimento do vazio"; em outras palavras, um estado de iluminação. Todas as coisas do mundo, ele diz, são o florescimento cósmico do vazio.

O passado da velha Jiko está muito distante, mas mesmo que o passado não tenha acontecido muito tempo atrás, como minha vida feliz em Sunnyvale, ainda é difícil escrever sobre ele. Aquela vida feliz parece mais real do que a minha vida de agora, mas, ao mesmo tempo, é como uma lembrança que pertence a uma Nao Yasutani totalmente diferente. Talvez aquela Nao do passado nunca tenha existido de verdade, exceto na imaginação desta Nao do presente, que está sentada em um café de empregadas francesas na Cidade Elétrica de Akiba. Ou talvez seja o contrário.

Se você já tentou manter um diário, sabe que o problema de tentar escrever sobre o passado está de fato no presente: por mais rápido que você escreva, está sempre presa ao *presente* e, portanto, nunca consegue alcançar o que está acontecendo *agora*, o que significa que o *agora* está quase condenado à extinção. É desesperador, de verdade. Não que o agora seja tão interessante. O agora, em geral, sou apenas eu, sentada em algum café imundo de empregadas ou em um banco de pedra em um templo no caminho da escola, movendo uma caneta, ida e volta, um bilhão de vezes pela página, tentando falar comigo mesma.

Quando eu era pequena, em Sunnyvale, fiquei obcecada com a palavra "agora" em inglês, *now*. Minha mãe e meu pai falavam japonês em casa, mas todas as outras pessoas falavam inglês e, às vezes, eu ficava presa entre as duas línguas. Quando isso acontecia, as palavras do dia a dia e seus significados se desconectavam de uma hora para outra, e o mundo se tornava estranho e irreal. A palavra *now* sempre me pareceu especialmente estranha e irreal, porque ela era eu, ou pelo menos o som dela era. Nao era *now* e tinha todo esse outro significado.

No Japão, algumas palavras têm kotodama,[56] que são espíritos que vivem dentro de uma palavra e dão a ela um poder especial. O kotodama de *now* parecia um peixe escorregadio,

---

56. *Kotodama* (言霊): literalmente, "fala" (*koto*) + "espírito" ou "alma" (*tama*).

um atum gordo e liso com uma barriga grande e cabeça e rabo pequenos que parecia algo assim:

NOW parecia um peixe grande engolindo um peixe pequeno, e eu queria pegá-lo para impedi-lo. Eu era apenas uma criança e achava que, se conseguisse entender de verdade o significado do grande peixe *NOW*, seria capaz de salvar o peixinho *Naoko*, mas a palavra sempre escapou de mim.

Acho que eu tinha uns seis ou sete anos na época, e costumava me sentar no banco de trás de nossa caminhonete Volvo, olhando para os campos de golfe, shoppings, conjuntos habitacionais, fábricas e salinas ao longo da rodovia Bayshore e, ao longe, a água da baía de São Francisco se mostrava toda azul e cintilante, e eu deixava a janela aberta para que a névoa quente, seca e fumacenta batesse no meu rosto enquanto sussurrava *Now…! Now…! Now…!* sem parar e cada vez mais rápido, em direção ao vento, enquanto o mundo passava diante de mim, tentando agarrar o momento em que a palavra é o que é: quando *now* se tornava *AGORA*.

Mas, enquanto se diz *agora*, o agora já acabou. Já é *depois*.

Depois é o oposto de *agora*. Por isso, dizer *agora* apaga seu significado, transformando-o exatamente naquilo que não é. É como se a palavra cometesse suicídio ou algo assim. Então, eu começava a encurtá-la… *now, ow, oh, ó…* até se tornar apenas um monte de pequenos grunhidos, não uma palavra. Era desesperador, como tentar segurar um floco de neve na língua ou uma bolha de sabão entre as ponta dos dedos. Captar a palavra era destruí-la, e eu me sentia como se também estivesse desaparecendo.

Coisas assim são capazes de enlouquecer. É bem o tipo de assunto sobre o qual meu pai passa todo o tempo pensando, lendo o seu "As Grandes Mentes da Filosofia Ocidental", e, depois de vê-lo assim, entendi que cada um tem de cuidar da sua própria mente, mesmo que não esteja entre as grandes mentes de nada, porque, caso contrário, sua cabeça pode terminar nos trilhos de um trem.

2.

O aniversário do meu pai foi em maio e meu funeral foi um mês depois. Papai estava se sentindo bem otimista, porque havia conseguido sobreviver por mais um ano e tinha acabado de ficar em terceiro lugar na Grande Guerra dos Insetos com seu *Cyclommatus imperator*[57] durante o voo, o que era impressionante, porque é muito difícil dobrar as asas estendidas. Então, papai estava se saindo muito bem para um suicida, e eu também estava me saindo bem, para uma vítima de tortura. Os adolescentes da escola ainda fingiam que eu era invisível, só que agora todo mundo do nono ano estava fazendo aquilo, não apenas os meus colegas de turma. Sei que isso parece meio exagerado, mas no Japão é bastante comum, e existe até um nome para isso, que é zen-in shikato.[58] Então, eu era o alvo de uma grande ação zen-in shikato e, quando estava no pátio ou no corredor da escola, ou caminhava até minha mesa, ouvia os colegas dizendo coisas como: "A aluna transferida Yasutani não vem à escola há semanas!". Eles nunca me chamaram de Nao ou Naoko. Apenas Aluna Transferida Yasutani ou só Aluna Transferida, como se nem nome eu tivesse. "A Aluna Transferida está doente? Talvez a Aluna Transferida tenha alguma doença americana nojenta. Quem sabe o Ministério da Saúde a tenha colocado em quarentena. A Aluna Transferida deveria

---

57. Besouro-de-chifre gigante.
58. *Zen-in shikato* (全員しかと): literalmente, "todos ostracizando" ou "todos ignorando".

ficar em quarentena. Ela é um baikin.[59] Eca, espero que não seja contagiosa! Ela só é contagiosa se você transar com ela. Que nojo! Ela é uma vadia. Eu não transaria com ela! É, porque você é impotente. Cala a boca!"

Típico. Era o tipo de coisa que costumavam dizer bem na minha cara, só que agora diziam uns para os outros, mas na minha frente, para que eu pudesse ouvir. E também faziam outras coisas. Quando você entra em uma escola japonesa, existe um espaço com armários onde é preciso tirar os sapatos usados ao ar livre e colocar os chinelos de ambientes internos. Eles esperavam que eu tirasse um sapato e estivesse me equilibrando em um pé para passar por mim, me empurrando e pisando em mim como se eu não estivesse ali.

— Ai, que fedor! — diziam. — Alguém pisou num cocô de cachorro?

Antes da aula de educação física, você precisa vestir o uniforme de ginástica, mas minha escola aqui é tão patética que não tem vestiários de verdade, como em Sunnyvale, então todos se trocam na sala de aula em suas carteiras. As meninas usam uma sala e os meninos outra, e você tem que ficar lá, em pé, tirar suas roupas e colocar aqueles uniformes retrógrados, e quando eu tirava minha roupa, as meninas tapavam o nariz e a boca, olhavam em volta e diziam:

— Nanka kusai yo![60] Tem alguma coisa morta? — E talvez seja isso que tenha dado a eles a ideia do funeral.

3.

Faltava mais ou menos uma semana para as férias de verão quando tive a sensação assustadora de que algo havia mudado

---
59. *Baikin* (ばい菌): micróbio.
60. *Nanka kusai yo!*: Alguma coisa está fedendo!

mais uma vez. É tudo supersutil, mas você consegue perceber, e se você já foi vítima de guerras psicológicas, de tortura ou busca e perseguição, sabe que o que estou dizendo é verdade. Dá para ler os sinais pois sua vida depende disso, só que, dessa vez, o que estava acontecendo era basicamente nada. Eu não estava mais sendo empurrada nem pisoteada no genkan,[61] e ninguém fazia comentários sobre eu estar fedendo ou doente. Pelo contrário, todo mundo estava muito quieto e parecendo muito triste, e quando algum dos nerds perdia o controle e começava a rir quando eu passava, logo levava um soco. Eu sabia que algo estava prestes a acontecer e aquilo estava me deixando maluca. Então, durante o almoço, percebi que distribuíam alguma coisa, algum tipo de papel dobrado, como um cartão ou coisa assim, mas é claro que ninguém me entregou um, então tive de esperar até os clubes liberarem todo mundo, à tarde, para descobrir.

    Fui para casa depois da escola, como de costume, e estava no apartamento, fingindo fazer minha lição de casa e tentando pensar em uma desculpa para sair de novo, quando meu pai começou a procurar algo e logo o ouvi suspirar, o que significava que ele estava procurando seus cigarros e o pacote estava vazio.

    — Urusai yo! — eu disse, mal-humorada. — Tabako katte koyo ka?[62]

    Já era grande coisa eu me oferecer. Meu pai não gosta de sair, mesmo que a máquina de venda automática de cigarros fique a meros quarteirões de distância, mas em geral me recuso a comprar cigarros para ele, porque, de todas as maneiras pelas quais se pode cometer suicídio, fumar deve ser a mais estúpida e também a mais cara. Quer dizer, por que deixar as empresas de tabaco mais ricas ainda por matarem você, né? Mas desta

---

61. *Genkan* (玄関): saguão de entrada, vestíbulo.
62. *Urusai yo! Tabako katte koyō ka?*: Você é barulhento demais! Quer que eu vá comprar cigarros para você?

vez seu hábito repugnante me deu a desculpa perfeita, ele ficou agradecido e me deu um dinheirinho extra para comprar um refrigerante. Calcei os tênis de corrida em vez de os chinelos de plástico que costumamos usar para perambular pelo bairro e, ao sair, deslizei uma faquinha de cozinha para dentro do meu bolso. Corri pelo beco e me agachei atrás da fileira de máquinas de venda automática de cigarros, revistas pornô e bebidas energéticas.

Eu estava esperando por Daisuke-kun. Ele era da minha turma e morava com a mãe no mesmo prédio que nós. Era mais novo do que eu, um garoto pequeno como bicho-pau, e a mãe era solteira, recepcionista de bar e pobre, então ele era quase tão importunado quanto eu. Daisuke-kun era realmente patético, e, depois de um tempo, eu o vi carregando a mochila na frente do corpo e tropeçando pela rua, mantendo-se de costas para o muro alto de concreto. Ele era o tipo de garoto que, mesmo de calça comprida, parecia estar de bermuda. Só em ver a cabecinha de alfinete dele, virando com seu pescoço magro, e aqueles olhos arregalados se movendo em todas as direções, embora ninguém o perseguisse, me deixou maluca e me fez sentir muita raiva; então, quando ele passou na frente das máquinas de venda, pulei, o agarrei e o puxei para o beco, e acho que a adrenalina da minha raiva me deu força, porque derrubá-lo foi tão fácil quanto arrancar uma meia de um varal de roupa lavada. Para ser sincera, foi ótimo. Eu me senti ótima. Poderosa. Exatamente do jeito que imaginava que me sentiria quando fantasiava com vingança. Dei um tapa no boné escolar dele, puxei seus cabelos e o forcei a ficar de joelhos na minha frente. Ele desmoronou e congelou, como faz uma barata quando você acende a luz da cozinha, pouco antes de ser esmagada com o chinelo. Virei a cabeça dele para cima e encostei a faca de cozinha em seu pescoço. A faquinha era afiada, e eu podia ver a veia pulsante no pescoço fino. Cortá-lo não exigiria o menor esforço. Não teria significado nada.

— Nakami o misero![63] — falei, chutando sua mochila com a ponta do pé. — Esvazie! — Minha voz soou baixa e áspera, como a de uma sukeban.[64] Até eu fiquei surpresa.

Ele abriu a mochila e começou a despejar as coisas lá de dentro aos meus pés.

— Não tenho mais dinheiro — gaguejou. — Eles já levaram tudo.

É claro que levaram. Garotos poderosos, liderados por uma sukeban de verdade chamada Reiko, executavam toda uma operação para depenar jovens patéticos como eu e Daisuke.

— Eu não preciso do seu dinheiro fedorento — afirmei. — Quero o cartão.

— Cartão?

— Aquele que estavam distribuindo na escola. Sei que você tem um. Entregue-o para mim. — Chutei o estojo do Ultraman, fazendo as canetas e lápis voarem.

Ele arrastou mãos e joelhos revirando os livros. Por fim, me estendeu um cartão de papel dobrado, tomando cuidado de não fazer contato visual. Peguei o cartão.

— De joelhos — falei. — Feche os olhos e abaixe a cabeça. Sente-se sobre as mãos.

Ele enfiou as mãos sob as coxas. Era uma postura a que estava acostumado, assim como eu. Vem de uma brincadeira de crianças pequenas chamada kagome kagome,[65] um tipo de cantiga de roda japonesa. A criança da vez se torna o oni[66] e tem que se ajoelhar no chão, no centro, com os olhos vendados, e todas as outras crianças dão as mãos e giram em círculo em volta dela, cantando uma música que diz:

---

63. *Nakami o misero!*: Mostre o que tem aí dentro!
64. *Sukeban* (スケ番): garota que chefia um bando, infratora.
65. *Kagome* (籠目): trançado aberto de tiras de bambu usado para cestas ou gaiolas.
66. *Oni* (鬼): demônio, ogro.

Kagome Kagome
Kago no naka no tori wa
Itsu itsu deyaru? Yoake no ban ni
Tsuru to kame ga subetta.
Ushiro no shoumen dare?

Significa:

Kagome, Kagome,
Um pássaro na gaiola,
Quando, quando, você vai escapar?
Na penumbra do amanhecer,
O grou e a tartaruga caíram
Quem está aí atrás de você agora?

Quando a música acaba, todo mundo para de girar e o oni tenta adivinhar quem está atrás dele; se acertar, eles trocam de lugar, e a outra criança se torna o oni.

É assim que a brincadeira é, mas a versão que jogamos na escola era diferente. Acho que se poderia dizer que é uma espécie de versão atualizada, chamada kagome rinchi,[67] muito popular entre crianças da escola secundária. Em kagome rinchi, se você é o oni tem que se ajoelhar no chão com as mãos sob as coxas, enquanto os outros giram à sua volta, chutando e socando você e cantando a música da kagome. Quando a música termina, mesmo se o oni ainda conseguisse usar a voz, não ousaria adivinhar o nome de quem está atrás dele, porque, mesmo que acertasse, ainda assim teria errado e começariam tudo de novo. No kagome rinchi, se você é o oni, será para sempre o oni. O jogo geralmente termina quando ele não consegue mais ficar de joelhos e cai.

Enfim, Daisuke-kun estava de joelhos no beco com os olhos bem fechados, esperando que eu o socasse, o chutasse

---

67. *Rinchi*: do inglês *lynch*, linchar.

ou o cortasse com a faca de cozinha, mas eu não estava com pressa. Ainda era cedo e não havia ninguém no beco àquela hora, já que as recepcionistas nunca conseguiam se organizar para levar o lixo reciclável antes do escurecer. Desdobrei o cartão que ele me deu. Era um convite, escrito em bela caligrafia de pincel, para um funeral. A caligrafia era formal e bem-feita, como a de um adulto, e me perguntei se Ugawa Sensei havia escrito aquilo. O funeral seria no dia seguinte, durante o último período, antes das férias de verão. A falecida era a ex-aluna transferida Yasutani Naoko.

Daisuke ainda estava ajoelhado aos meus pés, de cabeça baixa e olhos fechados. Agarrei um punhado do cabelo dele e levantei sua cabeça, colocando o papel diante de seu nariz.

— Você fica feliz com isso?
— N-não — gaguejou ele.
—Usotsuke![68] — falei, dando um puxão. Claro que aquele inseto patético estava mentindo. Quem não é ninguém sempre fica feliz se outra pessoa é torturada em seu lugar, e eu queria puni-lo por isso. Entre meus dedos, o cabelo dele parecia nojento, grosso demais para um garoto daquela idade, como o cabelo de um velho na cabeça de um menino, e estava oleoso também, como se ele tivesse usado um pouco do gel do namorado da mãe. Isso me deu nojo. Apertei os dedos e puxei com mais força, até conseguir sentir os folículos saltando dos poros. Peguei a faca e pressionei a lâmina no pescoço dele. A pele era pálida e quase azulada, a garganta de uma menina. Os nervos estavam tensos e trêmulos, e as veias pulsavam contra o serrilhado fino de metal. O tempo passava mais devagar, e cada momento se desdobrava em um futuro repleto de infinitas possibilidades. Seria tão fácil. Talhar a artéria e ver o sangue vermelho jorrando e manchando o chão, drenando a vida estúpida de um ninguém do corpo estúpido de um ninguém. Ou soltá-lo.

---

68. *Usotsuke!*: Mentiroso!

Deixar o inseto patético ir. Não fazia diferença qual das duas opções. Pressionei a lâmina um pouco mais. Quanta pressão ainda seria necessária? Se você já examinou células de pele sob um microscópio na aula de biologia, vai compreender como os dentes serrilhados da faca poderiam separar as células até que o sangue escorresse. Pensei no meu funeral no dia seguinte e como aquela era uma boa maneira de acabar com tudo. Dar a eles um corpo real. Não o meu.

Daisuke gemeu. Estava de olhos fechados, mas a boca estava frouxa e o rosto, estranhamente relaxado. Uma pequena gota de saliva pingou do canto de seus lábios rachados. Ele parecia sorrir.

O jeito como eu segurava a faca parecia firme, e meu braço também parecia forte e poderoso. Gostei daquilo. Parados ali, estávamos congelados no tempo, eu e Daisuke-kun, e o futuro era meu. Não importava o que eu decidisse fazer, naquele momento eu era dona de Daisuke e era dona do futuro dele. Era uma sensação estranha, assustadora e um pouco íntima demais, porque, se eu o matasse, estaríamos ligados por toda a vida, para sempre, e então o soltei. Ele desabou aos meus pés.

Olhei para minhas mãos como se pertencessem a outra pessoa. Fios do cabelo nojento dele estavam grudados em meus dedos pelas gotículas brancas dos folículos. Esfreguei as mãos na saia.

— Suma daqui — falei. — Vá para casa.

Daisuke se levantou devagar e limpou os joelhos.

— Você devia ter feito isso — disse ele.

Suas palavras me surpreenderam.

— Feito o quê? — perguntei, estupidamente.

Ele se agachou na calçada e começou a guardar os livros na mochila, com calma.

— Me cortado — respondeu, olhando para mim e piscando. — Cortado meu pescoço. Quero morrer.

— Quer? — perguntei.

Ele assentiu.

— É claro — respondeu, e voltou a recolher seus papéis.

Eu o observei por um instante. Tive pena dele, porque entendia o que ele queria dizer, e até pensei em me oferecer para repetir o feito, mas o momento havia passado. Fazer o quê.

— Lamento — falei.

Ele balançou a cabeça.

— Tudo bem — murmurou.

Eu o observei por mais algum tempo enquanto ele rastejava de joelhos, procurando seus lápis embaixo da máquina de venda automática. Quase senti vontade de ajudá-lo, mas, em vez disso me virei e fui embora. Não olhei para trás. Eu não ligava se ele contasse a alguém. Ele não era ingênuo, nem eu. Andei até a estação, onde as máquinas são melhores, e comprei para meu pai um pacote de Short Hopes, porque era a única marca que eu comprava para ele, por causa do nome, e depois, na máquina de bebidas, comprei uma lata de Pulpy. É tipo um suco de laranja com grandes pedaços de polpa que gosto de estourar com os dentes.

4.

Meu funeral foi lindo e muito real. Todos os meus colegas de classe usavam braçadeiras pretas, e fizeram um altar na minha mesa com uma vela e um queimador de incenso, com minha fotografia de matrícula, ampliada, emoldurada e decorada com fitas pretas e brancas. Um a um, meus inimigos se revezaram indo até minha mesa e prestando suas homenagens, colocando uma flor branca de papel diante da minha foto, enquanto o restante da classe permanecia em suas carteiras com as mãos entrelaçadas e os olhos fixos no chão. Talvez estivessem se segurando para não rir, mas acho que não. A atmosfera estava muito solene, e me pareceu um funeral adequado. Daisuke-kun estava pálido quando chegou sua vez de ir, mas ele se aproximou, ofereceu sua flor e fez uma reverência profunda; quase senti orgulho dele, o que, eu sei, soa meio perverso, mas acho que talvez seja normal se apegar um pouco às pessoas que torturou e cujo futuro possuiu.

O tempo todo, enquanto faziam isso, Ugawa Sensei cantava um hino. Não o reconheci na época, porque cresci em Sunnyvale e ainda não havia sido muito exposta à tradição budista, mas depois, quando o escutei de novo no templo da minha velha Jiko, perguntei a ela o que era. Ela me explicou que se chama "Maka Hanya Haramita Shingyo",[69] que significa algo como Sutra do Coração da Grande Sabedoria. A única parte de que me lembro é assim: *Shiki fu i ku, ku fu i shiki.*[70]

É bem abstrato. A velha Jiko tentou me explicar, e não sei se entendi bem, mas acho que significa que nada no mundo é sólido ou real, porque nada é permanente, e todas as coisas, incluindo árvores e animais, seixos, e montanhas, e rios, e até eu e você, estamos só meio que fluindo, por enquanto. Acho que isso é verdade, e é muito reconfortante, e só gostaria de ter entendido isso no meu funeral, enquanto Ugawa Sensei cantava, porque teria sido um grande conforto para mim; mas é claro que não entendi, porque esses sutras estão em uma linguagem antiquada que ninguém mais entende, a menos que você seja como Jiko e seu trabalho seja esse. Mas, na verdade, isso não importa, porque mesmo sem conseguir entender as palavras exatas, você sabe que elas são lindas e profundas, e a voz de Ugawa Sensei, que costumava ser um sussurro desagradável, de repente ficou suave, triste e gentil, e ele cantava com sentimento, como se de fato acreditasse naquelas palavras. Quando ele caminhou até minha mesa para me oferecer uma flor, seu olhar me fez querer chorar, porque estava voltado para cima

---
69. Um texto central no budismo *mahayana*.
70. A forma é o vazio e o vazio é a forma.

e repleto de sua própria tristeza pessoal. Cheguei a chorar de verdade algumas vezes, como quando vi meu retrato com as fitas funerárias pretas e brancas e quando vi meus colegas de classe sendo tão respeitosos, com as cabeças abaixadas e as flores de papel. Devem ter se reunido todos em clubes depois da aula para fazer aquelas flores e decorar minha foto. Estavam tão sérios e íntegros. Quase os amei.

5.

Não fui à escola naquele dia, então não presenciei de verdade o meu funeral. Eu o vi mais tarde. Depois do encontro com Daisuke, fui para casa, entreguei os cigarros para meu pai e fui dormir. Quando minha mãe chegou naquela noite, vomitei no chão do banheiro e lhe disse que estava doente e, na manhã seguinte, vomitei de novo, por precaução, e, como era o último dia de aula antes das férias de verão, ela me deixou ficar em casa. Fiquei realmente feliz, imaginando que tinha escapado de tudo, mas naquela noite recebi um e-mail anônimo com o assunto: "A morte trágica e prematura da aluna transferida Nao Yasutani". O e-mail era um link para um site de compartilhamento de vídeos. Alguém fez um vídeo do meu funeral com seu telefone keitai e postou na internet, e, nas horas seguintes, observei o número de visualizações subindo. Não sei quem estava vendo, mas o vídeo estava recebendo centenas e, depois, milhares de acessos, como se estivesse viralizando. Estranho, mas fiquei até orgulhosa. Era bom ser popular.

6.

Acabei de me lembrar dos últimos versos do Sutra do Coração, que são assim:

gaté gaté, para gaté,
parasam gaté, boji sowa ka...

Essas palavras, na verdade, estão em alguma língua antiga indiana[71] e nem são japonesas, mas Jiko me disse que significam algo assim:

retirou-se, retirou-se, retirou-se no além
retirou-se plenamente no além
iluminou-se, viva!

Continuo pensando em Jiko, e em como ela ficará aliviada quando todos os seres vivos, até mesmo meus colegas de classe estúpidos e horríveis, despertarem, se iluminem e partirem, para que ela possa, por fim, descansar. Ela deve estar tão exausta.

---

71. Sânscrito.

PARTE II

Na verdade, todo leitor, enquanto lê, é leitor de si mesmo. A obra do escritor é meramente uma espécie de instrumento ótico, que ele oferece ao leitor para permitir-lhe discernir o que, sem o livro, talvez nunca visse em si mesmo. O reconhecimento, pelo leitor, dentro de si, daquilo que diz o livro é a prova de que este é verdadeiro.

— Marcel Proust, *Le temps retrouvé*

RUTH

1.

A imagem na tela mostra um homem de trinta e muitos ou quarenta e poucos anos diante de uma vasta área de escombros do tsunami, que se estende ao longe, até onde o olho da câmera consegue avistar. O homem usa no rosto uma máscara branca de papel, mas a puxou até o queixo para conversar com o repórter. Veste calças de moletom surradas, luvas de trabalho, uma jaqueta de zíper, botas. Ele ergue o braço, gesticulando na direção dos escombros atrás de si.

— É como um sonho — diz. — Um pesadelo terrível. Continuo tentando acordar. Acho que, quando eu acordar, minha filha estará de volta.

A voz dele é monótona; as declarações, breves.

— Já perdi tudo. Minha filha, meu filho, minha esposa, minha mãe. Nossa casa, vizinhos. Nossa cidade inteira.

O texto na parte inferior da tela revela o nome do homem: *T. Nojima, funcionário do serviço de saneamento, Município de O., Província de Miyagi.*

O jornalista, com a voz abafada pela própria máscara no rosto, fala para a câmera. Explica que eles estão no local onde ficava a casa do sr. Nojima. A cena é de devastação total, mas o que a câmera não consegue captar é o cheiro forte. Ele puxa a máscara para baixo. O cheiro, explica, é insuportável, um odor sufocante do peixe e da carne podres soterrados nos escombros. O sr. Nojima está procurando pela filha de seis anos. Tem poucas esperanças de encontrá-la viva. Procura a mochila que ela estava usando na manhã de 11 de março, quando ocorreu o tsunami.

— É vermelha — diz Nojima. — Com uma imagem da Hello Kitty. Eu tinha acabado de comprar para ela. O ano letivo estava começando, e ela estava tão orgulhosa que usava a mochila até dentro de casa. Ela ia para o primeiro ano.

Nojima e a filha estavam na cozinha quando a muralha de água preta e escombros invadiu a casa deles. Em segundos, Nojima foi imprensado contra o teto e a filha desapareceu. Ele pensou que ia se afogar, mas, por milagre, a casa foi arrancada da fundação no momento em que o teto cedeu e ele foi empurrado para o segundo andar e para dentro do quarto, onde sua esposa estava agachada em um canto, segurando o filho recém-nascido do casal.

— Tentei segurar a mão dela — conta ele. — Quase consegui, mas então a casa foi derrubada e se partiu ao meio.

A esposa e o filho foram arrastados. Ele pensou que ainda poderia alcançá-los. Conseguiu subir no telhado de um prédio, uma construção de concreto, que passava. Conseguia ver a esposa no canto do quarto flutuante, segurando o bebê, mas ela estava sendo arrastada para longe, cada vez mais longe. Ele a chamou. O rugido da água e dos escombros desmoronando era ensurdecedor.

— Era tanto barulho, mas acho que ela me ouviu. Ela olhou para mim. Os olhos dela estavam arregalados, mas ela não gritou. Não queria assustar o bebê. Ficou apenas me olhando, até o fim.

Ele balança a cabeça como se quisesse esvaziá-la de mais lembranças. Olha para a área em escombros — casas em ruínas e carros achatados, blocos de cimento e vergalhões retorcidos, barcos, restos de móveis, eletrodomésticos amassados, telhas, roupas, entulho —, um amontoado terrível, empilhado, com vários metros de profundidade. Olha para os pés, cutuca um emaranhado de tecido lamacento com a ponta do sapato.

— Provavelmente nunca mais vou encontrar minha família — diz. — Perdi a esperança de lhes oferecer um funeral digno. Mas, se conseguisse ao menos encontrar alguma coisa, uma única coisa que pertencia à minha filha, eu poderia descansar a cabeça e deixar este lugar. — Ele engole em seco e depois respira fundo. — Aquela vida com minha família é o sonho — diz. E aponta para a paisagem arruinada. — Isto é a realidade. Tudo desapareceu. Precisamos acordar e compreender isto.

2.

Nos dias que se seguiram ao terremoto e ao tsunami, Ruth ficou sentada diante da tela do computador, vasculhando a internet em busca de notícias de amigos e familiares. Depois de alguns dias, recebeu a confirmação de que as pessoas que conhecia estavam a salvo, mas não conseguia parar de ver notícias. As imagens que vinham do Japão a hipnotizavam. De poucas em poucas horas, surgia outro trecho de gravação, e ao qual assistia sem parar, estudando a onda que se elevava acima do dique, arrastando navios pelas ruas da cidade, carregando carros e caminhões, e depositando-os nos telhados dos edifícios. Viu localidades inteiras sendo arrasadas e varridas do mapa em questão de minutos, e estava ciente de que, embora aqueles momentos estivessem preservados on-line, muitos outros tinham simplesmente desaparecido.

A maioria das gravações tinha sido feita por pessoas em pânico com seus celulares do topo de colinas ou dos telhados de edifícios altos, por isso a qualidade das imagens era irregular, como se os cinegrafistas não percebessem exatamente o que estavam gravando, mas soubessem que era grave e, por isso, pegaram os celulares e os seguraram diante da onda que se aproximava. Às vezes, uma imagem se tornava embaçada ou distorcida de repente, quando quem a gravava fugia para um terreno mais elevado. Às vezes, nos cantos e laterais do enquadramento, minúsculos carros e pessoas eram capturados fugindo da muralha de água preta que se aproximava. Às vezes, as pessoas pareciam confusas. Às vezes, pareciam esperar e até mesmo regressar para ver, não compreendendo o perigo que corriam. Mas sempre, da perspectiva privilegiada da câmera, podia-se ver como a onda avançava depressa e como era imensa. Aquelas pessoas minúsculas não tinham chance alguma, e as pessoas fora da tela sabiam disso.

— *Depressa! Depressa!* — gritavam vozes sem corpo de trás da câmera. — *Não pare! Corra! Ah, não! Onde está a vovó? Ah, não! Veja! Ali! Ah, que terrível! Depressa! Corra! Corra!*

3.

Nas duas semanas que se seguiram ao terremoto, ao tsunami e ao derretimento dos reatores nucleares de Fukushima, a capacidade global de transmissão da internet foi inundada por imagens e relatos vindos do Japão; por esse breve período, todos nós fomos especialistas em exposição à radiação, microsieverts, placas tectônicas e zona de subducção. Mas aí os protestos na Líbia e o tornado de Joplin substituíram o terremoto e a nuvem de palavras-chave mudou para *revolução*, *seca* e *massas de ar instável* à medida que a maré de informações do Japão recuava. Às vezes, aparecia uma matéria no *The New York Times* sobre a má gestão da Tepco durante o desastre ou sobre o fracasso do governo em reagir e proteger os cidadãos, mas essas notícias quase nunca chegavam à primeira página. O caderno de Negócios trazia relatórios sombrios sobre o custo da sucessão de desastres no Japão, considerado o mais caro da história, e projeções terríveis sobre o futuro da economia do país.

Qual é a meia-vida da informação? Será que sua taxa de decadência tem correlação com o meio que a transmite? Pixels precisam de energia. O papel é vulnerável a incêndios e inundações. Letras talhadas em pedra são mais duráveis, embora não tão fáceis de difundir; a inércia, porém, pode ser algo bom. Em localidades ao longo da orla japonesa, foram encontradas pedras de sinalização nas encostas das colinas, com avisos antigos entalhados:

NÃO CONSTRUA SUA CASA ABAIXO DESTE PONTO!

Algumas pedras com a advertência tinham mais de seis séculos. Algumas foram deslocadas pelo tsunami, mas a maioria permaneceu intacta, fora de seu alcance.

— São as vozes de nossos ancestrais — disse o prefeito de um município destruído pela onda. — Eles estavam falando conosco o tempo todo, mas não os ouvimos.

Será que a meia-vida da informação está relacionada com o declínio de nossa atenção? Seria a internet uma espécie de giro temporal, atraindo histórias para sua órbita como se fossem refugos geológicos? Qual é a memória do giro? Como medimos a meia-vida de seus refugos?

A onda do tsunami, quando observada, fragmenta-se em minúsculas partículas, cada uma contendo uma história:

- um telefone celular tocando bem no meio de uma montanha de lodo e escombros;
- um círculo de soldados reverenciando um corpo que localizaram;
- um profissional de saúde vestindo trajes completos de proteção nuclear, examinando com um detector de radiação um bebê de rosto descoberto que se contorce nos braços da mãe;
- uma fila de crianças pequenas esperando, em silêncio, sua vez de passar pelo teste.

Essas imagens, pouquíssimas, representando muitas outras, inconcebíveis, rodopiam e envelhecem, degradando-se a cada volta ao redor do giro, desintegrando-se lentamente em fragmentos afiados e lascas de cores vivas. Como confete de plástico, elas são atraídas para o centro imóvel do giro, a mancha de lixo da história e do tempo. A memória do giro é tudo aquilo de que nos esquecemos.

4.

A mente de Ruth parecia uma mancha de lixo, um tapete uniforme de pixels imóveis e fragmentados. Ela se recostou na cadeira, afastando-se da tela reluzente, e fechou os olhos. Os pixels perduravam, dançantes, na escuridão por trás de suas pálpebras. Havia passado a tarde assistindo a histórias de bullying e assédio no YouTube e em outros sites de compartilhamento de vídeos dos Estados Unidos e do Japão, mas a história a qual procurava, "A morte trágica e prematura da aluna transferida Nao Yasutani", que segundo Nao tinha viralizado, não foi encontrada em lugar algum.

Ela esfregou as mãos para cima e para baixo no rosto, massageando as têmporas e pressionando os dedos em suas órbitas oculares. Sentia como se tentasse sugar a garota para fora da tela reluzente com toda a força de sua determinação e a fixação de seus globos oculares. Por que aquilo era tão importante? Apenas era. Precisava saber se Nao estava viva ou morta. Ela estava à procura de um corpo.

Ela se levantou, se alongou e, depois, desceu as escadas. A casa estava vazia. Oliver havia recebido um grande carregamento de mudas de sequoia que estava plantando na área desmatada do NeoEoceno. Ele saíra de manhã cedo, assobiando a melodia dos anões de *Branca de Neve*. Eu vou, eu vou! Nada o deixava mais feliz do que plantar mudas de árvores. O gato estava lá fora, na varanda, esperando que Oliver voltasse para casa.

Eram quatro e meia, hora de começar a pensar em cozinhar. Quando passou pela sala de jantar, ela sentiu o cheiro de peixe das cracas mortas. O odor estava mais forte agora. Caminhou até o telefone, pegou o fone e ligou para o número de Callie.

5.

— São "pescoços de ganso" — disse Callie, examinando as cracas no saco de congelador. — *Pollicipes polymerus*. Ordem Pedunculata. Uma espécie pelágica gregária, não exatamente nativa, mas não é raro as encontrar em destroços que chegam com a maré, vindas de águas mais distantes.

Ela olhou para Ruth, que esquentava água para o chá do outro lado da cozinha.

— É este o saco que você encontrou depois da casa de Gudrun e Horst?

Na conversa com Callie ao telefone, Ruth não mencionou onde havia encontrado o saco, mas Callie não pareceu nem um pouco surpresa ao atendê-la e logo se ofereceu para fazer uma visita. Foi quase como se esperasse a ligação, mas Callie, é claro, era prestativa. Era a bióloga marinha e ativista ambiental que coordenava o programa de monitoramento da faixa litorânea da ilha e fazia trabalho voluntário para uma organização de proteção de mamíferos marinhos. Ganhou a vida como naturalista em enormes navios de cruzeiro que transitavam pelas águas abrigadas da Passagem Interior viajando para o Alasca ou voltando de lá.

— Como Jonas no ventre da baleia — disse Callie. — São com esses viajantes que temos de falar. São eles que têm os recursos para que a transformação aconteça.

Ela costumava contar a história de quando estava no convés de um navio com destino a Anchorage, mostrando um grupo de jubartes para passageiros animados que se amontoavam junto à amurada, tirando fotos e fazendo vídeos. Um homem idoso estava isolado dos demais. Quando Callie ofereceu a ele o seu lugar junto à amurada, para que ele tivesse uma visão melhor, ele riu, ironicamente.

— São só baleias.

Pouco depois, ainda durante o cruzeiro, ela deu uma palestra sobre a ordem Cetácea. Exibiu um vídeo e falou sobre comunidades complexas, comportamentos sociais, redes de bolhas, ecolocalização e sobre a amplitude das emoções da espécie. Apresentou gravações da vocalização das baleias, ilustrando seus sons agudos e cantos. Para a surpresa dela, o homem idoso estava na plateia, ouvindo.

Depois, avistaram outro grupo de baleias, que dessa vez chegou mais próximo, oferecendo aos passageiros uma demonstração espetacular de seus comportamentos de superfície, saltando, espiando, erguendo a cauda e batendo as nadadeiras. O homem subiu ao convés para assistir.

No final do cruzeiro, quando se aproximavam do porto de Vancouver, o velho a procurou e lhe entregou um envelope.

— Para as suas baleias — disse.

Ele balançou a cabeça quando ela agradeceu.

— Não precisa.

Eles desembarcaram e Callie se esqueceu do envelope. Quando chegou em casa, encontrou-o e abriu-o. Dentro havia um cheque de meio milhão de dólares para a organização de proteção a mamíferos marinhos. Ela achou que era uma piada. Pensou que tinha errado ao contar os zeros. Enviou-o para a sede, que o depositou. O cheque foi compensado.

Usando a lista de passageiros, ela localizou o endereço do homem, em Bethesda, e o indagou. No início, ele estava relutante, mas acabou se explicando. Contou que tinha sido piloto de bombardeiros durante a Segunda Guerra Mundial, estabelecido em uma base aérea nas Aleutas. Eles costumavam voar todos os dias, procurando alvos japoneses. Muitas vezes, quando não conseguiam localizar uma embarcação inimiga, ou quando as condições meteorológicas pioravam, eram forçados a abortar a missão e voltar para a base, mas pousar com a carga completa era perigoso, então descarregavam as bombas no mar. Da cabine do avião, dava para ver as grandes sombras das baleias movendo-se sob a água. Do alto, as baleias pareciam pequenas. Eles as usavam para praticar a mira.

— Era divertido — disse o velho a Callie pelo telefone. — Como íamos saber?

— Elas são como filtros — explicou Callie sobre as cracas. — Mas não são muito boas em mover os cirros, por isso contam com o movimento vigoroso da água para obter seus nutrientes. É por isso que preferem litorais mais expostos ao nosso.

— O que é um cirro? — perguntou Ruth, colocando duas xícaras de chá na mesa e depois servindo uma terceira para Oliver, que tinha acabado de voltar do plantio de árvores. Ele tirou e pendurou a jaqueta, depois se juntou a elas, com o gato seguindo-o de perto.

— Saúde — brindou Callie, tomando um gole do chá. — Cirros são os braços e pernas das cracas. Gavinhas cheias de cerdas que usam para puxar o plâncton.

— Não vejo gavinhas cheias de cerdas — comentou Ruth. Ela não gostava das cracas. Achava que eram feias e lhe davam arrepios.

— Elas só os estendem quando estão debaixo d'água — contou Oliver, envolvendo a caneca quente com os dedos avermelhados. — E, além do mais, essas camaradas estão mortas.

Ruth inspecionou as cracas, que pareciam praticamente iguais ao que eram quando estavam vivas. Estavam grudadas ao saco de congelador por hastes longas e escuras que eram resistentes, borrachudas e cobertas de pequenas saliências. Na extremidade livre de cada haste havia um aglomerado branco e duro de placas de conchas que pareciam unhas. Callie usou a ponta da caneta para indicar uma das hastes borrachudas. Pesto pulou no balcão para observar.

— Este é o pé, ou pedúnculo — explicou a bióloga. — E essa parte branca dura é o capítulo, ou a cabeça.

O gato cheirou a craca, e Ruth o afastou.

— Elas têm rosto? — perguntou.

— Não bem um rosto — disse Callie. — Mas tem um lado dorsal, que fica para cima, e um lado ventral, que fica para baixo.

Ela tirou uma caixinha plástica do bolso de seu colete de pesca e a abriu. Ali dentro havia uma coleção de instrumentos forenses: um bisturi, um par de pinças, fórceps, tesouras, uma régua pequena. Escolheu a maior craca e usou o bisturi para cortar cuidadosamente entre o saco plástico e a base do pedúnculo. Removeu a craca e colocou-a no balcão à sua frente. Pegou a régua e mediu a criatura da base à cabeça.

— Sabe a idade dela? — perguntou Oliver.

— Difícil dizer. Elas atingem a maturidade sexual com um ano, mais ou menos, e terminam de se desenvolver aos cinco. Podem viver até mais de vinte anos. Esse garoto, ou garota (na verdade, não faz diferença porque são hermafroditas) é um adulto maduro. Podem medir até vinte centímetros, ou oito polegadas, de comprimento, mas esta só tem sete centímetros e meio, o que sugere que a colônia é bem jovem, ou que as condições não eram ideais, ou as duas coisas. Ei, Oliver, posso testar aquele microscópio do seu iPhone?

Ele tinha acabado de alterar o iPhone acoplando ao aparelho, com Superbonder, uma pequena lente de microscópio digital com ampliação de quarenta e cinco vezes. De alguma maneira, Callie também sabia disso. Como ficou sabendo? Ela estendeu a mão e ele ajustou o iPhone modificado, abriu o aplicativo e passou o telefone para ela. O aplicativo ativou a luz do celular quando ela apontou a câmera para a cabeça da craca. Uma imagem ampliada apareceu na tela.

— É incrível — disse. — Estão vendo essas lindas placas calcárias?

Ruth espiou a tela por cima do ombro de Callie. As placas pareciam as unhas dos dedos do pé de um réptil pré-histórico.

— Quando foram secretadas, eram brilhantes, peroladas, mas aos poucos foram fustigadas pelas ondas, e ficaram opacas e cheias de furos.

— Como nós — observou Ruth, voltando a se sentar.

— Exato — concordou Callie. — Então, essa é outra pista sobre a idade delas. No final das contas, eu diria que essa colônia está flutuando por aí há pelo menos dois anos, provavelmente mais, uns três ou quatro.

— Três anos quer dizer antes do tsunami — afirmou Oliver.

— Bom, como eu disse, é difícil ser mais precisa do que isso. Mas parece pouco provável já estarmos vendo coisas do tsunami carregadas até nossas praias. Estamos enfiados bem longe.

Ela desligou a luz do microscópio e admirou as lentes.

— Como você colocou isso aqui?

Enquanto Oliver lhe explicava a transformação, Ruth pegou a craca removida e a examinou entre os dedos. Aquela informação nova dava pouca sustentação à teoria dela sobre o tsunami. Talvez, apesar de tudo, Muriel estivesse certa. Talvez o saco de congelador tenha sido jogado de um navio, embora Nao não parecesse o tipo de pessoa que faria um cruzeiro para o Alasca. Talvez ela o tenha atirado no mar como uma mensagem na garrafa, antes do tsunami, ou talvez ele estivesse no bolso dela, junto com as pedras, quando ela caminhou para o oceano e se afogou. Todas essas eram explicações plausíveis, mas nenhuma parecia sensata. Para começo de conversa, Ruth não gostava de cracas e agora estava ressentida com elas por não fornecerem as evidências que buscava.

— Por que são chamadas de pescoços de ganso, afinal? — perguntou. — Não se parecem nem um pouco com gansos.

Callie havia devolvido o celular para Oliver e estava arrumando seu conjunto de instrumentos.

— Na verdade, parecem. Existe um tipo de ganso chamado ganso-marisco, que tem pescoço comprido e preto e cabeça branca. Suas amiguinhas foram batizadas em homenagem a ele. As pessoas costumavam encontrar essas camaradas presas em pedaços de madeira flutuante e achavam que fossem galhos de groselheira. Achavam que os capítulos eram ovos postos na árvore, e que os gansos-marisco nasciam deles. É uma sequência razoável de suposições, mas é claro que estava totalmente errada.

— Suposições são uma droga — declarou Ruth. Colocou a craca no balcão, e Pesto, que estava só esperando, apanhou-a depressa e fugiu com ela. Carregou-a para o meio do chão da cozinha, soltou-a e deu outra farejada, depois virou o focinho. Não se dignaria a comer uma coisa já morta.

— Elas são uma iguaria na Espanha — disse Callie. — O pedúnculo é muito macio. Você o ferve por alguns minutos, tira a pele, segura pela concha, coloca a base na boca e… *pop*! — Ela encenou, fazendo o som com os lábios. — A carne desliza para fora da casca. Mergulhado em um pouco de manteiga com alho e limão… hum!

Era pouco antes das seis e já estava bastante escuro lá fora. Ruth pegou uma lanterna de cabeça e eles acompanharam Callie até a caminhonete. Olhando para cima, ela podia ver que as nuvens haviam se dispersado e a lua cheia iluminava o céu. À luz do luar, as copas das árvores estavam entremeadas com gavinhas pálidas de névoa, mas os galhos inferiores dos cedros estavam escuros e pesados por conta da chuva que caíra o dia todo. O feixe da lanterna em sua cabeça captou uma forma entre os galhos.

— Ei, é o seu corvo-da-selva? — perguntou Callie.

Direcionando a luz, Ruth pôde ver o brilho de penas negras e a cintilação de olhos pretos como azeviche.

— Muriel — falou, como se fosse a resposta à pergunta.

Callie riu.

— É claro — concordou. — Mas todo mundo está falando sobre isso. Os nativistas locais já se irritaram.

— Por quê?

— Por que você acha? — indagou Callie. — Espécies invasoras. Exóticas. Lesmas pretas, giestas, amoras-do-himalaia e agora corvos-da-selva? — Ela se virou para Oliver. — Falando em espécies exóticas, como está indo a Guerra do Contrato?

Ele fez uma careta. A área do NeoEoceno, na qual estava plantando sua floresta para a mudança climática, tinha sido desmatada por uma companhia madeireira e depois submetida a um contrato que estipulava que qualquer reflorestamento posterior estivesse limitado a espécies nativas que ainda existissem na zona geoclimática. As árvores dele eram consideradas exóticas e, portanto, uma violação da regra. Nem Oliver nem seu amigo botânico, o dono da propriedade, estavam cientes disso.

— Nada bem — disse. — O assegurador do contrato quer que eu pare de plantar, mas estou argumentando que, dado o rápido efeito das mudanças climáticas, precisamos redefinir radicalmente o termo *nativo* e expandi-lo para incluir espécies nativas antigas e mesmo pré-históricas. — Ele parecia desanimado. — Semântica — acrescentou. — Tão estúpida.

Como se estivesse de acordo, o corvo-da-selva grasnou em tom hostil, e Callie sorriu.

— Viu? — comentou ela. — Ele está se aclimatando. Não se surpreenda se os xenófobos de nossa ilha invadirem o lugar armados com redes e tochas de querosene.

Ruth ergueu os olhos para a árvore, para a silhueta do corvo na escuridão.

— Você ouviu isso? — gritou. — É melhor ter cuidado.

O corvo bateu as asas e saltou no galho, despejando uma nuvem de água na cabeça de Callie.

— Ei — resmungou ela, enxugando o rosto. — Pare com isso. Estou do seu lado.

Ela se voltou para Ruth.

— Eles são muito espertos. Você sabia...

Ruth levantou a mão.

— Eu sei — disse, mas Callie continuou.

— ... que na mitologia comox eles são ancestrais mágicos que podem se transformar e assumir forma humana?

— Não diga — disse Ruth.

Callie sorriu.

— Você deveria pedir para Muriel lhe contar a história um dia desses...

6.

Naquela noite, na cama, Ruth leu a cota do dia do diário em voz alta. Pesto estava deitado sobre a barriga de Oliver, ronronando, enquanto Oliver olhava para o teto e afagava a fronte do gato. Ela leu a parte sobre o funeral de Nao e o vídeo postado na internet.

retirou-se, retirou-se, retirou-se no além
retirou-se plenamente no além

A história do bullying o deixou com raiva.

— Eu odeio isso — falou. — Como a escola pôde permitir que acontecesse? Por que esse professor participava?

Ruth não tinha uma resposta. Pesto parou de ronronar e olhou inquieto para Oliver.

— Mas faz muito sentido — continuou ele. — Vivemos na cultura do bullying. Políticos, corporações, bancos, forças armadas. Todos desonestos e praticantes de bullying. Roubam, torturam as pessoas, criam regras insanas e definem o tom.

Ela deslizou a mão entre o travesseiro e a cabeça dele e massageou-o na nuca. O gato estendeu uma pata e colocou-a no queixo dele.

— Veja Guantánamo — disse Oliver. — Veja Abu Ghraib. Os Estados Unidos são maus, mas o Canadá não é muito melhor. As pessoas apenas seguem o roteiro, apavoradas demais para se manifestarem. Veja as areias betuminosas. Igualzinho à Tepco. Que ódio do caramba.

Ele se virou de lado, empurrando o gato no colchão. O gato pulou da cama e foi embora.

Depois que Oliver adormeceu, Ruth se levantou e foi até a janela. Em algum lugar lá fora, o corvo se empoleirava nos galhos. O corvo deles, que aparecia ao crepúsculo. Ela não podia vê-lo, mas gostava de pensar no corvo preto escondido nas sombras.

Imaginava se ele tinha conseguido fazer amizade com as gralhas. Arrastou-se de volta para a cama e adormeceu.

Naquela noite, ela teve o segundo de seus sonhos com a monja. Era o mesmo templo, o mesmo cômodo escuro com o mesmo anteparo de papel rasgado, a mesma velha monja, vestida com longas túnicas pretas, sentada no chão diante da mesa. Lá fora, o mesmo luar brilhava suavemente no jardim, mas, agora, distante; para além do portão, Ruth pôde distinguir vagamente o que pareciam ser os contornos de um cemitério, cuja silhueta irregular de estupas e pedras contrastava contra o céu noturno empalidecido.

    Dentro do quarto, a luz dura e fria do computador iluminava o rosto de velha monja, fazendo-a parecer abatida e doente. Ela ergueu os olhos da tela. Usava óculos pretos parecidos com os de Ruth. Tirou-os e esfregou os olhos cansados, e então a avistou. Abrindo a larga asa preta de sua manga, acenou para que ela se aproximasse, e logo Ruth estava a seu lado. A monja estendeu os óculos, e Ruth, percebendo que havia deixado os seus próprios na mesa de cabeceira, pegou-os. Sabia que tinha de colocá-los. Piscou. As lentes eram grossas e escuras. Os olhos dela precisariam de um instante para se adaptar.

    Não, isso não resolveria. As lentes da monja eram muito grossas e fortes, borrando e dissolvendo tudo que conhecia como mundo. Ela começou a entrar em pânico. Tentou tirar os óculos do rosto, mas estavam presos e, enquanto ela se debatia, o borrão do mundo começou a absorvê-la, girando e vociferando como um redemoinho, lançando-a de volta a um lugar ou estado que não tinha forma, para o qual não conseguia encontrar palavras. Como descrever aquilo? Não era um lugar, mas um sentimento, de não ser, súbito, sombrio e pré-humano, que a enchia de um horror tão primordial que ela gritou e levou as mãos ao rosto, acabando por descobrir que não tinha mais rosto. Não havia nada ali. Nem mãos, nem rosto, nem olhos, nem óculos, nem Ruth, nada. Nada além de uma imensa e vazia rudeza.

Ela gritou, mas não houve som. Ela se distendeu na vastidão, impelindo-se em uma direção que parecia *avançar* ou até mesmo *atravessar*, mas, sem um rosto, não havia avanço ou recuo. Nem subir, nem descer. Nem passado, nem futuro. Havia apenas isto: esta sensação eterna de mesclar-se e dissolver-se em algo inominável que se estendia em todas as direções, para sempre.

E então sentiu algo, como o toque leve de uma pena, e ouviu algo que soou como um riso e um estalo e, num instante, seu terror sombrio se dissipou e foi substituído por uma sensação de calma e bem-estar plenos. Não que tivesse corpo para sentir, ou olhos para ver, ou mesmo ouvidos para ouvir, mas de uma forma ou de outra, ainda assim, vivenciou todas essas sensações. Era como ser embalada nos braços do tempo, e ela ficou suspensa nesse estado de felicidade por uma eternidade, ou até duas. Quando despertou, com um inexpressivo raio do sol de inverno se infiltrando pelo bambuzal do lado externo da janela, Ruth se sentiu estranhamente calma e descansada.

NAO

1.

Você já ouviu falar em amarras metálicas?[72] É algo que todo mundo no Japão conhece, mas ninguém em Sunnyvale nunca ouviu falar. Eu sei porque perguntei a Kayla, então talvez americanos não tenham isso. Eu também nunca tive até nos mudarmos para Tóquio.

A amarra metálica acontece quando alguém acorda no meio da noite e não consegue se mover, como se algum espírito maligno gigantescamente corpulento estivesse sentado em seu peito. É muito assustador. Depois do Incidente da Linha Expressa de Chuo, passei a acordar pensando que era papai quem estava sobre meu peito, e se ele estava sentado ali significava que era um fantasma e, portanto, estava morto, mas então eu o ouvia roncando do outro lado do quarto e percebia que estava com amarras metálicas. Você abre os olhos e fita a escuridão. Às vezes, consegue ouvir vozes que soam como demônios raivosos, mas não consegue falar ou mesmo emitir o menor som. Às vezes, enquanto fica ali deitada, parece que seu corpo está flutuando para longe.

Antes do meu funeral, eu vinha sofrendo muito com as amarras metálicas, mas depois parou, acho que porque eu mesma me tornei um fantasma. Comia e dormia, escrevia e-mails para Kayla, às vezes, mas por dentro sabia que estava morta, mesmo que meus pais não percebessem.

---

72. *Kanashibari* (金縛り): literalmente, "metal" + "amarração". Uma espécie de paralisia do sono.

Mas Kayla descobriu. Nós tínhamos parado de tentar conversar ao vivo por causa da diferença de horário. Tóquio está dezesseis horas à frente, o que significa que é dia em Sunnyvale quando é noite aqui, e como eu morava em um apartamento de dois cômodos do tamanho do closet de Kayla, não dava para acordar no meio da noite e ligar o computador e começar a conversar, por isso eu e Kayla estávamos usando mais o e-mail, o que era uma chatice. Odeio e-mails. É tão lento. No e-mail nunca é agora. É sempre depois, e é por isso que é tão fácil ficar com preguiça e deixar sua caixa de entrada cheia. Não que a minha ficasse, mas antes ficava. Logo depois que saímos de Sunnyvale, todo mundo ficava me mandando e-mails como doido e me perguntando tudo sobre o Japão, mas papai demorou algumas semanas para conseguir a instalação da internet, e depois todos os meus amigos entraram em férias de verão, e depois as aulas começaram, e todos meio que me largaram.

Tentei manter um blog durante um tempo. Meu professor do oitavo ano em Sunnyvale, sr. Ames, me disse para começar um, assim eu poderia escrever sobre minhas impressões, observações e todas as experiências interessantes que iam acontecer comigo no Japão. Meu pai me ajudou a montá-lo antes da mudança, e dei a ele o nome de *The Future is Nao!* porque achei que meu futuro no Japão seria uma grande aventura ao estilo americano. Qual o tamanho dessa idiotice?

Na verdade, não era tão idiota. Na época, eu estava esperançosa, o que, agora, parece meio triste e corajoso. Não foi minha culpa não ter compreendido o que estava acontecendo. Meus pais não estavam sendo de fato sinceros comigo sobre os motivos para deixarmos a Califórnia. Estavam mantendo as aparências e fingindo que estava tudo bem, e eu de fato não sabia que estávamos falidos e sem emprego até chegarmos aqui. Quando vi a situação de merda do nosso apartamento em Tóquio, começou a ficar claro: percebi que não ia ter grandes aventuras e que, basicamente, não havia nada que pudesse postar no blog sem me sentir como uma completa fracassada. Meus pais eram patéticos, minha vida escolar era horrível, o futuro era uma droga. Sobre o que eu poderia escrever?

"Eu e minha mãe gostamos de mergulhar na hidromassagem da casa de banho."

"Hoje na escola foi divertidíssimo, joguei kakurembo com meus novos amigos. Kakurembo é como esconde-esconde, e eu tenho que me esconder!"

"Meu pai se candidatou a um novo emprego como inspetor de trilhos da Linha Expressa de Chuo."

Segui com isso por um tempo, fazendo essas postagens alegres e animadas no *The Future is Nao!*, mas me senti uma completa fraude. E aí, um dia, alguns meses depois de voltar, verifiquei as estatísticas e percebi que nesse tempo todo desde que tinha começado o blog, apenas doze pessoas o visitaram, por cerca de um minuto cada, e eu não tinha um único acesso há semanas, e foi quando parei. Não há nada mais triste do que o ciberespaço quando uma pessoa fica flutuando à toa, sem ninguém, falando sozinha.

De qualquer maneira, não demorou muito para Kayla descobrir que talvez eu estivesse me transformando em uma fracassada patética e que já não era mais legal ser minha amiga. Juro, mesmo na internet as pessoas podem exalar um cheiro virtual que as outras pessoas percebem, embora não saiba como isso é possível. Não é como um cheiro real, com moléculas e receptores de feromônios e tal, mas é tão óbvio quanto o fedor de medo em suas axilas ou as energias que você emite quando está infeliz, sem nenhuma confiança nem coisas legais. Talvez seja algo no modo como seus pixels começam a se comportar, mas eu, com certeza, estava começando a ter esse cheiro, e Kayla o estava farejando do outro lado do oceano.

Kayla é o completo oposto de mim. Ela é superconfiante, tem muito dinheiro e não tem medo de nada. Embora a gente não se fale há um tempo e eu nem saiba em que escola do ensino médio ela está, tenho completa certeza de que ela é a garota mais popular do lugar, porque ela é do tipo que sempre será a garota mais popular onde quer que esteja. Ser a segunda nem é uma possibilidade para Kayla, e já era assim desde o segundo ano, quando ela me escolheu ao deixar que eu me sentasse ao lado dela no almoço. Agora que penso nisso, foi um milagre ela ter sido minha amiga.

As coisas começaram a dar muito errado depois que mandei por e-mail uma foto minha no uniforme da escola nova, e ela me respondeu com outro superirônico que era algo como: "Omg <3 seu unif0rme! mangá total! vc tem q me mandar 1 p/ me fantasiar de colegial jap no halloween!"

Para ela, minha nova vida era só um cosplay,[73] mas para mim era bem real. Não tínhamos mais nada em comum. Não podíamos falar sobre moda ou sobre a turma da escola, ou sobre quem era um fracasso, ou de quais professores gostávamos ou odiávamos. Nossas conversas e e-mails não chegavam a lugar algum, e aí ela começou a demorar mais e mais para me responder, e depois de um tempo ela apenas desapareceu. Quando eu tentava procurá-la on-line, ela estava sempre ausente, mesmo quando eu sabia que ela tinha de estar conectada; percebi que ela me bloqueou de sua lista de amigos.

Ainda escrevia e-mails para ela, às vezes, mas ela quase nunca respondia. Depois do meu funeral, tentei compartilhar com ela meus sentimentos sinceros sobre quanto eu odiava minha escola, estar no Japão, e quanto sentia falta de Sunnyvale, mas ainda assim não consegui lhe contar sobre o ijime, meu pai e toda a nossa situação; então, sendo honesta, ela não tinha muito a acrescentar. Não posso culpá-la por não entender. Quando ela por fim me escreveu, foi com um e-mailzinho tão curto, vivo e alegre, que deixou claro que ela de fato não estava interessada em mim se eu fosse me lamentar.

---

73. *Cosplay* (コスプレ): usar fantasias, em especial de suas personagens favoritas de mangá e anime; gíria japonesa derivada de "*costume*" (fantasia) + "*play*" (brincar), em inglês.

Depois disso, encaminhei a ela o link do meu funeral: "A morte trágica e prematura da aluna transferida Nao Yasutani". Era mais para deixá-la chocada, mas, como falei, eu estava um pouco orgulhosa das minhas estatísticas também. Esperei muito que chegasse um e-mail dela, mas nunca chegou. Talvez seja assim quando você morre. Sua caixa de entrada fica vazia. No começo, pensa apenas que ninguém está respondendo, aí verifica a pasta de ENVIADOS para ter certeza de que está tudo bem com os envios e depois verifica o provedor para garantir que sua conta ainda está ativa, até que, uma hora, precisa concluir que está morta.

Então, dá para entender por que eu estava me sentindo como um fantasma. No Japão, os fantasmas são muito intensos. Não são do tipo que tem nos Estados Unidos, que andam por aí vestindo lençóis. No Japão, eles usam quimonos brancos e têm longos cabelos pretos que caem sobre o rosto, e também não têm pés. Geralmente, são mulheres que, com toda razão, estão furiosas porque alguém lhes fez alguma coisa horrível. Às vezes, se a pessoa foi muito maltratada, pode até se tornar um ikisudama,[74] e sua alma deixa o corpo quando dorme e vaga pela cidade à noite fazendo tatari[75] e, como vingança, se sentando sobre o peito de todos os colegas de merda que a torturaram. Esse era meu objetivo para as férias de verão. Tornar-me um fantasma vivo.

Não era tanta maluquice quanto parece, porque a assombração é coisa de família, embora eu só estivesse começando a compreender isso. Meu pai tinha começado a agir de um jeito ainda mais estranho. Ele ficava em casa durante o dia, mas, toda noite, depois que eu e mamãe íamos dormir, ele saía para andar. Por que saía de fininho à noite? Será que também estava assombrando alguém? Será que estava se transformando

---

74. *Ikisudama* (生き魑魅): um fantasma vivo.
75. *Tatari* (祟り): ataques de espíritos.

em um vampiro ou um lobisomem? Será que estava tendo um caso?

Eu me acostumei a ficar na cama, com as amarras metálicas e incapaz de me mover, imaginando-o em seus chinelos de plástico gastos, arrastando os pés na escuridão e serpenteando pelas ruas de shitamachi,[76] pelos distritos de Arakawa e Senju e os velhos bairros de Asakusa e Sumida, onde vivem as pessoas da classe trabalhadora e que ficam vazios àquela hora da noite porque está todo mundo dormindo. Depois de duas horas, ele acabava em um parquinho às margens do rio Sumida, onde um muro baixo de concreto impede as crianças de cair na água, e eu podia imaginá-lo encostado no muro, observando o lixo flutuante. Às vezes, conseguia até ouvi-lo conversar com os gatos selvagens que se esgueiram pelo lixo e pelas sombras. Às vezes ele se sentava em um balanço, fumando os últimos Short Hopes, tentando descobrir como fazer um corpo vivo afundar. Quando ficava sem cigarros, fazia o caminho de volta e entrava de fininho no apartamento. Eu sempre ouvia o barulho da fechadura da porta da frente, porque esperava por ele. A tranca da fechadura quebrava o feitiço. Eu não conseguia me mexer até ouvi-la.

2.

Uma noite, talvez uma semana depois do meu funeral, tive um sonho cósmico e maluco sobre uma das minhas colegas de classe, a sukeban chamada Reiko. Acho que já contei sobre ela para você. Ela era superinteligente e popular, como uma Kayla japonesa. Nunca me intimidou diretamente, e o que quero dizer com isso é que ela nunca me beliscou, me empurrou ou me cutucou com a tesoura. Não precisava fazê-lo, porque todo o restante do pessoal formava fila para fazer isso por ela. Tudo o que ela

---

76. *Shitamachi* (下町): centro da cidade.

tinha de fazer era olhar para mim com aquela expressão, como se tivesse acabado de ver algo repugnante ou meio morto, e as amigas e os amigos dela entravam em ação. Na maioria das vezes, ela nem se dava ao trabalho de observar, mas, às vezes, eu percebia o olhar quando ela se virava, sem pressa, e aquele olho era a coisa mais cruel e vazia do mundo todo.

E era isso que estava no meu sonho, o olho cruel, só que era gigantesco, tão grande quanto o céu. Não sei explicar. Era noite e eu estava no pátio da escola, com amarras metálicas e deitada de costas em uma caixa, mas talvez fosse um caixão. Meus colegas de turma olhavam para mim e seus olhos cintilavam como os de animais em uma floresta escura. Depois começaram a oscilar e desapareceram, um por um, até que só restou o olho de Reiko, me encarando, de cima, e emitindo um laser, só que era o oposto de uma luz, porque era frio, escuro e vazio. E se tornava cada vez maior, me comprimindo e me envolvendo, a mim e ao mundo inteiro e a tudo nele, a única maneira pela qual eu poderia salvar o mundo era enfiar minha pequena faca de cozinha direto na pupila, e foi o que fiz. Fechei os olhos e enfiei a faca no buraco escuro, várias vezes, até que senti algo se dilacerar. Um líquido espesso, tão frio quanto nitrogênio, começou a escorrer lentamente do corte na membrana. Eu sabia que tinha que me mexer, mas não conseguia, e então o saco estourou, e o líquido gelado escorreu, era tarde demais, mas mesmo sabendo que eu ia morrer de frio, o mundo estava a salvo do terrível olho de Reiko, graças a mim.

O barulho do ferrolho na porta me acordou. Era papai, voltando de sua caminhada noturna, e percebi que estava sonhando. Era julho, fazia calor e continuava úmido até mesmo à noite, mas eu tremia tanto que batia os dentes. Abracei a mim mesma com força, fingindo estar adormecida até escutar meu pai entrar no quarto e rastejar para seu futon. Esperei, de ouvidos atentos, até ouvir o ressonar dele. Mamãe dormia em silêncio, mas papai sempre fazia ruídos, *puf-puf-puf*, com a boca ao deixar o ar entrar e sair. Quando tive certeza de que ele dormia, me levantei e fiquei ao seu lado, observando-o por um tempo. Os LEDs do computador no canto emitiam luz suficiente para que eu visse a pequena abertura entre seus lábios, e me perguntei o que aconteceria se eu pressionasse o polegar contra o buraco, mas não fiz isso. Fui, na ponta dos pés, até a sala de estar.

A jaqueta dele estava pendurada em um gancho no corredor, então a coloquei sobre os ombros. Era uma jaqueta que ele tinha comprado da empresa em Sunnyvale, uma jaqueta estilosa e requintada, como as que oferecem durante as gravações de um filme, feita de tecido impermeável, com o logotipo da empresa de TI nas costas, e ele costumava usá-la sobre um agasalho de moletom por baixo, na época que ele também era estiloso e requintado, antes dos ternos de poliéster. O forro macio e sedoso da jaqueta ainda tinha o calor de seu corpo, mas contra minha pele nua me fez tremer ainda mais. Eu me envolvi nela até me sentir aquecida de novo.

Fui até as portas que davam para a varandinha e pressionei minha testa contra o vidro. A vista não era das melhores. O bairro em que morávamos não era parecido com a imagem que a maioria das pessoas tem de Tóquio, toda vistosa e moderna como Shinjuku ou Shibuya, com arranha-céus de concreto e vidro. Este bairro era mais como um cortiço, velho e apinhado, com prédios residenciais pequenos e feios, feitos de cimento manchado de água, todos apinhados naquela rua tortuosa. Da nossa varanda, tudo que eu podia ver eram paredes, telhados e telhas velhas, reunidos em ângulos estranhos. Parecia uma colcha de retalhos irregular de planos e superfícies desconexos, unidos por linhas telefônicas e fios de energia pendurados por toda parte, emaranhados.

Durante o dia, era possível ver pedaços do céu, mas à noite tudo ficava escuro. As únicas fontes de luz vinham dos postes, dos faróis dianteiros de táxis singrando os prédios ou das lanternas hesitantes das bicicletas fazendo cócegas nas paredes. Também era silencioso. Dava para ouvir ratos vasculhando o lixo, as gargalhadas estridentes das recepcionistas de bar que voltavam para casa aos tropeções com acompanhantes. E lembro que tudo estava particularmente escuro e silencioso naquela noite, como se a cidade inteira sentisse o horror do meu sonho e estivesse sob amarras metálicas. Nada se movia, nem mesmo a sombra de um gato.

Meu sonho foi tão real. Talvez no dia seguinte eu ouvisse notícias de que Reiko se enforcou ou que foi assassinada durante a noite. Seria minha culpa? E foi quando me ocorreu que talvez tivesse me tornado um ikisudama e que, se não tivesse, poderia me tornar. Seria necessário praticar, mas as férias de verão tinham acabado de começar, e o que mais eu tinha para fazer no tempo livre? Quanto mais eu pensava sobre aquilo, mais empolgada ficava, e durante todo o dia seguinte e os que se seguiram, fiquei atenta a informações sobre Reiko. Até encurralei Daisuke para descobrir se ele tinha encontrado com ela. Daisuke e Reiko frequentavam o mesmo cursinho durante as férias de verão. A maioria de meus colegas ia para algum cursinho a fim de se preparar para os exames de admissão do ensino médio, que eram realizados na segunda metade do nono ano. Para um adolescente no Japão, esses exames, na prática, decidem todo o seu futuro e o restante de sua vida, e até mesmo sua vida após a morte. O que quero dizer é:

> onde você cursa o ensino médio define a universidade para a qual você vai,
> e isso define em qual empresa você vai trabalhar,
> e isso define quanto dinheiro você vai ganhar,
> e isso define com quem você vai se casar,
> e isso define que tipo de filhos você terá e como vai criá-los,
> e onde você vai morar e onde você vai morrer,
> e se seus filhos terão dinheiro suficiente para lhe dar um funeral elegante com sacerdotes budistas requintados

  que realizem os ritos fúnebres para garantir que você chegue à Terra Pura,
  e, caso contrário, se você vai se tornar um fantasma vingativo faminto, destinado a assombrar os vivos devido a todos os seus desejos insatisfeitos,
  e tudo começou porque você não foi bem nos exames de admissão e não entrou em uma boa escola.

Então dá para ver por que, se você se preocupa com sua vida, o cursinho é muito importante. A maioria dos meus colegas e suas famílias levava isso muito a sério, mas meus pais não podiam pagar a mensalidade extra, e eu também não me importava. Quer dizer, eu já era um fantasma vingativo, assombrando os vivos, então, que diferença faria se eu vivesse ou morresse e, além disso, cresci em Sunnyvale, então tenho uma visão diferente sobre esse tipo de coisa. No meu coração, sou americana e acredito que tenho livre-arbítrio e que sou responsável pelo meu próprio destino.

  Mas, voltando a Daisuke, eu o encurralei nas máquinas de bebidas de novo e o pressionei um pouco, depois lhe perguntei sobre Reiko, se alguma coisa tinha acontecido com ela ou se ela vinha faltando, mas ele me disse que ela estava bem e que ia à escola todos os dias.

  Eu o questionei mais. Talvez ela tivesse pegado um resfriado durante o verão, sugeri, beliscando o braço dele, ou passado por uma alergia? Um nariz escorrendo? Os olhos dela lacrimejavam?

  Sim, ele me disse, depois que mencionei isso: ela tinha ido para a aula usando um tapa-olho dias antes.

  Meu coração praticamente parou, e o soltei. Quando? Eu quis saber, e ele contou nos dedos.

  Segunda-feira, disse. Ela usou o tapa-olho para ir à escola na segunda-feira. Recuperei o fôlego. Tive o sonho na noite de domingo.

  Eu o prendi contra a máquina de refrigerantes e o obriguei a contar a história toda. Ele disse que, no início, todos pensavam que ela estava com um terçol, o que era nojento, e um menino até se atreveu a chamá-la de baikin. Mas Reiko apenas riu de um jeito encantador e disse que era um cosplay, que ela era a Jubei-chan, a Garota Samurai de *O segredo do tapa-olho encantador*. E era verdade, Daisuke disse: o tapa--olho dela era rosa e tinha formato de coração, assim como o tapa-olho encantador de Jubei-chan, e então, quando Reiko se vingou contra o garoto que a chamou de bactéria e deu uma surra de verdade nele, todo mundo apenas imaginou que o tapa-olho tinha dado a ela os poderes mágicos e extraordinários de combate da Garota Samurai. Foi a primeira vez que alguém realmente a viu brigar, por isso foi, mesmo, meio sobrenatural, disse Daisuke.

Ele me contou tudo isso em uma torrente de palavras sussurradas no beco.

— E você acreditou nela? — perguntei. — Que estúpido!

Ele encolheu os ombros magros. Não trajava o uniforme escolar e, por baixo da camiseta, seus ossos se projetavam, tornando-o ainda mais parecido com um inseto. Ele era mesmo patético.

— Ela se parece com a Jubei-chan — sussurrou. — Tem um corpo bonito.

Era verdade que Reiko tinha um corpo bem desenvolvido para a idade, e isso me deixava doida, e o fato de que Daisuke estava falando aquilo me causou arrepios. Significava que até mesmo um inseto como ele era capaz de notar coisas como seios e coxas, por isso o derrubei e o belisquei com um pouco mais de força do que o necessário, o que só mostra que não é preciso usar um tapa-olho encantador para possuir o poder de fazer alguém chorar. Mas, quando terminei, deixei que ele fosse embora e estava voltando para o apartamento quando pensei no que Daisuke havia dito e, de repente, me senti devastada pelo que eu tinha feito. Quer dizer, o que você acha que havia sob o tapa-olho? Pelo menos um terçol e talvez até uma lesão de verdade, o que significava que eu, de fato, cumpri meu objetivo. Enquanto eu dormia e sonhava, meu espírito escapou mesmo do meu corpo para se vingar de minha inimiga. Eu era um fantasma vivo, e essa percepção me imbuiu de uma extraordinária sensação de poder.

3.

Uma semana depois que me tornei um fantasma vivo, a velha Jiko apareceu em nosso apartamento. Eu estava na sala lendo mangá e papai estava na varanda, sentado num balde ao lado da máquina de lavar e fumando, quando a campainha tocou. Normalmente, nós só ignorávamos a campainha, já que não havia nenhum amigo e em geral eram apenas cobradores ou pessoas da associação do bairro, mas aí campainha tocou uma segunda vez e depois uma terceira. Olhei para o papai na varanda para ver o que ele queria que eu fizesse. Ele estava lá, de pé, com um olhar de pânico, a cabeça meio escondida na roupa molhada no varal, com as meias e cuecas penduradas ao redor das orelhas como uma peruca.

Desde que tinha sido preso por cair nos trilhos do trem, ele se tornou cada vez mais paranoico, o que é bem típico das pessoas hikikomori. Como eu disse, exceto pela caminhada noturna, o único lugar aonde ele ia era a casa de banho, e isso só depois de anoitecer e só quando ele começava a cheirar mal e mamãe ameaçava fazer com que ele dormisse na varanda se não fosse se limpar. Ele provavelmente teria preferido isso.

Ele gostava da varanda porque ali podia fumar, e era o único ar fresco que pegava durante o dia. Ficava lá sentado em um balde de ponta-cabeça e lia os mangás velhos que eu encontrava no lixo reciclável, e quando terminava de fumar, entrava e lia "As Grandes Mentes da Filosofia Ocidental" e fazia insetos de papel. Ele quase nunca trabalhava no computador ou navegava na internet, o que era muito estranho, porque era só isso o que ele fazia em Sunnyvale. Agora ele quase nunca ficava on-line, exceto para enviar algum e-mail para um de seus antigos amigos de Sunnyvale de vez em quando. Eu estava começando a achar que ele também podia ser um ikisudama, ou que podia ter sido possuído por um monstro, talvez um suiko, um kappa[77] gigante das águas escuras do rio Sumida, que teria sugado o sangue dele e devolvido seu corpo vazio à praia. Era o que parecia.

Enfim, depois que a campainha tocou quatro ou cinco vezes, levantei-me para atender. Achei que devia ser a esposa do senhorio ou o homem do gás ou um recenseador ou uma dupla de missionários mórmons de rosto radiante. Por que é que missionários mórmons parecem sempre irmãos gêmeos idênticos, mesmo quando são de alturas ou linhagens diferentes? Era nisso que eu estava pensando, e é por isso que não fiquei muito surpresa quando abri a porta e vi aqueles dois sujeitos vestindo pijamas cinza-claros idênticos e chapéu de palha. Não eram mórmons, mas pareciam clones e tinham o rosto radiantes, e aí percebi que eram de algum outro tipo de religião que viajava em duplas. Por que é que religiosos de todos os tipos têm o rosto tão radiante? Talvez nem todos, mas os mais inspirados, como se a luz de Deus vazasse por seus poros.

A julgar pelo brilho deles, aqueles dois caras estavam mesmo inspirados, e também eram baixinhos. Um deles era idoso e o outro era jovem, e pude ver que, sob seus chapéus, ambos eram calvos. Seus pijamas pareciam do tipo que os monges usavam no templo do caminho para a escola, então imaginei que eram budistas que estavam ali para pedir dinheiro e, se fosse esse o caso, cara, bateram no apartamento errado.

---

77. *Kappa* (河童): literalmente, "criança do rio". Criatura mitológica travessa, como um duende das águas, que possui mãos e pés cobertos por membranas e pele escamosa, como a de um réptil, que pode ser verde, azul ou amarela. Tem uma carapaça semelhante ao casco de uma tartaruga e um sulco em forma de tigela no alto da cabeça, que deve manter cheio d'água. Se a tigela se derramar, o *kappa* fica paralisado.

Fizeram uma reverência. Eu meio que assenti para eles. Não sou muito educada para os padrões japoneses.

— Ojama itashimasu. Tadaima otōsan wa irasshaimasuka? — perguntou o jovem. Significava algo como "Por favor, perdoe esta intrusão. Será que o seu honrado pai está presente neste momento?".

— Ô, pai! — gritei na direção da sala, em inglês. — Tem dois carecas nanicos de pijama aqui querendo falar com você.

Eu costumava ter isso de me recusar a falar japonês com minha mãe e meu pai. Agia muito assim quando estávamos em casa e, às vezes, quando estávamos fazendo compras ou no sentō. O povo japonês é muito lerdo quando se trata de entender o inglês falado, de modo que dá para fazer comentários sarcásticos sem que, no geral, entendam o que está sendo dito. Minha mãe ficava doida quando eu fazia isso. Eu não estava sendo má de verdade, só um pouco, e meu pai costumava achar engraçado. Eu gostava de fazê-lo rir.

De qualquer forma, desta vez o monge mais jovem deu uma risadinha e pensei: *ai, merda, estou tão ferrada*. E aí me virei para dar outra olhada e, bem quando começou a passar pela minha cabeça que aqueles monges eram, na verdade, mulheres, a mais velha passou por mim, tirando seu zōri[78] e o chapéu e atravessando a sala e, no instante seguinte, estava na varanda perto do meu pai, a essa altura inclinado na beirada, olhando para a calçada lá embaixo como se fosse pular. A velha monja subiu no balde e se inclinou na grade ao lado dele como uma criança prestes a dar uma cambalhota em um trepa-trepa. Ela era tão pequena quanto uma criança, e talvez seja por isso que papai reagiu da maneira como reagiu, esticando o braço para impedi-la de cair. Foi um reflexo paterno instintivo, o mesmo movimento que provavelmente me salvou de quebrar o pescoço ou de me deparar com a morte uma centena de vezes, só que eu nunca tinha visto a ação daquele ângulo antes, e fiquei

---

78. *Zōri* (草履): chinelos de dedo.

impressionada com a velocidade e a precisão. Pena que ele não tinha um braço como aquele que pudesse usar para salvar a si mesmo.

Aí a velha monja disse alguma coisa. Não sei o que foi, mas papai se virou e olhou fixamente para ela, depois se afastou do gradil e se sentou no balde, com o rosto entre as mãos. Consegui sentir que eu estava começando a entrar em pânico. Não sei se o seu pai chora muito, mas, na minha opinião, isso é uma coisa pavorosa de se observar, e eu já tinha testemunhado aquilo uma vez depois do Incidente da Linha Expressa de Chuo, e não pensava em repetir a experiência, em especial na frente de estranhos. Mas a velha não pareceu notar, ou talvez só estivesse dando algum tempo a ele. Ela continuava a olhar a rua lá embaixo e, quando tinha visto o suficiente, virou-se, arrumou o pijama e começou a dar tapinhas na cabeça do meu pai do jeito meio distraído que se acaricia um garoto quando ele cai e se machuca, mas não é nada sério. Enquanto o acariciava, ela olhou atentamente ao redor, com olhos lentos e nublados, percorrendo todas as superfícies do apartamento: o cinzeiro cheio, os montes de roupas, peças de computador, mangás e pratos na pia, até que eles por fim pousaram em mim.

— Nao-chan desu ne?[79] — disse. — Ohisashiburi.[80]

Desviei o olhar, não queria revelar depressa demais que eu era Naoko.

— Ookiku natta ne[81] — continuou ela.

Eu odeio de verdade quando as pessoas comentam como sou grande, e aquela velhinha era uma nanica, então o que ela sabia, além disso, quem ela pensava que era, afinal, invadindo o apartamento das pessoas e fazendo comentários pessoais?

E justo quando eu estava pensando nisso, papai se mexeu no balde, levantou a cabeça e suspirou, Obaachama...[82] e fiquei tipo: *Dã! Porque era óbvio que ela era a vovozinha querida dele.*

---

79. *Nao-chan desu ne?*: Você é a querida Nao, né?
80. *Ohisashiburi*: Há quanto tempo.
81. *Ookiku natta ne*: Como você está grande, né?
82. *Obāchama*: termo honorífico, mas também afetuoso, para se dirigir à avó.

Ele a encarava, e aí reparei que meu pai não estava bem chorando, mas suas bochechas estavam coradas, como às vezes ficavam quando ele bebia, embora, no caso, eu soubesse que não havia nenhuma bebida no apartamento desde o Incidente da Linha Expressa de Chuo, então era possível saber se era constrangimento ou vergonha. E, sinceramente, também me sentia envergonhada ao fitar o rosto manchado dele, os olhos avermelhados com fragmentos duros grudados nos cílios e grandes pedaços de caspa alojados no cabelo oleoso. Ele usava uma camiseta regata manchada e amarelada perto das axilas e, quando se levantou, notei pela primeira vez como a coluna dele tinha assumido a forma curva de um S, com a barriga saltada, o peito encovado e os ombros encurvados.

Ouvi um barulho atrás de mim.

— Shitsurei itashimasu...[83] — Era a mais nova. Tinha me esquecido completamente dela, mas então me virei e a olhei com mais atenção, percebendo que não era tão jovem quanto eu pensava. É difícil saber, quando se trata de mulheres carecas. A única outra mulher careca que eu já tinha visto de perto era a mãe de Kayla em Sunnyvale, que teve câncer de mama e todo o cabelo dela caiu, até as sobrancelhas, mas seu rosto não ficou tão radiante como o daquelas duas. Ficou seco e sem brilho como cartolina.

Cada uma delas tinha uma pequena mala de rodinhas, que a mais nova tentava arrastar para o genkan, mas o espaço estava todo ocupado por nossos sapatos e chinelos, então ela teve de arrastar as malas por cima deles. Depois, tirou as sandálias e entrou no apartamento, ficando ao meu lado e fazendo uma reverência.

— Por favor, entre? — pediu ela, em um inglês cuidadoso, como se eu fosse a convidada chegando dos Estados Unidos. Apenas assenti, porque na verdade me sentia uma estrangeira

---

83. *Shitsurei itashimasu*: Perdoe-me a intrusão.

vivendo naquele apartamento estúpido em Tóquio, com aquelas pessoas estranhas que alegavam ser meus pais, mas eu já nem sabia mais nada.

Em Sunnyvale, eu costumava pensar que tinha sido adotada. Algumas das minhas amigas de lá eram chinesas que tinham sido adotadas por pais californianos típicos, mas eu me sentia o oposto disso: uma menina californiana típica adotada por pais japoneses, que eram estranhos e diferentes, mas toleráveis, porque em Sunnyvale ser japonês era meio especial. As outras mães pediam para minha mãe ensiná-las a fazer sushi e arranjos de flores, e os pais tratavam meu pai como um animalzinho de estimação que podiam levar para correr no campo de golfe e a quem podiam ensinar truques novos. Ele sempre voltava para casa com novos utensílios sofisticados, como churrasqueiras Weber e composteiras, que minha mãe não sabia usar, mas aquilo era bacana. Tínhamos um estilo de vida. Aqui mal levávamos a vida.

4.

Lá vai uma ideia: se eu fosse cristã, você seria meu Deus.

Entende? Porque o jeito como falo com você é o jeito como acho que algumas pessoas cristãs falam com Deus. Não me refiro bem a rezar, porque quando se reza, geralmente quer alguma coisa, pelo menos foi o que Kayla disse. Ela costumava rezar pelas coisas e depois contar aos pais pelo que havia rezado, e era comum conseguir o que queria. Talvez eles estivessem tentando fazê-la acreditar em Deus, mas acontece que eu sei que não estava funcionando.

Enfim, não acho de fato que você é Deus, nem espero que me conceda desejos nem nada. Só gosto de poder falar com você, e de você ter disposição para ouvir. Mas é melhor eu me apressar, ou não vou chegar nunca aonde deveria estar.

Jiko e meu pai ainda estavam conversando na varanda, e a mais nova, cujo nome era Muji, me ajudou a preparar o chá; depois, todos conversamos educadamente ao estilo japonês, sobre nada, até mamãe chegar em casa, e pude perceber, pelo modo como ela fingiu surpresa ao encontrar duas monjas budistas na sala de estar, que ela armou a coisa toda, além de ter ido fazer compras e comprado sushi para viagem para cinco pessoas e também uma grande garrafa de cerveja, coisa que ela nunca teria feito apenas para mim e papai.

Depois que comemos, fugi para o quarto e entrei na internet para verificar as estatísticas de "A morte trágica e prematura da aluna transferida Nao Yasutani". Mas o número de acessos não tinha aumentado desde a última verificação, o que era deprimente, considerando que eu estava morta há menos de duas semanas e já estava sendo esquecida. Não há nada mais triste do que o ciberespaço... mas eu já disse isso.

Eu conseguia ouvi-los na sala, falando que o templo de Jiko precisava de reparos, e como os danka[84] não podiam pagar pelo trabalho, porque as pessoas jovens estavam todas se mudando para as cidades e as pessoas idosas deixadas para trás não tinham muito dinheiro. E então a conversa mudou e as vozes ficaram mais baixas, e ouvi as palavras *ijime*, *homushiku*[85] e *nyuugakushiken*,[86] aí coloquei os fones de ouvido para não ouvir. A única coisa mais solitária do que o ciberespaço é ser uma adolescente, sentada no quarto que você tem de dividir com seus pais fracassados porque eles são muito pobres para alugar um apartamento grande o suficiente para que tenha um quarto só seu e depois ouvi-los discutindo seus supostos problemas. Aumentei o volume e toquei algumas músicas de um velho, um tal Nick Drake, que meu pai tinha me dado e pelo qual eu estava começando a me interessar. "Time Has

---

84. *Danka* (檀家): devotos do templo.
85. *Hōmushiku* (ホームシック): do inglês, *homesick* (com saudades de casa).
86. *Nyuugakushiken* (入学試験): provas de admissão.

Told Me". "Day Is Done". As músicas de Nick Drake são tão tristes. Ele também se suicidou. Até que não aguentei mais, me levantei e fui para a sala.

Todos ainda estavam sentados em volta da mesa onde comemos, só que agora, no lugar do sushi, havia um pratinho de mochi[87] verde fluorescente coberto com algum tipo de pasta, e um saco de ervilhas com wasabi, e bebiam cerveja em copinhos diante deles, todos menos mamãe, que estava tomando chá, e papai, que tinha levado a cerveja para a varanda para poder fumar.

— De onde veio isso? — perguntei em inglês, apontando para o mochi. Não ligo muito para bolinhos de arroz doce, mas gosto que me ofereçam, sabe?

Mamãe franziu a testa e balançou a cabeça, o que significava que eu não deveria apontar e não deveria falar em inglês.

— Chotto, osuwari... — disse ela, dando tapinhas na almofada, o que significava que eu deveria me sentar ao lado dela como um chihuahua adestrado. Os olhos dela estavam vermelhos, como se tivesse chorado.

Eu me afastei.

— Vou dormir — falei, ainda em inglês. — Eu estava estudando. Estou cansada.

Todo mundo estava me observando: papai, da varanda; Jiko com os olhos semicerrados, do outro lado da mesa; e Muji, ajoelhada aos meus pés, com o rosto radiante avermelhado de cerveja e ainda mais radiante agora, se isso fosse possível. Ela pegou o prato de bolinhos verdes de arroz e o ofereceu para mim.

— Por favor! Este aqui é Zunda-mochi. São alimentos especiais de soja do mercado regional de Sendai.

Assenti de modo educado, como se entendesse suas palavras, o que não era verdade. Ela esperou, mas, como não aceitei

---

87. *Mochi* (もち): bolinhos doces feitos de arroz.

a oferta, colocou o prato de volta na mesa, pegou a garrafa de cerveja e despejou o resto no copo da velha Jiko. Ela gostava mesmo de servir.

— Jiko Sensei está gostar muito — disse. — Sensei é forte para beber o-saquê, mas eu sou muito fraca. — Ela riu e arrotou, e então colocou a mão sobre a boca. Seus olhos se arregalaram e os globos oculares giraram como castanhas assadas. Caí na almofada ao lado dela. Ela era meio maluca, e eu estava começando a gostar dela. Do outro lado da mesa, Jiko tinha caído no sono.

— Nao-chan — disse mamãe. Estava falando em japonês, e a voz dela soava clara e falsa. — Sua bisavó Jiko teve uma ideia maravilhosa. Ela gentilmente a convidou para passar as férias de verão inteiras no templo em Miyagi...[88]

Inacreditável! Foi uma armação total. Agora estavam todos me observando com atenção: minha mãe, Muji e Jiko, que senti que podia me ver através das pálpebras fechadas, e meu pai, que ainda estava na varanda, fingindo indiferença e costume. Odeio quando adultos observam você assim. Faz você se sentir uma ciborgue que não funciona direito. Não exatamente um ser humano.

— É tão emocionante, não acha? — recitou mamãe. — O litoral é muito bonito, bem mais fresco do que a cidade. E o oceano está bem ali para nadar, também. Não será divertido? Eu disse a ela que você adoraria ir...

Às vezes, quando adultos estão falando com você e você os encara, eles parecem estar dentro de um daqueles aparelhos de televisão antigos, do tipo que tem um vidro escuro e grosso, e você consegue ver o movimento das bocas, só que as palavras exatas são abafadas por um monte de ruído de estática, então mal dá para entender, o que não importava, porque eu não estava ouvindo, mesmo. Mamãe falava sem parar como a apresentadora de um programa matinal, Muji

---

[88]. Miyagi... Sendai fica em Miyagi!

arrotava e trinava como um pardal bêbado, Jiko fingia dormir e papai exalava nuvens de fumaça de cigarro bem em cima das minhas calcinhas limpas que ainda estavam penduradas no varal porque, com tanta empolgação, tinha me esquecido de recolhê-las, mas nada disso importava porque eu estava em meus pensamentos mais profundos, que é para onde vou quando as coisas ficam muito sérias. Era só questão de esperar que passassem, e sou boa em esperar, já que pratico bastante na escola. Um truque para quando se está esperando é fingir que está debaixo d'água, ou, melhor ainda, congelado em um iceberg, e ao se concentrar, consegue até ver como seu rosto ficaria sob o gelo, todo azul, turvo e franzido.

Papai voltou da varanda para a sala e se sentou na minha frente.

Eu ainda não conseguia ouvir a voz dele em meio à estática, mas consegui ler seus lábios. Você. Tem. Que. Ir.

Não era o que eu queria. Fiz minha pulsação desacelerar. Eu me abstive de respirar. Parei completamente de me mexer.

Aí Jiko abriu os olhos. Não sei como percebi, porque nem sequer estava olhando para ela, mas pude sentir um tipo de energia vindo do lado da mesa onde ela estava, e, então, quando ela se inclinou para a frente e colocou a mão de velha em cima da minha, não me surpreendi. A mão dela era tão leve, como o toque morno de uma brisa, e minha pele começou a formigar. Ela continuou me observando e, mesmo que não pudesse vê-la, conseguia senti-la derretendo o gelo, atraindo meus pensamentos em direção aos seus próprios em meio à frieza. Senti minha pulsação de novo e meu sangue começar a fluir outra vez. Pisquei. Papai ainda falava.

— É só por um tempo — dizia. — Sua mãe já preparou tudo. Existem médicos especiais que podem me ensinar a lidar com meus problemas. Quando você voltar, estarei totalmente recuperado. Sério. Prometo. Você acredita em mim, não acredita?

Agora que eu podia ouvi-lo e notar como ele parecia cansado e triste, o restante de mim se derreteu.

— Mas... — falei, tentando encontrar minha voz. Claro que não acreditava nele, mas o que mais poderia dizer? Então, só assenti, e foi isso.

RUTH

1.

A província de Miyagi localiza-se na região de Tohoku, no nordeste do Japão. A área foi um dos últimos pedaços de terra a ser tomado dos nativos emishi, descendentes do povo jōmon, que viveu ali desde tempos pré-históricos até serem derrotados pelo exército imperial japonês no século VIII. A costa de Miyagi também foi uma das áreas mais duramente atingidas pelo terremoto e pelo tsunami de 2011. O templo da velha Jiko localizava-se em algum ponto daquela faixa litorânea.

A província de Fukushima, localizada ao sul de Miyagi, também era parte das terras ancestrais dos emishi. Agora, Fukushima é a província-sede da estação de energia nuclear Fukushima Daiichi. O nome Fukushima significa "ilha feliz". Antes que o tsunami causasse o catastrófico desastre na usina nuclear, as pessoas acreditavam que Fukushima era um lugar feliz, e bandeiras se perfilavam pelas ruas principais das cidades próximas refletindo essa sensação de otimismo.

A energia de um futuro mais promissor é nuclear!
A correta compreensão da energia nuclear leva a uma vida melhor!

2.

A ilha onde Ruth e Oliver viviam foi nomeada em homenagem a um famoso conquistador espanhol que derrubou o Império Asteca. Embora ele nunca tenha chegado tão ao norte quanto a ilha que carrega seu nome, os homens dele chegaram, e é por isso que as baías e os braços de mar do litoral da Colúmbia Britânica estão cheios de nomes de famosos espanhóis que cometeram assassinatos em massa. Mas, apesar do nome sanguinário, a ilhota era relativamente inofensiva e alegre. Durante dois meses por ano, transformava-se num paraíso precioso, transbordando de veranistas livres de preocupações em iates e casas de temporada, além de agricultores hippies felizes cultivando vegetais orgânicos e criando bebês com bumbum de fora. Havia professoras de ioga, terapeutas corporais e curandeiros de todas as modalidades, tocadores de tambor, xamãs e gurus em abundância. Durante dois meses por ano, o sol brilhava.

Mas, quando turistas e veranistas partiam, os céus azuis se nublavam e a ilha mostrava os dentes, revelando seu lado hostil. Os dias abreviavam-se, as noites prolongavam-se e, pelos dez meses seguintes, chovia. A população local que vivia ali o ano todo gostava assim.

A ilha deles também tinha um apelido, um nome sombrio que raramente era pronunciado: Ilha dos Mortos. Algumas pessoas diziam que o nome se referia às sangrentas guerras entre tribos ou à epidemia de varíola de 1862, que matou a maior parte da população salish nativa da costa. Outras pessoas diziam que não, que a ilha sempre fora um cemitério tribal, dotado de cavernas escondidas, conhecidas apenas por anciãos, onde enterravam os mortos. Outras, ainda, insistiam que o apelido não tinha nada a ver com tradições nativas, muito pelo contrário: referia-se à população de idosos brancos e aposentados que ia passar o ocaso da vida na ilha, transformando-a em uma espécie de comunidade fechada, como Boca Raton, só que com um clima ruim e sem todas as comodidades.

Ruth gostava do apelido. Tinha uma certa gravidade nele e, afinal, ela levara a própria mãe para morrer ali. Além das cinzas do pai, que trouxera em uma urna, e depois da cremação da mãe, ela havia enterrado os restos mortais dos dois no minúsculo cemitério de Whaletown, em um lote com muito espaço para ela e Oliver também. Quando mencionava o fato a amigos de Nova York, eles lhe diziam que a vida rural na ilha a tornava tediosa e mórbida, mas ela discordava. De fato, em comparação com Manhattan, não havia muita animação em sua ilha, mas de quanta animação você precisaria se estivesse morta?

3.

A agência de correios de Whaletown era uma cabana minúscula de madeira junto a um afloramento rochoso na orla da baía. O correio vinha por balsa três vezes por semana e, assim, três vezes por semana, um membro de cada uma das famílias da ilha entrava em um carro, caminhonete ou suv e dirigia até a agência para pegar a correspondência. Esse desperdício imprudente de combustível fóssil deixava Oliver doido.

— Por que não podemos ter uma pessoa que entrega a correspondência? — queixava-se. — Uma pessoa, um veículo, reduz o carbono, entrega todas as cartas. Qual a dificuldade?

Ele se recusava a dirigir, ia sempre de bicicleta e, quando era a vez de Ruth, insistia que ela fosse andando, mesmo com chuva. Mesmo quando uma tempestade estava em formação. Eram cinco quilômetros.

— Você precisa de exercício — dizia a ela.

O vento começava a ganhar força e a chuva desabava, pesada. Ruth estava encharcada quando chegou à agência do correio. Pescou no bolso as cartas úmidas que ia enviar e pediu selos.

— Vento sudeste — comentou Dora, por trás do guichê. — O vento está ficando forte. A energia já terá caído na hora do jantar. Bela noite para escrever, hein?

Dora era a funcionária do correio, uma mulher pequena e de aparência enganadoramente gentil, com uma língua afiada e uma reputação de levar vizinhos às lágrimas por não pegarem a correspondência em tempo hábil; chegarem cedo demais, antes que ela tivesse terminado a triagem; ou apenas endereçarem os envelopes com uma caligrafia ilegível. Era enfermeira aposentada e escrevia poesia, que enviava, em um revezamento sistemático, a revistas literárias e jornais. Dizia não gostar de muitas pessoas, em especial das recém-chegadas, mas simpatizou com Ruth de imediato, e isso se devia, em parte, ao fato de Ruth manter uma assinatura da *The New Yorker*; segundo Muriel havia lhe contado um dia, quando reclamou da demora na chegada da revista, Dora tinha o hábito de surrupiá-la para ler em casa antes de entregá-la, com atraso, na caixa de correio de Ruth. Não, a verdade é que Dora gostava de Ruth por ser escritora, uma colega, e sempre que ela ia ao correio, a funcionária a atualizava sobre os envios de poemas. Em todos esses anos desde que Ruth a conhecera, Dora teve vários poemas aceitos para publicação em pequenas revistas, mas a *The New Yorker* continuava sendo o Santo Graal para ela, que se recusava terminantemente a pagar por uma assinatura até que publicassem um de seus poemas. O arranjo funcionou, já que Ruth mantinha sua assinatura, e Dora não parecia se importar. Alegava que colecionar mensagens de rejeição era uma parte nobre e necessária da prática poética, e tinha orgulho de sua coleção. Estava cobrindo as paredes de sua casinha com elas, como ouviu dizer que Charles Bukowski fizera com as dele. Ruth a admirava por admirar Bukowski.

Dora sabia tudo sobre todos, e não apenas porque lia a correspondência das pessoas. Ela tinha um interesse permanente e deslavado na vida alheia e também era gentil, apesar de sua tendência à rabugice. Costumava mimar a mãe de Ruth e levar para ela buquês chamativos de rosas de várias cores que colhia do próprio jardim. Ela sempre perguntava sobre a saúde dos vizinhos e tinha um estoque de morfina que sobrara de seus dias de enfermagem, que ministrava quando necessário, se alguém estivesse ferido, morrendo ou precisasse sacrificar um animal de estimação querido. Ela tricotava enxovais para as mães solo grávidas da ilha e, no Halloween, fazia biscoitos que pareciam dedos decepados para as crianças, usando amêndoas para as unhas e glacê vermelho como sangue. A agência dos correios era como a fonte da aldeia. As pessoas faziam hora ali, e era ali que iam se precisavam de informações.

Ruth havia superado sua aversão a telefones duas vezes naquela semana, a primeira ao ligar para Callie, e a segunda ao ligar para Benoit LeBec. Tinha deixado recado, mas como ele não ligou de volta, ela imaginou que Dora saberia o porquê.

— Ah, eles estão fora — disse Dora, martelando os selos nas cartas úmidas com o carimbo de postagem de Whaletown. Tinha muito orgulho daquele carimbo. Era o carimbo mais antigo ainda usado no Canadá, e datava de 1892, quando Whaletown teve sua primeira agência de correio. — Foram a Montreal para o casamento da sobrinha. Voltam amanhã, a tempo da reunião do A. O que você quer com Benoit?

Ruth se afastou um passo do guichê e fingiu procurar dinheiro trocado. Ela tinha certeza de que havia pistas no misterioso caderno de redação francês que a ajudariam a localizar os Yasutani e queria que ele fosse traduzido o mais rápido possível, mas não contaria isso a Dora. Se Muriel era ótima em espalhar fofocas, Dora era melhor ainda. Como funcionária do correio, ela entendia que essa era parte da descrição de suas funções, e Ruth se sentia estranhamente protetora em relação a Nao e ao diário da garota, e não queria que todo mundo soubesse. E também havia outras pessoas no recinto, que se demoravam diante das caixas postais, fingindo ler a correspondência — um criador de ostras chamado Blake, uma professora aposentada de Moose Jaw chamada Chandini, uma jovem hippie que costumava ser chamada de Karen até mudar o nome para Purity. Ninguém conversava e todos pareciam aguardar sua resposta.

— Ah — disse Ruth, entregando a Dora o dinheiro dos selos. — Na verdade, nada. Só precisava de ajuda com uma tradução.

— Você se refere àquele caderno francês que encontrou na praia? — perguntou Dora.

Droga, pensou Ruth. Muriel. Não havia segredos naquela maldita ilha.

— Um diário também, não? — insistiu Dora. — E algumas cartas?

Não adiantava negar. Os outros na sala haviam se aproximado do guichê.

— Veio mesmo do Japão? — quis saber Blake, o criador de ostras.

— Provavelmente — declarou Ruth. — É difícil afirmar.

— Você não acha que deveria entregá-lo? — perguntou Chandini. Era uma mulher magra, ansiosa, de cabelos loiros e ralos, que tinha sido professora de matemática.

— Por quê? — perguntou Ruth, passando por ela e abrindo sua caixa postal. — Entregar para quem?

— O serviço de pesca e vida selvagem? — sugeriu Chandini. — A RCMP? Não sei quanto a você, mas se tem coisas chegando do Japão, me preocupo com a radiação.

Purity arregalou os olhos.

— Ai, uau — disse. — Chuva radioativa. Isso seria uma droga total...

— Será um problema para as ostras — comentou Blake.

— Para o salmão também — disse Chandini. — Para toda a nossa comida.

— Total — concordou Purity, suspirando e prolongando a palavra. — Porque também está no ar, e depois chove e entra no aquífero e, tipo, toda, toda a cadeia alimentar, e depois em nossos corpos e outras coisas.

Dora lhe lançou um olhar.

— O quê? — perguntou a garota. — Não quero ter câncer e bebês com má-formação...

Blake acariciou a barba e depois enfiou as mãos nos bolsos da frente. Seus olhos brilhavam.

— Também ouvi dizer que havia um relógio — falou. — O relógio de um verdadeiro kamikaze.

Ruth remexeu a correspondência e tentou ignorá-lo.

— Estou interessado nessas coisas históricas — continuou ele. — Eu poderia ir vê-lo uma hora dessas?

Era um caso perdido. Ruth estendeu o braço. Blake e Chandini se aproximaram para ver, mas Purity recuou.

— Isso também pode estar contaminado, certo? — questionou.

— É provável — respondeu Ruth. — Agora que você mencionou, tenho certeza de que está.

Dora se inclinou para fora do guichê.

— Deixe-me ver.

Ruth desafivelou o relógio do soldado do céu e o entregou a ela, balançando-o pela alça. Lá fora, o vento começava a uivar. Dora pegou o relógio e assobiou.

— Elegante — disse, prendendo-o ao pulso.

— Você não tem medo de ser envenenada? — perguntou a garota.

— Querida — Dora começou. — Sobrevivi ao câncer de mama. Um pouco mais de radiação não vai doer. — Ela admirou o relógio, depois o desafivelou e o devolveu para Ruth. — Aqui, pegue. — Deu uma piscadela. — Bom material, hein? Como está indo o novo livro?

4.

Ruth pegou carona para casa na caminhonete de Blake, que cheirava a ostras e mar. Ele a deixou no sopé da entrada, e ela subiu o longo caminho até a casa correndo debaixo de uma chuva torrencial. Rajadas de vento açoitavam os abetos altos, e os galhos dos bordos gemiam. O bordo era uma madeira quebradiça. Alguns anos atrás, mais um vizinho morrera quando um galho grande caiu na cabeça dele durante uma tempestade. Fazedores de viúvas, os bordos eram chamados. Conforme corria, Ruth olhava para cima. *Onde estaria o corvo*, ela se perguntou.

A luz já tinha voltado e caído, segundo Oliver, então ela correu para o andar de cima a fim de verificar as mensagens recebidas. Estava tentando ser menos obsessiva-compulsiva com o e-mail, mas mais de quarenta e oito horas haviam se passado desde que escrevera para o professor Leistiko, e ela estava impaciente por uma resposta. Passou os olhos depressa pela caixa de entrada. Nenhuma notícia do professor. E agora?

Podia ouvir Oliver no porão, mexendo no velho gerador a gás, tentando ligá-lo. Eles tinham um sistema para as quedas de energia, que dependia de um gerador para alimentar várias centenas de metros de fios emaranhados que serpenteavam desde o porão, fornecendo eletricidade ao freezer e à geladeira antes de atravessar a cozinha e subir as escadas em direção aos escritórios. Os cabos eram perigosos. Você poderia facilmente tropeçar em um fio e cair pela escada. Se o gerador não funcionasse, recorriam a velas, lanternas e lamparinas a óleo. O gerador era barulhento. Sem ele e sem a presença dos aparelhos do entorno — o zumbido de ventiladores, bombas e transformadores —, o silêncio na casa era profundo. Ruth gostava do silêncio. O problema era que não dava para ligar o computador ou navegar na internet com uma lamparina a óleo.

A internet era seu principal portal para o mundo, e um portal que estava sempre se fechando na sua cara. A conexão era fornecida por meio de uma rede celular 3G, mas a grande corporação de telecomunicações que fornecia o suposto serviço era notória por vender uma largura de banda maior do que a que era capaz de fornecer. A torre mais próxima ficava na ilha vizinha, e a conexão era lenta de doer. No verão, o problema era agravado pelo excesso de linhas e tráfego. No inverno, pelas tempestades. O sinal tinha que atravessar quilômetros de oceano agitado, atravessar o ar densamente saturado e, então, quando chegava ao litoral da ilha, abrir caminho por entre as altas copas das árvores.

Mas pelo menos por ora a internet estava funcionando, e ela queria aproveitá-la antes que a energia acabasse. Consultou sua lista crescente de palavras-chave e pistas. Digitou *The Future Is Nao!* O mecanismo de busca retornou uns poucos resultados inúteis: alguns vídeos de um robô humanoide autônomo programável francês chamado NAO; um relatório do National Audit Office sobre a importância de proteger o bem-estar futuro das abelhas.

"Você quis dizer: The Future Is Now?", o mecanismo de busca lhe perguntou, solícito.

Não, não quis. Ela sabia que, assim que a energia acabasse, talvez não voltasse por alguns dias, então passou para o item seguinte de sua lista. Ela já havia feito várias buscas exaustivas por *Jiko Yasutani, anarquista, feminista, romancista, budista, Zen, monja, Taishō* e até *Mulher Moderna*, usando várias combinações. Agora adicionou uma palavra nova, obtida na leitura da noite anterior. *Miyagi.* Ela se recostou e esperou.

O cômodo estava escuro, e o brilho da tela do computador em seu rosto era a única fonte de iluminação, um pequeno quadrado de luz em uma ilha no meio de uma tempestade. Ela também se sentia pequena. Tirou os óculos, fechou os olhos e esfregou-os.

Lá fora, o vento uivava de verdade, chicoteando a chuva em círculos e fazendo toda a casa estremecer e ranger. As tempestades na ilha eram primevas, lançando tudo a um tempo passado. Ela pensou em seu segundo sonho com a monja, relembrou a manga preta da mulher idosa, o modo como os óculos de lentes grossas dela borravam o mundo. A tempestade também. E então veio aquela sensação medonha de ser lançada de volta ao nada, ao não ser, de tentar tocar o próprio rosto e não o encontrar. O sonho foi tão vívido, tão horrível e, no entanto, depois que acabou, ela dormiu tão profundamente, sendo acordada apenas pelo toque leve da monja e o som de uma risadinha e um estalo.

Abriu os olhos e colocou os óculos de volta. Em seu navegador, a roda ainda girava, o que não era boa notícia. O sinal estava fraco e, com ventos como aquele, era apenas uma questão de tempo até que uma árvore caísse sobre uma linha de energia. Estava prestes a atualizar a página e reiniciar a busca quando um clarão brilhante iluminou o monitor, ou foi um relâmpago no céu lá fora? Ela não sabia dizer, mas, um momento depois, a tela ficou preta, mergulhando o cômodo na escuridão. De nada adiantou.

Ela ficou de pé e tateou em volta da mesa em busca da lanterna que deixava em uma prateleira próxima, mas assim que a encontrou e estava prestes a ligá-la, o disco rígido chiou e a tela piscou, e a escuridão foi iluminada pela página brilhante do navegador com os resultados da pesquisa que fizera. Estranho. Ela voltou para a mesa e olhou para a página.

Não havia muita coisa. Um item, era tudo, mas parecia promissor. O coração acelerou enquanto ela lia:

Resultados 1-1 de 1 para "Yasutani Jiko" e "Zen" e "monja" e "romancista" e "Taishō" e "Miyagi"

Ela se recostou, puxou a cadeira para mais perto e rapidamente clicou no link, que a levou para a página de um arquivo on-line de revistas acadêmicas. O acesso era restrito a bibliotecas acadêmicas e outras instituições com o registro. Sem assinatura, apenas o título do artigo, uma amostra curta e as informações de publicação estavam disponíveis. Mas era um começo.

O título do artigo era "Shishōsetsu japonês e a instabilidade do 'eu' feminino". Ruth se inclinou para ler a amostra, que começava com uma citação:

"Shōsetsu e Shishōsetsu — ambos são muito estranhos. Veja, não há nenhum Deus na tradição japonesa, nenhuma autoridade monolítica de ordenação da narrativa — e isso faz toda a diferença."

— Irokawa Budai

O termo *shishōsetsu*, e o mais formal *watakushi shōsetsu*, referem-se a um gênero de ficção autobiográfica japonesa, comumente traduzido para o inglês como "I-novel" (romance do eu). O *shishōsetsu* floresceu durante o breve período de liberalização sociopolítica da Democracia Taishō (1912-1926) e suas fortes ressonâncias continuam a influenciar a literatura do Japão atual. Muito já foi dito sobre sua forma, sobre seu estilo "confessional", a "transparência" de seu texto, a "sinceridade" e a "autenticidade" de sua voz autoral. Também tem sido citado na blogosfera no que concerne a questões de veracidade e fabricação, destacando a tensão entre atos de autorrevelação, auto-ocultação e autoapagamento.

Observou-se muitas vezes que os pioneiros do *shishōsetsu* eram na maioria homens. As primeiras escritoras de *shishōsetsu* têm sido amplamente ignoradas, talvez porque, na verdade, havia muito menos escritoras publicadas na época, assim como agora, e talvez porque, como escreveu Edward Fowler, em seu estudo exemplar do gênero, *The Rhetoric of Confession* [A retórica da confissão]: "As energias de escritoras proeminentes que trabalharam nas décadas de 1910 e 1920 eram dedicadas tanto às causas feministas quanto à produção literária."[89]

Essa afirmação de que a devoção às causas feministas tem efeitos deletérios sobre a produção literária é uma das que abordarei, argumentando que ao menos uma das primeiras

---

89. *The Rhetoric of Confession*, de Edward Fowler. Veja a Bibliografia.

autoras de *shishōsetsu* empregou o estilo de maneira inovadora, enérgica e radical. Para ela, e para as escritoras que a seguiram, essa práxis literária foi nada menos que revolucionária.

Esta escritora é desconhecida no Ocidente. Nascida na província de Miyagi, mudou-se para Tóquio, onde se envolveu com a política da esquerda radical. Contribuiu com vários grupos feministas, incluindo a Seitosha[90] e a Sekirankai[91] e, além de ensaios políticos, escreveu artigos, poemas, e um único, extraordinário e inovador romance do eu intitulado, apenas, *Eu-eu*.[92]

Em 1945, após a morte do filho, alistado como recruta e piloto da tokkotai (as Forças Especiais Japonesas, também conhecidas como kamikaze), ela raspou a cabeça e fez os votos de monja Zen-Budista.

O nome dela é Yasutani Jiko, uma mulher pioneira do "romance do eu", que se apagou do...

<leia mais...>

Lá estava, o nome, Yasutani Jiko, na tela do computador. Ruth não tinha percebido quanto estivera ansiosa por uma confirmação do mundo exterior de que a monja de seus sonhos existia e de que Nao e seu diário eram reais e, portanto, tinham uma origem que poderia ser localizada.

Ela se inclinou para a frente, com a intenção de mergulhar nas camadas mais profundas de informações para as quais aquela introdução era apenas a entrada. Queria descobrir tudo que conseguisse sobre Jiko Yasutani e não apenas os fragmentos

---

90. Sociedade das Intelectuais.
91. Sociedade da Onda Vermelha.
92. Este título parece vir de um poema de Yosano Akiko intitulado "Divagações", publicado na primeira edição da revista *Seitō*. Veja o Apêndice C.

de informação que apareciam aleatoriamente no diário de sua bisneta. Foi tomada por um sentimento intenso e súbito de parentesco com aquela mulher de outro tempo e lugar, envolvida em ações de autorrevelação, auto-ocultação e autoapagamento. Tinha a esperança de que o artigo em si pudesse conter, ao menos, a tradução de trechos do romance do eu, que agora desejava muito ler. Seria proveitoso ter uma amostra da voz e do estilo da escrita de Jiko.

Ela clicou no link <leia mais...> no fim da amostra e se recostou para esperar. A página começou a carregar, mas foi substituída por uma mensagem de "Servidor não Encontrado". Irritante. Ela tentou de novo, mas obteve o mesmo resultado. A tela piscou. Ela tentou navegar depressa, voltar e recuperar a página original da web, mas, antes que pudesse atualizá-la, a tela se apagou e a energia caiu, desta vez, silenciosa e definitivamente. Ela se recostou na cadeira. Queria chorar. Das profundezas do porão, podia ouvir Oliver xingando, enquanto o cheiro de gás flutuava escada acima. O gerador quebrara de novo, e o motor tinha fundido. Às vezes, a BC Hydro levava dias para consertar as linhas e restabelecer o abastecimento. Até lá, eles permaneceriam no escuro.

5.

Na manhã seguinte, a energia ainda não tinha voltado, mas o vento abrandara e a chuva parara. Depois do café, Oliver quis pegar algas para o jardim. As algas marinhas eram um excelente fertilizante, e as praias estariam cobertas por elas depois do vendaval. Eles carregaram a caminhonete com forquilhas e lonas e atravessaram a ilha. Quando se aproximaram do desvio para o Jap Ranch, começaram a ver os carros, estacionados ao longo da estrada.

—Muitas pessoas tiveram a mesma ideia — comentou Oliver.

Mas era estranho. Eram tantos carros. Parecia mais uma rave ou um funeral do que alguns jardineiros recolhendo algas marinhas depois de uma tempestade.

— Acho que tem alguma outra coisa acontecendo — disse Ruth. — Que droga. Vamos ter que estacionar e andar.

Descarregaram a caminhonete e seguiram em direção à praia. Quando chegaram ao alto do aterro, avistaram Muriel. Ela estava na beirada, olhando para a costa. Quando viu Ruth e Oliver se aproximando, apontou.

— Olhem.

A praia estava cheia de gente. Isso por si só era estranho. Mesmo no verão, no ápice da temporada turística, as praias da ilha nunca ficavam lotadas, e era possível passar o dia inteiro nadando, fazendo piqueniques e procurando relíquias sem nunca encontrar mais pessoas do que se pode contar nos dedos fazendo as mesmas coisas.

Naquele dia, porém, havia pessoas espalhadas e distribuídas por toda a praia. Algumas tinham lonas e colhiam algas marinhas, mas outras apenas caminhavam, com os olhos fixos à frente, marchando para a frente e para trás de forma mecânica. Ruth reconheceu algumas. Outras ela nunca tinha visto.

— O que está acontecendo? — perguntou Oliver.

— Catadores — respondeu Muriel. — Procurando coisas do Japão. No *meu* território.

Ela estava enrolando a ponta de sua longa trança cinzenta com o dedo, um claro sinal de que estava inquieta. Chegara cedo, mas em pouco tempo os outros começaram a aparecer.

— Amadores — zombou. — É tudo culpa sua, sabe. A notícia sobre seu saco de congelador se espalhou e aí alguém no correio começou a falar sobre todo o dinheiro que foi levado pelas águas no Japão.

Ruth lembrou-se de ter lido a notícia no site do *Japan Times*. A maioria das vítimas do tsunami eram pessoas idosas, que mantinham suas economias escondidas em casa, enfiadas em armários ou sob o piso de tatame. Quando as casas foram varridas pela onda, as economias foram junto e acabaram sugadas pelo mar. Alguns meses depois, quando o mar começou a cuspir os despojos, cofres e mais cofres começaram a aparecer nas praias. Estavam cheios de dinheiro e outros objetos de valor, mas as autoridades consideraram impossível identificar muitos dos proprietários, ou mesmo determinar se estavam vivos. Ainda assim, as pessoas que os encontraram continuaram a devolvê-los.

Ruth passou os olhos pela praia. Os catadores pareciam possuídos, como zumbis, mortos-vivos. Era macabro.

— Alguém já encontrou alguma coisa?

— Não que eu saiba. Para falar a verdade, seu saco de congelador foi um golpe de sorte, e meu tubo de pasta de dente também. Estamos em uma parte muito fechada e distante. Já expliquei para eles. Os verdadeiros achados estão em mar aberto, para cima e para baixo da costa externa. Não vamos ver muita coisa boa à deriva a esta distância. Mas nossos amigos aí não parecem ouvir.

— Se encontrarem dinheiro, não podem simplesmente ficar com ele — afirmou Ruth.

— Por que não?

— Porque pertencem às vítimas. Eram as economias de toda uma vida. Muitos eram idosos...

— Assim como aqui — disse Muriel.

— Só que ninguém aqui tem cofres — disse Oliver. — E dinheiro, muito menos.

Muriel riu.

— Você tem razão. A única coisa que as águas levariam daqui seriam sacos de maconha.

Ruth sentiu o rosto arder.

— Não é piada — disse. — Vocês são horríveis. Os dois.

Muriel ergueu as sobrancelhas.

— Bem, a regra dos catadores de praia é: achado não é roubado. É uma regra bem antiga. Além disso, vejo que ainda está usando o relógio...

Ruth a fuzilou com os olhos e colocou a forquilha no ombro.

— Estou tentando encontrar o dono — disse. — Pretendo continuar tentando até conseguir. — Virou-se para Oliver. — Vamos pegar algas ou não?

E caminhou em direção à praia. Pelo canto do olho, viu Oliver encolher os ombros e dar um sorriso sem graça para Muriel, o que deixou Ruth ainda mais irritada. Ela parou e se dirigiu a Muriel.

— E isso não é minha culpa. Você não tinha que contar para a porra da ilha inteira sobre meu saco de congelador.

Muriel assentiu. Fios soltos de cabelo grisalho voavam em seu rosto, e ela os afastou.

— Eu sei. Sinto muito. Na verdade, só contei para duas pessoas. Mas sabe como é. Não consegui me conter. É emocionante. O lixo é a minha vida.

NAO

1.

A velha Jiko ama meu pai de verdade, apesar de todos os problemas dele, e ele também a ama de verdade. Ela costumava dizer que era seu neto favorito. Claro, é o único neto dela, então era só uma brincadeira e, em todo o caso, eu sabia que monjas não podiam ter favoritos entre os seres sencientes. Agora que pensei nisso, talvez ela o ame porque todos os problemas dele lhe dão muito pelo que rezar e, quando se tem a idade de Jiko e um corpo que já viveu o bastante, é preciso ter alguns motivos muito bons para continuar vivendo.

Ela mora em um templo pequenininho na encosta de uma montanha perto do mar, mas, mesmo sendo muito pequeno, o templo ainda tem dois nomes: Hiyuzan Jigenji.[93] Os pequenos edifícios se agarram à encosta íngreme da montanha e são cercados por uma floresta de sugi[94] e bambu. Você nem imagina quantos degraus é preciso subir para chegar até lá e, no verão, quando faz calor, você acha que vai morrer de insolação ou algo assim. É um lugar que poderia mesmo se beneficiar de um elevador, mas Zen-Budistas não são grandes entusiastas das conveniências modernas. Juro, chegar lá é voltar cerca de mil anos no tempo.

---

93. Procurei esses nomes no Google, mas não encontrei nada. Nao escreveu os nomes em *romaji*, então eu sabia apenas a pronúncia. Tentei adivinhar o kanji, mas não fui capaz de chegar a uma combinação que pudesse ser localizada em um mapa. Veja o Apêndice D para alguns kanji possíveis para *Hiyuzan* e *Jigenji*, além de mais informações sobre a nomenclatura dos templos japoneses.
94. Criptoméria.

Meu pai concordou em me levar de trem até Sendai, e para ele era muito difícil sair do apartamento durante o dia. Eu conseguia perceber que aquilo o deixava estressado e eu não estava ajudando. Tive essa ideia infantil de que poderíamos fazer uma pequena parada na Disneylândia de Tóquio, para que eu pudesse dar um aperto de mão em Mickey-chan. Sabia que isso era irreal porque a Disneylândia não fica muito bem no caminho para Sendai, e além disso meu pai enlouquece na multidão, mas eu queria muito ir. Mickey-chan é da Califórnia, e eu também, e pensei que talvez ele também estivesse com saudades de casa, então implorei e implorei, mas é claro que meu pai disse não. Em uma situação familiar normal, acho que meu pedido teria sido razoável. Quer dizer, passar algumas horas com Mickey-chan não é um preço tão alto a pagar para se livrar de uma filha por todo o verão. Mas nossa família não vivia uma situação normal, e eu sabia que papai não era o tipo de pessoa interessada na Disneylândia. Se eu tivesse feito um esforço, poderia tê-lo perdoado por isso, e poderíamos até ter aproveitado o passeio de trem juntos, mas não: fiquei de mau humor e fiz com que ele se sentisse culpado e infeliz por todo o caminho, o que, sendo sincera, também não me fez sentir nada bem. No final, ele prometeu que poderíamos ir à Disneylândia quando viesse me buscar para voltar para casa, o que me animou um pouco, por saber que, ao menos, ele pretendia sobreviver às minhas férias de verão.

Ele estava muito nervoso na estação de Tóquio, e tivemos de ficar de pé por cerca de uma hora debaixo do painel de embarque até que ele conseguisse descobrir qual trem-bala precisávamos pegar e quais passagens precisávamos comprar; depois, fomos para a plataforma errada e acabamos no Yamabiko Regional, não no Expresso Komachi, mas ele não se importava que parássemos a cada estação do caminho e, na verdade, eu também não. Então, passamos pelos subúrbios de Tóquio, que se estendem por uma eternidade, e depois por zonas industriais, deixando para trás fábricas com chaminés, aglomerados de torres residenciais, shoppings e estacionamentos; as portas do trem ficavam abrindo e fechando, as pessoas continuavam entrando e saindo, e as comissárias do trem uniformizadas empurravam seus carrinhos de bentō para cima e para baixo pelos corredores, gritando:

— Obento wa ikaga desu ka? Ocha wa ikaga desu ka?[95]

De repente fiquei com vontade de comer um bentō de enguia de água doce grelhada, mas, quando estava prestes a pedir ao meu pai, lembrei que a última vez que comemos enguia de água doce grelhada foi quando estávamos comemorando seu novo "emprego", e quando me lembrei da mentira, minha predileção por enguia desapareceu e pedi um sanduíche de ovo. Comi observando meu rosto, refletido na janela do trem, que deslizava pela paisagem como o de um fantasma. Tudo lá fora era de um cinza sujo ou da cor do cimento, mas, de vez em quando, pequenos arrozais verdes cintilavam como esmeraldas de valor inestimável, e à medida que nos afastávamos de Tóquio, o mundo foi se tornando mais verde.

Quando por fim chegamos a Sendai, fizemos a baldeação para um trem local que nos levou até a cidade mais próxima do templo de Jiko, e lá colocamos minha mala de rodinhas em um ônibus velho cheio de pessoas muito velhas que nos levaria à aldeia. Na saída da cidade, passamos por minimercados, cafés e uma escola primária, mas, sendo sincera, não havia muito mais: uma fábrica de processamento de pescados, um salão de pachinko, um posto de gasolina, uma 7-Eleven, uma oficina de automóveis, uma capela de beira de estrada, um monte de pequenos campos. Mas, depois, conforme avançávamos, as construções ficavam cada vez mais distantes até que por fim soube que estávamos no interior, porque era bonito. Era como estar

---

95. *Obento wa ikaga desu ka? Ocha wa ikaga desu ka?*: Gostaria de uma marmita? Gostaria de um pouco de chá?

em um filme de anime: nosso pequeno ônibus espoucando, subindo e descendo, ziguezagueando em volta das montanhas e abraçando os penhascos. Lá embaixo, podia ver as ondas quebrando naquelas rochas malucas e, às vezes, passávamos por uma prainha, como um bolsão de areia enfiado na rocha.

Eu adorava ir para o litoral norte da Califórnia, para Marin, Sonoma ou Humboldt, e aquela sensação era um pouco parecida, só que aqui no Japão tudo era mais verde, com muito mais árvores, e sem casas arquitetônicas. Pelo contrário, havia pequenas vilas de pescadores ao longo da costa, com barcos amontoados, redes e jangadas de ostras balançando nas ondas, e varais com peixes pendurados para secar como roupa estendida ao lado das casas. O ônibus fez cerca de cem bilhões de paradas em locais que não se pareciam nada com pontos de ônibus, com apenas um banco na beira da estrada, ou uma placa redonda enferrujada em um poste ou, às vezes, uma coisinha parecida com uma cabana que lembrava o lugar onde, na Califórnia, se colocava o filtro da banheira de hidromassagem. Também havia muitas regiões de montanhas íngremes na Califórnia, mas não tive a impressão de que havia muitas banheiras de hidromassagem, piscinas ou mansões de celebridades ali onde Jiko morava.

Já não havia muitos passageiros no ônibus a essa altura, só eu, meu pai e duas senhoras muito velhas com tenugui[96] na cabeça e a coluna dobrada em ângulos retos. O motorista era um jovem magro com ótima postura. Ele usava um boné elegante e luvas brancas de algodão para dirigir, e toda vez que parava no acostamento da estrada, fazia uma reverência e tocava a aba do boné com os dedos enluvados. Muito kakkoi.[97]

A estrada ia ficando mais estreita e íngreme, ziguezagueando para o alto junto à encosta de um despenhadeiro profundo, quando, mais uma vez, o motorista parou. Olhei pela janela

---

96. *Tenugui* (手ぬぐい): tecido fino de algodão usado como véu para a cabeça ou como toalha.
97. *Kakkoii* (かっこいい): elegante, descolado, chique.

para a encosta da montanha, coberta de árvores, esperando ver pelo menos um banco ou uma placa de sinalização enferrujada, mas desta vez não havia nada, apenas a montanha de um lado e, do outro, o penhasco caindo para dentro do vale. Mas em seguida olhei para a montanha novamente e, dessa vez, avistei um antigo portão de pedra, escondido entre as árvores, coberto de musgo úmido, e degraus de pedra que atravessavam o portão e desapareciam no escuro.

A porta do ônibus se abriu e o motorista tocou o boné. As idosas nos olharam, cheias de expectativa.

— Chegamos, Naoko — disse meu pai. — Vamos desembarcar? — Por algum motivo, ele estava falando em inglês. Seu inglês nunca foi de fato fluente, mas ele falou de um jeito que pareceu tão educado e intelectual que ninguém jamais pensaria que era o tipo de sujeito que perdera todo o dinheiro em corridas de cavalo e que se deitava no trilho do trem.

— *Aqui?* — guinchei. Pensei que estava brincando.

Mas ele já estava de pé e as velhas estavam rindo e balançando a cabeça, falando conosco como se já soubessem quem éramos, e meu pai balançava a cabeça para elas enquanto eu tentava manobrar minha mala de rodinhas pelo corredor estreito em direção aos degraus. O motorista observava pelo retrovisor e, quando percebeu que eu estava com dificuldade, deu um salto para me ajudar, pegando a alça da mala para mim. Desci e fiquei na beira da estrada, encarando a borda de cascalho do penhasco escarpado que caía no vale rumo ao mar. Pude apenas vislumbrar a água, cintilante e trêmula, como uma espécie de promessa de salvação.

Dei as costas para o oceano e olhei para a encosta da montanha. Nenhum edifício à vista. Portão de pedra. Musgo. Degraus escuros que levam a lugar nenhum. Meu pai tinha descido do ônibus e estava parado ao meu lado, e o motorista lhe entregou minha mala de rodinhas. Olhei para os degraus de pedra e comecei a somar as coisas.

Puxei a manga do meu pai.

— Pai...?

Mas o motorista se curvava para o meu pai, que se curvava de volta, e agora o motorista estava voltando para o banco, fechando as portas e colocando o ônibus em movimento, e os pneus estavam esmagando o cascalho, e logo eu e papai estávamos sozinhos na beira da estrada, observando as luzes traseiras do ônibus brilharem e piscarem enquanto desapareciam em uma curva.

De repente, tudo ficou muito silencioso, e tudo o que podíamos ouvir era o vento no bambu, que soava como fantasmas. Olhei para a minha mala de rodinhas ao meu lado, na terra. Era rosa, com um desenho da Hello Kitty. Ela parecia muito só e triste.

Foi então que me ocorreu. Meu pai ia me deixar ali. Primeiro íamos arrastar a mala até a montanha e então ele ia me deixar lá em cima, com uma monja muito velha que, por acaso, era a bisavó que eu mal conhecia, durante as férias de verão inteiras.

— Ok! — disse meu pai, atravessando a estrada em direção aos degraus íngremes. — Venha! Vamos encarar!

Minha garganta ficou apertada e meu nariz começou a formigar por dentro. Por hábito, cerrei os dentes para fazer as lágrimas pararem, como fazia quando o pessoal da escola me chutava durante o kagome, mas então pensei, dane-se, eu *devo* chorar. Devo uivar e gritar e fazer uma grande pirraça, porque talvez, se agisse de um jeito bem patético, meu pai sentisse pena de mim e me levasse de volta para casa. Funguei um pouco e logo olhei para ver se ele tinha percebido, mas ele não estava prestando atenção em mim. Fitava a montanha, com o rosto dele todo iluminado, como se estivesse animado, mas não quisesse demonstrar. Eu não o via animado desde quando um de seus amigos programadores de Sunnyvale o convidou para uma pescaria com moscas. Era bom ver aquilo, então o segui para o outro lado da estrada, arrastando minha mala até o primeiro degrau e subindo com o solavanco atrás de mim.

Tlec... zum.

A mala era pesada, cheia com todos os livros que eu deveria estudar nas férias de verão. *Tlec... zum.* História Japonesa Antiga. *Tlec... zum.* Atualidades do Japão. *Tlec... zum.* Moral e Ética japonesas. *Tlec... zum.* Eu já estava suando e prestes a desistir, mas papai estava adiante esperando por mim, mirando ansiosamente os degraus.

— Quando eu era garoto, conseguia correr até o topo — disse. — Talvez eu ainda consiga...

Mas em vez de fazê-lo, ele voltou e pegou a alça da mala, e desta vez deixei. Ele tinha tentado me ajudar com ela no metrô, e depois no trem, e mais uma vez quando entramos no ônibus, mas eu lhe disse para não se preocupar. Quer dizer, imagine: um sujeito de meia-idade, cabelo oleoso, olhos avermelhados e ombros caídos, arrastando uma mala de rodinhas da Hello Kitty. Você deixaria seu pai aparecer em público assim? É patético demais. Ele ia parecer um completo hentai, o que ele não é. Ele é meu pai. Talvez seja um hikikomori, mas eu o amo. Não aguentaria ver as pessoas olhando para ele.

Mas ali não tinha ninguém para olhar.

— Venha, Nao-chan! — chamou ele. — Vamos!

Arrastando a mala atrás de si, ele galgou os degraus com rapidez, eu o segui, e subimos juntos. Quanto mais subíamos, mais densa a floresta ficava. Mais quente, também. O suor escorria das minhas axilas. A pedra era escorregadia, não por causa da chuva, mas pela umidade, que fazia tudo parecer viscoso, até o ar. Aquilo me fez lembrar da neblina de São Francisco, só que a neblina esfria o ar, e ali estava mais quente do que a sauna da mãe de Kayla, mesmo com a brisa. O musgo cobria tudo como brotoeja, resvalando pelas rachaduras da pedra. Papai continuava subindo. Um passo. Outro. Cada vez mais alto. Éramos um exército de dois, ele e eu, marchando montanha acima, mas não para conquistá-la. Estávamos em retirada, um exército derrotado em fuga.

O zumbido agudo e alto de um inseto trespassou o ar como uma corda vibrante, cada vez mais forte. *Mi... miii... miiiii.* Eu não conseguia me lembrar de quando o som tinha começado. Talvez sempre tenha estado lá, dentro da minha cabeça, só que agora alguém tinha aumentado o volume até meu crânio pulsar como um amplificador, lançando o zumbido no mundo. Coloquei os dedos nos ouvidos para ver se conseguia descobrir se o barulho vinha de dentro ou de fora, e papai me viu.

— Mi-mi-zemi[98] — disse. Ele parou, tirou o lenço que usava para enxugar o suor dos olhos e o passou em volta do pescoço, como se estivesse se enxugando na academia, na época em que costumava frequentar uma, em Sunnyvale. — Só os machos gritam — explicou.

Eu queria perguntar por quê, mas não queria ouvir a resposta. Ele amarrou o lenço em volta do pescoço e ficou ali, olhando para as copas da floresta, com uma expressão estranha e distante.

— Eu me lembro de escutar esse som quando era um menininho — disse. — É natsu no oto.[99]

Ele estava alguns degraus acima de mim e parecia muito alto, e enquanto o observava, pensei que talvez pudesse entender sua expressão distante. Talvez fosse alegria. Acho que meu pai estava alegre.

Para mim, os sons alegres do verão também estavam distantes. Eram o som do caminhão de sorvete Good Humor, o apito do salva-vidas, o esguicho do irrigador automático ao cair da tarde, o chiado das costelas na churrasqueira Weber de alguém, o ruído da limonada com gelo em copos altos e foscos. Eram os cortadores de grama, roçadeiras e as crianças brincando de Marco Polo na piscina de alguém. Minha garganta se fechou de novo, como um ralo velho, com essas lembranças felizes.

---

98. *Minminzemi?* (ミンミンゼミ): *Oncotympana maculaticollis*, uma espécie de cigarra japonesa.
99. *Natsu no oto* (夏の音): o som do verão.

Tlec... zum. Tlec... zum. Papai estava subindo de novo. Enxuguei os olhos e fui atrás. O que mais eu podia fazer? Tinha que ver pelo lado bom e lidar com elas da melhor maneira. Ao menos papai não tinha sequestrado o ônibus, jogando-o para fora da encosta da montanha. Ao menos ele ainda estava ali comigo e, quem sabe... quem sabe não fosse embora. Quem sabe eu pudesse fazer algo para ele ficar. Porque, mesmo que tivesse prometido voltar para me buscar no fim das férias e me levar à Disneylândia, e se ele não voltasse? E se os médicos especiais não conseguissem curá-lo? Ou se, na volta para casa, a urgência de morrer ficasse muito intensa e ele se atirasse de repente nos trilhos do Super-Expresso da Disneylândia que se aproximava? Afinal de contas, na verdade, ele não ligava para dar um aperto de mão no Mickey-chan. Quanto se pode confiar na promessa de um pai suicida?

2.

Subimos, subimos, cada vez mais alto, sem falar muito, cada um ocupado com os próprios pensamentos. Meu pai estava pensando em sua infância, e eu estava pensando no meu pai. Todos os filhos têm que se preocupar com a saúde mental dos pais? Pelo modo como a sociedade está organizada, os pais devem ser os adultos que cuidam dos filhos, mas muitas vezes é o contrário. Para falar a verdade, na vida, não conheci muitos adultos que eu pudesse chamar de adultos, mas talvez seja porque eu morava na Califórnia, onde os pais de todos os meus amigos pareciam muito imaturos. Todos faziam terapia, sempre iam a palestras de crescimento pessoal ou retiros de desenvolvimento do potencial humano, e voltavam com teorias, dietas, vitaminas, visualizações, rituais e habilidades interpessoais que tentavam impor aos filhos e filhas para que desenvolvessem autoestima. Sendo japoneses, meus pais não se importavam nada com autoestima e não se envolviam nessas coisas todas de psicologia, mesmo que o amigo do meu pai fosse professor de psicologia. Ele era bem legal, um velho que conseguiu ficar famoso na década de 1960 por usar drogas e ficar chapado e chamar isso de pesquisa, então é possível considerá-lo meio esquisitão e, é provável, bem imaturo também. Não que eu seja uma especialista. Sou só uma adolescente, então não se espera que eu saiba muitas coisas, mas, na minha humilde opinião, a velha Jiko é a única adulta de verdade que já conheci, talvez por ser monja, talvez por já estar viva na terra há muito tempo. Alguém tem que viver até os cem anos para crescer de verdade? Deveria perguntar isso a ela.

Espere um pouco...

<Ei, Jiko, quantos anos alguém precisa ter para virar adulto de verdade? Não só no corpo, mas na mente?>

Foi a mensagem que acabo de mandar para ela. Conto para você a resposta dela quando chegar. Pode demorar um pouco, porque é hora do zazen no templo. Zazen é o tipo de meditação que fazem lá, que parece diferente do tipo californiano, pelo menos para mim parece diferente, mas o que eu sei? Como disse, sou só uma garota.

Onde eu estava? Ah, certo, estávamos subindo os degraus do templo. Droga, sou mesmo péssima nisso. Às vezes, acho que devo ter TDA ou algo assim. Talvez tenha desenvolvido isso na Califórnia. Todo mundo na Califórnia tem TDA, e todo mundo toma remédios para isso, sempre mudando de medicação e ajustando as dosagens. Eu costumava me sentir totalmente por fora, porque não tomava nenhum remédio sobre o qual pudesse falar, porque meus pais são japoneses e não entendem muito de psicologia, então eu só ficava de boca fechada. Mas um dia, no almoço, alguém notou que eu nunca tomava pílulas, e Kayla teve de intervir e me acobertar. Na verdade, ela me denunciou, mas da maneira mais gentil. Ela só olhou para o garoto com um ar de superioridade e disse:

— Nao não *precisa* de medicação. Ela é *japonesa*.

Sei que isso soa meio duro, mas o jeito como ela falou fez parecer que ser japonesa era uma coisa boa, como ser saudável ou coisa assim, e o garoto apenas deu de ombros e calou a boca.

Foi legal a Kayla me defender, mas na verdade acho que não sou saudável coisa nenhuma. Tenho certeza de que tenho todos os tipos de síndromes, incluindo TDA, TDAH, TEPT, transtorno bipolar, bem como as tendências suicidas que são de família. Jiko disse que a meditação zazen não curaria todas as minhas síndromes e tendências, mas que me ensinaria a não ficar tão obcecada por elas. Não sei até que ponto é eficaz, mas desde que ela me ensinou, tento praticar todos os dias (bom, talvez dia sim, dia não, ou duas vezes por semana), e agora que estou pensando no assunto, mesmo que eu ainda pretenda me matar, na verdade não me matei, ainda, e se ainda estou viva e não morta, talvez esteja funcionando.

3.

Onde eu estava? Ah, o templo. Certo. Então, estamos subindo os degraus e, por fim, vemos o portão principal do templo, que fica bem no topo e parece enorme, como a boca de algum tipo de monstro de pedra horrível, todo coberto de musgo e de samambaias úmidas, pairando sobre nós, prestes a cair em nossa cabeça e nos esmagar até a morte. Exatamente o tipo de lugar onde fantasmas gostariam de se esconder para assombrar quem está vivo. Mais tarde, percebi que não é um portão tão grande como os que existem nos templos importantes. Na verdade, é bem pequeno, mas, visto de baixo, naquele primeiro dia, parecia gigantesco. Eu estava cansada depois de subir todos aqueles degraus, delirando de calor e hipnotizada pelo som das cigarras e o *tlec... zum, tlec... zum* das rodinhas da minha mala, e estava muito apavorada, também, pensando que meu pai ia me abandonar ali naquele lugar assombrado. No momento que vi o portão, tive um pensamento forte de me virar e me jogar de cabeça nos degraus íngremes de pedra ou só me deixar cair livremente para trás, na brandura acolchoada da eternidade, e não importaria se eu batesse e quicasse como um repolho até atingir o chão e depois rolasse para o mar, porque ao menos eu estaria a salvo e morta.

Minhas pernas estavam trêmulas. Minhas rótulas pareciam as medusas-da-lua que minha mãe costumava observar no aquário municipal, e então alguma coisa roçou minha canela descoberta, e todos os meus pelos se arrepiaram como se eu tivesse sido eletrocutada com uma arma de choque. *Tatari!*,[100] pensei, dei um pulo, gritei, e meu pai começou a rir, e no momento budista seguinte me vi olhando para os olhos verdes-musgo de um gatinho branco e preto. Ele me espiou de lado, depois virou as costas e começou a fazer aquela coisa que gatos fazem, enrolando-se em minhas pernas, arqueando o corpo e empinando o rabo no ar enquanto estendia as patas dianteiras, não na minha direção, mas para longe de mim, me oferecendo a bunda para coçar e a bela visão de seu fiofó enrugado e de suas bolas brancas peludas e gigantes. Basicamente, quando um gato lhe oferece a bunda para coçar, é preciso obedecer, sem se importar com o resto do pacote. O pelo dele era macio e quente; logo em seguida, o sino do templo começou a tocar, com um som tão profundo que fez as bordas verdes das folhas de bambu estremecerem, e papai, que estava parado logo abaixo do portão de pedra, olhou para o templo e sussurrou, sem se dirigir a ninguém:

— Tadaima… — É o que se diz quando se chega em casa.

O gatinho de bolas gigantes balançou o rabo e nos conduziu passadiço acima, e depois ouvi o som de sandálias espancando a pedra, e Muji veio correndo ao nosso encontro. Ela estava

---

100. *Tatari!*: ataque de espíritos!

vestindo seu pijama cinza e tinha uma toalha branca amarrada na cabeça. Pegou o gato e o enfiou embaixo do braço; em seguida, pressionando as palmas das mãos, sem deixar o gato cair, ela se curvou, dobrando bastante a cintura.

— Okaerinasaimase, dannasama! — disse, que é mais ou menos a mesma coisa que as empregadas francesas dizem no Fifi's Lonely Apron quando os senhores entram no lugar.

Naquela noite, elas fizeram uma festa para nos receber, embora não tenha sido bem uma festa, já que éramos só eu, papai, Jiko, Muji e mais duas senhoras idosas do danka que ficavam por perto e ajudavam na cozinha, no jardim, nos serviços religiosos e essas coisas. Antes de comermos, todos nos revezamos para tomar banho no ofurô,[101] que era abastecido pelas fontes termais sulfurosas. Papai foi primeiro, porque é homem, o que seria muito politicamente incorreto em Sunnyvale, mas aqui ninguém pensa assim. Quando ele saiu, todo rosado e úmido, usava yukata,[102] geta[103] nos pés e uma toalhinha felpuda na cabeça. Muji lhe ofereceu um copo de cerveja e ele parecia tão feliz quanto eu jamais vira em minha vida, nem mesmo em Sunnyvale, e recuperei a esperança de que talvez ele decidisse ficar conosco no templo durante o verão. Sabia que aquilo seria muito melhor para ele do que consultar um monte de médicos. Ele não tinha emprego nem nada assim, mamãe estava ocupada trabalhando e podia se cuidar, e "As Grandes Mentes da Filosofia Ocidental" ficaram bem sem ele por milhares de anos e com certeza podiam esperar até o final de agosto.

Estávamos sentados na varanda de madeira, com vista para o jardinzinho do templo, e a brisa da tarde farfalhava as folhas de bambu. Eu o observava degustar a cerveja, e estava prestes a perguntar se ele ficaria ali, quando Jiko se levantou e disse:

---

101. *Ofuro* (お風呂): banheira.
102. *Yukata* (浴衣): quimono de algodão.
103. *Geta* (下駄): sandálias de madeira.

— Nattchan, issho ni ofuro ni hairou ka?[104] — Teria sido rude recusar, então me levantei e a segui até o banho, esperando que a catarata a impedisse de ver todas as pequenas cicatrizes, hematomas e queimaduras de cigarro que estavam, em sua maioria, curadas, exceto por algumas que provavelmente nunca desapareceriam.

Na parte externa da casa de banho havia um altar pequeno, no qual Jiko acendeu uma vela e um bastão de incenso, depois fez três reverências de corpo inteiro, ajoelhando-se e tocando a testa no chão, o que demorou um pouco, mas não tanto quanto você poderia imaginar, já que ela é tão velha. Ela me fez realizar as reverências também, e me senti muito desajeitada e tola, mas ela não pareceu notar, já que ficou o tempo todo recitando, à meia-voz, uma breve oração japonesa que seria algo como:

Enquanto me banho
Rezo com todos os seres
Para que possamos purificar corpo e mente
E nos limparmos por dentro e por fora.

Parecia algo muito importante de se fazer, mas depois pensei nas recepcionistas de bar no sentō e em como pareciam limpas e purificadas depois do banho. Como não levavam um estilo de vida sadio ou algo assim, talvez a oração de Jiko funcionasse mesmo no caso delas.

A casa de banho é basicamente uma grande caixa de madeira com uma caixa de madeira menor dentro. A caixa menor é a banheira de imersão, e ela fica cheia de uma água superquente que é sulfurosa e fumegante e cheira a ovos cozidos, o que significa dizer que leva um tempo para se acostumar. Dentro da casa de banho é muito escuro, exceto pelos raios de sol intenso

---

104. *Nattchan, issho ni ofuro ni hairou ka?*: Nattchan, vamos tomar banho juntas? (*Nattchan*: uma contração familiar e carinhosa de Nao-chan.)

que penetram a penumbra como espadas e caem sobre a pele nua. Ao lado da banheira há uns dois pequenos banquinhos de madeira e algumas bacias de plástico para mergulhar na banheira e pegar água quente para se enxaguar.

No Japão, o jeito de tomar banho é: primeiro, enxaguar seu corpo muito bem com água quente para tirar o suor e a sujeira, para você não deixar nojenta a água do banho, e depois entrar na banheira e ficar de molho por um tempo para meio que amaciar as coisas. Então você sai de novo, se senta no seu banquinho, e é aí que realmente se lava com sabão e um pano limpo, e se vai lavar o cabelo ou depilar as pernas ou escovar os dentes ou algo assim, pode fazer isso nessa hora. E depois que está tudo limpo, enxagua toda a espuma do sabão e volta para a banheira para terminar as coisas. É possível ficar lá muito tempo, mesmo, se gostar e conseguir suportar o cheiro de ovo podre.

A casa de banho estava bem apertada, porque, mesmo que o corpo de Jiko seja bem pequeno, o meu não é e, ao lado dela, me sentia um hipopótamo pelado, e estava preocupada em derrubá-la ou espremê-la toda quando me mexia. Mas Jiko nem pareceu notar, e depois de um tempo também me tranquilizei quanto a isso. Esse é o jeito da Jiko, um dos superpoderes dela: só por estar no mesmo espaço, ela consegue fazer uma pessoa se sentir bem consigo mesma. E não é só comigo. Ela faz isso com todo mundo. Eu vi.

Talvez este seja um bom momento para descrever a idade de Jiko, porque na verdade fiquei totalmente chocada naquele primeiro dia no banho. Você tem que se lembrar que ela tem cento e quatro anos, e se nunca conviveu com uma pessoa tão idosa antes, bem, estou avisando, é intenso. O que quero dizer é que, apesar de ainda terem braços, pernas, peitos e virilha, como os outros seres humanos, as pessoas tão velhas assim se parecem mais com alienígenas ou seres do espaço. Sei que provavelmente não é muito politicamente correto dizer isso, mas é verdade. Elas parecem ETS ou algo do tipo, velhas e jovens ao mesmo tempo, e a maneira como se movem, lenta e cuidadosa, mas meio espasmódica, também lembra extraterrestres.

E depois tem o fato de que, por ser monja, ela é totalmente careca. Então, o topo da cabeça dela é brilhante e liso, assim como suas bochechas redondas, mas em todos os outros lugares a pele está coberta com rugas finas e delicadas, como uma teia de aranha coberta de orvalho ao amanhecer. Ela deve pesar só uns vinte e três quilos e talvez tenha um metro e vinte de altura e seja tão fina quanto os ossos, de modo que, quando você segura o braço ou a perna dela, o polegar se sobrepõe aos dedos opostos. As costelas dela são pequenas como lápis sob a pele, mas os ossos do quadril são enormes e têm forma de tigela, desproporcionais ao restante. Daria para imaginar que o corpo dela teria muita pele extra pendurada como pregas de tecido sobre o esqueleto, mas na verdade a pele do corpo dela é incrivelmente jovem. Acho que é porque ela sempre foi magra e nunca desenvolveu pele em excesso. Seus seios são pequenos e achatados, então seu torso parece o de uma jovem que acaba de começar a se desenvolver, com mamilos pequenos, rosados e viçosos.

E tem outra coisa, e talvez eu não devesse mencionar, mas vou, porque confio em você para não interpretar de um jeito hentai pervertido: é que entre as pernas ela também é bem careca, e dá para ver bem o sexo dela, de modo que essa parte dá a impressão de ser muito jovem, também, até que se notam os poucos e longos fios de cabelos grisalhos pendurados como barba de um velho. Na penumbra da casa de banho, ao observar o corpo pálido e entortado dela se erguendo do vapor da banheira de madeira escura, achei que ela parecia fantasmagórica — em parte fantasma; em parte criança; em parte jovem; em parte mulher sensual; e em parte yamamba,[105] tudo ao mesmo tempo. Todas as idades e fases, combinadas em um único ser-tempo feminino.

---

105. *Yamamba* (山姥): feiticeira, ou bruxa, da montanha.

Não pensei tudo isso naquela primeira noite. O que estou descrevendo é a impressão geral depois de semanas vendo-a entrar e sair da banheira, lavando as costas dela e até mesmo ajudando-a a raspar a cabeça com uma navalha. A casa de banho é grande o bastante para três pessoas tomarem banho ao mesmo tempo se você se apertar bem e, às vezes, Muji vinha com a gente, então fazíamos nossas reverências e breves orações juntas. Quando você mora em um templo, há todas essas regras como, por exemplo, não se deve falar durante o banho, e em geral não falávamos, mas às vezes Jiko quebrava a regra, aí não havia problemas em termos uma conversa tranquila, o que dava muito uma sensação de paz.

E por falar em regras, as duas tinham um monte de rotinas malucas que seguiam para cada tipo de coisa imaginável, como lavar o rosto, escovar os dentes, cuspir a pasta de dentes ou mesmo cagar. Não estou brincando. Elas se curvavam e agradeciam ao vaso sanitário e ofereciam uma oração para salvar todos os seres. Essa é meio hilária e diz assim:

> *Enquanto defeco,*
> *Rezo com todos os seres*
> *Para que possamos remover toda impureza e destruir*
> *Os venenos da ganância, raiva e ignorância.*

No começo, pensei: sem chance de eu dizer isso; mas quando você convive com pessoas que estão sempre superagradecidas, apreciando as coisas e dizendo obrigada, no final meio que isso se transmite e, um dia, depois que dei a descarga, me virei para o vaso sanitário e falei:

— Obrigada, vaso sanitário. — E pareceu bem natural. Quer dizer, é o tipo de coisa certa de se fazer caso esteja em um templo na encosta de uma montanha, mas é melhor não tentar no banheiro da escola secundária, porque se as colegas pegarem você se curvando e agradecendo ao vaso, vão tentar afogá-lo nele.

Expliquei isso para Jiko, e ela concordou que não era uma ideia muito boa, mas falou que estava tudo bem em se sentir grata só de vez em quando, mesmo sem dizer nada. O importante é sentir. Não precisa fazer disso algo maior do que é.

Eu não conversava com Jiko sobre esse tipo de coisa logo de cara. No começo, eu me sentia tímida e não queria falar com ela nem com ninguém, especialmente depois que papai escapou de fininho de manhã cedo, enquanto eu ainda estava dormindo, sem sequer se dar ao trabalho de dizer tchau. Ele deixou um bilhete, que vi quando acordei. Estava em inglês e dizia: "Nao--chan, você parece tão tranquila quanto a Bela Adormecida. Volto no final do verão. Por favor, não se preocupe comigo. Seja boazinha e cuide da sua querida bisavó".

Rasguei o bilhete. Achei uma droga ele apenas me abandonar ali e cair fora antes mesmo de eu ter a chance de lhe implorar para ficar e de fazê-lo se sentir culpado. Ele não disse nada sobre a promessa de me levar para a Disneylândia e saiu sem me comprar um adaptador de tomada para o meu Game Boy, o que também tinha prometido fazer, então agora eu não tinha como jogar nada, exceto Tetris no meu keitai, o que não era tão emocionante. Naquela época, o templo nem tinha computador, então eu não podia enviar um e-mail para Kayla, em Sunnyvale e, é claro, eu não tinha nenhuma amiga em Tóquio para quem pudesse mandar uma mensagem de texto ou ligar. Os dias longos e quentes das minhas férias de verão se estendiam à minha frente, e pensei que ia morrer de tédio.

4.

— Você está com muita raiva? — perguntou a velha Jiko uma noite, no banho, enquanto eu esfregava as costas dela.

Eu movia o pano áspero em círculos, tomando cuidado para não pressionar muito forte porque àquela altura eu compreendia como a velha pele dela era frágil, como o fino papel de arroz. No começo, sem perceber isso, a força com que eu esfregava deixou marcas vermelho-escuras na pele dela, mas ela nunca reclamou, e percebi que tinha de prestar mais atenção, principalmente aos lugares onde os ossos se projetavam. Por isso, quando ela me perguntou se eu estava com raiva, pensei que talvez estivesse esfregando com muita força e a machucando-a, e pedi desculpas.

— Não — disse ela. — Isso é bom. Não pare.

Coloquei um pouco mais de sabão no pano e comecei a esfregá-lo para baixo, na curva nodosa da espinha dela. Como a da maioria das pessoas idosas, a coluna dela era bastante rígida e retorcida, mas, quando ela se sentava em zazen, sua postura era perfeitamente ereta. Ela não falou mais e, quando terminei, peguei bacias de água quente na banheira e derramei nas costas dela para enxaguar a espuma, e então me virei para que ela pudesse começar a esfregar as minhas costas. Nós nos revezávamos assim.

Esperei. A velha Jiko gostava de não se apressar e era muito boa nisso, porque praticou por muitos anos, então, por isso, eu estava sempre esperando por ela e você poderia pensar que a espera era irritante para uma pessoa jovem como eu, mas, por algum motivo, eu não me importava. Eu não tinha nada melhor para fazer naquele verão. Ficava lá, sentada no meu banquinho de madeira, nua, abraçando meus joelhos e tremendo, não de frio, mas na expectativa do calor escaldante da água, por isso quando, em vez de água, senti a ponta do dedo dela tocar uma pequena cicatriz no meio das minhas costas, me assustei. Meu corpo endureceu. A luz era tão fraca, como ela conseguia ver minhas cicatrizes com os olhos ruins? Imaginei que ela não conseguia, mas depois senti o dedo se mover por minha pele em um padrão, hesitante, se detendo aqui e ali para conectar os pontos.

— Você deve estar com muita raiva — disse. Ela falou tão baixinho, era como se estivesse falando sozinha, e talvez estivesse mesmo. Ou talvez não tivesse dito nada, e eu imaginei aquilo. De qualquer forma, senti um nó na garganta e não consegui responder, então balancei a cabeça. Eu estava tão envergonhada, mas, ao mesmo tempo, aquele enorme sentimento de tristeza se expandiu dentro de mim, e tive de prender a respiração para segurar o choro.

Jiko não disse mais nada. Ela me banhou com suavidade e, pela primeira vez, desejei que ela se apressasse e terminasse. Depois que terminamos, me vesti depressa, disse boa-noite e a deixei lá. Achei que ia vomitar. Não queria voltar para o meu quarto, então desci correndo até o meio da encosta da montanha e me escondi na floresta de bambu até escurecer e os vaga-lumes aparecerem. Quando Muji tocou o grande sino ao final de sua ronda para sinalizar o fim do dia, voltei para o templo e me arrastei para a cama.

Na manhã seguinte, fui procurar a velha Jiko e a encontrei na sala. Ela estava sentada no chão de costas para a porta, curvada sobre a mesinha baixa. Estava lendo. Fiquei na porta e nem me incomodei em entrar.

— Sim — falei. — Estou com raiva, e daí?

Ela não se virou, mas eu sabia que estava ouvindo, então continuei lhe apresentando o sumário executivo de minha vida de merda.

— Então, o que devo fazer? Não posso consertar os problemas psicológicos do meu pai, ou a bolha da internet, ou a péssima economia japonesa, ou a traição da minha suposta melhor amiga nos Estados Unidos, ou o bullying que sofro na escola, ou o terrorismo, ou a guerra, ou o aquecimento global ou a extinção das espécies, certo?

— *So desu ne* — disse ela, assentindo, mas mantendo-se de costas para mim. — É verdade. Você não pode fazer nada em relação a essas coisas.

— Por isso, é claro que sinto raiva — falei, irritada. — O que você espera? Foi uma pergunta estúpida.

— Sim — concordou ela. — Foi uma pergunta estúpida. Percebo que está com raiva. Não preciso perguntar uma coisa tão estúpida para entender isso.

— Então, por que perguntou?

Ela se virou devagar, girando de joelhos, até ficar de frente para mim.

— Perguntei por você — disse.

— Para mim?

— Para que você pudesse ouvir a resposta.

Às vezes, a velha Jiko fala por meio de enigmas, e talvez seja porque passei muitos anos em Sunnyvale e tenho algumas dificuldades com a língua japonesa, mas, daquela vez, acho que entendi o que ela quis dizer. Depois disso, comecei a contar algumas coisinhas sobre o que estava acontecendo na escola e tal, mesmo quando ela não perguntava. E, enquanto eu falava, ela apenas ouvia e fazia as contas do juzu girarem no cordão; eu sabia que cada conta que movia era uma oração por mim. Não era muito, mas ao menos era alguma coisa.

<105才>[106]

Foi isso que ela acabou de me escrever. É quantos anos ela diz que é preciso ter para sua mente realmente amadurecer, mas, como ela tem cem e quatro, tenho certeza de que é uma brincadeira.

---

106. *Sai* (才): anos (de idade).

RUTH

1.

Faltou eletricidade por quatro dias, tempo relativamente breve para um apagão de inverno. Durante essas interrupções, eles conseguiam manter os computadores e alguns aparelhos funcionando, mas só se o gerador estivesse em ordem, e apenas enquanto houvesse gasolina. Quando a gasolina acabava, só conseguiam obter mais caso um dos dois postos da ilha estivesse com o gerador ligado, e, antes de mais nada, se as estradas estivessem livres das árvores que tinham derrubado as linhas de transmissão.

Quando o gerador parava de funcionar, a bomba do poço também parava, então ficavam sem água. Vasos sanitários internos, torneira de água quente, banhos, lâmpadas — depois de quatro dias, essas coisas pareciam luxos inimagináveis de era e planeta diferentes.

— Bem-vindo ao futuro — dizia Oliver. — Estamos na vanguarda.

Ruth percorria a casa em um sonho escuro, com cheiro de querosene, escutando as pancadas da chuva e o gemido do vento. Sem o zumbido constante de ventiladores e compressores no ambiente, o interior da casa era silencioso e tranquilo. No início, ela se via tentando escutar o par de motores do hidroavião que trazia a equipe da companhia de energia, mas, depois de um dia ou dois sem sinal, desistiu e se rendeu ao silêncio. Ficava sentada na frente do aquecedor a lenha com o gato e lia à luz de uma lamparina. Tentava ler Proust. Tentava não avançar na leitura do diário de Nao. Mas, sobretudo, observava as chamas. Às vezes, ao entardecer, ficava na porta ouvindo os lobos que se moviam pela floresta envolta em névoa. Seus chamados começavam baixos, um lamento inquieto e singular que abria caminho entre as árvores e se uniam à medida que, um a um, os membros da matilha se reuniam e seus sons, selvagens e ásperos, erguiam-se em um uivo a plena voz. Ela estremecia. Oliver insistia em sair para correr, apesar da chuva, e ela o esperava, preocupada. Tinha visto arranhões de pumas em árvores atrás da casa, fezes frescas no caminho, pegadas de lobo na lama.

A população de lobos estava aumentando, e as matilhas se tornaram mais audaciosas. Aproximavam-se das casas das pessoas, pegavam gatos e atraíam cães até a floresta para comê-los. Na década de 1970, quando lobos matavam gado e ovelhas, os ilhéus reagiam com o abate seletivo, caçando-os, atirando em todos que podiam, e empilhando as carcaças sangrentas como lenha na carroceria de suas caminhonetes. As pessoas ainda se lembravam disso, e os lobos também; por um tempo, mantiveram-se afastados. Mas agora estavam de volta. Equipes da guarda florestal da província tinham ido à ilha para ensinar às pessoas como agir. Espantem-nos, disseram. Gritem. Joguem coisas. Era mais fácil falar do que fazer. Uma vez, ao olhar pela janela do escritório, acabou vendo Oliver, em seu short de corrida, empunhando um bastão enorme e berrando enquanto perseguia um lobo pelo caminho da garagem. Oliver estava correndo a toda velocidade. O lobo mal galopava, sem se apressar.

Como foi que ela se transformara em uma mulher que se preocupava que lobos e pumas devorassem seu marido? Ela não tinha resposta. Sua mente se deteve aí, em um tipo estranho de limbo.

Quando a eletricidade voltou, a casa foi lançada de volta ao século XXI: luzes acesas, aparelhos zumbindo, bombas de aquário borbulhando, torneiras ciciando, e Ruth pulou por cima do gato e correu em meio ao emaranhado de cabos da extensão rumo ao andar de cima, para verificar o e-mail. O mundo havia voltado ao seu lugar no tempo, e a mente dela estava de novo on-line.

Ela se conectou. Nada do professor. Fazia quase uma semana. Será que ele a estava ignorando ou também estava no meio de um apagão? Houve um em Palo Alto?

Consultou o serviço meteorológico. Outra tempestade estava se formando. Não havia tempo a perder. Com tantas pontas soltas e perguntas sem resposta, escolheu o problema que imaginava poder resolver com mais facilidade. Abriu o navegador e digitou *Shishōsetsu japonês e a instabilidade do "eu" feminino*. A internet daquela vez estava rápida, como se tivesse voltado renovada de um período de férias extremamente necessário. Em questão de segundos, Ruth voltou ao site de arquivos acadêmicos e, ali estava, o resumo do artigo que estivera lendo pouco antes da pane. Clicou no link <leia mais...>, que a levou ao site de uma publicação chamada *The Journal of Oriental Metaphysics*. Genial. O artigo estava listado no índice. Ela clicou, e o mesmo resumo apareceu, mas desta vez havia um botão PEÇA AGORA na parte inferior da página. Ela clicou, preencheu rápido o formulário de pedido e, em seguida, virou seu escritório de cabeça para baixo em busca do cartão de crédito. Podia passar dias sem precisar da carteira na ilha, e muitas vezes perdia completamente a noção do paradeiro dela. Quando por fim a encontrou, enfiada atrás de uma almofada no canto da poltrona, digitou o número do cartão. Clicou no botão de confirmação de compra e esperou o início do download, mas o que apareceu foi uma nova mensagem.

> O artigo que você solicitou foi removido da base de dados e não está mais disponível. Pedimos desculpas pelo inconveniente. Sua compra foi cancelada e não será lançada em seu cartão de crédito.

— NÃO! — gritou, tão alto que Oliver a ouviu do escritório dele, mesmo usando fones de cancelamento de ruído. Ele se deteve e esperou um momento para ver o que aconteceria em seguida.

2.

Lá fora, no cedro junto à pilha de lenha, o corvo-da-selva inclinou a cabeça, também apurando a audição. Alguns momentos se passaram, talvez um minuto. As janelas da casa estavam iluminadas de novo — quadrados brilhantes que flutuavam na escuridão da floresta. Outro grito, mais longo desta vez, emergiu da janela mais próxima à pilha de lenha.

NÃOOOOOOOOOoo...!

Depois, houve silêncio e a janela se apagou. O corvo ergueu seus ombros pretos e lisos e estremeceu, o que era o equivalente corvídeo de dar de ombros. Bateu as asas emplumadas uma, duas, três vezes e então decolou do poleiro, voando por entre os densos galhos de cedro. Sobrevoou em círculos o telhado da casa. Lá embaixo, uma fileira irregular de lobos corria, silenciosa, em fila indiana, seguindo a trilha de veados em meio aos arbustos perenes. O corvo grasnou dando o alerta, caso alguém estivesse ouvindo, e depois voou mais alto, se afastando do topo do telhado na clareira, até por fim transpor a copa do abeto-de-douglas.

Subindo vertiginosamente acima das copas das árvores, o corvo podia avistar até o mar Salish, a fábrica de celulose e o povoado madeireiro de Campbell River. Um navio de cruzeiro com destino ao Alasca passava pelo estreito da Geórgia, todo iluminado como um bolo de aniversário cheio de velas. Voou em círculos, subindo mais e mais, e avistou as Montanhas Rochosas da ilha de Vancouver, com o Golden Hinde e as geleiras brancas cintilando ao luar. Do outro lado, o mar aberto do Pacífico estendia-se a perder de vista, e o corvo não conseguia voar alto o bastante para enxergar o caminho de casa.

NAO

1.

O clima no Apron está definitivamente estranho hoje, e não sei se vou conseguir escrever muito. Babette acabou de vir me perguntar se eu estava interessada em um encontro, o que não estou, mas quando menti para ela e contei que estava menstruada, seu sorriso congelou e seu rosto ficou frio e rígido, e quase arrancou meu olho com o acabamento rendado de sua anágua ao se virar. Acho que ela não sacou que eu estava mentindo, mas posso dizer que escrever neste diário está se tornando um problema e que meu comportamento antissocial está começando a irritar Babette e as outras empregadas. Espero que não tentem me fazer pagar a taxa de consumação, porque é muito cara e daí teria que encontrar outro lugar para escrever. Mas entendo o ponto de vista delas. Eu não sabia disso, mas entendo agora que escritoras não são exatamente a alma da festa, e não estou fazendo a minha parte para ajudar a criar uma atmosfera otimista e alegre por aqui.

Hoje, o Fifi's Lonely Apron parece ainda mais solitário do que o habitual.

Enfim. É isso que está acontecendo no meu mundo. E no seu? Você está bem?

2.

Não sei por que continuo fazendo perguntas. Não que eu espere que você responda e, mesmo se respondesse, como eu saberia?

Mas talvez isso não tenha importância. Talvez, quando eu fizer uma pergunta tipo "Você está bem?", você deva apenas me responder, mesmo que eu não possa ouvir, e aí vou ficar aqui sentada imaginando o que você poderia dizer.

Você poderia dizer: "Claro, Nao. Estou bem. Estou muito bem".

"Ótimo, que incrível", eu lhe diria, e então trocaríamos sorrisos através do tempo, como se tivéssemos uma amizade, porque agora temos uma amizade, não é? E, por causa dessa amizade, tem mais uma coisa que vou compartilhar com você. É meio pessoal, mas me ajudou muito, de verdade. São as instruções da Jiko sobre como desenvolver seu superpoder. Achei que ela estava brincando quando disse isso. Às vezes é difícil dizer quando uma pessoa muito, muito velha está brincando ou não, em especial se for uma monja. Naquele momento, estávamos na cozinha do templo, ajudando Muji a preparar conservas. Jiko estava lavando aqueles grandes nabos brancos, e eu os estava cortando, salgando e colocando em sacos de congelador. Foi depois que a velha Jiko descobriu minhas cicatrizes, quando eu contava sobre meu funeral, e como meus colegas de classe cantaram para mim o Sutra do Coração e como me tornei um fantasma vivo e lancei um ataque tatari contra Reiko e a esfaqueei no olho. Jiko estava na pia, esfregando um nabo grande, que era mais comprido e grosso do que seu braço; quando parei de falar, ela colocou o legume em cima de uma pilha de outros legumes amontoados ao seu lado como lenha e disse:

— Certo, Nattchan, não precisa se preocupar. Você não está morta de verdade. Seu funeral não foi de verdade.

Fiquei tipo: hein? Eu meio que já sabia aquilo.

— Eles cantaram o sutra errado — explicou ela. — Não se canta o Shingyo em um funeral. Deve-se cantar o Dai Hi Shin.[107]

---

107. *Dai Hi Shin Dharani*: Dharani da Mente da Grande Compaixão. Um mantra esotérico ou invocação à qual se atribui poderes mágicos de proteção contra os maus espíritos.

Então, antes que eu pudesse contar como estava aliviada, ela falou:

— Nattchan. Acho que seria melhor você ter algum poder de verdade. Acho que seria melhor ter um superpoder.

Ela estava falando em japonês, mas usou a palavra em inglês, *superpower*, só que quando a falou, a pronúncia pareceu supa--páua. Bem rápido. *Supapáua*. Ou melhor, era mais SUPAPÁUA...!

— Como um "superhero"? — perguntei, usando a palavra em inglês também.

— Sim — concordou ela. — Como um SUPARIRO...! Com um SUPAPÁUA...! — Ela me olhou por trás dos óculos grossos. — Você gostaria disso?

É estranho ouvir uma pessoa muito, muito velha falar sobre super-heróis e superpoderes. Super-heróis e superpoderes são para jovens. Será que essas coisas ao menos existiam quando a Jiko era garota? Eu tinha a impressão de que, nos velhos tempos, só existiam fantasmas, samurais, demônios e onis. Nada de SUPARIRO...! Com SUPAPÁUA...! Mas apenas concordei com a cabeça.

— Ótimo. — Ela secou as mãos devagar, tirou o avental e deu instruções a Muji sobre as conservas, depois me pegou pela mão.

Primeiro fomos ao lugar de lavar os pés e recitamos uma breve oração de lavagem dos pés, que diz assim:

Enquanto lavo meus pés,
que todos os seres sencientes
obtenham o poder de pés sobrenaturais,
sem nenhum obstáculo à sua prática.

É claro que de imediato comecei a pensar no poder de pés sobrenaturais e como queria ter um pouco dele, mas não tinha certeza sobre querer que todos os seres também o tivessem, porque daí, qual seria o sentido? Mas essa é a diferença entre mim e Jiko. Tenho certeza de que ela quer que todos os seres tenham pés sobrenaturais. Enfim, lavamos os pés e depois ela me levou para o hondō.[108]

O hondō é uma sala especial, muito escura e silenciosa. Há uma grande estátua dourada de Shaka-sama e uma menor de Monju, o senhor da sabedoria,[109] do outro lado, e na frente de cada uma existe um local com velas, onde você pode oferecer incenso. Jiko e Muji passam muito tempo realizando serviços religiosos, mas muitos não vêm mais, já que a maioria das pessoas nesta aldeia está velha ou morta, e os jovens não se interessam por religião e se mudaram para as cidades, em busca de empregos e de levar uma vida interessante. É como dar uma festa à qual ninguém compareça, mas Jiko não parece se importar.

Existem muitos serviços a se realizar, mesmo em um templo minúsculo como o de Jiko. Muji me explicou uma vez. Antes mais monjas moravam ali, mas agora são só as duas. De vez em quando, monjas mais jovens vêm da sede principal do templo a fim de verificar as coisas e ajudar com as cerimônias maiores. Elas são muito legais. Quando a velha Jiko morrer, uma delas provavelmente se mudará para ajudar Muji, a menos que o templo principal decida vender Jigenji a uma construtora imobiliária, que provavelmente vai derrubar os prédios antigos para construir um *resort* de águas termais ou um campo de golfe. A velha Jiko parece ficar triste quando falam esse tipo de coisa. O pequeno templo está caindo aos pedaços e não tem dinheiro para consertá-lo, e Muji diz que se pergunta o quê, afinal, o mantém fixado à montanha. Ela se preocupa com terremotos e tem medo de que as construções simplesmente desmoronem, deslizem ribanceira abaixo e caiam no mar.

O zazen em geral acontecia insanamente cedo, tipo cinco horas da manhã, quando eu ainda estava dormindo, e também mais tarde, depois do jantar, quando eu estava cansada. Na verdade,

---

108. *Hondō* (本堂): salão principal.
109. *Manjushri* (em sânscrito): *Bodhisattva* associado à sabedoria e à meditação.

essa coisa toda de meditação me deixava um pouco nervosa porque não gosto mesmo de ficar parada, mas gostava da sensação no hondō, então quando Jiko me mostrou como oferecer incenso ao Senhor Monju, tocando a haste na minha cabeça antes de enfiá-la na tigela de cinzas, me senti animada. Ela fez três reverências raihai[110] e eu também, do jeito que ela me ensinou, ajoelhando e tocando a testa e cotovelos no chão e levantando as mãos, de palma para cima, em direção ao teto. Depois, quando terminamos, ela me levou até um zafu[111] e disse para eu me sentar, e foi aí que me deu as instruções.

Hum. Espere um segundo. Na verdade, não perguntei a ela se eu poderia contar isso para você e, agora que pensei a respeito, talvez eu deva perguntar primeiro.

Certo, mandei uma mensagem para ela e perguntei se poderia explicar a uma pessoa amiga como fazer zazen. É provável que ela demore um pouco para responder, mas já que o Apron está totalmente morto e ninguém está me incomodando agora, posso aproveitar para contar quando Jiko se tornou monja. Ela me contou essa história uma vez, e é muito triste. Foi logo depois da guerra. No Japão, se você diz "a guerra", as pessoas sabem que quer dizer a Segunda Guerra Mundial, porque foi a última na qual o Japão lutou. Nos Estados Unidos é diferente. Os Estados Unidos estão sempre entrando em guerras por toda parte, então é preciso especificar. Quando eu morava em Sunnyvale, "a guerra" significava a Guerra do Golfo, e muitos dos meus colegas de escola nem tinham ouvido falar sobre a Segunda Guerra Mundial, porque ela aconteceu há muito tempo e houve muitas outras guerras entre essas duas.

E aqui tem uma coisa engraçada. As pessoas nos Estados Unidos sempre a chamam de Segunda Guerra Mundial, mas muita gente no Japão a chama de Grande Guerra da Ásia

---

110. *Raihai* (礼拜): uma prostração completa. Levantar a palma das mãos simboliza erguer todo o mundo sobre a própria cabeça.
111. *Zafu* (座蒲): almofada preta e redonda para *zazen*.

Oriental e, na verdade, os dois países têm versões totalmente diferentes de quem a começou e o que aconteceu. A maioria dos americanos acha que foi tudo culpa dos japoneses, porque o Japão invadiu a China para roubar petróleo e outros recursos naturais e os Estados Unidos tiveram de impedi-lo. Mas muitas pessoas japonesas acreditam que os Estados Unidos começaram ao impor todas aquelas sanções surreais contra o Japão, cortando petróleo e comida, e tipo: ooooh, somos apenas um país pobre, insular, que precisa importar coisas para sobreviver etc. Essa teoria diz que os Estados Unidos forçaram o Japão a entrar na guerra para se defender e que tudo o que foi feito na China não era da conta dos Estados Unidos, para início de conversa. Aí, o Japão foi e atacou Pearl Harbor, que muitos americanos dizem ser um Onze de Setembro, e aí os Estados Unidos, irritados, declararam guerra. A luta continuou até que os Estados Unidos se encheram e lançaram bombas atômicas no Japão e destruíram Hiroshima e Nagasaki por completo, algo que a maioria das pessoas concorda ter sido muito cruel, porque, a essa altura, já estavam ganhando.

Nessa época, o único filho da velha Jiko, Haruki #1, estudava filosofia e literatura francesa na Universidade de Tóquio, quando foi convocado para o exército. Ele tinha dezenove anos, era só três anos mais velho do que sou agora. Desculpe, mas eu surtaria totalmente se alguém me dissesse que tenho que ir para a guerra daqui a três anos. Sou só uma garota!

Jiko disse que aquilo também assustou Haruki, porque ele era um garoto pacífico. Fico imaginando. Um dia você está sentado no seu quartinho de pensão, esquentando os pés com o aquecedor a lenha, bebendo chá verde e talvez lendo um pouco de *À la recherche du temps perdu* e, meses depois, você está na cabine de um homem-bomba, tentando manter o nariz do seu avião mirando a lateral de um encouraçado dos Estados Unidos, sabendo que em poucos instantes você vai explodir em uma grande bola de fogo e ser aniquilado. Tem algo mais terrível? Nem consigo imaginar. Quer dizer, põe *temps perdu* nisso! Sei que fico repetindo que vou cair fora e acabar com a minha vida, mas é uma coisa totalmente diferente, porque é a minha escolha. Ser aniquilado em uma grande bola de fogo não foi escolha de Haruki #1 e, pelo que a velha Jiko contou, além de pacífico, ele também era um garoto alegre e otimista que gostava mesmo de estar vivo, que não é, de jeito nenhum, minha situação, ou a do meu pai.

E mesmo que tenha dito que não consigo imaginar algo tão terrível, talvez eu consiga, um pouco. Se levar em consideração todos os meus sentimentos quando estávamos fazendo as malas para deixar Sunnyvale, quando mamãe viu minhas cicatrizes no sentō, papai caiu nos trilhos do trem, meus colegas me torturaram até a morte, e depois multiplicar esses sentimentos por cem bilhões, talvez isso seja quase o que meu tio-avô Haruki #1 sentiu quando foi convocado para as Forças Especiais e forçado a se tornar um piloto combatente kamikaze. É o sentimento do peixe frio morrendo em seu estômago. Você tenta esquecê-lo, mas, assim que consegue, o peixe começa a se debater embaixo do seu coração e o faz se lembrar de que algo terrível de verdade está acontecendo.

Jiko se sentiu assim quando soube que seu único filho ia ser morto na guerra. Sei disso porque contei a ela sobre o peixe no meu estômago, e ela disse que sabia exatamente do que eu estava falando, e que, há muitos anos, também tinha um peixe. Na verdade, ela disse que tinha muitos peixes, alguns eram pequenos como sardinhas, alguns de tamanho médio, como carpas, e outros tão grandes quanto um atum-rabilho, mas o maior peixe de todos pertencia a Haruki #1 e tinha mais ou menos o tamanho de uma baleia. Ela também disse que depois que se tornou monja e renunciou ao mundo, aprendeu a abrir o coração para que a baleia pudesse nadar para longe. Estou tentando aprender a fazer isso também.

Quando Jiko descobriu que seu único filho ia morrer como homem-bomba, ela também quis cometer suicídio, mas não podia, porque sua filha mais nova, Ema, tinha só quinze anos e ainda precisava dela. Então, em vez de cometer suicídio, Jiko decidiu esperar até que Ema ficasse um pouco mais velha e se tornasse independente, e depois ela rasparia a cabeça e se tornaria monja, dedicando o restante da vida a ensinar como as pessoas podem viver em paz, e foi exatamente isso que ela fez.

A velha Jiko diz que hoje em dia nós, jovens do Japão, somos heiwaboke.[112] Não sei como traduzir, mas basicamente significa que estamos entorpecidos e indiferentes porque não entendemos a guerra. Ela diz que pensamos que o Japão é uma nação pacífica, porque nascemos depois que a guerra acabou e a paz é tudo que temos na lembrança, e gostamos disso, mas na verdade nossa vida toda é moldada pela guerra e pelo passado, e devemos compreender isso.

Se quiser saber minha opinião, o Japão nem é tão pacífico, e a maioria das pessoas na verdade nem gosta da paz. Acredito que, no fundo do coração, as pessoas são violentas e têm prazer em machucar umas às outras. A velha Jiko e eu discordamos nesse ponto. Ela diz que, de acordo com a filosofia budista, meu ponto de vista é uma ilusão e que nossa natureza primordial é gentil e boa, mas, sendo sincera, acho que ela é otimista demais. Conheço algumas pessoas, como Reiko, que são más de verdade, e muitas de "As Grandes Mentes da Filosofia Ocidental" me dão respaldo nessa questão. Mas, ainda assim, fico feliz que a velha Jiko acredite que somos, no fundo, pessoas boas, porque me dá esperança, mesmo que eu não consiga acreditar nisso. Quem sabe um dia eu acredite.

Ah, espere. Legal. Jiko acabou de me mandar uma mensagem dizendo que tudo bem se eu ensinar você a fazer zazen, desde que seja com seriedade e não estejamos de brincadeira.

---

112. *Heiwaboke* (平和ぼけ): entorpecidos de paz; literalmente, "paz" + "estragado".

Eu não estou de brincadeira, você está? Acho que você não está de brincadeira. Pelo menos, vou imaginar que não e aí, talvez, você não brinque. Vou apenas dar as instruções e, se não quiser segui-las, é só pular esta parte.

INSTRUÇÕES PARA O ZAZEN

Antes de tudo, você precisa se sentar, o que provavelmente já está fazendo. O costume tradicional é sentar-se em uma almofada zafu no chão com as pernas cruzadas, mas você pode se sentar em uma cadeira, se quiser. O importante é só manter uma boa postura e não se curvar ou se apoiar em nada.

Agora pode colocar as mãos no colo e sobrepô-las, de modo que o dorso da mão esquerda fique na palma da mão direita, e as pontas dos polegares deem a volta e se encontrem no topo, formando um círculo pequeno. O ponto onde seus polegares se tocam deve estar alinhado com seu umbigo. Jiko diz que essa maneira de juntar as mãos se chama hokkai jō-in[113] e simboliza todo o universo cósmico, que se está segurando em seu colo como um ovo grande e belo.

Em seguida, você apenas relaxa, fica realmente imóvel e se concentra em sua respiração. Não é preciso ficar se preocupando muito com isso. Não é que você fique pensando em respirar, mas também <u>não</u> fica sem pensar nisso. É como sentar-se na praia e observar as ondas batendo na areia ou crianças desconhecidas lá longe, brincando. Você fica apenas percebendo tudo o que acontece dentro e fora de você, inclusive sua respiração, crianças, ondas, areia. E é basicamente isso.

---

113. *Hokkai jō-in* (法界定印): mudra cósmico.

Parece muito simples, mas na primeira tentativa, fiquei só distraída com todos os meus pensamentos e obsessões malucos, e então meu corpo começou a coçar e parecia que tinha piolhos-de-cobra rastejando pelo meu corpo todo. Quando expliquei isso para Jiko, ela me disse para contar minha respiração assim:

Inspire, expire… um.

Inspire, expire… dois.

Ela disse que eu deveria contar assim até dez, e quando chegasse a dez, eu poderia começar de novo do um. Pensei tipo, sem problemas, Jiko! Mas, enquanto estou contando, alguma fantasia louca de vingança contra meus colegas de classe ou uma lembrança nostálgica de Sunnyvale surge em minha mente e desvia minha atenção por completo. Como você já deve ter percebido, minha mente está sempre tagarelando como um macaco por conta do TDA, e às vezes nem consigo contar até três. Dá para acreditar? Não é nenhuma surpresa eu não conseguir entrar para uma escola decente. Mas a boa notícia é que não importa se você estragar o zazen. Jiko disse para nem pensar nisso como estragar. Diz que é totalmente natural a mente de uma pessoa pensar, porque é isso que as mentes devem fazer, então quando sua mente divaga e fica enredada em pensamentos malucos, não precisa surtar. Não é grande coisa. Você apenas percebe que aconteceu e deixa para lá, tipo, tanto faz, e começa de novo desde o início.

Um, dois, três etc. Isso é tudo que você precisa fazer. Não parece nada grandioso, mas Jiko tem certeza de que, se fizermos isso todos os dias, nossa mente despertará e desenvolveremos nosso *SUPAPÁUA*…! Tenho me dedicado bastante até agora, e uma vez que você pega o jeito, não é tão difícil. O que eu gosto é que no seu zafu (ou mesmo que não tenha um zafu à mão, por exemplo, se está no trem, ou de joelhos no meio de uma roda de adolescentes que estão batendo em você ou se preparando para arrancar suas roupas… em outras palavras, não importa onde se está), se direcionar sua mente para o zazen, a sensação é de voltar para casa. Talvez isso não seja grande coisa para você, porque sempre teve uma casa, mas, para mim, que nunca tive uma, exceto em Sunnyvale, que eu perdi, é grande coisa. O zazen é melhor do que uma casa. O zazen é uma casa que você nunca vai perder, e continuo fazendo porque gosto desse sentimento e confio na velha Jiko, e não me faria mal tentar ver o mundo com um pouco mais de otimismo, como ela vê.

Jiko também diz que praticar o zazen é integrar o tempo plenamente.

Gosto muito disso.

Aqui está o que o velho Mestre Zen Dōgen tem a dizer sobre isso:

> *Pense o não pensar.*
> *Como se pensa o não pensar?*
> *Não pensando. Esta é a arte essencial do zazen.*

Imagino que não faça muito sentido, a menos que você simplesmente se sente e faça.

Não estou dizendo que você tem de fazer. Só estou dizendo o que penso.

RUTH

1.

Um. Dois. Três. Toda vez que Ruth tentava ficar sentada, imóvel, e contar as respirações, sua mente se encolhia como um punho lento, pesado, em volta do ovo cósmico, e ela adormecia.

Muitas e muitas vezes.

Como isso podia ser o despertar da sua mente? A sensação era de tédio. A sensação era a mesma de quando a eletricidade acabava. Mas Nao estava certa. A sensação também era a de estar em casa, e ela não tinha certeza se gostava disso.

2.

Muitas e muitas vezes, ela tentou. Quando a cabeça caía para a frente, ela acordava e começava a contar, mas muitas e muitas vezes voltava a cochilar. Nos interstícios entre dormir e acordar, pairava em um estado liminar obscurecido que não era bem um sonho, mas estava permanentemente à beira de tornar-se sonho. Ela permanecia ali, submersa e afundando devagar, como uma partícula de destroços, bem abaixo da crista de uma onda que estava sempre prestes a quebrar.

3.

E se eu for para tão longe no sonho que não consiga voltar a tempo de acordar?

Ruth perguntara isso ao pai uma vez, quando pequena. Ele costumava colocá-la na cama e beijá-la na testa, desejando bons sonhos, mas a recomendação sempre a deixava ansiosa. *E se meu sonho não for bom? E se for horrível?*

— Lembre-se de que é só um sonho — disse ele. — E, então, acorde.

Mas e se eu não conseguir voltar a tempo?

— Aí vou buscar você — respondeu o pai, apagando a luz.

4.

— Talvez você esteja se esforçando demais — sugeriu Oliver. — Talvez deva dar um tempo.

Estava parado na porta do escritório dela, observando-a ajeitar a almofada no chão.

— Não posso dar um tempo — explicou ela, sentando-se e cruzando as pernas. — Estou a vida inteira dando um tempo. Preciso fazer isso, de verdade.

Ela deslocou o peso para a frente e arqueou a coluna. Talvez estivesse confortável demais. Talvez devesse ficar mais desconfortável. Estendeu os braços à sua volta e deu um soco na almofada, depois tentou de novo.

— Talvez você só esteja cansada — argumentou Oliver. — Talvez deva parar com a tentativa de meditar e tirar uma soneca.

— Minha vida inteira é uma soneca. Preciso acordar.

Ela fechou os olhos e exalou. Sentiu imediatamente a tremulação opaca da fadiga, emergindo de algum lugar de seu âmago, puxando-a para baixo. Sacudiu-se e abriu os olhos de novo.

— Escute aqui — disse ela. — Foi você quem disse que o universo tudo dá. Bom, o universo me deu Nao, e ela diz que esta é a maneira de despertar. Talvez esteja certa. De qualquer forma, quero tentar. Preciso de algo. Preciso de um *supapáua*. — Ruth fechou os olhos mais uma vez. A mente era o seu poder. Ela a queria sua mente de volta.

— Certo — aceitou ele. — Quer ir buscar uns mariscos e ostras depois que terminar? A chuva parou e a maré baixa é boa.

— Claro — respondeu ela, mantendo os olhos fechados.

O gato, que estivera afiando as garras no batente da porta, agora se espremeu entre as pernas de Oliver, indo em direção a ela, empurrando a cabeça em seu mudra.

— Peste — chamou ela, desfazendo o círculo de seu ovo cósmico para coçar a orelha dele. — Oliver, por favor, venha pegar seu gato e feche a porta ao sair.

— Esse é o superpoder dele — afirmou Oliver ao pegá-lo. — Ele sabe como ser irritante.

Parou outra vez no umbral da porta, ainda segurando o gato.

— Mas precisamos buscar os mariscos logo, enquanto a maré ainda está baixa. Por quanto tempo você vai ficar sentada aí? Quer que eu venha acordá-la?

5.

O viveiro de mariscos do qual mais gostavam era um secreto, que Muriel havia lhes mostrado. A população da ilha guardava muitos segredos: viveiros de mariscos e recifes de ostras secretos, canteiros secretos de matsutake e cantarelos, rochas subaquáticas secretas onde cresciam ouriços-do-mar, plantações ilegais e secretas de maconha, listas secretas de telefones de fornecedores de salmão e linguado, carne, queijo e laticínios não pasteurizados. Nos últimos anos, os três minimercados tinham ampliado a oferta e agora era possível comprar a maioria dos alimentos, mas, no passado, se você fosse novato ali poderia passar fome caso algum veterano não tivesse pena e não lhe contasse alguns dos segredos.

O viveiro de mariscos ficava na extremidade oeste da ilha, voltado para as águas frias da Passagem Interior. As ostras eram pequenas e doces, e os mariscos eram fartos. Muriel disse que o viveiro era antigo, tendo sido cultivado pelos salish por gerações, mas agora poucas pessoas colhiam lá, o que era uma pena, porque os viveiros se beneficiavam de colheitas frequentes. Ainda assim, cada pá de areia dava uma dúzia ou mais de mariscos carnudos e, em cerca de vinte minutos, eles obtiveram seu limite diário combinado de cento e cinquenta vôngoles e trinta ostras.

Sentaram-se em uma pedra lisa logo acima da planície arenosa, olhando para o oeste, além do oceano, em direção à silhueta irregular das montanhas. O céu índigo-escuro estava raiado de nuvens pálidas, refletindo o brilho poente do dia. No alto, as primeiras estrelas pontilhavam o céu. Pequenas ondas lambiam a rocha a seus pés.

Oliver tirou uma lata de cerveja do bolso do casaco, abriu-a e entregou-a para Ruth. Pegou uma faca para ostras e um limão. A faca cintilou e a metade superior da concha da ostra se soltou desenhando um arco antes de afundar na água escura. Ele segurou a metade inferior para ela. O molusco descoberto brilhava na concha perolada: carne cinzenta e roliça, vinco escuro. Ela teve a impressão de que o viu se encolher quando Oliver o salpicou com limão.

Ela aceitou a oferta, levando a concha aos lábios e deixando a ostra escorregar para sua boca. Estava fria e com sabor fresco. Ele pegou outra do balde, abriu-a e sugou-a.

— Ahhh — suspirou. — *Crassostrea gigas*. A essência do mar. — E a fez descer com um gole de cerveja.

Ele parecia tão feliz. E saudável também. Havia perdido peso quando estava doente. Era bom vê-lo com boa aparência de novo. Ela pensou no que o criador de ostras, Blake, comentara sobre a radiação, no que Muriel mencionara sobre o refugo.

— Alguns dos caras das ostras estão preocupados com a contaminação nuclear — falou. — De Fukushima. O que acha?

— O Pacífico é muito grande — respondeu ele. — Quer mais uma?

Ela balançou a cabeça.

— É meio irônico — continuou Oliver, abrindo outra para si. — A ostra-do-pacífico não é nativa daqui.

Ela sabia disso. Todo mundo sabia disso. Era impossível viver na ilha e não saber disso. A criação de ostras era a coisa mais parecida que tinham de uma indústria, já que a migração do salmão se esgotou e as grandes árvores foram cortadas.

— Elas foram introduzidas em 1912 ou 1913 — explicou Oliver —, mas se aclimataram de verdade até os anos 1930. Só que, assim que se aclimataram, assumiram o controle. Expulsaram as espécies nativas menores.

— É — disse ela. — Eu sei.

— E dava para caminhar descalço pelas praias. É o que dizem os antigos.

Ela também já tinha ouvido aquilo. Agora as praias locais eram cobertas de afiadas lâminas de conchas de ostras, então era difícil pensar em andar descalço.

— E por que é tão irônico?

— Bem, talvez *irônico* seja a palavra errada. É só que a *Crassostrea gigas* é original do Japão. De Miyagi, sendo exato. Na verdade, o outro nome para elas é ostra-de-Miyagi. Sua monja não é de lá?

— É — disse ela, sentindo que o vasto oceano Pacífico encolheu um pouco de repente. — Eu não sabia disso.

O frio da rocha havia se infiltrado por sua calça jeans. Ela se levantou e deu saltos para se aquecer. Ainda estava muito frio para ficarem ali, sentados nas rochas, bebendo cerveja, mas ela não se importava. A brisa do mar era fresca e provocava uma sensação boa para os pulmões, dissolvendo a sonolência e o sentimento claustrofóbico e sombrio que a dominava depois de passar um dia na frente do computador. Ali, ela se sentia desperta de novo.

— Você sabe a sorte que temos? — Oliver dizia. — Por viver em um lugar onde a água ainda está limpa? Da qual ainda podemos comer mariscos?

Ela pensou nos salish que costumavam cuidar daqueles viveiros. Imaginou o dia em que a última ostra foi colhida nos recifes ao redor de Manhattan. Pensou no vazamento em Fukushima. Pensou no templo da velha Jiko, mantendo-se agarrado à encosta da montanha em Miyagi. Era lá?

— Eu me pergunto quanto tempo ainda temos... — respondeu.

— Quem sabe? — falou ele. — Melhor aproveitar enquanto é possível. — Ofereceu-lhe uma ostra. Os dedos dele estavam molhados e esfolados. — Quer outra?

— Está bem. — A concha de borda afiada era áspera contra seus lábios, a carne fria e fresca, e era tenra em sua língua. Engoliu e saboreou a salmoura. A maré subia em torno da rocha, lambendo os dedos dos pés dela. — Estou com frio — disse. — Vamos para casa.

NAO

1.

Você já tentou praticar bullying contra uma onda? Socá-la? Chutá-la? Beliscá-la? Bater nela até a morte com uma bengala?

É estúpido.

Depois que a velha Jiko encontrou minhas cicatrizes, ela me levou para passear na cidade. No caminho de volta, ela quis parar e comprar uns bolinhos de arroz, refrigerante e uns chocolates. Teve a ideia de pegar o ônibus para a praia e fazer um piquenique lá. Eu não me importava, exatamente, mas ela pareceu achar que seria um grande prazer para mim comer comida comprada em uma loja e me divertir perto do oceano, então fiquei meio... sei lá, sabe, com vontade de ir, porque é difícil decepcionar alguém que tem cento e quatro anos.

Por causa da catarata, Jiko não consegue andar muito bem e sempre carrega uma bengala, mas o que ela gosta mesmo é que alguém fique de mãos dadas com ela. Acho que dar as mãos a faz se sentir mais confiante, por isso adquiri o hábito de segurar a mão dela quando ficava a seu lado e, para falar a verdade, eu gostava, também. Gostava de sentir os dedinhos finos dela nos meus. Gostava de ser a mais forte e manter seu corpo minúsculo perto de mim. Fazia com que eu me sentisse útil. Quando eu não estava perto, ela usava a bengala. Eu gostava de me sentir mais útil do que uma bengala.

Antes de entrar no ônibus para a praia, Jiko quis parar no Family Mart da cidade para comprar os itens de nosso piquenique, mas, por coincidência, havia um grupo de garotas yanki[114] no estacionamento em frente, então menti e disse que não estava com fome. Eram garotas de uma gangue de rachas de motocicleta, com cabelos desgrenhados descoloridos com matizes laranja e amarelos, calças largas de operários da construção civil e longos jalecos esvoaçantes parecidos com os usados por médicos e cientistas, só que não eram brancos. Eram brilhantes como neon e grafitados com kanji pretos e gigantes.

As garotas estavam agachadas na calçada perto da porta, mascando chiclete e fumando. Algumas estavam apoiadas em espadas de madeira, do tipo que se usa no kendō, e fiquei meio: nem pensar, vovó, não estou com tanta fome, de verdade. Mas a velha Jiko estava decidida a fazer um piquenique comigo, então o que eu poderia fazer? Segurei a mãozinha dela apertando bem apertada e, quando nos aproximamos das garotas, uma delas cuspiu e o cuspe caiu aos nossos pés, e aí começaram a falar coisas. Nada que eu nunca tivesse ouvido na escola, mas aquilo me chocou por Jiko ser tão velha, e como se pode falar coisas rudes sobre manko[115] e chinchin[116] para uma senhora idosa que é monja? Demoramos uma eternidade para passar por elas porque Jiko anda muito devagar e elas bloqueavam um pouco o caminho. Continuaram gritando e cuspindo, e eu podia sentir meu coração acelerar e meu rosto ficar quente, mesmo que a velha Jiko nem tenha piscado.

Por fim, chegamos ao Family Mart. O tempo todo, enquanto estávamos procurando bolinhos de arroz e bebidas ou decidindo se comprávamos chocolate ou doce de feijão ou os dois para a sobremesa, fiquei olhando pela janela para as meninas de cócoras do lado externo da loja. Eu sabia que quando saíssemos

---

114. *Yanki*: delinquente, do inglês *yankee*. No imaginário popular, *yanki* é um delinquente juvenil, durão, com as sobrancelhas raspadas, que usa longos jalecos de cor brilhante com enfeites coloridos chamado de *tokkō-fuku*. A palavra *tokkō-fuku* significa "uniforme de ataque especial"; esses uniformes eram feitos para a Tokkōtai, a Força Especial de Ataque de pilotos kamikaze durante a Segunda Guerra Mundial.
115. *Manko*: boceta, xota.
116. *Chinchin*: pênis.

elas diriam mais coisas. Talvez atirassem algo ou nos fizessem tropeçar. Talvez nos seguissem até a praia e fizessem com que seus namorados nos estuprassem, nos espancassem e jogassem nossos corpos mortos no oceano, ou talvez fizessem o serviço elas mesmas, com espadas de madeira. Eu tinha bastante prática em imaginar esse tipo de coisa acontecendo com meu próprio corpo por causa da escola, então não me incomodava tanto, mas a ideia de alguém machucar minha velha Jiko era nova para mim, e me fez ter vontade de vomitar.

Mas a velha Jiko não estava nem prestando atenção. Estava concentrada em selecionar os sabores dos nossos bolinhos de arroz e acabou se decidindo por umeboshi, algas temperadas e ovas de bacalhau apimentadas. Ela queria que eu escolhesse um chocolate, Pocky ou Melty Kisses, ou os dois, mas como eu poderia me concentrar em algo tão sem importância? Eu precisava nos proteger de nossas inimigas do lado de fora, mesmo que ela estivesse velha e cega demais para compreender o perigo que corríamos, e estava tentando medir minhas chances de lutar contra uma dúzia de cadelas yanki com bastões de verdade quando tudo o que tinha era meu patético *supapáua!*

Jiko demorou uma eternidade para pagar... Você sabe como são as pessoas idosas com seus porta-moedas... Mas não me importei nem me ofereci para ajudar. Tinha certa esperança de que talvez ela demorasse o dia todo e que, quando tivéssemos terminado, a gangue teria ido embora, mas não tive essa sorte. Elas permaneciam lá, agachadas na calçada e, no minuto que saímos da loja, elas meio que nos bloquearam, cuspindo e nos olhando de cima a baixo. Tentei apressar Jiko para passarmos, mas você conhece a velha Jiko. Ela sempre vai no próprio tempo.

As garotas se puseram a gritar e, quando chegamos mais perto, os gritos ficaram mais altos e mais estridentes, e algumas das que estavam agachadas se levantaram. Passei à frente, mas, quando estávamos diante delas, a velha Jiko parou de repente.

Ela se virou para encará-las, olhando como se as notasse pela primeira vez, então puxou minha mão e começou a se arrastar na direção da gangue.

Eu resisti, sussurrando:

— Dame da yo, Obaachama! Iko yo![117] — Mas ela não escutou. Aproximou-se e ficou bem na frente delas, com um olhar demorado, que é como ela olha para tudo. Um olhar demorado e firme, provavelmente pelo tempo que leva para uma imagem se formar através das córneas leitosas da catarata. Aos olhos dela, as garotas, com suas calças em cores neon e seus jalecos azuis, alaranjados e vermelhos com grandes kanji pretos, devem ter parecido uma confusão de linhas e cores brilhantes.

Ninguém se manifestou. As meninas projetavam o queixo e os quadris, balançando-se, inquietas, de um lado para o outro. Por fim, acho que a velha Jiko entendeu para o que estava olhando. Ela soltou minha mão e prendi a respiração. E então ela fez uma reverência.

Eu não conseguia acreditar. E também não foi uma reverência breve. Foi uma grande reverência. As garotas ficaram, tipo, que porra é essa? Uma delas, uma garota gorda, agachada na frente dela, meio que respondeu com um aceno de cabeça, não bem uma reverência, não completamente respeitosa, mas também não foi um soco na cara. Aí a garota alta que estava no meio, obviamente a líder, estendeu a mão e socou a garota gorda na cabeça.

— Nameten no ka! — rosnou. — Chutohampa nan da yo. Chanto ojigi mo dekinei no ka?![118]

Ela bateu na garota mais uma vez e depois se aprumou, juntou as palmas das mãos e fez uma reverência profunda dobrando a cintura. O restante da turma se ergueu de um salto

---

117. *Damé da yo, Obaachama! Ikō yo!*: Não, isso não é bom, vovó. Vamos embora!
118. *Nameten no ka! Chutohampa nan da yo! Chanto ojigi mo dekinei no ka?!*: Está me zoando? Que coisa meia-boca. Você não consegue nem fazer uma reverência direito?!

e fez o mesmo. Jiko se curvou para elas outra vez e me cutucou, então fiz uma reverência também, mas meia-boca, por isso ela me obrigou a repetir, o que deixou tudo quite, porque agora era como se a velha Jiko fosse a líder da nossa gangue e eu fosse a gorda incompetente que não conseguia fazer uma reverência direito. Não achei muito engraçado, mas as garotas acharam hilário, e Jiko também sorriu, depois pegou minha mão e saímos andando. Quando o ônibus chegou, Jiko se sentou na janela e olhou para trás, em direção ao estacionamento.

— Eu me pergunto que omatsuri[119] é hoje — disse ela.

— Omatsuri?

— Sim — respondeu ela. — Aqueles jovens lindos, com trajes matsuri. Parecem tão alegres. Eu me pergunto qual é a ocasião. Muji que me lembra dessas coisas...

— Não é um matsuri! Elas eram de uma gangue, vovó. Motoqueiras. Garotas yanki.

— Eram garotas?

— Garotas más. Delinquentes juvenis. Elas estavam dizendo umas coisas. Achei que iam bater em nós.

— Ah, não — disse Jiko, balançando a cabeça. — Estavam todas tão bem-vestidas. Com cores tão alegres.

2.

— Você já praticou bullying contra uma onda? — Jiko me perguntou na praia.

Tínhamos comido bolinhos de arroz e chocolate e estávamos relaxando. Jiko estava sentada em um banquinho de madeira e eu estava deitada na areia aos pés dela. O sol estava forte. Jiko amarrou uma toalha de mão branca e úmida em volta da careca e parecia tão refrescada em seu pijama cinza quanto um pepino.

---

119. *Omatsuri* (お祭り): festival.

Eu estava com calor e suada, me sentia inquieta, mas não tinha levado roupa de banho e não queria dar um mergulho, mesmo. Mas não era isso que ela estava perguntando.

— Praticar bullying contra uma onda? — repeti. — Não. É claro que não.

— Tente. Vá até a água, espere pela maior onda e dê um soco nela. Dê um belo pontapé. Acerte-a com a bengala. Vá. Quero ver. — Ela me entregou a bengala.

Não havia ninguém por perto, só uns surfistas bem longe. Peguei a bengala da velha Jiko na mão, andei e depois corri para a beira do oceano, balançando-a acima da cabeça como uma espada de kendō. As ondas estavam grandes, quebrando na praia, e me choquei contra a primeira que veio na minha direção, gritando *kiayeeeee*! Como um samurai dirigindo-se para a batalha. Bati na onda com a bengala, cortando-a, mas a água continuou vindo. Corri de volta para a praia e escapei, mas a onda seguinte me derrubou. Eu me levantei e ataquei outras vezes, e a cada vez a água caía em cima de mim, me lançando contra as rochas e me cobrindo com espuma e areia. Não liguei. O frio cortante dava uma sensação boa, a violência das ondas parecia poderosa e real, e o gosto amargo do sal no meu nariz tinha um sabor duramente delicioso.

Muitas vezes corri para o mar, batendo nele até ficar tão cansada que mal conseguia me manter de pé. E então, quando caí outra vez, apenas me deitei e deixei as ondas me cobrirem, e me perguntei o que aconteceria se eu parasse de tentar levantar. Se só deixasse meu corpo ser carregado. Seria levada para alto-mar? Os tubarões comeriam meus braços e pernas, meus órgãos. Peixinhos se alimentariam da ponta dos meus dedos. Meus ossos lindos, brancos, cairiam no fundo do oceano, onde as anêmonas cresceriam sobre eles como flores. Madrepérolas repousariam nas órbitas dos meus olhos. Eu me levantei e voltei para o lugar onde a velha Jiko estava sentada. Ela tirou a toalhinha da cabeça e a entregou para mim.

— Maketa — falei, me jogando na areia. — Perdi. O oceano venceu.

Ela sorriu.

— Foi uma sensação boa?

— Ahã... — confirmei.

— Que bom — disse ela. — Quer outro bolinho de arroz?

3.

Ficamos sentadas por mais algum tempo, esperando meu short e minha camiseta secarem. Ao longe na praia, os surfistas continuavam caindo na água e desaparecendo.

— As ondas continuam batendo neles também — falei, apontando.

Jiko apertou os olhos, mas não conseguia vê-los através das flores do vazio.

— Ali — falei. — Está vendo aquele? Ele está indo para cima... está em pé... em cima... ah, foi para baixo. — Eu ri. Foi engraçado de ver.

Jiko moveu a cabeça, como se concordasse comigo.

— Para cima, para baixo, é a mesma coisa — observou.

É um comentário típico de Jiko, pois tudo se resume ao que ela chama de natureza nottwo[120] da existência, mesmo quando apenas tento observar uns gatos surfando. Sei que não vale a pena discutir, porque ela sempre ganha, mas é como a piada do toc-toc: é preciso perguntar "quem está aí?" para a outra pessoa fazer a piada. Por isso falei:

— Não, não é a mesma coisa. Não para um surfista.

— Sim — concordou ela. — Você está certa. Não mesmo. — Ela ajeitou os óculos. — Também não é diferente.

Entende o que quero dizer?

---

120. Não dualista: *funi* (不二); literalmente, "não" + "dois".

— *É* diferente, vovó. O objetivo do surfista é ficar em cima da onda, não debaixo dela.

— Surfista, onda, é a mesma coisa.

Não sei por que insisto.

— Isso é bobagem — argumentei. — Um surfista é uma pessoa. Uma onda é uma onda. Como podem ser a mesma coisa?

Jiko olhou para o oceano, onde a água encontrava o céu.

— Uma onda nasce das condições profundas do oceano — afirmou. — Uma pessoa nasce das condições profundas do mundo. Uma pessoa surge do mundo e avança como uma onda, até a hora de afundar novamente. Para cima, para baixo. Pessoa, onda.

Ela apontou para os penhascos íngremes ao longo da costa.

— Jiko, montanha, é a mesma coisa. A montanha é alta e viverá muito tempo. Jiko é pequena e não vai viver muito mais. Isso é tudo.

Como disse, isso é bem típico das conversas que se tem com minha velha Jiko. Nunca entendo tudo o que ela está dizendo, mas gosto que tente me explicar mesmo assim. É legal da parte dela.

Era hora de voltar para o templo. Meu short e minha camiseta estavam secos e minha pele coçava muito por causa do sal. Ajudei Jiko a se levantar e caminhamos juntas de volta ao ponto de ônibus, outra vez de mãos dadas. Eu ainda estava pensando no que ela tinha dito sobre as ondas, e isso me deixou triste, porque eu sabia que a ondinha dela não ia durar muito, ela logo se juntaria ao mar de novo, e mesmo sabendo que é impossível segurar a água, agarrei os dedos dela com mais força, a fim de impedir que escoasse.

RUTH

1.

É impossível segurar a água ou evitar que escoe. Essa foi a lição que a Tepco aprendeu nas semanas que se seguiram ao tsunami, quando bombearam milhares de toneladas de água do mar nos vasos dos reatores da usina nuclear de Fukushima na tentativa de resfriar as varetas de combustível nuclear e evitar o derretimento dos reatores, o que, na verdade, já havia acontecido. A estratégia, chamada de "alimentação e alívio", produzia cerca de quinhentas toneladas de água altamente radioativa por dia — água que precisava ser armazenada sem vazar.

Do outro lado do Pacífico, Ruth se debruçava em relatórios sobre o desastre. A Agência Internacional de Energia Atômica, que estava monitorando a situação, publicava diariamente o Registro de Atualizações sobre o Acidente Nuclear de Fukushima 2011, descrevendo em detalhes os esforços desesperados para estabilizar os reatores. Eis um pequeno trecho do registro de 3 de abril:

> *Em 2 de abril, foi concluída a transferência de água do tanque de armazenamento do condensador da Unidade 1 para o tanque de compensação da bacia de despressurização, a fim de preparar a transferência da água no subsolo do prédio da turbina da Unidade 1 para o condensador.*
>
> *Também no dia 2 de abril foi iniciada a transferência da água do condensador da Unidade 2 para o tanque de armazenamento do condensador, a fim de preparar a transferência de água no subsolo do prédio da turbina da Unidade 1 para o condensador.*

Parágrafo após parágrafo, página após página, o registro detalhava o intrincado sistema usado para armazenar a água: bombas e drenos, tanques de compensação, linhas de alimentação de água, linhas de entrada e injeção, bacias e fossos de despressurização, taxas de fluxo, trajetória de escape, valas e túneis, subsolos inundados.

O Registro de Atualizações de 3 de abril foi o primeiro a mencionar uma fissura, descoberta na parede lateral de um fosso de contenção abaixo do segundo reator, próximo à baía. Altas concentrações de iodo radioativo-131 e césio-137 foram encontradas em amostras de água do mar por cerca de trinta quilômetros de distância dos reatores, e os níveis eram dezenas de milhares de vezes maiores do que antes do acidente. O fosso de contenção estava deixando escapar o que o jornal *The New York Times* descreveu tempos depois como rios de água altamente radioativa, que escorriam diretamente para o mar.

Em 4 de abril, o Registro de Atualizações informou que a Tepco recebeu permissão do governo japonês para lançar 11,5 mil toneladas de água contaminada no oceano Pacífico. Essa quantidade de água equivale a cerca de cinco piscinas olímpicas.

Em 5 de abril, o Registro de Atualizações mencionou que o despejo havia começado. Durou cinco dias.

Os níveis radioativos da água contaminada estavam cerca de cem vezes acima dos limites legais, mas o oceano Pacífico é vasto e largo, e a Tepco não antecipou nenhum problema. De acordo com o Registro de Atualizações, a empresa estimou que uma pessoa que comesse algas marinhas e frutos do mar retirados das proximidades da usina nuclear uma vez por dia, durante um ano, estaria exposta a uma radiação adicional de 0,6 milisieverts, bem abaixo do nível perigoso para a saúde humana. A empresa não estimou as consequências para os peixes.

A informação se parece muito com a água; é difícil retê-la e é difícil impedir seu vazamento. A Tepco e o governo japonês tentaram conter a informação sobre o derretimento do reator e, durante algum tempo, foram bem-sucedidos em esconder dados cruciais sobre níveis perigosos de radiação no entorno da usina avariada, mas depois a informação começou a vazar. O povo japonês se orgulha de ser sereno e pouco inclinado à raiva, mas a exposição contínua da má gestão, das mentiras e da omissão atingiu o ponto nevrálgico de sua ira.

2.

No Japão medieval, as pessoas costumavam acreditar que os terremotos eram causados por um bagre zangado que vivia sob as ilhas.

Nas lendas mais antigas, o *mono-iu sakana*, ou "peixe-que--diz-coisas", governava os lagos e rios. Esse peixe sobrenatural podia se metamorfosear em humano, falar línguas humanas e, se algum humano invadisse seu reino aquático, ele apareceria para fazer uma advertência. Se o infrator não desse atenção à advertência, o furioso *mono-iu sakana* o puniria provocando uma inundação ou outro desastre natural.

Em meados do século XIX, o *mono-iu sakana* havia se transformado no *jishin namazu*, ou Bagre dos Terremotos, uma criatura enorme como uma baleia que provocava tremores e abalos na terra devido aos seus golpes furiosos. A única coisa que o mantinha sob controle era uma grande pedra empunhada pela Divindade Kashima, que vive no Santuário de Kashima.

A pedra é chamada *kaname-ishi*, um termo japonês intraduzível que significa algo como "pedra fundamental", "pedra de remate" ou "pedra-ímã". A Divindade Kashima usa a *kaname--ishi* para imobilizar o bagre, prendendo a cabeça dele no chão. Se a Divindade Kashima cochilar, se distrair ou for chamada a negócios, a pressão na cabeça do bagre é liberada, permitindo-lhe sacudir e se debater. O resultado é um terremoto.

Se você for ao Santuário de Kashima, não verá muito, já que a maior parte da pedra está enterrada no subsolo. Um pequeno recinto coberto abriga um pedaço nu de terra, do qual uma pequena pedra redonda, com cerca de trinta centímetros de diâmetro, emerge do chão como o coroamento da cabeça de um bebê nascendo. É impossível saber qual tamanho a pedra pode ter sob a terra. Como é impressionante imaginar que o destino das ilhas japonesas depende da suposição de que a coroa de uma pedra fundamental enterrada, cuja maior parte está oculta, é grande e robusta o bastante para subjugar o furioso bagre dos terremotos!

3.

O Bagre dos Terremotos não é apenas um peixe maléfico, apesar da destruição e da calamidade que pode causar. Ele tem, igualmente, aspectos benéficos. Uma subespécie do Bagre dos Terremotos é o *yonaoshi namazu*, ou "Bagre Restaurador do Mundo", que é capaz de sanar a corrupção política e econômica da sociedade ao agitar as coisas.

A crença no Bagre Restaurador do Mundo predominou em especial durante o início do século XIX, período marcado por um governo fraco, ineficiente, e uma classe empresarial poderosa, bem como padrões climáticos extremos e irregulares, colheitas fracas, fome, retenção de recursos, revoltas urbanas e peregrinações religiosas em massa, que geralmente acabavam em revoltas violentas.

O Bagre Restaurador do Mundo tinha como alvo a classe empresarial, o 1%, cujas práticas desenfreadas de fixação de preços, acumulação de recursos e corrupção levaram à estagnação e à corrupção política. Irritado, o bagre causaria um terremoto, provocando caos e destruição, e, para a reconstrução, os ricos teriam de abrir mão de seus ativos, o que criaria empregos para as classes trabalhadoras nas áreas de resgate, limpeza de escombros e construção. A redistribuição da riqueza é ilustrada em desenhos satíricos da época, que retratam o Bagre Restaurador do Mundo forçando os ricos comerciantes e CEOs a vomitarem e defecarem moedas de ouro, que são embolsadas pelos trabalhadores.

Mas, infelizmente, os terremotos resultam em perdas de vidas, e muitas vezes o bagre se enche de remorso. Em um desenho comovente, *seppuku namazu*, o Bagre do Suicídio, corta a própria barriga para se redimir das mortes que causou. Moedas de ouro emanam da grande fenda em sua carne. Em uma mão, ele segura a faca do ritual de evisceração que enfiou na própria barriga. Com a outra, segura uma barra de ouro e a oferece a um grupo de humanos, enquanto, do alto, a Divindade Kashima e os espíritos dos mortos observam.

4.

A associação entre bagre e terremotos persiste até os tempos atuais. O aplicativo para celulares Yure Kuru avisa os usuários sobre um terremoto que se aproxima, informando a localização do epicentro, a hora da chegada e a intensidade sísmica. Yure Kuru significa "Tremor Chegando", e o logotipo do aplicativo é a caricatura de um bagre com um sorriso bobo e dois raios saindo da cabeça.

— É bonitinho — disse Oliver, pegando o iPhone. — Precisamos disso. Vai ter um dos grandes por aqui. Eu me pergunto se isso vai funcionar em Whaletown.

Estavam sentados em frente à lareira da sala depois de jantar uma caldeirada de mariscos e ostras, pão com alecrim recém-saído do forno e salada de couve tenra e fresca com folhas de mostarda picante, vindas da estufa. Ainda era fevereiro, mas Oliver conseguia mantê-los abastecidos com verduras frescas mesmo nos meses de inverno.

— Em Stuttgart, onde meus pais cresceram, eles tinham bagres gigantescos que viviam no fundo do rio Neckar. Ninguém nunca os via, eles só subiam à superfície logo antes de um terremoto. Criaturas enormes, bigodudas, pesando até noventa quilos.

— Pesavam tudo isso mesmo?

— É o que meu pai contava, mas agora praticamente todos já foram pescados. Não se vê mais bagres tão grandes, exceto em Chernobyl. Há um monte deles vivendo no canal que costumava levar água de resfriamento para os condensadores do reator. Eles ficam embaixo da ponte ferroviária. Ninguém mais pesca lá, então os bagres se desenvolveram. Ficaram de fato enormes, alguns com até três ou quatro metros de comprimento. Eles se alimentam do que encontram no fundo e, ao que tudo indica, a lama ainda contém muitas partículas radioativas, mas pelo visto os bagres não se importam.

Ruth pensou outra vez nos mariscos. Ela os purgara, deixando-os na varanda por 24 horas para expelir a lama e a areia. Usava uma técnica que envolvia mergulhá-los em baldes com água do mar à qual ela adicionava um punhado de fubá e um prego enferrujado. E agitava a água várias vezes ao dia, trocando-a depois de doze horas.

Aprendeu esse método em um romance, mas se esquecera qual. Lembrava-se vagamente que era a história de uma família em uma casa de veraneio no Maine ou em Massachusetts, ou quem sabe em Rhode Island. Um enclave na Costa Leste com veranistas lindos, crianças loiras e esbeltas, um estilo de vida confortável e uma mãe que sabia fazer bivalves purgarem. Os mariscos que essa bela família da Nova Inglaterra comia não tinham nenhum grão desagradável de areia que pudesse arranhar seus dentes fortes e brancos. Talvez fosse nos Hamptons. Memória é uma coisa engraçada. A técnica da mãe para alcançar esse objetivo de eliminar a areia havia permanecido, ainda que Ruth tivesse se esquecido do enredo do romance ou da explicação para a eficácia da técnica.

Quando comentara isso com Oliver, ele apresentou uma teoria.

— Acho que acontecem duas coisas. A farinha de milho é só comida, que os mariscos ingerem e que limpa a substância verde de seu trato digestivo e órgãos intestinais.

Ruth estava cortando batatas em cubos para a caldeirada quando ele explicou isso. Enquanto empunhava a faca e ouvia, podia visualizar com nitidez a imagem da mãe do romance. Ela estava usando um vestido longo feito de fino linho branco. Os mariscos dela não tinham substância verde nos intestinos.

— Esse é o primeiro processo — continuou Oliver. — É biológico. O segundo processo é eletroquímico. A água salgada é uma solução iônica que funciona como um eletrólito. O prego enferrujado, feito de ferro, atua como condutor, e imagino que o corpo dos moluscos também.

Na verdade, com quase toda certeza era nos Hamptons, pensou Ruth. Havia dunas e brisas do Atlântico, toldos listrados de verde e branco e espreguiçadeiras cobertas de lona. A mãe usava um vestido branco que esvoaçava na brisa da tarde, ou talvez estivesse de bermuda, e eram as cortinas translúcidas das janelas altas e abertas da casa que esvoaçavam.

— Quando o prego é colocado na água salgada — explicou Oliver —, gera uma pequena carga elétrica, que é suficiente para irritar os mariscos e fazer com que purguem a areia.

Mas talvez ela estivesse confundindo mais uma vez o romance com alguma outra coisa. Talvez a mãe loira e bela no vestido esvoaçante não colocasse o prego enferrujado no balde com os mariscos. Não parecia algo que ela faria. Talvez o prego no balde fosse um truque japonês que Ruth aprendera com a própria mãe ou com um de seus amigos nipônicos.

— Assim, basicamente — concluiu Oliver —, você está alimentando e eletrocutando os mariscos ao mesmo tempo, para fazê-los cagar e cuspir.

Ruth, que a essa altura cortava as cebolas, enxugou as lágrimas dos olhos com as costas da mão.

— Na verdade — comentou —, o romance era mais sobre a família... Bebidas finas em copos altos, tênis brancos e relações humanas, esse tipo de coisa. Não entrava em muitos detalhes sobre eletroquímica.

Eles comeram na sala, em frente à lareira, ouvindo o vento uivante. Era muito frio para usar vestidos brancos e esvoaçantes ali e, além disso, as pessoas no noroeste do Pacífico usavam roupas utilitárias, polipropileno e lã sintética, mas Ruth não podia reclamar. A lareira era aconchegante e a caldeirada estava deliciosa, forte e cremosa. Qualquer que fosse a origem ou a explicação, a técnica para purgar os bivalves funcionava, e os mariscos estavam bem roliços e livres de pedrinhas ou de areia. O gato também gostou da sopa. Ele ficou os rodeando durante toda a refeição, à procura de lamber as tigelas de sopa. Quando Oliver o enxotou, o gato deu um golpe na mão dele, então Oliver o agarrou e segurou a cabeça dele junto ao chão. Vencido, mas ofendido, Pesto deu as costas para os dois, evitando-os, e agora, mal-humorado, olhava fixo para o fogo.

— Que merda — resmungou Oliver. — Consigo baixar o Yure Kuru, mas ele só mostra os dados da Agência Meteorológica do Japão. Não vai nos dizer nada sobre terremotos no Canadá.

Ruth contemplava as chamas.

— Achei que o Canadá era seguro.

— Nenhum lugar é seguro — respondeu Oliver. — Certo, consegui. Agora vamos saber tudo sobre a atividade sísmica no Japão.

— Talvez devêssemos ir para o Japão, para você poder usar o aplicativo.

— Talvez nem precisemos, já que o Japão está vindo para cá.

5.

— O quê?

— O Japão está vindo para cá.

— Do que está falando?
— Do terremoto — respondeu Oliver. — Ele deslocou a costa do Japão para mais perto de nós.
— Sério?
Oliver parecia confuso.
— Você não se lembra? A liberação na zona de subducção fez com que a massa de terra perto do epicentro saltasse quase quatro metros na nossa direção.
— Eu não sabia disso.
— Sabia, sim. Nós conversamos sobre isso. E também fez com que a massa do planeta se aproximasse do núcleo, o que fez a Terra girar mais rápido. O aumento da velocidade de rotação encurtou a duração do dia. Nossos dias são mais curtos agora.
— São? Isso é terrível!
Ele sorriu.
— Você falou igual à sua mãe...
Ruth ignorou o comentário dele.
— Quanto tempo perdemos?
— Não muito. Acho que 1,8 milionésimo de segundo por dia. Você quer que eu dê uma olhada?
— Vou acreditar na sua palavra.
— Tenho certeza de que conversamos sobre isso — observou Oliver. — A internet só falava disso. Não se lembra?
— Claro que me lembro — mentiu ela. — Achei mesmo que os dias estavam parecendo extremamente curtos. Pensava que era só minha imaginação.

NAO

1.

No final do verão, com a ajuda de Jiko, eu estava ficando mais forte. Não só com o corpo forte, mas com a mente forte. Em minha mente, eu estava me tornando uma super-heroína, como Jubei--chan, a Garota Samurai, só que eu era Nattchan, a Super-Monja, com habilidades concedidas a mim pelo Senhor Buda que incluíam lutar contra as ondas, mesmo que eu sempre perdesse, e ser capaz de suportar quantidades espantosas de dor e sofrimento. Jiko me ajudava a cultivar meu *supapáua*! E me encorajava a ficar sentada em zazen por muitas horas sem me mover e me ensinava a não matar nada, nem mesmo os mosquitos que zumbiam perto do meu rosto quando eu estava sentada no hondō ao cair da tarde ou deitada na cama à noite. Aprendi a não bater neles nem quando me picavam e a não coçar a picada depois. No começo, acordava com o rosto e os braços inchados das picadas, mas, aos poucos, meu sangue e minha pele ficaram resistentes e imunes ao veneno deles, e eu não ficava cheia de brotoejas, por mais que tivesse sido picada. E logo não havia mais diferença entre os mosquitos e eu. Minha pele já não era uma parede que nos separava, e meu sangue era o sangue deles. Fiquei muito orgulhosa de mim mesma, por isso fui procurar Jiko e lhe contei.

Ela sorriu.

— É — disse, dando um tapinha no meu braço. — Comida farta e gostosa para mosquitos.

Ela me explicou que pessoas jovens precisam de muito exercício e que deveríamos nos extenuar todos os dias, caso contrário teríamos pensamentos e sonhos prejudiciais, que resultariam em ações prejudiciais. Eu sabia o bastante sobre as ações prejudiciais das pessoas jovens, então concordei, por isso não me incomodava que ela me fizesse trabalhar com Muji na cozinha todos os dias. Eu sabia que Muji estava feliz em me receber ali, porque ela mesma disse isso. Antes da minha chegada, havia muito trabalho para uma única monja. Provavelmente já falei antes, mas o que você precisa entender sobre a vida no templo é que é como viver em uma era completamente diferente, e demora cerca de cem vezes mais do que no século XXI. Muji e Jiko nunca desperdiçavam nada. Juntavam com cuidado e reutilizavam cada elástico e aramilho, cada pedaço de barbante e papel, cada retalho de tecido. Muji tem uma mania com sacos plásticos, e me fazia lavar todos com água e sabão e pendurá-los ao ar livre, onde pegavam a luz do sol e rodopiavam ao vento como balões em forma de água-viva enquanto secavam. Eu não me importava porque não tinha muito mais o que fazer, mas, na minha opinião, demorava muito. Tentei explicar que seria mais rápido apenas jogar fora os sacos velhos e comprar novos, assim elas teriam mais tempo para o zazen, mas Jiko discordou. Sentar-se em zazen, lavar sacos plásticos de congelador, é a mesma coisa, afirmou.

    Elas só jogavam alguma coisa fora se estivesse total e verdadeiramente quebrada, e aí faziam disso algo muito importante. Guardavam todos os alfinetes entortados e agulhas de costura quebradas e uma vez por ano lhes faziam um verdadeiro funeral, cantando e depois enfiando-os em um pedaço de tofu para que tivessem um lugar confortável para descansar. Jiko diz que tudo tem alma, mesmo o que é velho e inútil, e que devemos confortar e honrar as coisas que nos serviram bem.

    Então, dá para imaginar como, com todo esse trabalho extra, ter mais uma pessoa jovem por perto ajuda bastante, e conseguimos fazer mais conservas de ameixa e repolhos, desidratar mais abóboras e nabos-japoneses, e cuidar melhor do jardim do templo. Também conseguimos visitar muitos fiéis do templo que estavam idosos ou doentes e, às vezes, nessas visitas, eu também cuidava de seus jardins.

Comecei a me levantar às cinco da manhã para fazer o zazen com elas, e depois das oferendas, serviços religiosos e sōji,[121] enquanto Muji estava preparando o café da manhã, Jiko me fazia correr montanha abaixo até a estrada e subir de volta ao templo. Ela ficava lá para me receber enquanto eu subia os últimos degraus, ofegando e com as pernas moles como miojo. Ela ficava de pé ali com Chibi, o pequeno gato preto e branco do templo, e me entregava uma toalha e uma grande jarra cheia de água fria, e me observava beber.

Certa vez, ela me falou:

— Você tem pernas boas e retas. Boas e longas. Fortes.

Fiquei contente e teria corado se meu rosto já não estivesse vermelho da corrida.

— São as pernas do seu pai — continuou ela. — Ele também era um corredor forte. Só um pouquinho mais rápido do que você.

— Você também o fazia descer e subir correndo?

— É claro. Ele era um menino com muitos pensamentos prejudiciais. Precisava de muito exercício.

Joguei o restante da água na cabeça e me sacudi. As gotas voaram das pontas do meu cabelo, banhando Chibi, que pulou e se afastou.

— Desculpe, Chibi! — gritei. Mas é claro que ele me ignorou. Sentou-se bem longe, de costas, e começou a se lamber. Ele parecia de fato ofendido, mas ele é um gato, então não levei para o lado pessoal.

— Papai ainda tem pensamentos prejudiciais — falei, observando o gato me ignorar. — Talvez ele devesse voltar e morar aqui conosco. Talvez você pudesse treiná-lo e ensiná-lo a ser forte de novo. Ele poderia correr para cima e para baixo, fazer o zazen, trabalhar no jardim...

---

121. *Sōji* (掃除): limpeza.

Quanto mais eu pensava naquilo, mais me parecia uma boa ideia e, antes que eu percebesse, as palavras saíram da minha boca. Eu disse: por favor, vovó! Estou falando sério. Ele precisa de ajuda! E depois lhe contei tudo sobre a noite em que ele caiu na frente do trem, e como ele e mamãe fingiam ter sido acidente, mas não foi, e como ele nunca saía do apartamento durante o dia, mas saía tarde da noite e ficava horas e horas fora, e eu sabia disso porque ficava acordada e tentando ouvi-lo, porque tinha medo de que ele não voltasse. E como, uma noite, quando eu não aguentava mais, saí discretamente atrás dele, porque precisava saber se ele estava perseguindo alguém ou indo encontrar uma amante, o que seria meio chato para mamãe, mas pelo menos daria a ele uma razão para existir, e o segui pelas ruas, ficando nas sombras e junto às paredes. O caminho que ele percorreu não fazia sentido, mas ele não se importava, como se fosse um robô e seus pés tivessem sido programados para executar um tipo de algoritmo aleatório que aprendemos na aula de programação, mas como se ao mesmo tempo a mente dele tivesse sido desligada a fim de não perceber para onde estava indo. Talvez fosse sonâmbulo. Às vezes, entrava em bairros diferentes e, às vezes, as ruas eram tão antigas, estreitas e tortuosas que eu tinha certeza de que estávamos perdidos. Ele nunca parava, não falava com ninguém, não comprava nada, nem mesmo cigarros ou cerveja de uma máquina de venda automática, e, agora, pensando a respeito, nós nunca passamos por nenhuma delas nas ruas, então talvez ele tivesse um algoritmo de precaução inserido em seu código, como alguns robôs têm, para não esbarrar nas coisas.

Caminhamos por horas. Eu estava com medo porque sabia que nunca encontraria o caminho de volta para casa sozinha, e não queria que meu pai notasse que estava sendo seguido, mas estava cansada demais para acompanhá-lo. E, bem nessa hora, ele virou uma última esquina e chegamos ao mesmo parquinho às margens do rio Sumida que eu tinha visto no sonho quando estava sob amarras metálicas na cama. Era exatamente como imaginei. De um lado, perto da margem do rio, existia um parquinho infantil com balanço, escorregador e gangorra, e eu sabia que era para lá que ele se dirigia. Como esperado, ele foi direto para o balanço e se sentou. Estava de costas para mim, então dei a volta e me escondi atrás de um panda de cimento, de onde conseguia ver seu rosto. Ele acendeu um Short Hope e começou a balançar. Estava de frente para a água e começou a mexer as pernas e a balançar cada vez mais alto, com o cigarro preso entre os dentes, sorrindo como se tivesse alguma intenção. Parecia que estava tentando fazer o balanço chegar o mais alto possível para que, quando chegasse ao ponto mais alto do arco, pudesse se soltar; a força do balanço o lançaria por cima da mureta baixa de segurança do rio Sumida, onde ele se afogaria e seu corpo afundaria e seria comido por um kappa ou um bagre gigante do rio. Juro, consegui ver o momento em que as mãos dele escorregavam da corrente e o corpo disparava para fora do assento, voando para a frente, de braços e pernas bem abertos para receber o vento e as águas escuras e profundas. *Não... não... não*! Eu me ouvi sussurrar, e meu coração batia no ritmo do balanço. *Agora... agora... agora*!

    Mas nada disso aconteceu. Ele não se soltou, e depois a agitação das pernas perdeu lentamente a força e o arco do balanço ficou menor e mais irregular, até que ele mal se movia e os dedos nas sandálias de plástico apenas se arrastavam para trás e para a frente, traçando pequenos círculos sem rumo na terra sob o balanço. Ele se levantou e caminhou até o muro de segurança, examinou-o e depois deu uma última tragada no cigarro e o atirou no rio. Ele ficou ali por muito tempo, olhando para a água oleosa. Eu estava com medo de que ele fosse subir e pular. Queria sair correndo do meu esconderijo e impedi-lo.

— Mas você não fez isso — concluiu Jiko.

— Não. Eu ia, mas aí ele se afastou da água e começou a caminhar de novo.

— Você foi atrás?

— Sim. Ele caminhou de volta para casa. Esperei do lado de fora da porta do apartamento até achar que era seguro e entrei com a minha chave. Acho que ele não me ouviu. Estava roncando a essa altura.

A velha Jiko assentiu.

— Ele dormia bem quando menino.

— Então, não acha que ele deveria voltar e ficar aqui conosco? — perguntei. — Acho que faria muito bem a ele, não acha? Deveria ter visto a cara dele enquanto subíamos os degraus do templo. Ele parecia muito feliz.

— Ele sempre gostou daqui — revelou Jiko.

— Por isso ele deveria voltar, certo?

— Maa, soo kashira[122] — respondeu ela, que é uma daquelas respostas japonesas que não significam absolutamente nada.

2.

Agosto foi mais quente do que você poderia imaginar e, à tarde, quando Jiko e Muji estavam dando aulas de arranjos de flores ou cantando sutras para as senhoras do bairro e eu deveria estar fazendo minha lição de casa de verão, eu me arrastava para o engawa[123] que dava para o lago, ficava sentada ali e divagava. Gostava de me encostar na grossa viga de madeira, colocar os fones de ouvido e esticar as pernas para a frente, observando as libélulas planando em volta dos lótus flutuantes do laguinho, ouvindo covers pop japoneses de *chansons* francesas, de que eu gostava mesmo antes de descobrir *À la recherche du temps perdu*. Jiko não gostava quando eu me esparramava; quando me pegou fazendo isso, me falou. Disse que não era educado

---

122. *Maa, sō kashira*: Bem, eu me pergunto...
123. *Engawa* (縁側): varanda estreita de madeira que circunda as construções tradicionais japonesas.

se sentar de pernas bem abertas para todo o mundo ver, em especial quando eu não estivesse de calcinha, e normalmente eu concordaria, mas estava tão quente! Apenas não conseguia suportar a sensação da parte interna das minhas coxas se tocando e a madeira velha do engawa era lisa e fresca; além disso, ninguém estava olhando. Até Chibi, o gato, que adorava um colo quentinho, ficava longe. Ele ficava largado em uma pedra fresca coberta de musgo debaixo de algumas samambaias. Na maior parte do tempo, o ar permanecia imóvel, mas, às vezes, uma brisinha fraca soprava na encosta da montanha e entrava pelos portões do templo, achando o caminho até o jardim, onde agitava a superfície da água e fazia cócegas entre minhas pernas, me fazendo estremecer. Às vezes, acho que os espíritos dos ancestrais vivem nas brisas e que é possível senti-los dançar.

Aproximava-se o Obon, e os espíritos eram como viajantes chegando ao aeroporto com as malas, à procura de um lugar para fazer o check-in. Para eles, o Obon também era como férias de verão, quando podiam voltar da terra dos mortos para nos visitar, na terra dos supostos vivos. A atmosfera quente parecia grávida de fantasmas, e é engraçado que eu diga isso, já que nunca fiquei grávida, mas já vi mulheres no trem prestes a parir e imagino que a sensação deve ser essa. Elas se arrastam, a barriga primeiro, e se alguém é legal o suficiente para ceder o assento, elas se jogam e ficam lá sentadas com as pernas abertas, esfregando a barriga e abanando o rosto corado e suado, que é exatamente a sensação que se tem em agosto; quando o Obon se aproxima, é como se toda a esfera terrestre estivesse grávida de fantasmas e, a qualquer momento, os mortos fossem romper a membrana invisível que os separa de nós.

Quando eu não estava sentada na varanda, divagando, seguia Jiko pelo templo, carregando coisas para ela e perturbando-a com perguntas sobre nossos ancestrais.

— E a vovó Ema? Ela vem? Já a vi alguma vez? Queria conhecê-la. E a tia-avó Sugako e o tio-avô Haruki? Também queria conhecê-los. Você acha que talvez eles queiram me conhecer?

Eu estava animada porque, embora nenhum de meus parentes mortos tivesse se dado ao trabalho de aparecer no Obon antes, pelo menos que eu saiba, minha sensação era de que aquele ano seria diferente. Primeiro, porque agora eu era um ikisudama e, como fantasma viva, imaginava que os fantasmas mortos se sentiriam mais confortáveis perto de mim. E também imaginava que estariam mais dispostos a vir ao templo de Jiko, onde todo mundo os aguardava e sabia como tratá-los de forma mais apropriada do que, digamos, em Sunnyvale, onde os vizinhos apenas enlouqueceriam e os tratariam como assombrações fajutas de Halloween. É como uma festa de aniversário. Se seus pais são como os de Kayla, que são realmente bons em planejar eventos e levam todo mundo para jogar boliche ou escalar, é incrível ser a aniversariante, mas se seus pais são como os meus, que são bem sem noção, os aniversários são uma droga, e você acharia melhor estar a milhares de quilômetros de distância do que na própria festa chata com seus amigos americanos que ficam suspirando e revirando os olhos uns para os outros, mas que ficam todos emocionados e falsos sempre que sua mãe entra na sala com outro prato de sushi. E você finge se divertir e sorri como doida, mas sabe que é como trabalhar em vendas: só está fazendo isso para deixar seus pais felizes e porque é bom para sua autoestima. Enfim, o que estou querendo dizer é: se você fosse um fantasma, qual festa preferiria?

Jiko e Muji são ótimas organizadoras de festas, e passamos todos os nanossegundos budistas preparando os altares, fazendo arranjos de flores, espanando o pó e limpando bem até os cantinhos e as rachaduras mais ínfimos do templo para que o lugar estivesse impecável para os espíritos e ancestrais. Também fizemos diferentes tipos de comida especial para oferecer a eles, porque terão fome depois da longa viagem de volta e, se não os alimentarmos, podem ficar com raiva. A comida é uma parte importante do Obon. No Japão, existem milhares de espíritos, fantasmas, duendes e monstros diferentes que podem fazer tatari e atacar você, então, só por segurança, começaríamos com uma grande cerimônia osegaki,[124] com muitos convidados, bem como sacerdotes e monjas de um templo próximo, que vinham nos ajudar a alimentar os fantasmas famintos.

Muji me contou a história por trás disso: antigamente, o Senhor Buda tinha um discípulo chamado Mokuren, que ficou muito triste quando, por acaso, viu a mãe pendurada de cabeça para baixo, como uma carcaça de carne, no Reino Infernal dos fantasmas famintos. Ele perguntou ao Senhor Buda como resgatá-la, e o Senhor Buda orientou-o a fazer oferendas especiais de comida, o que parece ter dado certo, o que demonstra que filhos e filhas têm de cuidar do bem-estar dos pais, mesmo quando estão mortos e pendurados de cabeça para baixo nos ganchos de carne no inferno. O velho Mokuren era um cara incrível, com vários *supapáua!* Por exemplo, era capaz de atravessar paredes, ler a mente das pessoas e falar com os mortos. Eu gostaria de atravessar paredes, ler mentes e falar com os mortos. Seria legal. Sou apenas uma iniciante, mas, como você sabe, acho importante ter objetivos concretos na vida, e atravessar uma parede parece factível, não acha?

Enfim, tínhamos tudo pronto, e na noite anterior à chegada dos primeiros convidados, Jiko, Muji e eu tomamos banho juntas para ficarmos limpas e muito elegantes, e pude raspar a cabeça das duas com a navalha. Jiko e Muji são super-rigorosas com a higiene pessoal e nunca deixam o cabelo crescer por mais de cinco dias, o que é cerca de três milímetros e, às vezes, elas me deixam ajudar. Eu gostava de fazer aquilo. Gostava do jeito como os cabelinhos duros ficavam na frente da lâmina, deixando a

---

124. *Segaki* (施餓鬼): fantasmas famintos; também é um termo pejorativo para se referir a pessoas em situação de rua.

pele toda bonita, lisa e brilhante. Os cabelinhos de Muji eram minúsculos e pretos, como formigas mortas caindo de uma página em branco, mas a cabeça por raspar da velha Jiko era de um prateado claro e cintilante, como purpurina ou pó de fada.

Também existe uma oração para raspar a cabeça, que é assim:

Enquanto raspo os fios de minha cabeça
Rezo com todos os seres
Para que possamos extirpar nossos desejos egoístas
E entrar no céu da verdadeira libertação.

Naquela noite, eu estava tão animada pensando na chegada dos fantasmas que fiquei acordada até a hora que Muji por fim me fez ir para a cama, mas, assim que ela e Jiko dormiram, escapei de novo. Não sei o que esperava. Andei pelo jardim e fui me sentar no degrau mais alto do templo, debaixo do portão, para esperar. O frio e a umidade do degrau de pedra atravessavam meu pijama, e a única coisa que conseguia ouvir era o som das rãs e dos insetos noturnos cantando.

Algumas pessoas acham a noite triste porque é escura e faz com que se lembrem da morte, mas não concordo nadinha com esse ponto de vista. Pessoalmente, gosto da noite, em especial no templo, quando Muji desliga todas as luzes e restam apenas a lua, as estrelas e os vaga-lumes, ou quando está nublado e o mundo é tão preto que você nem consegue ver a um palmo na frente do nariz.

Tudo parecia escurecer ainda mais enquanto estive sentada ali, exceto pelos vaga-lumes, cujas luzinhas pulsantes desenhavam arcos no ar escuro do verão. Liga, desliga... Liga, desliga... Liga, desliga... Liga, desliga. Quanto mais eu olhava, mais tonta ficava, até que senti o mundo me despejando e me atirando pela encosta da montanha em direção à comprida garganta da noite. Abaixei a mão para tocar o degrau e me firmar, mas no lugar da pedra fria senti algo espinhoso que se moveu como eletricidade.

Gritei e me afastei, mas é claro que era apenas Chibi, que veio cumprimentar os fantasmas comigo. Ele congelou como um gato de desenho animado com seus olhos verdes e redondos iguais moedas brilhantes, mas quando ri e acariciei sua pele elétrica, ele se esfregou contra meu joelho e empurrou a cabeça contra a minha mão.

— Baka ne, Chibi-chan![125] — falei, ainda com o coração disparado. Embora eu mal conseguisse distinguir sua silhueta, era bom tê-lo ali.

Uma rajada de vento sacudiu o bambuzal, e foi como se espíritos se movessem. Que aparência teria um fantasma, afinal? Pareceria mesmo humano? Seria grande e gordo como um monstro de nabo-japonês? Teria um nariz extremamente longo como um tengu de cara vermelha?[126] Seria verde como um duende ou se disfarçaria de raposa? Ou seria mais como um pedaço de carne em decomposição, do tamanho de um homem sem cabeça, com braços e pernas feitos de enormes placas de gordura e um cheiro horrível? Esses se chamam nuppeppo. Muji me contou sobre isso. Eles andam por templos antigos abandonados e cemitérios, e desfrutam de longas caminhadas sem rumo após o anoitecer. Talvez meu pai esteja se transformando em um nuppeppo. E existem outros fantasmas que se parecem com homens mortos que têm cabelos mal cortados, cujos globos oculares vermelhos saltam das órbitas e cuja pele se desprende dos ossos como líquen. Eles se vestem com ternos de poliéster baratos e ficam pendurados em árvores na Floresta do Suicídio, girando lentamente. Esses são os fantasmas que mais me assustam, porque parecem um pouco com meu pai, e quando eu estava começando a me apavorar, senti algo se acomodar ao meu lado. Eu me virei, e ele estava ali. Meu pai

---

125. *Baka ne, Chibi-chan!*: Somos idiotas, hein, Chibi querido!
126. *Tengu* (天狗): demônios sobrenaturais de rosto vermelho com nariz longo e fálico, muitas vezes vestidos como monges budistas. Os *tengu* podem ser maus ou bons e são protetores de montanhas e florestas.

estava sentado, no degrau de pedra, ao meu lado, e mesmo que seus olhos não estivessem saltados e ele não vestisse o terno de trabalho, ainda assim eu sabia que ele estava morto, que tinha por fim se matado, e que o fantasma dele tinha vindo me avisar.

— Pai? — tentei sussurrar, mas minha boca estava tão seca que nenhum som saiu.

Ele olhava para a escuridão.

— Pai, é você? — Minha boca ainda não fazia nenhum som, então as palavras eram apenas pensamentos na minha mente. Não é de se estranhar que ele não conseguisse me ouvir. Ele tinha os olhos fixos na escuridão. Respirei fundo, limpei a garganta, tentei de novo.

— Otosan — falei, dessa vez em japonês. A palavra escapou dos meus lábios como uma pequena bolha. O fantasma do meu pai virou a cabeça de leve, e então percebi que ele parecia muito jovem e vestia algum tipo de uniforme, com um boné na cabeça. Parecia um uniforme escolar, só que de cor diferente. Ele ainda não respondia. Ocorreu-me que talvez fosse preciso ser supereducada com fantasmas, mesmo que eles sejam seus pais, caso contrário é possível ofendê-los, então tentei mais uma vez, em minha voz mais formal e educada de estudante.

— Yasutani Haruki-sama de gozaimasu ka?[127]

Dessa vez, ele ouviu e lentamente se virou para me olhar; quando respondeu, sua voz era tão suave que mal pude ouvi-lo direito por causa do vento.

— Quem é você? — perguntou.

Ele não me reconheceu. Eu não podia acreditar! Meu pai estava morto e já tinha se esquecido de mim. Senti um nó na garganta e começou uma coceira em meu nariz, como acontece quando tento não chorar. Inspirei fundo de novo.

— Sou Yasutani Naoko — anunciei, tentando parecer corajosa e autoconfiante. — É um prazer vê-lo.

---

127. *Yasutani Haruki-sama de gozaimasu ka?*: O senhor é o honroso sr. Haruki Yasutani?

— Ah — respondeu ele. — O prazer é meu. — As palavras ondulavam, finas e azuis como a fumaça da ponta de um incenso aceso.

Alguma coisa estava errada. Eu não queria ser rude e encará-lo, mas não pude evitar. Ele parecia uma versão jovem do meu pai, apenas alguns anos mais velho do que eu, mas sua voz soava diferente, e as roupas também estavam todas erradas. E foi aí que percebi: se esse fantasma que atendia pelo nome do meu pai não era meu pai, então devia ser o tio do meu pai, o homem-bomba Yasutani Haruki #1.

— Já nos encontramos antes? — ele parecia estar perguntando.

— Creio que não — respondi. — Creio ser sua sobrinha-neta. Creio ser filha de seu sobrinho, Yasutani Haruki Número Dois, que recebeu o seu nome.

O fantasma assentiu.

— É mesmo? — perguntou. — Eu não sabia que tinha um sobrinho, quanto mais uma sobrinha-neta. Como o tempo voa rápido...

Ficamos em silêncio, então. Na verdade, não tive escolha, porque acabou meu estoque de frases educadas. Não sou muito boa no japonês verdadeiramente formal, porque cresci em Sunnyvale, e o fantasma de Haruki #1 também não parecia nada falante. Parecia meio mal-humorado e retraído, o que fazia sentido diante do que Jiko me contou sobre ele gostar de filosofia e poesia francesa. Eu gostaria de ter prestado mais atenção enquanto meu pai lia para mim sobre os existencialistas, porque talvez eu pudesse ter dito algo inteligente para ele, mas a única poesia francesa que eu conhecia era o refrão de uma música de Monique Serf chamada "Jinsei no Itami",[128] que talvez não fosse a melhor de se cantar para uma pessoa morta.

---

128. *Jinsei no Itami*: A Dor de Viver.

Le mal de vivre
Le mal de vivre
Qu'il faut bien vivre
Vaille que vivre[129]

Eu cantarolava no escuro, balbuciando as palavras mesmo sem ter certeza do que significavam. Pensei ouvi-lo rindo ao meu lado, ou talvez fosse o vento, mas quando olhei para onde ele tinha se sentado, Haruki #1 havia partido.

3.

Nao estúpida! Que garota burra! Eu estava lá, sentada ao lado do fantasma do meu tio-avô morto, que por acaso era um piloto combatente kamikaze da Segunda Guerra Mundial e provavelmente a pessoa mais fascinante que já encontrei, e o que fiz? Cantei uma *chanson* francesa estúpida para ele! É idiota ou não é??? Ele deve ter pensado que eu era só mais uma típica adolescente burra e que o tempo dele na terra era precioso, então por que desperdiçar um momento que fosse comigo? Melhor apenas cair fora e encontrar alguém que pudesse pensar em assuntos mais interessantes para uma conversa.

O que há de errado comigo? Eu poderia ter lhe perguntado sobre várias coisas. Poderia ter perguntado sobre seus interesses e hobbies. Poderia ter perguntado se apenas as pessoas deprimidas ligam para a filosofia, e se ler livros filosóficos ajuda em alguma coisa. Poderia ter perguntado como foi ser arrancado de sua vida feliz e forçado a se tornar um homem-bomba, e se outros sujeitos da unidade o criticavam porque ele escrevia poesia francesa. Poderia ter perguntado como ele se sentiu na manhã de sua missão, que foi também sua última manhã na terra. Será

---

129. Viver é um ato de coragem...?

que ele tinha um peixe grande e frio morrendo em sua barriga vazia? Ou ele emanava uma calma luminosa que deixou todos à sua volta admirados, convictos de que ele estava pronto para iniciar o voo?

Eu poderia ter lhe perguntado como é morrer.

Estúpida, baka Nao Yasutani.

4.

De manhã, depois do café, quando Muji e Jiko estavam ocupadas cumprimentando sacerdotes do templo principal — que chegaram no primeiro carro e vieram para ajudar na cerimônia do osegaki do dia seguinte —, fui às escondidas até o escritório de Jiko. Ela não se importava que eu ficasse ali, então não sei por que me sentia como se estivesse me escondendo. É meu lugar favorito do templo, com vista para o jardim, uma escrivaninha baixa onde ela gosta de escrever e uma estante pequena com um monte de livros religiosos antigos e outros de filosofia com encadernações de tecido desbotadas. Jiko me disse que os de filosofia pertenciam a Haruki #1, da época em que ele estava na universidade. Tentei ler alguns, mas o kanji dos livros japoneses era insano de tão difícil e os outros estavam em línguas como francês e alemão. Mesmo os em inglês não soavam nada parecidos com o inglês que já ouvi. Sendo sincera, não sei se ainda existem pessoas que podem ler livros como aqueles, mas se alguém arrancasse todas as páginas, dariam ótimos diários.

De frente para a estante, no fundo da sala, ficava o altar da família. Um pergaminho com a imagem de Shaka-sama pendia do alto, cercada pelo ihai[130] de todos os nossos antepassados e um livro com seus nomes. Abaixo havia diferentes prateleiras

---

130. *Ihai* (位牌): tábua dos espíritos, tábua de homenagem.

para flores, velas e queimadores de incenso, e também bandejas de oferenda com frutas, chá e doces.

Em uma das prateleiras, ao lado, havia uma caixa embrulhada em tecido branco e três fotografias pequenas em preto e branco dos filhos mortos de Jiko: Haruki, Sugako e Ema. Eu já tinha visto aquelas fotos, mas nunca dei atenção. Eram apenas estranhos rígidos e antiquados, seres-tempo de outro mundo que não significavam nada para mim. Mas agora tudo era diferente.

Fiquei na ponta dos pés e alcancei a foto de Haruki no altar. Na foto, ele parecia mais jovem do que seu fantasma, um estudante pálido, de boné escolar e expressão poética no rosto, congelado sob o vidro. Ele também se parecia um pouco com meu pai, antes de meu pai ficar flácido e parar de cortar o cabelo. O vidro estava empoeirado, então o esfreguei com a bainha da minha saia e, enquanto limpava, algo em seu rosto pareceu se mexer um pouco. Talvez a mandíbula tenha travado. Um ponto de luz minúsculo parecia brilhar de seus olhos. Eu não me surpreenderia se ele tivesse virado a cabeça, olhado para mim e falado algo; então, aguardei, porém nada mais aconteceu. Ele apenas continuou fitando um lugar distante, além da câmera, e o momento se dissipou: ele voltou a ser só uma fotografia antiga emoldurada.

Virei o quadro e vi que havia uma data na parte de trás: Showa 16. Contei nos dedos: 1941.

Ele ainda estava no ensino médio. Apenas uns dois anos mais velho do que eu. Poderia ter sido meu senpai.[131] Eu me perguntei se teríamos sido amigos, se ele teria me protegido de quem me intimidava. Eu me perguntei se ele ao menos teria gostado de mim. Provavelmente, não. Sou muito estúpida. Eu me perguntei se eu teria gostado dele.

Uma das travas na parte de trás da moldura estava solta, mas, quando tentei empurrá-la para o lugar, a coisa toda se desfez

---

131. *Senpai* (先輩): veterano na escola ou no trabalho; o superior de alguém.

nas minhas mãos. Pensei: ai, droga. Porque não queria de jeito nenhum que Jiko soubesse que eu tinha quebrado aquilo, então tentei alinhar os pedaços de novo, mas alguma coisa estava bloqueando e atrapalhando. Suei de verdade nessa hora. Achei que talvez pudesse esconder o porta-retratos ou deixá-lo no chão e culpar Chibi, mas não: me sentei no tatame e o desmontei, e foi aí que descobri a carta. Era só uma página, dobrada e enfiada entre a foto e o fundo de papelão. Eu a desdobrei. A caligrafia era forte e bonita, como a de Jiko, naquele estilo antiquado que é difícil de ler, então a dobrei de novo e a enfiei no bolso. Não queria roubá-la. Só precisava de um dicionário e de algum tempo para descobrir o que dizia. A moldura continuou quebrada, mas enfiei a fotografia por trás e fechei uma das travas, o que a manteve mais ou menos no lugar. Antes de devolvê-la ao altar, segurei-a perto do meu rosto.

— Haruki Ojisama! — sussurrei em meu japonês mais sincero e educado. — Sinto muito por ter quebrado seu porta-retratos e sinto muito por ter sido tão idiota. Por favor, não fique bravo comigo por pegar sua carta. Por favor, volte.

5.

Estimada mãe,

Esta é minha última noite na terra. Amanhã, amarrarei em volta de minha fronte um tecido com a marca do Sol Nascente e realizarei o voo.

Amanhã morrerei por meu país. Não fique triste, mãe. Vejo a senhora chorando, mas não sou digno de suas lágrimas. Quantas vezes me perguntei o que eu sentiria neste momento, e agora sei. Não estou triste. Estou aliviado e feliz. Assim, seque suas lágrimas. Cuide bem de si e de minhas queridas irmãs. Diga-lhes para serem boas meninas, para serem alegres e viverem uma vida feliz.

Esta é minha última carta para a senhora e minha carta formal de despedida. A Autoridade Naval a enviará à senhora junto ao comunicado de minha morte e minha pensão adicional, à qual a senhora terá direito. Receio que não seja muito, e meu único arrependimento é poder fazer tão pouco pela senhora e por minhas irmãs com minha inútil vida.

Também estou enviando o juzu que a senhora me deu, meu relógio e o exemplar de K. do *Shōbōgenzō*, que tem sido meu companheiro constante nestes últimos meses.

Como posso expressar minha gratidão à senhora, querida mãe, por lutar para criar um filho tão indigno? Não posso.

Há muitas coisas que não posso expressar ou providenciar para a senhora. É tarde demais. Quando a senhora ler isso, estarei morto, mas morrerei acreditando que a senhora conhece meu coração e não me julgará com severidade. Não sou um homem guerreiro, e tudo que eu fizer estará de acordo com o amor pela paz que a senhora me ensinou.

Em breve as ondas esfriarão este fogo
— minha vida — que queima sob o luar.
Ouça! Consegue escutar as vozes
chamando do fundo do mar?

Palavras vazias, como a senhora sabe, mas meu coração está cheio de amor.

Seu filho,
Segundo Subtenente da Marinha
Yasutani Haruki

RUTH

1.

— *Le mal de vivre* — repetiu Benoit. Era um homem baixo, de rosto largo e tórax em forma de barril, e vestia calças Carhartt imundas presas por suspensórios vermelhos sobre uma camisa de flanela rasgada, além de um gorro, enfiado por cima dos cabelos pretos e encaracolados. Sua barba crespa era raiada de cinza. Ele segurava garrafas de vinho em uma de suas mãos grandes e agarrava uma de Tanqueray na outra. Tinha os olhos fixos para além da cabeça de Ruth, em algum ponto a uma distância média onde, aparentemente, residia o verso francês. O tilintar e o eco do centro de reciclagem pareceram se acalmar por tempo suficiente apenas para permitir que ele falasse.

— Sim, é claro que significa a dor da vida — confirmou. — Ou a doença, ou talvez o mal de estar vivo, como em *Les fleurs du mal*. Ou, apenas, a tristeza da vida, o contrário de *la joie de vivre*.

Ele parou por um momento para saborear o som das palavras antes de jogar as garrafas no orifício quadrado do triturador. O barulho de vidro quebrando era ensurdecedor.

— Por quê? — gritou ele.

— Ah, nada — desconversou Ruth. De repente, ela se sentiu insegura sobre o quanto deveria revelar a Benoit, de quanto ela seria capaz de transmitir em meio àquela barulheira. — São só palavras de uma música que ouvi. — Como explicar as circunstâncias? Que eram palavras de uma música cantarolada para um fantasma; que ela leu em um diário que encontrou em um saco de congelador coberto de cracas na praia? Queria pedir a ajuda dele para traduzir o caderno de redação em francês, e o trouxera com ela, mas tudo parecia muito difícil. O depósito de lixo não era um bom lugar para conversas profundas em uma manhã de sábado.

No estacionamento atrás dela, caminhonetes patinhavam na lama até as caçambas ou davam marcha a ré rumo às baías. Embora o centro de transporte tivesse implantado recentemente um programa de coleta de lixo, os ilhéus ainda gostavam de fazer as coisas do jeito antigo. Gostavam de ir ao depósito para descartar eles mesmos os resíduos. Gostavam de carregar caixas saturadas de latas e garrafas plásticas até a mesa de reciclagem, separar o papel do papelão e jogar o vidro no triturador. Gostavam de examinar as estantes e prateleiras da Free Store, que era o que a ilha dispunha de mais parecido com uma loja de departamentos. Uma ida ao depósito era como uma ida ao shopping. Era o que se considerava entretenimento em uma manhã de sábado. As crianças corriam lá fora, fingindo jogar *World of Warcraft* em meio aos destroços de carros enferrujados e geladeiras sem porta. Punks com dreads vasculhavam em busca de correntes e câmbios no emaranhado de bicicletas. Corvos, gralhas e águias-carecas sobrevoavam, lutando por território e restos de carne.

— Sim — disse Benoit. — É uma música muito famosa. De Barbara. — Ele pronunciou o nome em francês, envolvendo os lábios em torno das três sílabas, dando a cada uma a mesma ênfase e acariciando o *r* gutural no fundo da garganta.

— Na verdade, não. Era uma cantora chamada Monique...

Ele sacudiu a mão impaciente.

— Serf, sim, sim, é a mesma. Barbara é o nome artístico, para seus muitos fãs. Você também é fã?

— Bom, na verdade nunca ouvi nada dela — disse Ruth. — Acabei de encontrar a letra em um livro e me perguntei o que significava...

Benoit fechou os olhos e começou a falar. Com o ruído constante do motor do triturador, Ruth teve de se inclinar para ouvir o que ele dizia:

— *Le mal de vivre*, "a dor da vida". *Qu'il faut bien vivre...* "que devemos viver, ou suportar". *Vaille que vivre*, essa é difícil, mas é algo como "devemos viver a vida que temos. Devemos seguir em frente". — Ele abriu os olhos. — Ajudou?

— Ah, sim — respondeu ela. — Sim, acho que sim. Obrigada.

Benoit a analisou.

— É só isso que você quer? Não precisa de ajuda com o restante das traduções? Ainda tem o caderno em francês, não?

Ela desviou os olhos para a boca aberta do triturador.

— Muriel?

— Dora — respondeu Benoit. Ele sorriu, expondo a lacuna onde deveria haver um dente.

— É claro.

— *Mais, j'adore* Barbara — continuou ele —, e agora estou interessado em ajudá-la. Aqui é muito barulhento. Talvez devêssemos passar para a biblioteca?

Ele berrou para que um dos punks com dreads o substituísse, assobiou para o cachorro e depois a conduziu pelo estacionamento, subindo um barranco de terra, que havia sido cuidadosamente trabalhado com socalcos e pneus de caminhão cheios de gerânios, até uma saleta na parte de trás da garagem onde a empilhadeira estava estacionada. Um cachorrinho correu na frente, latindo.

A sala era de uma organização surpreendente, as janelas davam vista para caçambas. Os móveis eram escassos, o que era de se esperar: uma escrivaninha de metal avariada no canto; duas cadeiras de escritório com rodinhas bambas; um arquivo de metal amassado. Mas sobre a mesa e cobrindo duas paredes adjacentes da sala havia estantes do chão ao teto, forradas de livros. A quarta parede era decorada com pinturas descartadas, em sua maioria arte inspirada pelo consumo de drogas, iconografia nativa falsificada e pinturas por números de paisagens do norte com alces americanos e ursos-pardos que, de tão ruins, se tornavam boas. Também pregada na parede havia uma folha de papel de fichário pautada com uma cópia da Oração da Serenidade, primorosamente escrita à mão. *Deus, conceda-me a serenidade para aceitar as coisas que não posso mudar...*

— *Voilà* — falou Benoit, abrindo os braços. — *Ma bibliothèque et galerie.* Bem-vinda.

Ele se sentou na cadeira junto à escrivaninha. O cãozinho de pelo crespo, um vira-lata com muitos traços de terrier, pulou em uma das cadeiras, mas Benoit o chamou e então usou um pano para limpar o assento e o ofereceu a Ruth. O cachorro lançou um olhar arrependido para a mulher, depois se enroscou aos pés de Benoit.

Ela caminhou, passando lentamente pelas prateleiras e examinando as lombadas. Alguns títulos eram franceses, mas muitos eram em inglês, uma boa coleção de clássicos, intercalados com um pouco de ficção científica, história e teoria política. Melhor do que as coisas que ela podia encontrar na biblioteca local.

— Tudo do depósito — disse ele, orgulhoso. — Fique à vontade. — Ele a observou, atento, enquanto ela puxava uma coleção de contos de Kafka da prateleira. — Você é muito parecida com a sua mãe — falou, enquanto ela se sentava do outro lado da mesa.

Ela ergueu os olhos do livro, surpresa.

— Ah, você não sabia? — perguntou ele. — Sua mãe e eu éramos grandes amigos. Ela era uma das nossas clientes mais fiéis.

Foi então que ela se lembrou. Oliver costumava levar a mãe dela ao depósito todos os sábados de manhã. Eles tinham um compromisso permanente, e a mãe dela nunca se esquecia, mesmo quando o restante de seu mundo desaparecia.

— Masako — falava Oliver, em voz alta, no ouvido dela, para que ela conseguisse escutar mesmo sem os aparelhos auditivos, que havia parado de usar a essa altura. — Estaria porventura interessada em ir comigo à Free Store neste sábado?

O rosto dela se iluminava com um grande sorriso desdentado. Ela também parara de usar as dentaduras nessa época.

— Bem — exclamava. — Achei que nunca fosse perguntar...

Ela adorava uma pechincha. Tinha crescido durante a Depressão e costumava fazer compras em bazares beneficentes perto de casa antes de se mudarem para o oeste. Assim que ela chegou à ilha, levaram-na à Free Store e a deixaram vasculhar as prateleiras. Estava parada no corredor de suéteres, examinando um cardigã, quando chamou Ruth.

— Onde está a etiqueta com o preço? — sussurrou. — Falta a etiqueta com o preço. Como vou saber quanto custa? — A voz dela soava inquieta. A falta de coisas a entristecia. A falta de etiquetas de preço. A falta de memórias. A falta de partes de sua vida.

— Não tem preço, mãe — explicou Ruth. — É grátis. Tudo aqui é grátis.

Ela ficou parada, atordoada.

— Grátis? — repetiu, passando os olhos pelos corredores de roupas e prateleiras de brinquedos, livros e utensílios domésticos.

— Sim, mãe. Grátis. É por isso que se chama Free Store.

Ela ergueu o suéter.

— Quer dizer que posso levar isso. Sem pagar? É assim?

— É, mãe. É assim.

— Meu Deus — admirou-se ela, olhando para o suéter e balançando a cabeça. — É como se eu tivesse morrido e ido para o céu.

Depois disso, Oliver levava Masako ao depósito todos os sábados, de picape. Estacionava, ajudava-a a descer e depois a escoltava cuidadosamente a colina acima, pelo terreno rochoso, passando pelos montes de ferro-velho até a porta da Free Store, onde ele a entregava aos cuidados de uma das senhoras voluntárias. Elas logo passaram a conhecê-la e reservavam tudo o que havia de melhor no tamanho dela. Quando terminava a reciclagem, Oliver ia buscá-la e a escoltava de volta colina abaixo, onde Benoit a esperava para lhe perguntar como tinham sido as compras e se ela tinha encontrado boas pechinchas. Essa brincadeira sempre a fez rir.

Quando os armários ficavam cheios e as gavetas da cômoda não fechavam mais, Ruth tirava escondido as coisas do fundo e as devolvia à Free Store, onde sua mãe poderia encontrá-las novamente.

— Isso não é bonito? — Masako dizia, mostrando a Ruth uma blusa que acabara de trazer para casa. — Estou tão feliz por ter encontrado isso. Eu tinha uma igual, sabe...

Benoit riu quando Ruth lhe contou essa história.

— Sua mãe era muito engraçada — disse. — Provavelmente sabia muito bem o que você fazia. Houve algum funeral para ela? Não? Achei que não. Que pena.

Ele se inclinou para a frente na cadeira. Seus olhos escuros brilhavam.

— Mas, e agora, o que posso fazer por você?

Ele já tinha ouvido falar do saco de congelador e sabia tudo sobre o conteúdo. Pediu para ver o relógio do soldado do céu, e então ela o tirou para lhe mostrar. O que os homens tinham com aquele relógio? Ele assobiou pela brecha entre os dentes, acordando o cachorro, que ergueu a cabeça, cheio de expectativa. Quando Benoit terminou de admirar o relógio, Ruth tirou as cartas e o caderno de redação da mochila e os desembrulhou com cuidado. O cãozinho bocejou e voltou a dormir.

— As cartas estão em japonês — explicou ela, colocando-as de lado e segurando o caderno. — Mas isto está em francês.

Hesitou, olhando para as mãos dele, manchadas e endurecidas pelo trabalho. Sujeira preta que enchia as rachaduras de sua pele calejada e entrava embaixo das unhas. Ela desejou ter tido a ideia de fazer uma fotocópia. O caderninho parecia antigo e frágil entre os dedos grossos dele, mas ele o segurou com cuidado, virando as páginas de papel fino com uma reverência cuidadosa que a surpreendeu. Ele começou a ler em voz alta:

> *10 décembre 1943: Dans notre grand dortoir, les soldats de l'escadron et moi, on dirait des poissons qui sèchent sur un étendoir. Seules les nuits de pleine lune, quand le ciel est dégagé, me procurent assez de lumière pour écrire... Mes dernières pensées, mesurées en gouttes d'encre.*

Ele ergueu os olhos.

— Entendeu alguma coisa?

— Só um pouco — admitiu ela. — Dezembro. Algo sobre peixes e a lua cheia. E talvez os últimos pensamentos de alguém...?

O sorriso dele tinha matizes de pena.

— Quem sabe você me permita ficar com isto e traduzi-lo para você?

A condescendência em seu tom a irritou, mas ela podia superar aquilo. A verdadeira preocupação dela era com a segurança do velho caderno. Não queria deixá-lo ficar com ele, mas também não queria ofender Benoit. O cachorro acordou e, sentindo que a reunião estava quase no fim, levantou-se e cutucou a mão do dono com o focinho.

— Tudo bem — disse ela, observando enquanto ele se inclinava para coçar a cabeça do cachorro. — Acha que vai demorar muito?

Ele encolheu os ombros. Perguntas sobre o tempo não faziam sentido na ilha, mas os olhos negros dele se iluminaram.

— Ah — considerou ele. — Isso é para o seu novo livro?

— Ah, não — afirmou ela. — Só estou curiosa.

Ele pareceu desapontado. Fechou o caderno e esticou a mão sobre a mesinha para pegar o embrulho de cera e o envelope. Pelo menos ele era cuidadoso. A pilha de cartas dobradas chamou-lhe a atenção.

— São todas escritas pelo mesmo homem? — perguntou.

— Na verdade, não sei — respondeu Ruth. — Ainda não as li. A caligrafia japonesa é difícil...

Ele pareceu pouco interessado nas desculpas. Pegou a pilha de cartas e a analisou. Desdobrou uma delas e a estendeu sobre a mesa. O cão, cansado de esperar, deitou-se de novo.

— Não me diga que você também fala japonês — sondou ela.

— É claro que não. Para mim, isso é como um arranhão de galinha. Mas olhe. A caneta é a mesma, e a tinta. — Ele abriu o caderno de redação de novo e o colocou ao lado da carta. — Viu? A caligrafia é semelhante, embora seu rapaz estivesse escrevendo em línguas diferentes.

Ele estava certo. A letra tinha certa semelhança, era precisa e delicada, mas cheia de energia e vida. Ruth se perguntou como pôde não ter notado isso.

— O que o faz pensar que o escritor é um homem?

— Com certeza é um homem — afirmou Benoit, tocando o parágrafo em francês que havia lido em voz alta e então o leu novamente, só que desta vez traduzido ao inglês.

— *10 de dezembro de 1943: Dormimos juntos em um quarto grande, os integrantes de meu esquadrão e eu, dispostos em fileiras como peixinhos pendurados para secar.*

Ele estendeu a mão sobre a mesa e tocou o mostrador do relógio dela.

— É só meu palpite, mas acredito que foram escritos por seu soldado do céu.

2.

No caminho de volta para casa, ela notou que o vento estava ganhando velocidade de novo, então parou na loja Squirrel Cove para comprar mantimentos e completar o tanque de gasolina. Ela não estava com o galão sobressalente, mas, se o tanque da picape estivesse cheio, Oliver poderia sugar a gasolina, caso a do gerador acabasse. Com a condição de que o gerador voltasse a funcionar. As nuvens pairavam baixas sobre as montanhas, e as ondas na entrada da baía estavam agitadas e com cristas brancas. Um barquinho de pesca cruzava o cais público. Uma águia-careca girava em grandes círculos no alto. Era apenas o início da tarde, mas o céu já estava escuro, e as luzes da reserva Klahoose cintilavam na extremidade mais distante da enseada.

Também em casa as luzes ainda estavam acesas. Ela estacionou a picape e descarregou a caixa de mantimentos. Ao passar pela pilha de lenha, ouviu um corvo grasnando. Parou e olhou ao redor, imaginando se era o corvo-da-selva, mas não conseguiu vê-lo. Será que eles tinham chamados diferentes? Aquele pareceu preocupado. Ela ouviu de novo, desta vez mais longe, seguido pelo uivo baixo e longo de um lobo, vindo da baía. Ela seguiu para casa.

Oliver, antecipando a tempestade, já tinha o gerador conectado e pronto para funcionar. Ela guardou as compras e então seguiu a trilha de cabos de extensão até o andar de cima. A porta do escritório dele, que ficava em frente ao dela, no corredor, estava aberta, e então ela olhou lá dentro. Oliver estava sentado na escrivaninha, usando os fones de cancelamento de ruído e assobiando uma melodia desafinada enquanto navegava na internet. Ao lado dele, o gato dormia na velha cadeira giratória que conseguiram para ele no depósito. Chamavam-na de cadeira do copiloto, e era onde o gato mais gostava de ficar. Também tinham conseguido o gato no depósito.

Os fones de cancelamento de ruído pertenciam a Ruth, mas os dera para Oliver quando percebeu quanto o marido gostava dos fones. Ele gostava do modo como apertavam a cabeça. A pressão o ajudava a pensar, alegara ele, e agora Ruth tinha de berrar para se fazer ouvir.

— Ei! — gritou da porta, acenando com o braço.

O gato piscou e abriu um olho. Oliver ergueu o olhar e acenou de volta.

— Você chegou — falou, alto demais. — Não ouvi você entrar. Teve sorte? — O gato, irritado com todo o barulho, abriu o outro olho.

Ela fez sinal para que ele tirasse os fones de ouvido.

— Desculpe — disse Oliver, em tom normal. — Teve sorte?

— Ele vai traduzir. Acha que foi escrito pelo soldado do céu.

— Haruki Número Um — recordou Oliver. — Interessante. — Empurrou o braço da cadeira do copiloto e observou Pesto girando devagar. — Gostaria de saber por que ele escreveu em francês...

— Porque ninguém poderia ler? Benoit disse que ele estava escondendo aquilo dos outros soldados do esquadrão.

Pensativo, Oliver girou o gato.

— "Um excelente recurso de proteção" — disse ele.

No minuto que ouviu aquilo, ela se lembrou da referência. Como ele conseguia se lembrar das coisas que ouvia com tanta clareza?

— "Quem pegaria um livro antigo chamado *À la recherche du temps perdu*?" — ele continuou. — Foi isso que Nao escreveu. Então ela estava escondendo o diário dentro do livro de Proust e ele estava escondendo o diário escrevendo em francês. Diários franceses secretos parecem ser coisa de família. — Ele deu um último giro feliz na cadeira do copiloto e retirou a mão depressa quando Pesto, totalmente acordado e descontente, deu um tapa nele, atingindo a mão com uma garra.

— Ai! — resmungou, colocando o dedo na boca.

— Você mereceu — argumentou Ruth. O gato pulou da cadeira do copiloto, desceu as escadas e saiu pela portinha dele. — Ouvi lobos quando estava chegando — prosseguiu. — Estão próximos demais. Se o gato virar comida, a culpa será sua.

Oliver deu de ombros.

— Seria bem-feito para ele se fosse apanhado por um lobo. Retribuição cármica por todos os filhotes de esquilo que matou. — Ele colocou seus fones de ouvido, mas Ruth percebeu que tinha ficado preocupado. Bom. Ela cruzou o corredor em direção ao próprio escritório.

Diários franceses secretos são coisa de família. É claro. Por que ela não fez essa conexão?

Ela entrou no escritório, viu a almofada de meditação no chão e ocorreu-lhe que, em seu estado de espírito atual, talvez devesse tentar sentar-se em zazen novamente (quem sabe isso ajudasse sua memória), mas não o fez. Em vez disso, se sentou diante do computador e entrou no Gmail.

Ainda sem resposta do professor Leistiko.

3.

Fazia mais de uma semana que ela tinha enviado o e-mail, e agora teve uma dúvida repentina: será que de fato o enviou? Talvez tenha se esquecido de clicar em ENVIAR depois de escrevê-lo. Ou talvez a conexão tenha falhado e o e-mail não tinha sido remetido. Essas coisas aconteciam com mais frequência do que gostava de admitir. Verificou a pasta de e-mails enviados. Não, ele estava ali, com data e hora registradas. Bom. Fez as contas. Nove dias! Para onde foi esse tempo?

O cursor pulsava com impaciência constante. Criou uma nova cópia do e-mail, acrescentando um breve e educado pedido de desculpas por sua insistência, e a reenviou. Não queria que o professor pensasse que ela o estava perseguindo, mas nove dias?

Seu rosto estava corado, e ela colocou as mãos nas bochechas para esfriá-las, sentindo-se vagamente culpada, mas por quê? Por incomodar o professor? Por negligenciar o próprio trabalho? Por todo o tempo desperdiçado on-line na tentativa de encontrar pistas sobre Nao? O súbito desaparecimento de "A Instabilidade do '*Eu*' Feminino" a contrariara. Era a corroboração que ela vinha aguardando do mundo real, e que lhe escapara. Seria trapaça tentar saber mais do que a garota tinha escrito?

O mundo do diário estava se tornando cada vez mais estranho e irreal. Ela não sabia o que fazer com a história de fantasmas da garota. Nao realmente acreditava no que estava escrevendo?

 O professor era sua única esperança. Enquanto contemplava os pixels inquietos na tela, sua impaciência aumentava. Aquela agitação era familiar, um sentimento paradoxal crescente dentro de si quando ela passava muito tempo on-line, como se alguma força a provocasse e segurasse ao mesmo tempo. Como descrevê-la? Uma gagueira temporária, uma lassidão urgente, uma sensação de correr e ficar para trás. Isso fez com que se lembrasse da marcha peculiar de pacientes com Parkinson no asilo onde a mãe dela passara os últimos meses de vida: a maneira como cambaleavam e paravam ao atravessar os corredores em direção à sala de jantar e, um dia, à morte. Era uma sensação horrível, forçada, de pânico, difícil de colocar em palavras, mas que, se tentasse representar tipograficamente, sairia como:

estaéa**SENSAÇÃO**queaga**g**ueira tempo**rá**ria**causa**umgaga**GAGUEJAR AVANÇANDO**no**TEMPO**SEMum**MOMENTO** ou**INSTANTE**para**DISTINGUIR**uma palavra**DA**outraquefica**CADA**vezmais **ALTO**emais**SEMPONTUAÇÃO** até**QUEDEREPENTEELE**…

para

4.

— Acho que estou ficando doida — disse ela. — Você acha que estou ficando doida?

Estavam deitados na cama. Oliver verificava o e-mail no iPhone. Ele não respondeu, mas Ruth não notou.

— Tenho tido premonições — continuou. — Você se lembra daquele sonho que tive com a velha Jiko? Contei a você, não? O primeiro, que pareceu muito real? Ela estava digitando alguma coisa no computador e, mesmo sem poder ver, sei o que ela escreveu.

Ela esperou. Como Oliver não respondeu, Ruth prosseguiu.

— Ela escreveu: "para cima, para baixo, é a mesma coisa". E depois, quando ambas estavam na praia, Jiko disse exatamente as mesmas palavras... "para cima, para baixo, é a mesma coisa". Sonhei com aquilo mais de uma semana antes de ler sobre a praia, então como eu sabia disso?

— Como você sabia disso? — repetiu ele.

— Bom, era como se a velha Jiko estivesse mandando a mensagem para mim, também, mas telepaticamente. Isso é doidice?

— Hum — fez Oliver.

— Parecia uma premonição. O que acha?

— Premonições são coincidências que esperam para acontecer — disse ele, sem erguer os olhos.

— Imagino que sim, mas é estranho, não é? Coisas aparecendo do nada, como o saco de congelador e depois o corvo-da-selva. Coisas desaparecendo, como aquele artigo. Tentei encontrá-lo de novo, mas não consegui. E a publicação? *The Journal of Oriental Metaphysics*? Também desapareceu. Não consigo encontrá-la em lugar algum.

— Normalmente as coisas não desaparecem assim. Você não pode pesquisar a autoria e descobrir se...

— Eu tentei! Este é o problema. Nem consigo achar o nome de quem escreveu. Eu jurava que estava listado no site acadêmico, mas quando voltei para procurar, havia sumido. Desaparecido! E o professor Leistiko não quer responder ao meu e-mail. É como se, quanto mais eu procurasse, mais as coisas me escapassem. É muito frustrante!

— Talvez você esteja procurando demais... — sugeriu ele.
— O que isso quer dizer?
— Nada. — Ele tocou a tela e Ruth ouviu o som de e-mail enviado.
— Está me escutando ou conferindo seus e-mails?
— Escutar, conferir os e-mails, é a mesma coisa...
— Não é, não!
— Você está certa — concordou ele, erguendo os olhos da telinha. — Certo, eu estava conferindo meus e-mails, e ao mesmo tempo eu estava ouvindo você, e ao mesmo tempo, surgiu algo no meu *feed* de notícias que pode ser pertinente. E agora tenho dois pensamentos e uma boa notícia. O que quer ouvir primeiro?
— A boa notícia, por favor.
— Acabei de receber um e-mail de um coletivo de artistas do Brooklyn. Eles querem publicar minha monografia sobre o NeoEoceno.
— Isso é fantástico! — exclamou, com sua irritação se dissipando. — Quem são eles?

Ele sorriu, modestamente, tentando não demonstrar quanto estava satisfeito.

— Eles se autodenominam Amigos do Pleistoceno.
— Incrível.
— É, sim. Quer dizer, não é perfeito. Estou mais para um sujeito do Eoceno, e eles têm algumas ideias bem inovadoras. Mas, você sabe, um milhão de anos, cinquenta milhões de anos...
— Estão interessados. É isso que importa.
— Sim — disse ele, parecendo em dúvida. — Só espero que não desapareçam também.
— Não vão. Não se estão por aí há tanto tempo.

— Você está certa — falou ele. — Os Amigos do Pleistoceno fazem *The Journal of Oriental Metaphysics* parecer fichinha.

— Foi esse o seu pensamento?

— Não. — Ele ergueu o iPhone para que ela visse. — Primeiro, isso apareceu no meu *feed* de notícias.

Havia na telinha um artigo da *New Science* sobre um recente avanço na produção de qubits para a computação quântica.

Ela apertou os olhos para ler as letras pequenas.

— E?

Oliver ampliou a fonte e apontou. E então ela viu: o nome do pesquisador enchia a tela: H. Yasudani.

— Ai, meu Deus — gritou, sentando-se. — Acha que é ele? Pode ser, não é? Ou pode ser um erro de digitação. Isso é tão louco. Me manda o link por e-mail. Vou ver se consigo entrar em contato...

— Já fiz isso — disse Oliver.

Ela já estava meio fora da cama, com um pé no chinelo, subindo as escadas rumo ao escritório para acessar a internet e começar a busca.

— Não quer ouvir a minha outra hipótese? — perguntou Oliver.

— É claro — respondeu ela, procurando os óculos.

— É só que estou me perguntando: talvez haja um elemento quântico para o que está acontecendo.

Ela se sentou de novo, deixando o chinelo balançar.

— O que quer dizer?

— Bem, talvez seja uma maneira errada de dizer isso, mas só estou pensando que, se tudo o que você procura desaparece, talvez devesse parar de procurar. Talvez deva se concentrar no que é tangível aqui e agora.

— O que quer dizer?

— Bem, você tem o diário e o está lendo. Isso é bom. Benoit está traduzindo o caderno de redação. Isso é bom. Mas ainda há as cartas. Você poderia conseguir alguém para ajudar com elas.

Ruth franziu a testa. Fazia e não fazia sentido.

— Eu as mostrei para Ayako, mas ela disse que não era capaz de...

— Não Ayako — disse Oliver. — O Arigato. Espere, deixe-me verificar o clima...

— O que o clima tem a ver com isso?

— Ótimo — disse ele. — A tempestade está se desviando de nós. A travessia deve ser calma amanhã. — Ele ergueu os olhos. — Preciso levar aquele maldito gerador para a oficina antes que estrague de novo. Quer comer sushi em Liver...?

5.

Campbell River, ou Scrambled Liver, como era chamada pela população da ilha, era o que existia de mais parecido com uma cidade perto de Whaletown, embora "perto" e "cidade" sejam termos relativos. Uma viagem ao Liver exigia duas travessias de balsa e uma viagem por uma ilha intermediária, e levava cerca de duas horas, sem contar as filas das balsas, que na temporada de verão podiam ser intermináveis. Uma vez em Liver, não havia muita diversão, apenas algumas redes grandes de varejo e shoppings de beira de estrada com metade das lojas vazias, um fórum, uma prisão, um hospital, alguns brechós e casas de penhores, umas casas de strip e uma fábrica de celulose abandonada que deixou muitas pessoas desempregadas ao fechar.

Ainda assim, a viagem de balsa para a cidade era linda, uma lenta travessia pelo mar cortante como aço, passando por pequenas ilhotas verdes que brilhavam sob o céu sombrio. Às vezes, um bando de golfinhos ou botos apostava corrida com a embarcação ou brincava em seu rastro. Ao longe, as montanhas cobertas de neve erguiam-se acima das faixas de névoa baixa.

Mas eles não iam à cidade pela paisagem. Havia motivos práticos, da vida real, para a viagem, como visitas ao hospital ou ao mecânico, compra de seguro, alimentos e suprimentos para estoque. Era comum moradores da ilha fazerem caretas e expressarem um tipo de dor intensa ao pensar em deixar seu paraíso em troca da realidade sombria, mas necessária, de Liver.

Ruth, no entanto, gostava das viagens à cidade. Para ela, Campbell River parecia revigorante. Ela gostava de fazer compras, e se passassem a noite lá, podiam jantar em um restaurante de culinária estrangeira, ainda que, em comparação a Manhattan, as escolhas não fossem muitas: dois bufês chineses, um restaurante tailandês e o seu favorito, um sushi bar japonês chamado Arigato Sushi.

O chef era um ex-mecânico de automóveis chamado Akira Inoue, que havia emigrado com a esposa, Kimi, da cidade de Okuma, na província de Fukushima. Akira era um ávido pescador esportivo e trouxera a família para a costa da Colúmbia Britânica por conta da pesca de salmão de primeira categoria, antes que as migrações cessassem. Eles abriram o restaurante, escolhendo o nome Arigato como expressão de sua gratidão ao Canadá por lhes dar boas condições de vida e, em troca, trabalharam duro para apurar o paladar de seus vizinhos em Campbell River. Eles criaram o filho ali e o mandaram para a universidade em Montreal, mas agora que envelheciam e as migrações de salmão estavam em declínio, Kimi finalmente conseguira convencer Akira a vender o Arigato Sushi e se aposentarem na cidade natal deles no Japão. O acidente na Usina Nuclear de Fukushima Daiichi mudou tudo isso. Da noite para o dia, a cidade de Okuma se transformou em uma terra desolada e radioativa, e agora Akira e Kimi estavam presos em Liver.

— Okuma City não era muito especial — reconheceu Kimi. — Mas era a nossa cidade natal. Agora ninguém pode morar lá. Nossos amigos, familiares, todos tiveram de sair. Sair de suas casas. Deixar tudo para trás. Sem ter tempo sequer de lavar os pratos. Chamamos nossos parentes para vir aqui. Dissemos que o Canadá é seguro. Sem armas. Mas não querem vir. Esta não é casa deles.

Os restaurantes fechavam cedo no Liver, e Kimi fez uma pausa na lavagem da louça na cozinha para se sentar com Ruth e Oliver no balcão, enquanto Akira limpava as facas e guardava os peixes. O filho deles, Tosh, havia se formado na Universidade McGill e agora trabalhava em Victoria, mas costumava vir aos fins de semana para ajudar o pai atrás do balcão de sushi.

— Aqui é a sua casa? — Ruth perguntou a Tosh.

— Você quer dizer o Canadá ou Campbell River? — perguntou Tosh, parecendo se divertir. Ele era um garoto alto, quieto, eloquente, que se formara em ciências políticas. — O Canadá, sim. Montreal, com certeza. Em Montreal, minha sensação era de estar em casa. Em Victoria, menos. Em Campbell River, uh, não muito.

— E para você? — perguntou Ruth a Kimi.

Kimi hesitou, e Akira respondeu por ela.

— Ela nunca ligou para a pesca.

Ele assentiu para Ruth.

— E para você?

Ruth balançou a cabeça.

— Não sei — disse. — Não sei qual é a sensação de se sentir em casa.

Akira rasgou um pedaço de papel-filme e o colocou sobre uma posta reluzente de atum vermelho e brilhante.

— Acho que você está mais para uma garota da cidade grande. Mas você... — Ele se inclinou sobre o balcão para reabastecer o saquê de Oliver e, em seguida, ergueu o copo em um brinde. — Você é um garoto do campo. Como eu. Campbell River é muito bom para nós, hein?

Ruth pôde sentir Oliver hesitante a seu lado, mas ele ergueu o copo.

— Ao Liver — disse ele.

Estava ficando tarde. Ruth puxou a mochila para o colo e tirou as cartas. Ela já havia explicado seu problema e Kimi concordara em tentar ajudar. Agora Ruth observava Kimi limpar a bancada antes de receber as cartas com as duas mãos e uma pequena reverência formal.

— Sim — disse Kimi, inspecionando o envelope no topo. — É a caligrafia de um homem. O endereço é de Tóquio. O carimbo postal diz Showa 18. — Ela contou nos dedos. — É 1943. Essa marca de carimbo não está muito clara, mas acho que é de Tsuchiura. Havia uma base naval, então talvez você esteja certa, ele era um soldado.

Ela abriu a carta e a estendeu no balcão à sua frente, afagando os vincos com suavidade. Tosh deu a volta no balcão e se inclinou sobre o ombro dela.

— É uma caligrafia muito bonita — disse ela. — Antiquada, mas consigo ler. Vou anotar a tradução, mas, por favor, perdoe meu inglês ruim. Moro aqui há vinte anos, mas ainda...

Tosh colocou as mãos nos ombros dela e apertou-os.

— Sem desculpas, mãe — falou. — Não sei ler o japonês, mas ajudo a senhora com o inglês.

Akira deu uma risada curta.

— Sim — disse ele. — Sem desculpas. Agora teremos muito tempo para praticar.

Eles passaram a noite no Above Tide Motel e, na manhã seguinte, tomaram café com muffins e chegaram ao terminal a tempo de pegar a primeira balsa para casa. Naquela hora não havia muito tráfego, só três veículos na pista rumo à ilha deles. Um dos tripulantes da balsa, um garoto jovem e musculoso de Campbell River usando shorts, aproximou-se e ficou na frente do carro deles, à espera de sinalizar para subirem. Ele olhou para os veículos na pista e informou pelo rádio o número para travessia.

— Três rumo à Fantasia — murmurou no walkie-talkie.

Ruth estava com a janela aberta dando migalhas de muffin para os pardais.

— Você ouviu isso? — perguntou a Oliver, que estava lendo uma *New Yorker* velha no banco do passageiro.

— Ouvi o quê?

— O que o sujeito da balsa acabou de dizer.

— Não. O que ele disse?

— "Três rumo à Fantasia."

Oliver olhou para o garoto pela janela.

— Essa é boa.

— Como ele sabe? Ele é muito jovem para se lembrar do programa.

Oliver sorriu.

— Pode ser. Mas conhece a ilha.

NAO

1.

Não tinha certeza se devia ou não contar a Jiko sobre o encontro com o fantasma de Haruki #1. Acima de tudo, estava com medo de deixá-la triste: e se ele não a tivesse visitado? Talvez ele só tenha vindo me visitar porque sou um ikisudama? E aí, se ela soubesse, eu teria de confessar como estraguei tudo por não ter feito boas perguntas nem ter feito com que se sentisse bem-vindo. Provavelmente haveria uma maneira adequada de se tratar os fantasmas, coisas que se deve dizer e presentes especiais que se deve dar. Talvez Jiko ficasse chateada comigo por não fazer a coisa certa, mas como eu poderia saber?

Ou talvez ela pensasse que eu estava mentindo. Talvez pensasse que eu tinha inventado a história toda para encobrir o fato de que andei bisbilhotando o altar, quebrei o porta-retratos e roubei a carta. No dia seguinte, eu mesma já começava a achar que tinha inventado a coisa toda e, como não tive muitas oportunidades de conversar com ela, decidi esperar para ver se Haruki #1 voltaria.

Na manhã da cerimônia de osegaki, acordei cedo e saí de fininho para o portão do templo. Ainda estava escuro, mas as lâmpadas estavam acesas na cozinha e pude ouvir Muji e algumas das monjas que vieram ajudar. Sabia que, se me vissem, me fariam ajudar também, então fiquei bem quieta. Fiquei sentada no degrau de pedra fria ao lado do portão, meio escondida atrás de um dos enormes pilares. A sensação era sinistra e meio úmida, exatamente o que se pensa que um fantasma gosta, e comecei a ficar esperançosa.

— Haruki Ojisama wa irasshaimasu ka?[132] — sussurrei.

Mas a única pessoa que respondeu foi Chibi, o gato, que nem sequer é uma pessoa.

Tentei de novo.

— Haruki Ichibansama...?[133]

Então ouvi um barulho, um tipo de murmúrio baixo e um zumbido e, quando olhei para baixo, no fim dos degraus, pude ver que havia um monstro fantasmagórico subindo em minha direção. Parecia uma lagarta gigante marrom e cinza. *Tatari!*, pensei. Ataque de espírito! Pulei e corri para trás do pilar antes que ele me visse, segurando Chibi com força para impedi-lo de sair correndo.

O monstro tinha manchas brancas e protuberâncias com cerdas e muitas e muitas pernas que se projetavam para os lados, e se movia de uma forma espiralada, galopante, erguendo-se e caindo devagar sobre os degraus íngremes de pedra. Fiquei observando, na tentativa de descobrir o que era. Era muito lento para ser assustador e, no começo, achei que talvez fosse um dragão antigo e muito patético. Às vezes aparecem dragões nos templos e, talvez, por Jiko ser tão idosa, o dragão dela também fosse. Mas quando ele se aproximou, pude ver que não era um dragão nem mesmo uma lagarta monstruosa. Era só uma longa fila de pessoas idosas do danka; de cima, as costas encurvadas arredondadas e as cabeças brancas vacilantes pareciam o corpo da lagarta, e os braços e bengalas pareciam pernas projetadas, subindo pela escuridão.

Corri de volta ao templo, anunciei que os convidados estavam chegando e os preparativos se aceleraram, com Muji correndo e fazendo reverências, mostrando às pessoas o salão principal. Em frente ao altar principal de Shaka-sama, montamos um altar especial de osegaki para os fantasmas famintos, e a velha Jiko estava sentada em uma elegante cadeira dourada.

---

132. *Haruki Ojisama wa irasshaimasu ka?*: Tio Haruki, você está aí?
133. *Haruki Ichiban-sama?*: Sr. Haruki Número Um?

Houve muita cantoria, reza e oferenda de incenso, e então Jiko desenrolou um pergaminho e começou a ler o nome de todos os mortos. Eram todos nomes de familiares e amigos que o danka colocava na lista. O pergaminho era muito longo, e a voz da velha Jiko continuou sem parar. A sala estava quieta, quente e silenciosa, e nada se alterava, exceto os nomes, e era meio chato, mas assim que comecei a cochilar, algo estranho aconteceu. Talvez estivesse meio adormecida e sonhando, mas pareceu que os nomes estavam vivos; era como se tivessem vida e flutuassem pelo salão principal, e ninguém precisava se sentir triste, solitário ou com medo de morrer, porque os nomes estavam ali. Era um sentimento bom, especialmente para pessoas idosas, que sabiam que seriam nomes da lista muito em breve, e quando Jiko por fim terminou de ler, todos se revezaram, levantando-se e fazendo uma oferenda de incenso, o que durou uma eternidade, mas também foi legal.

Ou seja, foi uma cerimônia longa, mas não me importei, porque as monjas e sacerdotes visitantes ajudaram Jiko e Muji com o canto, os sinos e todo o cerimonial, e eu tive de tocar o tambor. Muji tinha me ensinado a tocar, e eu vinha praticando há semanas. Não sei se você já tocou tambor, mas, se ainda não, realmente deveria experimentar. Primeiro, pela sensação de bater em algo com um bastão com toda a força possível e, segundo, porque faz um som incrível.

O tambor do templo é tão grande quanto um barril e fica em uma plataforma alta de madeira. Ao tocá-lo, você fica em pé, de frente para a pele esticada, tentando controlar a respiração, que fica toda descontrolada por causa do nervosismo. Sacerdotes e monjas cantam no grande altar, e você ouve sua deixa, que fica cada vez mais próxima. Então, no momento certo, você respira fundo, levanta os bastões, puxa os braços para trás e

bumBUBUMBUMBUMBUMBUM...BUM!

Você precisa acertar o momento e, mesmo com medo de cometer um erro na frente de todas aquelas pessoas, acho que fiz um bom trabalho. Gosto muito de tocar tambor. Enquanto estou fazendo isso, estou ciente dos sessenta e cinco momentos que, diz Jiko, cabem em um estalar de dedos. Estou falando sério. Quando se está batendo no tambor, é possível ouvir quando o BUM chega um pouquinho tarde demais ou um pouquinho cedo demais, porque toda a sua atenção está focada na fronteira entre o silêncio e o ruído. Finalmente alcancei meu objetivo e resolvi minha obsessão de infância com o *agora* porque é isso que um tambor faz. Quando alguém bate em um tambor, cria o *AGORA*, quando o silêncio se torna um som tão enorme e vívido que parece se estar respirando nas nuvens e no céu, e seu coração ser a chuva e o trovão.

Jiko diz que este é um exemplo de momento. Som e ausência de som. Trovão e silêncio.

2.

Depois que as cerimônias de osegaki terminaram, fizemos uma festa para os convidados e ajudei a servir a comida, o que foi horrível, porque sou uma garota muito desajeitada, então nem vou me dar ao trabalho de descrever essa parte. No final, Muji, que a essa altura estava totalmente destruída, se irritou e me mandou em alguma missão, não me lembro o quê, e por acaso passei pelo escritório de Jiko e percebi que a porta de correr estava aberta. Parecia que tinha alguém lá dentro. Eu ainda estava preocupada com o porta-retratos e a carta, então fui ver.

A sala estava escura, mas havia as velas acesas do altar da família e um senhor idoso ajoelhado naquela direção. As costas dele estavam arqueadas, e as mãos, unidas diante do rosto. Ele se curvou, encostando a cabeça no chão, e então se levantou e arrastou os pés até o altar. Seu corpo era magro como um esqueleto e seu terno pendia sobre os ossos. Tinha um tipo de cinto decorado com fileiras de medalhas no ombro, o que dava a impressão de que talvez fosse um soldado. Quando chegou ao altar, acendeu uma haste de incenso e encostou-a na testa, em sinal de oferenda, e, quando estendeu o braço até a tigela, a brasa trêmula na ponta da haste longa e fina do incenso pareceu um vaga-lume minúsculo ondulando na escuridão.

Ele arrastou os pés para trás, ajoelhou-se onde estava, de frente para o altar, e ficou lá por um longo tempo. Às vezes, apertava as mãos que seguravam seu juzu e seus lábios se moviam. Às vezes, ele parava, ouvia, e depois começava a murmurar de novo. Observei por algum tempo e depois percebi que Jiko também estava no recinto, ajoelhada em um canto escuro perto da estante, com os olhos fechados, como se esperasse o velho terminar o que estivesse fazendo. É claro que surtei completamente e fiquei com medo de eles perceberem que o porta-retratos estava quebrado e que a carta havia desaparecido, mas bem quando eu estava prestes a escapar, ouvi um barulho atrás de mim, como se uma velha porta deslizasse, se abrindo, e alguém pigarreasse.

A primeira coisa que nos ensinaram foi como deveríamos nos matar.

As palavras foram ditas em voz baixa, mas nítida. Olhei em volta, mas não havia ninguém ali, apenas a luz do sol poente lançando sombras pelo jardim, e o bambu farfalhando na brisa. Mas reconheci a voz.

Talvez você ache isso estranho? Éramos soldados, mas antes mesmo de nos mostrarem como matar a nossos inimigos, eles nos ensinaram como deveríamos nos matar.

Uma brisa leve soprou pelo jardim, fazendo com que a superfície da lagoa tremulasse. Uma libélula, que descansava ali, voou para longe.

— É você? — sussurrei o mais baixinho que pude. — Haruki Ojisama...?

Eles nos deram rifles. Eles nos mostraram como puxar o gatilho com o polegar. Como alojar a ponta do cano no V de nosso maxilar para não escorregar...

Minha mão subiu até o rosto, e meus dedos roçaram a parte de baixo do meu queixo.

Aí.

Meus dedos se dobraram no formato de uma arma, polegar para cima, dedos indicador e médio pressionando o ponto logo abaixo de minha mandíbula. Não conseguia me mover.

Exato. Deveríamos nos matar em vez de permitir que fôssemos aprisionados pelos Meriken.[134] *Eles nos fizeram praticar isso várias e várias vezes e, se hesitássemos ou não acertássemos, os oficiais nos chutavam e nos batiam com bastões até cairmos. Bem, eles bateriam em nós de qualquer maneira, não importando se acertávamos ou errávamos. Era para desenvolver nosso espírito de luta.*

Ele riu, uma risadinha fantasmagórica.

Minha mão caiu ao lado do meu corpo.

O vento morreu nesse instante e o ar ficou parado e silencioso. Dentro do escritório, o velho continuava ajoelhado, e percebi, pela forma como seu corpo tremia e sua cabeça pendia como uma tulipa quebrada, que ele chorava. Jiko apenas permaneceu sentada no canto, de olhos fechados, esperando pacientemente e, pela primeira vez, ouvi o som sutil e ritmado das contas de seu juzu marcando suas breves bênçãos.

Quando a voz falou outra vez, mal podia ouvi-la. *Aquela caixa no altar. Ao lado das fotografias. Está vendo?*

Sobre o altar havia uma caixa embrulhada em um tecido branco. Eu a via ali todos os dias. Parecia um presente.

— Sim.

Você sabe o que tem dentro?

Um dia, quando estava ajudando Muji a limpar o altar, fiz-lhe a mesma pergunta. Ela disse que a caixa continha os

---

134. *Meriken* (メリケン): os americanos.

restos mortais de Haruki #1, mas, quando refleti a respeito, não fez sentido. A palavra que ela usou foi *ikotsu*,[135] mas se Haruki #1 morreu ao lançar seu avião kamikaze contra um navio de guerra, como poderia ter restado algum osso? Quer dizer, mesmo se houvesse algum, quem o pegaria? E de onde o teria apanhado? Do fundo do oceano? Mas Muji não respondeu às minhas perguntas, e eu não podia perguntar a Jiko, pois não seria educado deixá-la triste. Aquela era uma boa pergunta para se fazer a um fantasma?

— Acho... que são seus ikotsu, certo? Foi o que Muji me disse, mas não faz sentido...

Ouvi outra vez o som, como o de uma velha porta de madeira chacoalhando ao vento.

Não faz sentido. Não faz nenhum sentido...

E então ele se foi. Não me pergunte como soube disso. Apenas percebi, pela ausência. Estava quente, mas eu tremia e os pelinhos dos meus braços estavam arrepiados, e fiquei com medo de tê-lo irritado de novo com minha pergunta estúpida. Dentro do escritório, o velho soldado pegou um grande lenço do bolso e enxugou os olhos, e depois girou devagar sobre os joelhos para ficar de frente para Jiko, e os dois fizeram reverências um para o outro. Levaram uma eternidade para se levantarem depois de todas aquelas reverências, o que me deu tempo suficiente para escapar.

3.

O Obon durou um total de quatro dias, e é uma época insana para duas monjas. Depois que o osegaki acabou e todas as visitas foram embora, a velha Jiko, Muji e eu nos ocupamos fazendo rondas pela casa dos danka, para realizar serviços

---

135. *Ikotsu* (遺骨): restos mortais cremados; literalmente, "deixados para trás" + "ossos".

budistas diante de todos os altares familiares. Antigamente, elas costumavam caminhar até cada casa, mas quando Jiko completou cem anos, por fim disse que tudo bem se passassem a ir de carro. Muji teve de tirar a carteira de motorista, o que é bem complicado no Japão, custa muito caro e leva muito tempo, mesmo que você dirija bem, o que não é o caso de Muji. Na verdade, ela é péssima ao volante. O templo tem um carro velho doado por um danka, e eu me sentava ao lado de Muji, na frente, e Jiko ia atrás. Muji agarrava o volante com as duas mãos com tanta força que os nós dos dedos ficavam brancos, e ela se inclinava tanto para a frente que quase batia o nariz no para-brisa. Ela deixava o carro morrer duas vezes tentando dar a partida e, quando conseguia colocá-lo em movimento, ficava tão nervosa que continuava pisando no freio. Consegui entender por quê. As estradas da montanha eram tortuosas e estreitas, e cada vez que vimos outro carro se aproximando em sentido contrário, ela tinha de recuar para o acostamento inexistente para passar. E sempre que isso acontecia, a velha Muji começava a fazer reverências educadas para o motorista que se aproximava, balançando a cabeça para cima e para baixo e quase lançando o carro pela encosta da montanha. Nunca senti tanto medo na vida. Uma vez olhei para Jiko, lá atrás, imaginando que ela estaria tendo um ataque do coração ou coisa assim, mas ela dormia. Não sei como ela faz isso. Assim que chegávamos à casa dos devotos, não havia muito que eu pudesse fazer para ajudá-las, então costumava ficar do lado de fora conversando com os gatos das pessoas.

 Eu ainda levava a carta de Haruki #1 no bolso. A essa altura, tinha pegado emprestado o dicionário de kanji na mesa da velha Jiko e lido praticamente tudo, só não tinha entendido algumas palavras. À noite, eu fugia para os portões do templo e esperava, rodeada por uma nuvem de vaga-lumes, na esperança de que ele viesse de novo, mas ele nunca mais veio.

4.

Depois do Obon, éramos apenas nós três de novo, mas antes que pudéssemos voltar à nossa rotina, as férias de verão acabaram e eu só tinha mais alguns dias até que meu pai viesse me buscar de volta para casa. Eu estava triste de verdade, então Jiko e Muji decidiram fazer uma festinha de despedida para mim. Não sou uma grande fã de festas, mas resolvemos fazer pizza, que deu muito errado porque nenhuma de nós sabia fazer a massa, mas não nos importamos. Comemos chocolates de sobremesa, porque a velha Jiko adorava chocolate, e também decidimos brincar um pouco de karaokê.[136] Foi ideia de Muji. Na época, um danka nos deu um computador antigo e nos ajudou a conectá-lo à internet, e eu encontrei um site de karaokê muito bom, no qual dava para baixar as músicas, e, mesmo sem termos microfone, conseguimos cantar, dançar e fazer muito barulho. Nós nos revezamos e depois votamos em qual música cada pessoa cantou melhor.

Meu maior sucesso foi o velho clássico da Madonna "Material Girl", e fiz meu número de dança no engawa, emoldurada pelas portas de correr, que pareciam o palco. Traduzi a letra para Jiko e ela achou tudo hilário. Muji cantou uma de R. Kelly chamada "I Believe I Can Fly", mas quando ela cantava, soava como "I Bereave I Can Fry", o que me fez rolar de rir. Mas Jiko ganhou como maior sucesso da noite com "Impossible Dream", que é de um musical antigo da Broadway. Não sou grande fã de musicais antigos da Broadway, mas Jiko gostava muito dessa música, e mesmo que a voz dela não fosse mais tão forte, ela cantou com um sentimento verdadeiro. É uma música sentimental que diz que não há problema em ter objetivos impossíveis, porque se seguir sua estrela inalcançável, por mais inacessível e distante, seu coração estará em paz quando você morrer, mesmo que seja alvo de desprezo e fique com cicatrizes como as minhas enquanto

---

136. *Karaoke* (空オケ): literalmente, "vazio" + "orquestra". (*Oke*: abreviação de *okesutora*).

viver. Eu conseguia me identificar com a letra, e a voz trêmula da velha Jiko era linda de ouvir. Ela de fato colocou o coração na música, e acho que talvez tenha cantado para mim.

Naquela noite, ela veio ao meu quarto para dizer boa-noite, deslizando pelo engawa e pelas portas de correr como uma brisa do jardim, tão silenciosa que não a ouvi chegar. Ela se ajoelhou ao lado do meu futon e colocou a mão na minha testa. A mão velha dela era seca, fresca e leve; fechei os olhos e, antes que me desse conta, estava contando a ela tudo sobre o fantasma de Haruki #1: como ele tinha me visitado nos degraus do templo na primeira noite de Obon, mas foi embora porque não consegui pensar em nenhum assunto interessante e cantei uma *chanson* francesa idiota. E como me senti tão estúpida e desrespeitosa, por isso tive de visitar a fotografia dele no altar para poder me desculpar e, enquanto segurava a foto, o rosto dele pareceu ganhar vida, mas aí quebrei a moldura e a carta caiu, por isso a peguei. E também como implorei que voltasse, e ele voltou, me contando como, quando era soldado, os oficiais costumavam espancá-lo para desenvolver o espírito de luta, e ele me mostrou como atirar na garganta usando meu dedo polegar em vez de ser presa por Merikens, mas depois ele foi embora e nunca mais o vi.

Eu estava de olhos fechados, e era como se estivesse falando sozinha na escuridão, ou talvez nem estivesse falando, talvez apenas pensando. Podia sentir a mão de Jiko na minha testa, tirando os pensamentos da minha mente e, ao mesmo tempo, me segurando na terra, para que eu não voasse para longe. Esse é outro dos superpoderes antigos de Jiko. Ela pode tirar uma história de qualquer um, e às vezes a pessoa nem precisa abrir a boca, porque ela consegue ouvir os pensamentos que passam pela mente doida antes que a voz consiga encontrá-los. Quando terminei minha história, abri os olhos e ela afastou a mão. Ela parecia olhar para longe, para o jardim, onde os sapos cantavam na lagoa. O coaxar cresceu como uma onda, e depois houve silêncio.

— Sim — disse ela. — Foi assim que eles foram treinados. Eles eram recrutas e muito inteligentes. Os militares os desprezavam. Eles os intimidavam e batiam neles todos os dias. Quebravam seus ossos e esmagavam seus espíritos.

A palavra que ela usou foi ijime e, de repente, ao ouvi-la, me senti muito pequena. Eu e meus colegas estúpidos. Meus beliscões, cutucões e golpes insignificantes. Achava que eu sabia tudo sobre ijime, mas acontece que eu não sabia absolutamente nada. Senti vergonha, mas queria saber mais.

— Mas não funcionou, não é? — perguntei. — Eles não esmagaram o espírito de luta de Haruki Ojisama, não é?

Jiko balançou a cabeça.

— Não — respondeu. — Não acredito nisso.

Pensei um pouco mais.

— Os americanos eram os inimigos — falei. — Isso é tão esquisito. Cresci em Sunnyvale. Isso significa que sou uma inimiga?

— Não, não significa.

— Você odeia americanos?

— Não.

— Por que não?

— Não odeio ninguém.

— Você odiava, antes?

— Não.

— Haruki odiava? Por isso ele quis ser um homem-bomba?

— Não. Haruki nunca odiou americanos. Ele odiava a guerra. Ele odiava o fascismo. Ele odiava o governo e sua política de intimidação pelo imperialismo, o capitalismo e a exploração. Ele odiava a ideia de matar pessoas que não era capaz de odiar.

Não fazia sentido.

— Mas, na carta, ele disse que estava dando a vida por seu país. E não dá para ser um homem-bomba sem matar pessoas, dá?

— Não, mas essa carta era apenas para manter as aparências. Não era como ele se sentia de verdade.

— Então, por que ele se juntou ao exército?
— Ele não teve escolha.
— Eles o obrigaram a ir?
Ela assentiu.
— O Japão estava perdendo a guerra. Já haviam convocado todos os homens. Só sobraram os estudantes e os menininhos. Haruki tinha dezenove anos quando o aviso chegou, convocando-o, como patriota e guerreiro japonês, a se apresentar para a batalha. Quando ele me mostrou, eu chorei, mas ele apenas sorriu e disse: "Eu, um *guerreiro*. Imagine só!"

Ouviu-se o coaxar de um único sapo, e depois de mais um. As palavras de Jiko caíram no silêncio entre um e outro.

— Ele estava rindo de si mesmo, entende. Era um garoto doce, muito gentil e sarcástico. Não era do tipo guerreiro.

As vozes dos sapos começaram a se juntar e a ficar mais altas. Jiko continuou falando, e agora suas palavras eram firmes, batidas graves de um tambor ao fundo do coaxar estridente.

— Era final de outubro. Houve um desfile. Vinte e cinco mil estudantes recrutas entraram marchando no terreno externo do Santuário Meiji. Eles receberam rifles para carregar nos ombros, como crianças brincando de soldados. Caía uma chuva fria, monótona, e os tons vermelhos e dourados do santuário pareciam espalhafatosos e muito brilhantes. Os rapazes ficaram em posição de sentido por três horas, e nós também ficamos lá, ouvindo belas palavras e frases de louvor à pátria.

"Um dos rapazes, colega de turma de Haruki, discursou. 'Nós, é claro, não esperamos voltar vivos', disse. Eles sabiam que iriam morrer. Todos tínhamos ouvido sobre os suicídios em massa de soldados em um lugar chamado Attu. Gyokusai,[137] eles o chamavam. Uma insanidade, mas àquela altura não havia como impedir. O primeiro-ministro estava lá.

---

137. *Gyokusai* (玉砕): ataque suicida, ataque de ondas humanas. Literalmente, "estilhaçando como uma joia", de um dito chinês do século VII: "Um grande homem deve morrer como uma joia estilhaçada em vez de viver como um ladrilho intacto".

Tojo Hideki. O que disse antes não é verdade, porque, a ele, eu odiava. Ele era um criminoso de guerra e, depois da guerra, enforcaram-no. Fiquei tão feliz. Chorei de alegria quando soube que estava morto. Depois, raspei minha cabeça e fiz um voto de parar de odiar."

O coro dos sapos ficou em silêncio.

— O garoto que fez o discurso sobreviveu — continuou. — Todos os anos, no Obon, ele vem aqui para se desculpar.

Demorei um momento para compreender.

— Quer dizer, aquele velho?

Ela assentiu.

— Não é mais um garoto. Meu filho também seria um homem velho, se tivesse sobrevivido. Para mim, é difícil imaginar.

Deitei-me de costas e imaginei o rosto daquele velho soldado. Tentei imaginá-lo jovem, tão jovem quanto o fantasma de Haruki. Impossível.

— Eles eram nossos melhores alunos — disse ela. — Eram o *crème de la crème*. — Ela usou as palavras francesas, pronunciando-as em japonês, mas entendi o que Jiko queria dizer. Seus olhos, nublados de vazio, olhavam para o passado.

Eu estava com medo de dizer qualquer coisa que a incomodasse, mas precisava saber.

— Desculpe ter pegado a carta — falei. — Vou devolvê-la.

Ela assentiu, mas não sei se de fato me escutou.

— O que há na caixa? — perguntei.

A pergunta pareceu trazê-la de volta por um momento.

— Que caixa?

— Aquela no altar da família.

Uma sombra cruzou seu rosto. Talvez fosse uma nuvem passando na frente da lua, ou talvez fosse minha imaginação.

— Nada.

— O que você quer dizer com "nada"? — perguntei, e como ela não respondeu, instiguei-a. — Quer dizer que está vazia?

— Vazia — repetiu ela. — So desu ne.

Ela olhou para mim como se eu fosse uma lembrança desaparecendo.

— Perdoe-me, querida Nao. Eu falo e falo. Você precisa dormir.

— Não — protestei. — Gosto das suas histórias! Conte mais! Ela sorriu.

— A vida é cheia de histórias. Ou talvez a vida seja apenas histórias. Boa noite, minha querida Nao.

— Boa noite, minha querida Jiko — respondi.

À luz do luar, ela parecia cansada e velha.

5.

No dia seguinte, meu pai veio me buscar, mas, antes que ele chegasse, voltei ao escritório de Jiko uma última vez. Eu tinha prometido devolver a carta, e a caixa permanecia na prateleirinha, amarrada em seu pano branco, ao lado da fotografia. Eu não queria perturbá-lo mais uma vez, mas precisava mesmo ver o que havia na caixa. Jiko disse que não havia nada, mas o jeito que Haruki tinha rido, com aquela risada fantasmagórica, me fazia pensar que havia. Talvez seus dentes de leite, ou seus óculos, ou seu diploma do ensino médio. Pode chamar isso de superstição, mas eu queria ver algum pedaço dele que realmente existisse para que ele pudesse ser real.

Fiquei na ponta dos pés e peguei a caixa, puxando-a da prateleira para meus braços. Sentei-me no chão e desamarrei o pano branco. Era como desembrulhar um presente de Natal. Envolta no pano havia uma caixa de madeira com escritos que diziam: "A Alma Heroica do Finado Segundo Subtenente Yasutani Haruki". Senti meu coração começar a bater forte. A caixa tinha cerca de quarenta centímetros de altura. Dei uma pequena sacudida e pensei ter ouvido algo chocalhar lá dentro. Como soaria uma alma? Eu queria muito espiar, mas de repente tive medo de que, se eu abrisse a caixa, a alma heroica dele sairia voando. Será que ela teria raiva de mim? Será que voaria na minha cara? Quase enrolei a caixa outra vez e a coloquei de volta na prateleira, mas no último minuto mudei de ideia. Levantei a tampa.

Estava vazia.

Jiko estava certa. Eu não podia acreditar. Só para garantir, eu a virei de cabeça para baixo e a sacudi. Um pedacinho de papel caiu no chão.

— A Autoridade Naval me enviou isso — falou Jiko.

Ela estava parada na porta, vestida com a túnica marrom e desbotada que usava para fazer o serviço matinal e apoiada em sua bengala. Juro, ela consegue aparecer do nada. É mais um de seus superpoderes.

— Eles nos enviavam uma caixa com os restos mortais de nossos amados filhos. Se os corpos não fossem encontrados, eles colocavam um pedaço de papel. Não podiam simplesmente enviar uma caixa vazia, sabe?

Olhei para o papel na minha mão. Havia uma palavra escrita nele:

遺骨.[138]

— Eu a abri do mesmo jeito que você — revelou. — E, assim, o papel caiu. Fiquei muito surpresa! Eu li e ri, ri. Ema e Suga estavam na sala comigo. Elas pensaram que eu tinha enlouquecido de dor, mas elas não compreenderam. Minhas filhas não eram escritoras. Para um escritor, isso é tão engraçado. Enviar uma palavra, em vez de um corpo! Haruki era um escritor. Ele teria entendido. Se ele estivesse lá, teria rido também, e por um momento foi o que senti, como se ele estivesse lá comigo e estivéssemos rindo juntos.

Deu uma risadinha para si mesma e enxugou os olhos com o dedo torto. Às vezes, quando ela contava histórias sobre o

---

138. *Ikotsu*: restos mortais.

passado, seus olhos ficavam marejados de todas as lembranças que tinha, mas não eram lágrimas. Ela não estava chorando. Eram apenas as recordações escapando.

— Foi o melhor consolo — falou. — Dadas as circunstâncias. Mas nunca tive coragem de colocá-lo no túmulo da família. Afinal, essa última palavra não foi dele. Foi do governo.

Ela ainda estava apoiada na bengala, mas agora tinha começado a procurar alguma coisa na manga funda de sua túnica, e balançou um pouco como se fosse perder o equilíbrio, então pulei para ajudá-la. Quando me aproximei, ela me estendeu a mão.

— Aqui — disse. Estava segurando um dos sacos de congelador de Muji com papéis dentro. — Estas são as cartas que Haruki me escreveu antes de falecer. Talvez seja melhor você levá-las também. Pode mantê-las junto à que você encontrou.

Peguei o saco, abri o zíper e olhei para o conteúdo. Reconheci a caligrafia da carta que eu tinha tirado do porta-retratos.

— Pode lê-las — disse Jiko. — Mas, por favor, lembre-se de que também não são as últimas palavras dele.

Assenti, mas quase não estava ouvindo. Estava tão animada! Mal podia esperar para ler as cartas. Haruki #1 era meu novo herói. Eu queria saber tudo que podia a seu respeito. Ela remexeu na manga da túnica de novo.

— E isso — disse por fim. — Leve isso também.

Ela estava segurando um velho relógio de pulso. Tinha um mostrador redondo e preto, ponteiros e caixa de aço, e um grande botão na lateral para dar corda. Peguei-o e segurei-o junto ao ouvido. Fazia um tique-taque ótimo. Eu o virei. Gravado no metal da parte de trás estavam uma série de números e dois caracteres kanji. O primeiro era o kanji 空, céu. O segundo era o kanji 兵, para soldado. Soldado do céu. Fazia sentido. Mas o caractere para céu também pode significar "vazio". Soldado vazio. Isso também fazia sentido. Virei-o novamente e o prendi em meu pulso. Nem grande. Nem pequeno. Na medida.

— Era do Haruki — explicou Jiko. — Você tem que dar corda. — Ela tocou o pequeno pino do lado com o dedo dobrado. — Todos os dias.

— Ok.

— Nunca o deixe parar — pediu Jiko. — Por favor, não se esqueça.

— Não vou esquecer — prometi. Estendi o braço para lhe mostrar o relógio. Fechei o punho. Ele fazia com que eu me sentisse forte. Como uma guerreira.

Ela assentiu e pareceu satisfeita.

— Estou feliz que você o conheceu enquanto estava aqui — afirmou. — Ele era um bom garoto. Inteligente como você. Levava a vida a sério. Ele teria gostado de você.

Jiko assentiu outra vez e, em seu tempo, se virou e se afastou. Fiquei ali ouvindo o som de sua bengala batendo no velho corredor de madeira. Não conseguia acreditar que ela tinha dito aquilo. Ninguém nunca tinha me chamado de inteligente. Ninguém nunca gostou de mim.

Coloquei os restos que não eram restos de Haruki de volta na caixa, embrulhei tudo e a coloquei de volta no altar. Então acendi uma vela e um incenso e ofereci a ele, juntando a palma das mãos.

— Foi um grande prazer conhecê-lo — afirmei, gastando meu japonês mais educado. — Espero poder contar com sua companhia novamente no próximo verão. Por favor, continue cuidando bem da querida Jiko Obaachama até eu voltar, ok? Ah, e obrigada pelo relógio.

Fiz uma reverência raihai profunda e formal, caindo de joelhos e tocando minha testa no chão e, em seguida, levantando a palma das mãos em direção ao teto. Quando me levantei, tive outro pensamento.

— Não sei se isso é legal ou não, mas se não se importar em olhar meu pai de vez em quando, também, eu agradeceria muito. Ele recebeu o seu nome, e pode vir a precisar de ajuda, de verdade.

Fiz outra reverência rápida e saí. Eu não acreditava, de fato, que o fantasma de Haruki poderia fazer algo por meu pai, mas achei que não faria mal pedir.

Papai chegou naquela tarde. Eu não queria ir embora, mas estava feliz por ele aparecer. Acho que parte de mim estava preocupada que ele não viesse. Ele parecia mais velho do eu que me lembrava, mas não falei nada. Fiquei esperando que ele percebesse como eu tinha me tornado forte, mas também não comentou nada. Veio para passar a noite e partiríamos para Tóquio na manhã seguinte.

Fiquei um pouco mal com o que aconteceu em seguida. No jantar, ele anunciou que me levaria à Disneylândia na volta para casa. Agora, quando penso a respeito, entendo como era sério para ele, porque meu pai sofre para valer em lugares como aquele, com todo o barulho e as multidões, então deve ter se preparado psicologicamente por semanas. Mas, na época, eu não conseguia perceber isso. Tudo que conseguia perceber era como ele parecia velho, cansado e patético por trás de seu grande sorriso bobo, e fiquei comparando-o mentalmente a Haruki #1. Jiko e Muji ficaram sentadas à mesa de jantar, esperando que eu pulasse e ficasse muito feliz e grata por ir à Disneylândia, mas, em vez disso, meio que murmurei:

— Não, obrigada.

O grande sorriso de papai desapareceu então, e se eu fosse uma pessoa mais legal teria dito "Ei, estou brincando!", e depois fingiríamos estar superanimados, e teríamos ido à Disneylândia, e pronto. Mas não sou uma pessoa legal. A verdade é que eu não queria ir. Depois de conhecer Haruki #1, que era um herói de verdade, e de ouvir sobre o que ele passou na guerra, não conseguia ficar animada em ver Mickey-chan e apertar a mão dele. Tudo isso parecia meio infantil e tolo. Eu só queria voltar para casa, e aí poderia começar a ler as cartas.

CARTAS DE HARUKI #1

10 de dezembro de 1943

Querida mãe,

Três meses se passaram desde que as Medidas de Fortalecimento da Situação Interna foram anunciadas, encerrando nossas dispensas estudantis e fechando o Departamento de Filosofia. Lamento que o de Jurisprudência também tenha sido impactado, assim como o de Letras, o de Economia, e outros, é claro. Então, é isso. Filosofia, Direito, Literatura e Economia, todos sacrificados pela causa gloriosa da Guerra. Esplêndido, não?
 Dois meses se passaram desde nossa grande despedida no Santuário Meiji, aquela cerimônia de marionetes tristes na chuva fria e cáustica. Querida mãe, temo que Monsieur Ruskin estivesse errado. O céu chora, e não há nada de falso nessa falácia patética.
 Uma semana se passou desde que me despedi de você, Suga-chan e Ema-chan, e entrei no quartel da Base Aérea T. da Marinha. Tentarei escrever mais sobre minha vida aqui, mas, por ora, basta dizer que você não me reconheceria se passasse por mim na rua, eu mudei tanto.

* * *

2 de janeiro de 1944

Querida mãe,

Quando soube que nossas dispensas estudantis foram encerradas, soube que morreria, e fui dominado por uma emoção semelhante ao alívio ao ouvir a notícia. Por fim, depois desses longos meses de espera e dúvida, uma certeza, mesmo que fosse a certeza da morte, parecia animadora! O caminho a seguir estava claro, e eu poderia parar de me preocupar com todas as questões metafísicas fúteis da vida (identidade, sociedade, individualismo, totalitarismo, vontade humana), que tinham ocupado e nublado minha mente na universidade. Diante da morte certa, todas essas noções pareciam, de fato, triviais.

Foi só quando vi suas lágrimas, querida mãe, que percebi o egoísmo de minha reação, mas, infelizmente, eu era muito imaturo para corrigir meu comportamento. Pelo contrário, fiquei impaciente com você. Suas lágrimas me envergonhavam. Se eu fosse mais homem, teria me atirado no chão aos seus pés e agradecido por suas lágrimas e pela força de seu amor por mim. Em vez de fazer isso, seu filho indigno pediu-lhe (com certa frieza, temo) que parasse de chorar e recobrasse a compostura.

Durante o exame físico em outubro, o recrutador oficial ordenou que "desligássemos por completo nosso coração e mente". Ele nos instruiu a tolher o amor e romper o apego com a família e os parentes, porque a partir de então éramos soldados, e nossa lealdade deveria ser apenas para com nosso imperador e nossa pátria, o Japão. Lembro-me de ouvir isso e pensar que jamais poderia estar de acordo, mas estava errado. Ao tentar impedir suas lágrimas, eu já estava obedecendo ao comando do oficial ao pé da letra, não por fidelidade patriótica, mas por covardia, para não sentir a dor de meu próprio coração aflito.

Desde então, em muitas ocasiões, percebi que minha alegria era preventiva e ingênua, além de egoísta. Era um sentimento nascido da ignorância, o tipo de euforia existencial inebriante que dá origem a meros heroísmos ou ao patriotismo impensado, da espécie que vemos tantas vezes durante a guerra. Essas são consequências perigosas, de fato, e estou tomado pela humilhação de ter sido tão enganado. Estou determinado a não deixar que isso se repita.

Como não me resta muito tempo de vida, estou determinado a não ser um covarde. Vou viver com a maior seriedade possível e acolher profundamente meus sentimentos. Refletirei com rigor sobre meus pensamentos e emoções, e tentarei aprimorar-me o máximo possível. Continuarei a escrever e a estudar, para que, quando chegar a hora de minha morte, eu morra com beleza, como um homem em meio a um esforço supremo e nobre.

* * *

23 de fevereiro de 1944

Querida mãe,

Nosso treinamento é severo e nosso esquadrão recebeu atenção especial hoje. É pessoal e, ao mesmo tempo, não é. O líder do esquadrão é um suboficial chamado F., e ele e os outros oficiais superiores parecem favorecer recrutas como nós, estudantes e solteiros, e nos escolhem para exercícios especiais. Eles nos veem como privilegiados e delicados, e é claro que estão certos. Estão nos fazendo um favor, dizem, transformando-nos em militares, e só me basta rir de como isso é brilhante! Ah, estamos nos transformando em soldados excelentes, com certeza.

    Diante de minha falta de estatura física e meus modos desajeitados, é fácil imaginar que sou um dos prediletos, mas de quem realmente me compadeço é de K., que era meu veterano no Departamento de Filosofia. K. é um verdadeiro filósofo. Ele é... como expressar? Não é "deste mundo". Ele tem o hábito infeliz de se perder em uma linha de pensamento e, quando isso acontece, olha para longe e não presta atenção aos comandos dos oficiais, o que é de pouca ajuda para torná-lo respeitado pelos que estão no comando. F. apelidou K. de "O Professor" (como você pode imaginar, todos nós temos apelidos, e o meu não é digno de ser mencionado). K. e eu concluímos que há um tipo de beleza na inventividade dos métodos de treinamento de F., que são semelhantes aos do brilhante soldado francês Marquês de Sade. Como o Marquês, ele tem uma mente engenhosa e uma introspecção de artista que o inspira, conduzindo-o a uma espécie de perfeição indescritível. Decidimos que este será seu apelido a partir de agora.

* * *

26 de fevereiro de 1944

Estimada mãe,

Nossos dias passam e tenho o prazer de dizer que estou progredindo em meu treinamento e pareço avançar também em posição e status, bem como na estima de meus superiores e pares.

Recentemente, durante um dos exercícios, fiquei preocupado com a saúde de K., então dei um passo à frente e me ofereci para substituí-lo. O Marquês ficou muito feliz em concordar e, desde então, decidiu que sou um discípulo muito mais satisfatório do que K., de quem não consegue extrair qualquer reação significativa. Agora, quando ele me convoca, é quase como se buscasse minha colaboração para realizar cada exercício com mais perfeição do que o anterior. Ele se refere a seu método de treinamento como um ato de bondade, e eu não ficaria surpreso se depois ele repassasse nossas sessões mentalmente, a fim de aprimorar sua arte. Se seu meio de expressão fossem palavras em vez de guerra, ele teria sido um poeta.

* * *

14 de abril de 1944

Querida mãe,

Vou continuar meus contos de aventura de onde parei. Depois da refeição noturna e da chamada, o Marquês muitas vezes sugere jogos tolos para elevar o moral do pelotão. Como evoluí e me tornei seu predileto, ele me convida para ser o oni, enquanto os outros giram em volta e cantam "Kagome Kagome". Você se lembra dessa música, mãe? É uma bela canção sobre um pássaro preso em uma gaiola de bambu.

Outro jogo de que ele gosta é "toutinegra-do--mato atravessando o vale", que envolve pular em cada cama e parar de vez em quando para gorjear a canção da toutinegra-do-mato, *ho-ho-ke-kyo*! Às vezes, também jogamos o jogo do trem ou o jogo do bombardeiro carregado. As brincadeiras dele só terminam ao soar do último clarim, indicando que as luzes vão se apagar.

Os outros membros do meu esquadrão às vezes riem e se divertem, mas K. nunca ri. Fica ali, observando, empenhado em testemunhar os mínimos detalhes, mas não há nada que possa fazer. Quando ele tenta dar um passo à frente e me substituir, o Marquês apenas o descarta como a um mosquito. Na minha avidez em proteger K., temo ter causado a ele um sofrimento ainda maior.

* * *

16 de junho de 1944

Estimada mãe,

Não vou escrever muito, porque você virá em breve para sua visita, e este pensamento me enche de uma alegria que mal posso conter ou expressar. Mas senti que precisava escrever brevemente, a fim de prepará-la.

K. desapareceu há três dias. A princípio, não sabíamos o que havia acontecido. O Marquês nos interrogou, mas nenhum de nós sabia de nada, embora temêssemos o pior. E, de fato, no dia seguinte recebemos a notícia de que ele havia morrido. Não sei como, embora tenha minhas suspeitas. Tudo o que sei com certeza é que sinto imensa aflição pelo sofrimento de meu amigo, e tenho fervorosa esperança de que ele renascerá em um mundo muito melhor do que este.

* * *

3 de agosto de 1944

Querida mãe,

As recordações de sua visita permanecem, e sou capaz de lembrar de cada detalhe de seu rosto forte e belo, da encantadora timidez de Suga e da doçura dos sorrisos de Ema. Essas imagens me confortam todas as noites quando me deito para dormir, e tento não pensar em minhas queridas irmãs chorando e acenando à medida que o trem se afastava. Obrigado pelo juzu. É um grande conforto, e vou carregá-lo sob meu uniforme, junto ao meu coração.

    Também não me esquecerei da expressão de choque em seu rosto quando pôs os olhos em mim. Seu querido filho mudou tanto assim? Ainda posso sentir o toque gentil de seu dedo acariciando o hematoma em minha face e o corte na minha mandíbula. A senhora não queria acreditar em mim quando lhe disse que os ferimentos eram leves, e naquele momento senti tanta vergonha por falhar em prepará-la para o que são, na verdade, apenas banalidades rotineiras da vida militar. Não pensei em como seria extremo seu sofrimento por mim. Como tenho sido egoísta e indulgente! Minha única desculpa é que, às vezes, esqueço-me de que você não pode ler minha mente. Somos tão próximos, a senhora e eu, a mesma carne e o mesmo sangue, e a senhora sempre conheceu meu coração.

    Seus relatos sobre a situação em Tóquio me assustam, e imploro: seja cautelosa. Temo por sua segurança e pela segurança de minhas irmãs. Gostaria que considerasse se recolher no campo. Enquanto isso, aqui, parece que esta fase do nosso treinamento está completa, então agora a senhora pode parar de se preocupar. O Marquês recebeu um esquadrão de novos recrutas, nós estamos formados e agora estamos aprendendo a voar.

*   *   *

Dezembro de 1944

Querida mãe,

Ontem fomos reunidos para ouvir um discurso de exortação e um apelo inflamado a nosso espírito patriótico, que culminou na convocação de voluntários para receberem um treinamento acelerado como pilotos da Força de Ataque Especial. Querida mãe, por favor, me perdoe. A morte é inevitável, não importa a escolha que eu faça. Vejo e compreendo isso de formas que não seria capaz de fazer antes. Por favor, enxugue os olhos e permita-me explicar.

Escolher esta morte implica vários benefícios. Primeiro, e mais importante, garante a promoção póstuma em duas patentes, o que obviamente não tem sentido, mas vem com um aumento substancial da pensão que lhe será paga por ocasião da minha morte. Posso ouvi-la protestar, entrelaçando as mãos e insistindo que não precisa do dinheiro, e o pensamento me faz sorrir. A senhora preferiria morrer de fome a se beneficiar de minha morte. Entendo. Mas por mim e por minhas irmãs, peço-lhe que aceite minha decisão. Escolher esta morte me dá um enorme consolo. Dá sentido à minha vida e profunda satisfação ao meu coração filial. Se a compensação extra ajudar a alimentar a senhora e minhas irmãs, e as ajudar a encontrar bons maridos, isso me bastará.

Esse é, portanto, um benefício, de cunho prático. O outro benefício é, talvez, mais filosófico. Ao me voluntariar para a incursão, recuperei um pouco de poder sobre o tempo de vida que me resta. A morte em uma ofensiva terrestre ou bombardeio parece aleatória e imprecisa. Esta morte, não. Ela é pura, limpa e proposital. Serei capaz de controlar e, portanto, apreciar, pessoal e perfeitamente, os momentos que antecederão a minha morte. Poderei escolher de modo preciso onde e como minha morte ocorrerá e, portanto, quais podem ser suas consequências. Se enxugar suas lágrimas e pensar a esse respeito, mãe, tenho certeza de que vai entender o que estou dizendo.

Spinoza escreve: "Um homem livre, isto é, um homem que vive de acordo apenas com os ditames da razão, não é conduzido pelo medo da morte, mas deseja diretamente o bem, isto é, deseja agir e preservar seu ser de acordo com o princípio da busca pelo próprio benefício. Ele, portanto, não pensa em nada menos do que a morte, e sua sabedoria é uma meditação sobre a vida".

Minha morte nesta guerra é inevitável e, portanto, a maneira como morro é uma questão purista. Como não há possibilidade de preservar meu ser ou de buscar meu próprio benefício nesta vida, escolhi a morte que trará mais benefícios para quem amo, e isso me trará menor sofrimento na próxima vida que virá. Vou morrer como um homem livre. Por favor, console-se com pensamentos como esses.

* * *

27 de março de 1945

Querida mãe,

Você ficará feliz em saber que, enquanto espero para morrer, tenho lido poesia e romances novamente. Favoritos de longa data como Soseki e Kawabata, assim como os livros que a senhora me enviou de suas queridas amigas escritoras: *Words Like the Wind*, de Enchi Fumiko-san, e os poemas de Yosano-san em *Tangled Hair*.

Ler essas escritoras faz com que eu me sinta mais perto da senhora. A senhora teve o mesmo passado impetuoso delas, minha querida mãe? Em caso afirmativo, aplaudo-a e nada mais perguntarei, sabendo que é impróprio a um filho caçoar assim da mãe.

Sinto-me mais próximo da literatura agora do que no passado; não tanto das obras em si, mas da ideia de literatura: o esforço e a nobreza heroicos de nosso desejo humano de criar beleza com a mente, o que me leva às lágrimas, e tenho de enxugá-las depressa, antes que alguém perceba. Tais lágrimas não estão se transformando em um Yamato danshi.[139]

A senhora ainda escreve? Nada me faria mais feliz do que saber que está escrevendo poemas ou trabalhando em um romance, mas imagino que lhe resta pouco tempo para isso.

Hoje, durante um voo de teste, lembrei-me do maravilhoso conto de Miyazawa Kenji sobre as Guerras dos Corvos. As pessoas pensam nele como um conto infantil, mas é muito mais do que isso, e enquanto

---

139. *Yamato danshi* (大和男子): literalmente, "homem de Yamato", o arquétipo masculino do autêntico homem japonês.

voava, em formação, a dois mil metros de altitude, lembrei-me do Capitão Corvo decolando de seu espinheiro e alçando voo para a batalha. *Sou o Corvo!*, pensei, em êxtase. A visibilidade era boa e, como esse foi o último dos voos especiais de treinamento, voei em todas as direções que satisfaziam o meu coração.

Eu amo voar. Já mencionei isso? Não há, de fato, nenhum sentimento mais esplêndido ou mais transcendental. Às vezes, o zazen chega perto. Sento-me em zazen todos os dias. Obrigado por sugerir isso. Conforta-me saber que a senhora também o pratica.

Receio que meu dia esteja se aproximando e minha próxima carta "oficial" possa ser a última que receberá de mim. Mas não importa que absurdo eu escreva nela, saiba que não serão minhas últimas palavras. Há outras palavras e outros mundos, querida mãe. A senhora me ensinou isso.

PARTE III

Não pense que o tempo simplesmente voa. Não compreenda "voar" como a única função do tempo. Se o tempo simplesmente voasse, haveria uma separação entre você e o tempo. Portanto, se você só compreende o tempo como passageiro, você não compreende o ser-tempo.

Para verdadeiramente apreender o ser-tempo, todos os seres que existem no mundo estão ligados entre si como momentos no tempo enquanto existem, simultaneamente, como momentos únicos. Posto que todos os momentos são o ser-tempo, são também o seu ser-tempo.

— Dōgen Zenji, *Uji*

NAO

1.

Levei uma semana para ler todas as cartas. A caligrafia era difícil porque todos os caracteres estavam unidos, e eu não entendia muitos dos termos que ele usou, mas estava determinada. Todas as noites, enquanto dava corda no relógio de meu tio-avô Haruki, pensava nas histórias sussurradas por ele, e elas me assombravam e me enchiam de vergonha. Todas as manhãs, ao acordar cedo para fazer o zazen, estas eram as palavras que enchiam minha cabeça enquanto estava sentada em minha almofada:

"Que tola você é, Yasutani Naoko! Uma covarde, que não pode nem suportar um pouco de ijime de adolescentes que são tão patéticos quanto você! O que elas fizeram com você é só uma ninharia em comparação ao que seu tio-avô suportou. Haruki #1 era só uns dois anos mais velho do que você, mas era um super-herói, corajoso, maduro e inteligente. Ele se preocupava com a própria educação e estudava com afinco. Entendia de filosofia, política e literatura, e sabia ler livros em inglês, francês e alemão, além de japonês. Ele sabia como dar um tiro na garganta com uma arma, mesmo que não quisesse. Você, Yasutani Naoko, é lamentável comparada a ele. Que coisas você sabe? Mangá. Anime. Sunnyvale, Califórnia. Jubei-chan e o tapa-olho encantador. Como pode ser tão estúpida e banal! Seu tio-avô Yasutani Haruki #1 era um herói de guerra que amava a vida e a paz, e ainda assim se dispôs a pilotar um avião em direção a um navio de guerra e morrer para proteger seu país. Você é um insetinho triste, Yasutani Naoko, e se não se recompor imediatamente, não merece viver nem mais um instante."

Agora, pensando nisso, consigo compreender que eu era uma pessoa muito difícil de se conviver depois que voltei do templo. Eu estava brava comigo mesma, mas estava ainda mais brava com meu pai. Quer dizer, eu era uma garota muito jovem, então tinha uma desculpa para ser fraca, mas meu pai era um homem adulto e não tinha desculpa. Ele devia ter ido ao médico durante o verão e melhorar, mas, até onde pude perceber, ele continuava exatamente igual, ou até pior, e eu diria que minha mãe também pensava assim.

Um dia, logo depois que comecei a ler as cartas, havia um kanji que não encontrei no dicionário. Copiei o melhor que pude e, naquela noite, mostrei-o para minha mãe e perguntei o que significava. Ela respondeu que era uma palavra antiquada e a reescreveu da maneira moderna, e nós pesquisamos juntas. Quando tive outra dúvida, perguntei-lhe novamente e logo comecei a fazer uma lista, todos os dias, e a pedir a ajuda dela todas as noites, o que tornou a leitura muito mais rápida. Uma noite, quando estávamos à mesa da cozinha, ela perguntou no que eu estava trabalhando e se era um projeto para a escola. Papai estava lá fora, na varanda, fumando, e eu sabia que ele não poderia nos ouvir, então decidi contar sobre as cartas de H. #1.

Ela pareceu surpresa.

— Sua bisavó as deu mesmo para você?

A pergunta fez parecer como se eu as tivesse roubado ou algo assim.

— Sim, ela as deu mesmo para mim. E são realmente interessantes. Estou aprendendo muito sobre história e tal. — Eu odiava soar tão defensiva.

— Você as mostrou ao seu pai?

— Não. — Agora eu estava mesmo me arrependendo de ter contado.

— Por que não? As cartas foram escritas pelo tio dele, e acho que ele gostaria de lê-las também. Seu pai sabe muito mais sobre o lado dele da família do que eu. Vocês poderiam ler juntos.

Certo, aquilo me enfureceu. Eu não queria mostrar as cartas ao meu pai. Ele não merecia vê-las e, além disso, percebi que ela estava apenas tentando me empurrar para perto dele como parte da suposta reabilitação dele, ou da minha.

— Se não quer me ajudar, tudo bem. Descubro sozinha.

Isso foi uma coisa muito arrogante de se dizer, mas, em vez de ficar brava, ela estendeu a mão sobre a mesa da cozinha e a colocou no meu punho, meio que me segurando no lugar.

— Naoko-chan — ponderou ela. — Adoro ajudar você. Não é isso. Sei como tudo tem sido difícil para você, mas não seja muito dura com seu pai. Ele é um bom homem e sei que no fundo você o ama. Ele está mesmo tentando com afinco, e você também deveria.

Se não estivesse segurando meu braço, naquele momento eu teria pulado e atirado alguma coisa nela. Minha mãe não sabia nada sobre como as coisas estavam difíceis para mim ou quanto eu estava me esforçando! E eu não acreditava no que dizia em relação a meu pai, também. Ela estava mentindo. Ele estava sentado em seu balde na varanda com um cigarro, lendo um mangá, e eu sabia, pela expressão cansada no rosto dela e pelo jeito nervoso com que o fitou, que ela não acreditava no esforço do meu pai coisa nenhuma.

Mas estava certa sobre uma questão. Eu ainda o amava. Naquela noite, deitada na cama, pensei em sua sugestão e percebi que talvez eu quisesse contar a ele sobre a Guerra e Haruki #1. Papai recebeu o nome dele, e se soubesse como o Número Um foi corajoso e legal, poderia se inspirar para dar a volta por cima.

Então, no dia seguinte, quando cheguei da escola, decidi mostrar-lhe as cartas. Ele estava sentado no kotatsu, dobrando um besouro-rinoceronte japonês com uma página de "As Grandes Mentes da Filosofia Ocidental". Por conta do que tinha descoberto sobre o Número Um, eu estava um pouco mais interessada em filosofia agora.

— O que está dobrando? — perguntei.

— Um *Trypoxylus dichotomus tsunobosonis* — disse ele, segurando-o no alto e me mostrando o grande chifre pontiagudo.

— Não, quero dizer, que filósofo?

Ele virou o inseto, apertou os olhos e começou a ler, girando o corpo para acompanhar a linha de palavras ao redor das dobras e bordas.

— "... existente Dasein... vem a passar no tempo... historicizando o que é 'passado' em nosso Ser-com-o-outro... transmitido... considerado como 'história' no sentido de que fica enfatizado" — leu, e depois sorriu. — Sr. Martin Heidegger-san.

Por algum motivo, aquilo realmente me enfureceu. Eu não sabia nada sobre o sr. Martin Heidegger-san nem entendia o que ele estava dizendo, mas reconheci o nome de um dos antigos livros de filosofia de H. #1, então sabia que ele devia ser importante, e ali estava meu pai, transformando a grande mente do sr. Heidegger em um inseto. Chega. Já era hora de meu pai aprender que ser insignificante ele era.

— Você sabe que seu tio Haruki estudou filosofia de verdade — disparei. — Ele estava no Departamento de Filosofia da Universidade de Tóquio. Não ficava sentado em casa o dia todo brincando de origami como uma criança.

O rosto do meu pai ficou pálido e imóvel. Ele colocou o besouro na mesa e o contemplou.

Eu sabia que minhas palavras foram duras. Provavelmente, deveria ter parado por aí, mas não. Eu queria inspirá-lo. Queria tirá-lo daquilo. Joguei as cartas na mesa na sua frente.

— Jiko Obaachama me deu as cartas dele. Você deveria lê-las também, e talvez pare de sentir tanta pena de si mesmo. Seu tio Haruki Número Um era corajoso. Ele não queria lutar na guerra, mas, quando chegou a hora, enfrentou o destino. Ele era segundo subtenente da marinha e um verdadeiro guerreiro japonês. Era um piloto kamikaze, só que seu suicídio foi totalmente diferente. Ele não era um covarde. Pilotou o avião em direção a um navio de guerra do inimigo para proteger sua terra natal. Você deveria ser mais parecido com ele!

Meu pai não olhou para mim nem para as cartas. Apenas continuou olhando para seu besouro.

Por fim, ele concordou.

— *Soo daro na...*[140]

A voz soou muito triste.

Talvez eu não devesse ter dito nada.

2.

As aulas recomeçaram. No Japão, setembro é a metade do ano letivo, então eu ainda estava na mesma classe com aqueles adolescentes estúpidos e hipócritas que me ignoraram até a morte no primeiro semestre e depois fingiram tristeza no meu funeral. Mas naquele semestre decidi que as coisas seriam diferentes. Não ia mais deixar que fizessem bullying comigo ou abatessem meu espírito. Sabia que sempre poderia apunhalar a velha Reiko no olho mais uma vez, mas não queria recorrer à violência física se não precisasse. Em vez disso, ia usar meu *supapáua*, como Jiko me ensinou. Eu ia ser corajosa, calma e pacífica, como ela e o Número Um.

Quando entrei na escola naquele primeiro dia de volta, meu coração batia forte, mas o peixe no meu estômago parecia forte e poderoso como um golfinho ou uma baleia assassina. O pessoal deve ter notado a diferença, ou talvez tenha sentido o fantasma do Número Um pairar ao meu lado, e mesmo que ninguém parecesse muito feliz em me ver, ao menos não me deram um soco na cara.

Sem ninguém me torturando, minha atenção começou a melhorar e consegui me concentrar nos estudos. As aulas

---

[140]. *Sō darō na*: É, você deve estar certa.

ainda eram chatas, mas depois de ter lido as cartas do Número Um e visto como ele era inteligente e gostava de estudar, senti vergonha da minha ignorância. É claro, você pode perguntar: qual é o objetivo de receber uma educação se vai apenas pilotar seu avião contra a lateral de um porta-aviões inimigo? Isso é verdade, mas eu sentia que não seria excruciante aprender alguma coisa antes de morrer, então comecei a me aplicar, e quer saber? A escola ficou mais interessante, em especial a aula de ciências. Estávamos estudando biologia evolutiva, e foi aí que fiquei obcecada com extinções.

Não sei por que achava o assunto tão fascinante, a não ser pelos nomes em latim das vidas extintas, que soavam belos e exóticos, e memorizá-los ajudava a manter meus níveis de estresse baixos. Comecei com pepinos-do-mar pré-históricos e depois passei para os ofiúros. Depois disso, os ágnatos, e depois os peixes cartilagíneos e, por fim, também os peixes ósseos, antes de começar com os mamíferos. *Acanthotheelia*, *Binoculites*, *Calcancorella*, *Dictyothurites*, *Exlinella*, *Frizzellus*...

Jiko tinha me dado um bracelete de lindas contas de juzu rosa, tipo um kit para iniciantes e, para cada espécie morta, eu movia uma conta, sussurrando seus belos nomes para mim mesma durante o recreio ou na volta da escola, ou deitada na cama à noite. Tinha uma sensação de calma ao saber que todas essas criaturas viveram e morreram antes de mim, quase sem deixar vestígios.

Eu não estava tão interessada nos dinossauros e ictiossauros e coisas afins porque são meio clichês. Qualquer estudante do ensino fundamental passa por uma fase de amor aos dinossauros, e eu queria que minha base de conhecimento fosse mais sutil do que isso. Então pulei os grandes lagartos e, em novembro, bem na época que comecei com os extintos *Hominidae*, meu pai tentou suicídio outra vez.

3.

Preciso voltar um pouco, até o Onze de Setembro, para explicar isso direito.

O Onze de Setembro é um daqueles momentos loucos da história do qual todas as pessoas que, por acaso, estavam vivas no mundo se lembram. Você se lembra perfeitamente. O Onze de Setembro é como uma faca afiada cortando o tempo. Mudou tudo.

Alguma coisa já havia começado a mudar em meu pai. Ele reclamava de insônia, e até mesmo os comprimidos para dormir não funcionavam, ou talvez ele não os estivesse tomando. Não sei. Ele ainda saía para passear à noite, e meus olhos ainda se abriam no escuro bem a tempo de ouvir o retinir da tranca de metal sendo fechada e os passos arrastando-se pelo corredor do lado de fora. Plástico sobre cimento. Eu não precisava mais ir atrás dele. Apenas o seguia mentalmente.

Mas a grande mudança aconteceu em Onze de Setembro. Foi cerca de uma semana depois que lhe entreguei as cartas de Haruki #1. Acordei com o som da televisão na sala de estar. O volume estava baixo, mas as sirenes e os carros de bombeiros soaram alto o bastante para me acordar. Olhei para onde mamãe e papai dormiam. Vi a forma da mamãe, mas o futon do papai estava vazio. O relógio digital marcava 22h48. Eu me levantei e fui para a sala.

Ele estava sentado no chão em frente à tevê, vestindo bermuda e camiseta, com um cigarro apagado na boca. Na tela, a imagem de dois edifícios altos e estreitos contra o céu azul radiante da cidade. Os prédios pareciam familiares, e eu reconhecia mais ou menos a silhueta das construções no horizonte. Sabia que não era Tóquio. Fumaça saía pelas laterais dos prédios. Fiquei junto à porta e observei por um tempo. Primeiro, pensei que era um filme, mas a imagem permaneceu igual por muito tempo, e nada acontecia. Eram só aqueles dois arranha-céus expelindo fumaça no ar sem qualquer música ou trilha sonora, exceto pelas vozes baixas dos apresentadores ao fundo.

— O que é isso? — perguntei.

Papai se virou. À luz da tevê, ele parecia doente. Seu rosto estava pálido, e seus olhos, vidrados.

— É o Boeki Center — disse.

Cresci nos Estados Unidos, então reconheci o nome, mas não conseguia me lembrar exatamente onde ficava.

— É Nova York? — perguntei.

Ele assentiu.

— O que aconteceu?

Ele balançou a cabeça.

— Eles não sabem. Um avião voou em direção a um dos prédios. Achavam que tinha sido um acidente, mas depois aconteceu de novo. Ali, veja!

Na tela, a imagem trêmula de um avião desaparecendo na fachada de um edifício prateado. Deslizando como uma faca cortando um pedaço de manteiga. Uma nuvem de chamas e fumaça surgiu. Para onde tinha ido o avião?

— Esse foi o segundo — explicou meu pai. — Agora estão dizendo que é um ataque terrorista. Que são pilotos suicidas.

A luz de um jato de chamas refletiu em sua pele.

— Há pessoas presas lá dentro — falou.

Sentei-me ao seu lado. Chamas e fumaça preta saíam pelas fissuras do edifício. Pedaços de papel brilhantes voavam das fendas reluzindo e faiscando no ar como confetes. Das janelas, pessoas minúsculas acenavam com objetos. Pequenas formas escuras caíram pelas laterais do edifício reluzente. Peguei a mão do meu pai. As formas estavam vivas, também eram pessoas. Algumas usavam terno. Como o do meu pai. Vi um homem de gravata.

Em meio às sirenes e buzinas de carro, consegui ouvir as vozes das pessoas na rua perto da câmera. Falavam em inglês. A voz de um homem apelava: *Libere a via, libere a via.* Alguns outros caras estavam falando de um helicóptero que pairava sobre as torres. Será que iria tentar pousar?

E então uma mulher gritou, e todo mundo gritou, e um homem começou a gritar, *Ai, meu deus! Meu deus!* Várias vezes, quando a primeira torre caiu. Ela foi direto ao chão, desaparecendo sobre si mesma, por trás de uma nuvem branca de fumaça e poeira que se ergueu e engoliu o mundo.

As pessoas corriam pela rua. Estavam feridas. Estavam tentando escapar. *Ai, meu deus! Meu deus!* O tempo passou, e então a segunda torre caiu.

Segurei o braço do meu pai. Ficamos sentados ali, lado a lado, vendo até amanhecer. Uma após a outra, as torres caíram. Assistimos às imagens várias vezes. Quando saí para a escola, ele ainda estava assistindo. Quando cheguei em casa, ele ainda estava assistindo.

4.

Ele ficou obcecado com as pessoas que pularam. Naquela primeira noite, nós as vimos, pequenas formas escuras, humanas, caindo pelas laterais dos prédios, e esperávamos vê-las mais uma vez na televisão ou nos jornais, mas, em vez disso, elas desapareceram. Teríamos imaginado? Era um sonho?

Nas semanas seguintes, procurou-as na internet. Ele parou de caminhar. Tarde da noite, eu acordava e o via sentado em minha mesa, em nosso quarto, encarando a tela do computador, fazendo buscas. Ele afirmou que o governo e as emissoras estavam censurando as imagens, mas por fim a foto do Homem em Queda apareceu. Você provavelmente a viu. A fotografia mostra um homem minúsculo de camisa branca e calças escuras, mergulhando de cabeça pela lateral de aço polido do prédio. Ao lado do edifício gigante, ele era apenas um rabisco minúsculo, escuro e, no início, dá para confundi-lo com um fiapo ou poeira nas lentes da câmera, que apareceu na foto por engano. Só quando se olha com atenção é que se compreende. O rabisco é um homem. Um ser-tempo. Uma vida. Os braços dele estão junto ao corpo, e um de seus joelhos está dobrado, como na dança irlandesa, mas de cabeça para baixo. Está tudo errado. Ele não devia estar dançando. Ele não devia estar ali, de jeito algum.

De meu futon no chão, observei meu pai analisando a fotografia. Ele estava sentado, com o nariz a centímetros da tela, e parecia que ele e o Homem em Queda conversavam, como se o homem tivesse parado de cair no ar por um momento para considerar as perguntas do meu pai. *O que o fez decidir isso? Foi a fumaça ou o calor? Teve que decidir ou seu corpo simplesmente soube? Você pulou, mergulhou ou apenas deu um passo no ar? O ar parecia refrescante depois do calor e da fumaça? Qual é a sensação de estar em queda livre? Você está bem? Em que está pensando? Você se sente vivo ou morto? Você se sente livre agora?*

Fico me perguntando se o Homem em Queda respondeu.

Sei o que eu e papai teríamos feito se estivéssemos presos naqueles prédios. Nem precisaríamos discutir isso. Teríamos encontrado o caminho para uma janela aberta. Ele teria me dado um abraço rápido e um beijo na cabeça antes de estender a mão. Teríamos contado até três, como fazíamos em Sunnyvale, de pé na beira da piscina, quando ele estava me ensinando a não ter medo de águas profundas. Um, dois, três, e então, no mesmo momento, teríamos pulado. Ele teria segurado minha mão com muita força ao cair, pelo tempo máximo que pudesse, antes de soltar.

5.

O que você faria?

A queda assusta você? Nunca tive medo de altura. Quando fico na beirada de um lugar alto, sinto que estou na beira do tempo, espreitando o sempre. A pergunta *E se...?* surge em minha mente, e é emocionante, porque sei que no instante seguinte, em menos tempo do que um estalar de dedos, eu poderia voar em direção à eternidade.

Quando eu era criança, em Sunnyvale, nunca tinha pensado em suicídio, mas, quando nos mudamos para Tóquio e meu pai caiu na frente do trem, comecei a pensar muito no assunto. Parecia fazer sentido. Se você vai morrer de qualquer maneira, por que não acabar logo com isso?

No começo, era tudo um jogo mental. Como faria aquilo? Hum. Deixe-me pensar. Conheço adolescentes que se cortam, mas lâminas de barbear fazem uma bagunça e o sangramento demora muito. Os trens também fazem uma bagunça, e algum infeliz teria de limpar todas as tripas e tal, sem mencionar que há aquela multa que a família deve pagar. Não seria justo com a mamãe, que trabalha duro para nos sustentar.

Comprimidos são difíceis de obter, e como saber se já tomou o bastante? O melhor seria encontrar um lugar agradável ao ar livre, na natureza, talvez um penhasco íngreme que dá direto para um precipício profundo onde ninguém o encontraria e seu corpo poderia se decompor naturalmente, ou os corvos poderiam comê-lo. Ou, melhor ainda, um penhasco íngreme que dá para o mar. Sim, isso é bom. Perto da prainha onde eu e Jiko fizemos nosso piquenique. Eu talvez conseguisse até avistar o banquinho onde nos sentamos para comer nossos bolinhos de arroz e chocolates juntas. Do topo daquele penhasco, a praia pareceria tão pequena quanto um bolso. Eu pensaria com carinho em Jiko e em como ela me ensinou a inutilidade de lutar contra uma onda, e esse seria um bom último pensamento para ter quando pulasse da beira do mundo e voasse em direção ao oceano. É o mesmo grande oceano Pacífico onde Número Um jogou sua aeronave no porta-aviões. Isso é bom. Uma água-viva comeria minha carne e meus ossos afundariam, e eu estaria com Haruki para sempre. Ele é tão inteligente que teríamos muito o que conversar. Talvez ele pudesse até me ensinar francês.

RUTH

1.

No Onze de Setembro, eles estavam no Driftless. Alguns dias antes, Ruth tinha feito o discurso principal de uma conferência sobre política alimentar na Universidade de Wisconsin, em Madison, e depois ela e Oliver foram visitar seus amigos John e Laura, que tinham uma casa no campo. O Driftless é uma área rural no sudoeste de Wisconsin, um lugar que há muito tempo Oliver queria ver devido à geologia única do Planalto Paleozoico, que, de alguma maneira, havia escapado da glaciação e foi nomeado assim pela ausência de refugos: lodo, areia, argila, cascalho e pedregulhos que costumavam ser deixados pelas placas de gelo. Ele estava particularmente interessado nos sistemas de cavernas, cursos de água que desapareciam, vales profundos e sumidouros que caracterizavam a topografia, mas Ruth estava se sentindo ansiosa. Sua mãe ainda estava viva e morava com eles na ilha e, embora Ruth tivesse combinado com uma pessoa da vizinhança de aparecer levando comida e verificar se estava tudo bem, ela não gostava de deixar a mãe sozinha por tanto tempo. Mas o clima de outono em Wisconsin estava lindo, e era bom estar com amigos. Eles passaram uma tarde longa e preguiçosa em canoas no Mississippi, observando as tartarugas se aquecendo em troncos sob a luz dourada do sol.

Na manhã seguinte, os quatro estavam sentados à mesa da cozinha, depois de um café da manhã tranquilo, saboreando uma segunda xícara de café, quando ouviram a caminhonete do vizinho se aproximando. John saiu para ver o que ele queria. Voltou minutos depois com semblante sério.

— Algo aconteceu em Nova York — disse. A casa não tinha televisão. Ele ligou o rádio na NPR no momento em que o segundo avião atingiu a Torre Norte.

Ruth passou a hora seguinte de pé, em cima de uma mesa de piquenique no topo de uma pequena elevação da propriedade, tentando obter sinal no celular para que pudesse entrar em contato com amigos em Nova York. Por fim, conseguiu falar com sua editora, que estava assistindo ao desastre acontecer da janela de sua cozinha, no Brooklyn.

A voz da editora atravessou a estática.

— Está caindo! — gritou. — Ah, meu deus, a torre está caindo! — E então a conexão foi interrompida.

Eles voltaram para Madison de carro e ligaram a televisão, passando o resto da tarde assistindo a imagens dos aviões cortando as torres e das torres desmoronando. Ela pensava na mãe, sozinha em casa, no Canadá. A mãe sempre assistia ao noticiário, ainda que não se lembrasse dos acontecimentos no dia seguinte. Ruth tentou ligar, mas ninguém atendeu. A mãe estava quase surda e não ouvia o telefone tocando.

— Mamãe está vendo isso na tevê — comentou com Oliver. — Ela vai pensar que estamos em Nova York. Vai enlouquecer de preocupação.

— Ligue para os vizinhos — sugeriu ele. — Diga para desconectarem o aparelho.

Quando ela conseguiu falar com alguém, já era a manhã do dia seguinte.

— Preciso que você vá à casa de minha mãe e descubra se ela viu alguma coisa — pediu. — Se viu, apenas a tranquilize. Diga-lhe que estamos bem e que não estamos nem perto de Nova York. Depois, desconecte a televisão e diga que quebrou.

Houve um longo silêncio do outro lado da linha.

— Sim, é claro — respondeu a mulher. — Aconteceu alguma coisa?

—Tenho medo de que, se ela vir as notícias, entrará em pânico.

Novamente, um longo silêncio.

— Que notícias…?

Ruth explicou de forma resumida e depois desligou o telefone.

— Temos que voltar — disse a Oliver.

2.

Os aeroportos estavam fechados, então eles alugaram um carro, um Ford Taurus branco, e dirigiram para oeste, contornando a fronteira canadense. O plano era deixar o Taurus em Seattle e pegar o barco de volta para o Canadá. O Canadá era seguro.

Enquanto atravessavam o país, bandeiras dos Estados Unidos apareciam como flores depois de uma chuva, esvoaçando em postes e antenas de carros, coladas nas janelas de lojas e casas. O país estava inundado de vermelho, branco e azul. À noite, em hotéis de beira de estrada Super 8 e Motel 6, viram o presidente prometer uma caçada aos terroristas.

— Mortos ou vivos — prometeu. — Desentocá-los de suas cavernas. Afugentá-los para que os peguemos.

Numa noite, pararam a fim de jantar no restaurante da Grande Muralha da China em Harlem, Montana. O restaurante estava vazio e fechava cedo. Era uma medida extra de segurança, explicou a garçonete, quando trouxe a conta.

— Nunca se sabe quem será o próximo alvo deles — disse.

— Você acha que terroristas árabes vão nos atacar aqui em Harlem, Montana? — perguntou Oliver. Harlem, Montana, tinha uma população de pouco menos de oitocentas e cinquenta pessoas. Ficava a três mil e quinhentos quilômetros de Nova York, e era cercada pelo deserto.

A garçonete, que parecia ser mexicana, balançou a cabeça.

— Não vamos arriscar — disse.

Mais tarde, no hotel, eles assistiram a uma reportagem sobre a enxurrada de crimes de ódio contra muçulmanos estadunidenses sendo cometidos por todo o país.

— Sabe, acho que eu estava errado — afirmou Oliver.

— Sobre o quê?

— Nossa garçonete. Acho que não era de terroristas árabes que ela estava com medo.

3.

Conseguiram cruzar a fronteira, e o Canadá nunca pareceu tão seguro. De volta à ilha, os vizinhos expressaram preocupação com o bem-estar deles, mas as notícias do mundo tinham pouca relevância em sua vida cotidiana, e havia apenas a vaga noção do que estava acontecendo ao sul, o que não os impedia de ter opiniões.

— Tenho certeza de que é tudo uma farsa — disse um vizinho, quando passou para entregar a medicação de Masako para o Alzheimer, que havia pegado para ela na clínica.

— Farsa? — repetiu Ruth. — Quer dizer que não acredita no que aconteceu?

— Ah, não — respondeu ele. — Aconteceu, com certeza. Só que não é o que estão falando que é. — Olhou ao redor e deu um passo para a frente, aproximando-se e colocando o rosto a centímetros do dela. — Se quer minha opinião, é uma conspiração do governo.

Ele era estadunidense, um veterano do Vietnã. Tinha sido condecorado com um Coração Púrpura, que devolveu à autoridade de imigração dos Estados Unidos quando cruzou a fronteira para o Canadá. As lesões na coluna nunca haviam cicatrizado, e ele precisava de doses constantes de morfina para administrar a dor. Ruth não tinha energia para argumentar. Ofereceu-lhe um chá e depois sentou-se com ele, ouvindo suas teorias e pensando na caixa no porão. Como seria bom rastejar lá para dentro e adormecer.

Da vila distante envolta em nevoeiro, situada na costa musgosa do mundo, ela viu os Estados Unidos invadirem o Afeganistão e depois voltarem a atenção para o Iraque. Enquanto as tropas eram discretamente enviadas para o Oriente Médio, ela ficava sentada no sofá com a mãe, na casinha no meio da escuridão e da floresta temperada, olhando para a telinha brilhante da tevê.

— Que programa é esse? — perguntou sua mãe.

— É o noticiário, mãe — respondeu Ruth.

— Não entendo — disse a mãe. — Parece uma guerra. Estamos em guerra?

— Sim, mãe — confirmou Ruth. — Estamos em guerra.

— Ah, isso é terrível! — exclamou a mãe. — Contra quem estamos em guerra?

— Afeganistão, mãe.

Continuaram assistindo juntas em silêncio, até o intervalo comercial. A mãe se levantou e foi ao banheiro. Quando voltou, parou e olhou para a tela.

— Que programa é esse?

— É o noticiário, mãe.

— Parece uma guerra. Estamos em guerra?

— Sim, mãe. Estamos em guerra.

— Ah, isso é terrível! Contra quem estamos em guerra?

— Iraque, mãe.

— Sério? Mas pensei que a guerra tinha acabado.

— Não, mãe. Nunca acaba. Os Estados Unidos sempre estiveram em guerra com o Iraque.

— Ah, isso é terrível! — A mãe se inclinou para a frente e fitou a tela.

Os dias e as semanas se passaram. Meses se passaram, e anos depois.

— Contra quem você disse que estamos em guerra?

NAO

1.

Depois do Onze de Setembro, pensamos que o mundo logo acabaria, mas não. A escola continuou se arrastando. Meus colegas foram legais comigo por um tempo, por causa da minha conexão com os Estados Unidos. Fizemos mil grous de origami para enviar ao Marco Zero, pelas vinte e quatro vítimas japonesas e todas as outras pessoas que morreram nas torres. Mas, no fim de setembro, todo mundo se cansou de ser gentil e compassivo, e houve um aumento perceptível nas hostilidades. Não era organizado como antes, pelo menos não no início, apenas uns ataques aleatórios vindos do nada quando alguém se sentia impaciente ou inquieto. Um empurrão no corredor, um soco no seio. Guerra e traição estavam no ar. O mundo inteiro esperava que os Estados Unidos atacassem o Afeganistão, mas nada acontecia, o que parecia causar muita tensão, mesmo em nossa sala de aula. Fizemos as provas preliminares, que não eram de verdade, mas ainda assim evidenciariam quem iria para uma boa escola e teria uma vida fabulosa, e quem fracassaria. Eu. Eu deveria estar preparada, mas não estava. De novo, para que se recriminar se outras pessoas farão isso para você?

Finalmente, em 7 de outubro, os Estados Unidos começaram a bombardear o Afeganistão, e menstruei de novo e, de certa forma, as duas coisas foram um grande alívio.

Sei que muitas pessoas acham nojento falar sobre esse tipo de coisa, então espero que você não se importe. Não sou o tipo de garota que sente prazer erótico contando a todos sobre seu ciclo menstrual, e nem falaria sobre isso se não fosse importante para o que se seguiu.

Comecei a menstruar em Sunnyvale, quando tinha doze anos, o que é bastante normal nos Estados Unidos, mas é cedo para o Japão. Eu tinha quatorze anos quando voltamos para Tóquio, mas de repente minha menstruação parou durante quase um ano, provavelmente por causa de todo o estresse e ijime. Acho que meu corpo estava tentando voltar no tempo, para dias mais felizes. De qualquer forma, minha menstruação não voltou até a última aula daquele dia, quando o Sensei anunciava que os Estados Unidos começaram a bombardear o Afeganistão e, de repente, senti que estava começando a sangrar. Por burrice, tinha perdido o hábito de carregar absorventes ou outros suprimentos. Eu sabia que não era seguro ficar nem por um minuto a mais na escola depois da aula, mas não conseguiria chegar em casa sem um grande desastre sangrento, então, assim que o sinal tocou, peguei minhas coisas e corri para o banheiro.

A escola secundária que eu frequentava era velha e, nas escolas japonesas antigas, os banheiros são diferentes dos americanos. Os vasos ficam no chão, e é preciso se agachar sobre eles, em vez de se sentar. Lá estava eu, de cócoras, com a saia levantada e a calcinha manchada abaixada em meus tornozelos quando ouvi a porta do banheiro abrir e fechar. Alguém havia entrado.

O mais silenciosamente que pude, enrolei um pouco de papel higiênico na mão e fiz um chumaço. Um barulho, tipo um som de arranhões, como o de ratos subindo pela parede, veio da cabine vizinha. Congelei. As cabines vão até o chão, para que não dê para ver por baixo, ainda bem, mas ainda é uma sensação terrível estar agachada, com a calcinha abaixada e o bumbum de fora, ouvindo ratos. Nada faz você se sentir mais vulnerável. Prendi a respiração. Tudo estava quieto. Levantei a saia e me inclinei para enfiar o chumaço na calcinha quando ouvi o som novamente, só que desta vez vinha da parte de cima. Ouvi alguém segurar o riso e olhei para cima, e vi duas filas de pequenos telefones keitai por cima das paredes divisórias, uma de cada lado, apontando para mim. Eu me levantei bem rápido e puxei a calcinha.

— Uau! — gritou uma voz. — Bela foto!

Um por um, os telefones desapareceram. Puxei minha saia para baixo e me encolhi no canto da cabine.

— Que nojo! — disse alguém. — Tem sangue! Ela nem deu a descarga!

Eu me encolhi junto à parede de azulejos, me abraçando. Deveria dar a descarga? Deveria tentar escapar? Se eu tivesse um rifle, teria dado um tiro na minha garganta.

— Baka! Está embaçado!

Eu me afastei da parede e alcancei o trinco.

— Não está embaçado! É o púbis dela!

Destranquei a porta e a abri. Estavam em pé perto das pias, agrupados em volta de Reiko, comparando as telas de seus keitai. Abaixei a cabeça e passei por eles em direção à saída, mas Reiko estendeu a mão como uma guarda de trânsito.

— Aonde vai? — perguntou.

— Para casa — respondi.

— Acho que não — disse ela.

Alguém me agarrou pela gola e me empurrou para o canto, onde Daisuke estava filmando com uma câmera de vídeo. Três garotas grandes me forçaram a ficar de joelhos e depois de bruços. Os ladrilhos cheiravam a urina e alvejante, e senti o frio na minha face. Pude sentir o joelho duro de alguém nas minhas costas, me prendendo, e as mãos de alguém levantando minha saia até minhas axilas. Alguém chutou minhas costelas.

— Passe a corda para mim.

Tinham planejado aquilo. Uniram minhas mãos e puxaram a saia sobre minha cabeça, usando a corda de pular para amarrá-la como um saco, para que eu não conseguisse ver. Seguraram meus tornozelos para que eu não chutasse e tiraram minha calcinha.

— Ah, bingo! — Ouvi alguém dizer. — Tem manchas! As manchas valem mais!

— Isso é nojento. Fede. Coloque na bolsa antes que eu vomite!

— Daisuke, seu baka. Está filmando isso? Precisamos do vídeo.

Estava escuro dentro do saco de saia xadrez, e quente e úmido também, porque eu estava respirando com dificuldade e minha respiração não tinha por onde sair. Só conseguia ver um pouco de luz fraca e sombras através da trama do tecido. Alguém enfiou a ponta do pé por baixo das minhas costelas e me virou de costas, e agora as sombras se moviam por cima de mim, e eu sentia o frio dos ladrilhos em meu traseiro nu. Falavam sobre quem iria me estuprar primeiro. Decidiram obrigar Daisuke a fazê-lo.

— Entregue a câmera — ordenou Reiko. — Abaixem as calças dele.

Afastaram minhas pernas e o fizeram se ajoelhar e se deitar sobre mim. Eu podia sentir o peso do corpo esquelético e os quadris ossudos me cutucando, mas ele estava com muito medo para que algo acontecesse, então o puxaram e eu o ouvi fugir. Começaram a falar sobre como precisavam de uma cena de estupro para o vídeo, mas depois do fracasso de Daisuke, ninguém quis tentar. Talvez todos estivessem com medo. Não sei.

— Alguém tem que fazer isso.

— Ela está sangrando. É muito nojento.

— Vocês são patéticos.

— Tudo bem, então faça você, Reiko. Vai ser uma cena lésbica. Melhor ainda.

— Baka. Eu não sou lésbica.

Só fiquei deitada ali, perfeitamente imóvel. Era inútil lutar ou gritar. Estavam em muitos, e ninguém conseguiria me ouvir ou me ajudar, mas não importava, mesmo, porque eu estava pensando no Número Um, e ele estava me dando coragem. Poderiam arruinar meu corpo, mas não arruinariam meu espírito. Eram apenas sombras, e enquanto eu os ouvia discutindo, senti meu rosto afrouxar em um leve sorriso. Invoquei meu *supapáua* e logo as sombras eram apenas mosquitos, zumbindo à distância e que só incomodam se você permitir que incomodem.

— Ei! — Ouvi alguém dizer. — Ela parou de se mexer.

— Ela não está respirando.

— Tem sangue demais.

— Merda. Vamos sair daqui!

Você se lembra de como é ser uma criança se fingindo de morta? Está lá fora no quintal, em Sunnyvale, com os outros, tem uma guerra acontecendo, e de repente, *BANG!*, alguém aponta um bastão para você e atira? Então você cai no chão, segurando o peito. A terra é fria e úmida. Seu inimigo lhe assiste morrer, então você interpreta bem, gemendo e apertando o coração ensanguentado, mas, quando acaba, a guerra já passou para outra parte do quintal.

Você fica ali, sentindo o frio da terra contra a bochecha, o peito, o corpo inteiro. Há manchas molhadas em seus joelhos, sobre os quais caiu primeiro. Você estremece. A terra cheira a lama, chuva e produtos químicos para grama. Isso faz sua cabeça doer, mas você não se move. Não pode se mover porque morreu.

Para onde foi todo mundo?, você se pergunta. Esqueceram-se de mim?

Quanto tempo mais tenho que ficar deitada aqui?

Vão brincar com meu cadáver e depois vão para casa? Como vou saber se a brincadeira acabou? E se ninguém me contar?

É chato ser um cadáver!

Até que você não aguenta mais, aí rola de costas e abre os olhos, e diante de você há um grande, imenso e bobo céu manchado de nuvens. Você pisca, quase acreditando que não é de mentirinha e que pode ter morrido mesmo. Devagar, você mexe o braço, a perna, para ver se ainda é capaz, e então... Ei! Você não morreu! Com alívio, fica em pé, pega sua arma, declara que reviveu e corre para se juntar à batalha.

Foi o que senti, só que não conseguia ver o céu, apenas o borrão nebuloso das lâmpadas de tubo fluorescentes através do tecido xadrez. O banheiro e o corredor do lado de fora estavam em silêncio. Os ladrilhos continuavam frios, e pude sentir o sangue pegajoso em meu traseiro. Devagar, me sentei e empurrei o tecido amarrado sobre minha cabeça até que a corda cedeu e me soltou da saia. O banheiro estava iluminado e vazio. Usei os dentes para desatar a corda em volta dos pulsos. Eles doíam, e também o lugar, na costela, onde alguém havia me chutado, mas, no geral, eu estava bem. Molhei algumas toalhas de papel e voltei à cabine para me limpar, depois peguei o trem para casa.

Eles postaram o vídeo na internet naquela noite. Um dos meus colegas me enviou o link por e-mail. A qualidade da imagem gravada do telefone keitai era uma porcaria, granulosa e trêmula, e não dava para ver meu rosto com muita nitidez, algo pelo qual estava grata, mas o vídeo era muito explícito. Com meus braços e cabeça amarrados na saia e minhas pernas nuas chutando, podia-se dizer que eu parecia uma lula pré-histórica gigante, contorcendo-me e expelindo tinta de uma glândula em uma tentativa inútil de confundir os predadores.

Junto ao vídeo havia um link para um site de fetiche de burusera,[141] no qual pessoas hentai podiam dar um lance em minha calcinha manchada de sangue. O leilão estava programado para durar uma semana, e os lances cresciam rápido, mas desta vez não senti nenhuma satisfação no número crescente de acessos. Desliguei o computador, lembrando-me de limpar o cache para o caso de meu pai ficar curioso.

Ainda tínhamos apenas um computador, então eu precisava compartilhá-lo com meu pai. Ele ficou sem acessar a internet por muito tempo, mas depois da obsessão pelo Homem em Queda, ele navegava o tempo todo. E, assim que os

---

141. *Burusera* (ブルセラ): fetiche por garotas em uniformes escolares; literalmente, *buru* (abreviação de *bloomer*, calcinha) + *sera* (abreviação de *sailor*, marinheiro).

Estados Unidos invadiram o Afeganistão, pronto. Abandonou os filósofos e os insetos de origami e passava o dia todo acompanhando a guerra, o que era muito inconveniente, porque eu estava lidando com aquele conteúdo altamente sensível do burusera e não queria que ele me bisbilhotasse enquanto eu monitorava o preço da minha calcinha. Aquilo me dava arrepios. Meu pai espreitava atrás de mim, esperando sua vez, eu lhe pedir que saísse, para que eu tivesse alguma privacidade. Mas mesmo assim ele enfiava a cabeça no quarto de cinco em cinco minutos.

— Avise quando sair, ok? — repetia, até eu desistir e lhe ceder a vez, e daí ele monopolizava o computador por horas. Quando mamãe perguntava o que ele estava fazendo, ele mentia, alegando estar à procura de emprego. Ela apertava os lábios e se afastava antes que palavras mordazes escapassem de sua boca. Ela não acreditava nele, e nem eu, porque nós duas verificávamos o histórico de navegação e víamos os sites que ele acessava. Páginas de tecnologia armamentista. Blogs de guerra. Sites dedicados a militares. *Al Jazeera*. Imagens de mísseis que pareciam tiradas de jogos de tiro em primeira pessoa, só que granuladas e escuras. Bombas explodindo. Prédios desmoronando. Confrontos. Corpos.

2.

Fui eu que o encontrei.

Parei de ir à escola após o Incidente da Calcinha, enquanto o leilão estava em curso. Saía de casa vestindo meu uniforme escolar e ia para um cibercafé, onde trocava de roupa e, ou ficava lá acompanhando os lances e lendo mangá, se o tempo estivesse ruim, ou pegava o trem para o centro da cidade e dava uma olhada nas lojas. Depois, colocava o uniforme de novo e chegava em casa a tempo do jantar.

Os dias estavam ficando mais frios e as folhas das árvores de ginkgo que ladeavam as ruas se tornavam douradas. Também chovia muito, e as gotas derrubavam as folhas no chão, onde grudavam no asfalto molhado e preto como pequenos leques dourados. As árvores de ginkgo me lembram de Jiko, e sempre me deixa triste ver as folhas e nozes sendo esmagadas sob os sapatos das pessoas e se transformando em manchas amarelas que parecem e cheiram a cocô de cachorro ou vômito.

No dia que o leilão terminou, não sei se eu estava deprimida ou nervosa, sabendo que algum hentai nojento logo estaria se deleitando com minha calcinha. Não era um sentimento agradável, era um pouco pesado, sujo e triste, então fui à loja de artesanato em Harajuku para me animar. E foi uma sorte ter feito isso, pois foi quando encontrei meu lindo diário de *À la recherche du temps perdu*, e lembro-me de me sentir alegre no trem de volta para casa, como se, já que tinha um diário secreto, eu poderia sobreviver.

Mas, assim que virei a chave e entrei pela porta, meu otimismo desapareceu. Sabia que havia algo errado por causa do cheiro. O apartamento cheirava a árvores fedidas de ginkgo. Cheirava como o beco em uma manhã de sábado depois que as recepcionistas traziam seus acompanhantes bêbados para casa. Cheirava a lixo e vômito.

Tirei os sapatos e entrei na cozinha.

— Tadaima... — chamei. Já mencionei a palavra tadaima? Significa "neste instante", e é o que se diz quando se entra pela porta de casa. Neste instante. Aqui estou.

Papai não respondeu, porque, naquele momento, ele não estava.

Não estava na cozinha. Não estava na sala. O volume 1 de "As Grandes Mentes da Filosofia Ocidental" estava sobre a mesa, e a televisão estava desligada. Esse foi um detalhe que observei, em especial, porque ele sempre deixava a televisão sintonizada na CNN ou na BBC para se atualizar com as notícias urgentes da guerra. Mas a tela estava apagada e a sala, em silêncio. Ele também não estava no quarto.

 Eu o encontrei no banheiro. Estava deitado no chão, de bruços, em uma poça de vômito, e eu gostaria de poder dizer a você que corri para ajudá-lo, mas não. Entrei, o vi e me engasguei com o cheiro, e então abriu-se um grande espaço temporal vazio em que tudo ficou silencioso e imóvel. Acho que posso ter dito "Ah, desculpe" ou algo estúpido assim, e depois recuei e fechei a porta atrás de mim.

 Fiquei parada por um tempo, olhando para a porta. Era como se eu tivesse entrado enquanto ele estava cagando, ou se tivesse visto o pênis dele ou algo assim. Não consigo explicar. Parecia algo tão íntimo e pessoal, ele estar deitado ali, e sabia que ele não iria querer que eu o visse assim, então voltei pelo corredor e afundei contra a parede até me sentar no chão.

 — Pai? — perguntei, mas minha voz soava como se fosse de outra pessoa que morava longe dali. — Pai?

 Ele não respondeu. Meu keitai estava pendurado em uma corrente em meu pescoço, então liguei para o 911 e me lembrei que no Japão o número de emergência é 119, então liguei e fiquei ali sentada até que a ambulância chegasse. Os paramédicos o colocaram em uma maca e o levaram embora. Perguntei se meu pai estava morto, e responderam que não. Perguntei se ia ficar bem, mas não me disseram nada. Não quiseram me deixar ir junto. Queriam chamar uma policial para me fazer companhia até minha mãe chegar em casa, mas disse a eles que tinha quase dezesseis anos e que estava acostumada a ficar sozinha. O apartamento ficou muito quieto quando saíram. Fiquei olhando para o cartão na minha mão. Um dos paramédicos havia escrito o nome do hospital para onde o estavam levando, mas eu não sabia como chegar lá de trem. Liguei para a minha mãe, mas caiu na caixa postal, então tentei deixar uma mensagem de voz.

 — Sou eu.

Odeio falar com máquinas, então desliguei e mandei uma mensagem para ela.

"Papai vomitou e desmaiou. Ele está no Hospital N..., na Ala T...."

O que mais havia para dizer?

Eu estava com sede. Fui até a geladeira pegar um copo de leite, mas o cheiro do vômito se misturou com o gosto do leite, então tive de derramar tudo na pia. O leite fez uma poça branca grossa no aço inoxidável e escorria pelo ralo, deixando uma película pálida. Abri a torneira para enxaguar, depois lavei o copo e enxuguei a pia. Achei que talvez devesse limpar a bagunça do papai enquanto estava ali, então peguei um balde e um esfregão na varanda. O cheiro ainda era nauseante, então amarrei um pano de prato limpo em volta da minha boca e nariz e fui até o banheiro.

O vômito era claro, mas meio amarelado, com pedaços brancos derretidos que pareciam pequenos torrões de açúcar. Um dos paramédicos também os percebera. Tinha colocado luvas de borracha e pegou um monte deles com um pequeno raspador de seu kit e os colocou em um tubo com uma rolha.

— Seu pai está tomando algum medicamento? — perguntou para mim.

Eu não sabia. Os outros paramédicos estavam tentando sair com meu pai na maca pelo corredor estreito. O homem olhou rapidamente ao redor do vaso sanitário e depois na lixeira.

— Sabe onde ele guardava os remédios? — questionou.

Eu não queria deixar meu pai em apuros, então não disse nada.

— É importante — falou o paramédico.

Apontei para o armário de remédios e ele o abriu, mas ali não havia nada exceto os itens costumeiros: aspirina, curativos, um pouco de laxante e creme para hemorroidas, um monte de produtos capilares da minha mãe.

Os outros paramédicos estavam passando meu pai pela porta de entrada.

— Onde fica o quarto?

Eu o conduzi pelo corredor. As cortinas estavam fechadas, então o quarto estava bem escuro. A única luz vinha do computador no canto, e meu protetor de tela da Hello Kitty estava deixando tudo rosado. O futon rosado estava aberto no chão, bem arrumado, como se alguém tivesse acabado de ir para a cama, e depois tivesse se levantado de novo porque esqueceu de apagar a luz. Ao lado do travesseiro rosado havia um copo, uma jarra de água meio vazia e um frasco de comprimidos. O paramédico colocou a frasco em outro saco plástico e dirigiu-se para a porta. Ele se virou e me deu o cartão, depois me olhou com atenção.

— Você está bem?

— Estou bem — falei naquela voz distante que não soava como a minha. Tentei sorrir para ele, mas o homem já estava do lado de fora, andando depressa pelo corredor.

O vômito no chão havia secado um pouco. Voltei para a cozinha e peguei uma caixa vazia de suco de goiaba do lixo. Cortei-a com uma tesoura e usei a borda de papelão para raspar a gosma do chão e jogá-la no vaso sanitário. Vi programas policiais suficientes na tevê para saber que estava destruindo provas, mas eu não precisava de provas. Sabia o que tinha acontecido e sabia que todos ficariam mais felizes se apenas fingíssemos que foi tudo um acidente. Papai tolo. Papai descuidado. Papai propenso a acidentes. Então, pensei em outra coisa.

Coloquei a caixa de suco de goiaba em um saco plástico e desci para jogá-lo na lata de lixo da rua. Quando voltei ao apartamento, tranquei a porta atrás de mim. O volume I de "As Grandes Mentes da Filosofia Ocidental" estava sobre a mesa, mas ele havia acabado de ler os helenistas há muito tempo, então sabia que havia algo errado. Encontrei o bilhete escondido no meio de um capítulo chamado "A Morte de Sócrates", escrito em uma folha do meu papel de carta do Gloomy Bear, perfeitamente dobrada em três. Eu o puxei. Não havia um nome no bilhete, então fiquei pensando se ele queria que eu o encontrasse, ou mamãe, ou nós duas, ou talvez o tinha escrito apenas para si mesmo. Não queria lê-lo naquele momento; voltei a dobrá-lo e o coloquei no bolso do meu casaco da escola.

Eis o que pensei: se eu ler o bilhete e ele já estiver morto, saberei que estava falando sério desta vez e que de fato pretendia morrer, e a culpa será minha, por ser dura e má com ele. E se ele ainda não estiver morto, então ler o bilhete pode matá-lo, e também será minha culpa.

Não tinha lógica, mas foi o que pensei na época, e sabia que não importava o que fizesse, eu me sentiria mal. Ainda vestia meu uniforme escolar. Fui para o quarto e coloquei um jeans e um moletom, transferindo o bilhete para o bolso do moletom, e depois voltei ao banheiro para terminar a limpeza. Dois desagradáveis Incidentes do Banheiro em uma semana. Estranho.

Mamãe ligou do escritório. Tinha saído de uma reunião agora. Ela me fez descrever o que tinha acontecido e os pormenores do que eu tinha visto, e então me fez ler o nome do hospital, o endereço e o número de telefone do cartão. Então me perguntou se eu ficaria bem sozinha.

— É claro — respondi.

— Está com fome? — perguntou. — Papai deixou comida para você?

— Não estou com fome. — Provavelmente nunca mais comeria.

— Ligo para você do hospital. Espere por mim. Não saia.

— Mamãe?

— Sim?

Eu queria contar sobre o bilhete, mas não tinha certeza se deveria.

— O que foi, Naoko? — A voz estava tensa. Ela estava com pressa.

— Nada.

Desligamos. Tirei o bilhete do bolso do moletom. Talvez eu estivesse errada. Não se dirigia a ninguém, então talvez não fosse um bilhete. Eu o desdobrei. Havia duas frases na caligrafia desvairada do meu pai.

A primeira dizia assim:

> *Eu apenas me ridicularizaria aos meus próprios olhos se me agarrasse à vida e a abraçasse quando ela nada mais tem a oferecer.*

Reconheci a frase. Foi o que Sócrates disse a seu amigo Críton antes de beber a cicuta venenosa. Críton estava enrolando, na tentativa de fazer Sócrates adiar o fim um pouco mais. Dizia algo do tipo "Por que a pressa? Ainda tem muito tempo. Por que não sair e jantar e desfrutar de umas taças de vinho conosco?". Mas Sócrates disse: "Esqueça. Não quero me sentir como um idiota. Vamos acabar com isso", e assim o fez. Papai gostou muito dessa história e a contou para mim em uma tarde. Ele tinha alguma teoria sobre como ela exemplificava a Mente Ocidental, mas eu não sabia do que ele estava falando. Só me lembro de que ele pronunciou Críton como Kuritto, e gostei da sonoridade. Como um biscoito se quebrando ao meio, ou como grilos na grama.

Embaixo da primeira frase havia uma segunda.

> *Eu apenas me ridicularizaria aos olhos dos outros se me agarrasse à vida e a abraçasse quando nada mais tenho a oferecer.*

Um pensamento horrível me ocorreu. Voltei para o quarto. A Hello Kitty brilhava rosada diante de mim no protetor de tela, mas, quando ativei o computador, a Hello Kitty desapareceu, e me vi olhando para o site de burusera hentai, a página na qual minha calcinha estava à venda. Eu tinha me esquecido de limpar o histórico do navegador. Ele deve ter visto. O leilão acabara. Alguém chamado Lolicom73 havia vencido. Olhei para o histórico de lances. Tinha atingido um pico e depois se estabilizado, mas, na última hora, um novo licitante chamado C.imperator entrou e houve uma disputa de lances, mas, faltando apenas dois segundos, Lolicom73 bateu o último lance de C.imperator.

Lolicom73 era o orgulhoso proprietário de minha calcinha. C.imperator havia perdido. Fui ao banheiro, me inclinei sobre o vaso sanitário e vomitei, mas pelo menos fiz isso certinho, lá dentro.

Voltei para a sala. O bilhete ainda estava em cima do livro, onde eu o havia deixado. Peguei-o, amassei-o em meu punho e o atirei do outro lado da sala, mas ele só ricocheteou no sofá e caiu no tapete. Queria que fosse uma pedra ou uma bomba. Queria que fizesse um buraco enorme no meio da nossa sala ou explodisse aquele prédio estúpido inteiro. Mas eu não tinha uma bomba, então peguei o volume 1 de "As Grandes Mentes da Filosofia Ocidental" e atirei-o contra a porta de vidro da sacada. Era um livro pesado, mas o vidro era resistente, e o livro ricocheteou e caiu no chão, virado para baixo. Isso me deixou ainda mais nervosa, então o peguei de novo, só que desta vez abri a porta de correr antes de atirá-lo. Enquanto observava os helenistas cruzarem o parapeito da sacada, com as páginas esvoaçando como as penas do último arqueópterix, experimentei uma tremenda sensação de alívio. Apurei os ouvidos pelo que pareceram ser muitos momentos até escutar o baque insignificante.

— Ei!

Congelei. A voz vinha da rua.

— Ei! Não tente se esconder. Sei que está aí em cima!

Era uma voz feminina jovem e não parecia muito zangada, então saí na sacada e espiei por cima do parapeito. Um rosto redondo olhava para mim. Era uma das recepcionistas que moravam no bairro. Eu a reconheci da casa de banho. Ela sempre tinha um sorriso para mim, e logo também me reconheceu.

— Ah, é você — disse ela, segurando o livro. — Deixou cair isto?

Ela parecia ilesa, então assenti.

— Deveria ter mais cuidado — avisou ela, como se não fosse grande coisa. — Poderia matar alguém.

— Foi mal — respondi. Minha voz ainda não estava funcionando muito bem, então não sei se ela me ouviu ou não.

— Vou deixar aqui, ok? — Ela o colocou na mureta baixa de blocos de concreto que ficava entre a calçada e o prédio. — É melhor você descer para buscar, ou alguém pode levá-lo embora. — Olhou para o título. — Ou talvez não. De qualquer forma, vou deixar aqui, ok?

— Obrigada! — sussurrei, mas ela já havia dobrado a esquina e desaparecido.

Fizeram uma lavagem estomacal no papai para ter certeza de que tiraram todos os comprimidos, então ele não morreu e, na verdade, não chegou nem perto. Mamãe chegou em casa do hospital e me disse que ele ficaria bem. Não contei a ela sobre o bilhete no Sócrates.

Quando papai recebeu alta, nos sentamos todos na sala para mais uma conversa franca, ou talvez você possa chamar de reunião de balanço familiar. Papai falou de forma monótona, como se tivesse decorado as frases e não acreditasse nelas. Pediu desculpas para mim. Disse que foi um acidente, que estava muito cansado, mas que não conseguia dormir. E perdeu a conta de quantos comprimidos tinha tomado. Não aconteceria de novo. Ele não mencionou o bilhete nem o leilão.

Minha mãe observou a performance com atenção e, quando ele terminou, parecia muito aliviada.

— É claro que foi um acidente — disse, recorrendo a mim. — Nós sabíamos disso, não é, Nao?

Ela se virou para o papai e começou a repreendê-lo.

— Papai tolo! Como pôde ser tão descuidado? A partir de agora, Naoko e eu manteremos todos os seus medicamentos em um local seguro para você, e precisará nos pedir se precisar de um comprimido. Não é mesmo, Nao-chan?

Não me meta nisso, pensei, mas só continuei puxando as pontas duplas do meu cabelo e assenti. Não conseguia olhar para nenhum dos dois. Quando a reunião de balanço acabou e mamãe foi para a cama, entreguei a meu pai uma folha de papel de carta do Gloomy Bear, perfeitamente dobrada em três. Parecia exatamente o bilhete de Sócrates, e ele se virou, pálido, abrindo e fechando a boca como um peixe agonizante.

— É melhor você ler — falei.

Ele desdobrou a folha e a leu. Havia duas frases. Quando terminou, ele assentiu e a dobrou novamente.

— Sim — concordou. — Você tem razão.

Eis o que dizia minha primeira frase:

Seu tio Haruki #1 não ficaria estragando tudo assim.

E a segunda:

Se você vai fazer algo, por favor, faça-o do jeito certo.

Às vezes é preciso dizer o que se está pensando.

Naquela noite, quando meus pais por fim dormiram, eu me esgueirei para o banheiro com uma tesoura e o aparador elétrico que minha mãe tinha comprado para cortar o cabelo do meu pai quando ele ainda se preocupava com aparência, higiene pessoal, emprego e tal. Na luz fria do banheiro, cortei meu cabelo em pedaços. Levei muito tempo para cortar tudo até ficar curto o suficiente para raspar. Conectei o aparador elétrico na tomada e liguei. Era tão barulhento! Desliguei depressa e prestei atenção, mas não havia som vindo do quarto, então fechei a porta e enrolei o aparelho em uma toalha para abafar o som do motor. Quando terminei com o zumbido, limpei todas as mechas de cabelo comprido e as escondi em um saco de papel no lixo, depois limpei a pia com papel higiênico. Cobri minha cabeça nua com o capuz do moletom e me arrastei de volta ao meu futon. Era uma sensação tão estranha, e não conseguia deixar de ficar esticando a mão para tocar minha cabeça.

Eu me sentei em zazen debaixo das cobertas pelo restante da noite e, assim que o céu clareou, me vesti e saí do apartamento. Estava usando o moletom com capuz por baixo do casaco da escola, o que é totalmente contra as regras, mas eu tinha de esconder minha careca. Como era muito cedo, comprei uma lata de café quente de uma máquina e fui me sentar no banco de pedra no jardim do templo para passar o tempo. O monge saiu para varrer o cascalho. Olhou para cima e me viu. Talvez ele tenha entendido o que havia debaixo do meu moletom, porque algo se passou entre nós e ele acenou para mim. Coloquei minha lata de café no banco, me levantei e puxei o capuz, e então me curvei diante dele, fazendo uma reverência budista adequada, com as palmas das mãos juntas, bela e profunda, como Jiko me ensinou. Quando me endireitei, vi que ele havia parado de varrer e retribuía minha reverência formalmente também. Isso me fez sentir bem, e é por isso que gosto tanto de monges e monjas. Eles sabem ser educados com todos, não importa quão fodida a pessoa esteja.

Esperei até saber que o último sinal havia tocado, e então corri pelo restante do caminho até a escola. Não havia ninguém no pátio. Esgueirei-me pelos corredores vazios e silenciosos como um fantasma até chegar à minha sala de aula. Como ainda não conseguia atravessar as paredes, abri a porta. Sensei estava no meio da chamada, mas não me dei ao trabalho de pedir desculpas por interromper ou por estar atrasada. Algumas pessoas da gangue de Reiko começaram a rir quando me viram, e entreouvi as palavras "leilão" e "calcinha" e "lucro". Entendi que todos da turma tinham ouvido falar sobre o Incidente da Calcinha e acompanharam o leilão nos últimos dias. Era um projeto de toda a classe.

Mas ignorei os sussurros e marchei para o meu lugar. Talvez fosse o moletom com capuz sob meu casaco que sinalizava algo diferente, ou talvez fosse minha postura ereta, como um soldado marchando rumo à batalha, ou talvez a energia do meu *supapáua* tenha lançado um feitiço sobre eles, fazendo com que perdessem a voz. Um por um, ficaram calados. Cheguei à minha carteira, mas, em vez de me sentar, subi na cadeira e depois na mesa, e fiquei lá, no alto, reta. Então, quando todo mundo estava olhando, puxei o capuz para trás.

Um suspiro percorreu a sala e causou arrepios na minha espinha. O *supapáua* da minha cabeça nua e brilhante irradiava pela sala de aula e para o mundo lá fora, uma lâmpada clara, um farol, iluminando cada fresta de escuridão da terra e cegando a todos os meus inimigos. Coloquei os punhos nos quadris e os observei tremendo, erguendo os braços para proteger os olhos do meu brilho insuportável. Abri a boca e um grito agudo saiu de minha garganta como uma águia, sacudindo a terra e penetrando em todos os cantos do universo. Observei meus colegas taparem os ouvidos com as mãos e vi sangue escorrer por seus dedos enquanto seus tímpanos estouravam.

E então parei. Por quê? Porque senti pena deles. Desci da mesa e andei até a frente da sala de aula. Virei-me para encarar o professor e fiz uma reverência, juntando a palma das mãos, e então me virei para os colegas de classe e fiz uma reverência para eles também, bela e profunda, e então saí. Foi bom sair naquele instante, e até me senti um pouco triste, com a certeza de que nunca mais voltaria.

3.

Meu pai tinha ficado tão bom em não olhar para mim que, depois que raspei a cabeça e derrotei meus colegas de classe com meu incrível *supapáua*, fui para casa e esperei o restante do dia, até ele notar que eu não tinha cabelo, mas ele não notou. Mamãe percebeu de imediato, é claro. No minuto que ela entrou pela porta naquela noite e me viu de capuz, ela surtou e exigiu que eu lhe explicasse o que tinha acontecido. Pulei todo o Incidente da Calcinha e apenas anunciei que estava largando a escola e saindo de casa para me tornar monja. Era uma meia verdade. Parte de mim de fato queria fazer isso, ir para o templo da velha Jiko e iniciar uma vida inteira de zazen, limpeza e produção de conservas.

De jeito nenhum, mamãe disse. Eu era muito jovem para sair de casa e tinha de entrar no ensino médio primeiro. Grande erro. Ela devia ter me deixado, mas em vez disso brigamos por três dias e, no final, concordei em pelo menos fazer a prova de admissão, que estava se aproximando. Para mim, não fazia diferença, pois já sabia que nunca entraria em um bom lugar, mas lhe prometi que tentaria e assim, pelo menos, ela me deixou em paz.

Naquela mesma semana, na casa de banho, vi a recepcionista de bar que quase atingi com "As Grandes Mentes da Filosofia Ocidental" e, mesmo sem cabelo, ela me reconheceu imediatamente. Mas, em vez de desviar o olhar, como a maioria das pessoas, ela apertou os olhos e me examinou, depois, por fim, aprovou.

— Está uma graça — disse. — Belo formato. Você tem uma cabeça bonita.

Estávamos afundadas na banheira até o pescoço. No espelho embaçado, podia ver meu crânio branco e liso, balançando na superfície da água fumegante como um ovo cozido.

— Não dou a mínima para ficar bonita — informei a ela. — Sou uma super-heroína. Super-heroínas não precisam de beleza.

Ela deu de ombros.

— Bom, não entendo de super-heroínas, mas mal não faz, não é? Ser um pouco bonita?

Achei que não.

— Minha mãe está surtada — contei. — Quer que eu compre uma peruca.

Ela assentiu, esticou seu lindo braço e observou a água pingar da ponta de seus dedos graciosos.

— Certo — falou. — Eu levo você. Conheço um lugar ótimo. Como se eu tivesse pedido.

Ela me disse que se chamava Babette, que não é um nome japonês típico. Babette nem sempre tinha sido Babette. Antes disso, ela era Kaori, quando trabalhava como recepcionista em um clube em Asakusa, antes de ser demitida por dormir com o namorado da mama-san. Ela já estava mesmo cansada da vida de clubes, disse. Os clientes eram muito sentimentais e melosos. Ela mudou de nome para Babette e conseguiu um emprego no Fifi's Lovely Apron, que era um ambiente muito animado e divertido para se trabalhar quando ainda era "lovely", antes de se tornar "lonely".

A paixão da vida de Babette é o cosplay, e no Fifi's ela pode usar anáguas e aventais lindos, com meias e rendas. Quando está toda arrumada para o trabalho, parece um cupcake chique decorado com flores de marzipã e corações brilhantes feitos de doces, tão açucarada e deliciosa que dava vontade de morder. Mas não se engane. Não há nada meloso em Babette.

Como eu não ia mais à escola, não tinha muito o que fazer durante o dia, então marcamos um passeio e pegamos um trem para Akiba juntas.

— Gosto de andar com você — disse ela. — As pessoas olham para nós. Poderíamos comprar umas roupas estilosas para você. Você ficaria muito shibui[142] com uma roupa bonita e sua adorável careca. Talvez possa se vestir como uma monja. Ou não, espere, uma boneca bebê. Sim. Com um gorro rendado, vai ficar parecendo uma bonequinha careca. Ah, uma fofura total!

— Você devia estar me ajudando a conseguir uma peruca — lembrei-lhe, mas estava secretamente contente.

Akihabara significa "Campo de Folhas de Outono", mas os campos e as folhas foram todos substituídos por lojas de

---

142. *Shibui* (渋い): estilosa, chique.

eletrônicos, e hoje em dia as pessoas o chamam de Akiba, ou Cidade Elétrica. Eu nunca tinha ido até lá antes. Achei que era onde os otaku de mangás e os nerds fracassados como meu pai iam vender seus hardwares de computador quando ficavam sem dinheiro, mas estava totalmente errada. Akiba é frenética e estranha de um jeito incrível. Você anda por becos estreitos e faz compras em ruas repletas de lojas e barracas transbordando de placas eletrônicas, DVDs, transformadores e softwares de jogos, adereços fetichistas, bonecos de personagens de mangás, bonecas infláveis e caixas cheias de eletrônicos, perucas, fantasias de empregadas e calcinhas de colegial. Para onde quer que você olhe, há cartazes brilhantes de anime e bandeiras gigantes penduradas no topo das torres de edifícios com fotos de garotas moe[143] com olhos redondos e brilhantes, do tamanho piscinas infantis e seios enormes e voluptuosos saltando das fantasias de super-heroínas galácticas, e tudo que se ouve é um *blém!* insano, *blém! blém!* dos fliperamas, o *plim! plim! plim!* dos salões de pachinko, alto-falantes gritando ofertas por tempo limitado das vitrines e as empregadas francesas na rua gritando para jovens otaku que passam. Não há campos ou folhas de outono em lugar nenhum ali.

    Babette me guiou pela multidão, segurando-me pelo braço para que eu não me distraísse nem me perdesse. Eu me sentia como uma turista americana pateta de boca aberta, o que me fez lembrar de Kayla. Não pensava nela há um milhão de anos, mas, de repente, desejei poder de alguma forma fazer Kayla se materializar no meio da Cidade Elétrica de Akiba, só para explodir sua cabecinha do Vale do Silício. Aquele era um lado de Tóquio no qual eu poderia mergulhar totalmente, e mal podia esperar para encontrar uma peruca; naquele momento, tinha em mente uma longa, bem reta e cor-de-rosa, como a

---

143. *Moe* (萌え): florescendo, desenvolvendo-se. Gíria para uma garota que desperta paixões, como as garotas dos mangás.

da Anemone, do *Eureka Seven*, e talvez algum tipo de fantasia fofa para que me encaixasse no cenário. Foi quando, por acaso, passamos pela vitrine de uma loja de DVDs repleta de tevês de tela plana. Uma música metálica de luta saía dos alto-falantes. Fogos de artifício explodiam nas telas revelando o título INSETOS GLADIADORES! Então, o narrador da luta gritou: *A seguir, o Grilo Ortóptero contra o Louva-a-Deus!*

Paramos e vimos um grilo monstruoso lutando contra um louva-a-deus verde-claro no canto de um terrário de vidro. A imagem se repetia em cada tela, e o vídeo captava cada detalhe microscópico. *Olhe para essas poderosas mandíbulas cortantes, esmagando o olho daquele louva-a-deus! Pulverizando suas asas delgadas!*

A luta acabou quando o grilo arrancou a cabeça do louva-a-deus.

E o vencedor é o Grilo Ortóptero! A seguir, Besouro-de-chifre contra o Escorpião-amarelo!

O escorpião pálido usou as pinças para lançar o besouro-de-chifre no ar. O besouro voou e caiu de costas, expondo sua parte inferior. A cauda segmentada do escorpião se curvou para desferir picada venenosa. *Sasu! Sasu! Picadas de escorpião-amarelo!* O besouro-de-chifre estremeceu. No terrário pequeno, desguarnecido, ele não tinha onde se esconder. As pernas finas se contorceram e se debateram no ar, até que pararam. *Parece que o besouro-de-chifre perdeu, sim, ele está morrendo, ele está morrendo, ele está... MORTO!*

Títulos em cores neon piscavam na tela. *Escorpião-amarelo é o vencedor!*

Comecei a chorar.

Sem brincadeira. Até então, nada tinha sido capaz de me fazer chorar, nem perder todo o nosso dinheiro, nem a mudança de minha vida maravilhosa em Sunnyvale para aquele lixo no Japão, nem minha mãe doida ou meu pai suicida, ou minha melhor amiga me dispensando, ou mesmo todos aqueles meses e meses de ijime. Nunca chorei. Mas, por alguma razão, a visão daqueles insetos estúpidos se matando foi demais para mim.

Era horrível, mas é claro que não foi pelos insetos. Foi pelos seres humanos que achavam aquilo divertido de se ver.

Eu me agachei ao lado do prédio, me abracei e chorei. Babette ficou de guarda, mexendo no laço do ilhós de seu avental e dando tapinhas no meu couro cabeludo sem cabelos com a ponta dos dedos, como se analisasse um melão ou praticasse escalas. De dentro da minha cabeça, os dedos dela pareciam gotas de chuva quicando em meu crânio. Depois de um tempo, ela acendeu um cigarro e fumou, e quando o apagou sob o salto de sua bota plataforma, eu estava bem de novo.

— Desculpe — falei.

— Sem problemas — respondeu. Ela inspecionou meu rosto e então começou a revirar a bolsa. — Você é doida por insetos ou algo assim?

— Na verdade, não. Meu pai é. Ele gosta de fazê-los em dobradura de papel. É um dos hobbies dele.

— Estranho — disse, pegando um lenço de papel e limpando algo da minha bochecha. — Qual é o outro hobby dele?

— Tentativa de suicídio.

Ela me entregou o lenço.

— Hum. Bom, se ele ainda está vivo, parece que não é muito bom nisso.

— Ele é melhor com os insetos. — Assoei o nariz e enfiei o lenço no bolso. — Ele ficou em terceiro lugar na Grande Guerra dos Insetos de Origami por seu besouro-de-chifre em pleno voo.

— Incrível — comentou ela. — Você deve estar orgulhosa.

— Sim — respondi, e por um momento de fato fiquei.

— Está bem para ir às compras agora?

— É claro — respondi, seguindo atrás dela.

Compramos um gorrinho de tricô fofo para mim, uma peruca na altura dos ombros, uma anágua rendada e um par de polainas, então ela me levou ao Fifi's para conhecer as empregadas. Babette era apenas alguns anos mais velha do que eu, mas sabia como cuidar de mim e fazer com que eu me sentisse melhor.

RUTH

1.

— Essa Babette parece muito legal — disse Oliver.

— Ela parece ser uma boa amiga para Nao — comentou.

— É bom que ela finalmente tenha alguém com quem conversar... — acrescentou.

— Eu gostaria de ir para Akiba... — falou.

— Uma pena para os insetos.

Ela fechou o diário, tirou os óculos e colocou os dois na mesa de cabeceira. Empurrando o gato de cima de sua barriga, apagou a luz.

— Boa noite, Oliver — disse, virando de costas para ele.

— Boa noite — respondeu ele. O gato se enrodilhou no espaço entre os dois e voltou a dormir. Eles ficaram ali, lado a lado, em silêncio. Alguns milhares de momentos se passaram.

2.

— Eu falei algo errado? — perguntou ele na escuridão.

Ela poderia fingir que estava dormindo ou poderia responder.

— Sim — disse.

Quase podia ouvi-lo pensar.

— O quê? — perguntou ele, por fim.

Ela falou para a parede oposta, mantendo a voz calma.

— Sinto muito — disse. — Mas só não entendo você. A menina é atacada, amarrada e quase estuprada, o vídeo é publicado em um site de fetiches, a calcinha dela é leiloada para algum pervertido, o pai patético dela vê tudo isso e, em vez de fazer qualquer coisa para ajudá-la, tenta se matar no banheiro, onde ela tem que encontrá-lo... E depois de tudo isso, a única coisa que você consegue dizer é: "Babette é legal? Uma pena para os *insetos*?".

— Ah.

Mais algumas centenas de momentos se passaram.

— Entendo seu ponto de vista — recomeçou ele. — Mas é bom que ela tenha uma boa amiga, não é?

— Oliver, Babette é uma cafetina! Ela não está sendo legal com Nao, ela a está recrutando. Está administrando um sistema de encontros remunerados em uma porcaria de café de empregadas.

— Sério?

— Sim. Sério.

3.

Ele pareceu genuinamente surpreso.

— Todos os cafés de empregadas são assim?

— Você quer saber se todos são bordéis? Provavelmente, não. Mas esse é.

Ele pensou nisso por um tempo.

— Bem, acho que talvez estivesse errado sobre Babette.

— Sim. Estava.

— Mas não é verdade que o pai de Nao não tentou ajudá-la. Aí ela perdeu o controle, sentou-se e acendeu a luz.

— Está brincando comigo? — perguntou, batendo os punhos com força sobre as dobras fofas do edredom. — Ele descobre sobre o site hentai e aí toma comprimidos e tenta se matar? Como, exatamente, isso é ajudar?

Ele não olhou para Ruth, ou teria visto que ela estava ainda mais irritada do que parecia, e poderia ter voltado atrás. O gato sabia. No minuto que Ruth começou a socar as cobertas, Pesto saiu da cama e do quarto. Eles ouviram o som da portinha do gato bater quando ele saiu para a segurança da noite.

Oliver olhou para o teto e defendeu seu ponto de vista.

— Ele tentou ajudar. Estava dando lances. Estava tentando ganhar o leilão. Não foi culpa dele ter perdido.

— O quê?

— Lances. — Ele parecia confuso. — Pela calcinha. Você não percebeu isso?

— Como você sabe?

— C.imperator? O cara que perdeu o leilão? Era ele. Era o pai de Nao.

Ela sentiu o calor subir pelo rosto enquanto ouvia.

— *Cyclommatus imperator* — continuou ele. — Não se lembra?

Ela não se lembrava.

— É o nome científico do besouro-de-chifre — explicou. — Aquele que ele fez a dobradura? Era um *Cyclommatus imperator* durante o voo. Ele ficou em terceiro lugar na batalha de insetos de origami.

É claro que ela se lembrava *disso*. Só não se lembrava do nome científico, e odiava que Oliver se lembrasse. Ela odiava que agora o marido achasse que tinha de falar devagar e com cuidado, e explicar tudo como se ela fosse burra ou tivesse Alzheimer. Ele costumava usar aquele tom de voz com a mãe dela.

— Nao reconheceu o nome científico de imediato — disse ele. — Por isso ficou tão triste. Assim que viu o bilhete de suicídio, ela soube. "Eu apenas me ridicularizaria aos olhos dos outros se me agarrasse à vida e a abraçasse quando nada mais tenho a oferecer". O pai estava se referindo ao lance, e Nao compreendeu, por isso foi conferir o computador. Essa é a minha teoria.

Ruth odiava que ele tivesse uma teoria e que soasse tão presunçoso.

— Ele não tinha nada mais a oferecer, entende? No leilão, por isso ele perdeu. E não queria parecer ridículo aos olhos de...

— Eu entendi — ela o cortou. — E é nojento. Ele estava dando lances pela calcinha da filha. Que tipo de pervertido dá lances na calcinha da filha?

Oliver pareceu surpreso.

— Ele só estava tentando resgatá-la, para que ninguém mais ficasse com ela. Não queria que algum hentai a comprasse. Não é como se fosse pegá-la para si.

— Como você sabe?

— Ah, uau. Você está maluca. Se é isso que pensa, então você é a pervertida.

— Obrigada.

— O que quero dizer é que o sujeito pode ser um fracassado, mas...

— Bem, imagino que disso você deve entender.

4.

Assim que as palavras saíram de sua boca, ela quis retirá-las.

— Eu não quis dizer isso — explicou. — Você me chamou de maluca. Você me chamou de pervertida. Estava com raiva.

Mas era tarde demais. Ela viu os olhos azuis dele se escurecerem quando um muro se ergueu, atrás do qual ele protegeu sua sensibilidade. Quando falou, sua voz soou distante, estranha.

— Ele não é um hentai. Ele apenas a ama, só isso.

Ela apagou a luz. Era tarde demais para consertar as coisas. Ela falou no escuro.

— Se ele a ama, então deveria parar de tentar se matar. Ou deveria fazer um trabalho bem-feito.

— Tenho certeza de que ele fará — respondeu Oliver, calmamente.

5.

Eles não brigavam com frequência. Nenhum dos dois gostava de discutir, e havia certos temas que tinham o cuidado de evitar.

Ele sabia que não valia a pena alfinetá-la por causa da memória. Ela sabia que não deveria chamá-lo de fracassado.

Ele não era. Era a pessoa mais inteligente que Ruth conhecia, um autodidata com uma mente que abriu o mundo para ela, quebrando-o como se fosse um ovo cósmico, só para lhe revelar coisas que, sozinha, jamais teria percebido. Oliver era artista há décadas, mas se considerava um amador por uma questão de princípios. Era apaixonado por seus hobbies botânicos: cultivar coisas, enxertos e combinações interespécies. Voltava da horta triunfante, gritando "Hoje é dia de festa!", depois de conseguir fazer uma árvore rara germinar ou um enxerto pegar. Cultivava cactos a partir das sementes no peitoril da janela, coletando partículas de pó amarelo dos machos com um minúsculo pincel de zibelina e transferindo-o suavemente para as flores fêmeas. Fez pequenos chapéus de malha que pareciam orelhas de burro para sua *Euphorbia obesa*, que colocou nas cabeças arredondadas das fêmeas para capturar as sementes fertilizadas conforme eram pulverizadas no ar.

Antes de adoecer e os dois se mudarem para a ilha, ele recebia bolsas e encomendas ocasionais de arte ecológica, e complementava a renda dando aulas e palestras. Depois que se mudaram, ele continuou praticando sua arte, mesmo quando estava doente. Escreveu artigos, participou remotamente de eventos artísticos e iniciou projetos como o NeoEoceno. Viajou até Vancouver para criar uma floresta urbana chamada Meios de Produção, cultivando plantas e árvores para serem utilizadas por artistas: madeira para fabricantes de instrumentos, salgueiro para tecelões, fibra para fabricantes de papel. Sempre que viajavam, ele coletava sementes e mudas: árvore-do-céu do Brooklyn; metassequoia de Massachusetts; ginkgos, um fóssil chinês vivo, das calçadas do Bronx. No Driftless, antes do Onze de Setembro, coletou raízes de espinheiro nas quais enxertou uma nêspera.

— É o meu maior triunfo! — disse, e enquanto ela cozinhava ele se sentou na escada e lhe contou tudo sobre a história da nêspera, a fruta parecida com maçã que era melhor comer quase podre, apesar do cheiro desagradável e inconfundível.

— Uma espécie de cocô de bebê coberto com açúcar.

— Legal — respondeu ela, adicionando sálvia à sopa.

— Elas são muito difamadas — disse ele. — Na era elisabetana, os ingleses as chamavam de *open-arse fruit*. Os franceses as chamavam de *cul de chien*, ou bunda de cachorro. Shakespeare as usava como metáfora para prostituição e sexo anal. Onde está seu exemplar de *Romeu e Julieta*?

Ruth o mandou subir até o escritório dela para buscar sua edição das obras completas de Shakespeare, e um momento depois ele estava de volta, com o livro pesado no colo, lendo a passagem em voz alta.

Se for cego, o amor não pode acertar o alvo.
Agora senta-se ele sob a nespereira,
Desejando que a amante fosse a fruta
A que as moças chamam nêspera, rindo sozinhas.

— É Mercúcio zombando de Romeu porque ele não conseguiu nada de Julieta — contou ele.

Ela baixou o fogo e tapou a sopa.

— Onde você descobre essas coisas?

Ele lhe contou sobre um site que encontrou de entusiastas da nêspera, no qual se deparou com as referências shakespearianas. A ideia do enxerto de nêspera no espinheiro tivera folheando *Certaine Experiments Concerning Fish and Fruite*, publicado em Londres em 1600, por um cavalheiro chamado John Taverner.

— É um livro das observações deste cavalheiro sobre tanques de peixes e árvores frutíferas — explicou Oliver, em tom melancólico. — Eu gostaria de publicar um livro assim.

Ele era o homem menos narcisista que ela conhecia, e não era exatamente ambicioso. Só considerava que seus projetos de arte ecológica, como Meios de Produção, eram bem-sucedidos quando ele próprio não aparecia.

— Quero que o público se esqueça de mim.

— Por quê? — perguntou ela. — Não quer crédito por sua obra?

— A questão não é essa. Não se trata de nenhum sistema de crédito. Não se trata do mercado de arte. A obra é bem-sucedida quando toda a astúcia e artifício desaparecem, depois de anos em que as plantas são colhidas e voltam a brotar, quando as pessoas começam a vivenciar a ambiência da obra. Qualquer resíduo de minha aura como artista ou dramaturgo horticultor terá desvanecido. Não vai importar mais. É quando a obra fica interessante...

— Interessante como?

— Torna-se mais do que "arte". Torna-se parte do subconsciente óptico. Ocorreu uma mudança. É o novo normal, apenas a maneira como as coisas são.

Por esse sistema de medida, portanto, o trabalho dele era bem-sucedido, mas, quanto mais bem-sucedido ele se tornava, mais dificuldades tinha para ganhar a vida.

— Nunca serei um capitão da indústria — concluiu ele, com tristeza, uma noite quando analisavam suas finanças e tentavam descobrir como pagariam as contas. — Eu me sinto um fracassado.

— Não seja ridículo — disse ela. — Se eu quisesse um capitão da indústria, teria me casado com um.

Ele balançou a cabeça tristemente.

— Você colheu um limão no jardim do amor.

NAO

1.

Às vezes, quando estou sentada aqui no Fifi's e lhe escrevo, me pego imaginando como você se parece, sua altura, sua idade e se você é uma mulher ou um homem. Eu me pergunto se eu reconheceria você caso nos cruzássemos na rua. Tudo o que sei é que você poderia ter se sentado a algumas mesas de distância de mim agora, mas duvido. Às vezes, torço para que você seja um homem, porque assim vai gostar de mim, porque sou fofa, mas, às vezes, torço para que seja mulher, porque então há uma chance maior de me entender, mesmo que não goste muito de mim. Mas decidi que não importa. Não é algo tão importante, de qualquer maneira, homem, mulher. No que me diz respeito, às vezes me sinto mais uma coisa, às vezes me sinto mais outra e, principalmente, sinto-me em algum lugar no meio, em especial quando meu cabelo voltou a crescer depois que o raspei.

Tenho uma boa história sobre o meio-termo. O primeiro encontro que Babette marcou para mim foi com um cara que trabalhava para uma famosa agência de publicidade que você provavelmente conhece, só que não posso mencionar o nome dele porque não quero ser processada. Ele tinha muito dinheiro, ternos e relógios dos sonhos, tudo do bom e do melhor, Armani e Hermès e coisas assim, e Babette disse que achava que nos daríamos bem de verdade. Seríamos um casal perfeito. Foi minha primeira vez, e Babette o escolheu para mim, vou chamá-lo de Ryu, porque ele era rico, mas também muito educado e gentil. Ele me perguntou se eu queria sair para jantar primeiro, mas eu estava tão nervosa que achava que ia vomitar, então lhe disse que só queria acabar com aquilo. Ele me levou para um lugar legal na ladeira dos motéis, em Shibuya, abriu uma garrafa de champanhe e tirou toda a minha roupa. Tomamos banho juntos e ele ficou muito bêbado. Ele me beijou muito, até eu começar a ficar irritada e dizer lhe isso, então ele parou. Ele me lavou toda, e foi educado o bastante para não dizer nada sobre minhas pequenas cicatrizes ou pedir um reembolso por conta delas.

Depois, ele me secou e me levou para a cama, e foi aí que fiquei meio assustada. Quer dizer, era a minha primeira vez, e estava com medo porque não sabia o que fazer. Provavelmente, se ele tivesse sido um idiota e me segurado e continuado a coisa toda, eu teria ido para meu lugar silencioso dentro do iceberg onde posso congelar o mundo, e provavelmente nem teria notado o que ele estava fazendo comigo ou sentido alguma coisa.

Mas Ryu não era um idiota. Ele estava sendo muito legal e gentil, mas eu estava muito tensa, e foi como tentar empurrar uma salsicha pelo vidro da janela: apenas não passava. Toda vez que ele tentava, eu começava a tremer e não conseguia parar, e de repente fui tomada por uma tristeza que era como uma onda passando sobre mim. Talvez fosse o champanhe me fazendo chorar, mas me ocorreu que ali estava um cara muito legal, que pensei que seria um idiota completo, mas que acabou não sendo, que pagou todo aquele dinheiro por um encontro comigo; e agora, quando ele estava esperando fazer um bom sexo com uma virgem, o que tinha nas mãos era uma estudante secundária que chorava desesperadamente, com uma vagina impenetrável. Eu me senti uma fracassada. Parecia que a única coisa que era capaz de fazer naqueles dias era chorar, primeiro por algumas batalhas estúpidas de insetos, e agora aquilo.

Ele era muito educado para me forçar a algo enquanto eu chorava. Ele se sentou na cama e me observou por um tempo, depois foi até a cadeira onde seu paletó estava pendurado, pegou do bolso um lindo lenço de linho passado e me deu para assoar o nariz. E, como eu tremia, pegou sua camisa e a colocou em volta dos meus ombros. Era tão macia e sedosa que, sem pensar, deslizei meus braços pelas mangas, e então ele a abotoou. Depois foi a gravata de seda rosa, com a qual ele fez um lindo nó Windsor para mim. E então as calças e depois o paletó, e quando eu estava toda vestida com as roupas dele, eu tinha parado de chorar, e ele me pegou pela mão, me levou até o espelho e me virou e virou para admirar meu reflexo.

Fiquei linda em seu terno. Ele era um pouco maior e mais alto do que eu, mas na verdade não éramos tão diferentes assim. Tirei a peruca, sob a qual minha cabeça ainda não tinha quase nenhum cabelo, o que ele disse que gostava. Falou que eu parecia um bishonen,[144] mas na verdade eu era mais bonita do que qualquer garoto. Sério. Juro que eu poderia me apaixonar por mim mesma. Ele estava atrás de mim, nu, e colocou a mão no bolso no meu peito, de onde tirou um maço de cigarros. Tirou dois, colocou-os na boca e, em seguida, acendeu-os com um isqueiro platinado que era pouca coisa maior do que um fósforo. Colocou um dos cigarros entre os meus lábios e depois voltou para a cama para fumar o outro e me olhar. Felizmente eu já tinha fumado um cigarro do meu pai antes, então sabia o que fazer. Inclinei minha cabeça para o lado e estudei meu reflexo. Deixei a fumaça fazer um rastro saindo de um beicinho, feito com meus lábios vermelhos e inchados de todos aqueles beijos que havíamos trocado. De canto do olho, eu podia vê-lo no espelho. Estava deitado na cama, fumando, e pude ver que estava mesmo excitado. Eu me virei e me servi de outra taça de champanhe, bebi, apaguei o cigarro, fui até a cama e fiquei em cima dele.

— Feche os olhos — falei. — Finja que você é eu.

Ele fechou os olhos e me deixou beijá-lo por um tempo, e então estendeu a mão e desatou o nó Windsor na gravata de seda rosa e desabotoou a camisa. Abriu o zíper na braguilha.

---

144. *Bishōnen* (美少年): jovem bonito, garoto bonito.

Abaixou as calças e eu as chutei para longe, mas fiquei com a camisa enquanto montava em seus quadris, e ele me guiou para baixo, e doeu, mas apenas por um tempo.

Depois nos deitamos lado a lado, ele acendeu outro cigarro e perguntou se eu queria um. Respondi não, obrigada. Então ele perguntou se o sexo tinha sido bom para mim, e respondi sim, e obrigada por perguntar. Quer dizer, isso é bom, certo? Aposto que muitos caras nem se incomodariam.

— Doeu? — perguntou ele, e eu disse um pouco, mas não me importei porque tenho um limiar de dor muito alto. Ele sorriu e disse que eu era engraçada.

— Quantos anos você tem, afinal? — perguntou, e eu estava prestes a dizer quinze anos quando de repente me lembrei.

— Dezesseis — falei. — Tenho dezesseis anos.

Ele riu.

— Você parece surpresa.

— Sim — disse. — É meu aniversário. Estava quase me esquecendo.

Ele disse que lamentava não ter um presente para mim e então me deu o isqueiro. Tivemos mais alguns encontros, e sempre fazíamos a mesma coisa, eu vestindo seu terno. Uma vez, eu o fiz colocar meu uniforme escolar, mas ele ficou tão ridículo com os joelhos ossudos aparecendo por baixo das pregas que fiquei com raiva e quis bater nele, e foi o que fiz. Eu estava vestindo seu lindo Armani, que é um terno impiedoso, e ele permaneceu passivo na minha frente, vestindo minha saia e minha blusa de marinheiro, com os olhos fixos no chão. Sua atitude passiva me deixou ainda mais irritada, e quanto mais furiosa ficava, mais forte queria bater nele. Eu o estapeei até ficar quase histérica e, quando ele levantou os olhos, estavam tão cheios de tristeza e pena de mim que pensei que talvez teria de matá-lo. Mas, quando minha mão foi em sua direção de novo, ele segurou meu pulso.

— Chega — disse. — Você só está machucando a si mesma.

Eu estava usando o relógio do soldado do céu de Haruki #1. A velha fivela de metal na pulseira do relógio afundava em meu pulso, que ele estava segurando. A pele do rosto dele parecia vermelha e irritada. Coloquei minha outra mão em sua bochecha inchada.

— Desculpe — falei, começando a chorar.

Ele levou a palma da minha mão aos lábios e a beijou.

— Eu a desculpo — disse.

Ele realmente gostou do relógio de soldado do céu do Número Um, e determinada vez me perguntou se eu o trocaria pelo Rolex dele. O Rolex tinha diamantes verdadeiros. Fiquei tentada, mas é claro que recusei.

2.

Às vezes, depois que fazíamos amor, Ryu só queria ficar na cama, beber Rémy e assistir pornô na televisão, então eu vestia o terno dele e saía para andar por aí. Às vezes até saía do motel, certificando-me de caminhar do lado onde ficava o nosso quarto, para que ele pudesse me ver da janela se estivesse olhando. Ele gostava disso.

Eu seguia principalmente pelas sombras, andando desengonçada, gostando de ser um homem. Às vezes, tirava um cigarro do bolso e o acendia com o isqueiro platinado. O isqueiro também tinha um pequeno diamante. Ryu era um sujeito elegante mesmo, com isqueiros finos de diamante e belos ternos, mas fumava Mild Seven, que não é uma marca elegante de cigarros. Para ser sincera, eles têm gosto de merda. Da próxima vez, tenho de me lembrar de arranjar um namorado que fume Dunhills ou Larks, pelo menos.

Se não fosse muito tarde da noite, às vezes eu mandava uma mensagem para a velha Jiko no templo, mas me sentia um pouco estranha em lhe contar o que estava acontecendo. Tinha praticamente parado de me sentar em zazen, então não estávamos mais na mesma sintonia, e não tínhamos mais os mesmos horários também, já que ela ia para a cama cedo, e eu estava namorando, então ficava acordada até tarde. É engraçado como o tempo pode influir no fato de nos sentirmos próximos ou não de alguém, como quando me mudei para um fuso horário diferente e Kayla e eu não conseguimos permanecer amigas. Ficava pensando no que Kayla diria se me visse naquele momento. Talvez achasse que eu estava bonita e desse em cima de mim. Era o que acontecia na rua, às vezes, quando ficava entre as sombras. As garotas pensavam que eu era o recepcionista de um host club[145] e tentavam flertar comigo, e eu tinha de escapar antes que descobrissem que eu era uma garota, ficassem bravas e me batessem por fazê-las de bobas.

Não dava, de fato, para chamar Ryu de meu namorado. Não era assim. Nós saímos por quase um mês, mas quando meu cabelo começou a ficar mais comprido, ele sumiu. Eu estava de fato começando a amá-lo, e não entendia dessas coisas, então, quando ele parou de ligar, pensei que meu coração fosse se partir em dois. Continuava perguntando a Babette se ela tinha notícias dele, mas ela negava, o que podia ou não ser verdade. Babette intermediava encontros para muitas garotas e simplesmente deu de ombros e disse que eu devia ter feito algo errado, mas, exceto pela vez em que bati nele, pela qual ele me perdoou, não acho mesmo que tenha feito nada errado.

Depois disso, passei a ficar no Fifi's, amuada e ouvindo Edith Pilaf e Barbara, recusando-me a aceitar outros encontros até que Babette por fim se cansou. Ela disse que eu deveria parar de ser tão egoísta e que deveria ser grata a ela por me ajudar e encontrar um cara tão legal e gentil para a minha primeira vez. Então mandou que eu me animasse ou fosse embora, e ameaçou dar minha mesa para uma garota mais alegre.

---

145. Clube ou bar com recepcionistas *bishonen* que servem bebidas e proporcionam entretenimento para a clientela feminina.

3.

Não é que eu não fosse grata a ela. Eu era. Ela era minha única amiga e, se eu não pudesse ficar no Fifi's Lonely Apron, para onde iria? A vida em minha casa estava um desastre. Mamãe tinha conseguido ser promovida no trabalho e agora era editora, o que significava que estava se matando de trabalhar em horas extras. Papai estava entrando em uma nova fase enquanto se preparava para seu terceiro e último desafio suicida. Antes, enquanto estava na Fase de Fingir Ter um Emprego, a Fase Hikikomori, a Fase Grandes Mentes e a Fase Insetos de Origami, podia-se afirmar que ele ao menos estava interessado e envolvido na própria insanidade. Mesmo durante a Fase de Caminhadas Noturnas e a Fase do Homem em Queda, a loucura dele tinha um foco, e ele estava no controle. Mas dessa vez era diferente. Ele estava deprimido como nunca o vi, como se tivesse perdido total e verdadeiramente todo o interesse em estar vivo. Evitava qualquer contato comigo e com mamãe, o que exige astúcia em um apartamento pequeno de dois cômodos. Ele fingia que éramos invisíveis e ficava grudado na tela do computador, mas, às vezes, se eu passasse por ele no corredor estreito e chamasse a sua atenção, seu rosto se contorcia e começava a desmoronar com o peso da vergonha, e eu tinha de virar a cabeça, porque não suportava ver aquilo.

Papai e eu ainda compartilhávamos o computador e, um dia, enquanto estava bisbilhotando no histórico de navegação, encontrei links de um clube de suicídio on-line. Ao que parecia, ele tinha feito alguns amigos, e eles vinham conversando e fazendo planos.

Não é patético? Não conseguir fazer a coisa sozinho, então ter de encontrar um estranho para segurar sua mão? E o que é pior, uma das colegas dele no clube era uma estudante do ensino médio, e ele teve a coragem de tentar convencê-la a não se suicidar. Encontrei o histórico do bate-papo e li. Quer dizer, isso é hipócrita ou não? Ele quer se matar, mas diz que ela não deve fazer o mesmo? Que ela tem toda a vida pela frente? Que ela tem muitos motivos para viver?

Foi então que tive a ideia. Talvez eu não me tornasse monja no templo de Jiko. Talvez eu apenas me matasse também e acabasse logo com isso.

RUTH

1.

Cara Ruth (se me permite chamá-la assim),

Foi com prazer que encontrei seu e-mail em minha caixa de entrada, e devo me desculpar por tamanha demora em minha resposta. É claro que me lembro da ocasião de sua visita a Stanford. O prof. P-L, de Literatura Comparada, é um grande amigo meu, então você não precisa de maiores apresentações. Infelizmente, eu estava saindo para um período sabático na época de sua residência e não pude comparecer à sua palestra, mas espero ter o prazer de ouvi-la realizar uma leitura de seu próximo livro em breve.

Agora, quanto à sua solicitação urgente, embora eu sinta que deva manter certa discrição com relação às informações que me foram confiadas, acho que posso ser de alguma ajuda.

Em primeiro lugar, concordo que parece provável que "Harry", autor do depoimento em meu site, seja o pai de Nao Yasutani, cujo diário, de alguma forma, chegou a suas mãos. O sr. Yasutani era um especialista em informática que trabalhava em uma grande empresa de tecnologia da informação aqui no Vale do Silício nos anos 1990. Suponho que se possa dizer que éramos amigos e que ele de fato tinha uma filha chamada Naoko, que não tinha mais do que quatro ou cinco anos quando o conheci.

Apresso-me em esclarecer que uso o pretérito não com base em qualquer conhecimento do fim ou destino que tiveram, mas apenas porque não estou mais em contato com o sr. Yasutani e, portanto, nosso relacionamento, lamentavelmente, ficou no passado. Como deve estar ciente, ele voltou para o Japão com a família logo após o estouro da bolha da internet. Depois disso, nos correspondemos de modo esporádico por e-mail e telefone, mas pouco a pouco perdemos o contato e vários anos se passaram desde nossa última conversa.

Agora, deixe-me contar-lhe algo sobre nosso conhecido. Conheci o sr. Yasutani em Stanford em 1991, cerca de um ano depois de sua mudança para Sunnyvale. Ele veio ao meu escritório no final da tarde. Ouvi uma batida à porta.

O expediente havia terminado e lembro-me de ficar um pouco irritado com a interrupção, mas gritei "Entre" e esperei. A porta permaneceu fechada. Gritei novamente, e ainda não houve resposta, então me levantei e fui até a porta, abrindo-a. Ali estava um homem asiático franzino carregando uma bolsa carteiro. Estava vestido de maneira um tanto casual, com calças cáqui, jaqueta esportiva e sandálias com meias. Inicialmente, pensei que poderia ser um carteiro de bicicleta, mas, em vez de me entregar um pacote, ele fez uma profunda reverência. Aquilo me assustou. Era um gesto muito formal, em desacordo com seus trajes casuais, e não estamos acostumados a fazer reverências uns para os outros na Universidade de Stanford.

"Professor", ele disse, em um inglês lento e cuidadoso. "Sinto muito por incomodá-lo." Ele estendeu seu cartão de visitas e curvou-se mais uma vez. O cartão o identificava como Haruki Yasutani, especialista em informática de uma das empresas de TI em ascensão no Vale. Convidei-o a entrar e ofereci-lhe um assento.

Em um inglês afetado, ele explicou que era originalmente de Tóquio e havia sido contratado para trabalhar no design de interfaces humano-computador. Ele adorava seu trabalho e não tinha nenhum problema com coisas de computador. Seu problema, de acordo com ele, era o fator humano. Ele não entendia muito bem os seres humanos, então veio ao Departamento de Psicologia de Stanford para pedir ajuda.

Fiquei surpreso, mas também curioso. O Vale do Silício não é Tóquio, e seria natural que ele estivesse sofrendo algum choque cultural ou tivesse problemas relacionados aos seus colegas de trabalho. "Que tipo de ajuda você quer?", perguntei.

Ele permaneceu sentado, com a cabeça baixa, reunindo as palavras. Quando levantou o olhar, pude ver a tensão em seu rosto.

"Gostaria de saber: o que é a consciência humana?"

"A ciência humana?", perguntei, por não o ouvir bem.

"Não", disse ele. "Cons-ci-ên-cia. Quando procuro essa palavra no dicionário de inglês, encontro que vem do latim. *Con* significa 'com' e *ciência* significa 'saber'. Então, *consciência* significa 'com saber'. Com ciência".

"Nunca pensei nisso dessa maneira", falei. "Mas tenho certeza de você está correto."

Ele continuou: "Mas isso não faz sentido." Pegou um pedaço de papel. "O dicionário diz 'conhecimento ou senso de certo e errado, com um impulso para fazer o certo.'"

Ele me estendeu o pedaço de papel para que eu pudesse ver, então o peguei. "Parece uma definição razoável."

"Mas não entendo. Conhecimento e senso não são a mesma coisa. Conhecimento eu entendo, mas e o senso? Senso é o mesmo que sentimento? A consciência é um fato que posso aprender e conhecer, ou é mais como uma emoção? Está relacionada à empatia? É diferente da vergonha? E por que é um impulso?"

Devo ter parecido tão perplexo quanto me senti, porque ele passou a explicar.

"Temo que, apesar de ser formado em ciência da computação, nunca tive tal senso ou sentimento. Isso é uma grande desvantagem para meu trabalho. Gostaria de lhe perguntar: posso aprender a ter tal sentimento? É tarde demais, na minha idade?" Era uma pergunta extraordinária, ou melhor, uma enxurrada de perguntas. Continuamos a conversar, e por fim consegui juntar as peças da história dele. Embora a empresa para a qual trabalhava estivesse envolvida principalmente no desenvolvimento de interfaces para o mercado de jogos, os militares dos EUA tinham interesse no enorme potencial que sua pesquisa tinha para ser utilizada em sistemas semiautônomos de tecnologia armamentista. Harry estava preocupado que a interface que estava ajudando a projetar fosse muito simples. O que tornava um jogo de computador viciante e divertido tornaria fácil e divertido realizar uma missão de bombardeio destrutiva em massa. Ele estava tentando descobrir se havia uma maneira de desenvolver a consciência no design da interface, ajudando o usuário a acessar seu senso ético de certo e errado e mobilizando seu impulso de fazer o certo.

A história dele era comovente e trágica. Embora afirmasse não compreender as questões da consciência humana, foi precisamente a consciência dele que o levou a questionar o *status quo* e custou-lhe o emprego tempos depois. Desnecessário dizer que o design de tecnologia não é neutro em relação aos valores, e fornecedores de tecnologia militar e desenvolvedores de armas não querem que esse tipo de pergunta seja feito, muito menos que seja incorporado em suas tecnologias.

Fiz o que pude para tranquilizá-lo. O próprio fato de ele estar se fazendo essas perguntas já demonstrava que sua consciência funcionava bem.

Ele balançou a cabeça. "Não", disse. "Isso não é consciência. É apenas vergonha da minha história, e a história pode ser facilmente mudada."

Não compreendi e pedi que ele explicasse.

"A história é algo que nós, japoneses, aprendemos na escola", disse. "Estudamos coisas terríveis: sobre como as bombas atômicas destruíram Hiroshima e Nagasaki. Aprendemos que isso é errado, mas nesse caso é fácil porque nós, japoneses, fomos as vítimas.

"Um caso mais difícil é quando estudamos sobre uma terrível atrocidade japonesa como a invasão da Manchúria. Nesse caso, nós, japoneses cometemos genocídio e tortura contra o povo chinês, e assim aprendemos que devemos sentir grande vergonha diante do mundo. Mas a vergonha não é um sentimento agradável, e alguns políticos japoneses estão sempre tentando mudar os livros de história de nossas crianças para que esses genocídios e torturas não sejam ensinados à próxima geração. Ao mudar nossa história e nossa memória, tentam apagar toda a nossa vergonha.

"É por isso que acho que a vergonha deve ser diferente da consciência. Dizem que nós, japoneses, temos uma cultura da vergonha, então talvez não sejamos tão bons em consciência? A vergonha vem de fora, mas a consciência deve ser um sentimento natural que vem de um lugar profundo dentro de cada indivíduo. Dizem que nós japoneses vivemos tanto tempo sob o domínio do sistema feudal que talvez não tenhamos um eu individual, como ocidentais têm. Talvez não possamos ter consciência sem um eu individual. Não sei. É com isso que me preocupo."

É claro, estou parafraseando aqui, lembrando-me do que consigo desta conversa complexa de muitos anos atrás. Não me lembro como respondi, mas a troca foi mutuamente satisfatória, resultou em novas conversas e, por fim, em amizade. Você pode ver como essa investigação sobre a noção do eu individual levaria, entre outras coisas, a tópicos como vergonha, honra e autoextermínio, que era o assunto da carta que chamou sua atenção. Meu próprio interesse pelas influências culturais ao suicídio, embora inicialmente motivado pela atividade de homens-bomba no Oriente Médio, beneficiou-se, ao longo dos anos, de meus diálogos com o sr. Yasutani. Ele sempre afirmou que, no Japão, o suicídio era acima de tudo um ato estético, e não moral, desencadeado por um sentimento de honra ou vergonha. Como talvez saiba, o tio dele foi um herói da Segunda Guerra Mundial, um piloto do Tokkotai, que morreu em uma missão kamikaze sobre o Pacífico.

"Minha avó sofreu demais", afirmou Harry. "Se o avião do meu tio tivesse consciência, talvez não tivesse feito tal bombardeio. Para o piloto do *Enola Gay*, é a mesma coisa, e talvez então não tivesse havido uma Hiroshima e uma Nagasaki. É claro que a tecnologia não era tão avançada na época, por isso uma coisa dessas não era possível. Agora é possível."

Ele estava sentado perfeitamente imóvel, estudando as mãos no colo. "Eu sei que é uma ideia estúpida projetar uma arma que se recuse a matar", disse. "Mas talvez eu possa tornar a matança algo não tão divertido."

Perto do final de sua estada no Vale, o sr. Yasutani encontrara problemas com seu empregador, que não estava disposto a comprometer suas relações com as forças armadas e com os investidores por causa da consciência torturada de um funcionário japonês. Pediram-lhe que abrisse mão de prosseguir nessa linha de pesquisa, mas ele se recusou. Foi removido da equipe do projeto. Ficou ansioso e deprimido e, embora eu não tenha nenhuma prática clínica, orientei-o como amigo. A empresa o demitiu pouco depois.

Isso deve ter sido em março de 2000, porque menos de um mês depois, em abril, a bolha da internet estourou e o NASDAQ caiu. Ele veio me visitar e contou que a maior parte das economias de sua família estava em opções de ações da empresa, e que havia perdido tudo. Ele não era um homem prático. Em agosto daquele ano, voltaram para o Japão e não tive notícias dele por um tempo.

No ano seguinte, decidi disponibilizar algumas de minhas pesquisas on-line e lancei meu site. Alguns meses depois, recebi um e-mail de Harry, um trecho do texto que você leu on-line. Era um lindo e comovente pedido de socorro, e me correspondi com ele por vários meses depois, por e-mail e também por telefone. Foi nessa época que perguntei se poderia postar os comentários dele em meu site, e ele disse que, se eu achava que aquilo ajudaria outras pessoas, tinha sua permissão. Senti fortemente que ele precisava de aconselhamento profissional e sugeri os nomes de uns poucos médicos em Tóquio. Não sei se ele seguiu em frente com isso ou não. Suspeito que não.

Perdi o rastro dele depois dos atentados de Onze de Setembro. Foi um período agitado para mim, já que os eventos mundiais despertaram muito o interesse da mídia em minha pesquisa. Lembro-me de que podemos ter tido uma correspondência anos depois, mas mais ou menos nessa época, um vírus destruiu meus arquivos de computador e perdi grande parte de meus e-mails arquivados, incluindo os dele. Quis entrar em contato com ele depois do terremoto e do tsunami, mas descobri que não tinha mais o endereço de e-mail. Consolei-me com o pensamento de que ele e a família moravam longe de Sendai; no entanto, agora, depois de receber sua mensagem, sinto-me motivado a tentar localizá-lo.

Você mencionou algumas cartas além do diário pertencente à filha. Se contiverem alguma informação que possa me ajudar a localizar o sr. Yasutani e sua família, agradeceria se a compartilhasse comigo. Gostaria de perguntar, também, o que foi que a levou a se preocupar com o bem-estar da filha dele. Você disse sentir que se tratava de um assunto de certa urgência. Por quê?

Para terminar, eu também estaria interessado em saber como o diário e as cartas chegaram às suas mãos, mas isso talvez seja uma história para outro momento.

E por falar em histórias, acredito que esteja trabalhando em um novo livro, não? Aguardo ansioso para lê-lo, pois gostei muito do seu último.

Atenciosamente,

etc.

2.

Ela passou os olhos depressa pelo e-mail e imediatamente escreveu de volta, descrevendo a descoberta do diário no emaranhado de algas, a teoria dela sobre a procedência estar ligada ao tsunami, e seu fracasso, até o momento, em corroborar essa teoria ou em explicar de que outra forma o saco de congelador poderia ter parado na praia. Ela resumiu brevemente as passagens do diário de Nao que causavam preocupação: as descrições da saúde mental precária de seu pai, as tentativas de suicídio dele, a decisão de Nao de cometer suicídio. Explicou que não podia evitar o sentimento de uma conexão forte e quase cármica com a garota e o pai dela. Afinal, o diário tinha ido parar na praia que Ruth frequentava. Se Nao e o pai estavam com problemas, ela queria ajudar.

Concluiu o e-mail com uma menção ao artigo sobre qubits que Oliver havia encontrado na *New Science*, citando H. Yasudani, a quem ela havia tentado, sem sucesso, encontrar. Enviou o e-mail e se recostou na cadeira, saboreando a onda de alívio e euforia. Era isso, então. A corroboração pela qual estivera aguardando. Nao e sua família eram reais!

Ela se levantou, se alongou e atravessou o corredor até o escritório de Oliver. Ele estava sentado com os fones de cancelamento de ruído nos ouvidos. A cadeira do copiloto estava vazia.

— Onde está Pesto? — perguntou ela, acenando com a mão para chamar a atenção.

Oliver tirou os fones e olhou para a cadeira sem o gato.

— Ele não apareceu aqui o dia todo — disse ele, mal-humorado.

Tinham feito as pazes no café da manhã. Ruth se desculpou mais uma vez por chamá-lo de fracassado e ele se desculpou por chamá-la de pervertida, mas ainda havia tensão entre os dois. Às vezes, sentindo a atmosfera gélida, o gato se afastava. Ruth sentiu o mesmo e, por isso, atravessou o corredor para compartilhar as boas notícias sobre o e-mail do professor, mas, agora, vendo Oliver desabado na cadeira, hesitou.

— Algum problema? — perguntou.

— Ah — respondeu ele. — Não é nada. Só que tenho um carregamento inteiro de mudas de ginkgo prontas para serem plantadas, mas o assegurador do contrato não quer permitir.

Estão dizendo que os ginkgos são potencialmente invasivos. — Ele tirou os óculos e esfregou as mãos no rosto. Tinha um carinho especial por *G. biloba*. — É insano. Essas árvores são um fóssil vivo. Sobreviveram a grandes extinções ao longo de centenas de milhões de anos. Toda a população desapareceu, exceto por uma pequena área na China central, onde algumas conseguiram sobreviver. E agora elas vão morrer em nossa varanda se não conseguir plantá-las logo.

Não era característico dele soar tão desanimado ou enfrentar um problema relativamente pequeno como aquele usando termos tão terríveis. Devia estar chateado pelo gato.

— Não pode fazer um berçário aqui, em nossa propriedade?

Ele suspirou pesadamente, olhando para as mãos vazias em seu colo.

— Sim, vou fazer. Só não vejo por que me dou ao trabalho. Para quê? Ninguém entende o que estou tentando fazer...

Ele devia estar muito chateado pelo gato. Ela decidiu guardar a notícia sobre o e-mail do professor para mais tarde, mas assim que ela se virou para sair, ele levantou os olhos.

— Você queria alguma coisa? — indagou.

Então ela lhe contou. Contou o que Leistiko havia escrito, a surpreendente revelação do pai de Nao como um homem de consciência que havia sido demitido por suas convicções, e resumiu sua resposta, mas então parou, percebendo que Oliver a fitava de um jeito estranho.

— O quê? — indagou. — Você está me olhando de um jeito... O que há de errado?

— Você disse a ele que era um assunto de certa urgência?

— É claro. A menina é suicida. O pai dela também. Todo o diário é um pedido de ajuda. Então, sim. Urgência. Eu diria que descreve bem. — Ela ouviu o tom defensivo na própria voz, mas não pôde evitar. — Você ainda está me olhando.

— É...

— É o quê?

— É, você não está fazendo muito sentido. Quer dizer, isso não está acontecendo agora, certo?

— Não entendo. Onde quer chegar?

— Faça as contas. A bolha da internet estourou em março de 2000. O pai dela foi demitido, eles voltaram para o Japão, alguns anos se passaram. Nao tinha dezesseis anos quando começou a escrever o diário. Mas isso foi mais de uma década atrás, e sabemos que o diário está circulando por pelo menos alguns anos mais. O que quero dizer é que, se ela ia se matar, provavelmente já o fez, não acha? E, se ela não se matou, teria uns vinte e tantos anos agora. Então, eu me pergunto se *urgência* é de fato a palavra certa para descrever o quadro, só isso.

Ruth sentiu o chão se inclinar. Pôs a mão no batente da porta para manter o equilíbrio.

— O que foi?

— Nada — respondeu ela, engolindo em seco. — Eu... é claro, você está certo. Fui estúpida. Só que... me esqueci. — Ela podia sentir as bochechas queimando e um formigamento dentro do nariz, como se fosse espirrar ou chorar.

— Você esqueceu? — repetiu ele. — É sério?

Ela assentiu, já se afastando. Queria correr para algum lugar e se esconder.

— Uau — exclamou Oliver. — Que coisa louca. — Ela se virou, atravessou o corredor em direção às escadas. — Não quis dizer que *você* é louca — gritou atrás dela.

3.

Ela não foi longe. Só até o quarto. Rastejou para a cama, puxou as cobertas até o nariz e ficou ali, ofegante. Do lado de fora, o bambu batia contra a vidraça. Samambaias-espada lá de baixo chegavam à mesma altura. Os colmos de bambu, aprisionados pelos espinhos das rosas, bloqueavam grande parte da luz. Ela olhou para a folhagem emaranhada e pensou no e-mail que tinha acabado de enviar ao professor. Sentiu o sangue correr pelo rosto. Como pôde ser tão estúpida?

Não é que tivesse se esquecido, exatamente. O problema foi mais um tipo de deslize. Quando ela estava escrevendo um romance, vivendo nas profundezas de um mundo ficcional, os dias se misturavam e semanas, meses ou até mesmo anos inteiros se confundiam em marés altas e baixas de sonho. Contas não eram pagas, e-mails não eram respondidos, telefonemas não eram retornados. A ficção tinha o próprio tempo e a própria lógica. Esse era o seu poder. Mas o e-mail que havia acabado de escrever para o professor não era ficção. Era real, tão real quanto o diário.

Oliver bateu à porta e abriu uma fresta.

— Posso entrar?

Ruth assentiu. Ele se aproximou, ficando ao lado da cama.

— Você está bem? — Oliver quis saber, estudando o rosto dela.

— Fiquei confusa — explicou Ruth. — Na minha cabeça, ela ainda tem dezesseis anos. Sempre terá dezesseis.

Oliver sentou-se na beirada do colchão e colocou a mão na testa dela.

— O eterno agora — disse ele. — Ela queria captá-lo, lembra? Para imobilizá-lo. Esse era o ponto.

— Da escrita?

— Ou do suicídio.

— Sempre pensei na escrita como o oposto do suicídio — comentou ela. — Pensei que a escrita significava imortalidade. Derrotar a morte ou, ao menos, despistá-la.

— Como Sherazade?

— Sim — reconheceu ela. — Criar histórias para evitar sua execução...

— Porém a sentença de morte de Nao foi autoimposta.

— Eu me pergunto se ela já a cumpriu.

— Continue lendo — sugeriu Oliver. — Você só saberá no final.

— Ou não... — Ela pensou em como se sentiria se não soubesse. Nada bem. Então, outra coisa lhe ocorreu. — Ah! — exclamou, sentando-se na cama. — Ela não sabe!

— Sabe o quê?

— Por que o pai dela foi demitido! Ela não sabe que ele é um homem de consciência. Temos que...

Pronto. Estava fazendo a mesma coisa de novo. Despencou de volta no travesseiro. Ao menos, desta vez, ela percebeu.

— É tarde demais — reconheceu, melancólica.

— Tarde demais para quê?

— Para ajudá-la — explicou. — Então, qual o sentido? O diário é só uma distração. Que diferença faz se leio ou não?

Oliver encolheu os ombros.

— Provavelmente, nenhuma, mas você ainda precisa terminá-lo. Ela escreveu até o fim, então você deve isso a ela. É essa a proposta e, de qualquer forma, quero saber o que aconteceu.

Oliver levantou e se virou para sair. Ela estendeu o braço, pegando-o pela mão.

— Estou louca? — perguntou Ruth. — Às vezes, sinto que sim.

— Talvez — disse ele, esfregando a testa dela. — Mas não se preocupe com isso. Você precisa ser um pouquinho louca. Loucura é o preço que se paga por ter imaginação. É seu superpoder. Explorar os sonhos. É algo bom, não ruim.

O telefone começou a tocar e ele saiu para atender, mas antes parou junto à porta.

— Estou preocupado de verdade com Pesto — falou.

4.

Benoit estava sentado em uma poltrona surrada em frente à estufa a lenha, fumando e olhando para as chamas. Ele ergueu o olhar quando ouviu Ruth entrar. Os olhos estavam vermelhos, como se ele estivesse chorando, e também havia bebido. O aroma enjoativo de uísque canadense misturava-se ao cheiro de cigarro, fumaça de lenha e meias molhadas.

A esposa dele estava na entrada da sala de estar. Não parecia nada feliz. Era ela quem havia ligado, e com quem Oliver tinha conversado. O marido havia terminado a tradução do diário em francês, avisou. Será que Ruth poderia, por favor, ir buscá-lo na casa deles naquela noite? Oliver desligou o telefone, colocou a motosserra na picape e se ofereceu para dirigir. O vento estava cada vez mais forte, e as árvores altas começavam a balançar. Outra tempestade se aproximava, e vinha bem na direção deles.

Benoit estendeu um maço com umas vinte folhas de papel pautado, que tremulava em sua mão estendida.

— *Le mal de vivre* — disse. — Você me perguntou o que significa. Significa *isto*. Mal, tristeza, sofrimento. Como pode haver tanta dor no mundo?

Ruth pegou as páginas.

— Obrigada — agradeceu, olhando para a tradução.

— Leve isto também — pediu. E entregou o caderno fino de redação que continha os registros, embrulhado em seu papel encerado.

— Eu realmente agradeço... — ela começou a dizer, mas ele balançou a cabeça e voltou a olhar para as chamas.

A esposa deu um passo à frente e tocou o braço de Ruth. Ela a conduziu pela sala e lhe mostrou a porta.

— Ele anda bebendo.

Ruth não sabia o que falar.

— Eu sinto muito...

A esposa abrandou.

— Não é apenas sua a culpa — falou, baixando a voz. — O cãozinho dele foi apanhado pelos lobos ontem à noite. Enviaram uma fêmea jovem e ele a seguiu. Cachorro estúpido. A matilha estava à espera do outro lado de um barranco. Eles o atacaram e o mataram, simples assim. Dilaceraram o cachorro em pedaços e o comeram.

Ela olhou de volta para a sala, onde o marido permanecia sentado.

— Ele viu acontecer. Até chamou e foi atrás do cão, mas não conseguiu atravessar o barranco. Ele é muito grande. Muito lento. Só restavam os pedaços de pele desprezados quando chegou lá. Ele amava aquele cachorrinho. — Ela abriu a porta e levantou a cabeça, prestando atenção aos sons. — É melhor você ir. O vento está aumentando. Essa vai ser das fortes.

DIÁRIO SECRETO DE HARUKI #1 EM FRANCÊS

1.

10 de dezembro de 1943: Dormimos juntos em um quarto grande, os integrantes de meu esquadrão e eu, dispostos em fileiras como peixinhos pendurados para secar. É apenas quando a lua está quase cheia e o céu está claro que tenho luz suficiente para escrever. Tiro estas páginas de dentro do forro do meu uniforme, onde as escondo, com cuidado para não farfalharem. Giro a tampa de minha caneta-tinteiro, preocupado que a tinta seque e seja insuficiente para meus pensamentos. Meus últimos pensamentos, medidos em gotas de tinta.

    Fomos instruídos a manter um diário sobre nosso treinamento e nossas emoções enquanto enfrentamos a certeza da morte, mas fui avisado por um dos outros recrutas que os oficiais superiores inspecionarão os diários, assim como lerão nossas cartas, sem aviso, então eu deveria ter cuidado para não escrever o que se passa de verdade em meu coração. Falsidade é um sacrifício que não estou disposto a fazer, então decidi que manteria dois registros: um público e este, oculto, verdadeiro, para a senhora, mesmo que não tenha muita esperança de que a senhora o leia. Vou escrever em francês, *ma chère* maman, seguindo o bom exemplo de sua heroína, Kanno-san, que persistiu fielmente nas aulas de inglês até o momento em que a levaram para a forca. Como ela, devemos manter os estudos mesmo quando a civilização desmorona à nossa volta.

2.

Apertem os dentes. Mordam com força!, nosso comandante, *le Marquis* de F., ordena. Ele soca K. no rosto com o punho fechado até que os joelhos de K. se dobram e, então, quando ele está caído, o chuta. Na semana passada, ele quebrou dois dentes posteriores de K., que agiu como se não sentisse nada, piscando e mantendo seu sorriso doce e sobrenatural enquanto o sangue escorria de sua boca.

K. é meu veterano no Departamento de Filosofia e tenho um dever para com ele. Ontem, quando o espancamento se tornou extremamente brutal, coloquei-me na frente de K. para receber os golpes. O Marquês de F. ficou fascinado. Ele me socou dos dois lados do rosto e me bateu com a parte de trás de sua bota. Depois, o interior de minha boca ficou como carne picada e até mesmo o menor gole de sopa de missô trazia lágrimas aos meus olhos, o sal nas feridas era muito doloroso.

Chère maman, estou embrulhando este caderno de redação em um papel encerado, escondendo-o sob o arroz no fundo da minha mala. Vou tentar encontrar uma maneira de entregá-lo à senhora antes que eu morra. Não posso escrever francamente em minhas cartas, mas me conforta a esperança de que um dia a senhora saiba a verdade sobre esse linchamento imbecil. Por maior que seja a violência infligida ao meu corpo, enquanto eu tiver essa esperança, posso suportar qualquer dor.

3.

Ontem à noite, durante os jogos recreativos no alojamento, senti uma mudança em K., conforme ele observava minha humilhação. Enquanto eu estava agachado atrás do repositório de rifles, seguindo as ordens de le Marquis, passando os braços entre os frisos e acenando com as mãos, sedutoramente, como uma dama da noite, vi K. se virar pela primeira vez, como se a cena fosse insuportável.

    Le Marquis, percebendo a reação de K., talvez, me mandou repetir aquilo várias vezes. Ele sopra minhas falas. *Ei, soldado*, eu chamo. Como um diretor, um *auteur*, ele analisa minha performance com a cabeça inclinada para o lado. Orienta-me a fazer uma voz mais aguda ou doce. Há seriedade, quase inocência, na atenção dele. *Não quer entrar e brincar comigo?*, grito e é só questão de tempo até que ele ceda. Os jogos terminam muito tempo depois do último toque de clarim, que indica o apagar das luzes. Às vezes, à noite, consigo ouvir K. chorando.

    Tu marches sur des morts, Beauté, dont tu te moques;
    De tes bijoux l'Horreur n'est pas le moins charmant…[146]

    Será que Baudelaire sabia dessas coisas, maman? Seriam essas as pétalas escuras das flores do mal?

4.

A toutinegra-do-mato canta uma bela canção. Nunca serei capaz de ouvi-la novamente sem pensar em F., e sem querer matá-lo. Ouvimos boatos sobre oficiais odiados que foram baleados pelas costas ou espancados até a morte pelas próprias tropas em meio à confusão de alguma briga. Estou contando os golpes que recebo do Marquês. Retribuirei cada um deles algum dia. O número até esta noite é 267.

    Não me importo em morrer. Todos nós entendemos que a morte é nosso único fim. Só espero não morrer antes de provar o doce sabor da vingança.

---

[146]. Beleza, tu caminhas sobre os mortos, de quem escarneces; / Entre tuas joias, o Horror não é o de menor encanto…

5.

Não faz sentido. Não faz sentido. K. fugiu ao amanhecer, e mais tarde nos disseram que ele cometera suicídio diante de um trem de suprimentos, mas um dos homens que viu o corpo me disse que ele tinha sido baleado pelas costas. Naquela noite, encontrei o exemplar surrado do *Shōbōgenzō*, do Mestre Dōgen, que pertencia a ele, dentro de minha mochila. Estou deitado aqui e sinto a falta das lágrimas quentes que eu costumava chorar, mas meu coração está congelado. Estou congelado, por dentro e por fora. Parei de sentir. Nem mesmo os golpes do Marquês têm efeito e conseguem despertar minha raiva. São como torpedos que erram o alvo. Em algum ponto de minha vida, aprendi a pensar. Sabia como sentir. Na guerra, essas são as lições que devem ser esquecidas.

6.

Durante sua visita, maman, eu planejava encontrar uma maneira de fazer estas páginas deslizarem para suas mãos, mas sua expressão de choque quando pousou os olhos em meu rosto me fez mudar de ideia. Menti para a senhora dizendo que as contusões eram devido a um acidente no treinamento de rotina. Creio que a senhora não acreditou em mim, mas, naquele momento, minha mentira me impossibilitou de seguir o plano de lhe entregar este diário, que contém relatos tão longos e autoindulgentes de crueldades rotineiras e bastante banais da vida militar. Por isso, como resultado de minha falta de autocontrole e treinamento mental, aqui estou mais uma vez, escrevendo sozinho à luz da lua. Porém, não me arrependo de minha mentira. Faria qualquer coisa para poupá-la de mais sofrimento.

E, na verdade, meus sentimentos em relação ao Marquês começaram a se transformar. No início, quando ele me batia, eu tinha medo. Não me importo em admitir isso. Como poderia não ter? Nunca tinha sido espancado antes! Poucos garotos tiveram tanta sorte quanto eu, criado até a idade adulta apenas com as palavras e lisonjas mais gentis em meus ouvidos e os carinhos mais afáveis para com minha pessoa, vindos de uma mãe que nos protegeu de tudo que é rude e feio no mundo. Fui mimado, estava inteiramente despreparado para a crueldade, e talvez isso soe como uma reclamação, mas não é! A senhora não deve pensar que a culpo. Receio que devo soar como o filho mais ingrato do mundo, quando na verdade é o contrário. Sou mais grato agora do que nunca pela maneira como nos criou, nos ensinando o valor da bondade, da educação, do pensamento independente e dos ideais de liberdade, diante do fascismo que varre nosso país. As punições mais cruéis agora falham em trazer uma lágrima sequer aos meus olhos, mas pensar nas dificuldades que a senhora enfrentou em nome de seus ideais me faz chorar como um bebê.

Pronto, agora estraguei esta página com minhas lágrimas, então mal consigo distinguir as palavras. O papel é precioso, embora estas palavras dificilmente valham o papel ou a tinta necessários para escrevê-las.

Onde estava? Ah, sim. Estava lhe contando sobre a transformação de meus sentimentos em relação a F. Após as primeiras semanas de punição e treinamento, comecei a perceber que meu medo e minha autopiedade iniciais estavam se transformando em ressentimento, e depois do ressentimento, em raiva. Quando ele chamava meu nome, em vez de ansiedade, um arrebatamento ardente tomava meu corpo como uma droga, e eu me esforçava para manter o olhar baixo, certo de que, se olhasse para aquele rosto desprezível, ele veria no meu o fogo incandescente da raiva. Minha raiva me assustava mais do que meu medo já assustara.

Mas, nos últimos tempos, meus sentimentos mudaram mais uma vez. Na semana passada, ele gritou comigo para me corrigir por alguma pequena infração (talvez eu tenha deixado um grão de arroz cair enquanto o servia ou tenha deixado um grão de poeira em seu sapato, ou talvez ele apenas estivesse sofrendo com indigestão ou uma péssima noite de sono). Não lembro, mas ele me mandou ajoelhar no chão com as mãos sob as coxas e começou a me bater no rosto e no corpo com o cinto.

Normalmente, eu manteria o olhar baixo, fixo em um ponto do chão, até que meus olhos inchassem ou se enchessem de sangue e eu não fosse mais capaz mais enxergar, mas, naquele dia, por algum motivo, levantei o olhar. Olhei F. bem nos olhos, o que é contra as regras, pois nunca devemos fazer contato visual com um superior, e, quando o fiz, tive a sensação estranha de que meu coração se abrandou. Sei que parece estranho, mas foi assim. Pela primeira vez, notei a febre em seus olhos estreitos e o suor gorduroso em sua testa, e me enchi de pena, e mesmo depois de uma dúzia de golpes, pude, com sinceridade, perdoá-lo. Claro, essa não foi uma boa estratégia, já que meu olhar firme e minha desobediência o deixaram ainda mais irritado, e doze golpes viraram vinte e depois trinta. Perdi a conta quando desmaiei. Em algum momento, a surra deve ter chegado ao fim. Alguém deve ter me carregado de volta para o alojamento e me colocado sob um cobertor. Quando acordei, meu corpo devia ter doído, mas não consegui sentir a dor. Pelo contrário, eu estava envolvido por uma sensação calorosa de paz, que vinha do conhecimento do poder interior.

Essa, creio, era a fonte do sorriso que me lembro de ter visto no rosto de K. durante seu espancamento, antes que eu interviesse para receber a punição em seu lugar. Ele podia tolerar a própria dor, mas a minha, tomada em seu nome, era mais do que conseguia suportar. Ainda me atormenta imaginar que fui o responsável por sua morte, mas neste mundo intrincado de causa e efeito, é impossível saber.

Desde então, embora tenha ocorrido uma ou duas sessões de punição, parece que F. também se entediava comigo, ou talvez esteja com medo. Talvez eu esteja imaginando, mas parece que ele apenas não se importa mais com isso.

Devo ser grato a ele? Tendo perdido a conta dos golpes que recebi, não penso mais em devolvê-los. Talvez signifique que superei essa infantilidade. Talvez eu tenha me formado e finalmente sou um homem.

7.

3 de agosto de 1944: Eis o que não pude dizer em minha carta. Há muitos rumores, maman. A guerra não está indo bem. Nossas tropas se retiraram do norte da Birmânia e forças dos Estados Unidos desembarcaram em Guam. Se continuar assim, a invasão do Japão pelos Estados Unidos pode vir em seguida, e nossa mobilização será a última tentativa de impedir esse avanço. Fiquei profundamente perturbado ao ler seu relato sobre a visita da polícia militar, e temo que a senhora possa ser um alvo, devido às suas atividades políticas. Imploro-lhe que tenha cuidado. Gostaria que reconsiderasse retirar-se com minhas irmãs para o campo.

8.

Escrevi para a senhora sobre minha decisão de morrer. Eis aqui o que não disse. De um lado e de outro, meus camaradas suspiram e roncam, em seu sono inquieto, e do lado de fora os insetos zunem, mas o tique-taque do relógio é o único som que consigo ouvir agora. Segundo a segundo, minuto a minuto... *Tique--taque, tique-taque, tique-taque...* O som breve e seco preenche cada fenda de silêncio. Escrevo nas sombras. Escrevo ao luar, forçando meus ouvidos a escutarem, além do relógio mecânico e frio, os ruídos biológicos quentes da noite, mas meu ser está sintonizado apenas com uma coisa: o ritmo implacável do tempo, marchando em direção à minha morte.

Se ao menos eu pudesse quebrar o relógio e impedir o avanço do tempo! Esmagar a máquina infernal! Quebrar seu mostrador monótono e arrancar os ponteiros amaldiçoados de seu eixo de circunscrição! Quase consigo sentir o corpo de metal resistente amassando sob minhas mãos, o vidro quebrando, a caixa se rompendo, meus dedos cravando em suas entranhas, espalhando molas e engrenagens delicadas. Mas não, é inútil, não há como deter o tempo, e por isso permaneço aqui, paralisado, ouvindo o tique-taque dos últimos momentos de minha vida.

Eu não quero morrer, maman! Não quero morrer!

Não quero morrer.

* * *

Sinto muito. Eu estava apenas falando com a lua.

* * *

Tolo. A quantidade de tinta que desperdiço em efusões tolas, quebrando relógios em minha mente, gritando em minha imaginação. Esqueça o relógio. Ele nada pode contra o tempo, mas as palavras podem, e agora estou tentado a rasgar estas páginas. É assim que quero ser lembrado? Por essas palavras? Pela senhora?

Mas não, vou deixá-las por ora, já que a senhora nunca as verá. Escrevo-as para o meu próprio bem, para invocar mentalmente a senhora. São palavras destinadas apenas a mim.

"Estudar o Caminho é estudar a si mesmo", disse Dōgen. Prometi me sentar em zazen e estudar meus pensamentos e sentimentos de maneira meticulosa como um cientista dissecaria um cadáver, para me aprimorar tanto quanto possível nas poucas semanas que me restam. Prometi revelar-me à senhora, mesmo que a senhora nunca leia isto. Rasgar as páginas não vai extirpar a covardia do meu coração, assim como arrancar os ponteiros de um relógio não vai parar o tempo.

Na verdade, sou um dos que teve sorte. Fui educado, e minha mente foi treinada. Tenho a capacidade de refletir sobre as coisas.

"Filosofar é aprender a morrer."
   Assim escreveu Montaigne, parafraseando Cícero, embora o pensamento, é claro, não fosse novo, remontando a Sócrates no Ocidente e ao Buda no Oriente… Embora a noção do significado de "filosofar" certamente fosse diferente.

"Estudar o Caminho é estudar a si mesmo. Estudar a si mesmo é esquecer-se de si. Esquecer-se de si é ser iluminado por toda a miríade de coisas."

* * *

Mencionei em uma carta meus pensamentos fantasiosos sobre o conto das Guerras dos Corvos, de Miyazawa, e agora me sinto muito tolo. Não sou o Capitão Corvo, voando para travar a batalha! Mas a verdade é que não posso negar meu amor por voar. E por mais tolo que possa parecer, o conto permaneceu em minha mente, e mais tarde me vi relembrando a cena em que o Capitão Corvo enterra o inimigo morto e reza para as estrelas. A senhora se lembra da passagem? Diz algo como:
   Estrelas abençoadas, por favor, transformem este mundo em um lugar onde nunca mais seremos forçados a matar um inimigo que não somos capazes de odiar. Se tal coisa viesse a acontecer, eu não reclamaria, mesmo que meu corpo fosse muitas vezes dilacerado.
   Acredito que essas belas palavras são verdadeiras, e, agora que sei que farei uma incursão, elas ganharam um significado

muito pungente para mim. Recordar essa passagem durante o jantar trouxe lágrimas aos meus olhos. Infelizmente, enquanto as estava secando, deixei uma tigela de picles cair no chão. Minha nova patente, no entanto, parece me proteger de repreensões, e o Marquês apenas desviou o olhar.

9.

O tempo é tão interessante para mim, agora que dele tão pouco me resta. Eu me sento em zazen ou giro o juzu entre os dedos, somando em contas e respirações os momentos até minha morte. Em algum lugar, Dōgen escreveu sobre o número de momentos em um estalar de dedos. Não me lembro do número exato, só que era grande e parecia bastante arbitrário e absurdo, mas imagino que, quando estiver na cabine de meu avião, apontando o radome para o casco de um navio de guerra dos Estados Unidos, cada momento será nítido, puro e perceptível. No momento de minha morte, espero, enfim, estar plenamente consciente e vivo.

Dōgen também escreveu que um único momento é tudo de que precisamos para estabelecer nossa vontade humana e alcançar a verdade. Nunca entendi isso, porque minha compreensão do tempo era obscura e imprecisa, mas, agora que minha morte é iminente, consigo apreciar seu significado. Tanto a vida como a morte se manifestam em cada momento da existência. O corpo humano aparece e desaparece a cada momento, sem cessar, e este incessante avivar-se e extinguir-se é o que vivenciamos como tempo e ser. Eles não são separados. São uma única coisa, e, ainda que em uma fração de segundo, temos a oportunidade de escolher e direcionar o curso de nossa ação para a obtenção da verdade ou para longe dela. Cada instante é absolutamente crítico para o mundo inteiro.

Quando penso nisso, fico alegre e triste ao mesmo tempo. Alegre ao pensar nos muitos instantes que surgem e estão disponíveis para fazer o bem no mundo. Triste por todos os momentos desperdiçados que se acumularam uns sobre os outros e nos conduziram a esta guerra.

No final, que vontade surgirá em mim? Vou sustentar brava e firmemente a rota do meu avião, sabendo que, no momento do impacto, meu corpo explodirá em uma bola de fogo e matará muitos dos meus chamados inimigos, a quem nunca conheci e a quem não posso odiar? Ou a covardia (ou o melhor de minha natureza humana) reagirá pela última vez, a tempo apenas de empurrar minha mão para o manche e desviar o curso do avião, de modo que, escolhendo terminar minha vida nas águas da desgraça e não nas chamas do heroísmo, alterarei para sempre o destino daquelas tropas inimigas no encouraçado, bem como de suas mães, irmãs e irmãos, esposas, filhas e filhos?

E nessa mesma fração de tempo, esse movimento minúsculo de minha mão no espaço determinará o destino de todos os soldados e cidadãos japoneses que esses mesmos americanos (inimigos, cujas vidas salvo) possam sobreviver para matar. E assim por diante, até que se possa dizer que o próprio resultado dessa guerra será decidido por um momento e um milímetro, representando a manifestação externa da minha vontade. Mas como vou saber?

Nossa, como alguém pode se tornar grandioso diante da morte! Mas não tenho nenhuma pretensão de ser um herói. Em *Sein und Zeit*, Martin Heidegger recorre à noção de Herói no contexto de uma discussão sobre a temporalidade autêntica, a historicidade, e o Ser-no-Mundo, e embora no passado eu talvez me dedicasse diligentemente a uma análise de minha situação atual em termos heideggerianos, agora encontro maior satisfação no Zen de Dōgen e em minhas próprias tradições japonesas, o que talvez só prove que MH estava certo. "A linguagem é a casa do ser", ele escreveu uma vez, e Dōgen (sendo um homem prolixo!) sem dúvida teria concordado. Porém, as labirínticas câmaras teutônicas de MH me parecem exaustivas em meu estado de espírito atual, febril, o que me leva às salas silenciosas e vazias de Dōgen. Entre as palavras, Dōgen percebia os silêncios.

* * *

As flores de cerejeira da base floresceram e caíram, e ainda aguardo para compartilhar com elas do mesmo destino.

* * *

"Amanhã morrerei em batalha", disse o Capitão Corvo.

Montaigne escreveu que a morte em si não é nada. É apenas o medo da morte que a faz parecer importante. Estou com medo? Certamente, e mesmo assim...

"*Que sais-je?*", perguntou Montaigne. A resposta é: nada. Na realidade, não sei nada.

E mesmo assim, à noite fico deitado em minha cama, girando minhas contas, uma para cada coisa que amo na terra, sem cessar, em um círculo sem fim.

10.

Chegamos ontem a Kyushu. Dois soldados veteranos da Ofensiva contra a China, que tinham sido dispensados e depois convocados a cumprir um segundo serviço militar, foram designados para o nosso esquadrão. São homens duros, grosseiros e esguios, com olhos brilhantes que conhecem o mal, e até F. parece nervoso na presença deles. O estado de espírito no alojamento mudou no instante que eles entraram. Na última noite, depois do jantar, eles se sentaram entre nós, cercados pelos rostos jovens e viçosos de nossos recrutas mais novos, palitando os dentes e se gabando de quando serviram na província de Shandong.

Enoja-me relembrar as histórias deles agora, o modo como riram ao falar sobre as velhas avós chinesas que encontraram encolhidas em uma cabana com os netos. Uma a uma, puxaram as idosas para o centro da sala e as estupraram e, depois, quando terminaram, usaram suas baionetas para mutilar as genitais. Ainda rindo, imitaram, com comicidade, o modo como as senhoras imploraram por misericórdia para com os netos. Um por um, lançaram os bebês no ar e os espetaram com a ponta das baionetas.

Como os olhos deles brilhavam ao descrever os homens chineses pendurados de cabeça para baixo como carne sobre fogueiras ao ar livre e como viram a carne queimada se desprender dos corpos vivos e seus braços dançarem como tentáculos de lulas grelhadas. Quando os homens morriam, cortavam os cadáveres carbonizados e alimentavam os cães.

O modo como nos olhavam de soslaio ao nos brindar com histórias de jovens recrutas japoneses, garotos inexperientes como eu e K., que receberam ordens de praticar o uso da baioneta contra prisioneiros chineses para desenvolver o espírito de luta. Amarravam os prisioneiros em postes e colocavam alvos em seus peitos. "Perfurem em qualquer lugar menos aqui", os oficiais ordenavam, apontando para os círculos. O objetivo era manter os prisioneiros vivos pelo maior tempo possível, e os jovens soldados tremiam tanto que as baionetas sacudiam e eles defecavam nas calças. Nossos dois bons soldados riram, relatando o terror dos jovens. Ao fim do exercício, segundo nos garantiram, quando os prisioneiros estavam mortos e seus corpos retalhados vertiam sangue, aqueles garotos japoneses tinham se tornado homens.

Esses atos foram descritos por eles da mesma forma que os realizaram, sem nenhuma vergonha. Cumpriam ordens, disseram, para ensinar uma lição aos chineses, realizando tais massacres diante de aldeias inteiras, enquanto filhos e pais, vizinhos e amigos das vítimas observavam. E, na narrativa deles, também nos ensinavam uma lição: a de nos fortalecermos e nos prepararmos para o que estava por vir.

"*Chacun appelle barbarie ce qui n'est pas de son usage*", escreveu Montaigne. "Cada um chama de barbárie aquilo a que não está acostumado."

Felizmente, não vou viver o bastante para me acostumar e, de certo modo, sou grato a esses dois demônios: a barbárie monstruosa deles acende uma nova luz sobre meu próprio e insignificante sofrimento. Estou profundamente envergonhado por ter desperdiçado tanta tinta reclamando. Chegou a hora de fechar o livro da minha vida. Maman, estou escalado para a incursão de amanhã, portanto este é um adeus. O Tetsu no Ame[147] começou, e, esta noite, meus colegas oficiais e eu teremos uma festa. Beberemos saquê e escreveremos nossos testamentos e cartas oficiais de despedida. As autoridades navais enviarão aquelas palavras vazias à senhora, junto aos meus objetos pessoais (o juzu que a senhora me deu, meu relógio e o exemplar do *Shōbōgenzō* de K.). Este diário, no entanto, não estará entre meus pertences. Devo confessar, mudei de ideia e agora gostaria que houvesse alguma maneira de fazê-lo chegar à senhora, mas não me atrevo. Seu conteúdo enfraquece o belo espetáculo de patriotismo que estamos odiosamente representando, e temo que isso coloque em risco a compensação financeira que a senhora deve receber em troca do sacrifício da vida de seu único filho. Não sei o que vou fazer com isso. Talvez eu o queime esta noite quando estiver bêbado, ou o leve comigo para o fundo do mar. Ele tem sido meu conforto e, sem ser muito fantasioso, de fato acredito que, mesmo sem pôr os olhos nestas páginas, ainda assim a senhora leu cada

---

147. *Tetsu no Ame* (鉄の雨): Tufão de Aço (ou, ainda, Batalha de Okinawa), que resultou no maior número de baixas no Centro de Operações do Pacífico durante a Segunda Guerra Mundial. Mais de 100 mil soldados japoneses foram mortos e capturados ou cometeram suicídio. O número de baixas entre os Aliados foi de mais de 65 mil. Entre 42 mil e 150 mil civis de Okinawa também foram mortos, feridos ou se suicidaram (de um décimo a um terço da população nativa de Okinawa).

palavra que escrevi. A senhora, querida mãe, conhece a verdade de meu coração.

O que tenho para lhe dizer agora não posso escrever em nenhum documento oficial que possa ser lido ou interceptado. Tomei minha decisão. Amanhã de manhã, amarrarei firmemente em minha cabeça uma faixa que traz a insígnia do Sol Nascente e voarei em direção ao sul de Okinawa, onde darei a vida pelo meu país. Sempre acreditei que esta guerra é um erro. Sempre desprezei a ganância capitalista e a arrogância imperialista que a motivaram. E agora, sabendo o que sei sobre a depravação com que esta guerra tem sido travada, estou determinado a fazer o máximo para desviar meu avião do alvo e lançá-lo ao mar.

É melhor lutar contra as ondas, que ainda podem me perdoar.

Não me sinto como alguém que vai morrer amanhã. Eu me sinto como alguém que já morreu.

RUTH

1.

Ela leu a última das páginas traduzidas por Benoit e a colocou em cima da pilha ao seu lado no sofá. Olhou o horizonte pela janela. Nuvens tempestuosas escureciam o céu com estrias tão densas que, se não fossem as manchinhas espumosas das ondas espalhadas pelo vento, que davam textura à água, ela teria sido incapaz de distinguir a linha entre o céu escuro e mar escuro. As ondas pareciam tão pequenas de onde ela estava sentada no sofá. Difícil de imaginar. De perto, pareceriam muito maiores. Difícil de esquecer.

Ele se lançou nas ondas, pensou.

O vento tempestuoso fustigava a casa, fazendo ranger as velhas vigas de madeira. Lá fora, as árvores gemiam e balançavam. Madeira viva.

Nao ainda não sabe disso. Ela ainda acha que o tio-avô lançou o avião contra o navio de guerra do inimigo. Acha que ele morreu como herói de guerra, cumprindo sua missão. Não sabe que ele a sabotou. Como pode?

A eletricidade estava ligada, mas as luzes já haviam piscado várias vezes. Em algum lugar, uma árvore havia caído sobre uma linha de transmissão de energia. O gerador continuava na oficina em Campbell River. Estavam por um fio.

Ela leu as cartas dele em japonês: a oficial, que ela encontrou no porta-retratos, e as outras, que Jiko lhe deu, mas não mencionou nada sobre um diário secreto em francês. Será que ao menos sabe da existência dele? Onde ele está? Se Haruki #1 tivesse se embebedado e queimado o diário, ou se o levasse na missão, ele já teria se transformado em cinzas espalhadas ao vento ou em celulose dissolvida no mar.

Pegou o pacote de papel encerado que continha o caderno de redação que Benoit devolvera com as páginas traduzidas. Ela o virou e o analisou com atenção.

É real, mas como chegou aqui? Como foi parar no saco de congelador e aqui, em minhas mãos?

Queria discutir aquilo com Oliver, fazer aquelas perguntas em voz alta, mas ele estava na chuva à procura de Pesto. Ela desembrulhou o papel encerado e pegou o caderno. Passou os dedos pelas páginas. O papel era barato. A tinta estava desbotada, mas sabia que já fora de um tom escuro de azul índigo. Ele o havia escondido em sua mala, embaixo do arroz. Ele a tinha escondido dentro do casaco, junto ao peito. Ruth fechou os olhos e segurou o caderno perto do rosto, inalando profundamente, mas os únicos odores presentes eram da cera e do mar.

Nao precisa ler isso, e o pai dela também. Eles têm de saber a verdade.

Abriu os olhos e voltou a embrulhar o diário, guardando-o. Estava escurecendo lá fora. Olhou para o relógio do soldado do céu para verificar a hora. O relógio ainda funcionava. Onde estava Oliver?

Haruki #1 lutava contra as mais profundas questões morais e existenciais: genocídio, guerra e as consequências de sua morte iminente, e nós estamos abalados por causa de um gato desaparecido? Como é possível?

Mas era possível e verdadeiro. Andavam distraídos desde que o gato tinha fugido, e ainda mais depois que souberam que o cachorro de Benoit foi devorado por lobos. Toda vez que Oliver ouvia um barulho lá fora, parava o que estava fazendo e ia até a porta, a abria e ficava escutando. Ouvia o grito das corujas, o uivo dos lobos e até o grasnar dos corvos com a mesma apreensão.

— Tenho certeza de que ele está bem — dizia ele, tentando se sentir melhor. — Ele é tão pequeno. Só um saco de ossos.

Quem se daria ao trabalho de comê-lo? — Mas ambos sabiam que a floresta estava cheia de predadores que adorariam comer um gatinho no jantar. Por fim, ele não aguentou mais e, quando o vento ganhou velocidade, saiu para procurá-lo.

Ruth se sentia mal. Tinha sido culpa dela, que ficou com raiva e enxotou Pesto da cama noite afora. Ela desejava ter sido capaz de conter a raiva. Desejava, antes de mais nada, que Oliver não a tivesse deixado brava.

2.

A chuva começava a cair para valer, então ela desceu para colocar lenha no fogo e descobriu que a reserva estava ficando baixa. Vestiu a capa de chuva e as galochas, pegou uma lanterna e o estropo e se encaminhou até a pilha de lenha do lado de fora. O vento estava mesmo intenso, e os galhos de cedro estavam agitados. Onde ele estava? Não era seguro ficar na floresta com ventos tão fortes assim. As árvores gemiam e rangiam sob a rajada de vento. Para árvores tão altas, suas raízes eram surpreendentemente rasas, e o chão da floresta estava encharcado pela chuva. Pensou por um momento que deveria sair para procurá-lo, mas então percebeu que era tolice. Começou a puxar os pedaços de tronco da pilha e a empilhá-los no estropo de couro. No mesmo instante, ouviu um grito áspero no alto. Olhou para cima. Era o corvo-da-selva empoleirado em seu lugar habitual no galho do cedro. O corvo olhou para baixo, contemplando Ruth com os olhos redondos. *"Cáu!"*, gritou, com uma urgência que soou como um aviso. Ela olhou para trás, para a casa. As janelas estavam escuras. A energia tinha acabado. De repente, ela sentiu medo.

— O que devo fazer? — A chuva batia em seu rosto quando se virou para o corvo. — Vá — pediu ela. — Por favor, vá e o encontre.

O corvo apenas continuou a observá-la.

Estúpida, pensou, *falando com um pássaro...* Mas não havia mais ninguém por perto e, de alguma forma, o simples fato de ouvir a própria voz a ajudou a se acalmar.

O corvo esticou o pescoço e sacudiu as penas. Ela ergueu o estropo pesado, cheio de lenha, até o ombro e se dirigiu para a casa escura. "*Cáu!*", gritou o corvo outra vez e, quando ela se virou, viu Oliver saindo do meio das árvores açoitadas pelo vento, pingando por causa da chuva. Vendo-a em pé ali, com a madeira, ele estendeu os braços. As mãos molhadas dele estavam vazias. Nada de gato.

NAO

1.

Tomar a decisão de pôr fim à minha vida de fato me deixou mais leve e, de repente, todas as coisas que minha velha Jiko tinha me contado sobre o ser-tempo se tornaram mais claras. Nada como perceber que não lhe resta muito tempo para estimular você a apreciar os momentos da vida. Quer dizer, soa melodramático, mas comecei a realmente vivenciar coisas pela primeira vez, como a beleza das ameixeiras e das flores de cerejeira nas alamedas do parque Ueno, quando as árvores florescem. Passei dias inteiros lá, vagando por aqueles túneis longos e agradáveis de nuvens cor-de-rosa e olhando para as flores macias no alto, cheias e rosadas com pequenas centelhas de luz do sol e céu azul raiando entre as folhas verde-claras. O tempo desvanecia, e era como nascer no mundo de novo. Tudo era perfeito. Quando uma brisa soprava, choviam pétalas em meu rosto voltado para cima, e eu parava e suspirava, atordoada pela beleza e pela tristeza.

Pela primeira vez na vida, eu tinha um projeto e um objetivo no qual me concentrar. Precisei descobrir tudo o que queria realizar no tempo que me restava na terra, e foi assim que percebi a vontade de escrever a história de vida da velha Jiko. Ela era tão sábia e interessante, e agora, quando penso em como fracassei em meu objetivo de contar a história dela, tenho vontade de chorar.

2.

O motivo pelo qual passava meus dias no parque Ueno, me perdendo entre as flores, foi que Babette ainda estava irritada comigo, e é claro que eu continuava sem ir à escola. Não tinha voltado desde que raspei a cabeça e descobri meu superpoder e, na maior parte do tempo, sentia apenas um enorme alívio, mas agora que o ano letivo estava quase no fim, também sentia um tipo de arrependimento. Tinha feito as provas de admissão para o ensino médio, como prometido à minha mãe, e realmente estraguei tudo. No minuto que me sentei em meu lugar, soube que estava em apuros. A sala de exames estava extremamente quente e cheia de fileiras de estudantes nervosos de uniformes, fedendo a suor adolescente e poliéster. Quase dava para enxergar a névoa de feromônios no ar, transformando meu cérebro fértil e interessante em chumbo. Denso, pesado, inerte. Tudo o que eu ansiava fazer era apoiar minha cabeça na carteira e dormir.

No fim das contas, eu sabia muito do conteúdo, em especial na seção de língua inglesa, mas nem me preocupei em responder à maioria das questões. Minha pontuação foi muito baixa, uma piada, como se eu estivesse intelectualmente incapacitada ou coisa assim, mas pensei: tanto faz. Não me incomodei muito, só incomodava um pouco saber que nunca iria para o ensino médio e não aprenderia todas as coisas que meu tio-avô Haruki #1 tinha aprendido antes de morrer. Quer dizer, pode-se questionar para que aprender coisas se vai acabar se matando, e isso é verdade, mas há algo de nobre no esforço de algumas pessoas em tentar. Como a super-heroína da velha Jiko, Kanno Sugako, que continuou a estudar inglês e a escrever um diário até o dia em que a enforcaram. Acho que ela é um bom exemplo, mesmo que tenha tentado assassinar o imperador com uma bomba.

De qualquer forma, agora que sabia que meu tempo na terra era limitado, não queria desperdiçar meus preciosos momentos com mais encontros estúpidos, e isso irritava Babette de verdade. Ela disse que eu estava ocupando um espaço valioso na mesa do Fifi's e que minha escrita deixava o astral pesado. Tentei convencê-la de que ter uma escritora ali fazia o lugar parecer mais autêntico, como um verdadeiro café francês, mas ela discordou e, por fim, me deu um ultimato. Ou eu aceitava um encontro ou ia embora.

Ótimo. Tanto faz.

Isso foi ontem.

Ela se afastou e continuei escrevendo, observando-a pelo canto do olho. Ela começou a conversar com um cliente em uma das mesas próximas e o cara se virou para me olhar, e não pude acreditar, mas era o mesmo hentai sinistro que descrevi no início. Aquele de cabelo oleoso e pele ruim que gostava de me ver puxar as meias? Ele é um cliente habitual, mas parecia um voyeur, e não do tipo que tem dinheiro suficiente para pagar por um encontro. Babette estava jogando uma boa conversa de vendedora para cima dele agora, o que, na verdade, achei meio ofensivo, se quer saber minha opinião. Quer dizer, eu sou uma garota de dezesseis anos bem bonitinha em um uniforme escolar. Era de se imaginar que ele ficaria feliz em ter a chance de sair comigo, certo? Por fim, ele puxou a carteira e entregou alguma quantia em dinheiro a Babette, que enrolou as notas, enfiou o rolo entre os seios e, em seguida, olhou para mim.

— Encontro — murmurou.

Suspirando, fechei o diário e a segui até o vestiário, onde ela pescou o maço fino de dinheiro, tirou algumas notas e as entregou para mim.

Olhei para ela, surpresa.

Ela deu de ombros.

— Ryu estragou você — disse. — Está na hora de ser realista.

— Eu não vou fazer nada por isso! — exclamei, devolvendo as notas. — Tenho um mínimo de dignidade, sabe?

O sorriso dela se abriu, lento e perigoso, em seu lindo rosto de boneca. Ela me empurrou contra a parede dos casacos e me agarrou pelo queixo, cravando os nós dos dedos profundamente na parte macia, onde o maxilar faz um v, bem acima da garganta. Fiquei engasgada com a dor, que provocava ânsias.

— Essa é boa — disse. — Pessoas como você não merecem ter dignidade. Então é melhor superar.

Ela pegou minhas bochechas com as duas mãos e beliscou com tanta força que meus olhos se encheram de lágrimas. Depois me puxou até minha testa quase tocar a dela, e seus olhos se tornaram um, um único olho horrível, escuro e brilhante, cercado por babados e rendas.

— Você tem sorte por eu ser generosa e dividir algo com você — avisou. — Seu problema é ser americana demais. É preguiçosa e egoísta. Tem de aprender a ser leal e a trabalhar duro. — Deu uma última sacudida no meu rosto e me soltou.

Caí para trás em cima dos casacos e escorreguei pela parede. Ela empinou a cabeça e olhou para mim, depois se abaixou e tocou minha face em chamas.

— Tão rosada — disse. — Tão linda. — E aí me deu um tapa. Pegou o casaco do cliente e o jogou sobre mim. — Divirta-se — falou, girando tão perfeitamente que suas anáguas se ergueram e, de onde eu estava, sentada no chão, pude ver os babados de sua calcinha quando ela saiu pela porta.

Não me lembro do nome do hentai. Talvez nunca soube. Ele esperava por mim na recepção, ao lado da fonte da mulher nua. Entreguei o casaco. Ele o pegou sem me encarar. Murmurou algo que não entendi direito e saiu, esperando que eu o seguisse. O elevador minúsculo estava vazio e ficamos lá dentro, parados, sem jeito, observando as portas se fecharem, sem saber o que dizer ou como puxar conversa. Uns poucos andares abaixo, as portas se abriram outra vez e um grupo numeroso e festivo entrou, rindo e bebendo, e de repente fiquei imprensada contra ele. Pude sentir seu hálito azedo em minha nuca enquanto ele tateava por baixo da minha saia, esfregando-se em mim por detrás. Eu queria gritar: CHIKAN!,[148] como se deve fazer no metrô

---

148. *Chikan* (痴漢): pervertido, molestador. Homem que ataca sexualmente mulheres em público.

quando algum pervertido começa a apalpar você, mas me contive. Afinal, ele tinha pagado e, se quisesse tirar alguma vantagem inicial, o que eu poderia dizer? Quando as portas do elevador se abriram e todos saíram, ele segurou o sobretudo diante das calças e cambaleou pela rua, olhando para trás a cada dois ou três passos, para ter certeza de que eu ainda o seguia. Eu poderia ter escapado, mas não escapei. Apenas o segui, porque ele tinha pagado, e essa era a atitude honrosa. Eu não podia acreditar em como ele era patético, mas eu não tinha dignidade, então isso não importava. Ele não tinha habilidades sociais. Não se ofereceu para me comprar um suéter bonito ou um keitai. Não me ofereceu uma bebida e o hotel para o qual me levou nem tinha frigobar. Não havia champanhe nem conhaque, só uma máquina de venda automática no corredor, com latas de cerveja e saquê One Cup. Saquê One Cup me lembrava do meu pai porque era isso que ele estava bebendo na noite em que caiu nos trilhos em frente ao expresso de Chuo. Era deprimente, mas, de qualquer maneira, o cara com quem eu tinha um suposto encontro era mesquinho demais para me comprar um.

Se não se importa, prefiro não entrar em muitos detalhes sobre o que aconteceu em seguida, porque só de pensar no assunto me sinto triste e enjoada, e ainda nem tive tempo de tomar banho. Digamos que a cama não era redonda e não tinha uma coberta de pele de zebra, mas, quanto ao resto, minha imaginação foi bem precisa. Quando chegamos ao quarto, ele não perdeu tempo e, enquanto fazia coisas com meu corpo, apenas fui para o lugar gélido e silencioso em minha mente que era limpo, frio e muito distante.

E, de fato, não me lembro de muita coisa, só que, em algum momento, eu estava deitada de bruços quando meu keitai começou a tocar, e voltei para este mundo apenas o suficiente para imaginar quem estaria me ligando. Pensei que talvez fosse Jiko, e as lágrimas começaram a escorrer dos meus olhos, porque sabia como ela ficaria triste se pudesse me ver naquele instante, e eu sentia tanta saudade e queria urgentemente conversar com ela. Então me ocorreu que talvez Jiko soubesse que eu estava em apuros e por isso estava ligando, e talvez agora estivesse girando suas contas de juzu e rezando pelo meu bem-estar. E talvez o toque do telefone de fato tenha me salvado, porque pensar em Jiko me fez perceber que eu não queria acabar como uma daquelas garotas que a polícia encontra depois de dias de buscas, abandonadas no chão, porque aquilo partiria o coração dela, e se alguém viveu até os cento e quatro anos, não merece ter o coração partido por uma bisneta negligente. E naquele momento o cliente fez algo que doeu muito, e a dor me trouxe de volta ao meu corpo e me ouvi gritando, então reagi. Eu o empurrei de cima de mim, longe o suficiente para me virar por baixo dele. Ryu tinha me ensinado como às vezes homens gostam de um pouco de ijime, então invoquei meu superpoder e empurrei o hentai de costas para baixo, montei nele e comecei a bater com força em seu rosto. E você não imaginaria, mas ele adorou. Usei o cinto dele para amarrar seus pulsos e nem precisei machucá-lo muito para fazê-lo gozar. É incrível a rapidez com que um homem pode se transformar de sado em maso. Sei o que a velha Jiko diria. Sado, maso, é a mesma coisa.

Assim que ele pegou no sono, me levantei e olhei meu telefone e, de fato, a ligação era dela. Ela sabia e tinha me salvado! Mas, quando li a mensagem de texto, vi que não era de Jiko, na verdade. Era de Muji. Apenas uma linha. Li, mas não consegui entender o queria dizer. Li novamente.

先生の最期よ.早くお帰り.[149]

Fiquei no meio do quarto espelhado e barato, olhando para a tela. O meu suposto acompanhante roncava na cama. Olhei para cima e tive a visão de uma garota nua nos espelhos, repetindo-se infinitamente. O corpo dela parecia rude, desajeitado, embrutecido. Eu me abracei, e a garota também. Comecei a chorar e

---

149. *Sensei no saigo yo. Hayaku okaeri*: Últimos momentos da Sensei. Venha depressa.

não conseguíamos parar. Eu me afastei dela e, com calma, juntei meu uniforme escolar e o vesti. Na ponta dos pés, fui andando até a pilha de roupas dele e rapidamente vasculhei os bolsos. Esvaziei a carteira, pegando as últimas notas. Enrolei as roupas dele em uma bola e me forcei a parar de chorar para girar a maçaneta. Quando deslizei para fora do quarto e a porta estalou atrás de mim, eu o ouvi chamar. Comecei a correr. Imaginei-o procurando freneticamente por suas roupas, então as atirei no vão da escada no fim do corredor. Poderia tê-las levado comigo e as jogado na rua, mas não precisava. Acho que sou uma pessoa de bom coração.

Quando saí, continuei correndo, costurando os becos estreitos e lotados da Cidade Elétrica. Akiba ao entardecer é realmente incrível, uma grande e estroboscópica alucinação de luzes de neon e gigantescos heróis de mangás de ação que o rodeiam como se fossem esmagar sua cabeça. E ainda há o barulho, a dissonância insana dos salões de pachinko e fliperamas, os gritos de vendedores ambulantes e dos kyakuhiki[150] chamando assalariados, turistas bêbados e otaku que se misturam e se espalham como plâncton no mar.

Normalmente adoro. Normalmente me alimento de toda essa energia, mas é preciso estar no estado de espírito certo para isso, e eu não estava. Empurrava a multidão, mantendo meu rosto voltado para baixo para esconder as lágrimas. Tudo o que queria era chegar em casa e ver meu pai. Eu precisava do meu pai. Eu precisava lhe dizer que Jiko estava morrendo, então ele largaria tudo e me levaria para a estação, e juntos pegaríamos o próximo trem expresso com destino a Sendai, e como era noite e não haveria ônibus, poderíamos pegar um táxi da estação até o templo. Poderíamos chegar em um instante. Talvez em cinco ou seis horas. E, quando chegássemos, tudo estaria pacífico e tranquilo, e Muji viria correndo para nos cumprimentar e nos dizer

---

150. *Kyakuhiki* (客引き): vendedor obstinado, literalmente "cliente" + "puxando".

que Jiko estava bem e que tinha sido alarme falso e que ela estava muito triste por ter nos ligado e perturbado sem motivo, mas, já que estávamos ali, será que gostaríamos de tomar um banho?

Era isso que queria. Encontrar meu pai, saber que Jiko estava bem e tomar um banho. Concentrei-me nesses pensamentos no trem, durante todo o caminho até minha estação, mantendo a cabeça baixa e limpando o nariz com o punho da manga do meu uniforme.

O apartamento estava quieto quando cheguei em casa.

— Tadaima — falei baixinho. Minha voz soou rouca de tanto chorar.

Não houve resposta, o que não era incomum se meu pai estivesse na internet e não conseguisse me ouvir. Eu me perguntei se minha mãe ainda estava no trabalho. Será que Muji tinha ligado para eles? Talvez já tivessem ido para Sendai sem mim.

— Pai?

Ouvi a descarga e, em seguida, um feixe de luz atravessou o corredor escuro quando a porta do banheiro se abriu. Tirei os sapatos e entrei. Havia uma sacola de compras do supermercado local no chão, no lugar onde colocávamos as coisas de que não queríamos nos esquecer. Abri a sacola e olhei dentro, depois a fechei e fui em direção à luz.

Eu o encontrei no quarto, vestindo seu terno azul-escuro, com a barba feita e calçando as meias.

— Pai?

Os pés ossudos dele eram de um branco doentio. Ele ergueu os olhos.

— Ah — falou. — Naoko. Não ouvi você entrar.

O olhar dele me atravessava diretamente e sua voz estava monótona e sem vida. Ele se abaixou para ajeitar a meia.

— Você chegou cedo — continuou. — Não ia sair com seus amigos da escola hoje à noite?

Uau. Ele ainda acreditava que eu tinha amigos da escola. Isso mostra como era sem noção. Eu o observei da porta. Havia algo estranho nele, ainda mais estranho do que o normal, como se tivesse se transformado em um zumbi.

— Onde está a mãe? — perguntei.

— Zangyō.[151] — Foi a resposta. Ele se levantou e ajeitou as calças.

— Vai sair ou algo assim?

— Sim. — Ele pareceu um pouco surpreso. Estava até de gravata. Era a gravata que eu tinha lhe comprado naquele primeiro Natal, quando ele ainda fingia ter um emprego. Não era de seda, mas tinha uma bela estampa de borboletas.

— Aonde você vai?

— Encontrar um amigo — disse. — Dos meus tempos de universidade. Vamos tomar uma bebida pelos velhos tempos. Não vou demorar. — Ele pronunciou as palavras como se as tivesse escrito e memorizado. Ele achava mesmo que eu acreditaria naquilo?

Papai Zumbi estava vestindo o paletó.

— Alguém ligou? — perguntei.

Ele balançou a cabeça.

— Não. — Colocou a carteira no bolso do terno e, em seguida, fez uma pausa e franziu a testa. — Por quê? Estava esperando alguma ligação?

Fazia sentido. Muji era um caso a se estudar e, além disso, sabia que ele nunca atendia o telefone.

— Não, perguntei por perguntar. — Eu o analisei ali parado. Ele ficava bem de terno. Era um terno barato e feio, mas era melhor do que o moletom velho e sujo que usava em casa.

Eu o segui até o corredor e o observei usar a calçadeira para deslizar o calcanhar para dentro do mocassim.

— Não esqueça a sacola — falei.

Ele estendeu a mão para pegá-la automaticamente e depois parou.

---

151. *Zangyō* (残業): horas extras.

— Que sacola? — Fingiu estar confuso. Como se não soubesse.

— Aquela — respondi, apontando para o saco ao lado da porta.

— Ah. Certo. Verdade. É claro. — Ele pegou a sacola e me olhou, e eu sabia que ele estava se perguntando se eu tinha espiado lá dentro. Eu me virei e fui para a cozinha.

— Ittekimasu... — gritou ele, mas havia um tom diferente na voz dele, como se não tivesse certeza.

Ittekimasu é o que se diz quando sabe que vai voltar. Significa literalmente: vou e volto. Quando alguém diz "Ittekimasu", deve-se responder "Itterashai", que significa: sim, por favor, vá e volte.

Mas não pude dizer isso. Fiquei ao lado da pia, de costas para a porta, imaginando-o ali parado com sua sacola de compras cheia de carvão e suas gravações de Nick Drake. "Time has told me". *Day is done.*

Ele deve ter achado que não o ouvi, porque repetiu:

— Ittekimasu!

Por que ele simplesmente não foi embora? Um momento depois, a porta se fechou.

Mentiroso, sussurrei entre os dentes.

Isso foi ontem à noite.

No fim das contas, eu não precisava do meu pai. Peguei o último trem para Sendai, fiz a baldeação para o trem local e consegui chegar à cidade mais próxima do templo. Os ônibus já tinham parado de circular porque era noite, mas mesmo com o dinheiro do hentai, eu não tinha o suficiente para um táxi pela costa até a vila de Jiko, então fiquei sentada em um banco na estaçãozinha e esperei. Pensei em ligar para o templo. Podia imaginar como o toque do telefone romperia o silêncio profundo e escuro da noite, e aquilo pareceu inadequado, então mandei uma mensagem. Sabia que ninguém responderia, mas queria muito conversar com alguém, então lhe escrevi todas estas páginas. Mas sabia que você também não responderia. Acho que peguei no sono depois.

    O céu estava ficando cinza quando o chefe da estação me acordou e me mostrou onde pegar o ônibus. Comprei uma lata de café quente na máquina de venda automática e agora estou aqui, esperando o primeiro ônibus chegar. Tentei ligar para o templo, mas ninguém me atende, então não sei o que está acontecendo lá. Espero que Jiko esteja bem. Espero que ela já não esteja morta. Espero que ela aguarde por mim. Estou rezando. Você não consegue me ouvir rezando?

Sei que é estúpido. Sei que você não existe e que ninguém nunca vai ler isto. Só estou aqui sentada neste banco estúpido de ponto de ônibus, bebendo uma lata de café muito doce, fingindo que tenho uma pessoa amiga a quem escrever.

Mas o fato é que você é uma mentira. Você é apenas mais uma história estúpida que inventei do nada porque estava sozinha e precisava de alguém com quem desabafar. Eu ainda não estava pronta para morrer e precisava de um motivo para existir. Não deveria estar brava com você, mas estou! Porque agora você também está me decepcionando.

O fato é que estou sozinha.

Eu deveria saber que não valeria a pena. Quando comecei este diário, sabia que não poderia continuar assim, porque, bem no fundo, nunca acreditei na sua existência. Como eu poderia acreditar? Todas as pessoas em quem acreditei estão morrendo. Minha velha Jiko está morrendo, meu pai provavelmente já está morto agora e não acredito mais nem em mim mesma. Não acredito que existo e, em pouco tempo, não existirei. Sou um ser-tempo prestes a expirar.

***

Babette estava certa. Sou egoísta e só me importo com minha própria vida estúpida, assim como meu pai só se importava com a própria vida estúpida, e agora desperdicei todas essas lindas páginas sem conseguir atingir meu objetivo, que era escrever sobre Jiko e sua vida fascinante enquanto eu ainda tinha tempo, antes que ela falecesse. E agora é tarde demais. O tal *temps perdu*. Sinto muito, minha querida velha Jiko. Amo você, mas estraguei tudo.

Está frio. Quase todas as flores em frente à estação já caíram, e as que ainda estão presas aos galhos das árvores têm uma tonalidade marrom e feia. Há um homem velho de agasalho azul e branco varrendo as pétalas da calçada em frente à sua loja de conservas. Ele não me vê. O comandante está abrindo as portas da estação. Sabe que estou aqui, mas não olha para mim. Um cachorro branco e sujo está lambendo as bolas do outro lado da rua. Uma velha agricultora com um tenugui azul e branco na cabeça passa de bicicleta. Ninguém me nota. Talvez eu seja invisível.

Acho que é isso. Sentir o agora é isso.

RUTH

1.

Ao anoitecer, a tempestade veio do nordeste, contornando as Aleutas, deslizando pela costa do Alasca e afunilando no estreito da Geórgia com fortes rajadas de vento que derrubaram a energia e apagaram a ilha toda em um piscar de olhos. A ilha estava ali em um instante, sua presença era marcada por aglomerados de pontinhos de luz cintilante, e no instante seguinte desapareceu, mergulhando na escuridão dos redemoinhos e do mar. Pelo menos, é isso que deve ter parecido de cima.

Ao longo das duas horas seguintes, o vento continuou seu ataque na clareira de árvores altas. A casinha que geralmente brilhava noite adentro agora era discernível apenas pelo brilho insípido que emanava da janelinha quadrada do quarto.

2.

— "... é isso" — Ruth leu, esforçando-se para distinguir as letras na penumbra da lamparina a querosene. — "Sentir o agora é isso."

Sua voz soou muito baixa em meio ao vasto uivo da tempestade que açoitava a noite, mas, por um único e longo momento, as palavras deixaram tudo em suspenso. A lamparina cintilou. O mundo prendeu a respiração.

— Ela recuperou a si mesma — Oliver disse no silêncio.

Ficaram sentados ali, lado a lado, na cama, pensando no que Nao havia escrito, conscientes de que esperavam o vento se intensificar, mas, como o silêncio se alongou, Oliver por fim disse:

— Continue. Não pare.

Ruth virou a página, sentindo o coração falhar.

A página estava em branco.

Ela virou outra. Em branco.

E a página seguinte. Em branco.

Continuou. Havia talvez mais vinte páginas restantes no livro, e todas estavam em branco. O vento voltou, açoitando as árvores e golpeando o telhado de zinco com a chuva.

Não fazia sentido. Ela sabia que as páginas já haviam sido preenchidas porque pelo menos duas vezes havia verificado, folheando para ver se a caligrafia da garota continuava até o fim do livro, e continuava. As palavras estiveram lá, tinha certeza disso, mas agora não estavam. O que tinha acontecido com elas?

Tateou em busca da lanterna, que estava pendurada na cabeceira da cama, ligou-a e colocou a faixa em volta da cabeça. O feixe de LED brilhante era como um holofote. Com cuidado, ela levantou o livro e olhou para a colcha, examinando as pequenas colinas e vales, esperando, de algum modo, avistar as letras correndo para as sombras.

— O que está fazendo? — perguntou Oliver.

— Nada — murmurou ela, folheando as páginas em branco mais uma vez, para o caso de uma ou duas palavras perdidas terem ficado para trás, presas às margens ou junto da lombada.

— O que quer dizer com nada? — perguntou ele. — Continue lendo. Quero saber o que acontece.

— Nada acontece. É o que quero dizer. As palavras todas se foram.

Ele suspirou com suavidade.

— O que quer dizer com "todas se foram"?

— Quero dizer que elas estavam aqui e agora não estão mais. Desapareceram.

— Tem certeza?

Ruth ergueu o livro para lhe mostrar.

— É claro que tenho certeza. Eu conferi. Diversas vezes. A escrita continuava até a última página.

— As palavras não podem simplesmente desaparecer.

— Bom, elas desapareceram. Não consigo explicar. Talvez ela tenha mudado de ideia ou algo assim.

— É um pouco difícil, não acha? Ela não pode simplesmente esticar a mão e pegá-las de volta.

— Mas acho que foi isso que ela fez — respondeu Ruth. Ela desligou a lanterna. — É como se a vida dela estivesse se encurtando. O tempo está lhe escapando, página por página...

Oliver não respondeu. Talvez estivesse pensando. Talvez estivesse dormindo. Ela ficou deitada por um longo tempo, ouvindo a tempestade. A chuva agora caía lateralmente, batendo na janela como uma criatura tentando entrar. A lamparina a querosene na mesa de cabeceira permanecia acesa, mas o pavio queria ser aparado e faiscava muito. Ela precisaria estender a mão e soprá-lo logo, mas não gostava do cheiro de querosene e fumaça, então esperou. Lamparinas e LEDs. Velhas e novas tecnologias, desintegrando o tempo em um presente paradoxal. Será que óleo de baleia tinha um cheiro melhor? Sob a luz agitada, ela estava ciente da presença de Oliver, deitado ao lado, uma silhueta fraca e instável, aparecendo e desaparecendo na escuridão. Quando ele por fim disse alguma coisa, como se não tivesse passado tempo algum, a proximidade da voz dele a assustou.

— Se for esse o caso — ponderou —, então não é apenas a vida *dela* que está em risco.

— O que quer dizer?

— Isso também põe em questão a nossa existência, não acha?

— A nossa? — duvidou ela. Ele estava brincando?

— É claro — confirmou Oliver. — Quer dizer, se ela parar de escrever para nós, talvez também paremos de existir.

A voz dele parecia mais distante agora. Eram os ouvidos dela ou a tempestade? Um pensamento lhe ocorreu.

— Nós? — perguntou. — Ela estava escrevendo para mim. Eu sou o *você*. Eu sou a pessoa por quem ela estava esperando. Desde quando eu me tornei nós?

— Também me importo com ela, sabe — afirmou Oliver. A voz dele soou próxima de novo, bem ao lado do ouvido de Ruth. — Ouvi você ler o diário, então acho que me qualifico como parte do "você". Além disso, "você" pode ser sujeito genérico. Como tem certeza de saber que ela não se referia a nós dois desde o início?

Com todo o barulho causado pelo vento, era difícil ter certeza, mas ela pensou ter percebido uma insinuação, um risinho latente, na voz dele. Voltou a ligar a lanterna de novo e virou o feixe de luz para o rosto dele.

— Você acha isso *engraçado*?

Ele ergueu a mão para bloquear a luz forte.

— De jeito nenhum — respondeu, apertando os olhos. — Por favor...

Ruth obedeceu, virando a cabeça para o outro lado.

— Estou falando sério — continuou Oliver, voltando à escuridão. — Talvez nós já não existamos. Talvez tenha sido isso que aconteceu com Pesto também. Ele acabou de cair de nossa página.

3.

Do lado de fora, no cedro alto ao lado do depósito de lenha, o corvo-da-selva ergueu os ombros na chuva forte. O vento fustigava os galhos, agitando as penas pretas e brilhantes do pássaro. *Qué qué qué*, disse o corvo, repreendendo o vento, mas o barulho era tanto que o vento não conseguia ouvir e, por isso, não respondeu. O galho balançou e o corvo apertou as garras, preparando-se para alçar voo.

4.

— Você parece ainda mais louco do que eu — comentou ela.

— Não mesmo — discordou ele. — É o contrário. Nós simplesmente temos que abordar o problema de maneira lógica. Passo a passo. — Havia algo cuidadoso e deliberado no jeito que ele falava, que a deixou inquieta.

— Você está me provocando — disse. — Pare.

— Se tem tanta certeza de que as palavras estavam aí — continuou —, então precisa procurar por elas.

— Isso é ridículo...

— As palavras estavam aí — retomou ele. — Mas agora desapareceram. Enfim, para onde vão as palavras desaparecidas?

— Como é que vou saber?

— Não é seu trabalho saber? — Ele estava dirigindo suas observações para o teto, e então se virou para a esposa. — Você é uma *escritora*.

Aquela era, talvez, a coisa mais cruel que ele poderia ter dito.

— *Não sou!* — gritou ela em uma voz angustiada que ficou mais alta para competir com o vento. — Eu era, mas não sou mais! As palavras simplesmente não aparecem...

— Hum — murmurou ele. — Talvez você esteja se esforçando demais. Ou procurando no lugar errado.

— O que quer dizer?

— Talvez elas estejam aqui.

— Aqui?

— Por que não? — Ele voltou a fitar o teto. — Pense. De onde vêm as palavras? Vêm dos mortos. Nós as herdamos. Pegamos emprestadas. Usamos por um tempo para trazer os mortos à vida. — Ele virou-se de lado e apoiou-se em um dos braços. — Os gregos antigos acreditavam que, quando se lê em voz alta, na verdade são os mortos que estão pegando sua língua emprestada para poderem falar de novo. — Ele esticou o corpo comprido por cima do dela, alcançando a

lamparina na mesa de cabeceira. Colocou a mão em concha sobre a boca do vidro alto para apagar a chama e, por apenas um momento, a luz brilhou de baixo para cima diante do rosto dele, lançando nas sombras as órbitas profundas de seus olhos.
— A ilha dos mortos. Existe melhor lugar para procurar por palavras desaparecidas?
— Você está me assustando...
Ele riu e depois soprou o funil de vidro. O quarto escureceu e os aromas acres de querosene e fumaça subiram como se fossem fantasmas.
— Bons sonhos — sussurrou ele.

5.

E se eu for para tão longe no sonho que não consiga voltar a tempo de acordar?
"Aí vou buscar você."
Com o que se parece a separação? Uma parede? Uma onda? Uma superfície de água? Um reflexo de luz ou um vislumbre de partículas subatômicas se dividindo? Como é a sensação de forçar a passagem? Os dedos dela pressionam a superfície desgastada de seu sonho, reconhecem a tenacidade dos filamentos e sabem que o papel está prestes a se rasgar, a não ser pela memória fibrosa que ainda permanece nele, maleável, vascular e orgulhosa. A árvore era passado e o papel é presente, e mesmo assim o papel ainda se lembra de se manter de pé e firme. Ele se lembra de sua seiva, como se fosse um sonho.

Mas ela segura os próprios contornos, empurrando até as fibras cederem, como as camadas da árvore à lâmina de um machado, como a pele a uma faca...

Os galhos, então, partem-se, revelando um caminho com curvas e reviravoltas, que se torna cada vez mais estreito, conduzindo-a a uma floresta cada vez mais densa. A chuva parou.

Grilos cantam. A fragrância de incenso do templo, de cedro e sândalo, paira no ar.

Ao longe, algo entre as folhas atrai sua atenção: pixels, uma forma, uma silhueta? Difícil de dizer. Algo que se lança de galho em galho. Um pássaro? Os pixels se unem, escurecem, e a imagem se dissolve. Ela tenta encontrá-la e então se lembra. *Talvez você esteja se esforçando demais.* Ela para de tentar.

Às vezes, a mente chega, mas as palavras, não.

Às vezes, as palavras chegam, mas a mente, não.

De onde vêm essas palavras? Ela também para de caminhar. Senta-se no chão denso da floresta, nas raízes de um cedro gigante. O húmus musgoso forma uma almofada debaixo dela, fresca e úmida, mas não desagradável. Ela cruza as pernas.

Às vezes, a mente e as palavras chegam juntas.

Às vezes, nem a mente nem as palavras chegam.

Uma aranha desce em um fio prateado do galho acima. A brisa leve agita a copa das árvores. O orvalho e a chuva agarram-se às folhas e às samambaias da vegetação rasteira. Cada gota contém dentro de si uma lua pequena e brilhante.

Mente e palavras são o ser-tempo. Chegar e não chegar são o ser-tempo.

Algo se move no canto. Ela vira a cabeça e vê um calcanhar. O calcanhar está calçado em uma meia escura e ao lado está o outro calcanhar; eles pendem cerca de um metro acima de um par de mocassins baratos, que foram deixados impecavelmente alinhados sobre um tufo de musgo verde-esmeralda. Ela olha para os corpos silenciosos pendendo nas sombras dos galhos das árvores e sabe que aquilo é errado, mas não consegue mais se levantar e correr. Seu corpo é tão pesado e indefeso quanto os homens enforcados, girando lentamente entre as correntes de ar carregadas de neve.

Ou seria água? Sim, ela está nadando agora. Está com frio e nadando, e o mar é preto, denso e cheio de detritos. Ela começa a afundar, e um teto de lodo se fecha sobre ela.

Os sons se misturam e se separam, se aglutinam e se diferenciam. Palavras brilham, uma nuvem rápida de peixinhos ondula sob a superfície da água. Inapreensível. *Dormimosjuntos em umquartogrande dispostos emfileiras como peixinhospenduradosparasecar...*

Mas algo deu errado com as palavras no tempo: as sílabas se demoram, recusando-se a se dissipar ou ficar em silêncio, de modo que agora formam um engavetamento de sons, como carros colidindo em uma estrada, transformando significado em cacofonia, e, antes que perceba, ela está contribuindo para o barulho, sem palavras, sem som, com um grito que sai de sua garganta e se prolonga para sempre. O tempo se avoluma, esmagador, sobre ela. Ela tenta não entrar em pânico. Tenta relaxar e manter-se esticada, resistindo ao instinto de ficar tensa e fugir. Mas para onde iria? Ela se lembra do elevador de Jiko. *Se o alto olha para cima, o alto está embaixo...* Mas não há alto. Não há embaixo. Não há dentro. Não há fora. Não há avançar e retroceder. Apenas essa onda fria e esmagadora, essa inominável sequência contínua de fusão e dissolução. Sem chão, ela luta para voltar à superfície.

Sentimentos marulham em seus contornos como ondas na areia. Jiko estende os óculos, Ruth os pega e os coloca porque sabe que deve. As lentes escuras borram o mundo enquanto fragmentos do passado da velha monja transbordam por ela: imagens espectrais, cheiros e sons; o suspiro de uma mulher enforcada por traição quando o nó da corda quebra seu pescoço; o choro de uma jovem enlutada; o gosto de sangue de um filho e dentes quebrados; o fedor de uma cidade submersa em chamas; uma nuvem em forma de cogumelo; um desfile de marionetes na chuva. Por um momento, ela vacila. As palavras estão lá, na ponta dos dedos. Pode sentir quais formas têm, poderia pegá-las e trazê-las consigo, mas também sabe que não pode ficar por muito mais tempo. Em uma fração de segundo, toma uma decisão e abre o punho de sua mente e se solta. Ela não pode se apegar ao passado da velha monja e encontrar Nao ao mesmo tempo.

Nao, pensa. *Nao, now, nãooooo...*

Com um movimento de cauda, o peixe escapa, mas ela segue, obstinada, com os braços e pernas se movendo através da água ao som de uma música distante, como uma atleta de nado sincronizado em um rolo de filme antigo, até que a exaustão a domine, fragmentando o mundo em um caleidoscópio de padrões fractais — membros recursivos e ondulações cintilantes —, que giram e depois se reorganizam em um quarto espelhado com cama redonda e colcha de pele de zebra. *Ótimo*, pensa. Devo estar chegando perto. Ela procura Nao no espelho, um lugar lógico, mas vê apenas o próprio reflexo, que não reconhece.

— Quem é você? — pergunta.

Seu reflexo a observa e encolhe os ombros, fazendo com que a superfície do espelho ondule como um lago quando uma pedra cai na água. As ondulações param, e seu reflexo é substituído por outro, um pouco diferente, que também não é ela.

— Eu conheço você? — pergunta.

Eu conheço você? Sem palavras, seu reflexo a imita.

— O que está fazendo aqui?

O que está fazendo aqui?, o reflexo ecoa, mudo.

— Por que está zombando de mim?

O reflexo responde abrindo a mandíbula. Da boca aberta, vermelho-sangue, escorre saliva, um orifício terrível. Quando abre um sorriso, a terra estremece e, de dentro de sua garganta em forma de túnel, uma língua longa e bifurcada dispara para fora, se ergue e se contorce, como a de uma cobra prestes a dar o bote.

— Pare! — grita, e então ela percebe a jovem, de pé atrás dela no espelho. A garota está nua, exceto por uma camisa masculina, desabotoada. Uma gravata pendurada frouxamente ao redor do colarinho. Os olhos delas se encontram, e a garota começa a abotoar a camisa, mas, quando Ruth se vira, a garota já desapareceu e a cama de pele de zebra está vazia.

Não se deixe enganar!, uiva seu reflexo enquanto o quarto explode em um vórtice de espelhos e luz.

— Espere! — grita, mas, assim que seus contornos começam a se dissolver no brilho ofuscante, ela vê de relance algo rápido e preto, uma lacuna, mais parecido com uma ausência. Prende a respiração e espera, não se atrevendo a virar e olhar diretamente. A lacuna preta começa a se enfeitar à medida que seus pixels se unem, e então ela ouve um grasnido fraco e familiar.

Corvo?

A palavra surge no horizonte, escura contra a luz insuportável e, à medida que se aproxima, começa a girar e espiralar, alongando seu **C** para criar uma coluna, arredondando os **O** em uma barriga lisa, girando seu **R** para formar uma testa e um bico bem aberto. Ela estende bem as asas em **V**, bate-as uma, duas, três vezes e, então, totalmente coberto de penas, começa a voar.

É o corvo-da-selva que veio salvá-la! Ela se recompõe e o acompanha pulando de galho em galho, mas ela está no chão e o terreno é rochoso. Quando ela desacelera ou tropeça, o corvo-da-selva para, esperando, erguendo a cabeça e observando-a com os olhos pretos e redondos. Parece que a está guiando para algum lugar. Ela ouve o tráfego à distância, sobe uma ladeira rochosa e se vê em um parque urbano e amplo, com vista para um grande lago. As margens estão cobertas com lótus e juncos, mas o centro está vazio. Anoitece, mas alguns pedalinhos em tons pastel, em forma de cisnes com longos pescoços, ainda cruzam a água opaca, deixando manchas rosa, azuis e amarelas em seus rastros em forma de v. Um amplo caminho asfaltado circunda a lagoa, pontuado a intervalos regulares com bancos de pedra, tal qual as horas em um relógio.

Um homem está sentado em um dos bancos, debaixo de um salgueiro-chorão, alimentando um bando de corvos sarnentos que batem as asas, empertigando-se e disputando pão. O corvo pousa aos pés do homem, afastando os outros e levantando uma pequena nuvem de poeira. Ela o segue e se senta no banco ao lado do homem.

Ele se endireita e depois abaixa a cabeça em uma reverência hesitante.

— Você é a pessoa por quem estou esperando? — pergunta ele.

— Não sei — responde ela. E o observa com mais atenção. É um sujeito de meia-idade, em um terno azul reluzente, mas a noite está quente, ele tirou o paletó e o dobrou com cuidado, colocando-o no encosto do banco. Ele veste uma camisa branca de manga curta e uma gravata com borboletas.

— Você é um dos integrantes? — pergunta ele.

— Um dos integrantes?

— Do clube…?

— Creio que não.

— Ah. — Ele parece cabisbaixo. Verifica o relógio.

Ela repara em uma sacola de mercado a seus pés.

— Briquetes? — pergunta, e percebe que ele se encolhe, alarmado. — Época curiosa para um churrasco. — Ela olha para os pedalinhos em tons pastel flutuando no lago. Seus pescoços são longos e graciosos, em forma de pontos de interrogação, e eles têm emotivos olhos de cisne.

O homem limpa a garganta, como se algo estivesse preso nela.

— Tem certeza de que não é quem estou esperando?

— Certeza.

— Está aqui para conhecer alguém também?

— Sim — concorda. — Estou aqui para conhecê-lo.

— Me conhecer?

— Sim. Você é Haruki #2, não é?

Ele fixa os olhos nela.

— Como sabe?

— Sua filha me contou — ela arrisca, com um fio de esperança.

— Naoko?

— Sim. Ela, ah... disse que você poderia estar aqui.

— Disse?

— Sim. Ela queria que eu lhe desse uma mensagem.

Então, ele desconfia.

— Como você conhece a minha filha?

— Não conheço — fala ela, pensando depressa. — Quer dizer, nós somos... amigas por correspondência.

Ele a examina.

— Você é meio velha para ser amiga dela — diz ele, sem rodeios.

— Muito obrigada.

— Eu não quis dizer... — Ele começa a falar, mas outro pensamento lhe ocorre. — Você a conheceu na internet? É uma dessas pessoas que perseguem as outras on-line?

— É claro que não.

— Ah, ótimo — continua, aliviado. — A internet é um vaso sanitário. Desculpe o linguajar. — Ele joga um pedacinho de pão para os corvos e fica mais introspectivo. — Nunca imaginamos que seria assim...

Eles observam os pássaros brigando por pão.

— Tudo bem. Na verdade, eu a conheci andando na praia. Foi depois de uma tempestade.

— Ah — aprova ele, com um movimento de cabeça. — Isso é bom. Ela deveria passar mais tempo ao ar livre. Íamos à praia com bastante frequência quando morávamos na Califórnia. Eu me preocupo com ela. Naoko desistiu, sabe.

— Da escola?

Ele assente e atira outro pedaço de pão para os corvos.

— Não a culpo, na verdade. Ela estava sofrendo bullying. Estavam postando coisas horríveis sobre ela na internet.

Suspira e abaixa a cabeça.

— Sou programador, mas não pude fazer nada. Depois que as coisas são enviadas para lá, elas circulam, sabe? Seguem-no e não vão embora.

— Na verdade, tenho tido a experiência oposta — comenta ela. — Às vezes, vou procurar algo e a informação que procuro parece existir em um instante e, no instante seguinte, *puf*!

— *Puf*?

— É obliterada. Apagada. Bem desse jeito. — Ela estala os dedos.

— Obliterada — repete. — Hum. Onde está obtendo esses resultados?

— Bom, na maioria das vezes, na ilha onde moro. Estamos um pouco atrasados e nossa conexão com o mundo é um pouco duvidosa.

Ele levanta as sobrancelhas.

— É uma ideia interessante — afirma. — Sempre pensei que o tempo era um pouco duvidoso.

Era bom ficar sentada no banco do parque conversando com ele, mas uma repentina pressão na cabeça avisa que seu tempo está quase acabando. Ela se sacode e tenta se concentrar.

— Quer ouvir a mensagem de sua filha ou não?

Ela o vê estremecer, mas então o homem assente.

— É claro.

— Certo. — Ela se vira no banco a fim de encará-lo, para que ele saiba que está falando sério. — Ela me disse para lhe dizer: por favor, não faça isso.

— Não fazer o quê? — pergunta.

Ela aponta para a sacola de compras.

Com o olhar, segue o dedo dela, e os ombros dele caem.

— Ah. Isso.

— Sim, isso — diz ela, em tom severo. — Ela se preocupa com você, sabe?

— É? — Um breve vislumbre de emoção surge no rosto dele, mas logo passa. — Bem, é por isso que é melhor acabar logo com tudo, para que ela possa seguir com a própria vida.

A resposta dele a deixa com raiva.

— Por favor, perdoe-me por dizer isso, mas você não deveria ser tão egoísta.

Ele parece surpreso.

— Egoísta?

— É claro. Ela é sua filha. Ela o ama. Como acha que Nao vai se sentir caso você a abandone? É algo que ela nunca vai superar. Ela sabe o que está fazendo e, se você continuar com isso, ela pretende se matar também.

Ele se inclina para a frente, apoiando os cotovelos nos joelhos e cobrindo o rosto com as mãos. A gola de sua camisa branca está molhada de suor, e ela pode ver o contorno da regata por baixo do tecido. As escápulas dele se movem como as asas de um pássaro recém-nascido, esquelético, que sofre de espasmos, nada úteis.

— Você acredita mesmo nisso? — indaga ele por entre os dedos.

— Sim. Tenho certeza. Ela me disse. Está planejando se matar, e você é o único que pode detê-la. Ela precisa de você. E nós precisamos dela.

O homem balança a cabeça devagar de um lado para o outro, e então esfrega as mãos no rosto. Olha para o lago. Eles ficam sentados por um longo tempo, observando os barquinhos alegres. Por fim, ele fala:

— Não entendo. Mas se o que diz é verdade, não posso arriscar. Vou para casa falar com ela...

— Ela não está em casa. Está no ponto de ônibus em Sendai. Está tentando chegar ao templo. Sua avó está...

— Sim? — Ele olha para ela, aguardando, mas sua expressão logo se transforma em preocupação. — Tudo bem com você? — pergunta. — Você está muito pálida.

Há tantas outras coisas que ela queria lhe dizer, mas as palavras não vêm. Seu cérebro está se contraindo e seu tempo está quase acabando, mas há algo mais que precisa fazer, caso consiga se lembrar. Ela se levanta e uma onda de vertigem a toma. Os corvos sarnentos a seus pés grasnam e brigam, pedindo mais comida. Ela procura o corvo-da-selva, que parece ter desaparecido.

— Corvo! — grita, ao mesmo tempo que a gravidade falha e o mundo a liberta de seu abraço, desaparecendo debaixo de si, enquanto é carregada de volta.

Uma tempestade de pétalas iluminadas pela lua. O cemitério de um templo à noite. O vento açoita a velha cerejeira, arrancando pétalas dos galhos e enchendo a escuridão com uma confusão pálida de flores que giram ao redor de seus ombros e caem sobre os antigos túmulos de pedra. As placas memoriais de madeira trepidam e rangem como os dentes putrefatos dos fantasmas, e no vento ela ouve uma voz, que não é bem uma voz, é mais uma impressão. "*É apenas quando a lua está quase cheia...*", parece dizer a voz que não é bem uma voz, é mais como uma brisa assombrada atravessando o gargalo de uma garrafa vazia. Por que aqui?, ela pergunta. Olha para baixo e percebe que tem nas mãos o velho caderno de redação cuidadosamente embrulhado no papel encerado e amarrotado, e então se lembra. Conhece o caminho do terreno do templo até o altar no escritório. Sabe onde a caixa repousa, no alto da prateleira, e não demora nem um segundo para desembrulhar o tecido branco, levantar a tampa e deslizar o pacote com o caderno lá dentro. Ela ouve um barulho e ergue os olhos para a velha monja parada na porta, observando. Atrás está o jardim. Ela está usando túnicas pretas e, quando estica os braços para envolver o mundo, suas mangas compridas tremulam. Tornam-se mais longas e mais largas até ficarem tão amplas quanto o céu noturno, e quando estão grandes o suficiente para envolver tudo, Ruth pode por fim relaxar e cair em seus braços, em silêncio, na escuridão.

6.

A tempestade passou durante a noite e, à luz fria do dia, ela estava no balcão da cozinha, esperando a água do chá ferver. Era tarde, mas ainda manhã, tecnicamente mais perto do meio-dia, na verdade. Oliver acordou mais cedo e foi verificar quantas árvores tinham caído e se Pesto voltara, mas agora estava de volta à cozinha, no banco em frente ao balcão, onde normalmente se sentava com o gato no colo. Ele estava tomando chá e verificando os e-mails em seu iPhone, enquanto Ruth tentava lhe contar o seu sonho. O gato ainda parecia estar ali, com ele, mas apenas como uma ausência, um vazio.

— Não conseguia encontrar as palavras dela — começou Ruth. — Procurei, procurei, mas não consegui encontrá-las. Voltei de mãos vazias. — Ela abriu os dedos e observou as palmas inúteis.

— Bem — disse ele. — Pelo menos você tentou.

A água ferveu e ela encheu o bule.

— Na verdade, em certo momento, senti que tinha alguma coisa bem ali, na ponta dos meus dedos, mas depois percebi que era a história da velha Jiko, não a de Nao, e então a deixei ir. Não queria me distrair, sabe?

Oliver assentiu. Ele sabia muito sobre distração. Ela ouviu o som de um e-mail sendo enviado ao mesmo tempo que baixou o telefone e tomou um gole de chá frio.

— Os Amigos do Pleistoceno estão me perguntando quando minha monografia estará pronta para envio — disse, melancólico. — Eu já deveria tê-la terminado a essa altura. Por que não consigo me concentrar? Por que eles estão com tanta pressa?

As perguntas eram retóricas, então ela não se deu ao trabalho de responder. Serviu-lhe mais chá e pôs uma xícara para si mesma.

— As únicas outras palavras que encontrei eram de Haruki — contou. — Aquelas do diário secreto em francês, mas nós já as tínhamos lido, então as deixei lá.

— Esse é o problema com o Pleistoceno — respondeu ele. — É sempre pressa, pressa, pressa. Querem tudo para ontem.

— Eu as coloquei na caixa de seus restos mortais, pouco antes de acordar. Parecia a coisa certa a fazer.

— Mas não é culpa deles — Oliver continuou falando. — Eu sei disso. É minha. Simplesmente não consigo me concentrar sem o Pesto.

— Você ouviu alguma palavra do que eu estava dizendo?

Ele a olhou.

— É claro que sim. Parece um sonho incrível. Você verificou o diário?

Ela largou o chá.

— Ah — exclamou ela. — Acha que devo?

PARTE IV

Um livro é como um vasto cemitério em cujos túmulos já não se pode ler os nomes apagados. No entanto, às vezes alguém se lembra muito bem do nome, mas sem saber se algo da pessoa que ele designava sobrevive nestas páginas.

— Marcel Proust, *Le temps retrouvé*

NAO

1.

Você ainda está aí?

Eu não culparia você se tivesse desistido de vez de mim desta vez. Quer dizer, eu mesma desisti, certo? Então, por que deveria esperar que você ficasse aí? Mas se ficou e ainda está aí (e realmente espero que sim), então quero agradecer por não perder a fé em mim.

Então, onde estávamos? Ah, isso. Eu estava sentada no banco do ponto, esperando o ônibus que ia me levar ao templo para que eu pudesse assistir à minha velha Jiko morrer; havia um velho de agasalho varrendo as pétalas da calçada, um cachorro branco sujo lambendo as bolas e o comandante da estação abrindo as portas. Os primeiros passageiros chegaram e um trem parou; algumas pessoas desceram, algo que se veria em qualquer estaçãozinha de trem no início da manhã. Nada de especial, certo? Mas, depois de alguns minutos, o comandante apareceu com um sujeito de terno, olhou ao redor, me viu e apontou. O cara que o acompanhava se curvou em uma reverência de agradecimento e, quando se endireitou, vi que era meu pai.

Eu não podia acreditar. Pensei que ele estava morto. Na verdade, eu estava tentando não pensar, porque toda vez que o fazia, eu o imaginava em um carro em algum lugar da floresta com seus amigos suicidas, sufocando e ouvindo Nick Drake.

Mas não. Ele estava andando em minha direção, então desviei o olhar depressa e fingi que não o tinha visto. Quando ele chegou ao meu banco, ficou lá em pé, enquanto eu observava o cachorro coçar as pulgas. Ele notou que eu sabia de sua presença, mas não tínhamos muito a dizer um ao outro e, quando por fim começamos a falar, a conversa foi toda capenga, mais ou menos assim:

— Oi — disse ele.

— Oi.

— Você está aqui há muito tempo?

— Ah, sim? Tipo, a noite toda?

— Ah.

— Você se importa se eu me sentar?

— Tanto faz.

Eu me afastei para dar espaço porque não queria encostar nele. Meu pai se sentou e observamos o cachorro juntos até que ele parou de se coçar e foi embora.

— Você veio ver Obaachama? — perguntou ele.

Fiz que sim.

— Ela está doente?

Fiz que sim.

— Ela está morrendo?

Fiz que sim.

— Por que não me contou?

Eu ri, mas não foi um *ha-ha*. Foi mais um: *é, ótimo, e de que porra isso adiantaria?*

Ele entendeu o que eu quis dizer e não falou nada.

O ônibus virou a esquina bem nessa hora e nos levantamos. Éramos os únicos passageiros, mas mesmo assim fizemos fila, educadamente, eu na frente e meu pai atrás, como se fôssemos estranhos. Quando o ônibus parou, eu disse:

— Pensei que você estava morto.

Era como se eu estivesse falando com a carroceria do ônibus, e não tinha certeza se ele havia escutado. As palavras estavam na minha cabeça e vazaram da minha boca antes que eu pudesse detê-las. De verdade, eu não queria entrar naquele assunto com ele, então, como não houve resposta, me senti aliviada. As portas do ônibus se abriram e entramos. Meu pai pagou as passagens; fui para o fundo e me sentei, ele me seguiu. Ele hesitou por um momento, mas depois se sentou ao meu lado. Deu um grande suspiro, como se tivéssemos acabado de realizar algo importante, e então estendeu a mão e deu um tapinha na minha.

— Não — falou. — Ainda não estou morto.

Quando chegamos ao templo, a velha Jiko ainda estava viva, mas havia muitas pessoas esperando que ela morresse. Alguns danka, algumas monjas e sacerdotes e até alguns repórteres de jornais vieram: ela era um pouco famosa por ser tão velha.

Nós éramos a família dela, então recebemos tratamento VIP e conseguimos vê-la imediatamente. Muji nos levou. A velha Jiko estava deitada em seu futon. Ela parecia tão pequenina, como uma criança idosa. Sob a pele, que era quase transparente, era possível ver os belos ossos redondos de sua face. Estava olhando para o teto, mas quando me ajoelhei ao lado dela e peguei sua mão, ela virou a cabeça e me olhou através de suas flores azuis leitosas de vazio.

— *Yokkata* — sussurrou. — *Ma ni atta ne.*[152]

Os dedos dela pareciam palitos finos e secos, mas quentes. Pensei tê-la sentido apertar minha mão com seus dedos quentes. Não conseguia fazer nenhuma palavra sair da minha boca, porque estava tentando não chorar. O que havia para dizer? Ela sabia que eu a amava. Às vezes, palavras não são necessárias para dizer o que está em seu coração.

Mas ela queria nos dizer algo. Acho que estivera esperando. Ela levantou os braços e se esforçou para se sentar. Tentei ajudá-la, mas seu corpo era apenas ossos em um saco de pele, e fiquei com medo de machucá-la.

— Muji — sussurrou ela.

Muji estava bem ali, e meu pai também.

— Sensei — Muji implorou. — Por favor, deite-se. Você não precisa...

---

152. *Yokkata. Ma ni atta ne*: Estou feliz... Você chegou a tempo.

Mas a velha Jiko insistiu. Ela queria se sentar em seiza,[153] então tiveram de levantá-la pelas axilas até ela ficar de joelhos, e sinceramente achei que os braços dela iam cair ou que o esforço a mataria. Dava para ver sua dificuldade, mas por fim a deixaram equilibrada e ereta. Muji endireitou o colarinho. A velha Jiko ficou assim por um tempo com os olhos fechados, se recuperando, e então levantou a mão. Muji sabia. Deixara pincel e tinta prontos em uma pequena mesa e aproximou-os do futon de Jiko, colocando-os com cuidado na frente dela.

Caso não saiba, é uma tradição antiga entre os mestres Zen escrever um último poema em seu leito de morte, então aquela coisa toda não era tão estranha quanto parece, mas meio que me assustou porque, em um instante, jurava que ela estava prestes a dar seu último suspiro e, no instante seguinte, estava sentada na cama com um pincel na mão.

Ela manteve os olhos fechados enquanto Muji preparava tudo, colocando uma folha de papel de arroz na mesa e, em seguida, atenta, moendo a tinta contra a pedra. Quando terminou, recolocou o bastão de tinta em seu suporte e fez uma reverência.

— *Hai, Sensei. Dozo*...[154]

E então Jiko abriu os olhos. Ela mergulhou o pincel na tinta preta grossa, pressionando-o e batendo-o levemente contra a pedra de tinta como se tivesse todo o tempo do mundo, e tinha, porque o tempo desacelerou para lhe dar os momentos de que precisava. Em homenagem ao seu grande esforço e sua habilidade sobrenatural para diminuir o ritmo do tempo, todos nós nos sentamos eretos, eu e meu pai ajoelhados na frente dela, e Muji ao seu lado, e a sala ficou muito quieta, exceto pela pressão e pelas batidinhas. Então, quando a ponta do pincel parecia pronta, Jiko respirou fundo e segurou-o sobre o papel branco. Sua mão estava imóvel. Uma gota de tinta preta começou a inchar na ponta, mas, antes

---

153. *Seiza* (正座): postura formal, de joelhos.
154. *Hai, Sensei. Dōzo*: Aqui está, Sensei. Por favor...

que caísse, o pincel desceu como um pássaro preto cortando um céu cinza pálido e, um momento depois, cinco linhas escuras e grossas estavam molhadas na página.

Não era um poema. Era um único caractere.

生

Cinco pinceladas. Sei. Ikiru. Viver.

Ainda segurando o pincel, ela olhou para mim e para meu pai.

— Por enquanto... — disse para nós dois. — Pelo ser-tempo.

Muitos mestres Zen gostam de morrer sentados em zazen, mas a velha Jiko se deitou. Não é nada demais. Não significa que ela não era uma verdadeira mestra Zen. Dá para ser uma verdadeira mestra Zen e ainda se deitar. O próprio Buda morreu deitado, e todo esse negócio de ficar sentado é apenas um grande elemento machista. A forma como a velha Jiko morreu foi perfeitamente admirável. Ela colocou o pincel com cuidado de volta no suporte e depois se deitou bem devagar para o lado direito, exatamente como o velho Shaka-sama. Os joelhos dela ainda estavam dobrados do seiza, e ela nem se preocupou em esticá-los. Quando sua cabeça tocou o chão, ela apenas se acomodou colocando a mão sob a face e fechou os olhos como se estivesse se preparando para cochilar. Ela parecia muito confortável. Inspirou profunda e ruidosamente, e de novo, e então o mundo inteiro exalou com ela. E ela parou. Exatamente assim. Esperamos, mas nada mais aconteceu. Jiko se fora.

Muji se ajoelhou ao lado e molhou os lábios dela com matsugo-no-mizu,[155] e fez reverências raihai para ela; eu e meu pai também fizemos algumas. Em seguida, rolaram seu corpinho de costas e endireitaram seus joelhos; Muji acendeu

---

155. *Matsugo-no-mizu* (末期の水): água do último momento.

incenso e colocou um tecido branco sobre seu rosto. Ela já tinha preparado o altar com velas, incenso e flores novos, então foi contar a todas as pessoas que estavam esperando do lado de fora.

Permaneci sentada, tentando entender o que tinha acontecido. Não podia acreditar que a velha Jiko estava realmente morta e ficava querendo espiar debaixo do tecido branco. Estava preocupada que ela estivesse sufocando lá embaixo, mas o tecido nem se movia, então sabia que ela não estava respirando. Um fio fino de fumaça de incenso subia da ponta em chamas em direção ao teto, mas nada mais se movia.

O tempo ainda estava lento e estranho, e eu não sabia se minutos, horas ou dias se passavam. Pude ouvir coisas diferentes acontecendo em outras partes do templo. Os tatames estavam desaparecendo da sala. Por fim, alguns homens trouxeram uma grande banheira de madeira. Muji encheu-a com sakasamizu, começando com a água fria,[156] porque, quando uma pessoa morre, deve-se fazer tudo de baixo para cima e de trás para a frente. Quando a banheira estava cheia, ela despiu o corpo da velha Jiko com cuidado e depois me perguntou se eu queria ajudar a banhá-la. Reparei que meu pai estava preocupado comigo e disse que eu não precisava fazer aquilo, mas eu disse a ele que é claro que faria. Quer dizer, depois de todos os banhos que Jiko e eu tomamos juntas e de todas as vezes que tinha esfregado suas costas, eu sabia como fazer aquilo, certo? Era como se tivesse treinado para isso. Eu sabia exatamente como era difícil esfregar, e não parecia estranho só porque agora ela estava morta. Parecia bastante normal.

Depois, Muji e eu a vestimos com um quimono especial branco e imaculado que Muji lhe havia costurado sem fazer nenhum nó na linha de costura, assim a velha Jiko não ficaria presa a este mundo. Cruzamos seu quimono, direita sobre

---

156. *Sakasamizu* (逆さ水): "água invertida". Normalmente um banho é preparado colocando-se primeiro a água quente e, em seguida, adicionando-se a água fria.

esquerda, que é ao contrário da maneira como uma pessoa viva o usa, e a deitamos de modo que sua cabeça estivesse voltada para o norte, não para o sul. Muji colocou uma pequena faca no peito dela, para ajudar a cortar seus laços remanescentes com o mundo. A velha Jiko ficou assim durante todo o dia seguinte, enquanto os danka e outros sacerdotes vinham reverenciá-la e prestar suas últimas homenagens. Depois, colocaram-na no caixão.

Pensei que sabia alguma coisa sobre funerais japoneses por causa daquele que meus colegas organizaram para mim, mas o funeral de Jiko não foi nada parecido com o meu. Foi grandioso, realizado no salão principal do templo, e havia uma multidão vinda de todas as partes e sacerdotes e monjas da sede principal do templo. Minha mãe por fim apareceu, bem-arrumada e vestida de preto. Ela trouxe um terno preto para meu pai e um uniforme escolar limpo para mim. Os sacerdotes e monjas cantavam muitos sutras, e todos se revezavam para se levantar e oferecer incenso no altar. Pude ir em segundo lugar, logo depois do meu pai, o que fez com que eu me sentisse nervosa e importante. Depois que todos os convidados tiveram a chance de oferecer incenso e reverências, tivemos de nos despedir da velha Jiko antes que fechassem o caixão. Colocamos flores junto dela e objetos que poderiam lhe ser úteis na vida após a morte, como seus livros de sutra, chinelos e óculos de leitura, e as seis moedas de que precisaria para cruzar o Rio das Três Travessias, no Monte Medo. Quando ninguém estava olhando, também coloquei alguns Melty Kisses em sua mão. Mestres Zen não costumam levar chocolates para a Terra Pura, já que devem ser tão desapegados das coisas deste mundo, mas eu sabia como a velha Jiko adorava chocolate, e achei que não faria diferença. Quando toquei os dedos dela, estavam duros e gelados. Ela já tinha mudado muito desde que morrera. No dia anterior, quando demos banho nela, parecia que ela ainda estava lá, em seu corpo, mas agora aquele corpo estava vazio. Uma bolsa. Um saco de pele. Uma coisa fria. Nada de Jiko.

Fecharam o caixão e o pregaram com uma pedra, e os sacerdotes e monjas permaneceram cantando o tempo todo. Recordações, como ondas minúsculas, lamberam os contornos da minha mente. Lembrei-me do meu próprio funeral e da voz triste de Ugawa Sensei e das palavras que ele cantou. *A forma é o vazio e o vazio é a forma.* Fazia sentido para mim agora, porque em um momento a velha Jiko era forma e, no momento seguinte, não era mais. Então me lembrei da festa de karaokê que fizemos, quando Jiko cantou a música "Impossible Dream". De algum modo, associei aquela canção ao voto dela de salvar todos os seres e, enquanto eu a observava deitada ali, senti tristeza, porque ela tinha falhado, e o mundo ainda estava cheio de pessoas más e hentai. Mas então outra hipótese me ocorreu: que talvez o fracasso dela não importasse, porque pelo menos ela tinha sido fiel ao seu sonho impossível até o fim. Eu me perguntei se coração dela estava em paz e calmo enquanto ela era colocada para descansar, ou se ainda se preocupava com as coisas. Eu me perguntei se ela estava se preocupando comigo. É egoísta, mas meio que esperava que sim. Quer dizer, uma coisa é falhar em salvar todos os seres, mas ela poderia pelo menos ter esperado por mim. Sua própria bisneta. Mas ela não esperou. Ela tinha acabado de ir na frente e entrado no elevador.

retirou-se, retirou-se,
retirou-se no além...

Tiramos o corpo dela da montanha em um carro funerário chique e descemos até o crematório perto do maior templo da cidade. As monjas e os sacerdotes cantaram mais ao colocar o caixão da velha Jiko na bandeja de metal e deslizá-la para o forno como uma pizza. As portas do forno se fecharam e de repente fiquei preocupada com os Melty Kisses derretendo em seu quimono de um branco puro, mas era tarde demais para fazer algo a respeito. Saímos para esperar, e pude ver a fumaça subindo em direção a um céu azul sem nuvens. Meu pai saiu, ficou comigo, segurou minha mão, e não me importei. Não conversamos nem nada. Quando terminou, retiraram a bandeja. Não havia sinal do chocolate. Tudo o que restou dela foi um pequeno esqueleto quebrado de ossos brancos. Ela era tão pequena que eu não conseguia acreditar.

O homem do crematório pegou um pequeno martelo e quebrou os ossos maiores, e então todos nós ficamos ao redor da bandeja segurando pauzinhos de madeira, que usamos para juntar os pedaços. Isso é feito em pares, e cada par pega um osso e o coloca na urna funerária. Começa-se pelos ossos dos pés e sobe-se até a cabeça, porque não se quer que ela fique de cabeça para baixo pelo resto da eternidade. Eu e meu pai éramos uma dupla, e nós dois éramos realmente cuidadosos, e, enquanto fazíamos isso, Muji explicava o que era cada osso. Ah, esse é o tornozelo. Esse é a coxa dela. Esse é o cotovelo dela. Oh, olhe, é o nodobotoke!

Todos ficaram superfelizes, porque encontrar o nodobotoke é um bom sinal. Muji disse que é o osso mais importante, aquele que chamamos de pomo-de-adão, mas em japonês é uma referência à garganta e ao Buda, porque é triangular e se parece um pouco com uma pessoa sentada em zazen. Se você pode encontrar o Buda da Garganta, então a pessoa morta entrará no nirvana e retornará ao oceano da tranquilidade eterna. Ele é o último osso, sendo colocado no topo, e depois fecha-se a urna.

Não precisávamos do grande carro funerário para a volta porque agora Jiko estava tão pequena que pôde ir sentada no meu colo, onde a segurei durante todo o caminho de volta à montanha. Quando chegamos em casa, entramos no quarto dela e colocamos sua urna e sua foto no altar da família, ao lado de Haruki #1.

Muji pegou o 生 de Jiko no salão principal. Alguém já o havia levado para ser montado como um pergaminho durante o velório, e agora Muji o pendurou no altar da família, ao lado do retrato fúnebre da velha Jiko. Os repórteres tinham feito um grande estardalhaço sobre sua última palavra, pedindo a todos os sacerdotes arrogantes da sede do templo suas interpretações e explicações profundas. Ninguém conseguia chegar a um acordo. Alguns disseram que era o começo de um poema que ela não conseguira terminar. Outros disseram que não, que era uma declaração completa, que mostrava que ela ainda estava agarrada à vida, de modo que, mesmo depois de cento e quatro anos, sua compreensão ainda era imperfeita. E outros discordaram, alegando que escrever *vida* no momento da morte significava que ela entendia que a vida e a morte eram uma coisa só, e assim ela era totalmente iluminada e estava livre da dualidade. Mas o fato é que ninguém entendeu o que ela de fato quis dizer, exceto eu e meu pai, e nós não diríamos.

Minha mãe foi ajudar Muji e outras senhoras do danka a limpar a cozinha e, de repente, sobramos apenas eu e meu pai sentados na frente do altar da família, sozinhos pela primeira vez desde que nos encontramos no ponto de ônibus. Havia silêncio de verdade. Até aquele momento, tudo tinha sido tão louco, com todas as monjas e sacerdotes e danka e serviços e cânticos, e repórteres fazendo perguntas, mas agora erámos só eu e meu pai e todas as palavras que estavam silenciosas, vagando como fantasmas entre nós. E a única grande palavra que Jiko escrevera era o fantasma mais assustador de todos.

Foi um pouco estranho. Eu podia ouvir o murmúrio de vozes distantes, o som de comida sendo preparada na cozinha e insetos zumbindo pelo jardim. Era primavera, e estava ficando quente de novo.

— Eu me pergunto o que há nessa caixa — disse papai.

Acho que ele estava apenas tentando puxar conversa de modo educado, mas havia apontado para a prateleira no altar onde ficava a caixa contendo os restos-mortais-que-não-eram--verdadeiramente-restos-mortais de Haruki #1, e fiquei tão aliviada por ele perguntar algo que eu sabia de fato responder que acabei lhe contando toda a história. É claro que ele já sabia a maior parte, mas não me importei. Fiquei orgulhosa porque era uma boa história, e Jiko a tinha me contado, e agora eu podia lhe contar e afugentar os fantasmas das palavras não ditas. Depois, contei-lhe tudo sobre como Haruki #1 tinha sido convocado, e sobre o desfile na chuva e todo o treinamento, as punições e o bullying que teve de suportar, mas que, apesar de todas essas dificuldades, ele completou bravamente sua missão suicida, pilotando o avião contra o alvo inimigo. E porque era um herói militar, cumprindo sua missão e cumprindo seu dever, as autoridades militares enviaram a Jiko a caixa não-realmente-vazia de restos mortais.

— Não sobrou nada dele — expliquei —, então apenas colocaram um pedaço de papel dentro que diz ikotsu. Você quer ver?

— É claro.

Fui até o altar e trouxe a caixa. Tirei a tampa e olhei dentro, esperando ver o único pedaço de papel. Mas havia outra coisa lá. Um pequeno pacote. Estendi a mão e o puxei para fora.

Estava embrulhado em um velho pedaço de papel encerado gorduroso, manchado de mofo e carcomido por insetos. Quando o virei, alguns pedaços caíram. Limpei a poeira.

— O que é isto? — papai perguntou.

— Não sei — disse. — Não estava aqui antes.

— Abra.

Então abri. Tirei o papel oleoso, tomando cuidado para não rasgar. Dentro havia um caderno fino dobrado em quatro. Abri-o na primeira página. Estava coberto de palavras, escritas com uma tinta azul desbotada, que seguiam da esquerda para a direita na página. Não para cima e para baixo, como os textos japoneses. Era como o inglês, só que eu não conseguia entender.

— Não consigo ler.

Papai estendeu a mão.

— Deixe-me ver.

Passei o caderno para ele.

— Está em francês — disse. — Interessante...

Eu estava surpresa. Não achava que ele sabia algo de francês. Papai se inclinou para a frente, virando as páginas frágeis com cuidado.

— Acho que pode ser do tio Haruki — falou. — Jiko Obaachama comentou sobre um diário uma vez. Contou que Haruki sempre manteve um diário. Ela pensava que devia ter se perdido.

— Então, como foi parar aí? — perguntei.

Papai balançou a cabeça.

— Quem sabe ela o guardou esse tempo todo?

Isso não me parecia certo.

— De jeito nenhum — protestei. — Ela teria nos contado.

— Ele escreveu as datas, você viu? — perguntou meu pai. — 1944. 1945. Ele devia estar servindo na marinha na época. Eu me pergunto por que escreveu em francês.

Eu sabia a resposta para isso também.

— Era seguro — expliquei. — Se as pessoas que o intimidavam o encontrassem, não teriam sido capazes de lê-lo.

— Hum. — Papai fez. — Você deve estar certa. É um diário secreto.

Fiquei contente.

— Tio Haruki era muito inteligente — comentei. — Ele sabia falar francês, alemão e inglês, também. — Não sei por que eu estava me gabando, porque não era eu quem podia fazer todas essas coisas.

Ele olhou para mim.

— Vamos levar isto para casa conosco? Não está curiosa para saber o que diz?

Claro que estava! Fiquei feliz porque queria muito saber o que o tio Haruki havia escrito em seu diário secreto em francês, mas também porque fazia muito tempo que eu e meu pai não tínhamos um projeto que poderíamos fazer juntos. Olhei para ele, ajoelhado junto ao altar, espiando as páginas, na tentativa de entender o francês. Ele parecia meu velho e estudioso pai nerd, felizmente perdido em outro mundo. Mas depois a imagem dele saindo de casa com a sacola cheia de briquetes surgiu em minha mente, e meu coração deu um pulo e se partiu. Nós já estávamos no meio de um projeto inacabado. Nosso último projeto. Nosso projeto de suicídio.

Ele deve ter sentido que eu o observava, porque levantou os olhos, e virei o rosto depressa para que não me visse tentando segurar o choro. Eu tinha acabado de ter uma triste visão, meu pai e eu, lado a lado em nossas urnas empoeiradas no altar da família, sem ninguém para cuidar de nossos restos mortais. Não demoraria muito.

— Nao-chan?

— O quê.

Eu sabia que meu tom de voz era rude, mas não me importei.

Ele esperou até ter certeza de que eu estava de fato ouvindo, e então falou baixinho.

— É como a vovó Jiko escreveu, Nao-chan. Devemos fazer o nosso melhor!

Dei de ombros. Quer dizer, é claro, parecia bom, mas como eu poderia confiar nele?

— *Ikiru shika nai!* — falou, em parte para si mesmo, e então ele olhou para cima e repetiu as palavras, desta vez com urgência, em inglês, como se quisesse ter certeza absoluta de que entendi. — Devemos viver, Naoko! Nós não temos escolha. Devemos seguir em frente!

Assenti, mal me atrevendo a respirar enquanto o peixe no meu estômago debatia sua cauda tremenda e se contorcia no ar. Então, com um grande respingo, voltou a entrar na água e nadou para longe. Devagar, a água baixou.

Ikiru shika nai. Meu peixe viveria, assim como eu e papai, assim como minha velha Jiko tinha escrito.

Meu pai voltou a ler. Chibi-chan miava na varanda, então me levantei para deixá-lo entrar. Quando deslizei a porta, ele disparou entre meus tornozelos como se estivesse sendo perseguido por cães fantasmagóricos do inferno. O pelo de suas costas estava arrepiado. Uma brisa forte e cálida entrou do jardim, sacudindo as esquadrias da porta de papel. Parecia a risada de Jiko. Papai ergueu os olhos das páginas do diário de seu tio.

— Você disse alguma coisa?

Balancei a cabeça.

Mamãe foi embora no dia seguinte, porque tinha de voltar ao trabalho, mas eu e papai ficamos para ajudar Muji a arrumar os pertences da velha Jiko. Não que tivesse muita coisa. Ela não possuía quase nada, exceto alguns livros antigos de filosofia de Haruki #1, que papai disse que gostaria de guardar. A única coisa com que Jiko realmente se importava era o destino de Jigenji, mas o pequeno templo não pertencia a ela. Pertencia à sede que queria vendê-lo a uma incorporadora, mas felizmente o mercado imobiliário estava em baixa por causa do estouro da bolha financeira, e mover todas as sepulturas seria caro, então decidiram esperar. Isso significava que Muji ficaria, pelo menos durante um tempo, e que poderíamos manter o altar da família lá também. Muji prometeu cuidar dele como se fosse seu, e de certa forma, era, porque ela era como uma tia para mim, e lhe prometi que voltaria ao templo nos verões e também todos os anos, em março, para ajudar nas cerimônias memoriais da velha Jiko. Era um bom acordo, pelo menos por enquanto.

RUTH

1.

O pequeno cemitério em Whaletown não ficava muito longe de casa, mas Ruth não o visitava com a frequência que deveria. Tinha plantado um pequeno corniso ao lado do túmulo de seus pais, mas naquele primeiro verão houve uma seca, e ela se esqueceu de regá-lo, então, ainda que a arvorezinha tenha sobrevivido, tinha perdido alguns membros e toda a sua bela simetria. Ela se sentia mal por isso.

— Desculpe, mãe — disse, usando uma vassoura pequena para remover o acúmulo de poeira e folhas mortas do inverno da placa de granito que trazia o nome da mãe. — Não sou muito boa com esses assuntos.

É claro, a mãe não respondeu, mas Ruth sabia que ela não teria se importado. Masako nunca teve muito apreço por rituais, nunca se lembrava de aniversários ou datas especiais, e geralmente pensava que ocasiões desse tipo eram apenas um incômodo. E Ruth em geral concordava, mas depois de ler o relato de Nao sobre o funeral da velha Jiko, pegou-se desejando ter feito mais para homenagear a passagem de sua mãe.

A morte dela tinha sido um assunto discreto. Nos últimos anos de vida, ela desenvolvera um câncer na mandíbula, mas, àquela altura, mesmo sem as complicações impostas pelo Alzheimer, estava muito velha e frágil para ter chances de sobreviver à cirurgia, que teria exigido a remoção de metade de seu maxilar. Seu oncologista recomendou radioterapia paliativa, que não curaria o câncer, mas poderia aliviar o sofrimento. Foi o que aconteceu. O tumor regrediu e a lesão cicatrizou, mas ela precisava de mais cuidados do que Ruth e Oliver poderiam oferecer na ilha, então levaram-na para uma casa de repouso em Victoria, onde ela passou os últimos dois anos de vida. Quando o tumor voltou, tentaram outra rodada de sessões de radioterapia, mas desta vez sua mãe estava fraca e nem tinha vontade de se recuperar, e entrou em coma.

A morte veio depressa. Era tarde da noite, e a casa de repouso estava em silêncio. Ruth e Oliver estavam ao lado dela, lendo. De repente, os olhos de sua mãe se abriram, cegos, incapazes de ver, e ela se esforçou para se sentar. A respiração tornou-se curta e irregular. Ruth segurou o corpinho rígido da mãe nos braços. Oliver tocou-lhe a testa. Ela relaxou. As pálpebras estremeciam enquanto a luz se esvaía de seu rosto. Por um tempo ela ficou assim, frágil, semiconsciente, e então expirou uma última vez e partiu.

Eles ficaram com ela por um tempo, fazendo-lhe companhia, caso seu espírito ainda estivesse por ali. Seguraram suas mãos e conversaram com ela até que seu corpo esfriou.

Isso aconteceu em uma noite de terça-feira. A cremação ocorreu na sexta-feira. Muitos dias tinham se passado, e Ruth estava preocupada com a aparência da mãe, mas quando foram conduzidos à pequena antessala do crematório, onde o corpo de Masako foi colocado sob um lençol branco em um caixão de papelão marrom, Ruth se sentiu feliz em vê-la novamente. Tinham levado alguns de seus objetos favoritos para enviá-los com ela: fotografias, cartas e cartões de amigos e da família; um roupão de crochê da Free Store de que ela gostava muito; seus tênis favoritos e as luvas; duas barras de chocolate. Um calendário para ajudá-la a se lembrar de datas. Lixas de unha. Fita adesiva. Uma aquarela. Flores. Oliver queria flores tropicais, do Havaí, porque ela tinha crescido lá, então comprou antúrios de Hilo e folhas de coqueiro-de-vênus para dar sorte, gengibre e uma grande e vistosa ave-do-paraíso. Encheram o caixão de papelão e ficaram com ela por mais algum tempo e, depois, sem saber o que fazer, deram-lhe um beijo de despedida. Ruth pensou que ela parecia bem na caixa com todas as suas coisas. Confortável. O diretor funerário colocou a tampa e os assistentes a levaram para a câmara de cremação, alinhando a maca com a boca do forno. As portas se abriram e a caixa deslizou, Ruth girou o botão para iniciá-lo. A mãe dela era tão pequena, disse o diretor, pesava apenas trinta e quatro quilos. Não demoraria muito. Cerca de duas horas. Ela poderia pegar as cinzas depois das 14h.

Deram um passeio pelo jardim memorial, que ficava ao lado da funerária. Era uma bela manhã. O céu do Pacífico estava raiado de nuvens, mas o sol brilhava, e tudo estava úmido, viçoso e dourado. Grandes abetos-de-douglas, do tipo que a mãe adorava, cercavam o jardim. Todas as árvores de caducas tinham mudado de cor, e os tons amarelos e alaranjados da folhagem pareciam cintilar com a escuridão das coníferas ao fundo. A grama estava coberta de folhas caídas. Caminharam ao redor da lagoa, seguindo até que vissem a chaminé do crematório. De lá, observaram por um tempo. Não havia fumaça saindo dele, mas podiam distinguir uma coluna densa de calor tremulando, que era tudo o que restava do corpo de sua mãe enquanto ela se transformava em ar. Oliver disse que nesta forma etérea ela poderia montar nos ventos alísios de volta para Hilo e chegar lá em um instante. Ruth disse que a mãe gostaria disso.

Levaram as cinzas de volta para Whaletown, e Ruth conversou com Dora, que, como secretária do clube comunitário, também era a responsável pelo cemitério.

— Qualquer lugar está bom — disse Dora. — Basta escolher um local e cavar um buraco, mas tente não desenterrar ninguém.

— Será pequeno — explicou Ruth. — Serão apenas as cinzas dela e do meu pai. Mas gostaria de plantar uma árvore, se possível. Um corniso-do-Japão. Ambos gostavam de cornisos-do-Japão.

— Não deve ser um problema — disse Dora. — Desde que não esmague outra pessoa. Só não se esqueça de regá-lo.

O pequeno corniso torto não tinha crescido muito nos anos que se passaram desde a morte da mãe, mas conseguia produzir algumas flores a cada primavera, embora poucas pessoas estivessem por perto para notar. A mãe de Ruth não queria um funeral, assim como o pai dela. Tinham vivido mais que a maioria de seus amigos, e a localização remota da ilha impedia que todos os viventes fossem visitar a sepultura. Às vezes, porém, Ruth encontrava uma rosa morta ou um pequeno animal de pelúcia na lápide da mãe, o que significava que alguém tinha passado por ali. Ela imaginava que as rosas fossem de Dora, mas os bichos de pelúcia a deixavam perplexa, apesar de que sua mãe teria gostado deles.

— Espero que não estejam muito solitários aqui — anunciou Ruth, dando um tapinha na lápide do pai. Olhou intrigada ao redor, para as outras sepulturas. Muitas das mais antigas eram apenas depressões afundadas, marcadas por pequenas cruzes de madeira em decomposição. As sepulturas com lápides eram mais fáceis de localizar. Uma ou duas das lápides mais antigas tinham temas marítimos, homenageando pescadores e capitães de barco que morreram ao mar. Algumas das sepulturas mais recentes eram marcadas por estupas rudimentares ou placas totêmicas esculpidas por hippies xamanistas. Algumas mostravam sinais de manutenção, mas a maioria não recebia cuidados. Velhas oferendas de conchas e pedras, velas esburacadas e filtro de sonhos feitos de macramê estavam espalhados. Uma bandeira tibetana de oração, rasgada, pendia de um galho de cedro. Era um lugar solitário. A mãe de Ruth, uma pessoa solitária, não teria se importado, mas seu pai teria apreciado alguma companhia.

Ruth guardou a vassourinha na mochila e tirou dali uma pequena roçadeira de mão, que usou para cortar a relva morta. Inspecionou o corniso. A árvore continuava torta, mas tinha crescido um pouco mais. Alguns brotos de folhas se formavam nas extremidades dos galhos, e ela prometeu voltar mais tarde, na primavera, para vê-las florescer. Tinha comprado um pouco de incenso na cooperativa local de alimentos saudáveis; puxou uma haste da mochila e acendeu-a com um isqueiro. Fincou-o no solo e depois sentou-se no chão em frente aos túmulos... para fazer o quê? Ela não sabia. O chão ainda estava úmido de toda a chuva. Uma fumaça fina e ondulante subia pelo ar, vinda da ponta do incenso. No alto, o céu estava azul e raiado de nuvens altas. Ela pensou no falso funeral de Nao e no verdadeiro funeral de Jiko e desejou conhecer uma canção. Como eram as palavras? Retirou-se, retirou-se, plenamente no além, iluminou-se, viva...

Algo assim.

2.

— Os japoneses levam os funerais e memoriais muito a sério — disse Ruth.

— Sua mãe não levava — respondeu Oliver.

Eles estavam de pé no terraço com Muriel, testando a lente de observação de pássaros que Oliver havia encomendado para seu iPhone. Muriel esperava avistar outra vez o corvo-da-selva, e Ruth queria que Oliver tirasse uma foto para enviar, junto às coordenadas de GPS, para a base de dados pública do Laboratório de Ornitologia da Cornell.

— Sim, mamãe era estranha. Ela não era muito japonesa.

— Nem você. — Ele ergueu a longa lente telescópica na qual o iPhone foi anexado em segundo plano e estudou a pequena tela enquanto observava os galhos de um abeto-de-douglas particularmente alto. As árvores eram escuras contra o céu azul, e ele estava tendo problemas com isso.

— Eu sei — disse Ruth. — Mas tento. Foi bom ir ao cemitério esta manhã. O corniso parece um pouco menos torto.

Ele virou a lente para o bosque de cedros.

— As raízes devem estar bem firmes a esta altura. Devem ser capazes de sobreviver a mais alguns anos de seca e negligência.

Ele brincou com a lente, tentando colocar a imagem em foco. Muriel trouxera os próprios binóculos de grande alcance. Estava examinando os ramos enquanto ouvia a conversa.

— Não acho que sua mãe era estranha — disse. — Eu gostava dela de verdade. Muitas pessoas na ilha gostavam dela. Ela tinha amigos aqui, mesmo que não conseguisse se lembrar de quem eram. É uma pena que você não tenha feito pelo menos uma breve cerimônia. Se não fosse por ela, que fosse por todas as outras pessoas.

— Eu sei, eu sei...

— Você sabia que Benoit visita o túmulo dela? Ele leva bonequinhos da Free Store.

Ruth ficou em silêncio. Benoit. É claro. Muriel estava certa, era uma pena. Ela mudou de assunto.

— Na verdade, minha questão era Nao e Jiko. Os japoneses levam esses memoriais realmente a sério. A velha Jiko morreu em março, certo? Nao prometeu voltar ao templo de Jiko em março de cada ano para ajudar na cerimônia. O templo estava localizado ao norte de Sendai, perto da costa e do epicentro do terremoto, e mais ou menos na rota do tsunami. Então, a pergunta é: será que ela estava lá em 11 de março de 2011? Acho que as evidências são bem fortes. Ela estava lá, sabia que a onda estava vindo, agarrou alguns dos sacos herméticos de Muji e enfiou suas coisas mais preciosas dentro: o diário, as cartas de Haruki e o relógio...

— De que adianta especular? — perguntou Oliver. — Você ainda não terminou de ler.

Muriel baixou o binóculo e olhou para Ruth, horrorizada.

— Você não terminou de ler?

— Não — disse Ruth. — Ainda faltam algumas páginas.

Muriel balançou a cabeça.

— Não entendo você — declarou. — Eu teria me sentado e lido a maldita coisa do começo ao fim, e descoberto tudo que pudesse antes de procurar evidências para sustentar minhas conclusões. Nada teria me impedido de chegar ao fim.

Ruth fitou as nuvens finas no céu e pensou na melhor maneira de responder.

— Bom — começou. — Entendo o que você quer dizer, mas estava tentando seguir meu próprio ritmo. Senti que devia isso a Nao. Eu queria ler na mesma velocidade que ela vivia. Parece bobagem agora. — Ela fez uma pausa, perguntando-se se devia ou não continuar. — Além disso, há o problema com o final... — disse, por fim.

— O que há de errado com o final?

— Bem, nada. É só que ele fica... mudando.

— Mudando?

— Retrocedendo — disse Ruth.

— Interessante — comentou Muriel. — Você se importaria em explicar?

Ruth o fez. Explicou como tinha folheado o livro até o final para verificar se todas as páginas estavam preenchidas, para depois descobrir as mesmas páginas em branco de repente, assim que ela estava prestes a lê-las. Ela olhou para Oliver, para que ele confirmasse, mas ele ergueu as sobrancelhas e deu de ombros.

— Estranho — disse Muriel. — Desculpe-me por perguntar, mas vocês andam fumando muita maconha?

— É claro que não — respondeu Ruth. — Você sabe que não fumamos maconha.

— Foi só para tirar a dúvida — justificou-se Muriel. Estava sentada na espreguiçadeira meio avariada do terraço, que rangeu, ameaçadora. Oliver olhou para cima, irritado. A mobília do terraço, assim como o terraço e todo o restante da casa, aliás, estava em ruínas, e ele estava sempre temeroso de que as tábuas gastas pelo tempo cedessem e que alguém caísse.

— O que você está descrevendo é interessante — disse Muriel, torcendo a ponta da trança com o dedo. — Uma leitora confrontada com a página em branco. É como um bloqueio dos escritores, só que ao contrário.

Ruth refletiu.

— Você quer dizer que, como leitora, estou com um bloqueio e, por isso, as palavras dela desaparecem? Não gosto disso. Além do mais, não faz nenhum sentido.

— Difícil de dizer. O poder de ação do sujeito é um tema complexo. Sobre o que ela estava escrevendo quando as páginas ficaram em branco?

— Ela acabou de recuperar a si mesma. Recuperar o *now* de sua história. Estava sentada em um banco no ponto de ônibus em Sendai, e suas últimas palavras foram: "Acho que é isso. Sentir o agora é isso." E depois, nada. Em branco. Ela ficou sem palavras. Quer dizer, até...

Hesitou. A parte sobre seu sonho era ainda mais estranha, e ela não sabia se deveria contar a Muriel ou não, mas a mulher a encarava atentamente, então Ruth descreveu como o corvo-da-selva a conduzira a um banco do parque Ueno, onde o pai de Nao estava esperando a pessoa com quem ia cometer suicídio e como conversaram sobre Nao, e ele acabou indo encontrá-la em Sendai.

— E então, na manhã seguinte, quando verifiquei o diário, ela tinha escrito um registro totalmente novo sobre a morte e o funeral da velha Jiko, e sua reconciliação com seu pai, e sua promessa a Muji de retornar ao templo a cada mês de março.

— Parece um final feliz o suficiente — disse Muriel.

— Bem — começou Ruth. — Seria, só que *ainda* não cheguei ao fim. Cada vez que abro o diário, há mais páginas. Como disse, o fim continua recuando, como uma onda. Fora de alcance. Não consigo alcançá-la.

— Fica cada vez mais curioso — comentou Muriel. — Certo, tenho mais duas teorias. Na mitologia dos povos originários, os corvos são muito poderosos. Então vamos supor que esse corvo-da-selva seja seu animal familiar, seu animal totêmico, assim como o gato era o de Oliver. — Ela parou e virou-se para Oliver. — Lamento sobre Pesto — acrescentou. — Sabe que Benoit também perdeu seu cachorrinho, não sabe?

— Sim — respondeu ele, lacônico, mantendo-se de costas.

— É uma droga. — Ele ainda esperava que Pesto voltasse em segurança, estava completamente esperançoso, mas, com o passar dos dias, aquilo parecia cada vez menos provável. Muriel, que perdera seu gato favorito para um puma, suspirou fundo, e todo o seu corpo pareceu se esvaziar na cadeira frágil.

— É uma droga mesmo — disse ela. — Continuo dizendo a mim mesma que temos sorte de viver em um ecossistema preservado o suficiente para abrigar grandes predadores, mas sinto falta do meu Erwin. — Ela olhou para o próprio colo, depois respirou fundo e se recompôs. — De qualquer forma — continuou —, minha teoria é que esse corvo do mundo de Nao veio aqui para levá-la a sonhar, para que pudesse mudar o fim da história dela. A história estava prestes a terminar de uma maneira e você interveio, configurando as condições para um resultado diferente. Uma nova versão de "now", por assim dizer, que Nao ainda não teve tempo de alcançar.

Muriel recostou-se na cadeira, parecendo satisfeita consigo mesma.

Ruth riu.

— E você se diz antropóloga?

— Estou aposentada — defendeu-se Muriel.

— Entendo. E qual é a sua segunda teoria?

— Você pode não gostar dela.

— Faça o teste.

— Bem, é semelhante à minha teoria do bloqueio de leitora. O poder de ação é seu. Não se trata mais do agora de Nao. Trata-se do seu agora. Você ainda não recuperou a si mesma, o agora da *sua* história, e não pode chegar ao final da história dela até que faça isso.

Ruth refletiu.

— Tem razão — concordou. — Não gostei. Eu não gosto de ter tanto poder a respeito da narrativa de outra pessoa.

Muriel riu.

— Bela maneira de falar, para uma romancista!

— Eu não sou... — Ruth começou a dizer, mas Oliver a interrompeu.

— Olhem! — disse, apontando a lente para o bordo. — Bem ali. Naquele ramo baixo. Não é o seu corvo?

Muriel se inclinou para a frente e ergueu o binóculo.

— Parece um corvo-da-selva — confirmou. — Belo pássaro. O que você acha? — Passou os binóculos para Ruth.

Ruth demorou um momento para se orientar em meio ao emaranhado de galhos e os fios brancos da barba-de-velho, mas então conseguiu ver: uma asa preta e brilhante no meio de um tapete de musgo. Focalizou as lentes binoculares. O corvo estava longe, mas a estabilização da imagem permitiu que ela conseguisse uma boa visão.

— Sim, é ele. Reconheço o perfil aquilino. Tenho quase certeza.

O corvo esticou o pescoço e virou a cabeça.

— Ela nos vê — disse Ruth. — Está olhando na nossa direção.

Oliver tirou mais algumas fotos.

— Não ficaram excelentes — avisou —, mas talvez estejam boas o bastante para fins de identificação. Queria conseguir um imagem melhor.

Ele mirou a lente outra vez, mas, no mesmo instante, o corvo encolheu os ombros, abriu as asas e partiu.

Ruth baixou os binóculos.

— Para onde ela foi?

— Ali — indicou Muriel, apontando para cima.

O corvo havia decolado dos galhos e estava ganhando altitude, sobrevoando a campina na direção deles. Quando ficou bem em cima, liberou algo de sua garra. O pequeno objeto desceu pelo ar e caiu no terraço, aos pés deles, rolou um pouco e foi parar no buraco entre duas tábuas podres.

— Estranho — disse Ruth. — O que é isso?

— Uma noz — respondeu Oliver, curvando-se para pegá--la. — Está presa na fresta.

— Uma noz? — Ruth se sentiu desapontada. O que ela estava esperando?

Oliver ficou de joelhos.

— Parece uma avelã — arriscou ele. Pegou seu canivete e abriu uma de suas lâminas. — Provavelmente de uma de nossas árvores no outono passado. — Ele arrancou a noz e a trouxe nas mãos.

Ruth olhou para cima. O corvo estava sobrevoando, subindo cada vez mais alto a cada órbita. Ela pensou no Capitão Corvo de Haruki.

— Acha que ela estava tentando nos bombardear?

— Duvido — disse Muriel. — Corvos atiram nozes e mariscos nas rochas para quebrá-los.

O corvo ainda sobrevoava, mas agora ainda mais alto; era apenas um ponto no céu.

— Acha que ela vai esperar até a quebrarmos?

— Ela não parece estar esperando — disse Muriel. — Parece estar indo embora. Talvez seja um presente de despedida.

— Aqui — disse Oliver, deixando a noz cair na mão de Ruth. — É leve como uma cabecinha oca, deve ser para você.

— Puxa, obrigada — disse, rolando o pequeno objeto duro na palma da mão. — Vou tentar não levar para o lado pessoal.

Oliver continuava de joelhos, guardando o canivete, quando algo sob o terraço chamou a sua atenção. A casa tinha sido construída no alto de uma colina, e o terraço se estendia por uma ligeira inclinação descendente, criando um grande espaço vazio embaixo do deque.

— Algo está se movendo lá embaixo — falou. Ele se inclinou e olhou entre as tábuas apodrecidas, pressionando o rosto na fenda onde a noz tinha ficado presa. — Está muito escuro. Pegue o telefone para mim, por favor.

Ruth acionou a lanterna e passou o celular para Oliver, que direcionou a luz para a escuridão.

— O que é? — perguntou, mas Oliver não respondeu.

Ele se levantou e correu pela varanda. Desceu as escadas, pisoteando e esmagando os grossos tufos de samambaia pelo caminho, e então caiu de joelhos e desapareceu sob o terraço. De cima, elas conseguiam ver o feixe de luz enquanto ele tateava a terra, e por fim ouviram um som fino, algo entre um guincho e um gemido, e a voz de Oliver, gritando sem parar:

— O que você está fazendo *aqui*?

— É o Pesto — disse Ruth, agarrando o braço de Muriel. — Ele voltou do mundo dos mortos.

3.

O gato tinha sido atacado e estava gravemente ferido. O incidente deve ter acontecido vários dias antes, porque as feridas cicatrizaram e infeccionaram. A cauda, da qual ele tanto se orgulhava e que costumava levantar bem reta no ar, pendia, frouxa, arrastando-se pelo chão. Estava magro. Seus pelos estavam todos grudentos pelo sangue cobertos por uma espessa camada de poeira, e seus olhos pareciam opacos e distantes, como se ele tivesse se retirado para algum lugar inviolável, só para animais, onde não sentia dor. Oliver o carregou no colo enquanto Ruth pegava uma caixa e a forrava com uma toalha. Quando o colocaram ali, o gato tentou se levantar, mas tombou. As patas traseiras não tinham força.

— Isso não é bom — disse Oliver. — Esses cortes estão muito profundos. Viraram abscessos.

Ele respirou fundo e passou as mãos pelas ancas do gato. Ao sentir o toque no rabo machucado, Pesto se levantou e tentou rosnar, mas até isso era demais para ele, e o gato afundou de volta na toalha.

— Ele está com muita dor — Oliver disse em um tom de voz alto, mas as palavras soaram frágeis. Ele se endireitou e ficou ao lado da caixa, olhando para baixo. — Gato estúpido. Ele não vai conseguir.

— Como você sabe? — Ruth o censurou. — Talvez...

— Não. — Ele a interrompeu. — A infecção se espalhou pelo corpo dele. Temos de sacrificá-lo.

— Quer que eu ligue para Dora? — Muriel perguntou.

— Não — disse Ruth. — Temos que ir para a cidade. Temos que levá-lo para o veterinário.

— Não adianta — disse Oliver. Ele se afastou e se recostou no parapeito do terraço. — Eu *sabia* que isso poderia acontecer. Gato estúpido. Fugindo, se metendo em brigas. Era só uma questão de tempo.

— Podemos pegar a balsa das duas horas se sairmos agora — insistiu Ruth.

— Não vale a pena — respondeu Oliver. — Ele está morrendo. É apenas um gato do mato estúpido.

— Podemos ligar para o veterinário do barco.

— Não. O veterinário é caro. Nós vamos até lá só para eles o sacrificarem...

Ele ficou ali, de costas, segurando o corrimão. Ruth olhou para a coluna dele, imóvel. Oliver estava tão bravo. Com raiva dela, do gato, do mundo, por partirem seu coração. Ela entrou na casa e pegou as chaves do carro. Saiu, pegou a caixa com o gato, levou-a para o carro e entrou. Deu ré e baixou a janela.

— Depressa — gritou.

Ele virou a cabeça e hesitou.

— Vá — disse Muriel, empurrando-o para o veículo.

Na balsa, ele ficou com os olhos fixos nas ondas, pela janela, enquanto Ruth ligava para avisar à clínica que estavam a caminho.

— Gato estúpido. — Ele não parava de dizer. — Gato estúpido.

Mas, quando chegaram lá, ele carregou a caixa e segurou Pesto sobre a mesa enquanto o veterinário o tosava e drenava todas as feridas. Os ferimentos eram graves, o veterinário concordou, tão graves como ele jamais tinha visto, lacerações de dentes e garras, provavelmente de um guaxinim ou de um bando deles.

Pesto tinha tentado escapar, motivo pela qual os ferimentos eram tão graves nas ancas, mas a verdadeira ameaça era a infecção, que se espalhou por todo o corpo. O prognóstico não era bom. Teriam de manter as feridas limpas e drená-las outras vezes se começassem a fechar, para que não voltassem a ser abscessos. Precisariam medicá-lo com antibióticos, mantê-lo dentro de casa e mergulhar o corpo dele em água morna com sal de Epsom três vezes ao dia. Oliver fez perguntas, escreveu anotações e depois pediu um bisturi ao veterinário. Ruth ficou sentada em uma cadeira e tentou não desmaiar enquanto o veterinário explicava como abrir os ferimentos e drenar o pus. Oliver parecia triste, mas sua determinação tinha voltado. Ele ia salvar o gato.

Ruth ainda se sentia nauseada quando saíram, então ele dirigiu. Derrubado pela anestesia, Pesto dormia em sua caixa na traseira. Na fila da balsa, ela enfiou a cabeça entre o encosto e a porta do carro, fechou os olhos e escutou Oliver processando os fatos. Ele caminhava em círculos, tentando encontrar sentido no que havia acontecido.

— Pelo menos sabemos — ele continuava dizendo. — E mesmo que essa Peste não consiga, pelo menos sabemos o que aconteceu. Era isso que estava me deixando louco. Não saber para onde ele tinha ido ou se estava vivo ou morto. Mas pelo menos agora sabemos. Faremos o possível para salvá-lo, mas, mesmo se não for possível, mesmo que ele morra amanhã, pelo menos saberemos que tentamos. Gato estúpido. Não há nada pior do que não saber...

4.

Cara Ruth,

Meus esforços deram alguns frutos, embora talvez os resultados não sejam tão satisfatórios quanto gostaríamos. Desde a última vez que nos correspondemos, consegui recuperar alguns dos meus arquivos perdidos de computador e localizar um e-mail antigo que Harry deve ter me enviado, do qual, devo confessar, mal me lembro de ter recebido. Escrevi para ele imediatamente, mas ainda não recebi uma resposta. Tomei a liberdade de enviar a ele seu endereço de e-mail e de contar a ele sobre suas preocupações urgentes, então é possível que você tenha notícias diretamente dele, mas talvez não as receba. Estou lhe encaminhando a mensagem de Harry; ao lê-lo, você será capaz de compreender o que quero dizer.

É claro, este e-mail é anterior ao terremoto e ao tsunami, então duvido que seja de muita utilidade para você, ou que responda às suas perguntas quanto ao paradeiro atual de meu amigo enigmático e sua família, mas não posso deixar de sentir que há coisas neste e-mail que você pode achar interessantes. Ao menos, senti que deveria estar a par de nossa troca mais recente, mesmo que tenham se passado vários anos.

5.

Caro Ron,

Obrigado por não se esquecer de seu velho amigo que tem sido tão negligente em lhe escrever. Primeiro, deixe-me responder a suas perguntas gentis. Minha família está bem. Minha esposa continua trabalhando na editora de livros didáticos e recentemente desenvolveu um novo hobby: mergulho em alto-mar. Sou muito grato a ela por me apoiar durante meus momentos difíceis, e também à minha filha, Naoko. Quando viemos de Sunnyvale para Tóquio, ela também enfrentou tempos muito difíceis e, por algum tempo, até abandonou a escola. Mas depois conseguiu se dedicar arduamente e passar no exame de equivalência, e foi bem-sucedida em obter uma boa bolsa para uma escola internacional, em Montreal, onde se mostrou muito interessada em estudar a cultura e a língua francesas.

Quanto a mim, há vários anos, consegui fundar minha startup, que é uma empresa de criptografia e sistema de segurança chamado Mu-Mu[157] Vital Hygienics. Não posso entrar em muitos detalhes por causa dos acordos de confidencialidade, mas Naoko me deu a ideia. Em seus dias de escola secundária, ela foi vítima de bullying severo. Seus colegas de classe a intimidavam, inclusive fazendo vídeos que, para envergonhá-la, postavam na internet. Quando os vi, chorei muito. Fiquei com muita raiva! Como seu pai, é meu dever manter minha filha a salvo, mas falhei. Eu era um homem cego, egoísta a ponto de não percebê-lo, só me preocupava comigo.

Mas, quando por fim acordei, comecei a pesquisar e consegui desenvolver um *web crawler* capaz de rastrear bancos de dados de mecanismos de pesquisa e apagar todas as instâncias com o nome e as informações pessoais da minha filha, assim como todas as fotos e vídeos desagradáveis, até não restar nem um único vestígio de sua humilhação. A barra dela estava limpa novamente. — Super Ultra Limpa!, disse Naoko, e ela ficou muito feliz em recomeçar a vida em Montreal, no Canadá.

Então tudo isso teve um resultado muito bom, mas depois tive a ideia que talvez meu *web crawler* bonitinho, que estou chamando de Mu-Mu, o Destruidor, pudesse ser útil para outras pessoas também. Por exemplo, há muitas pessoas que cometem erros e gostariam de corrigi-los, e meu pequeno Mu-Mu pode ajudar. Ou, muitas pessoas gostariam de desaparecer,

---

157. *Mu-mu* (無 無?): não, nada, negativo, nulo, não.

e Mu-Mu pode fazer isso, para que ninguém consiga encontrá-las. Por exemplo, se alguém estiver cansado de ser famoso e quiser ser um anônimo.

Para isso, desenvolvemos dois métodos Mu. O primeiro é um sistema quântico que chamamos de Q-Mu, que faz com que Mu procure todas as suas aparições na internet de muitos mundos, e então substitui todas elas por nada. Não sei bem como explicar, exceto que é como brincar de origami com o tempo. Esse é o método mais difícil e caro porque Q-Mu envolve a colaboração entre mundos e a troca de passados possíveis, por isso só é vantajoso para alguém muito rico e, mesmo assim, algumas pessoas são famosas demais e nunca chegarão a ser Super Ultra Limpas plenamente, porque a fama delas existe em muitos mundos.

O outro método é mais simples e mecânico, porque este Mu só pode alterar presente e futuro. Este é chamado de MechaMu, e é mais gradual, mas igualmente bem-sucedido ao longo do tempo. MechaMu tem como alvo apenas os motores de busca e elimina o nome da pessoa para evitar que seja encontrada. E, já que ninguém consegue encontrá-la, ela deixará de ser famosa bem depressa e, em pouco tempo, acaba por desaparecer. É como se tornar invisível aos poucos, e é a maneira mais econômica.

Tenho muitos clientes famosos, dos quais você nunca ouviu falar! (É piada, mas é bem verdadeiro.)

Sabe, Ron, agora entendo que o suicídio é um pensamento ultrapassado, de tempos materialistas e antiquados. Também é confuso e desnecessário. Agora, com meu Mu-Mu, ninguém precisa se preocupar com coisas tão confusas, porque meus pequenos *web crawlers* podem desfazer impecavelmente uma pessoa que deseja deixar de ser. Naoko inventou uma teoria engraçada do não ser que chama de Muyū.[158] Ela diz que Muyū é o Novo Yū.[159] É uma ideia inovadora. Diz que o anônimo é a nova celebridade. O indicador do que é cool agora é não ter resultados de busca para o seu nome. Nenhum resultado de busca mostra como você é profundamente não famoso, porque a verdadeira liberdade vem de ser desconhecido. Não sei se isso é verdade ou não, mas talvez seja um pouco verdadeiro, porque meu Mu-Mu está indo muito bem e, pela primeira vez desde o estouro da bolha da internet, posso oferecer um estilo de vida confortável para minha família mais uma vez.

Espero que você também esteja bem. Tenho acompanhado o seu trabalho pelo seu site, e parece que não precisa dos meus serviços, mas se precisar, no futuro, espero que saiba que pode me pedir.

Seu amigo,
"Harry"

---

158. *Muyū* (無有?): não ser.
159. *Yū* (有?): ser, existência, antônimo de *mu*.

NAO

1.

Uau. Vou sentir muito a sua falta, de verdade. É loucura, eu sei, já que você nem existe ainda. E a menos que encontre este livro e comece a lê-lo, talvez nunca exista. Você é apenas uma pessoa que imagino como amiga, pelo menos por enquanto.

Ainda assim, sinto que reconheceria você se nos cruzássemos pela rua ou nossos olhares se encontrassem no Starbucks. Não é estranho? Mesmo que eu desista e decida não abandonar este livro em algum lugar para que você o encontre; mesmo que eu decida, talvez, que é melhor você existir apenas na minha imaginação, ainda sinto que reconheceria você em um piscar de olhos. Você pode ser apenas um faz de conta, mas é uma pessoa verdadeiramente amiga e que me ajudou. Estou falando sério.

De qualquer forma, como pode ver, minhas páginas estão acabando, então é melhor concluir as coisas. Eu só queria lhe contar o que aconteceu depois do funeral da velha Jiko, para que saiba o que está acontecendo comigo e minha família e não precise se preocupar muito. No caminho de volta para casa, quando partimos de Sendai, meu pai me levou à Disneylândia, embora seja uma coisa meio estranha de se fazer depois de um funeral, e já estou velha demais para ficar superanimada para dar um aperto de mão em Mickey-chan. Mas foi muito divertido mesmo assim, em especial ver meu pai em Futureland, percorrendo os campos de asteroides das cavernas de gelo na velocidade da luz em busca da Estrela da Morte.

E, por falar em estrelas, uma noite, mais ou menos um mês depois de voltarmos casa, meu pai e eu saímos para passear naquele parquinho perto do rio Sumida, nos sentamos nos balanços e ficamos observando as estrelas no céu e a água escura do rio correndo. Gatos de rua se esgueiravam pelas sombras, comendo lixo. Na escuridão, balançando para a frente e para trás, era fácil falar coisas. Conversamos sobre as estrelas, e sobre o tamanho do cosmos, e sobre a guerra. Tínhamos acabado de ler o diário secreto de Haruki #1 em francês, pouco antes, naquele dia. Meu pai encontrou um estudante de pós-graduação em poesia francesa para traduzi-lo para nós; estávamos lendo juntos e, pela primeira vez, aprendi como as pessoas podem ser más. Achei que entendia tudo sobre a crueldade, mas a verdade é que não entendia nada. Minha velha Jiko entendia. Por isso ela sempre carregava consigo as contas do juzu de Haruki, para que pudesse orar para ajudar as pessoas a serem menos cruéis umas com as outras. Depois do funeral, Muji me deu o juzu, e agora também o carrego o tempo todo. São contas muito intensas, escuras, lisas e que carregam o peso de todas as orações que os dedos de H. #1 e Jiko depositaram nelas. Não conheço nenhuma oração, então apenas giro as contas e digo bênçãos mentalmente por todas as coisas e pessoas que amo, e quando termino de dizer as coisas que amo, passo para as coisas que não odeio muito e às vezes até descubro que posso amar as coisas que acho que odeio.

No final do diário secreto em francês, na noite anterior à sua morte, meu tio-avô escreveu sobre sua missão suicida, e eu e meu pai ficamos surpresos por descobrir que, no fim das contas, ele havia decidido não lançar seu avião contra o porta--aviões inimigo. Ele não podia deixar de ir para a missão, então decidiu conduzir o avião para as ondas. É claro, isso era total-mente ultrassecreto. Ele sabia que seus superiores o executariam por traição se descobrissem o plano de errar alvo de propósito, e ele queria ter certeza de que a mãe e as irmãs receberiam o dinheiro da indenização que o governo devia pagar às famílias de pilotos que deram a vida pelo país. Faz muito sentido para mim. Ele era como o Capitão Corvo. Não queria apoiar uma guerra que odiava e não queria causar mais sofrimento, nem mesmo para o suposto inimigo. Quando li isso, fiquei um pouco vergonhada, na verdade. Eu me lembrei de como costumava emboscar Daisuke-kun e bater nele e também de como, sendo um fantasma vivo, esfaqueei minha inimiga Reiko no olho. Comecei a me sentir tão mal com isso que decidi me desculpar se algum dia os encontrasse de novo, o que é provável que não acontecerá. Daisuke e sua mãe se mudaram, e desde que parei de ir à escola, não vejo mais a Reiko.

Enfim, quando lemos sobre a decisão de Haruki de voar para as ondas, meu pai perdeu o controle por completo. Estávamos em casa, sentados no kotatsu, e ele estava lendo a tradução em voz alta para mim. Quando chegou a essa parte, largou o papel e bufou tão alto que o som pareceu como um grande volume de água espirrando, mas não era. Foi uma explosão de tristeza. Ele se levantou, foi ao banheiro e fechou a porta, mas ainda pude ouvi-lo chorando bastante e fungando. Isso é estranho, não é? Ouvir o pai desmoronar totalmente? Eu não sabia o que dizer, e é claro que fiquei assustada, porque quando seu pai já tentou suicídio várias vezes, esse tipo de coisa é preocupante. Mas ele saiu do banheiro depois e começou a preparar o jantar como se tudo tivesse voltado ao normal, então deixei passar, mas à noite, quando estávamos no parque, balançando na escuridão, perguntei-lhe por que tinha perdido o controle daquele jeito e ele me contou.

Tinha a ver com o emprego dele em Sunnyvale e a demissão. Eu ainda era muito nova quando tudo isso aconteceu, então não compreendi nada na época. Tudo o que eu sabia era que ele projetava interfaces para uma empresa de jogos de computador, o que me parecia muito legal.

— Minhas interfaces eram muito boas — contou. — Eram muito divertidas. Todo mundo gostava de jogar nelas. — Tinha um olhar melancólico e distante. — Estávamos fazendo protótipos com o ponto de vista do jogador. Eles me chamaram de Pioneiro do pov. Então a empresa assinou um acordo com um desenvolvedor militar dos Estados Unidos. Iam aplicar minhas interfaces no design de controladores de armas para uso dos soldados.

— Uau — falei. Isso pareceu muito legal, também. Não disse nada, mas ele percebeu na minha voz. Enfiou a ponta de plástico de seu chinelo na areia sob o balanço e parou.

— Era errado — explicou ele, debruçando-se nas correntes que seguravam o balanço. — Aqueles garotos iam matar pessoas. Matar pessoas não deveria ser tão divertido.

Parei de balançar também, e fiquei perto dele. Meu coração batia forte, bombeando o sangue para meu rosto. Eu me senti muito burra e imatura, mas, ao mesmo tempo, algo se abria dentro de mim, ou talvez fosse o mundo que estava se abrindo para me mostrar algo realmente importante. Sabia que via apenas um pedacinho dele, mas era maior do que qualquer coisa que eu já tivesse visto ou sentido.

Ele desceu do balanço e começou a andar. Eu o segui. Ele me revelou que caiu em uma profunda depressão e parou de dormir à noite. Tentou encontrar alguém para conversar sobre seus sentimentos. Procurou até um psicólogo na Califórnia. Continuou discutindo a questão no trabalho também, tentando convencer os membros de sua equipe de desenvolvimento que o deixassem programar algum tipo de sistema de conscientização no design da interface, para que os infelizes pilotos despertassem e compreendessem a loucura de suas ações, mas o desenvolvedor militar não gostou da ideia, e seus chefes e os membros de sua equipe se cansaram de ouvi-lo falar sobre seus sentimentos, então o mandaram embora.

Ele se sentou em um panda de cimento e escondeu o rosto entre as mãos.

— Fiquei tão envergonhado — contou.

Eu não podia acreditar. Olhei para ele, sentado todo curvado na cabeça do panda, e senti que meu coração ia explodir de orgulho. Meu pai era um total super-herói, e eu é que deveria ficar com vergonha, porque durante todo o tempo que ele foi perseguido por suas crenças, eu estava chateada com ele por ter sido demitido, perder nosso dinheiro e arruinar a minha vida. Isso mostra quanto eu entendia das coisas.

Ele continuou falando:

— ... então, por isso chorei hoje, quando li o diário do tio Haruki. Entendi como ele se sentia, percebe? Haruki Número Um tomou sua decisão. Ele atirou o avião contra uma onda. Sabia que era um gesto estúpido, inútil, mas o que mais poderia fazer? Tomei uma decisão semelhante, também estúpida e inútil, só que meu avião levava toda a nossa família. Senti muito, muito por você, pela sua mãe e por todos nós, devido às minhas ações.

"Depois do Onze de Setembro, ficou claro que a guerra era inevitável. Estavam se preparando para ela há muito tempo. Uma geração de jovens pilotos americanos usaria minhas interfaces para caçar e matar afegãos, e iraquianos também. Aquilo era minha culpa. Senti tanto pelo povo árabe e suas famílias, e sabia que os pilotos americanos também sofreriam. Talvez não de imediato. Na época, aqueles garotos estavam cumprindo suas missões, tudo parecia irreal, emocionante e divertido, porque foi assim que desenvolvemos o projeto. Mas mais tarde, talvez dias, meses ou até mesmo anos depois, a realidade do que fizeram voltaria à tona, ficariam abalados pela dor e pela raiva e descontariam em si mesmos e em suas famílias. Isso também seria minha culpa."

Inquieto, ele se levantou do panda e se arrastou até a cerca de correntes em volta do parquinho. Eu o segui. Um portãozinho dava para as margens altas e inclinadas de concreto do rio. Sentamos lado a lado na beirada e observamos a correnteza, escura e rápida. Eu sabia que ele já havia pensado em se afogar naquelas águas. Sabia que ele estava pensando nas vezes que fora até ali para morrer. Ele estendeu o braço e segurou minha mão.

— Eu decepcionei você — lamentou. — Estava tão corroído por culpa. Não estava lá quando você realmente precisava de mim.

Prendi o fôlego. Ele ia trazer o Incidente da Calcinha à tona. Ia confessar que estava dando lances. Tentei puxar a mão. Eu não queria mesmo falar sobre aquilo, mas como poderia escapar? Afinal, fiz uma pergunta difícil e ele me deu uma resposta verdadeira e honesta. Eu lhe devia isso. Então, quando me perguntou como minha calcinha tinha ido parar naquela burusera hentai e o que tinha acontecido no vídeo, respirei fundo e contei tudo. Sei que ele e mamãe conversaram sobre meu ijime, mas acho que ele nunca percebeu como era sério. Percebi que aquilo o deixou triste, mas também o irritou muito.

— Obrigado por me contar — falou, quando terminei. Havia uma dureza em sua voz, mas eu sabia que ele não estava bravo comigo. Parecia mais que havia se decidido sobre alguma coisa. Ele se levantou e me ajudou a levantar; voltamos para casa em silêncio, parando uma vez em uma máquina de venda automática para que me comprasse um Pulpy. Ele parecia preocupado de verdade. Não sei o que está planejando fazer, mas, desde aquela noite, voltou a trabalhar no computador como um diabo determinado.

Ele parou de ler "As Grandes Mentes da Filosofia Ocidental" completamente e passava o tempo todo programando, que é seu verdadeiro superpoder. Quer dizer, há muitos super-heróis com superpoderes diferentes, e alguns deles são grandes e chamativos, como superforça, supervelocidade, reestruturação molecular e campos de força. Mas essas habilidades não são tão diferentes dos superpoderes que a velha Jiko podia manifestar, como se mover superdevagar, ou ler a mente das pessoas, ou aparecer no batente das portas ou fazer as pessoas se sentirem bem com relação a si mesmas apenas com sua presença.

De qualquer forma, não sei por que estou lhe contando tudo isso, só achei que você gostaria de saber. Meu pai parece ter encontrado seu superpoder e talvez eu tenha começado a encontrar o meu também, que é escrever para você. E, antes que eu não tenha mais espaço, só quero que saiba que eu e meu pai estamos muito bem agora que por fim tenho ciência do tipo de homem que ele é, e mesmo que não tenhamos realmente discutido o tema do suicídio, tenho certeza de que nenhum de nós pensa mais nesses termos. Sei que eu, pelo menos, não. Assim que terminar estas últimas páginas, vou comprar um novo livro em branco e manter minha promessa, que é escrever toda a história de vida da velha Jiko. Sim, ela já está morta, mas as histórias dela ainda estão vivas em minha mente, pelo menos por enquanto, então tenho que me apressar para escrevê-las antes que as esqueça. Minha memória é boa, mas as memórias também são seres-tempo, como flores de cerejeira ou folhas de ginkgo; são bonitas por um tempo, e depois morrem e desaparecem.

E talvez você fique feliz em saber que, pela primeira vez na minha vida, realmente não quero morrer. Quando acordo no meio da noite, verifico se o relógio do soldado do céu de H. #1 ainda funciona, e depois verifico se estou viva e, acredite ou não, às vezes sinto medo de verdade, do tipo: *Ai, meu Deus, e se eu estiver morta! Isso seria terrível! Ainda não escrevi a história de vida da velha Jiko!* E, às vezes, quando estou andando pela rua, me pego pensando: *Ah, por favor, não deixe aquele Lexus estúpido perder o controle e me atropelar, ou aquele assalariado burusera hentai maluco com o cabelo penteado de lado para esconder a careca me apunhalar com um canivete, ou aquele cara todo vestido de branco que parece um terrorista cult deixar uma sacola de gás sarin no meu vagão do metrô... pelo menos não até eu terminar de escrever sobre a vida da velha Jiko! Não posso morrer antes de fazer isso. Preciso viver! Não quero morrer! Não quero morrer!*

É nisso que me pego pensando. Pelo menos até eu terminar de escrever a história dela, não quero morrer de jeito nenhum. Pensar em decepcionar Jiko traz lágrimas aos meus olhos, e acho que se pode dizer que essa é uma grande transformação em meu estado de espírito: de fato me preocupar sobre morrer, como uma pessoa normal.

E aqui vai uma última coisa. Acabei de descobrir algo muito encorajador. Descobri que o velho Marcel Proust não escreveu apenas um livro chamado *À la recherche du temps perdu*. Foram sete! Incrível, não? *À la recherche du temps perdu* era uma história incrivelmente longa, com milhares de páginas, então ele teve que publicá-lo em vários volumes diferentes. E o último volume se chama *Le temps retrouvé*, que significa *O tempo recuperado*. Não é perfeito? Então agora só tenho de manter os olhos abertos e tentar encontrar um exemplar antigo de *Le temps retrouvé*. Vou levá-la à loja de artesanato em Harajuku e ver se consigo convencer a artesã que trabalha lá a mandar cortá-lo em outro livro para mim, e então escreverei a história da velha Jiko nele.

Hum. Sabe de uma coisa? Pensando bem, talvez eu não faça isso. Talvez eu realmente tente aprender um pouco de francês para conseguir ler o livro de Marcel, em vez de jogar todas as páginas fora. Isso seria legal. E quanto à história de vida da minha velha Jiko, acho que vou comprar um calhamaço do bom e velho papel comum e começar logo.

RUTH

1.

Ela fechou o livro.

Tinha chegado ao fim. À última página. Terminara.

E agora?

Ela olhou o relógio. Os números vermelhos brilhavam, 3:47 da manhã. Quase quatro horas. A lareira da sala estava apagada há muito tempo e a casa estava fria. Se estivesse no templo de Jiko, dentro de uma hora estaria acordando para se sentar em zazen. Ela estremeceu. Na janela do quarto, a noite fria e escura pressionava a vidraça e o único ponto brilhante, sua lanterna de cabeça, refletida no vidro, a mantinha acuada. Ela podia ouvir o vento no bambuzal e o som de uma árvore alta rangendo. Ao lado dela, Oliver dormia profundamente, emitindo um *pu-pu-pu* baixinho com os lábios. O gato ferido, na caixa colocada no chão ao lado da cama, estava em silêncio. Devia estar dormindo também.

Ela tinha acordado, inexplicavelmente, uma hora antes, e depois de um tempo, sem conseguir voltar a dormir, pegou o diário. Antes que percebesse, estava lendo a penúltima página. Faltava apenas mais uma. Hesitou, imaginando se as páginas se multiplicariam de novo, mas não. Ela abriu a página final. As palavras continuaram, ela as leu até o fim e, ao fim da página, elas pararam. Não havia dúvida quanto a isso. Não havia mais palavras e não havia mais páginas.

Livros terminam. Por que ela estava surpresa?

Refletiu sobre o mistério das palavras desaparecidas. Será que, de alguma forma, ela as encontrara e as trouxera de volta?

Não era tão louco quanto parecia. Às vezes, enquanto estava escrevendo, ela se perdia tão completamente em uma história que, na manhã seguinte, quando abria o arquivo e olhava para o manuscrito, surpreendia a si mesma encontrando parágrafos que juraria jamais ter visto antes; às vezes eram cenas inteiras que ela não se lembrava de ter escrito. Como chegaram ali? Era uma sensação estranha, geralmente seguida de um breve surto de pânico — *alguém invadiu a minha história!* — e que se transformava em entusiasmo enquanto ela lia, inclinando-se em direção ao monitor como se fosse uma fonte de luz ou calor, tentando acompanhar as novas frases desconhecidas à medida que se desenrolavam à sua frente. Vagamente, vagamente ela começava a se lembrar, da mesma forma que nos lembramos de uma imagem que lembra uma mariposa em um sonho, sua mente tateando pelas bordas, de soslaio, tímida em encarar as palavras, por medo de que elas afundassem para o submundo, pouco além dos pixels, e lá desaparecessem. Longe dos olhos, longe da mente.

Mas o que tinha acontecido desta vez foi diferente. Ela não estava escrevendo; estava *lendo*. Certamente quem lia não era capaz desse tipo bizarro de encantamento, de tirar palavras do vazio. Mas, pelo visto, ela tinha feito exatamente isso, ou então estava ficando louca. Ou então...

Em conjunto, faremos mágica...

Quem havia encantado quem?

Parecia se lembrar de Oliver sugerindo isso uma vez, mas não tinha de fato compreendido a importância do questionamento dele. Era ela o sonho? Nao era sua criadora? O poder de ação do sujeito é um tema complexo, Muriel tinha dito. Ruth sempre se considerara real o bastante, mas talvez não fosse. Talvez ela estivesse tão ausente quanto seu nome indicava, uma composição desabrigada, fantasmagórica, de palavras que a garota tinha reunido. Nunca tivera nenhum motivo para duvidar de seus sentidos. Sua experiência empírica de si mesma, como um ser que existia em um mundo real de que se lembrava, parecia confiável o suficiente, mas, agora, no escuro, às quatro da manhã, não tinha tanta certeza. Ela estremeceu, e o movimento súbito a fez perceber todos os pontos em que seu corpo tocou a cama. Melhor assim. Fez um esforço para sentir o calor e o peso do edredom contra a pele, o ar frio no rosto e nos braços, as batidas do coração.

O diário também trazia uma sensação cálida às suas mãos. Ela olhou para a capa de tecido vermelho. Estava imaginando ou o tecido parecia mais gasto do que quando o encontrou? Ela o virou. Havia uma mancha escura no verso, onde o gato tinha babado. Ela o segurou diante do nariz. O cheiro amargo de grãos de café e doce de xampu frutado tinha desaparecido. Agora cheirava a madeira queimada e cedro, e bem de leve, também, a mofo e poeira. Ela traçou as letras douradas na lombada com o dedo e depois abriu o livro depressa, até a última página, como se quisesse pegá-lo desprevenido.

A página não mudara. É claro que não. O que ela estava pensando? Que algumas palavras extras poderiam ter escorregado enquanto o livro estava fechado, quando ela não estava olhando? Ridículo.

Ainda assim, algumas palavras extras teriam feito toda a diferença. Ela fechou o livro novamente e cutucou o canto danificado como um dente solto. A capa parecia mais fria agora. Estaria imaginando isso também?

Chega.

Colocou o diário na mesa de cabeceira e apagou a luz. De manhã, quando o pegou novamente, o livro estava frio ao seu toque.

2.

— Agora que você terminou — disse ela —, preciso saber se estou louca ou não.

Estavam sentados no balcão da cozinha tomando o chá matinal. Pesto, tosado, coberto de feridas abertas e usando o Cone da Vergonha, estava deitado em uma toalha no colo de Oliver, parecendo sedado e extremamente zangado. Oliver tinha acabado de ler as últimas páginas do diário e, quando ouviu a pergunta, levantou a mão para rechaçá-la.

— Sei que essa conversa não vai acabar bem, então, por favor, não vamos entrar no assunto.

Ela ignorou os protestos.

— Naquela noite que as palavras desapareceram e na qual você me disse que era meu dever encontrá-las, você não acreditava, de fato, que as páginas estavam em branco. Também não acreditava que o fim estava recuando. Não acreditava. — Não era uma pergunta.

Ele a olhou no fundo nos olhos e não perdeu o controle.

— Amor — disse. — Eu nunca *não* acreditei em você.

— Mas você me deixou contar isso a Muriel, que agora também deve pensar que estou louca.

— Ah — falou ele, parecendo aliviado. — Se é *isso* que a preocupa, não se incomode. Todos nesta ilha são loucos. Tenho certeza de que Muriel nem parou para pensar na questão.

Aquela resposta não foi muito capaz de tranquilizá-la, mas, dado que havia tantas outras questões não resolvidas, ela estava disposta a deixá-la de lado.

— Tudo bem — disse. — Suponha que, de alguma forma, a teoria de Muriel esteja certa, e que no meu sonho pude seguir o corvo-da-selva ao parque Ueno, onde encontrei o pai de Nao e o mandei ir para Sendai...

Ele tinha deixado o diário de lado, e agora folheava a edição mais recente da *New Yorker*.

— Oliver!

— O quê? — Ele ergueu os olhos. — Estou ouvindo. Você seguiu o corvo até o parque, encontrou o pai e o mandou para Sendai.

— Ok. Então, o que isso significa?

— Como assim?

— Quer dizer, você está dizendo que o corvo-da-selva me fez voltar no tempo? E se eu não tivesse tido aquele sonho, o pai de Nao poderia ter encontrado seu parceiro suicida e se matado? E Nao nunca teria descoberto que seu pai era um homem de consciência, ou descoberto a verdade sobre o tio-avô kamikaze?

— Eu não estou dizendo nada — safou-se Oliver. — Pode acreditar em mim.

— Se não fui eu que coloquei o diário secreto de Haruki Número Um dentro da caixa dos restos mortais no altar, então como foi parar lá?

Ele ergueu os olhos, surpreso.

— Você o colocou lá?

— Sim. Eu contei para você. No fim do meu sonho. Eu o descobri nas minhas mãos quando estava prestes a acordar, então o coloquei na caixa.

— Grande sacada — disse Oliver.

Ela deu de ombros, sentindo-se satisfeita.

— Sim, também achei. Eu me senti meio super-heroína naquele momento.

— Aposto que sim — disse ele, com admiração.

Mas ela não estava convencida.

— Não sei — continuou ela, enquanto sua confiança diminuía. — Se eu ouvisse essa história, também pensaria que estou louca. Provavelmente há uma explicação simples, racional, sobre como a velha Jiko o colocou lá. Talvez ela estivesse com ele o tempo todo. Talvez Haruki Número Um tenha encontrado alguma forma de enviá-lo para ela antes de sair para o voo, mas por algum motivo ela não queria que ninguém soubesse. Talvez apoiasse secretamente a guerra e estava envergonhada da decisão final do filho em não cumprir sua missão suicida. Talvez pensasse que ele era um covarde...

— Pode parar — interveio Oliver. — Agora você está parecendo louca de verdade. Não há uma única evidência que sustente essa hipótese. Por tudo que Nao disse, a velha Jiko era pacifista e radical também, mesmo tendo cento e quatro anos. Portanto não vá inventando explicações rebuscadas e praticando revisionismo histórico para se sentir sã. Se você tem que ser louca para Jiko ser quem ela é, que assim seja. Isso vale para todos.

Ruth ficou em silêncio. Ele estava certo, é claro. Ele pegou a *The New Yorker* de novo, mas ela não estava pronta para deixar o assunto de lado.

— Tudo bem — concordou. — Mas e o e-mail de Haruki Número Dois? O que fala sobre o Q-Mu e o MechaMu e todas essas coisas de computação quântica? Você realmente acredita nisso tudo? Ele parece ainda mais louco do que eu.

Oliver tirou os olhos da revista.

— "A informação quântica é como a informação de um sonho" — disse. — "Não podemos mostrá-la aos outros e, quando tentamos descrevê-la, alteramos a memória dela."

— Uau — exclamou Ruth. — Que bonito. Você inventou?

— Não. É uma citação de algum físico famoso. Não consigo lembrar o nome dele.[160]

— É assim que me sinto quando escrevo, como se esse mundo lindo existisse em minha cabeça, mas, quando tento me lembrar para anotar, eu o altero e nunca mais consigo recuperá-lo. — Olhou desconsolada pela janela e pensou em suas memórias abandonadas. Outro mundo arruinado. Era triste. — Mas ainda não entendo. O que a informação quântica tem a ver com isso?

Oliver mudou o gato de posição no colo.

— Tudo bem — começou. — Você estava especulando sobre vários resultados, certo? Múltiplos resultados implicam

---

[160]. Charles Bennett. Oliver procurou a citação mais tarde e descobriu que é de um artigo sobre computação quântica escrito por Rivka Galchen e publicado na revista *The New Yorker*, em 2 de maio de 2011.

múltiplos mundos. Você não é a primeira a se perguntar sobre isso. A interpretação quântica de muitos mundos existe há meio século. É pelo menos tão velho quanto nós.

— Bem, então é bem antiga mesmo.

— Minha questão é que não é nova. Nada é novo, e aceitando a interpretação da mecânica quântica sobre a existência de muitos mundos, então tudo o que é possível vai acontecer, ou talvez já tenha acontecido. E, sendo assim, talvez seja possível que, em um desses mundos, Haruki Número Dois descobriu como projetar seu Q-Mu e fazer com que os objetos naquele mundo interagissem com este. Talvez tenha descoberto como usar o entrelaçamento quântico para fazer mundos paralelos conversarem e trocarem informações entre si.

Ruth olhou para o gato com tristeza.

— Não estou acompanhando — disse. — Eu deveria estar usando o Cone da Vergonha. Não sou inteligente o bastante para entender.

— Bom, nem eu. É preciso ser capaz de fazer os cálculos para realmente entender, e isso é mais do que maioria de nós consegue. Mas você conhece a história do gato de Schrödinger, não?

3.

É claro que ela conhecia a história do gato de Schrödinger. Afinal, o gato deles recebera o nome de Schrödinger, mesmo que não tenha pegado. Mas, se pressionada, ela teria de confessar que o nome Schrödinger sempre a deixou vagamente ansiosa, da mesma forma que o nome Proust. Tinha convicção de que deveria aprender sobre o gato do primeiro e ler a obra do segundo, mas não chegara nem perto de nenhuma das duas coisas.

Sabia que o gato de Schrödinger era um experimento mental, idealizado pelo físico de mesmo nome, que tinha algo a ver com a vida e a morte e física quântica.

Sabia que a física quântica descrevia o comportamento da matéria e da energia em um nível microscópico, no qual átomos e partículas subatômicas se comportam de maneira diferente do que objetos macroscópicos do cotidiano, como gatos.

Sabia que Schrödinger havia proposto colocar seu gato teórico em uma caixa teórica com uma toxina letal, que seria liberada se determinado conjunto de condições ocorresse.

— Isso mesmo — disse Oliver. — Também não me lembro dos detalhes,[161] mas sua proposição básica era que, se os gatos se comportassem como partículas subatômicas, o gato estaria simultaneamente vivo e morto, enquanto a caixa permanecesse fechada e não soubéssemos se as condições foram cumpridas. Mas no exato momento que um observador abre a caixa para espiar e medir as condições, ele encontraria o gato morto ou vivo.

— Quer dizer que ele poderia matar o gato só de olhar para ele?

— Não, não exatamente. O que Schrödinger estava tentando ilustrar é, às vezes, chamado de paradoxo do observador. É um problema que surge quando se está tentando medir o comportamento de coisas muito pequenas, como partículas subatômicas. A física quântica é estranha. Em um nível subatômico, uma única partícula pode existir como uma gama de possibilidades, em muitos lugares ao mesmo tempo. Esta capacidade de estar em muitos lugares ao mesmo tempo é chamada de superposição.

— Isso que é superpoder — disse Ruth. — Nao teria gostado disso. — Ela também gostou. Se fosse uma partícula subatômica, poderia estar aqui e em Nova York.

— Esse comportamento quântico de partículas superpostas é descrito matematicamente como uma função de onda. O paradoxo é que as partículas existem em superposição apenas enquanto ninguém está olhando. No minuto que se observa as partículas

---

[161]. Para mais informações sobre o experimento mental do gato de Schrödinger, veja o Apêndice E.

superpostas para a medição, a função de onda parece entrar em colapso e a partícula passa a existir em apenas uma de suas muitas localizações possíveis, e apenas como uma única partícula.

— Os muitos se tornam um?

— Sim, ou melhor, essa é uma teoria. A de que não existe um resultado único até que seja medido ou observado. Até o momento da observação, há apenas um leque de possibilidades, *ergo*, o gato existe nesse estado meio borrado. Está vivo e morto.

— Mas isso é um absurdo.

— Exatamente. Esse foi o argumento de Schrödinger. Existem problemas com essa teoria do colapso da função de onda. O que ela diz, por extensão, é que, em qualquer momento, uma partícula é o que quer que seja medido. Não tem realidade objetiva. Esse é o primeiro problema. O segundo problema é que ninguém foi capaz de apresentar os cálculos que apoiam essa teoria do colapso da função de onda. Então Schrödinger não acreditava de fato nela. Todo o negócio dos gatos pretendia apontar o absurdo da situação.

— Ele teve uma ideia melhor?

— Não, mas mais tarde alguém teve. Um cara chamado Hugh Everett apareceu com a matemática para apoiar uma teoria alternativa, a de que o chamado colapso não acontece de jeito nenhum.[162] Nunca. Em vez disso, o sistema quântico superposto persiste, só que, quando observado, ramifica-se. O gato não está morto nem vivo. Está morto *e* vivo, só que agora existe como dois gatos em dois mundos diferentes.

— Você quer dizer, mundos reais?

— Sim. Loucura, não é? Sua teoria, que se baseia no que chamou de função de onda universal, é que a mecânica quântica não se aplica apenas ao mundo subatômico. Aplica-se a tudo, de átomos a gatos. O todo, o universo inteiro é mecânica quântica. E é aqui que fica realmente bizarro. Se existe um mundo com o

---

162. Para mais informações sobre Hugh Everett, veja o Apêndice F.

gato morto e um mundo com o gato vivo, isso tem implicações para o observador também, porque o observador existe *dentro* do sistema quântico. Você não pode se separar, então se divide, como uma ameba. Então agora há um eu seu que observa o gato morto e outro que observa o gato vivo. O gato era singular, e agora é plural. O observador era singular, e agora é plural. É impossível interagir e conversar com sua outra versão, ou mesmo saber a respeito de sua existência em outros mundos, porque não dá para se lembrar...

4.

Isso poderia explicar sua memória ruim?

Ela contemplou o gato, remexendo-se desconfortavelmente no colo de Oliver. O gato a fitou com um olhar longo e maligno antes de fechar os olhos. Quem estava observando quem? Para Pesto, era difícil observar qualquer coisa no momento com o Cone da Vergonha em volta do pescoço, mas antes do Incidente do Guaxinim, ele costumava gostar de observar a si mesmo. Poderia Pesto ser seu próprio observador? Interessante pergunta. Ele gostava de levantar a perna e estudar o cu. Não parecia que essa observação o fizesse se dividir em vários gatos com vários cus.

As palavras de Nao vieram à sua lembrança naquele momento, ou eram de Jiko? *Estudar o Caminho é estudar a si mesmo.* Não, fora Haruki quem escrevera isso. Ele estava citando Dōgen e falando sobre o zazen. Fazia algum sentido. Até onde Ruth sabia, o zazen parecia uma espécie de observação do eu a cada momento, que aparentemente levava à iluminação. Mas o que aquilo significava, afinal?

Estudar a si mesmo é esquecer-se de si. Talvez se alguém praticasse bastante o zazen, sua sensação de ser um eu sólido e singular se dissolveria, e a pessoa poderia ser capaz de se esquecer de si mesma. Que alívio. Seria possível só seguir alegremente como parte de uma matriz quântica.

Esquecer-se de si é ser iluminado por toda a miríade de coisas. Montanhas e rios, gramíneas e árvores, corvos e gatos e lobos e águas-vivas. Isso seria legal.

Dōgen tinha descoberto tudo isso? Escrevera essas palavras muitos séculos antes da mecânica quântica, antes de Schrödinger colocar seu gato enigmático em sua caixa metafórica. Quando Hugh Everett apareceu com a matemática que embasava uma teoria de múltiplos mundos, Dōgen estava morto havia quase oitocentos anos.

Ou não estava?

— Então veja — dizia Oliver —, estamos agora em um mundo onde Pesto está vivo, mas há outro mundo onde ele foi morto e devorado por aqueles guaxinins covardes, que, aliás, vou prender e afogar, dividindo assim o mundo mais uma vez em um com guaxinins mortos e outro com os vivos.

— Minha cabeça está doendo — afirmou Ruth.

— A minha também — disse Oliver. — Não se preocupe muito com isso.

— Acho que você não deveria matar os guaxinins — defendeu ela. — Não neste mundo, pelo menos.

— Provavelmente não, mas isso não impedirá que o mundo se divida. Cada vez que emerge uma possibilidade, isso acontece.

— Ai. — Ela refletiu sobre aquilo. Talvez não fosse tão ruim. Em outros mundos, havia terminado seu livro de memórias. As memórias, e talvez até um romance ou dois. O pensamento a alegrou. Se tinha sido tão produtiva em outros mundos, talvez pudesse tentar um pouco mais produtiva neste. Talvez fosse a hora de voltar ao trabalho. Mas, em vez disso, continuou sentada lá.

— Você acredita mesmo nisso? — perguntou. — Que existem outros mundos onde Haruki Número Um não morreu ao atingir uma onda, porque a Segunda Guerra Mundial não aconteceu? Onde ninguém morreu no terremoto e no tsunami? Onde Nao está viva e bem, e talvez terminando seu livro sobre a vida de Jiko, e eu e você estamos morando em Nova York e estou terminando meu próximo romance? Onde não há vazamento de reatores nucleares ou manchas de lixo no mar...

— Não há como saber — disse Oliver. — Mas se a Segunda Guerra Mundial não tivesse acontecido, então eu e você nunca teríamos nos conhecido.

— Hum. Isso seria triste.

5.

Não saber é difícil. No terremoto e no tsunami, 15.854 pessoas morreram, mas muitas outras milhares simplesmente desapareceram, soterradas vivas ou sugadas de volta para o mar no refluxo da onda. Os corpos nunca foram encontrados. Ninguém jamais iria saber o que aconteceu com elas. Esta era a dura realidade, neste mundo, pelo menos.

— Acha que Nao está viva? — perguntou Ruth.

— Difícil dizer. A morte é mesmo possível em um universo de muitos mundos? E o suicídio? Para cada mundo em que você se matar, haverá outro em que você não se matou, no qual continua vivendo. Muitos mundos parecem garantir um tipo de imortalidade...

Ela começou a ficar impaciente.

— Não me importo com outros mundos. Eu me importo com este. Eu me importo se ela está viva ou morta neste mundo. E quero saber como o diário dela e o restante das coisas apareceram aqui, nesta ilha. — Ela estendeu o braço e apontou para o relógio do soldado do céu. — Este relógio é real. Ouça. Está marcando o tempo. Está me dizendo as horas. Então, como chegou aqui?

Ele encolheu os ombros.

— Não sei.

— Achei, de verdade, que a esta altura eu já saberia — disse ela, levantando-se. — Achei que, se eu terminasse o diário, as respostas estariam lá ou eu poderia descobri-las, mas elas não estão lá e não sou capaz de entender. É realmente frustrante.

Mas não havia nada que ela pudesse fazer quanto a isso, e era hora de subir e voltar ao trabalho. Quando se aproximou do cone para coçar a cabeça de Pesto, um pensamento lhe ocorreu.

— Aquele gato do Schrödinger — falou —, ele me faz pensar em você. Em que estado quântico você estava quando se escondeu na caixa no porão?

— Ah — disse Oliver. — Isso. Definitivamente borrado. Meio morto e meio vivo. Mas, se você tivesse me encontrado, eu estaria morto, com certeza.

— Bem, ainda bem que não fui procurar você.

Ele riu.

— Sério? Está falando sério?

— É claro. O que você acha? Que quero que morra?

Ele encolheu os ombros.

— Às vezes, acho que você estaria melhor sem mim. Você poderia ter se casado com um magnata da indústria e ter uma boa vida na cidade, em Nova York. Em vez disso, está presa comigo nesta ilha esquecida por Deus, junto a um gato mau. Um gato mau e careca.

— Agora é você que está praticando revisionismo histórico — afirmou ela. — Existe alguma evidência para sustentar isso?

— Sim. Há muitas evidências para provar que o gato é muito ruim. E muito careca.

— Estou falando sobre eu ficar melhor sem você.

— Não sei. Acho que não.

— Ótimo, então você deveria usar o Cone da Vergonha por sugerir isso. Porque agora você me sentenciou a outra vida em outro mundo, em Nova York, com algum oligarca corporativo grosseiro como marido. Muito obrigada. — Ela deu um último tapinha no nariz do gato.

— Bem, não se preocupe — tranquilizou-a Oliver. — Você já se esqueceu de mim.

Era brincadeira, é claro, mas suas palavras feriram os sentimentos dela. Ruth puxou a mão.

— Não esqueci, não.

Ele estendeu a mão por cima do balcão e pegou seu pulso.

— Eu só estava brincando — falou, ainda a segurando para que ela não pudesse se afastar. — Você está feliz? — perguntou.

— Aqui? Neste mundo?

Surpresa, ela ficou imóvel e pensou na pergunta.

— Sim, suponho que sim. Pelo menos por enquanto.

A resposta pareceu satisfazê-lo. Deu um aperto no pulso dela e então a soltou.

— Tudo bem — disse, voltando para sua *New Yorker*. — É bom o bastante.

EPÍLOGO

Você pensa em mim.

Eu penso em você.

Quem é você e o que está fazendo?

Imagino você agora, uma jovem de... Espere, deixe-me fazer as contas... vinte e seis? Vinte e sete? Por aí. Talvez em Tóquio. Talvez em Paris, em um verdadeiro café francês, desviando os olhos da página enquanto procura uma palavra, observando as pessoas passarem. Não creio que esteja morta.

Onde quer que esteja, sei que está escrevendo. Você não poderia desistir disso. Posso vê-la segurando a caneta. Ainda está usando tinta roxa ou já superou isso? Você ainda rói as unhas?

Não vejo você trabalhando em uma empresa, mas não acho que seja *freeter*, também. Suspeito que esteja na pós-graduação, estudando história, escrevendo sua dissertação sobre mulheres anarquistas da Democracia Taishō ou sobre a instabilidade do "Eu" Feminino. (Por um momento doido, achei que aquela monografia que encontrei on-line poderia até ser sua, mas ela desapareceu antes que eu pudesse descobrir quem a escreveu.) Em todo caso, espero que tenha terminado seu livro sobre a vida de sua velha Jiko. Gostaria de lê-la em algum momento. Gostaria de ler o romance do eu da velha Jiko também.

Na verdade, não sei por que estou escrevendo isto. Sei que não posso encontrá-la se você não quiser ser encontrada. E sei que será encontrada, se quiser.

Em seu diário, você citou a velha Jiko dizendo algo sobre não saber, como não saber é o caminho mais pessoal, ou foi um sonho? De qualquer forma, tenho pensado muito sobre isso e acho que talvez seja verdade, embora eu não goste muito da incerteza. Prefiro muito mais *saber*, mas, é verdade, o não saber mantém todas as possibilidades abertas. Mantém todos os mundos vivos.

Mas, dito isso, também quero dizer que, se você mudar de ideia e decidir que gostaria de ser encontrada, estarei esperando.

Porque eu realmente gostaria de conhecê-la algum dia. Você também é meu tipo de ser-tempo.

Cordialmente,
Ruth

P.S.: Eu tenho um gato, e ele está sentado no meu colo, a testa dele tem o cheiro de cedros e a doçura do ar fresco. Como você sabia?

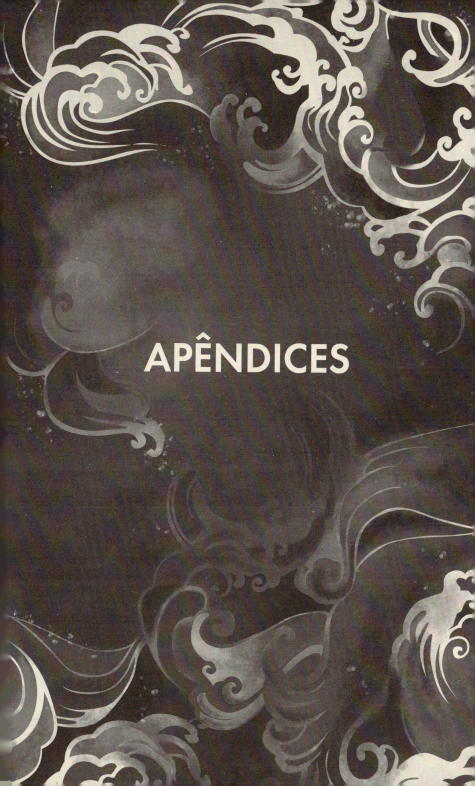

APÊNDICES

APÊNDICE A: MOMENTOS ZEN

A monja Zen Jiko Yasutani uma vez me contou, em um sonho, que não é possível compreender o que significa estar vivo nesta terra até que compreenda o ser-tempo e, para entender o ser-tempo, segundo ela, é preciso entender o que é o momento.

No sonho, perguntei:

— E, afinal de contas, o que é um momento?

— Um momento é uma partícula muito pequena de tempo. É tão pequena que um dia é feito de 6.400.099.980 deles.

Depois, quando pesquisei, descobri que esse era o número exato citado pelo Mestre Zen Dōgen em sua obra-prima, o *Shōbōgenzō* (*O tesouro do verdadeiro olho do dharma*).

Os numerais resistem aos olhos, então deixe-me escrevê-los por extenso: seis bilhões, quatrocentos milhões, noventa e nove mil, novecentos e oitenta. Esses são os momentos que o Mestre Zen Dōgen postulou que existem em um dia e, depois de dizer o número, a velha Jiko estalou os dedos. Estavam incrivelmente dobrados e retorcidos pela artrite, então ela não era muito boa em estalar, mas, de um jeito ou de outro, conseguiu transmitir seu ponto de vista.

— *Por favor, tente* — disse. — *Estalou? Porque, se estalou, esse estalo é igual a sessenta e cinco momentos.*

A granulosidade da percepção Zen do tempo fica clara se fosse feita a conta,[163] ou era possível simplesmente acreditar na palavra de Jiko. Ela se inclinou para a frente, ajustando os óculos de armação preta no nariz e espiando através das lentes espessas e escuras, e então falou mais uma vez:

---

163. Um estalar de dedos = 65 momentos; 6.400.099.980 momentos = um dia; portanto, 6.400.099.980 ÷ 65 = 98.463.077 estalar de dedos por dia.

— *Se começar a estalar os dedos agora e continuar estalando 98.463.077 vezes sem parar, o sol vai nascer e o sol vai se pôr, e o céu vai escurecer e a noite se tornar mais profunda, e todos dormirão enquanto você ainda estará estalando os dedos, até que, por fim, algum tempo depois do amanhecer, quando terminar seu 98.463.077º estalo, terá a consciência muito íntima de saber exatamente como passou cada momento de um único dia de sua vida.*

Ela sentou-se sobre os calcanhares e fez um sinal afirmativo com a cabeça. O experimento mental que ela propôs era, com certeza, estranho, mas o argumento era simples. Tudo no universo está mudando constantemente, nada permanece igual, e devemos compreender como o tempo flui depressa se quisermos despertar e, de fato, viver a vida.

— *É isso que significa ser um ser-tempo* — disse-me a velha Jiko, e depois estalou os dedos retorcidos de novo. — *E, de repente, você morre.*

APÊNDICE B: MECÂNICA QUÂNTICA

A mecânica quântica é ser-tempo, mas a física clássica também. Ambos descrevem as interações de matéria e energia conforme elas se movem no tempo e no espaço. A diferença é de escala. Nas escalas menores e em incrementos atômicos, energia e matéria começam a seguir regras diferentes, que a física clássica não pode descrever. Então, a mecânica quântica tenta explicar essas peculiaridades, postulando um novo conjunto de princípios que se aplicam a partículas atômicas e subatômicas, entre as quais estão:

- superposição: de acordo com a qual uma partícula pode estar em dois ou mais lugares ou estados ao mesmo tempo (isto é, o Mestre Zen Dōgen está vivo e morto?).
- entrelaçamento: de acordo com o qual duas partículas podem combinar suas propriedades no espaço e no tempo e se comportar como um único sistema (isto é, um mestre Zen e seu discípulo; uma personagem e a narradora; a velha Jiko, Nao, Oliver e eu?).
- o problema da medição: pelo qual o ato de medir ou observar altera o que está sendo observado (isto é, o colapso de uma função de onda; a narração de um sonho?).

Se o Mestre Zen Dōgen fosse um físico, acho que ele teria gostado de mecânica quântica. Ele, evidentemente, teria compreendido a natureza da superposição, que tudo inclui, e intuiria a interconectividade do entrelaçamento. Como uma pessoa contemplativa que também era um homem de ação, teria ficado intrigado com a noção de que a atenção talvez tenha o poder de alterar a realidade e, ao mesmo tempo, teria compreendido que a consciência humana não é nem mais nem menos do que as nuvens e a água, ou as centenas de espécies de gramíneas. Ele teria apreciado a natureza ilimitada do não saber.

APÊNDICE C: DIVAGAÇÕES

Chegou o dia de montanhas se moverem.
Assim afirmo, mas ninguém acreditará em mim.
As montanhas apenas adormeceram por um tempo.
Mas em eras passadas, elas moveram-se, como se flamejassem.
Se você não acredita em mim, aceito.
Só peço que acredite nisto, só nisto:
Neste exato momento, mulheres despertam do sono profundo.

Se eu pudesse tão-somente escrever em primeira pessoa.
Eu, que sou uma mulher.
Se eu pudesse tão-somente escrever em primeira pessoa,
Eu, eu.

— Yosano Akiko

Esses são os primeiros versos de um poema mais extenso de Yosano Akiko, *Sozorogoto* (Divagações), publicado pela primeira vez na edição de estreia da revista feminista *Seitō* (As intelectuais), em setembro de 1911.

APÊNDICE D: NOMES DE TEMPLOS

Depois de fazer algumas pesquisas sobre a nomenclatura dos templos japoneses, percebi que *Jigenji* era o nome do templo, e *Hiyuzan* era a suposta montanha, ou *sangō* (山号). Segundo a antiga tradição chinesa, os mestres Zen se retiravam para o topo de uma montanha distante, longe das distrações das cidades e centros urbanos, onde construíam uma cabana solitária de meditação e se devotavam à prática. À medida que a notícia de suas realizações espirituais se espalhava, os discípulos subiam a montanha para procurá-los, e logo grandes comunidades brotavam, estradas eram construídas e amplos templos eram erguidos, recebendo o nome da montanha anteriormente remota. (Como a notícia se espalhava? Como essas redes sociais e esse gerenciamento da reputação aconteciam antes da internet?)

Quando o Zen chegou ao Japão, o costume de dar um nome de montanha a um templo persistiu, independentemente se havia uma montanha abaixo dele ou não. Por isso, até mesmo os templos construídos nas planícies costeiras da região metropolitana de Tóquio têm nomes de montanhas, e ninguém parece se importar.

Existem vários kanji possíveis para o nome do templo *Jigenji*, mas a combinação provável é 慈眼時, formada pelos caracteres de *compassivo*, *globo ocular* e *templo*. O caractere para *gen*, ou globo ocular, é o mesmo do *Shōbōgenzō* do Mestre Dōgen, ou *O tesouro do verdadeiro olho do dharma*.

Os kanji mais prováveis para *Hiyuzan* parecem ser 秘湯山 (Montanha de águas termais escondida); no entanto, quando li o nome pela primeira vez, a combinação dos caracteres que me veio à mente foi 比喩山, que pode ser traduzida como Metáfora do Monte. Não pude deixar de pensar na brilhante obra de René

Daumal, *O monte Análogo: romance de aventuras alpinas, não euclidianas e simbolicamente autênticas*. O objetivo da jornada de Daumal é uma montanha única e geograficamente real, cujo topo é inacessível, mas cuja base é acessível. "A porta para o invisível", escreve ele, "deve ser visível". O monte Análogo é onde pode ser encontrado o *peradam*, um objeto cristalino extraordinário e desconhecido que só pode ser visto por quem o procura.

Tudo isso pode parecer uma digressão e muito irrelevante, mas, como o templo da velha Jiko se mostrou tão fugidio, pensar no monte Análogo me trouxe uma enorme sensação de esperança.

APÊNDICE E: O GATO DE SCHRÖDINGER

O experimento é assim:

Um gato é colocado em uma caixa de aço selada. Dentro da caixa, com ele, há um mecanismo diabólico: um frasco de vidro de ácido cianídrico, um pequeno martelo apontado para o frasco e um gatilho que pode ou não acionar o martelo. O fator que controla o acionamento do botão é o comportamento de um pequeno pedaço de material radioativo sendo monitorado por um contador Geiger. Se, no período de, digamos, uma hora, um dos átomos na substância radioativa decair, o contador Geiger detecta o decaimento, acionando o gatilho do martelo, quebrando o frasco, liberando o ácido, e o gato morre. No entanto, há igual probabilidade de que nenhum átomo decaia nesse período de uma hora, caso em que o gatilho permanece intacto e o gato vive.

Parece bastante simples; no entanto, o objetivo desse experimento mental não é torturar o gato. A questão não é matar ou salvar o gato, nem mesmo calcular a probabilidade de que ele venha a sucumbir a qualquer um dos destinos. O importante é ilustrar o desconcertante paradoxo do chamado problema da medição na mecânica quântica: o que acontece com partículas entrelaçadas em um sistema quântico quando são observadas e medidas.

O gato e o átomo representam duas partículas entrelaçadas.[164] Entrelaçadas porque têm certas características ou comportamentos atrelados; neste caso, o destino dentro da caixa:

---

164. Erwin Schrödinger apresentou o termo *entrelaçamento* durante a elaboração de seu experimento mental. Mais tarde, Einstein chamou o entrelaçamento de "ação fantasmagórica à distância".

átomo decaído = *gato morto*; e *átomo não decaído* = *gato vivo*. Os dois se comportam como um. Juntos em sua caixa, o entrelaçamento átomo/gato faz parte de um sistema quântico que está sendo medido por um observador, que, digamos, é você.

Agora, guarde esse pensamento por um instante, porque, para prosseguirmos, precisamos compreender dois outros fenômenos quânticos fundamentais: a *superposição* e o *problema da medição*.

Imagine que, em vez de um entrelaçamento átomo/gato dentro da caixa, você estivesse medindo um único elétron. Antes que a caixa seja aberta para que possa ser observado, aquele elétron existe como uma *função de onda*, que é uma matriz de si mesma em todos os lugares em que é possível que esteja dentro da caixa. Esse fenômeno quântico é chamado de *superposição*: uma partícula pode estar em todos os seus estados possíveis ao mesmo tempo. (Pense em uma fotografia sobreposta de um tigre em movimento dentro de um local confinado, feita com um obturador que expõe o filme a cada dois segundos. Na fotografia, o tigre pareceria um borrão ou algo indistinto. Em um universo quântico microscópico, governado pelo princípio da superposição, o tigre *é* o borrão.)

O problema da medição surge no momento que você abre a caixa para observar a partícula. Quando o faz, a função de onda parece colapsar para um estado único, fixo no tempo e no espaço. (Para usar a analogia do tigre, o tigre borrado se torna uma fera única de novo.)

Certo, agora vamos voltar ao gato entrelaçado e ao átomo radioativo. O estado que estamos medindo aqui não é a localização de um tigre, e sim o entrelaçamento átomo/gato. Em vez das possíveis posições do tigre na jaula, estamos medindo graus de vida do gato, sua condição de existência, por assim dizer.

Sabemos que, devido ao problema da medição, no momento que você abrir a caixa para medir o estado do gato, você o encontrará morto ou vivo. Cinquenta por cento das vezes, o gato estará vivo. Na outra metade do tempo, o gato estará morto. Seja qual for ele, o estado do gato é único e fixo no tempo e no espaço.

No entanto, *antes* da abertura da caixa para a medição, o estado do gato deve ser indistinto e múltiplo, como o do tigre borrado. Devido aos princípios quânticos de entrelaçamento e superposição, até que você o observe, o gato deve estar morto e vivo, *ao mesmo tempo*.

Obviamente, essa conclusão é absurda, o que era exatamente o ponto salientado por Schrödinger. Mas as questões que o experimento mental levanta são interessantes: em que momento um sistema quântico deixa de ser uma superposição de todos os estados possíveis e se torna um estado do tipo ou/ou, único?

E, por extensão, a existência de um gato único, morto ou vivo, exige um observador externo, isto é, você? Se não for você, então quem? Pode o gato ser um observador de si mesmo? E sem um observador externo, todos nós existimos apenas em uma matriz de todos os estados possíveis de uma só vez?

Houve muitas tentativas de interpretar esse paradoxo. A interpretação de Copenhague, formulada por Niels Bohr e Werner Heisenberg em 1927, sustentou a teoria do colapso da função de onda, postulando que, no ponto que ocorre a observação, o sistema quântico superposto colapsa de muitos para um, e isso *deve* acontecer porque a realidade do mundo macroscópico assim o exige.[165] O problema é que ninguém conseguiu provar isso matematicamente.

A interpretação de muitos mundos, proposta pelo físico americano Hugh Everett em 1957, desafia essa teoria do colapso da função de onda, postulando o contrário: que o sistema quântico superposto persiste e se ramifica.

---

165. Schrödinger propôs seu enigma do gato para desafiar essa ideia de colapso induzido pelo observador. Ele sustentava que os físicos se apegaram à noção de colapso porque, sem ela, todas as possibilidades, físicas e não físicas, começariam a se propagar e, em pouco tempo, "nos encontraríamos em um ambiente que se transformaria rapidamente em um atoleiro, ou uma espécie de geleia ou plasma indistintos, com todos os contornos borrados, e nós mesmos provavelmente seríamos como águas-vivas".

Em cada conjuntura (em cada momento Zen em que surgem possibilidades), ocorre uma cisão, os mundos se ramificam, e disso resulta a multiplicidade.

Cada instância do estado *ou/ou* é substituída por um *e*. E outro *e*, e outro *e*, e outro *e*, e outro *e*... somando-se a uma rede infinitamente abrangente, mas mutuamente indecifrável, de muitos mundos.

O astrofísico Adam Frank me disse que o importante a se lembrar sobre a mecânica quântica é que, embora existam muitas interpretações, incluindo a de Copenhague e a de muitos mundos, a mecânica quântica, em si, é um cálculo. É uma máquina para prever resultados experimentais. É um dedo apontando para a lua.

O professor Frank estava se referindo a um antigo koan Zen sobre o Sexto Patriarca Zen, que era analfabeto. Quando lhe perguntaram como ele conseguia compreender a verdade dos textos budistas sem poder ler as palavras, o Sexto Patriarca levantou o braço e apontou para a lua. A verdade é como a lua no céu. As palavras são como um dedo. Um dedo pode apontar para a localização da lua, mas não é a lua. Para vê-la, é preciso olhar para além do dedo. Procurar a verdade nos livros, disse o Sexto Patriarca, é como confundir o dedo com a lua. Lua e dedo não são a mesma coisa.

— Não são a mesma coisa — teria dito a velha Jiko. — Mas também não são diferentes.

APÊNDICE F: HUGH EVERETT

Hugh Everett publicou o que veio a ser chamado de sua interpretação de "muitos mundos" da mecânica quântica em 1957, na *Reviews of Modern Physics*, quando tinha vinte e sete anos. Era sua tese de doutorado em Princeton. Não foi bem recebida. Os principais físicos de sua época o chamaram de louco. De estúpido. Everett, desencorajado, desistiu da física quântica e se dedicou ao desenvolvimento de armas. Ele trabalhou para o Grupo de Avaliação do Sistema de Armas do Pentágono. Escreveu um artigo sobre teoria dos jogos militares, intitulado "Recursive Games", que é um clássico da área. Desenvolveu softwares de jogos de guerra que simulavam uma guerra nuclear e esteve envolvido na Crise dos Mísseis de Cuba. Foi conselheiro da Casa Branca para o desenvolvimento e estratégia nuclear durante a Guerra Fria e criou o software original para alvejar cidades e centros de população civil com armas atômicas, caso a Guerra Fria nuclear esquentasse. Ele já havia escrito a prova matemática de sua interpretação de muitos mundos e acreditava que qualquer coisa que pudesse imaginar ocorreria ou já havia ocorrido. Não é de se surpreender que bebesse em excesso.

Sua vida familiar era caótica. Tinha um relacionamento distante e conturbado com os filhos. A filha, Liz, que sofria de transtorno bipolar e dependência química, tentou cometer suicídio tomando pílulas para dormir. O irmão dela, Mark, a encontrou no chão do banheiro e a levou às pressas para o hospital, onde os médicos conseguiram restabelecer o ritmo cardíaco. Quando Mark voltou para casa do hospital, Everett ergueu os olhos de sua *Newsweek* e comentou: "Eu não sabia que ela estava tão triste".

Dois meses depois, o próprio Everett morreu de ataque cardíaco aos cinquenta e um anos. Neste mundo, ele estava morto, mas acreditava que em muitos mundos era imortal. A esposa guardou as cinzas em um arquivo de escritório na sala de jantar antes de, por fim, cumprir o desejo dele e as jogar no lixo. Mark obteve sucesso como músico de rock, mas a vida de Liz ruiu. Quando ela se suicidou, com uma overdose de pílulas para dormir, em 1996, escreveu um bilhete dizendo o seguinte:

> Por favor, quero ser cremada e NÃO ME COLOQUEM NO ARQUIVO ☺. Por favor, me espalhem em algum curso d'água bonito... ou no lixo, talvez assim eu acabe no universo paralelo certo para me encontrar c/ papai.

BIBLIOGRAFIA

ARAI, Paula Kane Robinson. *Women Living Zen: Japanese Soto Buddhist Nuns*. Oxford: Oxford University Press, 1999.

BARDSLEY, Jan. *The Bluestockings of Japan: New Woman Essays and Fiction from Seitō, 1911-16*. Ann Arbor: Michigan Monograph Series in Japanese Studies, número 60. Center for Japanese Studies, University of Michigan, 2007.

BYRNE, Peter. *The Many Worlds of Hugh Everett III: Multiple Universes, Mutual Assured Destruction, and the Meltdown of a Nuclear Family*. Oxford: Oxford University Press, 2010.

DAUMAL, René. *Mount Analogue: A Novel of Symbolically Authentic Non-Euclidean Adventures in Mountain Climbing*. Boston: Shambhala Publications, 1992. [Edição brasileira: *O monte Análogo: romance de aventuras alpinas, não euclidianas e simbolicamente autênticas*. São Paulo: Horus, 2007.]

DŌGEN, Eihei. *Shōbōgenzō*. Traduzido para o inglês por Gudo Wafu Nishijima e Chodo Cross. Berkeley: Numata Center for Buddhist Translation and Research, dBET PDF Version, 2008.

_____. *Treasury of the True Dharma Eye: Zen Master Dogen's Shobo Genzo*. Editado em inglês por Kazuaki Tanahashi. Traduzido para o inglês por Kazuaki Tanahashi, Peter Levett e outros. Boston: Shambhala Publications, 2011.

EBBESMEYER, Curtis; SCIGLIANO, Eric. *Flotsametrics and the Floating World: How One Man's Obsession with Runaway Sneakers and Rubber Ducks Revolutionized Ocean Science*. Nova York: Smithsonian Books/HarperCollins, 2009.

FOWLER, Edward. *The Rhetoric of Confession:* Shishōsetsu *in Early Twentieth-Century Japanese Fiction*. Berkeley e Los Angeles: University of California Press, 1988.

GALCHEN, Rivka. "Dream Machine: The mind-expanding world of quantum computing". *The New Yorker*, 2 de maio de 2011, pp. 34-43.

HANE, Mikiso (ed.). *Reflections on the Way to the Gallows*. Traduzido para o inglês por Mikiso Hane. Berkeley e Los Angeles: University of California Press, 1988.

HIRATSUKA, Raichō. *In the Beginning, Woman Was the Sun*. Traduzido para o inglês por Teruko Craig. Nova York: Columbia University Press, 2006.

HOHN, Donovan. *Moby-Duck: The True Story of 28,800 Bath Toys Lost at Sea and of the Beachcombers, Oceanographers, Environmentalists, and Fools, Including the Author, Who Went in Search of Them*. Nova York: Viking, 2011.

KUNDERA, Milan. *The Book of Laughter and Forgetting*. Traduzido para o inglês por Michael Henry Heim. Nova York: Alfred A. Knopf, 1980. [Edição brasileira: *O livro do riso e do esquecimento*. Tradução de Teresa Bulhões Carvalho da Fonseca. São Paulo: Companhia de Bolso, 2008.]

LEIGHTON, Dan. *Visions of Awakening Time and Space: Dōgen and the Lotus Sutra*. Oxford: Oxford University Press, 2007.

LEVY, David M. *Scrolling Forward: Making Sense of Documents in the Digital Age*. Nova York: Arcade Publishing, 2001.

NOMA, Hiroshi. *Zone of Emptiness*. Cleveland e Nova York: World Publishing Company, 1956.

OHNUKI-Tierney, Emiko. *Kamikaze Diaries: Reflections of Japanese Student Soldiers*. Chicago: University of Chicago Press, 2006.

_____. *Kamikaze, Cherry Blossoms, and Nationalisms: The Militarization of Aesthetics in Japanese History*. Chicago: University of Chicago Press, 2002.

PROUST, Marcel. *In Search of Lost Time*. Traduzido para o inglês por C. K. Scott-Moncrieff, Terence Kilmartin e Andreas Mayor. Londres e Nova York: Penguin Books, 1989. Copyright: Editions Gallimard, 1954. Copyright da tradução: Chatto & Windus e Random House, 1981. Com base no texto francês da edição "La Pléiade" (1954). [Edição brasileira: *Em busca do tempo perdido*. Tradução de Fernando Py. 3ª edição. Rio de Janeiro: Nova Fronteira, 2017.]

_____. *Swann's Way*. Traduzido para o inglês por Lydia Davis. Nova York: Viking, 2003. [Edição brasileira: *No caminho de Swann*. Tradução de Mário Quintana. 4ª edição. Rio de Janeiro: Biblioteca Azul, 2016.]

SUZUKI, Tomi. *Narrating the Self: Fictions of Japanese Modernity*. Stanford: Stanford University Press, 1996.

YAMANOUCHI, Midori; QUINN, Joseph L. (trad.). *Listen to the Voices from the Sea: Writings of the Fallen Japanese Soldiers*. Compilação da Japan Memorial Society for the Students Killed in the War — Wadatsumi Society. Scranton: University of Scranton Press, 2000. Originalmente publicado como *Shinpan Kike Wadatsumi no Koe* (Tóquio: Iwanami Shoten, 1995).

AGRADECIMENTOS

Em primeiro lugar, agradeço aos meus mestres: ao meu professor de Zen, Norman Fischer, cujas sábias palavras entraram em meus ouvidos, estimularam minha mente e transbordaram, querendo ou não, nestas páginas; a Teah Strozer e Paula Arai, que me orientaram em assuntos relativos à prática e aos hábitos Zen; aos gentis cientistas Adam Frank, Bill Moninger e Tom White, que responderam às minhas perguntas sobre física quântica sem rir nenhuma vez; a Tim King, por suas belas traduções francesas, e a Taku Nishimae, por seu japonês cheio de nuances; a Karen Joy Fowler, que me deu coragem em um momento crítico; a John Dower, que muitos anos atrás me encorajou a escrever sobre os diários dos kamikazes; e a Missy Cummings, por compartilhar comigo suas ideias sobre a criação de escudos morais no design de interface entre seres humanos e computadores durante o chá da tarde no Empress Hotel... Agradeço a todos pela generosidade, pelo conhecimento e pelas orientações, ao mesmo tempo que me apresso a acrescentar que quaisquer erros e omissões neste livro são de minha inteira responsabilidade.

Em segundo lugar, agradeço à minha sangha de leitores e amigos: a Tim Burnett, Paul Cirone, Harry Hantel, Shannon Jonasson, Kate McCandless, Olwyn Morinski, Monica Nawrocki, Michael Newton, Rahna Reiko Rizzuto, Greg Snyder, Linda Solomon, Susan Squier e Marina Zurkow, por dispensarem um tempo precioso de suas ocupadas vidas para ler os primeiros rascunhos e apresentarem comentários valiosos; a Larry Lane, pelos sábios conselhos em relação à trama e a questões sobre dharma; a David

Palumbo-Liu, John Stauber e Laura Berger, e à organização Friends of the Pleistocene [Amigos do Pleistoceno], que generosamente concordaram em me deixar colocá-los neste mundo ficcional; e a Kwee Downey, que uma vez disse que gostaria de ler um romance que falasse sobre o Zen e, então, sugeriu que eu talvez escrevesse um.

Em terceiro lugar, agradeço às instituições e templos de aprendizado que me apoiaram: ao Canada Council for the Arts, pelas bolsas para escritores profissionais em 2009 e 2011, que me permitiram viver e escrever; ao Massachusetts Institute of Technology e à Universidade de Stanford, pelas bolsas que apoiaram pesquisas e conversas que inspiraram elementos-chave desta história; e ao amado Hedgebrook, pela preciosa dádiva de solidão, irmandade e *tempo*.

Em quarto lugar, meus mais profundos agradecimentos à minha preciosa sangha editorial: Molly Friedrich, Lucy Carson e Molly Schulman, que me representam com tanta inteligência, boa vontade e entusiasmo; aos meus sábios e maravilhosos protetores na Viking Penguin: Susan Petersen Kennedy, Clare Ferraro e Paul Slovak, por sua orientação e apoio incansável ao longo dos anos, e também a Beena Kamlani, Paul Buckley, Francesca Belanger e muitas outras pessoas dedicadas que trabalharam tanto para tornar este livro algo belo; para Jamie Byng, Ailah Ahmed e todos os meus novos amigos da Canongate, no Reino Unido, e em todo o mundo; e, acima de tudo, minha eterna gratidão a Carole DeSanti, minha querida amiga, editora, colega de trabalho, colega de estudos e a leitora que me faz existir no papel.

Em quinto lugar, agradeço à ilha e aos habitantes da ilha por impregnarem minha ilha fantástica com a verdadeira beleza, tenacidade, humor, perícia e disposição de ajudar que vocês têm.

E, por fim, meus eternos agradecimentos a Oliver, por seu amor e companheirismo: obrigada por sua generosa colaboração neste livro e por ser meu parceiro e minha inspiração neste e em todos os nossos muitos mundos.

Reverencio a todos vocês.

SOBRE A AUTORA

RUTH OZEKI é escritora, cineasta e monja Zen-Budista. Suas obras ganharam aclamação internacional pela habilidade ímpar de entrelaçar ciência, tecnologia, meio ambiente, religião, política e cultura em narrativas singulares e surpreendentes. *Um conto para ser tempo* foi ganhador do prêmio LA Times Book Prize, e finalista do Booker Prize e do National Book Critics' Circle Award, sendo publicado em mais de trinta países. Em 2022, Ruth ganhou o Women's Prize for Fiction com *The Book of Form and Emptiness*.

Filha de mãe japonesa e pai caucasiano-americano, durante seus anos no Japão, a autora estudou teatro, dirigiu uma escola de idiomas e deu aulas na universidade. Ela é também praticante budista de longa data e, hoje, divide seu tempo entre o Canadá e os Estados Unidos ao lado do marido, o artista Oliver Kellhammer.

ESTA OBRA FOI COMPOSTA EM CASLON PRO E IMPRESSA
EM PÓLEN NATURAL 70G COM REVESTIMENTO DE CAPA
EM COUCHÊ BRILHO 150G PELA GRÁFICA COAN PARA A
EDITORA MORRO BRANCO EM OUTUBRO DE 2022.